홀로와 더불어

시인 구상 추모문집

홀로와 더불어

시인구상추모문집 간행위원회 엮음

오늘도 신비의 샘인 하루를 맞는다

이 하루는 저 강물의 한 방울이
어느 산골짝 옹달샘에 이어져 있고
아득한 푸른 바다에 이어져 있듯
과거와 미래와 현재가 하나다

이렇듯 나의 오늘은 영원 속에 이어져
바로 시방 나는 그 영원을 살고 있다

그래서 나는 죽고 나서부터가 아니라
오늘서부터 영원을 살아야 하고
영원에 합당한 삶을 살아야 한다

마음이 가난한 삶을 살아야 한다
마음을 비운 삶을 살아야 한다
그래서 나는 죽고 나서부터가 아니라
오늘서부터 영원을 살아야 하고
영원에 합당한 삶을 살아야 한다

나무와숲

시인 구상 추모문집

홀로와 더불어

초판 1쇄 펴낸날 : 2005년 5월 12일

엮은이   시인구상추모문집 간행위원회
펴낸이   최윤정
펴낸곳   도서출판 나무와숲

등록   22-1277
주소   서울특별시 송파구 방이동 22 대우유토피아 1304호
전화   02)3474-1114
팩스   02)3474-1113
e-mail : namusup@chol.com

값 20,000원
ISBN 89-88138-58-9 03810

영원히 함께 가는 길

구상 시인이 우리 곁을 떠나가신 후 어느덧 1주기를 맞이하게 되었습니다. 85세의 일생이 짧은 것도 아닌데 막상 구상 선생이 우리 곁을 영영 떠나시던 날에는 문단과 사회가 온통 적막강산이고 마치 가위 눌린 꿈인 양 애도의 뜻이 표현되어 나오기도 어려웠습니다. 그만큼 선생은 우리에게 긴요한 존재이셨습니다.

그러나 선생의 시 「오늘」의 끝줄에서 "시방 나는 영원을 살고 있다" 하셨으니 선생은 결코 우리 곁을 영영 떠나신 것이 아닙니다. 길이 우리와 함께 계십니다. 또 선생이 말씀하시기로는 "상상도 상징도 아니요 실상으로 깨닫는" 시를 쓴다고 하셨습니다.

그런데 그 진술형의 시가 왜 문을 열어 놓고 우리를 맞아 충만케 하였을까요. 실상은 현실인데 결과는 구원이 되는 선생의 시가 주는 신비는 우리가 함께 숨 쉬게 하는 생명이었던 것 같습니다.

아직 얼떨결에 선생의 1주기 추모문집을 엮어 보았습니다. 영원을 사시는 선생과 우리가 영원히 해야 할 일이 무엇인지를 헤아려 보겠다는 정표의 일단입니다.

허무에서 긍정으로, 홀로서이지만 더불어서, 유한을 아는 데서 초월을 배워, 우리도 시방 영원을 사는 길에 따라 나서야겠습니다. 선생과 우리는 함께 가고 있는 것입니다.

시인구상추모문집 간행위원회

2부 위대한 휴머니스트

3부 참다운 자유인

4부 영원한 구도자

5부 외면 보살

1부

이 땅의 큰 시인

오호, 여기 줄지어 누웠는 넋들은
눈도 감지 못하였겠고나.

어제까지 너희의 목숨을 겨눠
방아쇠를 당기던 우리의 그 손으로
썩어 문드러진 살덩이와 뼈를 추려
그래도 양지바른 드메를 골라
고이 파묻어 떼마저 입혔거니.

죽음은 이렇듯 미움보다, 사랑보다도
더 너그러운 것이로다.

이곳서 나와 너희의 넋들이
돌아가야 할 고향 땅은 삼십 리면
가루 막히고
무주공산(無主空山)의 적막만이
천만 근 나의 가슴을 억누르는데,

살아서는 너희가 나와
미움으로 맺혔건만,
이제는 오히려 너희의
풀지 못한 원한이
나의 바람 속에 깃들여 있도다.

―「초토의 시 · 8」

한국 유학생들 사이에 우뚝 선 '큰 어른'

—

김태길
학술원 원장·서울대 명예교수

1960년 4월 존스 홉킨스 대학원에서 공부를 마치고 귀국한 뒤로 10여 년이 지나도록 다시 해외로 나갈 기회를 얻지 못하고 국내에서만 뭉기적거리고 있던 나의 답답한 사람됨을 딱하게 여긴 친구가 있었다. 그 친구가 미국 하와이대학교 안에 있는 동서문화센터의 유력한 사람에게 김태길을 국제학술세미나 같은 기회에 한번 초청해 달라는 부탁을 하였다.

동서문화센터로부터 이력서를 보내 달라는 공문을 받았을 때, 나는 지체없이 그 요구에 응했다. 그로부터 3주일 가량 지난 뒤 동서문화센터로부터 두 번째 우편물을 받았다. 그 연구원의 상급 연구원(Senior Fellow)으로 와줄 수 없겠느냐는 일종의 초청장이었다. 나의 이력서를 보고 호감을 느낀 나머지 내 친구가 부탁한 것보다 더 좋은 기회를 주기로 했던 모양이다. 상급 연구원으로서 초청하는 기간은 1971년 9월 초부터 1972년 7월 말까지라고 기록되어 있었다.

당시 하와이대학교에서 공부하고 있었던 한국인 젊은이들은 그 가족까지 합하면 20여 명이 넘었던 것으로 기억한다. 대부분이 동서문화센터의 장학금을 받고 유학 온 대학원생들이었다. 그들은 서로 자주 왕래하며 마치 한 일가처럼 사이좋게 지내며 그 상하(常夏)의 섬 생활을 즐기고 있었다. 그 20명 가량의 한국인 젊은이들의 구심점도 되고 가장(家長)도 되는 한국인 어른이 한 사람 있다는 것을 알게 되기까지는 그리 여러 날이 필요하지 않았다.

나는 구상 선생을 서울의 어느 공석에서 만난 적이 있었다. 시인으로서 널리 알려진 그와의 첫 대면에서 우리는 그저 수인사를 나누었을 정도였다고 어렴풋이 기억한다. 그도 나도 별로 말이 많은 편이 아니었던 것이다.

하와이에서 다시 만났을 때 구상 선생과 나는 서로 반가워했다. 그러나 끝까지 서로 존대어를 썼고 말을 놓고 지낼 정도로 가까워지지는 않았다. 구상 선생이 나보다 한 살 위였으므로 옛날 같으면 호형호제하며 벗해도 무방했을 것이나, 만교(晚交)로 알게 된 우리는 끝내 그렇게 하지는 못했다. 동창 또는 동향 친구가 아니더라도 나이차가 적을 경우에는 서로 말을 놓고 지냈던 옛날 풍습이 좋았다는 생각을 그때도 했고, 또 요즈음도 가끔 한다.

나는 그때 하와이에서는 혼자 몸이었으므로 그곳 유학생들과 어울릴 기회가 많았다. 나도 '근엄하다'는 평을 가끔 듣는 편이나, 하와이에서는 학생 기분으로 돌아가서 농담도 곧잘 하며 즐겁게 살았다. 그러나 구상 선생이 농담을 하며 흐트러진 모습을 보인 적은 없었다. 그는 항상 미소를 띠고 조용조용 말을 했던 것으로 기억한다. 어떤 일본인이 구상 선생을 찾아온 자리에 나도 우연히 동석한 적이 있었는데, 그 일본인이 구 선생을 전형적인 군자(君子)라고 극구 찬양하는 것을 들으며 일본 사람이 '큰스승'으로 존경하는 한국인을 가까이서 보게 된 것이 매우 기뻤다.

구상 선생이 한국 유학생들 사이에 우뚝 선 '큰 어른'이라는 것이 가장 극명하게 드러난 것은 광복절과 3·1절에 조촐한 모임을 가졌을 때였다. 그런 뜻있는 날에는 한국 유학생들이 모여서 간단한 의식(儀式)의 자리를 마련했거니와, 특히 3·1절에는 '독립선언문'을 낭독하기로 되어 있었다. 그 낭독을 맡은 사람이 바로 구상 선생이었고, 그의 굵고 낭랑한 목소리가 하와이대학교 캠퍼스 하늘로 울려 퍼졌을 때, 우리는 멀리 1919년의 탑골공원을 머리 속에 그렸다.

그 후 귀국한 뒤에도 구상 선생을 서울에서 만날 기회가 가끔 있었다. 그런 경우에 구상 선생이 한 말 가운데 오래 기억에 남은 것은 '존재론적 사유'라는 말이다. 현대 한국인에게 '철학이 빈곤하다'는 뜻을 담아서 '존재론적 사유'가 부족하다는 말을 개탄하는 말투로 가끔 하였다.

어떤 경위로 그렇게 되었는지는 기억이 분명치 않으나, 나는 구상 선생에게 강아지 한 마리를 얻은 일이 있다. 아마 우연한 기회에 애견(愛犬)이 화제에 올랐고, 두 사람이 개를 좋아한다는 공통점을 가졌다는 사실을 알게 되었을 것이다. 다만 당시 내가 좋아했던 것은 집을 지키는 재래종 한국 개였고, 구상 선생이 좋아했던 것은 애완용 서양 개였다는 차이가 있었을 것이다. 그때 구상 선생은 몸이 작은 애완용 서양 개가 얼마나 귀여운가를 말했고, 마침 자기 집 암캐가 새끼를 낳았으니 원하면 한 마리 주겠다고 말했을 것이다.

어느 초가을로 기억되는 날 나는 딸아이를 여의도 시범단지에 있던 구상 선생 댁으로 보내 깜찍스럽게 귀여운 강아지 한 마리를 얻어 왔다. "서양의 신종 개는 홍역에 약하므로 반드시 예방주사를 맞추어야 한다"는 말을 전하면서 딸아이는 구상 선생님이 매우 인자한 분이더라는 인상을 말하기도 하였다.

나는 구상 선생의 지시대로 지체없이 가까운 동물병원을 찾아가서 홍역 예방주사를 맞췄다. 예방주사를 맞은 강아지는 한때 비실비실하더니 곧 기력을 되찾고 우리 집 새 환경에 적응하기 시작했다. 재롱도 날로 늘었다. 나는 이제 모든 것이 잘될 것이라고 안심을 하였다.

그러나 어느 날부터인가 강아지에게 이상한 증상이 생기기 시작했다. 음식을 거부하고 슬피 울기 시작한 것이다. 괴로움을 호소하는 듯 절규하며 우는 모습은 차마 보기가 어려웠다. 다시 수의사를 찾아갔다. 수의사는 첫눈에 홍역이라고 진단하면서 이미 늦었다고 마지막 말을 남겼다. 홍역 예방주사는 반드시 두 번 연속하여 맞춰야 된다는 것을 나는 그때 처음 알았다.

강아지를 잃은 것도 마음 아팠지만 우수한 종자의 강아지를 준 구상 선생에 대하여 면목이 없다는 생각이 더욱 컸다. 나는 그 뒤로 30여 년의 세월이 흐르도록 무식으로 인하여 아까운 강아지를 잃었다는 고백을 구상 선생에게 한 적이 없다.

영원히 살아 계시는 한국의 시인

전숙희
수필가·한국현대문학관 이사장

내가 구상 선생을 처음 만나게 된 것은 6·25 동란으로 서울 인구가 거의 대구나 부산으로 피난을 갔던 시절이었다. 당시 남편은 의사로 군의관에 입대해 대구육군병원 부원장으로 재임하게 되었다. 나는 20대 말에 4남매나 아기를 낳고 복잡한 가정 상황에서 대구 동인동의 이름난 교육자 댁에서 방 두 개짜리 사랑채를 내주어 그곳에서 제법 안정된 피난살이를 하게 되었다.

대구는 원래 예로부터 문향(聞香)으로 많은 문인들이 배출된 고장이고 또 문학을 사랑하는 사람들의 고향이었다. 그래서 많은 문인들이 북으로도 가고 남쪽의 부산이나 대구로 피난을 가게 되었는데, 대구에는 다른 피난민들과 섞여 문인들이 피난 보따리를 많이 풀었던 곳이다. 게다가 남북이 싸우다 일시 서울을 뺏기고 후퇴한 한국군 본부가 대구에 자리를 잡게 되니 대구는 마치 군인 부락 같은 삼엄한 도시로 변해 가고 있었다.

대구 육군사령부에서는 어수선한 민심을 안정시키기 위해 피난 문인과 현지 문인들을 합해 종군작가단이라는 명칭으로 군민(軍民) 합작 단체를 만들어 한 달에 한 번씩 회식도 하고 강의도 하면서 군과 민의 마음을 하나로 이끌고자 했다.

내가 구상 선생의 높은 이름만 들었지 실제로 만난 것은 이 종군작가단의 일원으로 참석했을 때였다. 지금으로부터 55년 전, 구상 선생이나 나나 20대 말의 새파란 청춘이었다. 첫 만남에서 가장 인상 깊었던 것은 키가 남보다 훨씬 크다는 것, 그리고 얼굴은 미남은 아니라도 원만한 얼굴에 엄숙하면서도 부드러운 미소를 띤 듯한 성스러움에 시선이 끌리곤 했다. 많은 장성들과 문인들이 그 키 크고 거룩해 보이는 젊은 시인을 높이 모시는 듯했다. 종군작가단이 매달 모임도 가지고 때로는 일선에도 다녀와 그 비통한 동족의 싸움을 잡지에 싣곤 했으나 나는 박화성 선생, 최정희 선생, 장덕조 선생 등 당대의 일류 작가들 아래서 동참은커녕 말 한 마디조차 하지 못하고 듣기만 하며 비분의 눈물을 삼키기만 할 뿐이었다.

이처럼 말없이 한 구석에 끼어 앉아 있는 내가 딱해 보였던지 구상 선생은 우스갯소리로 나를 놀리기도 하고 벙어리가 아니면 발언이라도 좀 해보라고 격려해 주었다. 그 덕분에 몇 달이 지난 후에는 말문이 차츰 트이기 시작했다. 그런 중에 나는 아버님께서 장로교 목사로 신교를 나가고 있었는데 구상 선생은 진실한 천주교 신도로서 그의 시조차 드높고도 깊은 신앙심에서 우러나온 것이어서 구절구절이 사람들의 심금을 울린다는 것을 알 수 있었다.

당시 우연히 나의 남편과 만나게 된 구상 선생은 나보다도 내 남편을 더 좋아하게 되었고 남편도 그의 내면 세계에 반해 신교에서 그가 믿고 있는 천주교로 교적까지 옮겼다. 나는 부모형제를 배반하는 것 같아 많이 고민했으나 남편이 열심히 천주교를 믿고 나가게 되니 한 가족으로서 하나님은 한 분이시니 같은 길을 가는 게 옳다고 생각했다. 우리 가족은 국민학생과 그 아래 4남매까지 전부 교적을 천주교로 옮기고 영세까지 받았다. 아이들은 레이스나 비단으로 만든 미사보 쓰는 게 더 좋아서 새벽 다섯 시면 여섯 식구가 시계처럼 일어나 집 뒤에 있는 큰 대구성당에 날마다 새벽 기도까지 나가는 열성을 보였다. 피곤하기보다 우리는 가족이 모두 미사보를 쓰고 새벽 기도 올리는 게 너무나 가슴 뿌듯하고 삶의 기쁨이 샘솟는 듯했다. 그것은 신앙과 동시에 가족 일동의 화합이기도 했다.

대구 피난 시절의 몇 년을 뒤돌아보면 비록 셋방살이의 가난한 처지였지만 우리 가족이 가장 행복했던 시기였던 것으로 생각된다.

전쟁이 끝나고 정전협정으로 모두 고향으로 제각기 돌아가게 되자, 남편도 군대에서는 제대를 하고 신설동에 조그만 개인 병원을 개업하고는 생계를 이어 갔다. 그때 우리 병원에도 가장 많이 드나드신 분이 구상 선생이 아니었던가 한다. 그는 자기 병을 위해서가 아니라 문우(文友)들 중에 병이 나도 돈이 없어 병원에 못 가는 사람을 종종 우리 병원으로 데리고 와서 남편의 무료 진료로 병을 고쳐 주곤 했다.

이상은 내가 구상 선생을 알게 된 동기가 신앙과 병원이었다는 것을 이야기한 것뿐이고 실제로 문단의 한 가족으로 구상 시인을 존경하면서 자주 왕래하게 된 것은 역시 문학인들과의 만남에서였다고 하겠다.

내가 지금도 잊지 않는 만남은 건축가 김수근 씨가 원서동에 30평짜리 사무실을 짓고 그 속에 화랑, 잡지사, 다방, 지하 무대까지 이 구석 저 구석 잘도 설계해 만든 지하극장에서 매달 '공간시낭송회'를 구상 선생 주재로 몇 분 시인이 시작했던 일이다. 나는 맨 첫 회부터 그 낭송회의 청취자로 그 좁은 공간을 뚫고 신발을 벗어 들고 층계고 어디고 비비고 들어갈 자리만 있으면 끼어 앉아 마음문을 열고 기쁨에 잠기곤 했다. 그때 시작했던 공간시낭송회는 김수근 씨가 떠나간 후에도 1백여 명의 시인들이 모여 계속해 나가다가 최근 그 사옥이 헐리게 되자 처음으로 자리를 옮겨 한국현대문학관에서 매달 열리고 있다.

이 일뿐 아니라 문단의 크고 작은 행사는 구상 선생님의 개회사나 축사가 없이는 진행되지 않았다. 그렇다고 해서 구 선생님이 남달리 몸이 건강한 분도 아니셨다. 누구나 알다시피 일본에 다니러 가셨다가 지병이 악화되어 그곳에서 갈비뼈를 몇 대나 잘라내는 대수술을 받으시고도 귀국 후 웬만한 모임에는 억지로라도 전과 다름없이 시인들 속에 앉아 계셨다.

이처럼 구상 선생은 여간해서 자리에 눕거나 자기 육체의 안일을 취하지 않으셨다. 그 와중에 뜻밖에도 두 아드님이 병으로 젊은 나이에 세상을 떠나시고 그 후 병석의 부인을 돌볼 사이도 없이 먼 고향에서 그 병약하시던 남편 뒷바라지에 일생을 바치신 부인이 먼저 승천해 버리셨다. 우리 모두 너무나 마음 아파 위로할 길도 없었으나 구 선생은 그 애도 중에도 오히려 우리를 위로하시곤 했다. 자식에 대한 사랑은 이 세상 누구나 가장 애절한 것으로 그는 하나 남은 따님이 문학을 하고 그 사위 되시는 분이 그림〔聖火〕으로 두 분 다 예술가로 게다가 신심(信心)이 진실하심을 오로지 감사하며 그 많은 이별, 다 가슴속 깊이 묻으시고 언제나 단정히 앉아 시를 쓰고 읽으시는 것이 그의 노후의 일상이셨다.

오랫동안 격조했던 나는 미리 연락해 놓고 선생님이 가까이 있는 63빌딩 안의 일식집 음식을 간단히 하신다는 말씀을 듣고 잠시 서재에 들렀다가 모시고 그곳에서 점심을 먹었다. 그러고 나서 댁으로 모셔다 드릴까 했더니 그날따라 날씨도 너무나 화창하고 기분도 좋으니 산책 좀

하자고 하시면서 한강변 모래사장으로 걸어 내려가셨다. 우리 두 사람도 나란히 길을 같이 걸었는데 푸르게 흘러가는 한강물이 보이는 모래사장 앞에서 구상 선생이 좀 쉬어 가자 하시며 조그만 바위 위에 앉으셨다. 바라다보니 거기 서 있는 조그만 비석이 바로 구상 선생님의 「강」이 새겨진 시비였다. 우리 두 사람은 깜짝 놀라 진작 이곳을 와보고자 벼르기만 하다가 이렇게 가까이에 있는 본인의 시비 앞을 산책하자고 하신 뜻을 알았다.

이경희 시인은 언제나 조그만 카메라를 핸드백 속에 넣어 가지고 다니는 사려 깊은 시인이라 얼핏 사진기를 꺼내더니 시비를 찍고 또 구상 선생님께 청해 같이 기념 사진을 그 시비 앞에서 찍었다. 구상 선생도 우리도 아이들처럼 마음이 들뜨고 기뻤다.

시비 앞에는 푸른 강물이 흐르고 역시 구상 선생이나 나나 고향이 원산이라는 데서부터 무슨 전생의 인연이라도 있었던가. 이렇게 강과 푸른 물을 사랑하고 그리워하는 원산 송도원 시절이 우리들 태어나서부터 맑고 푸른 물 같은 고향의 담담한 인생관이 공동으로 흐르고 있었던 게 아닐까.

이제는 이 속세에서는 뵈올 수 없는 구상 선생님, 그러나 선생님의 그 순수한 시, 맑고 푸르고 아름다우면서도 거룩한 시는 길이 남아 자라나는 이 나라 젊은이들과 머지않아 고향인 원산과 북한의 아이들과 어른들 모두 읽으며 살리니 선생님은 영원히 살아 계시는 한국의 시인이십니다.

이런 분과 한 시대의 우리가 같은 문단에서 함께 살아왔다는 것만으로도 신선한 삶의 기쁨과 보람을 느낍니다.

서대문호텔의 후배

한운사
극작가

하루는 권오철(權五哲) 동아일보 문화부장이 내게 전화를 걸어 왔다.

"야, 오늘 술 한잔 안 할래?"

"왜?"

"내가 자네한테 소개해 줄 사람이 있다."

갔더니 구상 시인이 와 있었다. 매우 착한 얼굴이다.

"웬일이오?" 하고 물었더니 권 부장이 말했다.

"세상 살아가는 데는 선후배 관계가 있다."

"무슨 소리야?"

"여기 앉아 있는 구상이 네 후배다."

"뭐?"

"나이로 따지면 이쪽이 한두 해 먼저 태어났지만 서대문호텔은 너보다도 후배다. 구상, 선배한테 깍듯이 인사하라구……."

구상은 씩 웃으면서 눈으로 나한테 인사를 했다.

"선배님, 몰라봬서 죄송합니다."

"오, 당신도 서대문호텔에 묵은 적이 있었던가요?"

"선배님보다 늦었습니다."

"가만 있자, 뭣 때문에 거기 가 묵었었지요?"

"송지영 선생하고 같이 갔지요."

까닭이 어찌됐던가. 박정희 시대의 이야기다. 걸핏하면 유명 인사들을 잡아넣었다. 중앙정보부장 김형욱의 장난이었는지, 비서실장 이후락의 장난이었는지, 좌우간 잘 잡아가고 잘 가두었다. 박정희 대통령의 의사를 대신해서 그렇게 한 것인지, 저희들이 알아서 이렇게 하겠습니다 한 것인지 걸핏하면 좌익하고 연결된 냄새가 나는 양으로 취급했다.

"내 후배 구상이다" 한 권오철의 착상은 애교스러운 일이었다. 나는 그때까지도 구상의 시가 어떠한 것인지 잘 접해 보지 못했다. 그가 영원히 나의 후배라는 것만 기억했다.

1956년께였던가. 내가 한국일보 문화부를 맡고 있을 때 사회부의 이목우 기자가 다가오더니, 담뱃갑 은종이에 그린 그림을 보여 주었다.

"뭐요 이게?"

"가만히 펼쳐 보시오."

발가숭이 인간들이 묘한 자세를 취하고 있다. 어떤 사람은 개처럼 네 발로 웅크리고 있다. 어떤 사람은 성욕을 유발하는 모습으로 누워 있다. 어떤 사람은 하늘을 향하여 무엇인가를 호소하는 모습으로 돼 있다.

"이게 뭐요?"

"이중섭 화가가 있어요. 일본에 유학갔다가 일본 여자하고 결혼한 사람이에요. 지금 대구에 있는데 찢어지게 가난해요. 이 친구를 세상에 알리고 싶은데, 한 부장이 소개해 주시면 좋겠는데……."

피카소의 그림 같았다. 알 만한 것 같은데, 아리송하다. 나는 그 은박지의 수상한 그림을 얼마 동안 간직하고 있었다. 어느 날 이목우 기자가 "이중섭은 시인 구상이하고도 가까워요. 구상을 한번 만나서 이야기 들어 보지 않을래요?" 해서 구상 씨를 만난 것이 대머리집이었던가.

"한 명의 천재지요. 불우한 생활을 하고 있지만, 그 그림은 희한합니다. 세상에 소개해서 부끄러울 것이 없을 겁니다."

나는 간직했던 은박지 그림을 다시 한 번 음미해 보았다. 그리고 〈한국일보〉 문화면에 소개했다. 그 뒤가 어떻게 됐는지 좌우간 그는 한국 화단의 귀재(鬼才)로 평가받는 세상이 되어 갔다.

오늘날 이중섭도 구상도 다 이 세상을 떠났다.

어느 날 호암아트홀에서 이중섭을 회고하는 전시회가 열렸다. 나는 각별한 감회를 안고 그 그림들을 보았다. 은박지에 피카소 같은 그림을 그린 그의 천재성을 새삼 확인할 수 있었다. 그리고 구상의 간곡한 청을 음미하면서 이것이 인생인가 하는 감회에 젖었다. 구상도 갔다. 그의 시를 읽으면 좀 어렵다. 그러나 그 착함. 아련히 소생하는 그의 얼굴. 형무소의 나의 후배. 모든 시인들이 우러러보는 까닭. 알 것같이 된 것은 역시 세월 탓인가.

그보다 앞서 조병화가 갔을 때 "사랑 장사 그만할 작정인가?"라고 나는 써주었다. 구상 씨가 갔다는 소식을 접했을 때, "그대도 인생에 끝이 있다는 것을 일찍부터 알고 있었던 사람"이라 하고 싶었다. 서정주 시인의 빈소에 갔을 때 나는 부의(賻儀) 대신 "축 탈속"이라고 써주었다.

"인생이 별것 아닌 것 같은데, 그동안 살아오느라 욕봤습니다."

구상, 그 얼굴은 착함으로 가득 차 있다. 그것으로 되지 않았는가. 역시 '축 탈속'인 것이 아니겠는가.

이 땅의 큰 시인이 가시던 날에

홍윤숙
시인

2004년 5월 11일 아침 아직 이른 시간, 구상 선생님의 비보가 날아들었다. '마침내 가셨구나' 하는 생각에 머리 속이 텅 비어 버리는 것 같은 느낌이 들었다. 그 이틀 전 선생님이 위독하다는 소식을 듣고 댁으로 전화를 드렸을 때, 잠시 의식을 회복하셨다는 말을 들었던 터라 '아직은 괜찮겠지' 하는 희망을 놓지 않았기 때문에 느닷없는 부고에 그만 당황하고 만 것이다.

오랜 투병 끝에 선생님은 가시고 이로써 한 시대가 막을 내린 듯한 어둡고 착잡한 심정을 어쩔 수가 없었다. 입원하시기 직전까지 가끔 뵙거나 전화 통화를 할 때면 으레 장난처럼 "홍 여사, 내 빚 언제 갚을 거야" 하시며 껄껄 웃으시던 목소리가 귀에 들리는 듯하기도 했다. 내가 구상 선생님을 가까이 알게 된 것은 아무래도 가톨릭 입교 후인 1968년경부터라고 할 수 있다. 그 이전의 지면(知面)이란 그저 문단의 선배로서일 뿐 특별히 관심을 가질 만한 일이 없었다. 1968년 12월 성탄절에 영세를 했고 다음해 장충동 필자의 집에서 하루 저녁 최민순 신부님과 구상 선생님을 모시고 즐거운 시간을 가졌던 기억도 이젠 희미하지만, 그날 처음으로 가까이 모셨던 구상 선생님의 첫인상은 무척 소탈하시고 농담도 잘 하시는 분으로 사람을 편하게 해주시는 분이라는 것이었다.

선생님은 주위의 참 많은 분들에게 존경을 받으셨고 누구나 그분을 각별한 분으로 모셨는데 나는 좀 신기한 생각이 들었다. '뭐 특별한 분도 아니신 것 같은데. 그저 점잖으시지만 지극히 소탈한 분이신데……' 그래서 선생님을 좋아하는 문인들은 허물없이 선생님 앞에서 댄디스트라고 놀리듯 평하기도 했다. 실제로 30여 년 전 50대의 구상 선생님은 좀 과장해서 눈이 부시게 이목이 수려하신 용모로 모든 좌석에서 군계일학의 귀공자풍 신사이셨다. 어쩌면 많은 여성들의 이목을 집중시키기에 족한 용모이셨지만 이상하게 그분에게선 남성의 느낌이 들지 않았으니 아마도 그것은 그분이 지니신 신성한 내면성 때문이 아니었을까 하는 생각을 나중에야 하게 되었다.

선생님은 따뜻하기가 친척집 아저씨 같고 큰오라버니 같은 혈연적 친근감을 주시는 분이었다. 사회적 시각이나 정치 의식은 언제나 바르고 곧으셨으며, 잘못된 것은 거침없이 끊어 버리시는 과단성도 지니고 계셨다. 언젠가 예술원법에 부당한 사항이 결정되자 선생님은 단신 혼자서 예술원을 탈퇴해 버리고 나오신 적도 있었다. 내가 선생님을 좀더 가까이 대하게 된 것은 대구에서 거행하는 이상화 시문학상 심사와 지난 1990년 예술원 회원이 된 이후부터라고 할 수 있다. 예술원에서 겪은 선생님의 면모에 대해 두 가지만은 꼭 이야기하고 싶다.

4~5년 전 일이었다. 예술원 신입 회원 신청서에 선생님 추천을 받은 인사가 있었다. 우리는 그 추천 인사를 놓고 어떻게 이런 추천을 선생님은 승인하셨을까 하고 이상하게 생각했다. 추천받은 분은 문인이라기보다는 사업가였다. 얼마 후 나는 선생님을 만난 사석에서 좀 투정을 부리듯이 어떻게 선생님의 이름을 걸고 그런 추천을 해서 우리를 곤혹

스럽게 하시느냐고 항의를 했다. 한참 말이 없으시던 선생님은 먼 곳을 바라보는 듯한 눈길로 이렇게 한마디를 하셨다. "내가 거절하면 그 사람이 상처를 받을 테니까……." 그 한마디에서 나는 선생님의 전 인격을 알 수 있었다. 선생님은 거절함으로써 당신의 이름을 지키기보다는 승낙함으로써 상대방의 마음에 상처를 주지 않으려고 하신 것이다.

나는 성서에 나오는 창녀 막달라 마리아의 일화가 떠올랐다. 누구든 죄 없는 자가 그녀를 돌로 치라고 하신 예수님의 마음, 선생님은 바로 예수님의 마음을 닮으신 분이시란 생각을 하게 되었다. 남에게 상처를 주느니 당신이 욕을 먹는 것이 낫다고 생각하시는 선생님, 이것은 누구나 할 수 있는 일이 아니다.

선생님은 그렇게 크고 따뜻하고 자상하며 사람의 마음을 어루만지시는 분, 그러면서 바르고 의로운 분이셨다. 진실로 100년에 한 사람 있을까 말까 한 가톨릭의 거목이시고 정신적 지주였으며 우리 마음의 구심점이었다. 그런 분을 우리는 잃은 것이다. 이 상실감을 무엇으로 달랠수 있을까.

선생님은 일찍이 가톨릭 신자이기에 겪었던 고뇌를 어쩌다 토로하신적이 있으시다. 젊은 나이에 너무도 고통스러워 "나는 어쩌면 저주받은 영혼이 아닌가" 하는 절망적 심정이 되기도 했다고 글에도 쓰시고 말씀으로도 들려준 적이 있다. 나는 선생님의 그런 고뇌가 좀 생소하고 멀게 느껴져서 잘 이해할 수가 없었다. 그러나 그분의 그런 젊은 시절의 고뇌가 비로소 최근에서야 이해되기 시작했다. 선생님은 태중 신자로 형님을 사제로 둔 정통 가톨릭 가정에서 태어나시어 선택의 여지 없이 가톨릭 신자가 되어야 하는 정신적 구속감을 견디셔야 했다. 우리같이 많은 신자들이 나이 들어 이것저것 생각하고 기웃거리다 자의에 의해 가톨릭의 문을 두드린, 말하자면 자신의 선택에 의한 신자들인 데 비해 선생님은 거부할 수 없는 정해진 운명에 몸을 묶어야 하는 절대적 조건에 젊고 자유분방한 정신이, 그것도 예술적 감수성이 남달리 명징한 천성적 시인으로 순응해 내시기가 너무도 힘드셨던 것이다.

그 같은 고뇌를 겪으셨기에 선생님의 신앙은 그같이 투철하시고 완전하셨다고 나는 생각한다. 이제 우리는 그런 분을 잃은 것이다. 선생님께 진 빚 갚지도 못하고 그 따뜻하고 넉넉한 마음 어디서도 찾을 길이 없다. 이렇게 한 시대가 끝나 버렸다는 종말감, 비록 새 시대가 새로 시작되고는 있다 하지만 모두 불안하고 어둡고 앞이 보이지 않는다.

어른이 없는 집안의 불안과 적막감, 이 적막감을 안고 선생님의 영원한 안식을 빌 수밖에 없다. 어차피 우리도 머지않아 그 길을 따라야 할 것이니 옷깃 여미고 때 오면 조용히 떠날 준비를 해야 한다.

한국 가톨릭 제4수도회와 구상 선생

변규용

서강대학교 국제대학원 교수

구상 선생과의 첫 만남은 1957년 봄으로 거슬러 올라간다. 거의 50년 전의 일이다. 당시 나는 대학을 막 졸업하고 가톨릭에 회우한 때였다. 또한 올챙이 저널리스트로 소용돌이치던 한국 정치의 중심부인 국회 주변을 맴돌면서 동분서주하고 있었다.

비극적 젊음의 방황을 청산하고 가톨릭 신앙인으로 사회의 초년생이 된 나는 무엇보다 먼저 신앙의 선배를 찾아 나섰다. 때마침 십수년간의 외국 생활을 마치고 귀국한 최초의 한국인 예수회원 김태관(도비아) 신부와의 상봉은 내 생애의 전환점이 되어 주었다. 동시에 구상 선생도 이와 때를 같이한다.

서소문동(현재 삼성프라자 근처)에 자리잡은 한국예수회 본부가 바로 두 분을 만나게 한 장소다. 구상 선생과 김태관 신부는 1919년생 동갑내기이고, 동경 유학 시절부터 친분이 깊었던 터이다. 내가 서소문동에 있는 한국예수회 본부를 자주 내왕하게 된 것은 김태관 신부와 함께 서울에 있는 여러 대학 안에 뉴먼 클럽(뉴먼 추기경의 대학의 이념과 가톨릭 영성의 함양으로 조직된 국제적 단체)을 창설하는 데 조력하기 위해서였다.

서울대학교, 연세대학교, 성균관대학교, 이화여자대학교 등으로 뉴먼클럽 멤버는 확산되어 갔다. 바로 이 무렵 구상 선생은 김태관 신부와 함께 뉴먼 클럽의 가톨릭 사상 강좌에 동참하게 되었는데, 나는 두 분 사이에 막내로 끼어들게 되었다. 서소문동 예수회 본부에서 가까운 순화동에는 당시 대한민국 부통령 관저가 있었다. 저 유명한 가톨릭 지성의 대부격인 장면 박사가 그곳에 계셨다. 장면 박사는 구상 선생이나 김태관 신부와도 매우 가까운 사이였다. 나는 저널리스트로서 장면 박사를 단독 인터뷰하여 잡지에 쓰기도 했다.

당시 가톨릭 지성이라고 불리는 대학교수들은 서울과 대구를 중심으로 소수에 불과했다. 구상 선생, 박갑성 교수, 이효상 교수, 김태관 신부의 도움으로 뉴먼클럽의 젊은 대학생들은 미래의 한국 가톨릭 지성의 지도자로서 기초를 쌓아 나갔다.

구상 선생과 김익진 선생 그리고 나의 만남

1960년, 4 · 19 혁명은 내 생애에 있어 하나의 전환점이 되었다. 3년간의 저널리스트로서의 삶을 접고 서울대 대학원에 진학하여 철학 연구를 시작한 것이다. 나는 박종홍 교수의 문하에서 한국 사상에 심취해 '서방적 그리스도교 사상과 동방적 휴머니즘의 상봉은 가능한가'라는 화두에 매달려 있었다. 구상 선생과는 일찍부터 같은 문제 의식을 나누곤 했다.

그런데 때마침 대구에 자리잡고 계셨던 김익진 선생이 중국인 대석학 오경웅(吳經熊) 박사의 『동서의 피안』(*John C.H.Wu, Beyond East and West*)을 번역하기로 했다는 소식이 들려왔다. 구상 선생과 김익진 선생은 오랜 교우 관계를 맺어 온 막역한 사이였다. 나는 두 분의 권유와 합의로 그 번역을 조역하기로 했다. 김익진 선생은 북경대학교 언어학과에서 동서 고전을 폭넓게 섭렵한 분이고, 구상 선생은 동경 니혼대학교 중교학과에서 젊은 시절 동서고금의 문학과 영성을 깊이 천착한 분이다. 반면 나는 겨우 젊은 철학도로서 미래의 세계를 준비하고 있었을 뿐이다. 이 『동서의 피안』과의 만남은 내게 새로운 지평을 열어 주었다.

무엇보다 구상 선생과 김익진 선생, 그리고 이 책을 출판하기로 약속한 경향잡지사(현 가톨릭출판사 전신) 사장이었던 윤형중 신부님(나를 가톨릭으로 인도해 주신 사부님)의 배려로 우리가 자주 만날 수 있는 아지트가 생겼다. 이 무렵 〈가톨릭 소년〉 편집장이자 시인이던 이석현 형, 수줍고 과묵한 작곡가 윤용아 형 등 많은 멋쟁이들이 모였다. 가난했던 시절이라 번역 원고가 채 완성되기도 전에 원고료는 모두 선불받은 상태였다. 우리는 명동의 선술집과 청계천 보신탕집의 단골 손님들이었다. 나는 말석에서 선배들의 시중을 들면서 많은 것을 배웠다.

마침내 『동서의 피안』을 완역하고 인쇄소로 넘긴 다음, 나는 프랑스로 유학을 떠나게 되었다. 1962년의 일이다. 구상 선생과 김익진 선생은 송별회를 마련해 주셨는데, 구상 선생이 그날을 '한국 가톨릭 제4수도회(?)' 를 창설하는 기념일로 하자고 제안을 했다. 구상 선생의 말씀인즉, 가톨릭 교회 안에는 여러 위계 질서가 있는데 제1회는 신부·성직자회, 제2회는 남녀 출가자 수도회, 제3회는 재속 수도자회라는 것이다. 그럼 제4회는 무슨 수도회란 말인가.

구상 선생의 설명은 다음과 같다. 거기에는 멋진 해학과 유머로 얽힌 우습기도 하고 진지한 내용이 숨겨져 있다. 또 동서고금을 아우른 열린 마음과 한국적 영성을 밑에 깐 원융회통(圓融會通)의 정신을 담고 있다. 제4회원의 입회 조건은 간단하고 단순하다. '영혼의 문둥이라야 한다'

는 것이다. 제1, 제2, 제3회에 입회하기 위해서는 조건이 아주 까다롭다. 그러나 제4회에 들어가는 데는 아무런 제약이 없다는 것이 특징이라면 특징이다. 이념과 도그마에 구애됨이 없고, 철학과 사상의 다양성에도 개방된다. 남녀노소·빈부귀천의 모든 담벼락도 허물어 버린 상태이다. 입회 조건이라면 오직 사랑과 겸손, 섬김과 가난한 영혼의 문둥이들이 최상의 고객이라는 조건이 있을 뿐이다.

프랑스로 떠나는 내게 열린 마음으로 동서를 넘어서 다원화된 문화세계의 창조와 다종교 사회를 향한 순례자가 되라는 구상 선생의 당부말은 지금도 내 마음 깊이 메아리친다.

출발에 앞서 제4회 수도원 원장에는 김익진 선생, 수련원장에는 장본인 구상 선생. 그리고 내게는 프랑스 주재 제4회 전권대사에 임명하노라는 해학에 가득 찬 임명식이 거행되었다.

십수 년 동안 긴 세월의 유럽 순례 여행을 마치고 귀국한 때는 1977년. 그 사이 많은 은사들이 작고했다. 박종홍 선생, 야인 김익진 선생……그들을 다시는 뵐 수 없게 되었다. 그러나 다행스럽게도 구상 선생님과 김태관 신부님은 건재하셔서 나를 반갑게 맞이해 주었다.

귀국에 앞서 3년간 프랑스 정부 파견으로 일본 동경대학교에서 동서비교사상을 강의했다. 일시 귀국 때, 구상 선생은 나에게 완전히 귀국하여 당신과 함께 '동서인문고전 아카데미'를 창설하자는 제의를 했다. 나는 쾌히 승낙했다. 당시 자유교양문고를 운영하던 김창수 형이 재정을 담당하기로 하고 신촌역 앞에 건축 설계도 한 상태였다. 구상 선생은 내가 일시 귀국해 있는 동안 조선일보사에서 동서인문고전 아카데미와 한국 지성이라는 세미나까지 개최했다. 나는 거기서 주제 강연을 했다. 그러나 계획된 일은 김창수 형의 갑작스런 죽음과 사고로 실현되지 못하고 말았다. 지금도 매우 아쉽게 생각한다. 아마 하느님의 보이지 않는 섭리의 손길이 우리와는 상관없이 보다 차원 높은 곳으로 인도하는 것이 아닌가 싶었다.

우연한 기회, 아니 이것은 또 하나의 섭리임에 분명하다. 동경대학교에서 교환교수 생활을 마치고 가톨릭이 아닌, 개신교 대학에 초빙 교수로 부임한 것이다. 당시 구상 선생은 대구 영남일보에 몸을 담고 있었다. 선생을 자주 만날 수 있었던 것은 다행 중 다행이었다.

대구는 내자의 고향이기도 했다. 나는 한꺼번에 구상 선생의 친지와 교우 관계를 온전히 인계받았다. 왜관 분도수도원의 도반들, 특히 김 베다 신부님과 대구 언론계, 대학인들……. 대구는 내게 제2의 고향으로 다가왔다. 이때 덤으로 넘겨온 것이 걸레스님 중광과의 만남이다. 중광 스님을 프랑스에 소개한 것도 이런 연유에서 비롯된다.

서강대학교 김태관 신부의 후임으로 초빙되어 서울로 올라왔다. 그러나 김태관 신부를 둘러싼 미국 예수회원들 사이의 갈등은 내게까지 미쳤다. 이럴 때에도 구상 선생은 중개자로 발벗고 나섰다. 어려운 일이나 즐거운 일이 있을 때나 언제나 구상 선생은 내 곁을 지켜 주었다. 결국 나는 서강대학교를 단념하고 한국교원대학교 창설 멤버로 국립종합사범대학에 참여하게 되고 교원연수원장, 대학원장 등 교원 양성에 힘썼다.

무엇보다 구상 선생의 숙원 사업 중 하나였던 '동서인문고전 아카데미' 창설 계획은 다른 공간에서 꽃피게 된다. 이것이 다름 아닌, 성천 유달영 선생과 구상 선생, 그리고 내가 합류하는 계기가 되었다. 성천 선생의 권유로 구상 선생은 성천문화재단의 '동서인문고전 아카데미' 원장직을 수락했다. 구상 선생의 추천으로 나는 서양 고전 중에서 파스

칼의 『팡세』를 초창기부터 10년간 강의를 했다.

구상 선생과 더불어 생각했던 동서고금 아카데미 창설 계획은 성천 선생과의 상호 존경과 격려가 있었기에 가능했다. 이것은 나의 생애 에서 구상 선생과의 약속을 조금이나마 지키게 해주었다.

회상컨데 구상 선생의 사모님도 성천아카데미에서 나의 파스칼 『팡세』 강좌 때 맨 앞자리에서 경청하셨던 기억은 지금도 너무나 생생하다..

인간은 한 포기 갈대에 지나지 않는다. 가장 연약한 창조물, 그러나 생각하는 갈대이다.
— 파스칼의 『팡세』 중에서

무량한 평화 안에

—

김남조
시인

엊그제 깊은 밤에
지상의 삶을 문 닫으시고
영생의 부신 세상 거기에서 눈 뜨실 때
하늘나라 그 하늘도 이곳처럼
아슴한 청자 빛깔이더이까

영원이니 영생이니 하는
그 어려운 책을
꿀맛 당기듯 골똘히 읽으시고
만들어진 자, 사람으로서
만드신 분, 조물주를 기리며
전화 문안 자주도 여쭙더니
지금은 해갈의 단비 속에
미소 지으시나이까

무사가 그의 칼날을 벼리듯
그 자신의 정신의 칼날을 벼리시며

명징하고자, 의롭고 온유하고자
목숨 걸고 인내하고자
그리고 그 이상으로
사람이 저지르는 갖가지 잘못에
'구상' 그 자신이 가담되었다고
준열히 자책하시니
한 생애의 모든 나날이
폭풍 속의 수련장이었나이다

수많은 사람 전교하여
진리 안에 입교시키고
그 몇몇은 임종 무렵에 대세를 주어
저승의 문턱까지
울며 업어 건네셨으니
평신도 사제이시며
실천하는 선비, 그 사람이
어찌 아니시겠나이까

바라보기만으로도
가슴 저려 오는 혈육의
그 원수 같은 사랑과 집착,
그러한 가족들을 차례로 땅 속에 묻으시고도
감격하는 감수성은
어찌 그리도 많이 남아

아파트 베란다의
햇빛 없이 피어난 꽃들과
애잔한 풀벌레까지도
연애 편지보다 더 순열하고 실하게
시로 읊으시다니

지금은 그저
주께서 마지막 하신 말씀 그대로
'이젠 다 이루었다' 고만
나직히 말씀하소서

모든 것은 지나가되
언젠가 서로 닿기 마련인
세상사의 명운이 지극 감사하옵고
하여, 필연 다시 만날 일을 믿나이다
부디 또 부디
무량한 은총과 평화 안에
길이 평안하소서

못 만들고 가신 우리들의 모임

—

김시철
시인

구상 선생과 나와의 관계는 꽤 오래전으로 거슬러 올라간다. 환도 직후, 그러니까 1950년대 중반이다. 내 첫 시집 『능금』이 간행되던 1956년, 문총(文總) 대표 최고위원실에서 이산(怡山) 김광섭(金珖燮) 선생님을 통해 구 선생을 알게 되었다. 이산 선생님은 구상 시인에게 "이번에 내가 시철 씨의 시집에 서문을 써주기로 했는데 이 사람이 바로 시인 김시철 씨요. 두 사람 다 고향이 함경돈데 북쪽 사회가 싫어서 월남한 사람들이니 앞으로 각별히 우애가 깊었으면 좋겠소" 하면서 우리에게 차 한 잔씩을 권했다. 그때 나는 20대 중반이었고, 구상 선생은 30대 중반의 아주 훤출한 키에 드물게 보는 미남이었다.

그런 일이 있은 후로 나는 이산 선생님이 발행하는 문학 잡지 〈자유문학〉의 편집을 맡게 되었는데, 이때부터 누구보다도 이산 선생님의 총애를 받고 있는 구상 선생과 자연스럽게 만나는 기회가 자주 생겼다. 이 무렵 이산 선생님은 구상 · 설창수 · 송지영 · 이인석 · 박연희 · 조경희 · 조병화 · 김규동 씨 등을 각별히 아끼셨는데, 나도 자연히 그 뒷자리에 끼어들게 되었다. 나에게 구상 선생은 웬일인지 그저 선배 시인 정도의 관계를 넘어서서, 우리 집안의 큰형님이거나 아저씨 같은 격의 없는 관계로 발전해 나갔다. 구상 선생은 단신 월남해서 사고무친이나 다름없었던 내게 든든한 기둥 같은 정신적 지주였음은 말할 것도 없었고, 또한 그런 측면에서 더욱 나를 아끼고 챙기시는 눈치였다. 하지만 나는 늘 아랫사람으로서의 도리가 부족했던 데 반해 구상 선생은 무시로 안부를 물어 오셨고, 혹여 내 주변에 무슨 일이라도 생기지 않았나 싶어 걱정하는 전화가 잦았다.

그러한 관심과 배려는 1996년, 내가 상처(喪妻)하면서부터 더욱 잦아졌다. 이를테면 아내를 먼저 보냈으니 살기가 얼마나 고달프냐. 그래 이젠 그만 세월도 웬간히 흘렀으니 어디 좋은 배필이라도 찾아봐야 할 게 아니냐. 그 왜 김 회장 주변에도 여자들이 많을 터인데 언제쯤이면 국수를 먹게 될 것이냐. 내가 보기엔 김아무개 여사가 좋을 듯싶은데 김 회장 생각은 어떠하냐. 만약 생각이 있다면, 중이 제 머리 못 깎는다고 했으니 내가 나서면 어떻겠느냐. 등잔 밑이 어둡다고 문단에도 독신 여성들이 많은데 너무 먼 데서만 찾지 말고 가까운 데서부터 차근차근 찾아봄이 어떻겠느냐. 글 쓰는 여자가 싫다면 어디 다른 여성들도 많으니 그것도 내가 알아봄이 어떻겠느냐. 나처럼 늙어 버리기 전에 김 회장은 아직 머리도 새까맣고 젊어 보이니 때를 놓치지 않았으면 좋겠고, 주례는 그야 내가 서줄 터이니 아무 걱정 말고 일이나 서둘렀으면 하는데 어찌 생각하느냐, 하는 전화와 동시에 어느 날 몇 시에 63빌딩 어디어디서 점심이나 들면서 좀더 세세하게 얘기를 나누자는 전화가 자주 왔다.

그러면 나는 또 꼼짝없이 약속 장소에 시간 맞춰 나가야 했고, 당신은 그저 즐거운 표정으로 싱글벙글 내 표정을 살피곤 했다. 그 자리에는 으레 김아무개 여사도 함께 참석하곤 했는데, 우리는 피차 무슨 말을 해도 전혀 허물이 되지 않았다. 그럴 때마다 나는 당신 걱정을 하면서 아랫사람이기는 해도 주례는 오히려 내가 맡겠다고 했다. 당신께서 거명한 여기 김아무개 여사는 보시다시피 나의 배필이 아니라 선생님을 더 좋아하는 눈치니 선생님 배필로 삼으시라는 단서를 달면서.

하루는 점심이 끝나고 느긋하게 차 한 잔을 마시다가 화제가 이상한 곳으로 흘러 버렸다. 구상 선생은 지금 우리 문단에는 홀아비가 얼마나 되고, 과부 또한 얼마나 되느냐고 내게 물었다. 그걸 왜 내게 묻는 것이며, 무슨 일로 아시려 하시느냐 했더니, 그 명단을 뽑아 가지고 우리 '문인 홀아비 과부 클럽'을 만드는 게 어떻겠느냐는 것이었다. 참으로 놀라 자빠질 일. 기상천외의 제안이요, 구상 선생다운 위트가 아닐 수 없었다.

우리 셋은 설왕설래 끝에 '홀아비'와 '과부'는 다소 듣기가 좀 그러니 차라리 '문인 독신자 클럽'이라는 이름이 보다 듣기 좋지 않겠느냐는 쪽으로 합의를 보고, 그 명단은 빠른 시일 안에 내가 작성하기로 했다. 우리의 일치된 견해는 맨날 싸움질이나 하고 감투 싸움이나 하는 신물나는 문학 단체 모임보다는 이런 모임이 훨씬 유대감이 있으니, 피차 고달프고 재미없는 세상에서 새로운 활기를 불어넣는 것도 바람직하다는 것이었다. 참으로 그럴싸한 제안 설명이다. 해서 이에 대한 세간의 분위기는 조만간에 내가 직접 조사해 보기로 하고, 아무래도 최고 연장자인 당신께서 초대 회장을 맡는 것이 좋겠다고 했더니, 당신께서는 거동이 여의치 못하니 펜클럽 회장인 나더러 겸임하는 것이 좋겠다는 것이었다. 하지만 이 역시 선후배가 엄연히 있는 일. 극구 사양 끝에 회장은 홀아비로 한참이나 선배가 되는 황금찬 시인이 맡는 게 좋겠다는 쪽으로 의견을 모으고, 나는 심부름이나 하는 간사를 맡기로 했다.

그날로 사무실에 들어와 문인 명단을 낱낱이 훑어 가며 집계해 보았더니, 내가 아는 홀아비 수만도 구상·조병화·황금찬·김시철을 포함해 12명이고 과부의 수는 놀랍게도 그 다섯 배나 되는 58명이나 되었다. 5대 1이라는 아주 묘한 수치였다. 아무튼 장난스럽기는 해도 여론을 알아보기 위해 조심스럽게 몇몇 여성들의 의견을 타진해 보았더니, 처음에는 그저 농인 줄 알고 웃어넘기다가 의외의 반응을 보이는 것이었다. 정말 만들게 되거든 자기를 꼭 끼워 넣으라는 게 아니겠는가. 며칠이 지나자 어찌어찌 소문으로 얻들었는지 몇몇 독신 여류들로부터 전화가 걸려 왔다. 그 모임 빨리 만들어서 조만간에 우리 야유회라도 한번 가는 게 어떻겠느냐는 제안이었다. 독신자임을 굳이 소문내면서 살 것까지는 없지만, 그렇다고 부끄러울 것도 숨길 일도 아니니, 이 기상천외한 모임이 오히려 문학적 생활의 활력소가 될 법도 하다는 것이 대체적인 견해였다.

며칠 후 이번에는 그 일로 해서 우정 구상 선생을 만났다. 남녀 홀아비 과부를 합쳐 도합 70명의 명단을 나이순으로 만들어 가지고 만난 것이다. 여론조사 결과는 거의 100%가 찬성인데, 굳이 발기인 총회라고 할 것까지는 없어도 불원간에 모임을 한번 가지는 것이 좋겠다는 쪽으로 일단 합의하였다.

하지만 이 일을 어쩔 것인가. 모임이 거의 성사될 즈음해서 간사를 맡기로 한 나는 펜클럽 회장 임기가 끝나자마자 강원도 산골에다 집 짓고 들어와 운둔 생활에 들어가게 되었고, 당신께서는 병세가 점점 악화되어 몸져눕게 되었으니, 이래저래 이 나라 문단 역사상 별 해괴한 모임 하나가 생길 뻔하다가 소문만 내고 무산되고 말았다. 이 일을 생각하면 지금도 나는 구상 선생 앞에 할 말이 없다. 선생님, 그래도 기어이

그걸 만들고 싶으시다면 이제 선생님 곁으로 가서 다시 만들어 볼밖에
요. 안 그러합니까, 선생님.

마음이 크고 넓은 구상 형

최서면
국제한국연구원장

내가 사백(詞伯) 구상 형을 알게 된 것은 1953년경부터이다. 명동이 6·25 환란으로 인해 지금으로서는 상상할 수 없을 만큼 폐허로 되어 아직 옛 모습을 찾지 못하고 판자로 세워진 술집이 즐비하게 늘어져 있을 때이다.

"서면이, 노 주교 치마 밑에서 뭐 해! 빨리 나와!"

밖에서 나를 불러 대는 소리가 들린다.

천주교의 노기남 대주교가 남자이기 때문에 치마를 입을 리가 없는데 "노 주교 치마 밑에서 뭐 하는 거야"라는 말은 천주교 신부들이 입는 긴 두루마기같이 생긴 수단이라는 서양옷을 말하는 것이다. 그때 나는 노기남 대주교의 비서로 있어 명동 주교 댁에서 기숙하고 있었다. 어떤 때는 이 외치는 소리를 들은 대주교께서 미군 장병이 선물로 가져온 위스키를 주시면서 "조금 조용히 하라고 그래" 하시는 것이었다. 당시는 담배라면 럭키스트라이트라는 양담배였고 최고의 술은 조니워커라는 양주였다. 동동주가 주된 술이었을 때니까 내가 양주를 가져가면 구상 형을 둘러싼 사람들에게는 내가 산타클로스같이 느껴졌는지 모두에게 귀여움을 받았다. 형이 지방에서 서울에 올라오면 가끔 호출을 당했는데, 이때 오상순(吳相淳)·왕학수(王學洙)·이한직(李漢稷) 씨 등 지금은 고인이 된 분들을 알게 되었다.

내가 1957년 일본에 있게 된 뒤로도 우리 술 왕래는 동경에서도 계속되었다. 그때의 형은 허세를 세워 건강한 척하고 있었다. 그는 비싼 집을 싫어하고 값싼 포장마차를 좋아해서 술값 때문에 부담을 주지 않는 성품이었다.

동경에서는 조영주(曺寧柱)·정찬진(丁贊鎭) 씨 등 민단 지도자들과 가까워 이틀에 한 번은 술 못하는 사람까지 끼어 포장마차를 점령했는데, 형은 폐가 나쁘다는 것을 느끼지 못할 만큼 술좌석에 잘 어울렸다. 그러나 얼마 후 형의 건강이 위험수위에 있다는 것을 알게 되었다. 그런데 당시는 한일 국교가 정상화되기 이전이어서 일본 정부의 체류 허가를 얻기가 여간 까다로운 게 아니었다. 따라서 장기 체류 허가를 받는 것이 문제였다.

여러 사람이 애정 어린 걱정을 했지만 길이 없다는 것을 알려 왔다. 당시 아시아 대학에서 교편을 잡고 있었던 나는 형을 내 강의의 특별강사로 모시는 안을 세워 대학의 이름으로 그를 초청하는 것으로 체류 허가를 받아냈다. 그렇게 해서 구상 형은 기요세 결핵 병원에서 장기간 치료를 받게 되었다. 넉넉지 않은 대학이어서 그때 경제적 뒷받침을 해 주지 못한 것이 지금 생각해도 부끄러워진다.

나는 형이 입원해 있는 동안 일요일에 자주 병원을 방문하고 위로했다. 일요일에 드라이브를 시켜 주지 않으면 애비 구실을 못한 것같이 느끼고 있는 우리 아이들은 병원 오가는 길의 드라이브가 좋아서인지 구상 형 병문안 가는 것에 거부 반응이 없었다.

어느 해인가 형이 우리 집에서 설날을 맞게 되었을 때, 나의 큰아들이 동생을 앉혀 놓고 세배를 했다. 동생이 형한테 절하는 것이 아니고 형이 동생에게 절을 하는 것이었다. 절이 끝나자마자 큰녀석은 동생에게 세배했으니 세뱃돈 내라고 했다. 동생은 세배를 받으면 절값을 당연히 주어야 한다고 느꼈는지 할머니한테서 받은 돈을 형에게 주었다. 그 광경을 본 나는 이게 무슨 짓이냐고 야단을 쳤다. 그랬더니 큰놈이 아무 말 없이 밖으로 뛰어나가 버렸다.

잠시 후 구상 형이 눈물을 글썽이며 내 방으로 와서 하는 말이 큰애가 "세배해서 돈 벌었는데 아저씨 이거 병원비에 보태 쓰세요"하고 돈을 주더라는 것이다. 그러면서 "어린 동생에게서까지 번 돈을 주다니……"하고 다음 말을 못 이었다. 형은 그 후 만나면 언제나 큰놈의 안부를 물었다.

형이 병원에서 퇴원한 후로는 낮 시간에 찾아도 있는 곳을 모를 때가 많았다. 몰래 학교를 다니고 있었던 것이다. 이미 시인 구상의 위치가 굳건한데 학교는 무슨 학교냐고 했더니 어처구니없게도 시나리오학을 배우러 다닌다는 것이었다. 형의 웃는 얼굴은 남달리 애교스러운 데가 있는데 말문이 막히면서 고개를 기울이고 크게 웃어 버리면 아무도 그에게 적의를 느끼지 못하게 되는 매력 있는 웃음의 소유자이다. 나도 웃고 말았다.

그가 대답 없이 웃어 대는 바람에 시인과 시나리오 작가라는 어울리지 않는 언밸런스를 다시 묻지 않았다. 그런데 50년 만에 이 수수께끼 같은 의문이 풀리게 되었다.

작년에 동경 한국대사관에서 운영하는 한국문화원 김종문 원장이 일왕 부부가 참관하는 한국 뮤지컬에 함께 가자는 기별을 보내왔다. 뮤지컬은 잘 모르지만 일왕 부부가 참관한다니 이것은 좀처럼 없는 일이어서 신주쿠에 있는 국립극장으로 갔다. 그런데 입구의 표제 옆에 '구상

작'이라는 글씨가 눈에 들어왔다.

'구상? 설마 내가 아는 구상은 아니겠지' 하고 끝까지 재미있고 즐겁게 보았다. 몇 자리 옆에 자리잡은 일왕 부부가 자주 가사에 대한 질문을 하는 것이 내 귀에도 들렸다. 기생 황진이에 대해서도 다소 들어 본 일이 있어 우리도 읽기 힘든 곳이 있지만 열심히 질문을 하는 일왕 부부는 퍽 재미있었거나 일본의 그것과 비교하는 것인지 질문이 많았고 웃는 일도 많았다. 그런 의미에서 구상 작 '황진이' 공연은 성공적이었다고 할 수 있었다.

끝난 뒤의 다과회에서 인솔단장에게 작자 구상이 '具常'이냐고 물었더니 그렇다 하며 서울 출발할 때 보고차 인사를 가려고 했더니 몸이 좋지 않으니 오지 말라고 해서 못 뵙고 왔다고 했다.

50년 전 욕을 먹어 가며 몰래 다니던 시나리오 공부가 바로 그 열매를 맺은 것이다. 가끔 엉뚱한 짓을 잘 하는 형의 일면을 보고 또 한 번 웃었다. 그날 밤 형에게 이 사실을 알렸더니 수줍어하면서 짧게 "고마워!" 한다. 전화여서 그의 얼굴이 보이지 않았지만 껄껄 웃는 얼굴 모습이 눈에 보이는 것 같았다.

형은 교우 관계가 넓다. 그냥 넓다고 잘라 말할 수 없을 만큼 넓다. 우선 그의 전문인 문학부터 시작해서 천주교의 성직자와 신도들에 친구가 많다. 친형이 신부이고 형 또한 독실한 천주교 신자이지만, 종교가 다른 불교계에도 친구가 많다. 심지어 욕 잘하고 그림 잘 그리는 스님이 나를 찾아와 구상 선생 기념관을 세울 기금을 만들기 위한 그림 전시회를 열자는 얘기를 한 일도 있었다. 언젠가 그에게 천주교에 못지않을 만큼 불교계에도 많은 친구가 있는 이유를 물어 본 일이 있다. 그의 대답은 간단했다. 천주교는 부모가 물려준 재산이고 불교는 내가 얻은 재산이어서 둘 다 중요한 것이라고. 그러는 그는 혼자가 되면 묵주를 손에 드는 독실한 면을 숨기고 있었다.

그에겐 정주영·김근수 씨를 비롯한 경제인뿐만 아니라 군인 친구도 많았다. 심지어 박정희 전 대통령을 그의 집권 시기에도 대통령이라고 부르지 않고 '박 첨지'라고 불렀을 정도로 막역한 사이였다. 임시정부 요인이었던 유림(柳林) 선생의 아들 원식(原植) 장군이 오해로 인한 고초를 당하고 있을 때는 어느 장군보다 힘을 발휘하여 오해를 풀게 한 일도 있었다.

그런가 하면 형은 일본말 이외는 외국어를 못한다지만 그는 외국말을 모르면서도 외국 사람과 잘 사귀었다. 형이 하와이대학교에서 한국문학 교수로 있었다는 얘기를 듣고 형이 영어를 대단히 잘하는 것으로 알고 있는 사람이 많지만 실은 한국말로 강의를 했다고 한다.

형이 아직 일본에 있을 때 중국 사람과 짧은 기간에 십년지기 같은 친구가 된 적도 있었다. 대표적으로는 일본 대표가 미조리 함상에서 항복식을 올렸을 때 연합국 중 중국 대표로 입회했던 상진(商震) 대장을 비롯해 조대중(曹大仲) 중장은 물론이고 반대 입장에 있었던 만주제국 경제부 대신과도 자주 식찬을 같이했다.

또한 나와 형제같이 지내던 미 컬럼비아대학교 박사과정에 있던 조지 맥크레인은 한국말에서 '선비'라는 말을 이해하기 어려웠는데 구상 선생을 만나 보니 '선비'가 똑똑히 보인다고 말하면서 그에게 사숙했다. 맥크레인은 풀브라이트 장학금을 받고 일본을 연구하기 위해 일본에 왔다가 논문 방향을 바꾸어 한국의 의병사(義兵史)를 연구하기 위해 한국으로 갔다. 「일본인의 한국 연구」, 「한국인의 일본 연구」와 같은 논문을 쓰기도 했다. 그는 구한말 한국에 와 있던 미국 외교관의 일기를 조사하던 중 어느 순간부터 서술 내용이 정반대로 달라진 것을 발견하고는 그의 논문의 출발점으로 삼았다.

그 내용이란 미국 외교관의 일기에 담긴 시국관이 매우 친일적으로 쓰이다가 하루 사이에 반일로 돌아서 원인을 알아보니, 일본이 한국의 독립을 확고히 하기 위해 한국을 돕는다고 말하는 것에 감동받았는데 알고 보니 그것이 모두 한국을 병합하기 위해서라는 것을 알게 된 날부터 일기 내용이 달라졌다는 것이다.

맥크레인은 한국에서 교통사고로 세상을 떠났다. 형은 우리도 못한 일을 미국인이 하다가 도중에 끊어진 것을 애석하게 여겨 가끔 맥크레인의 죽음을 소개하는 비석이라도 세우고 싶어했다.

일본의 친한파들은 많은 한국 사람을 안다. 특히 형이 일본에 있었을 때는 '일한친화(日韓親和)'가 대표적인 단체였다. 그 단체의 회장은 스즈키 카즈마[鈴木一]라는 1945년 일본 패전 후의 첫 수상이었던 스즈키 간타로[鈴木貫太郎]의 아들이었다. 그는 철저한 반성을 전제로 한 옳은 한·일 간 교류를 목표로 삼았다. 김팔봉·정비석·김동인·한무숙 씨 등이 그들이 초청한 인사들이었다. 나는 그들을 모시는 회담에 자주 참석할 기회가 있었는데, 그들이 구상 형을 대하는 것을 보고 높은 대접을 하느라고 신경쓴다는 것을 느낄 수 있었다.

구상을 만난 일이 없는 사람이 구상을 생각할 때 밖은 피하고 홀로를 지키는 사람으로 보기 쉽지만 한 번이라도 만난 일이 있는 사람이면 그 생각이 잘못되었음을 알 수 있다.

구상은 진실을 사랑하기 때문에 어려워 보이지만 사람을 사랑하기 때문에 그의 마음은 크고 넓다.

그것에 대해 쓰고 싶은 것이 많지만 1997년 일본 대사로 있었던 가가

나야마 마사히데〔金山政英〕가 서거했을 때의 일을 소개하면서 구상 형을 기리는 글을 마치려 한다.

가나야마 대사는 대사로 부임하기 전에는 한 사람의 한국인 지기도 없었다고 한다. 폴란드 대사로 근무한 지 6개월도 안 되었을 때 한국 대사로 가라는 명령을 받고 의아해했다고 한다.

당시 일본 외무성은 미·영·소·중 대사를 가장 중요한 자리로 여기고 있었는데, 작은 나라 대사로 가라는 것이어서 이등급 대사가 되는 것 아니냐는 생각 때문이었다. 정부의 명령이었으므로 할 수 없이 승복하고 한국에 부임했는데 한국에 온 뒤 크게 깨달은 것이 있었다. 그것은 일본 정부의 외교가 4대 강국을 중심으로 생각하고 있으나 한국은 이 4대국 못지않고 어떤 의미에서는 그보다 더 중요한 나라라는 것을 느끼게 되었다는 것이다. 일본은 다른 어느 나라보다도 한국과 잘 지내야 한다는 것을 느끼고 자기의 임무는 일본을 한국에 인식시키는 것도 중요하지만 그보다 더 중요한 것은 한국의 중요성을 일본에 알리는 일이라고 생각하고 열심히 뛰었다고 한다.

가나야마 대사는 죽기 전에 나의 체일 30년을 기념하는 논집인 『최서면과 나』에 글을 보내 "나는 죽은 뒤 일본에 묻히는 것보다 최서면 묘 옆에 묻히기를 원한다"고 썼는데, 구상 형이 나도 쓸 테니 한국인 친구들이 쓰는 『최서면과 나』도 내자고 제안했다.

가나야마 대사는 1997년 88세의 일기로 생을 마쳤다. 장례식은 일왕 부부가 보내온 향이 모셔진 가운데 엄숙하게 치러졌는데, 장례식이 끝나자 생전 만나 본 일이 없는 맏아들이 찾아와 아버지의 유언을 전해 왔다. 죽으면 최서면에게 내 유해를 맡기라고 했다는 것이다. 가나야마 대사는 그의 뜻대로 현재 경기도 일산의 삼가지 천주교 묘지의 내 가묘

옆에 모셔져 있는데 그 비문은 구상 형이 쓴 것이다. 형은 와병 중임에
도 이 일을 맡았다. 쓰고는 쉬고 쉬고는 쓰며 꽤 시간이 걸린 뒤에 비문
이 완성됐는데, 누구나 그 비문을 읽고는 명문이라고 한다.

지금 구상 형과 가나야마 대사는 저 세상에서 비문을 쓴 사람과 받은
사람으로 이 일들을 주고받으며 우리 남은 사람들을 위해 기구해 주리
라고 믿는다.

형, 얼마 후에 다시 만납시다!

나와 선비 구상

—

공국진
전 육군 헌병사령관

나와 구상 형과의 해후는 1950년 8월 내가 포항전선에서 악전고투하던 3사단 참모장직에서 정내혁 과장과 막 교대되어 육군본부 작전국 작전 과장직에 있을 무렵이다.

군무에 지친 나는 때론 대구 계산동에 있는 '대나무집'이란 음식점 에 들러 얼큰한 육개장에 소주 한 잔을 곁들여 들고 바로 옆집에 있는 '가고파'라는 찻집에 들러 차 한 잔 하는 것을 낙으로 삼고 있을 무렵이 었다. '가고파'에 가면 피난 중인 팔봉 선생, 독견 선생 등을 필두로 종 군작가와 종군기자들의 면면으로 언제나 와글거렸다. 그 중에는 지리 산 전투 이래 안면이 있는 이지웅(동양통신) · 임학수(동아일보) · 최기덕 · 이혜복 기자(서울신문) 등이 단골로 드나들었다.

하루는 이지웅 기자가 유엔 점퍼를 입은 덥수룩한 분을 소개하며 이 분이 유명한 시인이자 영남일보의 편집국장인 구상 씨라고 했다. 이때 통성명한 것이 구상 형과의 해후의 시초였다. 이때 받은 인상 중 잊혀 지지 않는 것은 와이셔츠 소매에 단추 대신 고무줄로 동여맨 기이한 모 습이었다. 훗날 물으니 홀아비의 전시형 패션이라는 우문현답으로 박 장대소했다.

얼마 후 대폿집에 마주 앉아 주거니 받거니 하다가 나이 이야기가 나와 신유생이라 했더니 "그럼 꼼짝없이 내가 형님 해야겠네"해서 그 후 호형호제하며 지내왔다.

그 후 나는 다시 일선에 투입되어 만나는 기회가 뜸해졌다가, 1955년 5월에 준장 진급과 동시에 육군헌병사령관직에 보직되어 대구에 내려오게 되면서 다시 옛 정을 나누게 되어 그의 낭만적이긴 하나 구수한 이야기에 가가대소하는 시간을 많이 갖게 되었다.

이 무렵 구 형은 이용문 장군과 박정희 장군과 어울려 다니곤 했다. 때로는 주선(酒仙)인 박정희 장군의 징발로 내가 봉이 되어 세 주호 틈에 끼어 고역을 겪기도 했다. 이 무렵부터 박은 취기가 돌면 혁명론을 청산유수와 같이 일장 퍼부었는데, 그러면 이용문 장군이 옆에서 맞장구치고 구상 형이 거드는 등 삼총사의 박자가 척척 맞아떨어지곤 했다. 배석한 애들도 있어 내가 신호를 보내도 막무가내였다.

이듬해 4월 정부의 서울 수복 계획의 일환으로 육군본부가 옛 용산 기지로 이동하게 되면서 헌병사령부는 폭격으로 파괴된 필동의 구 일본군 조선헌병사령부 청사 자리(현 한옥마을)에 청사를 원형 그대로 재건하여 이주하게 되었다. 그리하여 청사 준공식을 거행하였는데, 이 자리에 참석한 정일권 육군참모총장이 식후 가진 간담회 석상에서 수도에 수복한 이상 장병의 행동거지가 노출되어 크고 작은 사고가 언론에 오르내릴 것이 분명하니 군기 사고 예방 대책과 단속도 중요하지만 언론 대책 또한 중요하니 각별한 노력이 있어야 할 것이라는 분부가 있었다.

궁리 끝에 이튿날 구상 형을 필동 사령부로 초치하여 자초지종을 이야기하고 도와주면 좋겠다고 간청하며 필요할 때에는 내 예비차를 쓰고 필요한 비용은 행정과장이 조치할 것이니 도와주었으면 하고 떼를 쓰다시피 했다.

며칠 후에 찾아온 구상 형은 "이거 안 되겠어. 차를 허름한 걸로 바꾸고 헌병대에 지시하여 절대 경례하지 말라고 해주게. 시내에 깔려 있는 헌병이 부동 자세로 경례를 부쳐 쌓고 심지어는 백차까지 따라붙으니 민망해서 이거 어디 견딜 수가 있어야지" 했다.

무슨 이야기인고 하니 PM1호(헌병사령부 1호 : PROVOST-MARSHAL)는 헌병사령관 전용차 'PM1' 이란 뜻으로, 설사 사복 차림일지라도 헌병은 사령관으로 보고 예우하는 것 때문에 일어난 일이었다. 그래서 내가 "사령관이 사복으로 외출하거나 순찰할 수 있는 것이니 멋지게 거수 답례하고 시치미 떼고 쓰시오" 했더니 형은 그건 자신 없다고 손을 내저어 가가대소한 일이 마치 어제 일만 같다.

내가 김창용 사건으로 옥고를 치르고 나와 낭인 중일 때 5·16 혁명이 일어났다. 어느 날 구상 형에게 연락이 와서 명동 어떤 중국집에서 마주 앉았다. 형은 다짜고짜 주머니에서 수표 한 장을 꺼내 보이며 "이거 큰일났어" 하였다. 수표를 보니 1천만 원짜리 보증수표였다. "형, 이 거금이 어디서 났소?" "박(朴)이 만나자기에 갔더니 이것으로 경향신문사를 인수 계약하라는 게야. 어때? 내가 사장 하고 국진 아우가 전무가 되어 해볼 생각 없어?" 하는 것이었다.

낭인 중에 일자리가 생기니 구미가 당기지 않는 것은 아니나 "결국 박의 '나팔수'가 되라는 이야기인데 자신 있소?" 했다. 그랬더니 형은 "그게 문제야"라고 대답했다. 내가 "잘 생각해서 처리하소. 공든 탑이 무너지리라" 했더니 고개를 끄덕끄덕했다.

얼마 후에 형을 만나니 "가져다 주었어" 했다. "잘했소. 깨끗한 선비로서, 문필가로서, 학자로서 일생을 마치는 것이 구상다운 삶의 방식 아니겠소" 하니 "그래" 하며 내 손을 꼭 쥐어 주었다.

1974년 8월 나는 일본 자본과 합작으로 호텔과 골프장을 위시한 관광레저 사업을 목적으로 하는 한일합작회사를 설립하고 한·일 양국에서 골프장 연고 회원 모집을 기획하고 준비하는 중에 일본 정·재계 인맥동원 문제 때문에 구상 형을 만나 사업 구상을 설명하고 도움을 청했다. 그러자 형은 어려운 일인데 우선은 일본에 가서 짚어 보아야 수락 여부를 결정하겠다고 하여, 여권과 여비를 준비해 드렸다.

일본에 갔다 온 구상 형은 한일친선협회 일본 회장인 스즈키 하지메〔鈴木一〕선생이 발벗고 나서 주겠다고 하니 동경에 실무를 담당하는 지사를 설치하고 자신은 고문 직함을 가지고 왔다갔다하기로 하되, 준비단 첫 사업으로 1975년 1월 5일에 열리는 한일친선협회 주최 신년 인사회에 스폰서가 되어 참여하는 것이 좋겠다고 말했다. 그 자리에는 다나카 가쿠에이〔田中角榮〕일본 수상 및 정·재계 요인 1500여 명이 나올 것이므로 스폰서를 대표하여 인사말을 할 때 한일합작회사의 설립 취지와 사업계획을 소개하고 후원을 당부한다는 것이었다. 동경 지사장 이하의 영업팀이 연고 회원권 판촉을 하기로 하고 행사도 성대히 치러 실무팀 활동을 준비하고 있었으나 갑자기 엄습한 1차 석유파동으로 일본이 경제대란에 빠져들게 되면서 일본측 합작선이 일방적으로 철수함으로써 성과를 보지 못했다. 그러나 초동 태세의 준비 과정에서 구상 고문의 공적은 지대했다.

이렇게 나와 구상 형은 둘도 없는 동갑내기 친구로서 호형호제하며 웃고 우는 희로애락을 함께 했지만, 약수동 조그마한 적산 가옥 단칸방 2층 서재를 찾던 늙은 단골을 남겨둔 채 그는 하나님 곁으로 떠났다.

구상 형 ― 왜 대답이 없소이까? 형은 정녕 가셨나이까? 혹시나 하고 간구하고 애원하고 절규하던 많지 않은 핏줄들을 남겨둔 채 홀연히 떠나시다니 참으로 무상하구려. 사생거래(死生去來)가 자연의 섭리라고는 하나 형의 종언에는 가슴 저리는 서러움을 누를 길이 없구려.

인간 일대의 공과는 관을 덮고서야 이야기된다 하거니와 이제 살펴보건대 형의 일생은 뜻으로 일관된 실로 자랑스러운 삶이었습니다.

팔십 평생에 걸친 허구 많은 사연을 어찌 다 열거하랴마는 형은 공인으로서는 '나라 사랑', 가정에서는 '가족 사랑', 사회에서는 '이웃 사랑'을 문자 그대로 실천했으며, 가난하였으나 선비로서 문인으로서 학자로서 도도한 일생을 산 자랑스러운 분이었습니다.

하늘이 무심치 않아 형에게 구질향수(九秩享壽)의 복을 내리셨습니다. 이제 형은 가셨습니다. 형의 덕을 그리던 많은 사람들이 흐느끼고 있습니다. 그러나 이것은 미혹된 우리들의 사정이고, 형의 일생은 정녕 영광된 것이었습니다.

군자의 죽음은 휴식이요, 소인의 죽음은 굴복이라 하거니와 형이야말로 천명을 다하시고 이제 휴식에 드셨습니다. 동장하여 비나니 형의 휴식이여, 길이 평안하소서.

"기이히 여기지 말라. 무덤 속에 있는 자가 다 그의 음성을 들을 때가 오나니 선한 일을 행한 자는 생명의 부활로, 악한 일을 행한 자는 심판의 부활로 나오리라"(요한복음 4:28) 한 하나님의 약속을 굳게 믿으시고 부디부디 안식하소서.

화안애어(和安愛語)·외유내강의 시인

박희진
시인

내가 처음으로 접했던 구상 선생의 책은 6·25 피란 당시 부산에서 입수한 사회평론집 『민주고발(民主告發)』이다. 암울하고 절박했던 시대와 사회의 난맥상을 시인의 눈으로 고발한 책이었다. 하지만 이미 반세기도 더 되는 옛날 일인 데다 지금 수중에 그 책이 없어 내용에 대해 더 자세한 언급은 할 수 없다. 그 전후 해선가 『구상(具常)』이라는 특이한 장정의 시집을 서점에서 사지는 못하고 만져만 보았던 일도 생각난다.

시기와 장소는 기억이 안 나지만, 유명 시인 수십 명의 시 낭독을 들을 기회가 있었다. 그들 중 가장 인상적이었던 두 분이 있었으니, 모윤숙과 구상 시인이다. 모윤숙 시인이 여장부다운 육중한 체구와 상기한 얼굴로 열정을 다해 목청을 높이던 모습이 떠오른다. 거기에 비하면 구상은 몸매부터 후리후리한 편이라 음성도 낮았지만 매우 차근차근 이상(李箱)의 「오감도」를 읽어 내려가던 폼이 자못 인상적이었다. 이상의 혼령이 그 나긋나긋한 음성에 실려 되살아나는 듯한 감명을 받았다. 구상의 시 낭독이 일품이라는 느낌은 그때부터 내 뇌리에 각인되었다.

이런 단편적인 기억을 더듬자면 몇 가지 더 나올지 모르겠다. 그러나 도무지 기억이 안 나는 게 그분과의 첫 대면이다. 그것이 언제 어디서였는지 오리무중으로 생각이 안 난다. 다만 어느 독대 석상에서 나는 그분에게 이렇게 말씀드린 일이 있었다. "…… 선생님, 방금 말씀하신 꿈속에서의 공초(空超)와의 만남, 평소엔 어려워서 털어놓지 못했던 심중의 한마디를 꿈속에서 했다고 하셨는데, 그 자초지종을 제게 자세히 편지로 적어 주실 수 없겠어요? 제가 지금 구상 중인 졸시편에 그 일화를 꼭 넣고 싶어서입니다." 후배의 이런 건방진(?) 소청을 구상 선생께선 쾌히 들어주셨으니, 내가 「공초와 구상」이라는 산문시를 쓸 수 있었던 것은 전적으로 그분의 너그러운 아량 덕택이다. 그분은 졸시가 마음에 들었던지 공초 묘소 앞의 추모제 때도 나로 하여금 그 시를 읽게 했다.

1980년 성바오로 출판사에서 시선집 『말씀의 실상(實相)』이 나왔을 때다. 나는 그 시선집을 통독하고 짤막한 글 한 편을 〈경향신문〉에 발표하였는데, 구상 선생이 그 글을 읽고 칭찬해 주었다. "박 형, 참 잘 썼어요. 단평이지만 정곡을 찌르는 글이었거든요." 지금 수중의 스크랩북을 펼쳐 보니 다행히 예의 단평이 눈에 띄어 이 자리에 전문을 옮겨 보려 한다.

구상이 한국의 대표적인 가톨릭 시인임을 부정할 사람은 아무도 없으리라. 시인 자신도 자기를 동시대의 다른 시인들에 비해 파토스적이기보다 에토스적이라고 자인하는 데엔 그럴 만한 이유가 있지 않겠는가. 『말씀의 실상』이 그의 단순한 시선이 아니라 신심(信心) 시선이라는 점에 우선 유의해 볼 필요가 있다. 그렇다고 가톨릭의 신심이 없는 독자에겐 이 책이 별로 매력이 없는 시집이 될 것인가? 사실은 전혀 그렇지 않다. 진실한 독자라면 누구에게나 자극과 위안과 감명을 줄 만큼 이 책은 인간의 보편적 내면적 진리성에 입각하여 있을 뿐만 아니라 오늘의 상황과도 깊이 연관된 『말씀의 실상』이라 할 수 있다.

바이블에만 진리가 깃들어 있는 것은 아니다. 동서고금의 명현들 저술 속엔 근소한 표현의 차이가 있을 뿐 비슷비슷한 진리의 발언들이 충만해 있다. 요는 그러니까 그것을 어떻게 주체적으로 파악해 갖느냐가 문제인 것이다. 진리에의 강한 의욕과 악전고투하는 탐구가 없이는 진리의 문은 언제까지나 열리지 않는다. 이제 여기를 초월해 있는 것이 진리이면서도 이제 여기를 떠나서는 파악될 수도, 드러날 수도 없는 것이 진리인 것이다. 그런 의미에서 『말씀의 실상』은 성공한 시집이라 헤아려진다. 그는 결코 가톨릭의 도그마를 매사에 내세우는 보수적 교조주의자는 아니다. 그의 심금을 울리는 것이라면 무엇에서든지, 가령 창녀나 파계승한테서도 '은총의 소나기'를 발견할 줄 안다. 구상의 천주님은 무소부재인 것이다. 도처에 구현된 말씀의 실상을 그는 하나하나 밝혀 가고 있다. 하지만 그것들이 어디까지나 오늘의 상황에서 생생하게 주체적으로 발견되고 파악되고 증거된 것이기에 독자의 공명공감을 얻게 되는 것인 줄 안다. 구상은 한마디로 메시지의 시인이다. 오늘의 시가 흔히 무내용의 가식적 수사에만 급급하고 있음을 볼 때 그는 더욱 돋보이는 존재일 수밖에 없다.

그때 우리는 버스를 타고 어디론가 향하는 도중이었는데, 그분은 넌지시 이런 말까지 건네는 것이었다. "박 형도 이젠 독수(獨修) 독각(獨覺)만 추구하지 말고 타력 신앙에 기대면 어때요? 성당에 나가서 더불어 하는 기도는 다릅니다. 혼자서는 엄두도 못 낼 기도도 하게 돼요. 가령 월남의 고통받는 난민들을 위해서 기도합시다, 이런 식으로 말예요." 사실상 이것이 선생이 내게 했던 단 한 번의 가톨릭 입교 권유인 셈이다.

그 무렵 우리는 한 달에 한 번은 어김없이 만났다. 다름 아닌 '공간시

낭독회' 때문이다. 1979년 4월 원서동에 있는 지하 소극장 공간사랑에
서 구상·성찬경·박희진 세 사람은 이 나라 최초의 정기적인 월례 시
낭독회를 발족시켰다. 이래 26년. 오는 6월이면 300회를 헤아린다. 그동
안 지속적인 영향력을 떨쳐 온 점으로 보아 '공간'은 이제 확고부동한
기반을 쌓았다. 처음엔 세 사람으로 출발했던 것이 이제 상임 시인이 20
명에 달하지만, 그렇게 되기까지 그 기초를 다졌던 세 사람의 근원적 친
화력은 오늘날에도 여전히 살아 있다고 할까, 공간시낭독회 전체의 흐
름에 한 기조를 이루고 있다. 아마도 그것은 시인으로서의 세 사람이 지
닌 다음과 같은 공통점 때문이 아닐까 한다. 첫째, 시의 언어에는 언령
(言靈)이 깃들여 있다고 믿는다. 형이상학적 진지파답게 시의 의미 내용
에 비중을 두고 있다. 둘째, 시의 다양성과 실험성은 인정하되 표현에서
는 전달성을 존중하여 철저하게 명석성을 추구한다. 셋째, 구상 시인의
말을 빌리자면 세 사람은 다 도(道)꾼이란 점 때문이다.

2004년 5월 11일 오전 3시 40분 여의도성모병원에서 구상 선생은 끝
내 영면했다. 오랜 투병 생활 끝이라 측근자들에겐 예상된 선종이요,
아니 구상 선생 본인에게도 철저하게 준비된 죽음이라 필시 선생께선
잠들듯이 입적하셨을 게 분명하다. 이미 살아 생전에 그분께선 늘 입버
릇처럼 "오늘서부터 영원을 살아가자" 하시지 않았던가! "오늘서부터
영원을 살아가자." 이는 참으로 그분의 거룩한 깨달음을 말해 주는 명
언이다.

파란만장한 난세에도 불구하고 병약한 몸으로 86세의 장수를 누린
구상 선생의 생애를 회고하며, 그분의 일관된 인품을 떠올릴 때 나는
그 특징을 두 마디로 요약할 수 있을 것 같다. 하나는 화안애어(和顔愛

語), 다른 하나는 외유내강(外柔內剛)이다.

일찍이 나는 구상 선생을 통해 불교 용어인 안시(顔施)라는 말을 배웠다. 재시(財施)나 법시(法施)만이 보시는 아니다. 예컨대 사람이 몸져 누울 때도 측근자에게 일그러진 표정을 짓지 않고 아주 편안하고 고요한 표정을 짓는다면 그것이 바로 얼굴로써 하는 최상의 보시가 된다는 것이다.

우리 공간시낭독회 동인들이 구상 선생 댁으로 병문안을 드리러 가면 그분은 간신히 병상에서 일어나서 응접실 의자에 앉곤 하였는데, 우리에게 시종 화안애어의 모습을 보였다. 차츰 일체의 말을 여의었을 임종 무렵에는 측근자에게 필시 미소하는 침묵의 안시만을 보이지 않았을까.

구상 선생 하면 떠오르는 얼굴이 언제나 웃음을 머금고 있는 부드러운 표정이다. 아연 봄바람이 이는 듯하다. 그렇다고 그분이 청탁을 안 가리고 허허실실로 사는 분은 아니었다. 오히려 그 반대였다. 그분에겐 인(人)·사(事)·물(物) 현상의 본질을 꿰뚫어보는 직관적 혜안이 내재해 있어, 일체의 가식이나 협잡은 전혀 근접을 못했다. 그분이 외유내강의 평을 듣는다면 그래서인 것이다.

끝으로 더 한마디만 소감을 말하련다. 구상이라는 이름에 관해서다. 구상은 그분의 본명이다. 세상만사가 무상하기 짝이 없다. 그런데 구상만은 늘 평상심(平常心)을 갖추고 있다면 그보다 더 좋은 일이 있겠는가.

빛나던 영성(靈性)의 별

김상훈
시인 · 부산일보 사장

한국 시단의 명상과 구도(求道)의 시인으로 널리 알려져 있는 구상 선생님이 2004년 5월 11일 새벽 3시 30분, 평생의 숙환이던 폐질환으로 별세하셨다. 우리 문단의 한 그루 '낙락(落落)한 교목(喬木)'이 쓰러졌으며, '빛나던 영성(靈性)의 별'이 떨어졌다.

"임자 나 상인데, 별일 없지?"

"예, 선생님. 어딥니까?"

"부산이지."

"언제 오셨습니까?"

"어제 저녁 늦게 왔는데 좀 볼 수 없을까?"

"어디에 계십니까? 곧 가겠습니다."

"베네딕도 수녀원인데 당장 올 건 없고, 퇴근길에 잠깐 들렀으면 좋겠어."

"알았습니다. 나중에 뵙겠습니다."

구상 선생과의 대화다. 부산에 오시면 으레 베네딕도 수녀원에서 쉬시며 일을 보신다.

향파 이주홍 선생님이 살아 계셨을 때에는 온천장의 '내성여관'을 숙소로 정해 놓고 식사는 주로 향파 선생님 댁에서 드시고, 그 밖에는 박노석 시인(작고), 이정호 시인, 왕학수 교수(작고), 변창헌 선생 등과 어울려 술자리를 함께 하시곤 하셨다. 숙소를 '내성여관'에 정하는 까닭은 중학교 다닐 때 동래온천으로 수학여행을 오셨는데 그때 투숙했던 여관일 뿐 아니라 그때의 추억을 오래 간직하고 싶기 때문이기도 했을 것이다. 뒤에 이 여관은 '동일장 호텔'로 바뀌었는데 그런 뒤에도 곧장 그곳만을 이용하셨다.

구상 선생님과 나의 인연은 상당히 오래되었다. 1952년 6·25 한국전쟁이 한껏 치열하게 전개되고 있을 때, 구상 선생님은 대구 서문로 2가에 소재했던 영남일보사의 편집국장으로 계셨으며, 종군기자단 부단장직도 맡고 있었다. 피난 온 문화인(주로 문인·화가)들이 영남일보 편집국장실을 거점으로 모임도 갖고 연락도 하였으며, 영남일보 건너편 골목 안창집, 일명 '감나무집'이 술추렴을 하면서 피난살이의 애환을 달래던 아지트 역할을 했다. 바로 '감나무집'과 담을 함께 하고 있던 본정(本正)여관(일제 시대에는 '本町'으로 썼다)이 구상 선생을 찾아와서 신세를 지던 식객들의 기숙사였는데, 공교롭게 나는 그 여관집의 두 남매를 맡아서 가르쳤던 가정교사였다.

그 여관은 안채와 아래채가 있었는데 아래채 맨 끝 방 11호실에 붙박이 손님으로 계셨던 분이 저 유명한 이중섭 화가였다. 역사상 가장 참담했던 우리 민족의 수난과 시련기, 그때 그 전위에 서서 국민을 선무(宣撫)했던 시인과 화가의 일상에서 나는 간접적이나마 그들의 통민(痛憫)과 열뇌(熱惱)를 함께 감고(感苦)했던 것이다.

구상 선생과 이중섭 선생은 내가 열렬한 문학 소년인 줄을 몰랐고,

나도 두 분이 우리 나라 문단과 화단에 대표적인 거장(巨匠)으로 우뚝 설 사람들인 줄은 짐작조차 못했다.

당시 여관의 난방은 연탄을 주로 사용했는데, 분탄을 물과 섞어 불쏘시개 위에 올려서 피웠다. 이중섭 선생님이 묵고 계셨던 11호실에는 그가 버린 은박지가 주로 불쏘시개로 쓰였는데, 그 은박지에 구두 숟갈로 눌러 그림을 그린 사실을 미욱한 나로서는 미처 몰랐던 것이다. 그러고 보면 나는 우리 나라 미술사뿐 아니라 세계 미술사에 영원히 빛날 명화들을 수백 점, 아니 수천 점을 불태워 재로 만들고 만 죄인이 된다.

구상 선생인들 전시에 신문사의 박봉으로는 생활에 여유가 있을 리 없었다. 따라서 찾아오는 식객들의 뒤치다꺼리에 어깨가 휘어질 지경이었을 것이다. 여관집 주인에게 밀린 숙박료 독촉을 얼마나 많이, 그리고 야멸차게 받았을까를 지금 와서 생각해 보면 민망하기 이를 데 없다. 구상 선생은 이곳 외에도 북성로에 '미자집'이라는 집을 별도로 정해 놓고 내방하는 손님들의 숙식을 제공했다.

구상 선생과의 인연을 말하면서 왜관을 빼놓을 수가 없다. 구상 선생은 가톨릭 사제가 될 것을 결심하고 베네딕도 수도원 부설 신학교에 들어갔다가 포기한 이력을 갖고 있었던 연고로 왜관에 있는 베네딕도 수도원에 자주 내왕했고 피정도 했는가 하면, 사모님께서도 낙동강을 내려다보는 강변에다 '순심의원'이란 소아과 의원을 개설·운영하셨다. 선생은 그곳을 관수재라고 했으며, 왜관을 제2의 고향으로 여겼고, 왜관의 외곽을 흐르는 낙동강과 왜관읍 남단에 펼쳐진 들판을 소재로 「강」과 「밭」이라는 연작시를 빚기도 했다. 선생께서 말년에 집필실로 사용한 여의도 시범아파트 입구에 걸어둔 관수재 현판은 바로 왜관에 있었던 그 현판이었다. 공교롭게도 구상 선생의 많은 작품의 산실이 되었던 왜관은 내가 어린 시절 자랐던 곳이며, 내가 졸업한 초등학교 또한 왜관초등학교이다. 몇 년 전 '칠곡문학회'가 창립될 때 구상 선생과 내가 고문으로 추대된 까닭 또한 이런 것에 연유한다.

구상 선생님이 진주의 파성(巴城) 선생과는 니혼대학교 선·후배 간이며, 의결(義結)한 아우이고, 두 분이 다 같이 문단의 후배인 내게 깊은 관심을 갖고 계신 점, 그리고 구상 선생님의 둘째 아들 성이가 나를 형님이라 부르며 따랐던 점 등도 구상 선생님과의 또 하나 귀한 인연이라 아니할 수가 없다.

구상 선생님은 파성 선생을 매우 존경했고, 파성 선생으로부터 운성(暈城)이란 예명을 받기도 했다. 4·19 직후 민주당 정권 초기인 1960년 7월 27일에 있었던 국회의원 선거 때 파성 설창수 선생이 전국에서 최다 득점으로 일민(一民) 안호상 박사님과 함께 6년 임기의 참의원으로 당선된 것도 구상 선생의 지원 유세가 유권자들의 심금을 절절히 울렸기 때문이라는 평가도 있다. 이때 가난했던 파성과 운성은 당시 군수사령관으로 재직했던 박정희 소장의 도움을 톡톡히 받았던 것으로 나는 들은 바 있다. "나 그때 박정희 형께 막걸리 값 꽤 많이 얻어 썼지" 하고 당시를 회고한 때가 간혹 있었다.

구상 선생의 본명은 구상준(具常俊)인데 '준'자를 떼버리고 구상으로 섰다. 1919년 함경남도 문천에서 태어났으며, 서울로 이사와서 네 살 때까지 사시다가 원산 가까운 덕원으로 다시 돌아가 성장하셨다. 가톨릭 신자인 부모와 사제가 된 형 등 독실한 천주교 가정에서 시인은 사제가 되리라 마음먹고 열다섯 살 되던 해 성 베네딕도 수도원 부설 신학교에 들어갔다가 3년 만에 포기하고, 고향을 떠나 공사장 인부와 야학당 교사 등으로 떠돌다 일본 동경로 가 니혼대학교 종교학과를 다녔다.

1941년 니혼대학교를 졸업하고 귀국한 선생은 〈북선매일신문(北鮮毎日新聞)〉 기자로 활동하던 중 1946년 고향 원산에서 이중섭이 표지화를 그린 동인시집 『응향(凝香)』에 시 「밤」·「여명도」·「길」 등을 발표하며 문단에 등단했는데, 수록 작품이 북조선문학예술총동맹으로부터 악마주의적·퇴폐주의적·부르조아적·반역사적·반인민적·반사회주의적이라는 이유로 비판받자 월남했다.

남으로 내려와서는 잡지 〈백민(白民)〉에 「발길에 채인 돌멩이와 어리석은 사나이」, 「사랑을 지키리」 등을 발표하는 한편, 연합신문 문화부장, 한국전 종군기자단 부단장, 승리일보 주간, 영남일보 편집국장, 경향신문과 가톨릭신문의 논설위원으로 일했다. 언론인으로서 구상 시인의 삶은 한국 현대사와 떼려야 뗄 수 없다. 이승만 정권을 비판하다 투옥됐고, 장면 정부의 입각 제의와 박정희 대통령의 대학총장직 제의도 사양했다. 박 대통령의 제의에 "나를 그냥 남산골 샌님으로 놔두세요"라고 고사한 그의 순수 무구한 선비 정신은 오래 두고 기려질 것이다.

대표작으로는 한국전쟁 이후 발표한 연작시 「초토의 시」(1956)를 들 수 있다. 그 밖에 시집으로는 『구상(具常)』(1951), 『말씀의 실상(實相)』(1980), 『까마귀』(1981), 『드레퓌스의 벤취에서』(1984), 『개똥밭』(1987), 『조화 속에서』(1991), 『인류의 맹점에서』(1998) 등 11권이 있으며, 산문집으로는 『침언부언(沈言浮言)』(1960), 『민주고발(民主告發)』(1953), 『영원 속의 오늘』(1976), 『우주인과 하모니카』(1977), 『그리스도 폴의 강』(1978), 『나자렛 예수』(1979), 『실존의 확신을 위하여』(1982), 『한 촛불이라도 켜는 것이』(1985), 『삶의 보람과 기쁨』(1986) 등 9권을 펴냈고, 희곡집 『황진이(黃眞伊)』(1994)가 있다. 말년에 '구상문학총서'(전 10권, 홍성사 발간)를 기획, 제1권 자전시문집 『모과 옹두리에도 사연이』를 출간했으나 완간하지 못한 채 타계하셨다. 불역 시집 『타버린 땅』(1986), 영역 시집 『신령한 새싹』(1990), 『밭과 강』(1991), 독역 시집 『드레퓌스의 벤취에서』(1994) 등 외국에 소개된 시집과 수상집 및 묵상집, 신앙에세이들도 적지 않다.

그는 평소 "목적을 위해 시를 써서는 안 된다. 내 시는 몸소 체험한 고민과 고투의 과정을 거쳐서 얻은 진실"이라고 말했다. 그의 시는 한 축은 기독교적 존재론에 기반을 두고 있다. 현실의 부정과 불의를 신랄하게 고발하면서도 그것을 기독교적 참회로 귀결시켰다. 그리고 또 한 축은 한국의 건국 신화, 전통 문화와 선불교적 명상, 노장 사상을 포괄하는 광범위한 정신 세계를 수용, 인간 존재와 우주의 오의(奧義)를 탐구하는 구원 의식으로 통합하고자 했다. 현란한 수식이나 기교보다는 표현의 직언성(直言性)을 통해 역사적 현실과 종교적 구도의 경지를 추구했으며, 존재의 현상에 대한 의식을 형이상학적으로 담아내려 힘쓴 점도 특징으로 들 수 있다.

어느 핸가 부산에 있는 바오로서점에서 주관하는 사상 강좌에 연사로 초대된 적이 있는데, 시종 불교에 대한 이야기로 일관했다. 강연이 끝난 뒤 "유아 영세를 받은 가톨릭 신자가, 더구나 사제까지 꿈꾸던 분이 불교 이야기만 하느냐?"고 했더니, "모든 종교의 궁극은 같은 곳에 있는 것이오. 다만 어느 길로 가느냐 하는 것만 다를 뿐이지, 종국에는 모두 같은 영혼의 세계에서 만나게 되는 거지" 하고 대답하셨다. "그런데 불교 공부는 언제 그렇게 하셨습니까?" 하고 물었더니 "니혼대학교 종교학과에 다닐 때 1~2학년 2년간 불교 경전 강의를 집중적으로 들었는데 그때 지도교수가 일본에서도 가장 유명한 불교 학자였으며, 법승이었다"고 대답하셨다.

2001년 발표한 「어느 골목 가로등」과 「풀꽃과 더불어」, 「오늘서부터 영원을」, 「오늘」 등의 시를 보면 그의 인생관과 생사관, 세계관을 짐작하고도 남는다.

어느 골목 가로등

아파트 뜰 안 옆 골목길에
가로등 하나가 호젓이 켜져 있다.

오가는 행인도 별로 없고
달도 별도 없는 이 밤
그 짙노랑 불빛은
희뿌연 램프를 통해 비춰서
더없이 은은하다.
나의 이제 남은 삶이나 시도
저 가로등처럼 어두운 우리 삶의
어느 한 구석이나마 밝히고 싶다.

풀꽃과 더불어

아파트 베란다
난초가 죽고 난 화분에
잡초가 제풀에 돋아서
흰 고물 같은 꽃을 피웠다.
저 미미한 풀 한 포기가

영원 속의 이 시간을 차지하여
무한 속의 이 공간을 차지하여
한 떨기 꽃을 피웠다는 사실이
생각하면 생각할수록
신기하기 그지없다.

하기사 나란 존재가 역시
영원 속의 이 시간을 차지하며
무한 속의 이 공간을 차지하며
저 풀꽃과 마주한다는 사실도
생각하면 생각할수록
오묘하기 그지없다.

곰곰 그 일들을 생각하다 나는
그만 나란 존재에서 벗어나
그 풀꽃과 더불어

영원과 무한의 한 표현으로
영원과 무한의 한 부분으로
영원과 무한의 한 사랑으로

여기여기 존재한다.

오늘서부터 영원을

오늘도 친구의 부음을 받았다.
모두들 앞서거니 뒤서거니
어차피 가는구나.

나도 머지않지 싶다.

그런데 죽음이 이리 불안한 것은
그 죽기까지의 고통이 무서워설까?
하다면 안락사(安樂死)도 있지 않은가?
하지만 그래도 두려운 것은
죽은 뒤가 문제로다.
저 세상 길흉이 문제로다.

이렇듯 내세를 떠올리면
오늘의 나의 삶은
너무나 잘못되어 있다.
내세를 진정 걱정한다면
오늘서부터 내세를,
아니 영원을
살아야 하지 않겠는가!

오늘

오늘도 신비의 샘인 하루를 맞는다.

이 하루는 저 강물의 한 방울이
어느 산골짝 옹달샘에 이어져 있고
아득한 푸른 바다에 이어져 있듯
과거와 미래와 현재가 하나다.

이렇듯 나의 오늘은 영원 속에 이어져
바로 시방 나는 그 영원을 살고 있다.

그래서 나는 죽고 나서부터가 아니라
오늘서부터 영원을 살아야 하고
영원에 합당한 삶을 살아야 한다.

마음이 가난한 삶을 살아야 한다.
마음을 비운 삶을 살아야 한다.

투병 중이던 지난해(2003) 10월 장애인 문학지 〈솟대문학〉에 2억 원
을 쾌척하는 등 가난하고 소외된 이웃을 돕는 데도 앞장섰던 선생님이
었다. 또한 작고한 공초 오상순 시인을 위해 시(詩)·서(書)·화(畵) 탁
발전(托鉢展)을 벌이기도 했고, 주변 사람들의 충고나 질책에 아랑곳하
지 않고 삼중 스님·중광 스님과도 가까이 지냈으며, 천상병·이외수
등 괴짜 문인과도 어울려 다니셨다.

유가족으로는 소설가인 딸 자명 씨와 사위 김의규 씨(성공회대학교 교수), 손녀 향나 양이 있으며, 부인 서영옥 여사는 1993년 작고했고, 1987년에 둘째 아들, 1997년에 큰아들을 차례로 잃었다.

모습도, 생활도 성자(聖者) 같았던 구상 선생님은 이제 우리 곁을 영영 떠나셨다. 그러나 그의 문학적 향기, 인간적 온기는 우리 곁에서 영원히 사라지지 않고 머물고 있을 것이다. 옷깃 여미고 삼가 명복을 빈다.

풍류 시인 구상 선생님

송원희
시인

멋진 분이었다. 바람 같은 분이었다. 선생님은 늘 미소를 짓고 계셨고 온화하셨다. 선생님에게도 남모르는 상처와 아픔과 고통과 슬픔이 있으셨겠지만 밖으로 드러내시지 않으셨다. 바로 그 초탈하신 분위기 때문에 많은 사람이 흠모하고 따르는지 모른다. 선생님을 자주 대하게 된 시기는 1980년대 중반쯤부터가 아니었던가 싶다.

부산에 계시는 이주홍(李周洪) 선생님과 〈갈숲〉이라는 동인지를 하고 있을 때였다. 〈갈숲〉 동인들은 도합 9명이었는데, 서울에선 나와 박순녀 여사 둘뿐이고 모두 영남 분들이었다. 동인들은 한 해에 한두 번 부산이나 대구 등지에서 회합도 하고 주연도 벌이곤 했는데, 부산에서 주연이 있을 때는 구상 선생님도 가끔 자리를 같이하셨다.

구상 선생님은 동인은 아니었지만 이주홍 선생님과 친분이 두터워 부산에 오시면 으레 한자리에 모였다. 선생님은 이주홍 선생님을 갈숲 교주라고 불렀고 동인들을 그 신도라고 놀려 대셨다. 그러면 이주홍 선생님은 "빈정거리지 말고 그만 교주 밑으로 들어오지" 하고 맞장구를 치셨다. 그런 얼마 후 구상 선생님은 〈갈숲〉 동인이 되시어 〈갈숲〉에 시와 산문을 많이 게재하셨다.

구상 선생님이 동인으로 되시면서 〈갈숲〉 분위기도 조금씩 달라져 갔다. 선생님은 워낙 인기 있으신 분이어서 선생님이 자리한 곳엔 특별히 초대하지 않아도 사람들이 모여들었다. 자연 〈갈숲〉 모임은 동인들의 모임만이 아닌 다른 분들도 자리를 같이하기가 일쑤였다. 물론 불청객들은 구상 선생님뿐 아니라 이주홍 선생님과도 잘 아는 분들이었다. 때로는 스님으로서는 추탈한 중광 스님도 자리를 같이했고 시인, 서예가, 화가, 때로는 구상 선생님을 흠모하는 사업가들도 자리를 같이했다. 자연 자리는 넓혀지고 주연도 더욱 화려하고 희희낙락해졌다. 여자라야 박순녀 여사와 나뿐이고 그때만 해도 젊은 편이어서 말석에 있으면 선생님은 "여성들이 남성에게서 멀리 떨어져 있으면 되나, 이리 가까이들 와요" 하시며 자리를 만들어 주시곤 했다.

구상 선생님은 말씀과 분위기를 잘 만들어 나가셔서 선생님의 독무대가 되곤 했다. 주로 젊은 시절, 그러니까 6 · 25 동란 때 생사를 경험한 분들이어서 이야기는 자연 공통의 추억담이 많았다. 전쟁 때의 이야기를 들으면 당시는 긴박함 속에서 정신이 약동하는 생과 사, 엄숙함과 낭만이 뒤섞인 종횡무애가 허락되었던 시대였던 것 같다.

심지어 선생님의 젊은 날 술이 곤드레만드레가 되어 박노석(朴奴石) 선생님 댁에서 자다가 요에 실례를 해서 형수님(노석 선생님의 사모님)을 괴롭혔다는 말씀도 하셨다. 그러자 사람 좋으신 노석 선생님은 싱긋이 웃으시기만 했다. 그런가 하면 선생님을 잘 아는 청년이 일선에서 상이군인이 되어 왔을 때 이 친구에게 조금이라도 위안과 행복감을 안겨다 주고 싶어 당신을 흠모하는 여성에게 부탁한 일도 있다고 했다. 그 여성이 선생님이 그렇게 하라면 그렇게 하겠다고 순순히 받아 주었을 때 선생님은 그 여성이 무척 고마웠다는 에피소드는 선생님의 폭과 깊이를 느끼게 했다. 또 공초 선생님과의 일화도 많으셨다.

이주홍 선생님이 작고하시자 동인지 〈갈숲〉도 막을 내렸다. 동인들도 만나지 못했다. 그러나 구상 선생님은 가끔 가톨릭문우회에서 뵐 수 있었다. 이 모임에서 선생님의 또 다른 면을 보게 되었지만 선생님의 근본 철학이랄까와는 어긋나지 않았다.

구상 선생님이 즐겨 말씀하시는 미국의 한 시인이 있었다. 이름은 잊었지만 그 시인은 일생을 아편 중독자로 생을 마쳤는데 그가 쓴 시에 이런 내용의 시가 있었다고 한다. "너는 나를 끝까지 배반하고 숨어 다녀도 나는 너를 끝까지 따라가리라." 선생님은 이 시인과 시에 대해 이야기하시면서 인간과 하느님의 피할 수 없는 숙명적인 관계를 이야기하신 것 같다. 그때 나 또한 느낀 바 커 그 시가 가끔 떠오를 만큼 뇌리에 음각되었다.

이주홍 선생님이나 구상 선생님은 바람같이 사시다 바람같이 떠나버린 분들이다.

성령으로 난 사람은 바람과 같다.
바람은 그가 뜻하는 대로 불어 대여
또 소리를 창조한다.
그가 오고 가는 데에 매이지 않기 때문이다.
아무도 그가 어디서 와서 어디로 가는지는 모른다.

— 요한복음 3:8

구상 선생의 진실

여동찬
한국외국어대학교 교수

30여 년 동안 구상 선생의 각별한 가르침과 따뜻한 사랑을 받고 그분을 주례로 모시기까지 했던 사람으로서 나는 과거에 입었던 은혜에 보답하기 위해서라도 선생의 1주기에 맞추어 간행될 추모 문집을 위해 변변치 못해도 글 몇 마디를 적지 않을 수 없다.

내가 선생과 인연을 맺게 된 첫 만남은 내 기억이 정확하다면 우리 두 사람이 친하게 지냈던 모윤숙 선생의 칠순을 위해 세종호텔에서 개최된 모임에서 이루어졌던 것 같다. 당시 구상 선생은 상당한 멋쟁이로 내 기억에 남아 있다. 그때 나는 천주교 신부임에도 동국대학교 대학원에 입학해 불교를 연구하고 이미 석사학위를 받고 박사과정에까지 들어감으로써 약간의 호기심의 대상이 됐던 터라 언제나 기이하고 괴상한 인물들에 대해 각별한 관심을 가졌던 선생으로서 놓칠 수 없는 존재였을 것이다. 그 자리에서 술 한 잔을 다 비우기도 전에 나는 구상 선생과 현석호 전 총리의 주관으로 매달 한 번씩 명동성당 구내에서 열리는 가톨릭 지성인들의 교리연구회를 위한 특강을 청탁받고 수락했다. 그렇게 해서 구상 선생과의 인연이 맺어져 30여 년 동안, 특히 우리 결혼식에 선생을 모시고 훌륭한 주례사를 들은 뒤 선생이 세상을 떠나시기까지 우리 내외는 선생과 그 가족과 가까이 지내왔다. 우리는 선생뿐만 아니고 사모님으로부터도 크나큰 사랑을 받았고, 또 솔직히 말해서 어떤 면으로 나는 선생보다도 사모님을 더 훌륭한 분으로 평가했다. 그렇게 함으로 가정에서 지나칠 정도로 남성 위주였던 선생의 은근한 불만을 가끔 유발시킬 때도 있었던 것 같다. 그분의 눈에는 내가 유치하고 덜된 인간으로 불쌍하게 보였는지도 알 수 없다. 어떻든 간에 이렇게 해서 우리 내외는 몇 사람 안 되는 특혜자로 구상 선생의 가족이 된 것이나 다름없었다. 그런 자격의 덕택으로 우리는 또한 선생의 표현을 빌리자면 두 분으로부터 소위 '부끄러워서 남에게 말도 못하는' 이야기나 솔직한 고백을 가끔 들을 기회가 있었다.

이런 특별한 관계가 있어 선생이 불러서 우리 내외는 선생님과 함께 여의도성모병원 입원실에서 임종하기 직전 사모님이 하신 마지막 말씀을 듣기도 했다. 그때 나는 사모님의 임종이 가까워졌다는 것을 느껴 당시 미국에 체류하고 있던 따님을 당장 한국으로 불러들이시라고 선생에게 권했던 기억이 난다. 이틀 후에 귀국한 따님은 어머님의 말씀을 다시 들을 수는 없었으나 임종을 지킬 수는 있었다.

구상 선생이 내게 베풀어 주신 은혜와 가르침을 헤아리기 힘들 정도이나 그 중 한 가지만은 이야기하고 싶다. 선생의 시 200여 편을 번역하고 프랑스에서 출판하는 과정에서나, 그동안 30여 년의 친교를 통해서 가장 놀랍게 느낀 것은 선생의 깊디깊은 신앙심과 하늘의 뜻에 순응하는 자세라고 하겠다. 선생은 건강이 좋지 않으면서도 한 살 더 살아가실 적마다 고맙게 생각하셨으며, 병들어 지독하게 고통을 받으시면서도 한 번도 불평 불만을 나타내는 법이 없었다. 그러한 모습을 보고 나는 놀라움을 금할 수가 없었다. 내 자신이 그런 차원에 도달하려면 정말로 수백 생을 살아도 충분한 수도를 하기 어려울 듯하다. 선생이 자기 주위와 온 세상의 모든 현상을 신비한 생명과 하나님의 은혜로 볼 수 있었던 것은 역시 영원 속에 오늘을 살고 오늘 속에 영원을 살기 때문이 아니었나 싶다. 그래서 그는 마지막 순간에 두렵지도 않은 죽음의 고통에서도 주저없이 하나님께 '주여, 제 영혼을 당신 손에 맡기나이다' 라고 할 수 있었으리라 확신한다. 「임종 예습」이란 시에서 읊으시던 그 '아버지 저의 영혼을 / 당신 손에 맡기나이다' 란 말씀은 그냥 폭풍이 지나간 뒤에 나온 큰 소리가 아니었다. 그분이 항상 찾는 바로 그 진실이었다. 나는 솔직히 말해서 그런 자세로 살다가 그런 자세로 죽음을 맞이할 수 있는 분이 부럽다. 그래서 거인 구상 선생은 수많은 사람의 존경을 받으셨던 것이다. 그리고 가끔 자기 사상이나 오묘한 뜻을 우리들에게 말씀하시다가 미련한 중생에 대해 걱정어린 어조로 "저것들이 무슨 말인지 정말 알아들을까?"라고 하는 것은 무리가 아니었다.

그래도 다행히 구상 선생에게도 인간으로서의 한계와 취약점이 없었던 것은 아니었다. 보신탕집도 같이 다니고 한때 가끔 오후부터 아주 친한 친구 한둘과 함께 술을 마시자고 선생으로부터 싫지 않은 호출을 받았던 입장에서 나는 선생의 애주가적 행동을 탓할 생각은 추호도 없지만, 어느 날 일어난 술과 무관하지 않은 일화를 잊을 수 없다. 선생이 칠순이 훨씬 지나신 후의 일로 생각된다. 그날 밤중에 느닷없이 선생에게 전화가 걸려와서 아무 설명도 이유도 없이 나를 "아주 나쁜 사람"이라며 "절대로 다시 보지 않겠다"고 선언하셨다. 누가 무슨 잡음을 넣어 그런 줄 알고 나는 고민에 빠져 양원달 교수를 비롯해서 선생과 교분이 두터운 친구 몇 명에게 필요하면 변론이라도 부탁하려고 연락까지 해놓았다. 다들 술을 좋아하는 친구들의 교제에서 그런 것쯤이야 양념으로 간주해야 되지 않겠나 하는 투로 대답할 정도였지만 순진한 면이 남아 그런지 나는 어떻게 해야 할지 몰라 걱정이 태산 같고 선생과의 관계를 어떻게 수습할 수 있을까 하면서 밥맛을 잃을 뻔했다. 그런데 구원은 뜻밖에도 아무 어려움 없이 — 선생의 입장에서 보면 약간의 차이가 있었겠지만 — 저절로 찾아왔다. '다행히(?)' 내게 전화하신 바로 그 이튿날 구상 선생이 지병인 천식이 재발하여 응급치료를 받기 위해 강남성모병원에 입원하신 것이었다. 나는 불호령과 벼락을 당할 마음의 준비를 하고 입원실에서 쫓겨 나갈 각오를 단단히 하고 문병을 갔다. 물론 피뢰침 역할을 훌륭하게 해줄 아내를 앞세웠다. 처음부터 요조숙녀로 보시고 나보다 훨씬 나은 사람으로 평가하신 선생은 아내 앞에서 너그럽게 나오실 것 같아 나의 입장에서 '이용'하지 않을래도 별 도리가 없는 것이었다.

그런데 입원실에 들어가니 탕자를 용서하시는 넓으신 아량인지, 약주 탓으로 본의 아니게 저지르신 실언에 대해 미안한 마음인지, 아니면 그냥 복된 망각증 덕택인지 알 길이 없으나 선생은 반갑고 고맙다고 하면서 "역시 여 교수가 다르다"라고 하셨을 뿐 문제의 사건에 관해 일언반구도 없으셨다. 나는 지금까지도 그때의 은혜를 하나님의 것으로 돌려야 할지 선생의 것으로 기록해야 할지 모른다. 그 후에도 이 사건을 두고 두 사람 다 아무 말도 하지 않았으니까.

구상 선생과 그렇게 가깝고 친하면서도 나는 그분을 섬기는 사람들 중에 오랑캐 출신이라 그런지 조금 예외적인 인물로 지낸 것은 부인할 수 없다. 너무 비판적이라서 선생으로부터 영광스럽게도 살쾡이란 별명까지 얻었다. 그 별명은 1981년 10월 10일 결혼하고 구상 선생의 "주례사를 깊이 새겨 성격이 상당히 부드러워졌다"는 이유로 별로 쓰이지 않았다. 사실 나는 무슨 교주를 받들듯 뭇사람들이 선생을 무조건 우러러보고 찬양하는 경향에 약간 도전했다. 그런 태도를 재미있게 보는 것 같으면서도 선생님은 속으로 아마 동방예의지국의 제자들의 행동과 비교하시고 내게 사랑을 너무 베풀었다고 생각할 때도 있었는지도 모른다. 자식을 너무 귀여워하는 나머지 그 버릇을 고치지도 못하고 그를 미워하지도 못하는, 마음이 약한 어르신네처럼……

이에 관해 또 하나의 일화가 생각난다. 한강의 유람선을 타고 선생의 제자들과 친구들이 선생의 연작시 「강」을 낭송하면서 각각 시인을 찬양하는 경쟁을 벌였던 것으로 기억난다. 나도 불어로 번역한 선생의 시 한 편을 낭송했다. 그리고 한 마디 하는 차례에 시보다 시인이 더욱 훌륭하다는 것을 후렴하듯 다들 찬양하는 마당에 나는 시인보다 그 시를 높이 평가한다고 선언했다. 모이신 모든 분들은 웃으면서 농담으로 넘겼으나 선생부터 다들 이런 발언을 약간 지나친 것으로 보지 않았나 싶다. 살쾡이는 후회하기는커녕 오히려 불러일으킨 효과에 야릇한 희열을 느꼈던 것이다. 나중에 아내 역시 농담이 심했다고 평가한 것도 틀림없다.

오늘 저승에서 내려다보시는 선생은 아마 수염 속에서 웃으시며 여동찬이 그렇게 '나쁜 사람'이 아니로구나 하실 줄 안다. 그렇지 않아도 우리 부부는 항상 선생을 생각하고 그 사상을 염두에 두고 산다. 그리고 할머니와 부모를 모신 무덤 ─ 언젠가 우리 내외의 마지막 거처도 될 그 무덤 ─ 위에 한국어와 불역으로 구상시인의 시 「꽃자리」 ─ 옛날에 동판에 새긴 것을 직접 선생으로부터 받은 것 ─ 를 대리석에다 새겨 놓았으니 선생도 그 시도 영원히 기억하게 될 것이다.

마지막 선비

정연희
한국소설가협회 회장

유명을 달리한 한 분의 유해가 명동성당으로 운구되어 오던 시간, 성당 안에도 사람들이 가득 찼고 성당 마당에도 검은 상복의 사람들이 가득했다. 그 중에 누구도 인사 삼아 온 사람은 없었다. 이미 이승의 사람은 아니지만 그렇게 찾아뵙는 것으로 그분과의 교감이 착실하게 이어질 것을 믿는 사람들의 참석이었다.

참마음으로 가득 찬 성당은 엄숙하기보다 부드러웠고 한 스승을 잃은 슬픔보다는 그분의 삶을 이어가야만 할 아름다운 의무감 같은 것으로 모든 영혼이 하나가 되기도 한 시간이었다.

우리 시대의 마지막 선비. 접힌 데도 없고 구겨진 데도 없었던 시인. 고고(孤高)한 평생이었지만 당신 스스로는 단 한 순간도 그런 자리에 올라가 본 일이 없는 무구한 인간. 그분은 간단없이 신앙의 거울에 자신을 비추어 죄 된 모습을 밝히 보며 인간의 조건을 끊임없이 쓰라려 한 시인이었다.

누구를 가르치려 한 일 없어도 따르는 후학들이 그렇게 많았고, 어느 자리에 앞장을 서려 한 일이 없어도 본을 따르려 한 사람들을 많이 거느렸던 분. 거느리려 한 일 없이도 거느리지 않을 수 없는, 자신이 원치 않던 스승의 자리에 올랐던 분.

기증본을 받으시면 일일이 "책 잘 받았음"을 육필로 쓰시고 편지 봉투까지 당신이 손수 쓰셔서 부치시는 통에, 나중에는 오히려 그분을 아끼는 마음이 절로 우러나 아예 새 책이 출간되어도 책을 보내지 않게 만드신 분이었다.

박 정권 때 선생님의 인격에 의지하여 혹시나 정치에 새 바람을 불어넣으려는 대통령의 각별한 생각에서 각료의 자리를 권했을 때, 하와이로 망명 아닌 망명을 떠나시어 오래도록 머물다 오신 이야기 등, 청렴결곡한 그분의 외곬의 이야기는 새삼 기록할 일도 아니다.

출판사 홍성사의 사장이었고, 나중에 목사가 되어 목회를 했던 L 목사가 아버님처럼 모시고 다니던 모습은 사람 살아가는 세상에서 보기 드문 아름다운 모습이기도 했지만, 선생님은 그 목사와 함께 한국여성문학인회가 하고 있는 문서 선교 〈주부 편지〉에 틈틈이 후원금을 보내주시기도 한 세심한 분이셨다. 말년에는 찾아가 뵙기조차 조심스러웠다. 그가 누구든 사람 대하기를 지성껏 하시는 성품으로 그 자리에서 온 정성을 다 쏟는 것이 얼마나 힘겨우실까 안쓰러워서였다.

그러나 내가 지금까지 즐겁고 또 그리워하며 회상하게 되는 모습은 선생님의 그러그러한 고매함이나 거룩한 영적 자세가 아니다.

1970년대 중반, 즐거운 조우(遭遇)가 이루어지던 시기가 있었다. 무교동에 있는 일식집 '청산(靑山)'. 식탁 몇 개에 구석진 자리에 둘러앉으면 서로 코가 마주 닿을 만큼 아주 작고 오붓한 집. 아들 셋을 키우는 친구 홍 여사가 손수 만드는 밑반찬이 알뜰한 식당이었다. 아무 때고 출출해서 들르면 누구라 할 것 없이 먼저 오는 사람도 있었고 나중에 들러도 자연스럽게 합석이 되는 술자리였다. 화가 송수남의 노래가 우리들 가슴을 뭉클하게 만들고, 동아일보 김모 기자의 전문가 뺨치는 테너에 가슴이 시원하게 열리는 자리는 어쩌면 우리들의 막막하던 삶의 한구석이 향기롭게 트이던 절정의 자리였는지도 모르겠다. 흉허물도 없고, 앞도 뒤도 없는 그 한 자리로 가득 찼던 시간. 구상(선생님이라는 호칭이 어울리지 않는 시간이었다)의 취기는 늘 호방하여 대뜸 우리들의 두목이 되고 우리는 그 두목을 따라 마음놓고 떠들어댔다.

나는 그 몇 년 전 간통 사건으로 전국을 시끄럽게 만들며 만난 김응삼과 알콩달콩 살던 때라 어디든지 붙어 다니던 시절인데, 거기라고 따로 드나들었을 리가 없었으니 우리가 선생님과 조우하던 자리에도 물론 우리 두 사람은 늘 함께 있었다. 내가 갓 40이 되었을 무렵이니 불혹(不惑)의 나이를 따지기에 앞서 아직은 늙은 티가 덜 배어 있어 싱싱함이 남아 있을 나이였겠다.

구상의 호방한 취기가 한창일라치면 첫 호령이 시작된다.

"야! 김응삼, 그리고 정연희 너희들 제발 호적을 파라!"

"우리는 호적에 올리지 않고 살고 있습니다. 호적 때문에 세상을 시끄럽게 만들고 재판까지 받고 감옥살이를 했는데 무엇이 그리 좋다고 호적에 올려가며 살겠습니까?"

그놈의 호적이라는 것에 이가 갈려 실제로 그렇게 살고 있던 터라 김응삼이 실실 웃어 가며 그렇게 말하면 선생님은 심각한 얼굴로 명령했다.

"그러면 김 서방 자네가 죽어 줘야겠네."

좌중에는 한바탕 몸부림에 가까운 웃음이 휩쓸고, 선생님은 새로운 술잔을 들었다. 그렇게 하고도 미흡하면 우리는 무대의 노래와 맥주가 있는 '산수갑산'으로 몰려가서 노래를 들으며 맥주로 목욕을 하고는 했다. 아마 선생님이 오십대 후반쯤이었을 때지 싶다. 그때만 해도 젊음이 남아 있었건만……. 이제 이 글을 쓰고 있는 내 나이 칠십이 다 되었으니 인생살이가 꿈결 같다.

그렇게 접힌 데 없는 시간을 공유했으면서도 그런 자리가 아니면 선생님 앞에 스스럼없이 마주 앉지 못했다. 선생님도 수줍음이 남다르고 나 또한 아무 때나 부닐지 못하는 성정 때문이었다. 그러저러하게 세월은 달아나고, 선생님의 칩거가 시작되고, 여의도 거기쯤에 선생님이 계시겠거니 하다가 영결 미사에서 영정(影幀)을 만났다.

"주께서 사람을 티끌로 돌아가게 하시고 말씀하시기를 너희 인생들은 돌아가라 하셨사오니 주의 목전(目前)에는 천년이 지나간 어제 같으며 밤의 한 경점(更點) 같을 뿐임이니이다.…… 우리의 연수(年數)가 70이요 강건하면 80이라도 그 연수의 자랑은 수고와 슬픔뿐이요 신속히 가니 우리가 날아가나이다.…… 우리에게 우리 날 계수(計數)함을 가르치사 지혜의 마음을 얻게 하소서… 우리를 곤고(困苦)케 하신날 수대로와 우리의 화(禍)를 당한 연수대로 기쁘게 하소서……."

120년을 살았다는 모세의 기도가 이렇도록 절실한데 우리 삶의 허망함이랴. 강건하면 팔십이라도 신속히 가니 우리가 날아간다 하지 않았는가.

그러나 돌이켜보면 날아가던 인생살이 중에 우리에게 쉼표가 있었다. 구상 선생님의 호방한 취기에 얹혀 어리광 삼아 마음껏 떠들던 그때였다. 인생살이 억울함이나 슬픔, 분노, 신산(辛酸)까지를 한동안 털털 웃게 만들어 주셨던 그리운 분. 선생님은 가르치지 않았어도 우리가 배우게 하셨고, 훈계를 하시지 않았어도 마음 여미는 것이 어떠한 것인지를 터득하게 만드신 분이다.

꾸밈이 없던 분, 접힌 데가 없던 분, 이 시대의 마지막 선비. 그리움을 가르쳐 주신 시인. 그리운 구상 선생님.

갈수록 따뜻해지시는 선생님 모습

—

성찬경
시인

구상 선생님은 늘 가난하셨다. 그렇기 때문에 늘 넉넉하셨다. 선생님은
늘 따뜻하셨다. 그렇기 때문에 늘 범접하기 어려운 위엄을 두르고 계셨
다. 언제나 열려 있으셨다. 그렇기 때문에 오히려 선생님의 깊이를 헤
아릴 길이 없었다. 언제나 소탈하셨다. 그러면서도 어느 귀족도 따르지
못할 만큼의 섬세하고 세련된 멋을 풍기셨다…… 이런 식으로 선생님
의 모습을 그려 나간다면 끝이 없겠다. 나는 선생님의 인품을 헤아릴
수 있는 척도를 갖지 못한다. 그래서 내가 겪은 선생님의 인상을 생각
나는 대로 몇 가지 적어 본 것이다.

내가 구 선생님의 존재를 느끼기 시작한 것은 1960년대 말쯤부터였
다. 이미 작고한 구자운 시인이 와서는 선생님에 관한 얘기를 많이 했
다. 말투로 보아 선생님에 대한 존경심이 대단했다. 그리고 선생님한테
가서 내 얘기도 더러 하는 모양이었다.

"성 형에 대해서 좋게 말씀드려 놓았어."

"허허, 그런가……."

나는 이런 정도 이상의 대꾸는 할 수도 없었다. 하지만 구 선생님과
나는 어느 틈엔가 가까워졌다. 구 선생님을 만나 뵈면 무척 기쁘고 반

갑고, 선생님도 나를 반겨 주셨다.

구 선생님의 거동과 하시는 말씀에서 풍기셨던 다정함과 멋과 위엄을 말로 표현할 길이 없다. 그 중에서도 늘 나의 마음을 사로잡았던 것은 선생님 특유의 유머였다.

1972년 미국 아이오와대학교의 '국제창작계획(International Writing Progmam)'에 참가하고 돌아오는 길에 하와이에 들렀다. 당시 선생님도 교환교수로 하와이대학교에서 한국문학 강의를 하시던 터라 하와이에 계셨다. 선생님은 내가 어쭙잖은 솜씨로 그림을 곁들여서 보내 드린 엽서를 벽에 붙여 놓으신 채 그동안 내가 방문하는 날을 고대하셨노라고 말씀하셨다. 선생님과 나는 그 당시 역시 하와이대학교에서 연구 중이던 서강대학교의 김태옥 교수님을 방문하였다. 구 선생님은 김 교수께

"성 형이 그러는데 김 교수가 아주 미인이시랍니다."

하셨다.

"선생님, 저는 '미인'이라 하지 않고 '매우 좋은 얼굴을 가지신 분'이라 했었지요."

하자,

"그랬던가. 나는 그 소리가 그 소리로 들리거든."

하셔서 우리 셋은 모두 소리내어 웃었다.

선생님은 또 가끔

"나는 조과(早課)와 만과(晚課)만은 꼭 드리는데, 기도를 빠뜨리면 어쩐지 재수가 없을 것 같아서 말야."

하셨다. 수도자처럼 기도의 계율을 어기는 일이 없으신 일상생활을 그렇게 겸손하게 우스갯소리로 돌리셨다.

내가 우활(迂闊)하여 선생님의 그 많은 유머를 거의 잊어버렸다. 유

머의 내용은 잊어버렸어도 선생님의 유머의 '품질'만은 기억에서 사라질 수가 없다. 선생님의 유머는 최고의 품질에 속하는 그러한 것이었다. 요란하고 화려하게, 때로는 다소 폭력적으로 남의 웃음을 강요하는 그런 우스갯소리와는 거리가 멀었다. 언제나 엷고 귀한 향처럼 재미나고 우스운 기운이 조금 하늘거리는 정도였다. 아시다시피 이런 유머는 아무나 할 수 있는 것이 아니다. 비극의 밑바닥에서 희극의 정수리까지, 삶의 모든 국면을 속속들이 이해하고 용서하고 포용하는 달인의 여유가 없이는 결코 누릴 수 없는 그런 경지인 것이다.

선생님과 박희진 시인과 나, 이렇게 셋이 '공간시낭독회'를 시작한 것은 1979년 4월이었다. 이 시낭독회는 지금도 이어지고 있으며, 올해 6월이 300회가 되는 달이다. 지금은 공간시낭독회의 상임 낭독 시인이 18명으로 불어났고 더욱 활기찬 활동을 벌이고 있지만, 이 시낭독회의 기둥 노릇을 해온 것은 말할 것도 없이 선생님이시다. 이 낭독회에서 매달 한 번씩 꼭 선생님을 뵈올 수가 있고, 선생님 시 낭독과 담론도 들을 수가 있었다. 이런 세월이 20여 년이나 지속되었으니, 지금 생각해 보면 이 일은 나에게 참으로 분에 넘치는 행운이었다. 그동안 선생님께 얻은 그 많은 가르침과 감동과 감명을 어찌 이루 다 말이나 글로 표현할 수 있을 것인가.

공간시낭독회에 매달 빠짐없이 꼭 참석하시는 분 중에 학술원 회원이시며 철학박사이신 김규영 선생님이 계시다. 구 선생님과 동갑이시기도 한 김 선생님은 늘 구상 선생님의 담화를 평하시길 "구 선생의 말씀은 그야말로 언어미(言語美)"라 하셨다.

1985년 2월 24일 변호사이기도 한 김동현 시인의 주선으로 안면도에서 시낭독회가 있었다. 낭독회를 마치고 다음날 나는 선생님과 같은 승용차로 돌아오게 됐는데 그때 선생님은 내게 '탁신무작(託身無作)'이란 말을 들려주셨다. 하느님께 맡기고 일을 꾸미지 아니한다는 뜻으로, 선생님께서 손수 지으신 구라 하셨다. 선생님의 삶의 모습을 한 가닥 볼 수 있는 듯싶다.

구 선생님이야말로 '일이관지(一以貫之)'의 삶을 실천하신 분이 아니었나 싶다. 선생님은 인간과 문학이, 믿음과 삶이, 사상과 행동이 이음매 없는 하나였다. 선생님만큼 전일적(全一的) 삶을 사셨던 분을 나는 달리 알지 못한다.

지금까지 약 40년간 선생님을 모셔 오는 중에 아무리 화기애애한 분위기 속에서도 나는 한 번도 선생님께 결례를 한 기억이 없다. 이 일은 내가 예절 바른 사람이라는 말이 아니라, 선생님이 풍기시는 기품에 눌려 내가 감히 경망한 언동을 저지르지 못한 때문이었으니, 선생님은 늘 마주 대하는 사람의 품격까지도 이렇게 높여 주시는 것이었다. 다시 말하거니와 선생님의 도량의 넓이와 깊이는 도저히 헤아릴 길이 없다.

언제부터인가 선생님은 이승에 계시면서도 벌써 저승의 삶도 함께 살고 계시는 게 아닌가 하는 생각이 들었다. 선생님 가신 후 선생님의 존재는 점점 더 커져 가기만 한다. 이런 분을 가까이에서 늘 뵈올 수 있었던 일이 지금 생각하면 꿈만 같은 행운이었다고 여겨진다. 허나 그때는 그렇게 실감하지 못하였다. 이제 와선 아무리 이런 일 저런 일을 회상해도 선생님의 그 따뜻한 모습을 다시는 뵈올 수가 없으니 더욱 슬퍼지기만 한다.

바탕골 시낭송회와 구상 선생

—

김동호

공간시낭독회 대표 · 성균관대학교 명예교수

엊그제 같은데 벌써 10년. 선생 모시고 대학로 바탕골에서 공간시낭독
회 갖던 시절이 생각난다. 시 낭독이 시작되기 한 시간 전쯤 미리 오셔
서 아래층 찻집에서 시우(詩友) 제자들과 담소 나누시던 모습. 그 자리
의 다과 값은 으레 선생이 내셨다. 누가 내려 하면 몹시 섭섭해하시던
모습이 새삼 떠오른다. 한 시간 일찍 나오시는 것은 오시는 차편을 누
구에게 신세져야 하니까 그 사람의 시간에 맞추어야 했기 때문이다. 그
러나 그렇게 해서 생기는 여유 시간이지만 선생은 그 여유 시간을 퍽
소중히 여기시는 것 같았다. 대개 시낭송 같은 행사에선 행사 자체보다
도 끝난 뒤의 뒤풀이가 더 좋은 법인데 선생은 술을 드실 수가 없기 때
문에 자연히 전희(前戱)라 할까 '앞풀이'라 할까 그런 것을 즐기고 싶으
신 것 같았다. 인품이 돈후하신 데다 남다른 낭만이 있으셔서 무슨 말
씀을 하셔도 흥취와 훈향이 이야기 사이를 맴도는 듯했다. 그때 들은
이야기 한 토막.

종군 기자 때의 일이다. 죽음이 즐비한 전쟁터에선 모두 철학자가 되
고 탕아가 되고 눈물의 형제자매가 된다. 야전 막사가 쳐지면 주변에는
기지촌·창녀촌이 생기게 마련이다. 한번은 몇 명이 어울려 창녀촌을

찾았다. 우두머리 창녀는 선생의 단골 애인쯤 되는 듯. 그런데 일행 중에 상이 군인이 하나 끼여 있었다. 목발을 짚고 몹시 절룩거리며 따라온 것이다. 그를 보자 그녀는 몹시 난감해했다. 그 불구자와는 어떤 아가씨도 놀려고 하지 않기 때문이다. 그러니 어쩌랴. '자기가 맡을 수밖에.' 선생의 의중을 묻는 것이었다. 고마운 한 구석이 없는 것도 아니지만 애인을 어떻게 남에게 준단 말인가. 그러나 선생은 쾌히 승낙을 했단다. 그리고는 지금껏 아픈 것이다. 왜냐하면 이 이야기를 이 이전에도 이 이후에도 여러 번 했기 때문이다. 그 어두운 극지에서도 인정과 의리의 꽃을 피우는 여인! 선생은 막달라 마리아를 사랑했던 '그리스도폴 강'의 뱃사공이 아니었나 싶다.

찻집에서 한 시간쯤 담소를 나누시다가 시낭송이 2층에서 시작되면 선생은 우리를 먼저 올라가게 하고 좀 늦게 혼자 올라오셨다. 나는 무슨 일에서나 앞서 가시지 않고 늘 뒤에서 밀어 주시는 선생의 평소 몸가짐 같은 것이려니 생각했다. 그러나 알고 보니 그것이 아니었다. 호흡곤란으로 숨이 차서 계단 오르는 것이 힘든 모습을 우리에게 보여 주고 싶지 않으셨던 것이다. 그것은 낭독회가 3층으로 옮기면서 더욱 우리 마음을 아프게 했다. 몇 번을 쉬어서 3층까지 힘겹게 올라오시는 모습. 안타까워 부축해 드리려고 하면 절대로 거절하시며 화까지 내시던 선생. 그런 몸으로도 꼬박꼬박 빠지지 않고 나오시던 선생. 선생은 사람들에게 베풀기는 좋아하셨지만 베풂을 받는 것은 좋아하지 않으셨던 것 같다. 그처럼 불편한 몸으로 공간시낭독회에 거의 빠지지 않으셨던 것도 그 때문이라고 나는 생각한다. 당시 그분의 명성으로 보아 얼마나 참석해야 할 곳이 많았겠는가. 그러나 다른 자리에 못 가는 한이 있어도 공간시낭독회에는 꼬박꼬박 나오셨다. 언젠가 이런 말씀을 하신 적이 있다. "예술원 회의에는 자주 빠지지만 공간시에는 안 빠질려고 애쓴다"고.

또 한번은 이런 일도 있었다. 건국기념일인가 뭔가 큰 행사가 여의도에서 있었던 다음날의 공간시낭독회 때였다. 그날따라 선생님의 건강이 영 좋지 않아 보였다. 얼굴이 푸석푸석하고 두 다리가 휘둘리는 것 같고……. 그때 선생님이 하신 말씀. "TV에서 보았겠지만 이 꼴로 어제 그 행사에 나갔습니다. 오늘 여기 안 나오면 큰 행사에만 나가고 작은 행사엔 안 나온다고 생각할까 봐 오전에 링겔 맞고 이렇게 나왔습니다."

나는 그 마음 씀씀이가 선생님의 시라고 생각한다. 축축히 젖은, 약간 썩은 내가 나는 듯한 퇴비의 흙 내음. 그것이 선생님의 인격이고 예술이라고 생각한다. 줄기 잎보다도 보이지 않는 뿌리에 늘 관심을 가지셨던 선생님. 농사와는 전혀 관계가 없는 곳에서 사셨는데도 왜 나는 자꾸 그분에게서 농군 같은 체취, 퇴비 같은 향을 느끼게 되는 것일까. 이제 1주기. 잘 익은 농주 한잔 올리고 싶다. 이젠 술 드셔도 될 터이니까.

방부제를 잔뜩 넣어 썩지도 않고 익지도 않는 과일처럼 맛도 없고 멋도 없는 문인들이 산맥을 이루고 있는 이 풍토에 이런 향그러운 선배 문인을 만났다는 것은 내게 큰 행운이 아닐 수 없다.

순수한 시혼(詩魂)의 선생님

손장순
소설가

6·25 동란 때 대구로 피란을 간 나는 제2외국어로 불어를 가르치는, 가톨릭 부속고등학교인 효성여고에 편입해 공부하게 되었다. 시를 써서 교내에서 인정을 받고 있을 때 경북도청 주최로 고등학교 학생만이 참가할 수 있는 시낭송 대회가 열렸다. 당시 국어 선생님은 나의 시가 예선에서 선정되고 본선에서 상까지 타기를 바라는 마음에서 일단 작가 선생님에게 내가 쓴 시를 한번 보여 보자고 했다. 나중에 효성대학교를 건립하여 초대 총장이 되신 전 신부님이 교장 선생님으로 계실 때인데 내게 관심을 가지시고 장려를 해주셔서 더욱 그런 분위기가 조성되었다.

국어 선생님에게 이끌려 찾아가 뵌 분이 다름 아닌 유명한 구상 선생님으로 그 당시 대구 도립병원에 입원해 계셨다. 잘 기억은 나지 않지만 폐가 좋지 않아 장기 입원해 계시는 중에 우리가 예고도 없이 찾아가 뵈었는데도 반갑게 맞이해 주셨다. 그것이 구상 선생님을 뵌 최초의 인연이었다. 구 선생님은 그때 모더니즘 경향의 시에 경도되어 계실 때라 꿈 많은 문학 소녀의 서정적인 시에서 벗어나라고 충고해 주셨다. 갑작스런 변화에 적응하기 힘들었던 나는 혼란이 와서 시낭송 대회에 나가는 것을 포기하였으나, 그 후 〈수험생〉이란 잡지에서 「밤」이란 제목으로 투고한 것이 당선되어 고등학교 남학생들로부터 팬레터를 많이 받았다.

하지만 나는 서울대학교 불어불문과에 입학한 후 현대의 복잡한 의식을 표현하는 데는 시보다 산문이 더 적합하다고 생각해 콩트나 단편 소설을 쓰기 시작했다. 이것이 서울대학교 신문에 실린 것이 소설가로서의 첫걸음, 아니 걸음마라 할 수 있다. 서울대학교 신문이 발간되기 시작한 이래 여학생 작품이 최초로 실렸는데, 투고한 나의 용기를 가상하게 여겼다는 말을 들었다.

문단에 소설가로 데뷔한 이후 장르가 달라서인지 구 선생님을 개인적으로 가까이서 뵐 기회가 없었다. 모임에 잘 안 나가는 편이었던 나는 어쩌다 먼 발치에서 구 선생님을 뵙곤 하였다. 20년 전쯤 펜클럽 총회가 있던 날 엘리베이터에 여러 문인과 함께 타면서 구 선생님을 모처럼 가까이서 뵈었지만 인사성이 없는 나는 인사를 채 하지 못하고 엘리베이터에서 내리게 되었다. 그것이 마음에 걸려 그 후 우연히 만나 뵙게 되면 열심히 인사를 했다.

대학에 정년도 되기 전에 사표를 내고 전업 작가가 되고자 했을 때 바깥 사람이 오래 다니던 신문사를 정년 퇴직하게 되면서 나는 다시 새로운 도전을 하게 되었다. 남자가 집에 있으면 글을 자유롭게 쓰지 못하게 될까 봐 출판사 사무실을 낸 것이다. 언론 관계 번역 일이 경쟁사로 인해 원작료가 턱없이 높아 손을 놓고 있을 때 누군가가 여성문학을 계간지로 해보라고 권했다. 출발은 여성 독자를 겨냥해서 하되 페미니즘 운동을 할 마음은 없었기에, 그리고 남성 작가들이 그런 잡지에 원고 주기를 꺼리기에 차차 여성성의 문학을 강조하는 색깔을 뺐다. 문학 계간지 〈라쁠륨〉을 창간한 얼마 후 제호의 부제를 '인간과 문학'으로 바꾼 것이다. 문단과 독자들로부터 잡지의 질과 내용이 좋다는 평을 받았는데, 특히 작가 대담이 읽을 만한 특색 있는 문학지로 인정받았다.

나는 어느 호인지 확실치 않으나 구 선생님을 작가 대담에 모시고자 전화를 드렸다. 구 선생님의 시를 여러 번 청탁하여 실어서인지 그다지 건강하지 않으실 땐데도 여의도에서 양재동 사무실까지 나와 주셨다. 그 대신 대담료를 두둑히 드리고 점심식사까지 대접했다. 우리 나라는 대담료를 보통 주지 않는 것이 관례처럼 되어 있는데 같은 작가의 경험으로 그것이 비합리적이라 생각해 왔던 것이다. 시간을 내주고 교통비가 드는데도 PR해 준다는 명목으로 문학잡지사나 신문사들이 대개 시치미를 떼는 것이 못마땅했던 것이다. 특별 대우를 해서 댁에 돌아가실 때는 우리 승용차로 모셔다 드리기까지 했다.

그만큼 나는 구 선생님의 순수한 시혼(詩魂)을 존경해 왔다. 인생이 짧다면 짧고 길다면 긴데도 야인으로 묻히셔서 일생 동안 오로지 시만을 써오신 점은 다른 작가들과 후배들로부터 추앙받을 만하다고 생각한다. 자연스런 기회가 있었는데도 고위직을 사양하시고 출세와 영달과는 담을 쌓고 사신 것은 결코 아무나 할 수 있는 일이 아니다.

대담 내용도 충실했고 시문학에 대한 뚜렷한 철학과 소명 의식까지 엿보여 무척 기분 좋은 대담과 점심 회식의 자리를 가지게 되었을 때다. 말미에 가서 나는 피난시에 대구 도립병원에 입원하고 계실 때, 담당 국어 선생님과 함께 내가 쓴 시를 보여 드리고 품평과 더불어 지도를 받고자 병원 입원실로 찾아뵈었던 것을 말씀드렸다. 그러자 구상 선생님은 그제서야 기억을 하시면서 그 특유의 때가 전혀 묻지 않은 미소를 지으셨다. 이런 구 선생님이 그날 기발한 발언을 하셨는데 요새는 기인(奇人)을 볼 수 없는 것이 무척 유감이라는 것이었다. 온화하신 구 선생님에게서 그런 발언이 나오리라고는 예상하지 못하였기에 나는 무척 놀랐다. 하긴 너무나 처세술이 앞서고 상식적인 문인들만 있는 것은 부정할 수 없는 사실이다. 그만큼 순수성이 훼손된 시대에 살고 있는 것이리라.

구 선생님은 유명한 이중섭 화가와도 교류가 있었고 일찍 요절한 이상과도 교류가 있었던 것으로 미루어 범인들만 들끓는 문단, 거기에다 패싸움이나 일삼고 이데올로기 싸움이나 벌이는 참여 아닌 참여에 환멸을 느끼셨을 것이다.

구 선생님은 그 후에도 「눈」이란 제목의 시를 〈라쁠륨〉지에 게재할 기회를 주셨다.

"마치 소녀 같은 기분으로 쓴 이 시, 어떻게 생각할는지 조금 신경이 쓰입니다. 나이 들수록 감성은 어려지나 봅니다."

그것이 구 선생님과 내가 마지막으로 나눈 대화였다. 구 선생님은 학처럼 고귀하고 청초하게 사시다가 가신 유일한 시인이시다. 누구보다 마음이 풍요로워 부자 같은 기분으로 사셨기에 단조롭고 오랜 병상 속에서도 지루하신 줄 모르고 살다 가신 선생님이 서거하신 지 벌써 1주년. 따로 명복을 빌지 않았어도 지금쯤 좋은 데 가셔서 영혼의 안식을 누리고 계시리라 생각한다.

운성 선생의 신앙 세계

—

정양모
성공회대학교 초빙교수

운성 구상 선생이 빚은 수많은 신앙시편들 가운데 선생의 신관(기독
관)·교회관을 극명하게 드러내는 시편들을 골라 본다. 이 주옥 같은 시
편들을 눈여겨보면 번뇌와 은총의 시인이신 선생의 모습이 환히 떠오
른다.

1. 하느님은 하늘의 사냥개

선생은 모태 가톨릭 신앙인으로서 소년 시절에 3년 동안 원산 근교 덕
원 베네딕도 수도원 소속 신학교에서 지낸 적이 있었지만 결코 편안하
게 신앙 생활을 하지는 못했다. 가톨릭 신앙으로 내심 낙원 위안을 받
기보다 십자가에 달린 예수마냥 사지가 찢어지는 아픔을 겪었노라고
술회하곤 하였다.

19세 때 원산의 가족을 떠나 동경에서 유학할 무렵 날마다 과도로 일
본식 돗자리 다다미를 푹푹 찌르면서 신을 죽이는 시늉을 했다고 한다.
선생은 그때를 회상하며 섬뜩한 시를 빚었다.

하숙방 다다미에 누워
나는 신의 장례식을
날마다 지냈으며,
길상사(吉祥寺) 연못가에 앉아
짜라투스트라가 초인의 성에 오르는
그 황홀을 꿈꿨다.

그런가 하면 아무리 찬양하고 감사하고 간구해 보았자 묵묵부답 도무지 말씀이 없으신 영원자를 원망하듯 노래하기도 했다.

주님,
제 영혼은 이 밤도
마치 달을 쳐다보고
짖어 대는 강아지처럼
대답도 없는 당신을 향해
컹컹대고 끙끙댑니다.

선생은 영원자와의 인연을 끊을 생각도 했지만 삼세의 인연이라 꼼짝없이 영원자에게 사로잡혀 산다고 하면서, 런던 빈민굴에서 아편쟁이로 비명횡사한 가톨릭 시인 프랜시스 톰슨(1856~1907)이 지은 「하늘의 사냥개」를 애송하곤 했다.

나는 그로부터 도망쳤다.
밤이나 낮이나 몇 해를 두고

그로부터 도망쳤다.
내 마음의 얽히고 설킨 미로에서
눈물로 시야를 흐리면서 도망쳤다.
나는 웃음소리가 뒤쫓는 속에서
그를 피해 숨었다.
그리고 나는 푸른 희망을 향해
쏜살같이 날아올랐다가
그만 암흑의 수렁으로 떨어지고 말았다.
그러나 틈이 벌어진 공포의 거대한 어둠으로부터
힘센 두 발이 쫓아왔다.
서두르지 않고 흐트러짐이 없는 걸음으로
유유한 속도, 위엄 있는 긴박감으로
그 발자국 소리는 울려왔다.
이어 그보다도 더 절박하게 울려오는 한 목소리,
나를 저버린 너는 모든 것에서
버림을 받으리라!
… (하략) …

마침내 선생은 불교의 표현을 빌려서 "공(空)이라고밖에는 표현할 수가 없는" 하느님의 품에 안긴 어린애가 되어 안심입명 달관의 경지에 이른다.

내 마음 저 깊이 어디
한 구멍이 뚫려 있어
저 허공과
아니 저 무한과

저 영원과 맞닿아서

공(空)이라고밖에는 표현할 수가 없는 그곳으로부터

신기한 바람이 불어온다.

신비한 울림이 울려온다.

신령한 말씀이 들려온다.

나는 어린애가 되어

말 이전의 말로

이에 응답할 제

온 세상 모든 것이

제자리에서 제 모습을 하고

총총한 별이 되어 빛을 뿜으며

나는 나의 불멸을 실감하면서

삶의 덧없음이 오히려 소중해지며

더없이 행복하구나!

2. 예수는 사랑이신 하느님의 화신

예수는 하느님을 정겹게 압바라고 부르셨다(마르코 14:36). 예수의 정신
을 이어받아 요한계 교회에선 "하느님은 사랑이시다"라고 정의했다(요
한 1서 4:8~16). 그런가 하면 동방의 성인 다석 유영모(1890~1981)는 유
교의 표현을 빌려서 예수는 하느님과의 부자유친을 설교하고 체현하신
대덕사(大德師)라고 하였다. 이런 믿음을 물려받아 운성 선생은 나자렛
예수 시편을 한 수 읊었는데, 그 논지와 신심이 지극해서 나는 노상 경
탄하곤 한다.

당신은 사상가가 아니었다.
당신은 도덕가가 아니었다.
당신은 현세의 경륜가가 아니었다.

그래서 당신은 어떤 지식을 가르치지 않았다.
당신은 어떤 규범을 가르치지 않았다.
당신은 어떤 사회 혁신 운동을 일으키지 않았다.
또한 당신은 어떤 해탈을 가르치지도 않았다.

한편 당신은 어느 누구의 과거 공적이 있고 없고를 따지지 않았고
당신은 어느 누구의 과거 죄악의 많고 적음을 따지지 않았고
당신은 실로 이 세상 모든 사람의 생각이나 말을 뒤엎고
"고생하며 무거운 짐을 지고
허덕이는 사람은
다 나에게 오라.
내가 편히 쉬게 하리라"고
고통받는 인류의 해방을 선포하고

다만, 하느님이 우리의 아버지시요,
그지없는 사랑 그 자체이시니
우리는 어린애처럼 그 품에 들어서
우리도 아버지가 하시듯 서로를 용서하며
우리도 아버지가 하시듯 다함없이 사랑할 때

우리의 삶에 영원한 행복이 깃들고
그것이 곧 '하느님의 나라' 라고 가르치고

그 사랑의 진실을 목숨 바쳐 실천하고
그 사랑의 불멸을 부활로써 증거하였다.

3. 교회는 신의 무덤

1960년대 초 천주교 서울대교구 소유 경향신문사가 빚더미에 앉아 경영이 어렵게 되었을 때, 운성 선생은 국가재건최고회의 의장 박정희 장군의 도움으로 경향신문사 사장에 취임한 적이 있다. 그때 노기남 대주교를 비롯하여 여러 사제들을 가까이서 보고 저들의 처신에 매우 실망한 나머지 저들의 비리를 만천하에 폭로하고 나서 천주교회와 영영 인연을 끊으려고 마음먹고 어느 날 대취해서 글을 써내려가는데, 1949년 원산에서 공산당원들에게 끌려가 순교한 형님 구대준 신부가 홀연히 나타나서 극구 말리는 바람에 글을 마치지 못했다고 한다. 교회의 악성(惡性)과 더불어 그 성성(聖性)을 깨달은 그때의 심경을 선생은 다음과 같이 언표했다.

내가 희망치도 않은 이해에 얽혀
교회의 암흑면을 체험하게 된 것은
내 영혼의 치명상이었다.

견월망지! 라는 불도문자를 되외우고 되씹고 되새겨도
그 더러운 사제의 손에서
성체의 비의를 용납할 수가 없었고
도처에 높이 솟아 있는 교회당들이
회칠한 신의 무덤으로 보여졌다.

내 손으로 그들의 가슴과 등에다
'주홍글씨'를 써붙이지 않은 것은
북한서 공산당에게 납치되어 간
가형 신부의 어질고 슬픈 얼굴이
떠오르고 가로막았기 때문이었다.

그러나 그 반석 위에 교회가 세워졌다는
사도의 우두머리 '베드로'가
스승 예수를 한낱 계집종 앞에서
배반한 사실을 익히 알고 있었지만
그러한 죄인들로 이어 내려온 교회가
붕괴되지 않고 그 신성성을 유지하는 것은
오직 성령의 역사하심이라는 사실을
나는 그때서야 비로소 깨달았던 것이다.

　마치 애벌레가 나비로 탈바꿈하듯 '몸나'의 허물을 벗고 신령한 '얼나'로 거듭나신 선생님, 부디 대자대비하신 '압바' 품에서 진복(眞福)을 누리소서. 두 손 모아 간구하옵니다.

구상 시인과 이중섭 화백

김광림
시인

초토(焦土)가 된 수도원의 넓은 마당이다

부서진 파이프 올갠의 음계를

밟아 내리는

겨울 까마귀

약초를 캐러

흩어진 사도(使徒)들로부터는

한 치의 복음도 전해 오지 않는다

이중섭이 잠시 이곳을 다녀간 후

무너진 종루(鐘樓)에서 내려오는 길이라 했다

폐 한 쪽으로 산다는

다시 황야에 나서겠다는

맨발의 그는……

　이것은 1970년대에 쓴 『시(詩)로 쓴 시인론(詩人論)』의 「구상(具常)」이
라는 작품이다. 지금까지 나는 이 땅의 시인을 대상으로 본격적인 평문
(評文)을 쓴 바 없지만 그 대신 시로써 시인론을 쓴 것은 적지않이 있다.
시인 메모와 추모시까지 합치면 한 권의 시집이 될 만한 분량이다.

앞서 든 시 「구상」 속의 초토가 된 수도원은 그의 고향에 있는 '덕원 수도원'을 말한다. 해방 직후 이중섭 화백과 그곳에 가본 일이 있어 기억이 생생하지만 그 후 공산 치하에서의 황폐상을 배경으로 구상의 시 세계를 다뤄 보려 했다.

내가 처음 구상 시인의 모습을 대한 것은 해방되던 해의 일이다. 원산상업학교 교정에서 그 고장 유지들이 해방을 축하하는 모임을 가졌을 때 연단 주변에 있는 키가 훤칠하고 인자한 모습의 그를 먼 발치에서 대하게 되었다.

공산당 계열의 인사들이 기세를 올리고 있을 때 그는 묵묵히 서 있기만 했다. 민족의 해방을 축하하는 자리가 이데올로기로 들떠 있었기 때문이다. 일본 유학 시절부터 구상 시인을 형처럼 따르던 H라는 시 지망 선배가 구상 시인과 이중섭 화백을 나에게 귀띔해 준 바 있어 주목했던 것이다. H씨와의 인연은 내가 개성의 송도중학을 다닐 때 그의 아우가 나와 같은 학교에 한 학년 늦게 들어와 하숙집도 같은 데를 얻게 되면서 맺어졌다.

시인 구상의 이름을 익히게 된 것은 향토 시인들의 사화집 『응향(凝香)』이 나온 데서 비롯된다. 집필자 대다수가 해방 기념 행사에 참석한 사람들이었다. 이중섭 화백의 그림도 이 책의 표지화에서 처음 대할 수 있었다. 문제는 이 엔솔러지가 발간되기가 무섭게 벼락이 떨어진 데 있다. 몰수 소각 사태가 벌어진 것이다. 나는 판매금지 처분 전에 재빨리 입수했다. 눈여겨보니 구상 시인의 작품은 중학생인 내게 선뜻 와닿지 않았지만 하나의 충격과 경악으로 받아들여졌다.

이 사화집을 가장 악랄하고 혹독하게 사형집행문을 다루다시피 한 평자(評者)는 백인준(白仁俊)이었다. 그는 〈로동신문〉에 두 차례에 걸쳐

"문학예술은 당과 인민에게 복무해야 한다"며 회의적·공상적·퇴폐적·도피적·절망적·반동적이라는 여섯 가지 죄목(?)을 달아 단죄했던 것이다.

하루는 영화관 '원산관'에서 이 사화집에 대한 성토대회가 열렸다. 중앙(평양) 문예총에서 최명익·송영·김사량·김이석 등이 검열관으로 내려왔다. 중학생인 나도 관람석에 끼어 있었다. 도중에 잠깐 휴식 시간이 있고 나서 다시 회의가 시작됐는데 구상의 모습이 안 보였다. 후에 안 일이지만 화장실에 다녀온다며 줄행랑을 친 것이다. 그 길로 38선을 넘으려다 연천에서 월남자로 지목되어 보안서원에게 붙들렸다. 나중에 본인한테 직접 들은 이야기지만 여기서도 화장실에 다녀온다며 똥통을 통해 기어나와 뺑소니를 쳤다는 것이다. 만약 이때 그가 두 차례의 탈출에 성공하지 못했다면 오늘의 구상은 존재하지 않았을지 모른다. 내가 월남하기 한 해 전 1947년의 일이다.

구상 시인이 탈북하자 제일 기가 꺾인 사람은 이중섭 화백이었다. 표지화 '장난치는 아이들'도 불타 없어지고 친구도 사라져 의기소침해 있을 때 H씨가 중학생인 나를 끌고 그의 집을 찾아들었다. 일본 부인 방자(方子) 여사를 처음 대했다. 자주 놀러가 프랑스 번역 시집도 꺼내 보고 미당(未堂)의 첫 시집 『화사집(花蛇集)』과 오장환(吳章煥)의 『나 사는 곳』 삽화 얘기도 그한테 들었다. 그는 외로우면 해변가에 나가 바위 틈에 기어다니는 게를 지켜보다가 머리 위에서 끼꺼덕대는 갈매기의 동작에 심취해 있었다. 이때 그는 리얼리티에 접근하려 한 듯하다. 당시 이중섭 화백이 가장 매력을 느낀 것은 바람에 휘날리는 여인네 치마폭이었다. 두 여인이 생선 광주리를 이고 치마폭을 날리며 걷는 그림 한 폭을 내게 준 일이 있는데, 이것이 지금도 고향에 간직돼 있다면……. 아아, 내가 월남을 한다는 소식을 전하자 그는 냉큼 편지 두 통을 써주었다. 못 견딜 지경일 때 찾아가 보라고. 김환기·최재덕 두 화백한테 보내는 메모였다. 이것을 연천역에서 보안서원에게 쫓겨 도망치다 보따리와 함께 잃어버리고 말았지만…….

서울에서 구상 시인을 직접 대하게 된 동기는 중학 동창인 S군이 그가 속해 있는 안양의 〈청포도〉 동인을 만나게 한 데서 비롯한다. 하룻밤을 동인 집에서 묵다가 새벽에 쓴 습작시〈청포도〉를 그들에게 보였더니 나를 데리고 안양제지공장에 근무하는 박두진 시인의 사택으로 갔다. 박두진 시인은 내 시를 보자 "우리 시단도 10년 후면 많이 달라지겠는걸" 하며 "구상한테 갖다 주라"는 것이었다.

이튿날 〈연합신문〉 문화부장인 구상 시인을 찾아갔다. 이중섭 화백과 H씨 얘기를 꺼내자 두말 않고 구내 식당으로 나를 끌고 갔다. 우동 두 그릇을 시켜 주며 먹으란다. 탈북자의 사정을 이렇게 꿰뚫어볼 줄이야. 편집실로 돌아와 고향 얘기를 좀 하다가 습작시를 꺼내 보였다. "좀 관념적이긴 하지만 두고 가라"고 했다. 며칠 후 민중문화란에 최계락의 「고가촌상(古家寸想)」과 함께 게재되었다. 생전 처음 내 글이 활자화된 걸 보는 순간 배고픔도 외로움도 아랑곳없이 생기가 돋아났다. 구상 시인과의 교접은 이렇게 이루어졌다.

어느 날 민중문화란 투고자 모임이 있다고 해서 나가 봤더니 내가 제일 연소자인데 정운삼·이종산의 모습도 보였다. 이 자리에 평론가 임긍재 씨도 배석해 있었다. 인연이란 묘한 것이어서 후일 그가 자기 여동생을 나의 아내로 안길 줄이야. 전후 몇 해가 지나서의 일이지만, 구상 시인을 만나게 된 데서 비롯된 일임을 어쩌랴! 일선 소대장으로 백마고지 저격 능선의 격전을 치르고 난 어느 날, 30연대장 박남표 대령 숙소에서 종군작가단 구상 부단장이 와 계시다는 전갈이 왔다. 29연대 일개 중위 신분으로 지프차를 얻어 타고 갔다. 시를 좋아하는 문중섭 대령의 배려였다. 박 대령 숙소 앞에서 당시 찍은 사진을 지금도 귀하게 간직하고 있지만, 이것이 구상 시인과의 두 번째 만남이었다.

그 후 병과를 정훈으로 옮겨 육군본부가 대구로 이동하자 그곳에 내려가 〈대구매일신문〉의 주필인 구상 시인을 이따금 만날 수 있었다. 당시 1·4 후퇴 때 월남해 온 이중섭 화백이 작가 최태응 씨와 함께 대구역 앞 여인숙에 머물러 있었다. 구상 시인의 배려로 그리된 것 같다. 미도파백화점에서의 이 화백의 그림 전시는 꽤 성황을 이루었지만 대구에서의 전시는 한풀 꺾인 듯했다. 그도 그럴 것이 그림을 사겠다고 가지고 가서 대체로 감감무소식이었기 때문이다. 의욕을 북돋워 주기 위해 대구 전시를 강요한 듯하지만 이중섭 화백은 이미 의욕을 상실했는지 그림 제목 표시도 안 해 내가 성냥개비에 먹을 묻혀 야릇한 글씨로 써붙이곤 했다.

이런 사정을 지켜보다 못해 구상 시인은 일본에 있는 부인한테 가라며 이중섭 화백을 밀항선에 태워 보냈다. 천만다행한 일이었지만 이중섭은 열흘도 안 되어 되돌아왔다. 들리는 말에 의하면 한·일 관계가 풀리지 않아 오가기가 어려운데 "어떻게 왔느냐?"고 처가에서 묻는 걸 "어째서 왔느냐"로 잘못 알아듣고 괄시받는 것 같아 쉬 돌아섰다는 것이다. 지금은 제주도 서귀포에 이중섭 전시관이 자랑스럽게 당당히 솟아 있지만 당시는 그곳에서 다 쓰러져 가는 조그만 초가집에 머물며 지냈다. 통영을 거쳐 다시 서울로 올라와 신촌에 있는 먼 친척집에서 투병 생활을 할 때였던 것 같다. 이화여대 앞에서 우연히 이중섭 화백의 조카 이영진을 만나 병문안 가는 그를 따라갔다. 산소호흡기도 꽂지 않은 채 눈동자는 힘을 잃고 물끄러미 바라보는 눈치였다. 몇 마디 말을 건네다 돌아왔지만 그로부터 얼마 안 돼 적십자병원에서 숨을 거둔 모양이다. 임종 때는 아무도 곁에 없었던 듯하다. 구상 시인이 전방에서 돌아와 달려가 보니 사흘 동안 시신이 방치되어 있었다고 한다. 김광균 시인과 둘이서 사태를 수습한 모양이다. 이중섭 화백의 나이 40세 때의 일이다.

그보다 세 살 아래인 구상 시인은 본시 허약한 체질이면서도 용케 버티고 있었다. 젊은 시절 폐 한쪽을 잃고 말년에 당뇨병에 시달리면서도 활동의 중심 인물 역할을 다했다. 그가 중앙대학교 문예창작과에 출강하던 시절 하와이대학교에서 초빙하자 그 자리를 나에게 맡기고 간 일도 있었지만, 내가 이분을 위해 한 것은 별로 없다. 아시아시인대회나 국제시인대회 때 보좌역을 한 것밖에는. 하지만 이분과 함께 일본의 기타가미〔北上〕 시가문학관(詩歌文學館)에서 최초로 베푼 '포럼 세계시인 시리즈'에 한국 대표로 초청되어 두 시간 남짓 좌담을 한 것은 큰 수확이 아닐 수 없었다. 게다가 여비·강연료·체재비 일체를 그들이 부담하고 좌담 내용까지 책자로 묶어 발간하기까지 했다.

지난 55년간 구상 시인과 나는 선·후배 간의 관계보다 형제지간의 우의가 더 돈독했던 것 같다. 다만 단 한 번의 갈등과 그분의 청을 몇 번 사양한 것이 기억에서 떠나지 않는다. 구상 시인이 문화훈장 심사를 했을 때 순위가 뒤바뀐 것을 항의했다가 "다시는 내 앞에 나타나지 마" 하던 말까지 들은 일이 있다. 그날 이후 한동안 모습을 드러내지 않았지만 미국에서 교통사고로 척추를 다쳤다는 소문을 듣고 비로소 나는 얼굴을 다시 드러냈다. 가톨릭에 귀의하라는 권유도 몇 번 받았지만 응하지 못했다. K당의 당가(黨歌) 작성도 사양한 일이 있지만. 그리고 이

분의 마지막 소망인 일역판(日譯版) 시집 출간을 이루어 주지 못한 아쉬움이 남아 있다. 북에 두고 온 이중섭의 그림만큼이나 아쉽게 생각한다. 이중섭 화백(1916~1956)은 나보다 13세나 위였고 구상 시인(1919~2004)은 10년 연상이었지만 지금의 나(1929~)는 이중섭 화백보다 두 배 가까이 더 살아왔고 구상 시인의 세수를 따르려면 10년은 더 버티어야 하겠다는 생각에 사로잡혀 있다.

「저승의 문턱에서」라는
마지막 시를 남긴 채
한강변에서 홀쩍
자취를 감춰 버린 시인이시여

(중환자실에서 오래도록
자기를 돌보는 이들을
더 이상 괴롭히지 않기 위해
스스로 산소호흡기를 제거했다며……)

구상(具常)이란 성함 그대로
늘 갖추고 있던 따스한 인간성과
그윽한 인생 철학을
무상(無常)으로 마감해 버렸으니
내 가슴 한 귀퉁이가 무너지는 듯하이

오늘도 강물은 말없이 흐르건만
그대가 다하지 못한 정념일랑

물살이 굽이쳐 흐르며 휘젓고 있음을
오호라 이제사 깨달음이여

구상 시인이 별세하기 보름 전 병문안을 겸해 내가 일역(日譯)한 「이승의 문턱에서」를 가지고 가서 교열을 부탁했더니 "자네가 잘하니까"라는 한마디만 힘들여 말했다. 이것이 구상 시인과의 마지막 대면이자 대화가 될 줄이야.

성자와 같으신 모습으로

김소엽
시인 · 호서대 교수

구상 선생님은 나에게 문학의 아버지 같은 존재이시다. 인생에서 어려운 일을 만날 때마다 구상 선생님은 내 곁에 계셔서 도움말을 주시고 용기를 주시고, 그리고 유머를 잊지 않으셨던 자상하고 정스럽고 삶의 여백을 사랑하셨던 분, 그러나 원칙에서는 엄격하셨던 그런 분이셨다.

이 세상의 삶에서 초탈하신 모습은 그 사상에 있어 어느 곳에 매인 바 없는 자유로움으로 나타나며, 그런 정신의 자유는 존재를 가볍게 만드는 원천이 되었던 것 같다. 모든 것을 비우고 욕심을 덜어내고 언제든지 하나님께 날아갈 것 같은 준비를 하며 살아가셨던 선생님은 입버릇처럼 늘 "나야 덤으로 사는 인생, 언제 가도 좋아요"라고 말씀하셨다.

또한 기억에 남는 것은 2002년에 삶과 죽음을 생각하는 단체인 각당 복지재단에서 호스피스 교육을 하면서 월요 강좌를 정동성당에서 했을 때 선생님이 먼저 하시고 내가 나중 강의를 맡았는데, 선생님께서 혼신의 힘을 다해 오늘 이 순간이 영원의 일부분으로 이어지고 있기 때문에 오늘을 잘 살아야 영원을 잘 사는 것이라고 말씀하셨던 기억이 새롭다.

영원을 살기 위해 오늘을 열심히 성실히 하나님 앞에 사람 앞에 최선을 다해 사신 분, 그런 구상 선생님을 떠나보낸다는 것은 내게는 큰 상실이며 아픔이었다.

　선생님께서 이 세상에 육신으로 존재하지는 않더라도 그 시 정신이며 생명 존중의 사상이며 소외 계층에 대한 이웃 사랑의 정신은 우리에게 영원히 존재할 것으로 믿지만 육신의 이별이란 참으로 큰 아픔이었다. 어언 선생님께서 이 세상에 안 계신 지 1년이 훌쩍 가버렸다.

　내가 선생님을 뵌 것은 지금으로부터 25년 전으로 거슬러 올라간다.

　내가 선배나 웃어른으로부터 번번이 식사 대접을 받기는 아마도 구상 선생님이 처음 아니었을까 싶다. 63빌딩 일식당이 유일한 단골 식당이기도 했는데 내가 먼저 식사값을 낼까 봐 미리 내시곤 했다. 이는 내게뿐 아니라 선생님을 찾아온 모든 사람에게 베푸시는 최소한의 사랑의 표현이었던 것 같다. 이게 아무 것도 아닌 것으로 치부하는 사람이 있을지 모르나 그렇지가 않다. 우리네 일상의 사소한 생활 속에서 작은 사랑이라도 실천한다는 것이 쉽지 않다. 더욱이 연세 드신 분들은 거의 대접받는 데 익숙해 있어 으레 후배가 사는 것으로 인식된 현실의 터 위에서는 더욱 그러하다. 결국 나는 25년 동안이나 선생님께 대접만 받고 그 사랑을 되돌릴 기회도 주지 않으시고 선생님은 황망히 그 하늘나라가 그리도 좋으셨던가 예수님 품안에 안기셨다.

　그런 면에서 보더라도 구상 선생님은 마음이 부자이셨다. 언제나 넉넉해서 함께 있는 사람까지도 여유롭게 하시고 부요하게 만들어 주셨다. 그리고 그 모습에서 보이듯이 늘 은총의 자애로움을 나타내 보여 주셨다.

　내게는 딸이 하나 있는데 혼사를 앞두고 사윗감과 함께 찾아뵌 적이 있었다. 많은 덕담과 함께 행복은 사람이 원하는 만큼 신이 주시는 것이니 많이 행복하기를 힘쓰라고 하셨다. 인생은 짧은 것이니 행복을 위해 기도하고 노력하고 힘쓰라는 말씀이셨다. 사람들은 행복하기를 원하면서도 행복을 위해 아무 일도 하지 않고 행복하기만을 바란다는 것이다. 그리고 석정 스님이 쓰신 선생님의 시 「말씀의 실상」을 선물로 주셨다.

내가 찾아뵐 때마다 선생님께서는 거의 글을 쓰고 계셨다. 그리고 내가 쓴 글들은 용케도 알아내시어 읽어 보시곤 평을 해주셨다. "이번 글은 뭐에 대해서 썼더군. 점점 글이 더 영적으로 깊어지는 것 같더군." 그 말씀 한 마디가 나로 하여금 글에 대한 열정을 마르지 않게 해주는 원동력이 되기도 했다. 선생님께서는 가톨릭이긴 했지만 기독교계지가 많이 들어가서 내가 쓴 글을 자주 접하시곤 했던 것 같다.

선생님은 생의 마지막 순간까지 붓을 놓지 않으시고 끝까지 또렷한 정신으로 문학적 정열을 불태우시고 마지막 정신의 한 오라기까지 전부 시로 풀어내시고 생을 마감하셨다. 그 정신이 마지막까지도 너무나 또렷하여 임종이 더욱 힘드셨던 것 같다.

작년 구정 때 찾아뵐 때에는 빨리 그만 끝내고 싶다는 말씀을 여러 번 반복하셨다.

"이젠 그만 끝내 줬으면 좋겠어."

하나님께서 이젠 그만 데려가 주셨으면 좋겠다는 염원이셨다. 나는 얼핏 선생님의 유언 같은 것을 듣고 싶었지만 조심스러워 직접 여쭙지는 못하고 선생님께서 가장 바라는 일이 무엇이냐고 여쭈어 보았다.

그때 선생님은 두 가지를 말씀하셨다. 그 중 하나는 〈솟대문학〉이 잘 운영되어서 장애우들에게 도움이 되었으면 좋겠다는 것이었고, 또 하나는 기왕에 세워졌으니 구상문학관이 어려움 없이 잘 운영되기를 바란다는 것이었다.

잠시 사람을 만나는 일도 힘드시는 것 같았으나 그러면서도 선생님은 유머를 잊지 않으시고 그 은총스런 모습에 미소를 가득 머금고 이렇게 말씀하셨다.

"내가 하늘나라 가면 양 박사를 만나 볼 텐데…… 만나면 그때 그 황 영감탱이하고 가든호텔 앞에서 택시 잡으려고 했던 것, 그것은 이야기하지 않을 테니 안심하라고. 하필이면 나에게 들킬 게 뭐야. 하하하 하하."

"선생님, 황 선생님과 데이트한 걸 어떻게 아시고요?"

나도 맞장구를 치며 선생님 우스갯소리가 재미있어지라고 호들갑을 떨었다.

"나는 못 속인다고…… 하필이면 둘이 나와서 택시를 잡으려고 손을 흔들고 있는데 내가 그때 거길 지났거든. 거기가 호텔 앞이라구. 이놈의 황 영감탱이가 감히 누구랑 엉큼하게 데이트를 하고 그러나? 내 참 양 박사한테 이를까 부다."

"아닙니다. 그것만은 하늘나라 가서도 제발 이야기하지 말아 주세요."

"그러면 나랑 데이트하다가 왔다고 고해 바칠까?"

"정 고해 바치고 싶으시면 그렇게 하세요. 근데 그 사람 선생님께서 저랑 데이트하다 오셨다 하면 아주 잘 하셨다고 오히려 고맙다고 엎드려 절할 사람인데 어쩌지요? 질투를 안 해서?"

작년 초만 해도 이런 농을 주고받으며 우리는 깔깔대고 웃었다. 선생님은 몸이 불편하고 아프시면서도 이런 유머를 잊지 않으셨다.

내가 선생님을 마지막으로 뵌 것은 성모병원 중환자실에서였다. 그때는 이미 아무도 만나지 못하게 병원에서 조치를 취하고 있었지만 선생님께서 원하시면 만나게 해주었다. 개나리꽃이 흐드러지게 핀 4월 중순께였다. 선생님께서는 몹시 가쁜 숨을 몰아쉬시면서 괴로운 순간순간을 넘기고 계셨다. 나는 일부러 밝은 모습으로 "선생님, 천지에 봄이 왔어요. 봄이 왔는데 선생님만 누워 계시면 어떡해요. 빨리 봄처럼 회생해서 일어나세요." 그랬더니 머리를 흔들어 보이시면서 손짓으로 빨리 끝내고 싶다는 의사 표시를 하셨다. 너무 힘들어 보여 가슴이 미어질 듯 아팠다. 나는 간절히 기도를 했고 선생님도 나도 울었다. 그것이 이 세상에서의 마지막 작별이 될 줄은 몰랐다.

우리들 정신의 지도자요, 문학의 대선배요, 국민의 정신을 성자처럼 이끌어 가셨던 이 시대의 가장 큰 어른을 우리는 잃었다. 그러나 그가 행한 사랑의 소중한 기억들과 그 사랑의 열매인 〈솟대문학〉, 장애인 문우회 등은 선생님의 고귀한 사상과 더불어 영원히 이어 갈 것이며 무엇보다 문학을 통해 늘 추구해 오시던 영원과의 접목이 이루어져 선생님의 생명은 영원에서 영원으로 이어질 것을 나는 믿는다.

'꽃자리'의 시인

―

나카하라 미치오
시인

내가 처음 구상 선생을 만난 것은 1993년 서울에서 개최된 아시아시인 대회에서였다. 나는 그때까지 문학 이외 한국과의 친선 교류 일로 한국을 몇 번 방문한 적은 있었으나 문학 교류로 온 것은 처음이었다. 이 대회 일본측 주최자인 아키야 유다카〔秋谷豊〕시인의 권유에 따른 것이었다.

구상 선생은 김남조·김광림 씨 등과 함께 있었던 것으로 생각되는데, 그때 한복 차림의 구상 선생을 뵙고 몸이 떨릴 만큼 큰 감동을 느꼈던 것을 잊을 수 없다. 시를 읽고 감동했다든가, 말을 교환하면서 감명을 받았던 것이 아니었다. 구상 선생이 지닌 인품이랄까 정신이 내게 전해져 왔다는 것이 옳다 하겠다. 나는 악수를 해주시는 구상 선생님의 얼굴을 바로 쳐다볼 수 없었던 것을 지금도 기억하고 있다.

다음은 1997년 일본의 시 전문 출판사 '토요미술출판판매'에서 펴낸 『한국 3인 시집』(구상·김남조·김광림)에 씌어져 있는 선생의 소년 시대 에피소드이나, 내가 그때 왜 그렇게 몸이 떨릴 만큼의 감동을 받았던 것일까 하는 그 회답을 푸는 단서이기도 하다.

"사람이 공기라든가 물만으로 살 수 있다면 얼마나 좋을 것인가", "전 세계에서 내 것과 네 것이 없어져, 평등하게 아무 일 없이 살아가려면 돈이란 것이 없어져 버려야 한다"와 같은 작문을 소년 시대에 써서 동급생들의 웃음거리가 되었다고 구상 선생은 말했는데, 이것은 단순한 구상 소년의 헛소리가 아니다. 종교의 근원에 이어져 있는 것이며, 문명 그것의 본질에 닿아 있는 것이다. '돈'이란 '문명' 그것과 동의어이기 때문이다.

얼마 전 나는 뜻하지 않게도 알래스카 북극권의 포트, 유콘의 규빗친족 작가 벨머 윌리스 씨를 방문했는데 돈을 손에 넣었기 때문에 도리어 불행해진 원주민 모습을 많이 목격할 수 있었다. 역사가 토인비는 "문명이란 항구가 없는 항해다"라고 한 적이 있지만 그 본질을 소학생인 구상 소년이 말하고 있는 것에 그저 놀랄 뿐이다. 초대면의 내게 전달되어 온 것은 구상 선생이 지닌 '소년의 마음', 종교가로서, 시인으로서의 천성적인 자질이었다.

회의가 끝난 이튿날 우리는 만국박람회가 열리고 있던 대전으로 가 강연회와 시낭독회를 가졌다. 나는 시라이시 가즈코 씨 등과 시낭독을 했다.

> 당신은 태어나면서부터 나카무라〔中村〕 씨인데도
> 거의 어디에나 있는 아라이〔新井〕 씨와 같은 방식으로 아내를 사랑하고
> 거의 어디에나 있는 이시카와〔石川〕 씨와 같은 방식으로 아이를 기르고
> 거의 어디에나 있는 사이토〔齊藤〕 씨와 같은 방식으로 인생을 생각한다.
> 당신은 엄연한 나카무라 상인데도
> 거의 어디에나 있는 스즈키〔鈴木〕 상과 같은 방식으로 양복을 맞추고
> 거의 어디에나 있는 다카하시〔高橋〕 상과 같은 방식으로 돈 모으는 것을 생각하고
> 거의 어디에나 있는 나카야마〔中山〕 상과 같은 방식으로 빨리 과장으로 승진하기를 꿈꾼다. … (후략) …

나의 "나카무라 상이라니……"라는 작품 서두의 일부이지만 낭독이 끝나자 선생은 그 온화한 얼굴로 "문명 비평이군요. 우리들의 생활방식 그것에 대한"이라고 찬사를 해주셨다.

이때는 전날 처음 만났을 때의 그 감동과는 또 다른, 하잘것없는 작품이 선생님의 마음에 전달되었다는 기쁨이 나를 사로잡고 있었다.

그 다음 뵌 것은 마에바시[前橋]에서 열린 세계시인회의 때였다. 선생은 로비 한켠에서 바삐 움직이는 각국의 시인들을 보고 계셨다. 그 무렵은 〈사쿠[柵]〉(월간 문학지)를 통해 이윤수 선생과 친해진 덕분에 〈죽순(竹筍)〉 얘기 등을 화제에 올렸던 걸로 생각된다. 구상 시인을 모르는 일본 시인들에게 선생을 소개하기도 했다. 한국 제일의 시인과 친하다는 것이 내겐 말할 수 없이 자랑스러웠다.

"물에 빠진 사람에게는 헤엄을 잘한다든가 못한다든가가 문제가 아니라 어떻게든 필사적으로 살아남지 않으면 안 된다." 선생께서는 어딘가에서의 대담에서 이렇게 말했던 것으로 알지만, 사실 자기 자신 진지하게 시의 인생을 사신 분이다. 진지하게 시 속에 산다는 것은 인생 그 자체를 진지하게 사는 것이 아닐 수 없다. 릴케의 "시는 감정이 아니라 경험이다"라는 말은 진지하게 사는 과정이 곧 시를 낳는다는 말이 아니겠는가.

문학은 언제나 인생의 부차적인 것이며, 내게 있어서 제일의적(第一義的)인 것은 어디까지나 종교였다. 나는 종교가 다루는 궁극적인 문제와 그러한 삶의 방식에 관심을 갖고 있었던 탓에 대학에서도 문학을 선택하지 않고 종교학을 전공하게 되었다. 그러나 지금까지 50여 년간이나 시를 쓰고 있으며 또 내 생(生)에서 시를 뺀다면 남는 것이 없다는 것을 알면서 마음속에선 '이 어리석은 자여! 가령 네가 백설에 비치는 햇빛 같은 눈부신 시로써 온 세계에 빛났다고 해도 네 속에 참기쁨이 없는 것을 아직도 모른다는 말인가' 라는 자탄을 갖는다. …(중략)… 이런 의미에서 내 시가 지향해 온 것을 한마디로 한다면 오늘 속에 영원을, 영원 속에 오늘을 조응해 보고 싶다는 갈망과 절실한 소원이었다고 할 수 있다.

— 「나의 시」 중에서

이 같은 구상 선생의 말은 지금 유행하는 시처럼 시가 오브제로서 존재하는 것이 아니라 삶 그 자체가 시이지 않으면 안 되는 뜻일 것이다. 꽃의 아름다움이 어디까지나 자기 전개인 것과 같은 말이다. 나는 불행하게도 구상 시를 일어로 번역된 극소수밖에 읽지 못했다. 그러나 구상 선생의 그 신과 같은 미소를 잊을 수가 없다. 시는 인생이 아니다. 하지만 인생을 내포하고 있지 않으면 안 된다. 이것을 가르쳐 준 분이 구상 시인이다. 내가 좋아하는 구상 시의 일부를 기록해 둔다.

내 속은 눈감고도
환하다는 당신이
내가 한평생 찾고 있는
그것이 무엇인지
그것만은 몰루?
여보!

— 「만화」 중에서

지금 내 집 현관에는 구상 선생의 「꽃자리」 액자가 걸려 있다. 선생님, 부디 편안하게 꽃 속에 싸여 쉬십시오. 합장.

옮김 _ 윤장근

내 안의 구상 시인

미나미 쿠니카즈
시인

구상 선생의 부보에 접한 것은 오사카의 한 호텔에서였다. 2004년 3월 오사카 한국영사관에서 한일 합동의 '시서화 전시회'가 열려 〈죽순〉 멤버들을 만난 데 이어 5월에 다시 오사카에 갔다. 한반도에서 귀국한 소학교(당시는 함흥국민학교로 불리었다) 동창생 모임이 열리는 등 행사가 잇따랐다.

때마침 〈죽순〉에서 원고 청탁이 와 「시인론」을 집필하고 있던 차에 동경에 살고 있는 이승순 씨에게 전화가 걸려왔다. 선생이 돌아가셨다는 비보였다(그 전날에는 〈가나자와 문학〉의 와다리 노구미〔渡野玖美〕 편집장이 돌연히 사망했다). 5월의 화창한 봄날 오사카의 하늘은 한순간 어두워지며 혼란해진 내 잿빛 스크린에 지난날의 구상 선생의 자애에 찬 온화한 얼굴이 클로즈업되어 왔다.

구상 선생을 마지막으로 만난 것은 2002년 말, 왜관의 구상문학관을 방문하면서였다. 아내와 함께 여의도 댁을 방문했으나 그때 이미 병세가 악화되어 있었던 선생께서는 산소호흡기를 곁에 두고 있었다. 그런데도 선생은 구김살 없이 일본에서 온 보잘것없는 문인을 맞이해 주셨다. 이때 나는 지금까지 들을 수 없었던 자전적 얘기를 들을 수 있었고,

서명한 몇 권의 저서 외에도 독특한 승려 화백 중광(重光)의 작품, 부채 등을 선물로 받았다.

정녕 동양적 대인(大人)의 품격을 가진 구상 시인을 뵌 것은 손가락으로 헤아릴 수 있을 정도이나 뵈올 때마다 문인으로서의 깊은 존재감과 함께 인간적 포용력을 느끼게 하는 철학적인 분이었다. 소거법(消去法)으로 지난날을 생각한다면 만약 1988년 〈죽순〉의 이윤수 시인이나 작가 윤장근과의 만남이 없었더라면 나와 이 위대한 시인과의 접점은 없었을지도 모른다.

구상 시인은 내게 더할 나위 없이 소중한 선배 시인이지만 그 인연을 말한다면, 1945년 나는 한반도 북부의 함경남도 도청 소재지 함흥에서 패전을 맞이했다. 어쩌다 선생과의 대화 도중 청년기 선생께서도 이 함흥에서 〈북한매일〉 기자로서 광복을 맞이했다는 것을 알았다. 구상 시인과 나와는 열네 살 차이가 나지만 내가 알고 있는 병영 거리를 선생도 활보했다는 것이 여간 반갑지 않았다.

구상 선생이 타계한 지 열흘도 안 된 지난 5월 나는 〈사쿠〉 동료들과 대구를 방문했다. 3월의 오사카 행사에 이어 대구 MBC 갤러리에서 개최된 '한일 시서화전' 개막식에 참가하기 위해서였다. 그 행사를 끝낸 5월 20일 우리는 왜관으로 가 구상 추모 행사에 참석했다. 이 자리에서 나는 '구상 선생의 회상'이란 제목으로 연설하면서 흐르는 눈물을 멈출 수가 없었다.

그것은 내게 보내 주신 구상 선생의 은혜에 대한 감사의 마음과 친근감 넘치는 그 인품에 형언할 수 없는 감정이 끓어올라서였다.

이따금 선생에게서 전화가 걸려온 적이 있었지만 "미나미 시인입니까……" 하는 그 말씀은 봄볕 같은 여유로움, 따뜻함에 차 있는 것이었다. 이제 두번 다시 그 음성을 접할 수 없는 것을 생각하면 지금도 눈시울이 뜨거워진다.

1997년 여름, 내가 편집하고 있던 일한 교류 문예지 〈허수아비〉 3호에 구상 작품을 실었다. 「오늘은 내 안에」, 「점경」, 「드레퓌스의 벤취에서」 세 편이었다. 나의 요청에 쾌히 응해 준 구상 선생의 그 성실함에 감동하지 않을 수 없었다. 유감스럽게도 그 문예지는 3호로 폐간되었으나 나로서는 추억에 남는 주옥의 시편들이었다.

또 2003년 5월, 나의 고향인 미야자키〔宮崎〕에서 현민예술제(縣民藝術祭) 때 상연된 창작 발레 〈백제 환상〉(南邦和 원작, 盆田加奈子 구성·안무) 프로그램에 구상 선생의 메시지를 부탁드려 실을 수 있었다. 「원향에의 시심」이라는 제하의 그 옥고(玉稿)는 말할 나위 없이 내 보물의 하나가 되었다.

"내가 경애하는 미나미 쿠니카즈 시인은 지금은 북한 땅이 된 강원도 평강에서 태어나 소년기를 보낸 분으로 작금은 매년같이 부인 동반으로 한국을 방문, 그때마다 고맙게도 노환 중인 나를 위문해 준다. 그런데 미나미 시인의 이런 친한(親韓)은 다만 향수적인 차원에 머물지 않고 그의 시심을 뒤흔들어 자신의 유소년기와 종전 후 38선을 넘어 귀국할 때 따른 회상, 또 근년의 빈번한 한국 방문을 통하여 이 나라 각지에서 직접 보고 듣고 느낀 풍물·풍습·인정을 시로 형상화하여 1986년 『원향』이라는 제목의 시집을 펴냈을 뿐 아니라 한일 문화 교류 문예지인 〈허수아비〉 간행에까지 이르고 있다……"

내게는 정녕 과분하기 이를 데 없는 메시지였다.

2004년 12월 우리 부부는 이 해 들어 세 번째로 한국을 방문했다. 방한 목적은 구상 선생의 묘소 참배와 한강가에 있는 시비를 보기 위해서였다. 서울로 출발한 12월 14일은 마침 10년 전 돌아가신 어머니의 기일(忌日)이기도 했다. 어머니도 소녀기를 대전·대구 등지에서 보낸 콜론의 딸이었다.

인천 공항에서 윤장근 선생, 구자명 여사, 장은수 씨의 마중을 받은 우리 부부는 그날 저녁 선생이 평소 자주 다닌 서울 대학로 부근의 '예가'라는 집에서 열린 환영회에 참가했다. 그날 구상 선생과는 육친같이 지냈다는 남정도 씨, 박경희 여사 등이 참석했는데, 우리는 시간 가는 줄 모르고 구상 선생 얘기에 열을 올렸다. 이 자리는 자명 여사의 부군이며 판화가인 김의규 씨도 얼굴을 보인 화기애애한 저녁이었다.

이튿날인 12월 15일 우리는 서울 남쪽 60km에 위치한 안성에 있는 구상 선생 묘소를 찾았다. 메마른 겨울 산등성이를 배경으로 한 커다란 규모의 가톨릭 공원 묘지가 눈에 들어왔고, 그 일각에 선생이 잠든 '능성구씨 묘역'이 있었다. 구상·서영옥 부부 묘와 나란히 요절한 두 영식의 묘도 눈에 띄었다. 묘 앞에서의 간소한 의식에서 나는 구상 작품 「근황」과 졸시 「메마른 강」을 낭독한 뒤 꽃을 바쳤다. 십자가가 새겨진 묘석의 뒷면에는 구상 작품 「은행—우리 부부의 노래」가 있었다.

한강변의 시비가 있는 곳으로 돌아온 것은 저녁 무렵으로, 때마침 소낙비가 내려 63빌딩을 중심으로 한 여의도 빌딩 숲들은 잔뜩 흐렸으며 시비 주변에는 사람 그림자가 보이지 않았다. 흑오석의 당당한 시비에 새겨져 있는 것은 구상 시인의 대표작 연작 「강」에서 뽑아낸 시이고, 그 뒤편에는 「강가에서」가 새겨져 있었다. 강 저편 서울 중심가가 바라다보이는 언저리는 선생의 산책 장소였을 것이다.

이날의 가장 큰 소득은 선생의 유품으로 유족에게서 받은 구상 장서 몇 권이었다. 그 중 한 권 「삼국유사」에서 수난 시절 차입받은 영치물

부표가 붙어 있어 감회가 새로웠다. 내겐 구상 선생 최후의 선물인 셈
이다.

옮김 _ 윤장근

깜박 속아넘어간 선생님 익살과 연기

최영호

하와이주립대학교 교수

내가 구상 선생님을 처음 만나 뵌 때는 1970년대 초였던 것 같다. 1970년 하와이대학교 역사학과에 부임하여 미국에서 교직 생활을 막 시작하던 무렵이었다. 물론 구상 선생님의 시와 글은 그전부터 읽고 있었기 때문에 선생님에 대해서는 어느 정도 알고 있었다. 나 자신 소년 시절부터 내 나름으로 문학에 심취하여 시와 소설을 제법 탐독해 온 터라 구상 선생님의 시와 글도 6·25 이후 군에 복무하고 있었을 때 애독했기 때문이다. 내가 선생님의 시에 특히 감명을 받은 까닭은 어떻게 그렇게도 꾸밈없이 소탈한 시어들로 인생의 가장 심오하고 복잡한 문제들을 뜻 깊게 다룰 수 있는가였다. 당시 나는 삶의 뜻이라든지 인간 존재의 의의 또는 자연의 조화와 섭리 같은 주제를 선생님의 시를 통해 많이 배웠다. 선생님은 극히 평범하고 쉬운 글로 내가 고민하고 방황하는 문제들에 대해 좋은 방향을 제시하고 갈 길을 가르쳐 주셨다. 이렇게 소중한 분을 한 학교에서 뵙게 되어 나는 무척 반가웠고 또 한편 고마웠다.

내가 처음 뵈었을 때 선생님은 학교 교수 아파트에 기거하셨는데, 선생님이 머무시던 숙소는 극히 초라한 방이었다. 이름만 교수 아파트였지 실제로는 차고 옆에 붙어 있는 조그마한 방으로, 건물의 수위들이 사용하는 그러한 방이었다. 당시 대학 주변의 주택 사정이 좋지 않아 미처 다른 아파트를 구하지 못하신 데다, 아마 자동차도 없으시고 하여 학교 내에 있는 숙소를 택하신 것 같았다. 내가 보기에는 방이 비좁아 매우 불편한 것 같았다. 그런데 선생님은 전혀 개의치 않으시고 아무 불편 없이 만족한다고 하셨다. 그때 나는 선생님의 소탈하시고 겸허하심에 크게 감명을 받았다.

나는 구 선생님을 자주 찾아뵙지는 못했다. 그렇지만 학교에서 자주 뵐 기회가 있었고 또 몇 번 선생님의 숙소로도 찾아가 이런저런 이야기들을 나누곤 하였다. 선생님은 당시 먼 이국에서 독신으로 생활하고 계셔서 그런지 내가 보기에는 무척 외로우신 것 같았다. 그때 왜 좀더 자주 찾아가 뵙지 못했을까 하는 후회를 나는 지금도 가끔 한다. 찾아뵐 때 술을 잘 하지 못하는 나는 주로 양주 시중을 들면서 선생님의 이야기에 귀를 기울이곤 하였다. 그러다가 한번은 나의 친구이자 동료 교수였던 서대숙 박사하고 같이 선생님을 찾아뵈었다. 술 실력이 비슷한 두 사람이 대작하였으니 그날 밤 선생님은 마음껏 술을 즐기시며 반가워하셨다.

그 후 선생님은 한국으로 돌아가셨다가 하와이에 다시 오셨는데, 그때가 1981년이었을 것이다. 이때 나는 선생님의 익살에 아주 혼이 난 적이 있었다. 당시 점심 시간에 대학 구내 식당에서 선생님을 가끔 만났는데, 한번은 아주 심각한 얼굴로 나의 아내에 대해 이야기를 하셨다. 아내는 내가 하와이대학교에 부임한 해부터 같은 대학 내에 있는 동서문화센터에서 인구 문제 연구원으로 근무하고 있었다. 그런데 구상 선생님이 아내가 나 모르게 미국 남자를 만나고 있는 장면을 여러 번 목격하셨다는 말씀을 하시면서 조심하는 게 좋을 거라는 충고를 하셨다. 나는 물론 그 말씀을 농담으로 받아들였다. 선생님이 나를 놀리려고 하시는 말씀이려니 싶어 웃으면서 선생님에게 농으로 대응하였다. 그런데 선생님은 그 뒤로 나를 볼 때마다 심각한 표정으로 같은 내용의 경고와 충고를 되풀이하셨다. 눈 하나 깜짝 하지 않으시고 매우 근엄한 모습으로 "최 박사, 조심해"라고 하시는 것이었다. 그러다 보니 나는 선생님이 정색을 하시고 건네는 엄숙한 경고와 충고에 마음이 흔들리고 말았다.

그 흔들림이란 내가 아내를 의심하게 되었음을 뜻하는 것은 물론 아니고 구상 선생님이 행여 아내에 대해 오해를 하고 계시지는 않은가 하는 마음이 들었던 것이다. 최고의 학위를 갖고 전문직에 종사하고 있는 여성으로서 직업상 필요에 따라 남자와 여자를 막론하고 여러 사람을 만나게 되는 것은 당연한 일이었다. 아내가 가지는 그와 같은 대인 관계에 대해 선생님이 오해를 하고 계시지 않은가 하는 의심을 나는 가지게 된 것이다. 행여 선생님이 오해하고 계시다면 하루속히 해소시켜 드리는 편이 좋겠다고 생각하였다. 그래서 용기를 내어 선생님에게 아내에 대해서 뭔가 오해를 하고 계시는 것 같다고 설명을 드렸다. 그랬더니 선생님이 파안대소하시면서 지금껏 하신 모든 말씀이 농담이라고 하셨다. 나를 놀려 주기 위한 장난이라는 것이었다. 그렇게 되니 이젠 내가 완전히 얼굴이 붉어져 홍당무가 되어 버렸다. 속절없이 선생님의 놀림에 완전히 빠져 버린 꼴이었다. 아니 어떻게 그렇게 사람을 놀리실 수 있냐고 항의를 하였지만 아무 소용이 없었다. 이것이 오히려 나를 더 놀리는 핑계가 되었다. 그 뒤로 만날 때마다 "최 박사, 조심하고 있어?" 하시면서 계속 놀리시는 것이었다. 그럴 때마다 나는 속수무책으로 놀림을 당할 뿐이었다.

지금 돌이켜보면 나는 선생님의 익살이 나를 사랑하고 아껴 주신 표현이라 이해하고 있다. 그런데 한편으로 선생님의 능숙한 연기에 놀라지 않을 수 없었다. 나도 남들만큼 농담을 즐기고 장난도 좋아하는 편인데, 구상 선생님한테는 완전히 속아넘어간 것이다. 어떻게 그렇게 시치미를 떼시며 능청스레 이야기를 하시는지 선생님의 꾐에 홀딱 빠져 버린 것이다. 지금도 그때 일을 생각하면 나는 얼굴이 붉어진다. 그리고 동시에 선생님의 인자하신 사랑과 우정을 느끼게 된다.

그 후 구상 선생님이 한국으로 돌아가시는 바람에 선생님을 뵐 기회는 별로 없었다. 어느 학회 모임과 서울과 대구의 길가에서 우연히 몇 번 만나 뵌 적이 있었을 뿐이다. 그러다가 2~3년 전에 선생님에게서 긴요한 부탁을 받았다. 선생님의 작은아버지 되시는 분의 종적을 찾아 달라는 것이었다. 숙부이신 구종곤(具種坤) 선생은 구한말(舊韓末) 때 친위대(親衛隊) 참위(參尉)로 근무하시다가 한인들이 하와이로 이민을 오던 초기(1903~1905), 그 대열에 합류하여 하와이로 가셨다는 것이다. 그리고 하와이의 사탕수수 농장에서 막노동을 하시면서 우리 나라의 국권회복을 위해 독립운동을 하셨다고 했다. 그러나 구상 선생님은 삼촌이 하와이에서 독립운동을 하셨다는 것은 아는데 구체적으로 어떠한 활동을 하셨는지 자료가 없어 알지 못한다고 하셨다. 그래서 나보고 숙부님이 독립운동을 하셨다는 것을 증거할 만한 자료를 찾아 달라는 것이었다. 이러한 선생님의 부탁은 내게는 오히려 반가운 일이었다. 마침 당시는 한국인들의 미주 및 하와이 이민 100주년을 기념하여 여러 가지 행사를 하고 있었다. 그 일환으로 나도 초기 한인 이민자들의 활동에 대한 연구서를 준비하고 있던 터라 선생님의 부탁을 쉽게 들어줄 수가 있었다.

한인들의 하와이 초기 이민에 대해 간단히 이야기하자면, 1903년부터 1905년 사이에 약 7200명의 한인들이 하와이의 사탕수수 농장에서 일하기 위해 이민을 갔다. 그 가운데 약 200명이 이른바 구한말 군인 출신이었던 것으로 추정된다. 자신들을 광무군인(光武軍人)이라 부르던 이들은 조국이 국권을 일본에 빼앗기자 이국 땅 하와이에서 독립운동의 선봉에 나섰던 것이다. 하와이에서 독립운동을 하던 조직체 가운데 가장 중요한 단체의 하나는 박용만(朴容萬)이 1914년 창설한 대조선국민군단(大朝鮮國民軍團)이었다. 박용만은 국민군단을 통해 군사력을 양성하여 일본과 싸워 독립을 쟁취하자고 주장했다. 그때 마침 박종수(朴種秀)라는 이가 애국적인 일념으로 자기가 미국인 대지주로부터 도지(賭地)로 맡은 1600여 에이커의 거대한 농장을 국민군단 창설에 사용하라고 선뜻 내놓았다. 거기에서 낮에는 파인애플을 재배하는 농사일을 하고, 일을 마친 뒤에는 군사훈련을 하는 것이었다. 고려와 조선 시대에 있었던 둔전병(屯田兵) 제도와 비슷하다고 말할 수 있다. 또 당시로서는 막대한 금액인 2000달러를 안원규(安元奎)가 농기구를 마련하고 막사와 병학교(兵學校)를 짓는 자금으로 희사하였다. 이렇게 하여 대조선국민군단이 창설되어 박용만이 군단장에 취임했다. 이에 군사 경험을 가진 광무군인들이 대거 참여하여 국민군단의 간부직을 맡았다.

구상 선생님으로부터 숙부님에 관한 부탁을 받았을 당시, 나는 마침 국민군단 창설에 관한 귀중한 사료를 하나 구하게 되었다. 국민군단 관련 자료는 많이 남아 있지 않은 데다 현존하는 사료마저 모두 간접적인 기록일 뿐, 군단 활동에 직접 참가한 사람들이 쓴 수기는 없었다. 그런데 군단 창설에 직접 참가한 인물들이 기록한 사료를 구하게 되었던 것이다. 위에서 지적했듯이 국민군단의 창설은 박용만·안원규·박종수

세 사람이 합심하여 이루어진 것인데, 이 세 분 중 한 사람인 박종수의 자필 수기를 내가 찾아낸 것이다. 국민군단에 관한 사료로서 더 이상 믿을 만한 사료가 있을까 싶을 정도로 중요한 것이었다.

이 귀중한 수기에 박종수는 국민군단을 조직한 배경을 기록하였고 주요 간부의 이름도 적어 두었다. 나는 박종수의 조직표에서 구상 선생님이 찾으시던 인물을 발견했다. 한자로 '군단장 박용만'이라고 쓴 바로 아래 '단장부관(團長副官) 구종곤(具種坤)'이라 적혀 있었던 것이다. 구상 선생님의 숙부님이 박용만의 부관으로 국민군단에 복무하였음을 확인하는 순간이었다.

이 사실을 구상 선생님에게 전화로 알려 드렸더니 선생님은 매우 기뻐하셨다. 그 후 제3자를 통해 내가 보내 드린 자료를 근거 삼아 국가보훈처에 구종곤 선생에 대한 독립유공자 지명을 신청한 결과, 심사 끝에 유공자 지명을 승인받았다고 했다. 선생님으로부터 많은 사랑과 우정을 받았으면서도 나 자신 선생님께 아무런 보답도 해드리지 못해 항상 미안한 마음만 앞서던 터에 선생님의 숙부님에 대해 그나마 내가 도움이 되지 않았을까 생각하니 마음 한편으로 조금은 위안이 되는 듯하다. 가끔 선생님의 익살이 떠오르면 나는 아직도 얼굴이 붉어진다. 그와 동시에 선생님의 따뜻한 사랑과 우정을 느낀다.

구상 선생의 하와이 인연

이동재
하와이주립대학교 교수

구상 선생이 처음 하와이 대학교에 오신 것은 1970년이었다. 당시 하와이대학교는 동양의 저명한 문인들을 초청하는 'Scholar in Residence'라는 프로그램을 운영하였다. 여기에 초청된 문인들은 1년 동안 하와이대학교에서 연구하고 작품을 쓰는 한편, 공개 강연을 통해 자기 나라의 문학과 문화를 소개하게 되었다. 1969년 봄에는 일본에서『설국』(1948),『천의 학』(1952) 등으로 일본뿐만 아니라 세계적으로도 널리 알려진 노벨문학상 수상자 가와바타 야스나리 선생이 초청되었다. 그리고 1970년 봄에는 한국에서 구상 선생이 초청되어 오셨다. 선생은 하와이에 와서 작품 생활과 연구 활동을 시작하셨고, '고대 한국 시와 전설에 비추어진 인간상', '한국의 서정시' 등의 강연회도 여러 차례 여셨다. 이러한 강연회는 하와이에서는 처음 있는 일이어서 한국계는 물론 비한국계 교수·작가·문인·동서문화센터 연구원 교수들과 하와이 대학교 대학원생 등이 대거 참석하여 대성황을 이루었다.

구상 선생은 특유의 고매한 인격과 친화력으로 단번에 하와이의 동서양 문인들과 한국 교민들의 구심점이 되셨다. 그리하여 하와이 국제 PEN의 중심 인물이 되고 하와이대학교 교수 친목 단체 '무궁화'를 창설하는 데 주동적인 역할을 담당하셨다(필자가 현재 그 회장을 맡고 있다). 선생이 하와이에 계시는 동안 당시 하와이에서 활동하던 의사·작가·은행 간부 등 인텔리 여성들이 줄줄이 따라다녔고 그 뒤를 남성들이 쫓아다녔다. 구상 선생이 하와이에 도착하였을 때 한국어학과 책임을 맡고 있었던 나는 4학년을 가르치고 있었다. 그 반에서는 「적군 묘지 앞에서」, 「초토의 시」 등 구상 선생의 작품을 번역하고 음미하는 학습을 하고 있었다. 그것을 본 구상 선생은 당신의 작품이 미국 대학 교재로 쓰일 줄 몰랐다며 반가워하셨다.

Scholar in Residence의 프로그램을 마친 선생은 하와이대학교 동아시아어문학과 한국어 프로그램 초빙 교수로 1973년 2월까지 계셨다. 구상 선생과 하와이의 인연은 여기서 끝나지 않았다. 1982년부터 1983년까지 하와이에 있는 미국 연방정부의 학술 및 세계 문제 연구기관인 동서문화센터 연구원으로 초청을 받아서 작품 생활과 강연회를 하셨던 것이다. 또한 한국어과 수업과 교과서 편찬에도 많은 기여를 하셨다. 하와이대학교의 한국어 프로그램은 당시 미국에서 가장 규모가 앞서고 큰 프로그램이었지만 한국어에만 국한된 것이었다. 그러나 구상 선생이 오셔서 문학과 문화를 강의하기 시작하면서 미국뿐만 아니라 전 세계에 한국어와 한국 문화, 한국 문학을 알리는 선구자의 역할을 하게 되었으며, 그 전통은 오늘날에도 이어지고 있다.

구상 선생의 사모님이 하와이에 다녀가시고 선생님의 여식 자명이 이곳에서 고등학교를 마치고 하와이대학교에서 심리학과를 졸업한 것도 이런 인연 때문이다. 구상 선생은 그 생활과 저서에서도 알 수 있듯이 기독교 신앙이 매우 깊으신 분이다. 그럼에도 기독교에 대한 강연은 한사코 사양하신 것이 지금도 기억난다.

구상 시인의 정 넘치는 성품

—

윤장근
소설가

한국동란 때 수많은 문학인들이 대구로 몰려들었다. 오상순, 김팔봉, 마해송, 최정희, 최독견, 전숙희, 장만영, 김이석, 양명문, 정비석, 최태응, 박두진, 최인욱, 김윤성, 이상로, 유주현, 성기원, 이덕진, 방기환, 작곡가 김동진도 대구에서 피난살이를 했다.

항도 부산으로 간 문인들이 주로 '스타', '금강', 김동리 소설의 무대가 된 '밀다원' 다방을 중심으로 모여들었듯, 대구에선 향촌동의 '르네상스'와 '살으리'에 앉아 있다가 우수를 참지 못하면 술집으로 자리를 옮겼다. 이들이 단골로 다닌 주점은 동성로 3가 '해동라사' 옆에 있던 '석류나무집'이나 향교 건너편의 '말대가리집', 아니면 영남일보 앞 골목 안의 '감나무집'이었다.

그때만 해도 대구 막걸리 맛이 전국에서 으뜸이어서 모인 문인들은 그것으로 시름을 달랠 수가 있었다. 문인들은 없는 호주머니를 털어 마셨지만 어쩌다 군인들이 합세하면 궁상을 떨지 않아도 되었다. 육군본부가 대구에 와 있었고 문인들 대부분이 종군작가단에 몸담고 있었기 때문에 자연 그렇게 된 것이다. 대개 군인들과의 자리는 군통으로 알려진 구상 시인이 주선하였다. 당시 그는 국방부 기관지인 〈승리일보〉 주간인 데다 육군 종군작가단(단장 최독견) 부단장을 겸임하고 있었던 까닭에 군과의 어려운 교섭은 그가 맡아 했다.

귀공자 용모에 사심이 없고 정이 넘치면서도 곧은 성품으로 인기가 있었던 그의 주변에는 항상 많은 사람들이 웅성거렸다. 물론 그가 남을 위해 헌신한 것은 이것만이 아니다. 출판기념회 같은 문학 행사의 사회는 거의 그의 몫이었고 오상순, 최태응, 이중섭, 〈단층〉 동인이었던 박용덕 등의 뒷바라지에도 앞장섰다.

그가 향촌동에 모습을 보이면 거리의 색깔이 달라질 만큼 활기를 띠었다. 그가 머무는 숙소는 향촌동의 '화월호텔'이었고, 술집은 비어홀 '금붕어'에 잘 갔다. '금붕어' 마담 최옥수는 그를 마치 친구처럼 대하였어도 시종 허허하며 웃음을 띨 뿐 개의치 않았다. 이러니 인기가 있을 수밖에 없었다.

하지만 그는 결코 나약한 사람이 아니었다. 파란 많은 반생을 돌아볼 때 스스로 의지를 굽혀 본 적이 없다는 데서 그렇다. 8·15 직후 원산에서 소위 『응향』 필화로 북조선문예총의 규탄 결정서를 받고 탈출했는가 하면, 1952년 부산 정치 파동 때에는 『민주고발』이라는 사회평론을 통해 반독재 투쟁을 벌였다.

이런 그가 대구와 인연을 맺은 것은 1948년 상화 시비 제막식에 참석한 데서부터 시작된다. 그는 이날 '청년문학가협회' 대표로 추모사를 읽었고, 대구의 문인들을 만난 것도 이 자리에서였다. 그는 여기서 만난 인연으로 이호우를 구출하는 주역이 되기도 했다.

1940년 〈문장〉지에 가람 이병기 추천으로 문단에 나온 「달밤」의 시조 시인 이호우는 1949년 초 남로당 경북지구 재건책으로 몰려 군사재판에서 이미 사형이 확정된 상태였다. 문총(文總)의 현지조사 결정에 따라 구상·조지훈·이한직·조영암 등은 즉시 대구로 내려와 역 부근 전 일여관에 머물면서 각계에 손을 쓴 결과 이호우는 석방될 수 있었다.

긴 대구 생활 중 구상 시인은 두 번이나 입원을 했고, 이런 사연으로 부인이 그의 요양을 위해 왜관에 '순심의원'을 개업함으로써 대구와의 인연은 더욱 깊어졌다. 왜관 시절 그는 방 두 칸짜리 독채를 지어 서재로 삼았다. 관수재(觀水齋)의 시작이다. 이곳을 근거지로 친구들이 생각 나면 향촌동으로 나와 권태호, 왕학수, 김익진, 박훈산, 재담이 좋은 무용가 김상규, 또 때로는 이재수(李在秀)와 어울려 골목길을 누볐다.

1950년대 말 피난 문인들이 서울로 아주 떠나 버리자 갑자기 대구는 썰렁해졌다. 검은 까마귀, 음산한 설경, 뿔을 곤두세운 소, 천도(天桃)와 벌거벗은 동자와 게가 노니는 환상 속에서 천공을 달리며 희희낙락하던 대향(大鄕) 이중섭도, 〈문장〉지에 「바보 용칠이」, 「봄」, 「항구」를 이태준 으로부터 추천받은 최태응, 무용가 옥파일(玉巴一) 등이 썰물 빠지듯 떠 나 버린 대구는 다시 무더위와 권태만이 충만한 도시로 되돌아갔다.

시인에게 원향(原鄕)이 얼마나 중요한가는 더 말할 필요가 없다. 원산 과 마찬가지로 대구는 어딜 가도 시인의 체온이 어려 있지 않은 곳이 없 다. 본명이 구상준(具常浚)인 그는 연보에는 1919년 9월 16일 원산에서 출생한 것으로 적혀 있으나, 「나의 인생 회포」에서 시인이 밝힌 바로는 서울에서 태어나 네 살 때 함경도로 가 자랐다는 것이다. 이것을 일일이 밝히기가 구차스러워 출생지를 원산으로 쓰고 있을 뿐이다.

시인에게 더없이 소중한 곳. 우리는 그곳을 고향이라 부르며, 그것은 곧 인간 정신의 모태가 아닐 수 없다. 시인 구상에게 소년기를 보낸 덕 원·원산이야말로 그가 시인으로 존재하는 한 변하지 않을 원향이라 하겠다. 그런 의미에서 「실향 바다」, 「명사십리」 등의 시는 단순한 과거

회상이 아니라 심층 의식 속에 안개처럼 잠들어 있는, 어쩌면 시인이 영구히 돌아가지 않으면 안 될 존재의 저쪽에 대한 향수인지 모른다.

그리하여 시인 구상은 여기에 바탕을 두고 1950년대부터 「초토의 시」를 비롯해 「밭 일기」(1960년대), 「강」(1970년대), 자전적 성격을 띤 「모과 옹두리에도 사연이」(1980년대)라는 연작시를 쉬임없이 썼다. 특히 「강」의 경우 생성과 소멸이 표면화되지 않는 강을 통해 실존의 세계에 접근하고 있다. 따라서 강은 그에게 육신과 영혼이 전생(轉生)을 거듭하면서 마침내 민족과 역사 안으로 다다르는 회향(回鄕)의 터가 아닐 수 없다. 실로 '강'은 오늘에서 내일로 흘러가 어떤 시대가 도래해도 소멸하지 않는 생의 원형인 것이다.

알려진 대로 시인 구상은 기인들을 좋아하기로는 우리 시단 1인자이다. 허공에서 와서 허공으로 간 공초 선사, 화가이기를 항상 부끄러워하며 유성처럼 꺼져 버린 이중섭, 32세까지 독신으로 있다 어느 날 홀연히 생을 끊은 조각가 차근호, 대구 남문시장에서 배추 사라고 외쳐댄 포대령, 왕년 주먹계를 주름잡은 깡패 시인 박용주, 주석을 영혼의 놀이터라 부른 야인(也人) 김익진, 여기에 또 한 사람 걸레스님 중광이 있다. 중광과 함께 낸 시화집 『유치찬란』을 보면 「걸레스님」이란 시가 들어 있다.

겉도 안도 너덜너덜
이 걸레로 이 세상 오예(汚穢)를
모조리 훔치겠다니 기가 차다.
먹으로 휘갈겨 놓는 것은
달마의 뒤통수,
어렵쇼. 저 유치찬란!

너를 화응(和應)하기엔 실로 되다.

하지만 내 삶의 허덕허덕 마루턱에서

느닷없이 만난

은총의 소나기.　　　　　　　　　　　　　 ― 「걸레스님」

　구상 시인을 두고 성인이라고도 하고 속인이라고도 한다. 겸허하고 인정 있는 사람이라고도 한다. 그가 인정 있는 사람이라면 온순하고 의협심이 있는 사람이며, 곤경에 빠진 사람에게 도움을 준 미담은 그의 생애를 통해 산적해 있다. 이런 그에게서 위선의 냄새가 나지 않는 것도 한 특질이지만 온정 있는 사람들이 갖기 쉬운 과잉된 친절심, 귀찮을 정도로 남의 사생활에 파고드는 태도, 그런 것이 없는 것도 특이한 일이다.

　그의 산문을 두고서도 같은 말을 할 수 있다. 기지가 넘치는 문장이 아닌데도 문체(文體)를 가지고 있는 것이 그렇다. 문장은 개성적이나 문체는 이념적인 것이다. 산문이 문장만으로 성립된다면 그것은 방법론적 예술이라 말할 수 없으므로 참다운 산문이라 하기 어렵다. 요컨대 문체는 보편적이며 이념적이기 때문에 제한된 행위나 감각만으로는 성립될 수 없다. 인간과 관계된 모든 것에 연결되지 않으면 불가능하다.

　작고 전 연하장에 「근황(近況)」이란 시를 인쇄하여 돌린 적이 있다. 그 시는 읽고 나서 많은 것을 생각하게 해주었다.

　정이 철철 넘치면서도 성품이 곧았던 시인 구상은 참으로 많은 씨를 뿌려 놓았다. 언젠가는 이 꽃씨들이 저마다의 모습으로 봉오리를 맺어 구상 꽃동산을 이루리라 확신하며 선생님의 명복을 빌어 마지않는다.

청정하고 고고한 구도자의 삶으로

김대규
대한결핵협회 고문

구상 선생님을 처음 만난 것은 50여 년 전 일이다. 1952년 마산 사나토륨에 입원 중이던 필자가 시를 좋아하는 몇몇 요우들과 시 동인지 〈청포도〉를 발간했는데, 2집부터 구상 선생님을 발행인으로 모시면서부터였다.

선생님은 1947년 시집 『응향』에 발표된 작품들로 인한 필화 사건으로 월남하셔서 이미 유명하신 데다 결핵과 싸우면서 1951년 발표한 첫 시집 『구상』으로 이미 시단에 중량감 있는 위치를 차지하고 계셨기에 선생님의 존재는 익히 알고 있었던 터였다. 그때 접한 선생님의 시 「백련(白蓮)」은 가슴을 앓는 〈청포도〉 동인들의 마음을 사로잡았다.

〈청포도〉가 어떤 문학적 유파나 경향을 같이하는 시 동인지가 아니고 오직 시를 사랑하는 투병자라는 공통점으로 모인 까닭에 경북대 의대병원에서 결핵으로 투병하고 계시던 선생님을 더욱 친근하게 느끼게 되었을 것이다. 선생님은 그 후 마산에 오셔서 〈청포도〉 동인들을 격려해 주시기도 했다. 필자와 동인들이 회복하여 각기 제 분야로 떠나면서 〈청포도〉는 1954년 1월 4집을 마지막으로 끝났지만 선생님과의 교분은 계속되었다.

1960년 필자가 명동성당에서 혼인 미사를 올릴 때에는 주임 신부님을 소개해 주시고 자상하게도 청첩장 문안까지 잡아 주셨다. 그 청첩장이 여러 사람들에게 칭찬받았던 기억이 난다.

결핵과 싸우면서도 왕성한 작품 활동과 함께 대학 강단에 서시고 신문사의 논객으로도 활동하셨으나 1965년에는 심한 각혈로 일본 동경으로 가셔서 폐 수술을 받으셨다. 지금은 우리 나라 흉부외과 수준이 세계적이지만 당시만 해도 중증 폐결핵 수술이 불가능할 때여서 일본으로 가신 건데 수술은 성공적이었다. 그때 필자는 일본 출장 일정을 조절해서 동경 시내에서 전차로 두 시간 정도 거리의 기요세라는 곳에 있는 오리모도 병원으로 선생님 문병을 갔다.

기요세는 숲이 우거진 조용한 곳으로 일본 내의 국·공·사립 결핵 요양소가 13개나 모여 있는 유명한 요양촌이었다. 원장 오리모도 박사는 저명한 흉부외과 의사였다. 선생님 병세가 중증이어서 공동절개술이라는 새로운 기법의 수술을 받으셨는데 이국의 병상에서 홀로 투병하시던 선생님을 만나니 너무 반갑고 기뻤다. 선생님도 연신 고맙다며 좋아하셨는데 그때를 생각하면 지금도 감회가 새롭다.

주치의인 오리모도 원장은 수술이 성공적이라며 이제는 각혈을 안 할 거라고 말했다. 아, 이제는 선생님이 그 지긋지긋한 각혈에서 해방되시는구나 싶어 오리모도 원장에게 거듭 고맙다고 인사했다. 그는 한국의 유명한 시인이 자기 병원에서 수술받은 것을 굉장히 자랑스럽게 생각했으며 조총련계를 포함해서 재일교포 수십 명이 자기 병원에서 수술을 받았다며 한국과의 인연을 강조했다.

1967년 선생님의 부탁으로 오리모도 박사를 부산에서 개최된 결핵협회 학술대회에 특별 연사로 초청한 적이 있는데, 연제는 '중증 폐결핵의 외과적 요법'이었다. 대회 참석 후 경주 불국사 관광호텔에서 선생님 내외분과 합류해서 넷이 하룻밤을 보내며 회포를 풀었다. 그때 한국 체재 중의 안내를 필자에게 부탁하셔서 선생님을 고쳐 주신 고마운 분이라는 생각에 정성을 다해서 안내를 했다.

수술 후 각혈의 고통에서는 해방되었으나 폐기능 저하로 인한 호흡장애 때문에 활동에 적지 않은 제약을 받으시는 게 안타까웠다. 그러나 쉼 없이 그 많은 시와 논평, 희곡까지 쓰시면서 소외받은 사람들에 대한 사랑의 손길을 늦추지 않으셨으며, 대학에서 후진을 가르치는 일에 조금도 소홀하지 않으셨다. 해가 바뀔 때마다 한 번도 빠지지 않고 아름다운 시 연하장을 보내 주셨으며, 새로 시집이나 책을 내시면 육필 서명을 하여 꼭 보내 주셨다. 나는 그 시 연하장과 시집, 저서들을 소중히 간직하고 있다.

필자는 한때 신앙적으로 방황한 적이 있었다. 그러나 선생님은 한 번도 교회에 나갈 것을 강권하지 않으셨다. 신의 존재와 신과 인간과의 관계, 미사의 의미 등을 말씀하시면서도 부담을 주지 않고 스스로 선택하기를 기다리셨다. 필자는 방황 끝에 내재적 갈구로 스스로 교회를 찾았는데, 영세 성사 때 선생님이 대부로서 지켜 주시고 축복해 주셨다.

1989년 필자가 결핵협회 사무총장으로 재임하고 있을 때 선생님께 〈크리스마스 씰의 노래〉 노랫말을 부탁드린 적이 있었다. 협회 창립 이래 줄곧 크리스마스 씰 운동에 참여해 온 필자는 주대상인 청소년들에게 친근하게 다가갈 수 있는 여러 가지 방안을 강구하던 중 캐롤처럼 불리는 노래를 생각했던 것이다. 결핵 환자를 위한 것이라고 쾌히 응낙하시고 노랫말을 써주셨는데 좀 딱딱하고 청소년 정서에 맞지 않는 것 같아 취지를 설명드리고 다시 써달라고 부탁드렸다. 작가는 자기 작품이 수정을 요구받을 때 가장 자존심이 상한다는 사실을 너무나 잘 알고 있는 터라 무척 조심스러웠으나 선생님은 전혀 싫은 내색을 안 하시고 어려운 청을 웃으며 들어주셨다.

작곡은 길옥윤 씨에게 부탁했는데 처음에는 사양했으나 선생님의 노랫말을 내보였더니 "제가 존경하는 대시인입니다. 저와 견줄 바는 못 되지만 쓰겠습니다" 하고 응낙했다. 그런데 얼마 후 길옥윤 씨가 사업 실패로 빚에 몰려 일본으로 피신했다는 보도를 접하고 깜짝 놀랐다. 그의 불운을 가슴 아파하며 다른 작곡가를 물색하던 중 길옥윤 씨의 매니 저한테서 전화가 왔다. 그가 〈크리스마스 씰의 노래〉 악보와 녹음 테이프를 필자에게 전해 달라는 부탁을 했다는 것이었다.

나는 다시 한 번 놀랐다. 남몰래 사랑하는 조국을 떠나야 하는 그 절박한 상황에서도 필자와의 약속을 지킨 것이었다. 그렇게 해서 〈크리스마스 씰의 노래〉는 탄생했다. 1993년 11월 6일 프레스센터 국제회의장에서 열린 결핵협회 창립 40주년 기념식 때 조선일보사 소년소녀합창단이 〈크리스마스 씰의 노래〉를 합창했다. 빨간 재킷을 입은 천진한 소년 소녀들의 밝고 경쾌한 화음은 사람들로부터 열렬한 갈채를 받았다.

선생님은 그 긴 세월을 병과 더불어 사시며 모진 병고 속에서도 언제나 달처럼 훤한 얼굴로 평화로우셨다. 더욱이 사랑하는 두 아들을 가슴에 묻고도 그 엄청난 아픔을 잘도 삭이시고 내색하지 않으셨다. 원래 인물이 좋으시기도 하지만 선의만이 가득한 그 착하신 얼굴은 성성한 백발과 수염으로 하여 더욱 성자의 모습으로 다가오기도 하고, 스스로 택하신 엄한 삶과 문학의 길을 한결같이 정진하시는 그 청정하고 고고하신 모습은 구도자의 모습 바로 그것이었다.

성모병원 중환자실로 찾아뵐 때마다 기관 절개로 인공호흡기를 삽

입하고 말을 못하신 채 필자의 손을 꼭 잡고 고개를 끄덕이시며 바라보
시던 그 눈망울은 백 마디의 말보다 더 진하게 필자의 가슴에 울렸다.

언젠가 선생님과 오리모도 박사에 관한 글을 어느 잡지에 쓴 적이 있
는데, 문병 갔을 때 선생님 가까이 앉아서 그것을 읽어 드리기도 했다.
필자에게 선생님이 중태라는 소식을 듣고 문병차 내한한 옛 주치의 오
리모도 박사와 함께 찾아뵈온 것을 마지막으로 3일 후인 2004년 5월 11
일 선생님은 영영 우리 곁을 떠나셨다.

늘 내 신변을 걱정해 주시던 선생님

유경환
시인 · 전 〈사상계〉 편집부장

이제사 나는 탕아(蕩兒)가 아버지 품에

되돌아온 심회(心懷)로

세상 만물을 바라본다

저 창밖으로 보이는

6월의 젖빛 하늘도

싱그러운 신록(新綠) 위에 튀는 햇발도

지절대며 나는 참새 떼들도

베란다 화분에 흐드러진 페추니아도

새롭고 놀랍고 신기하기 그지없다

한편 아파트 거실(居室)을 휘저으며

나불대는 씩씩거리는 손주놈도

돋보기를 쓰고 베갯모 수를 놓는 아내도

앞 행길 제각기의 모습으로 오가는 이웃도

새삼 사랑스럽고 미쁘고 소중하다

오오, 곳간의 재물과는 비할 바 없는

신령하고 무한량한 소유(所有)!

정녕, 하늘에 계신 아버지 것이

모두 다 내 것이로구나.

여기 인용한 시는 「신령한 소유」의 전문이다. 여기에 전문을 인용하는 까닭은 내게 특별한 의미를 전달해 준 시편이기 때문이다. 구상 선생님은 내가 가톨릭 교우인 것을 아시고 「신령한 소유」라는 것이 있으니 한번 읽어 보면 구태여 인터뷰를 하지 않아도 되지 않겠느냐고 하셨다. 내가 신문기자 생활을 할 때 인터뷰를 청했더니 이런 대답을 주시며 사양하셨던 것이다.

신령한 소유는 곳간의 재물과 달리 영적인 소유이다. 성서의 비유가 아버지의 무한한 사랑과 용서를 나타냈다고 한다면 되돌아온 아들의 심회, 곧 귀의(歸依)의 존재론적 의미를 선생님은 조명하였다고 해석하고 싶다.

선생님에게서 직접 받아 읽었을 적엔 작품에 붙어 있지 않던 주(註)가 문학사상사가 발간한 『101인 선집 구상』편에는 붙어 있는데, 주의 내용은 다음과 같다.

마지막 구절 "모두 다 내 것이로구나"는, 성서의 탕아 귀가의 비유에서 그 아버지가 형을 달래며 하는 "나의 것이 다 네 것이 아니냐"라는 말을 받아서 썼다고.

생명의 경이와 일상의 고마움. 영문학자 이영걸 교수가 이 작품에 대해 "생명의 경이와 일상의 고마움을 실감할 수 있는 경지에 다다른, 구상 선생의 겸허와 달관을 엿볼 수 있는 작품"이라고 자신의 연구서에 밝힌 것을 읽은 적이 있다.

선생님을 상당 기간 가까이 아주 가까이 모시게 된 기회는 해외에서 왔다. 하와이대학교 캠퍼스에서였다. 선생님은 1970년대 초 이 대학교 동서문화센터에 초빙 교수로 와 계셨고, 나는 뒤늦게 그곳으로 유학 가서 그런 만남이 이루어졌던 것이다. 국내에선 꺼리던 이야기도 그곳에선 거리낌없이 나누며 의지할 수 있었다.

선생님은 1974년이던가 나보다 먼저 귀국하셨다. 그전과 달리 선생님을 대하게 된 것은, 월간 시 전문지 〈현대시학〉에 연재하시던 연작시 「모과 옹두리에도 사연이」를 읽으면서 만남이 지속된 까닭이다. 하와이대학교를 다녀와서도 나는 여전히 신문사 일을 하였기에 선생님과의 만남은 자연스럽게 이어졌다.

여쭤 보면, 이 흙땅에 태어나 자아(自我)를 잃지 않으려고 몸부림치며 살아온 역정이 고스란히 담겨진 상처투성이 시편이라고 하셨다. 그러면서 "나의 생활사인 동시에 겨레가 겪어 온 현대사이기도 하다"고 하셨다.

이 정도로 선생님과의 대화 거리가 좁혀지자, 그 시절 선생님과 박희진 시인, 성찬경 시인, 이렇게 세 분이 이끌어 가던 시낭송회의 밤에 나오라고 하셨다. 시낭송 모임이 끝나면 혜화동에서 중앙청 앞까지 이야기를 나누며 걸었다. 비원 앞을 지날 즈음이면 언제나 선생님 말씀이 매듭을 짓는 고비가 되었다. 이렇게 걸으면서 나눈 대화의 경험은, 아직도 그곳을 지나게 될 때 아주 고귀한 경험으로 되살아나 감회가 깊다.발걸음을 멈추고 껄껄 웃음소리와 함께 눈주름 가득히 웃으시던 불빛 아래의 선생님 모습. 턱수염을 뒤쪽에서 앞쪽으로 밀어 매만지며 웃으시던 모습이 동영상처럼 떠오른다.

나는 선생님으로부터 뜻밖의 제의를 세 번이나 받았다. 하도 오래된 일이라 순서상 어느 것이 먼저였는지 가물가물하지만, 내 신상의 문제를 염려해 주신 걱정이라 잊혀지지 않는다.

첫 번째는 당시 월간 교양 종합지이던 〈사상계〉에 견줄 만한 품격의 새 월간 잡지를 가톨릭에서 계획하고 있는데 그걸 맡아 해보겠느냐는 제의였다. 내게 〈사상계〉 잡지 편집 책임의 경력이 있음을 알고 하신 말씀이었다. 이 잡지는 뒷날 〈창조〉(문학평론가 구중서 씨가 주간직을 맡았음)로 밝혀졌다.

두 번째 제의는 월간 시 전문지인 〈현대시학〉을 아주 힘겹게 이끌어 가던 전봉건 시인이 타계하자, 이 시지를 맡아 해볼 생각이 없느냐였다. 이 시지는 정진규 시인이 맡아 아주 성공적으로 발전하고 있으니 참으로 다행이다.

세 번째는 당시의 내 직장을 떠나 선생님과 함께 "일을 해보지 않겠느냐"면서 심사숙고하라고 하셨는데, 함께 해보자던 그 일이 어떤 일인지는 내 결심이 서야 이야기하겠다며 미루셨다. 당시 신문사 월급을 다 받으면서 해외 유학을 하면 귀국한 뒤 유학 기간의 두 배의 의무 근무 규정을 지켜야 했으므로, 나는 꼼짝 못하고 조선일보 자매지인 〈소년조선일보〉의 주간직을 3년 가까이 맡아야 했다. 이런 내 사정과 나의 심기를 알아차린 선생님이셨다. 선생님이 구체적으로 날 어떻게 보고 계셨으며 어떤 평가를 하고 계셨는지 그 깊은 심중은 짐작도 못했으나, 그만큼 자상한 심려를 보여 주신 인품은 언제나 고마웠다. 그러나 나는 2녀1남의 가족을 부양해야 하는 가장이었으므로 선뜻 "네, 그렇게 하겠습니다"라고 대답하지 못했다.

여기서 고백성사 하듯 고해하자면 5·16 이후 지속적으로 가열된 박정희와 장준하, 쿠데타 정권과 사상계 그룹, 이 두 세력 간에 벌어진 극심한 대립과 갈등 그리고 투쟁 과정에서 나는 한시도 자유로울 수 없었고 모든 언행에서 불편하였다.

더구나 장준하 씨의 의문사 사건 직후부터 어떤 집요한 따라붙음이 날 긴장시켰다. 피할 수 없었던 일은 분명한 신원을 알 수 없는 그저 문화계 여성으로 알려진 몇몇 인사들이 연락을 해오거나 직장을 방문하여, 자주 그 방문자와 저녁식사를 함께 하게 된 일이다. 분위기가 좀 풀어지면 예상했던 대로 "장준하의 죽음에 대해 어떻게 생각하느냐? 어떻게 생각하고 있느냐"를 물었다.

이런 여난기(女難記)는 당시 내 직장 상사였던 선우휘 주필도 다 알고 있었고, 또 어떻게 아시는지 구상 선생님까지 잘 알고 계셨다. 선생님은 언제나 껄껄 웃으시며 농담처럼 내 걱정을 하곤 하셨다. 의문사로 알려진 장준하 씨의 주검을 인수하여 장례를 주관한 나는 그와 동서지간이다.

유신 말기에 접어들면서 바싹 다가오는 어떤 느낌을 예민한 동물처럼 육감으로 감지한 나는 해외로 다시 나갈 궁리를 하였다. 마침내 풀브라이트 장학금으로 미시건대학교 매스커뮤니케이션학과에 시니어 교환 프로그램에 참가, 피신할 수 있었다. 그러나 요즘과 달리 신문사는 사원의 장기 해외 체류를 별로 달갑게 여기지 않았다. "당신의 부재 기간에 어느 논설위원이 대신 사설을 계속 써주겠느냐? 한두 달도 아니고……." 이것이 그때 주필이던 선우휘 씨의 전화 요지요 귀국 독촉이었다. 버틸 만큼 버티다 돌아왔고 박정희도 그즈음 생을 마감하게 된다.

묘한 강박관념으로부터 시원스레 벗어나게 된 뒤 비로소 여의도의 선생님 댁에 정초면 가뵙곤 했는데, 말년에는 "이거 집이 좁아서……

좁아서……" 하시면서 눈웃음으로 맞으셨다. 그 눈웃음엔 여러 가지 암시와 뜻이 담겼던 것으로 짐작한다. 교통사고를 당하신 뒤로는 얼른 일어나길 재촉하시는 그런 눈웃음이기도 하였다.

명동성당 영결식에서 선생님을 마지막으로 뵙고, 그날 일찍이 읽어보라며 건네주셨던 『신령한 소유』를 다시 읽었다. 그런데 생명의 경이와 일상의 고마움 대신에 선생님의 미소가 이 시 작품에서 환하게 뿜어져 나오는 게 아닌가. 가끔 이 시를 꺼내 읽는데, 어느 날 시인 장원상 씨가 "구상 선생님 유품을 정리하다 발견했다"면서 내 졸시를 등기우편으로 보내 주었다. 더듬어 보니, 『신령한 소유』를 받고 선생님에게 보냈던 나의 화답시였다.

홀로 가셨지만 결코 혼자가 아닙니다

—

신중신
시인

— 늘 홀로인 것 같았습니다.

홀로 식탁에서 감사 기도를 올리고
왜관 베네딕도 수도원을 찾아가시며
스스로의 존재를 응시하듯
물빛 투명함을, 때로는
한강을 고즈넉이 바라보셨습니다.

원산의 하늘은 그토록 멀기만 했고
「초토의 시」는 늘 어깨를 짓눌렀겠지요.
평생 목 타게 불러 손짓했던
자유와 조국, 신앙과 구원이
5월 햇살 아래 청청히 살아 오르는 이제도
당신 헐거운 잠방이에선
맨주먹 하나 불쑥 나올 뿐입니다.

— 그때에 과연 혼자였을까요?

바깥에서는 명상적 어조로 바른말 질정(叱正)을,
돌아와선 엎디어 겸손하게
시를 쓰고 문장을 가다듬은 후
그러고 깊이 통회를 하였사오니,
살아남은 자들 망연해하는 사이
어느 크고 부드러운 손이
당신의 맨주먹을 잡아 끌어 주십니다.

— 홀로 가셨지만 결코 혼자가 아닙니다.

올곧은 지성, 타고난 시인

—

성기조
시인

구상 선생이 가끔 시내에 나오시면 서린호텔 커피숍에 자리잡고 계셨다. 서린호텔은 광화문 근처 무교동 초입, 지금은 없어졌지만 소방서에서 얼마 멀지 않은 모교 다리 옆에 있었다. 한옥으로 지었으나 커피숍만은 서양식 건물로 1970년대는 꽤 호화로운 찻집이었다. 지금은 호텔이 없어졌지만 교통이 편하고 광화문과 멀지 않아 많은 사람들이 이용하고 있었다. 구 선생은 커피숍에서 얼마 멀지 않은 거리(김성진 외과병원 자리에 세워진 건물)에 있는 독서운동본부(?)인가에서 회장으로 시무(視務)했고 일주일에 한두 번 나오실 때마다 나를 불러 세상 돌아가는 이야기, 문단 이야기 등을 나누었다. 이야기가 기니까 차를 마시는 시간도 꽤나 길었다.

그때 내 사무실은 사직동에 있었다. 광화문까지는 걸어서도 15분 거리, 만나자는 전화가 걸려 오면 만사 제폐하고 구 선생께 달려갔다. 구 선생은 말수가 적고 빙긋이 웃는 모습에서 인자하고 무던한 사람 냄새가 풍기는 문단의 몇 안 되는 선배. 어떻게 저런 인자한 얼굴과 인품을 가지고 이승만 정권의 부정 선거를 규탄하고 항거하는 데 앞장서서 민주수호연맹을 이끌었는지 신기하기만 했다.

구상 선생은 그 무렵 우리 나라를 대표하는 가장 올곧은 지성인이었고 선비였다. 신문·잡지에 기고하는 글들이 모조리 민주 수호에 관한 것이었고, 모두 굳은 의지를 가지고 꿋꿋하게 조국의 양심을 지켜 나가자는 내용으로 많은 사람들이 읽었다. 이로 인하여 구 선생은 대중적 인기까지 얻어 한국을 대표하는 시인으로 자리잡았다. 서린호텔 바로 뒤에는 동아일보사가 자리잡고 있었기에 구 선생이 계시는 자리에는 문화부 기자보다 정치부 기자들이 더 많이 모여들었다. 자유당 정권이 결국 물러났고 4·19 후 장면 정권이 들어섰다가 5·16 군사 쿠데타에 밀려난 뒤, 약간은 한가한 듯 느긋하게 지내시는 모습을 볼 수 있었던 시기라고 기억되지만, 구 선생이 6·25 때 종군작가단을 이끈 경력 때문에 군사정부의 고위 당국자들과 교우가 아주 활발한 시기이기도 했다.

그 무렵 동아일보사에서 〈소년동아〉를 편집하던 김기경이란 기자가 있었다. 그의 발기로 김동리·모윤숙·구상 선생 등과 내가 참여해서 진중문고(陣中文庫) 만들기 운동을 벌였는데, 마침 문산에 있는 군부대에 첫 번째 문고를 만들어 주기로 했다. 사령관은 뒷날 대통령이 된 전두환 장군이었다. 진중문고 기증식이 부대에서 열려 모윤숙과 내가 갔는데 구 선생이 시집 한 권을 전두환 장군에게 전해 주란다. 그 시집을 받은 전두환 장군이 기뻐하는 모습을 보고 두 사람 사이가 아주 가까운 것으로 느꼈다.

1970년대를 지나 1980년대로 넘어오면서 문인들의 구속 사태가 늘어나고 이들을 위하여 석방 운동이 연일 벌어지는 사태에서 내가 펜클럽 부회장으로 이 일을 이끌어가게 될 때, 구 선생과는 직접 만나는 것보다 전화로 연락하는 일이 많아졌다. 그 까닭은 내가 시간을 낼 수 없을 정도로 바빴기 때문이었지만 1990년대 말에서 2000년대로 넘어오면서 일년에 한두 번은 꼭 만나 뵙게 되었다. 대구 출신의 민족 시인 이상화 선생을 기리기 위하여 제정된 상화문학상 심사 때문이었다. 심사위원은 구상, 황금찬, 홍윤숙, 이석, 그리고 나였다. 해마다 대구에 사는 윤장근(소설가)과 이성수(시인)가 5월이면 올라오고 구 선생이 사는 아파트 근처에 있는 63빌딩의 루프가든에서 만나 수상자를 결정했다.

박희진 시인을 수상자로 결정할 때인가, 하여튼 이석 시인이 가방에 넣어 가지고 온 복분자술 두 병을 거의 혼자 마신 후 술에 취하였다. 구선생은 나보고 이석 시인이 "몹시 취했으니 잘 보살펴라"는 말을 남기고 가셨다. 그런데도 저녁때 전화를 걸어 다시 확인하는 자상함을 지금도 잊을 수 없다. 이석 시인은 당시 부산에서 논산으로 이사 와서 따님과 함께 살고 있었는데 술에 취해 정신을 차릴 수 없는데도 기어이 논산 집으로 돌아가겠다고 길바닥에 주저앉아 주정을 부렸다. 난감하기 짝이 없었다. 다른 방도가 없어 지나는 택시를 불러 논산까지 15만 원에 운임을 결정하고 택시 넘버와 운전기사 이름까지 적은 뒤, 택시값을 선불하고 태워 보냈다. 그랬는데도 택시 운전기사에게 기어이 안성에 들러 가자고 이석 시인이 떼를 써 안성까지 왔으나 이석 시인이 찾는 사람을 못 찾았으니 어떻게 하면 좋겠느냐는 전화가 걸려왔다. 그대로 지나칠 일이 아니었다. 안성에 갔다 나온 택시값은 논산에 가서 더 받고 논산 댁까지 모셔다 드린 뒤 다시 전화하라고 말했는데, 이석 시인이 잘 도착했다는 운전기사의 전화를 받았다. 그러니 안심하시라고 선생께 말씀드렸다. 그래도 구 선생은 안심이 안 되는 듯 입맛만 다셨다. 짬짬하는 소리가 전화기에서 들려왔으나 더 이상 어쩔 수 없어 "괜찮을 겁니다. 안심하시죠"라고 말씀드렸다. 그러자 "술이 죄인지, 사람이 죄인지, 참?" 이렇게 말씀하시면서 마음을 놓지 못하시는 것 같았다.

젊었을 때, 구 선생도 그런 술자리를 여러 번 경험했을 것이다. 혼자 흥에 겨워 과음하기도 했을 것이고, 사랑과 고통, 그리고 삶의 말할 수 없는 어려움을 이겨 내려고 술을 지나치게 마셨을 수도 있다. 이런 경험을 했기에 이석 시인의 과음을 걱정하는 노시인의 마음은 한결 돋보였다. 술을 지나치게 마신 후배에 대한 사랑과 연민의 표현이었을 것이다. 그런 일이 있은 뒤 얼마 되지 않아 이석 시인은 타계했다.

나와 이석 시인은 청마(青馬) 선생을 스승으로 모시고 그 문하에서 시 공부를 한 사이. 그래서 우정이 더욱 각별했지만 이 시인의 술에 얽힌 이야기는 서울이나 부산에서 풍성하기만 하다. 때로는 재담도, 주정도 심한 편이지만 사람이 워낙 선질(善質)이라 뒤끝이 없었다. 착한 성품을 가진 사람은 일찍 죽는다더니 이 시인의 죽음은 많은 사람들의 가슴을 아프게 했다.

구상 선생은 아직도 여의도 관수재에 계시는 것 같다. 1992년인가 〈펜문학〉의 권두언을 써달라고 전화를 걸었더니 몸이 불편하여 움직일 수 없지만 〈펜문학〉에는 꼭 쓰겠다고 약속하시고는 기일을 지켜 원고를 보내 주셨다. 아무리 몸이 불편해도 후배들을 위해서는 꼭 할 말씀을 하겠다는 의지로 받아들였다.

구 선생은 겉으로는 유약한 것처럼 보이지만 그의 내면은 무쇠처럼 강하셨다. 그의 신앙시나 사회를 풍자한 시들을 보면 구 선생의 모습이 보인다. 천성을 시인으로 타고나신 구 선생님은 생전 남을 배려하면서 조화를 이루어 낸 큰 분으로 우리들의 기억에 남을 것이다. 왜관에 세운 구상문학관엘 한번 같이 가보자고 하시던 말씀이 아직도 귓가에 머물고 있는 것 같다.

'구상론'을 대신하여

—

문덕수
시인 · 예술원 회원

구상론(具常論)을 한번 쓰겠다고 마음속으로 다짐하고서도 결국 쓰지 못했다. 2005년 5월 11일 어느새 선생의 1주기를 맞고 보니, 벼르던 제사에 물도 못 떠놓은 꼴이 되었다. 내가 생각했던 구상론은 그의 역사주의적 문학관을 중심으로 한 인간 구상론과 그의 휴머니즘 사상이었다.

일본 공산당 기관지 〈아카하다[赤旗]〉의 기자로 평양에 주재한 적이 있는 하기와라 료오[萩原遼] 씨의 『조선전쟁(朝鮮戰爭)』(文藝春秋社, 1997)이라는 책의 권두에는 '어떤 노시인과의 대화'라는 장이 있다. 노시인이란 구상 선생을 말한다. 하기와라 씨는 다음과 같이 말하고 있다. "구상 씨 사건을 알게 된 것은 1992년 4월 워싱턴에서였다. 중앙아시아 카자흐스탄 공화국 알마아타에 거주하는 재소 조선인 2세의 정상진(鄭尙進) 씨로부터였다"고. "구상 씨 사건"이란 『응향』지 사건을 말한다.

정상진 씨는 원산의 문학지 『응향』이 간행된 때인 1946년 원산시 인민위원회 교육부장이었고, 게다가 『응향』지 편집위원 중 한 명이었다. 그 뒤 그는 카자흐스탄으로 망명했다. 하기와라 씨는 "『응향』이란 1946년 여름 원산에서 발행된 시집 이름이다. 김일성에 의해 반동적 · 도피적 · 퇴폐적이라는 낙인이 찍혀 판매금지와 전권(全卷) 압수 조치를 당한 말썽의 시집이다. 문제가 된 시인은 사문(査問)이나 파면 등의 준엄한 탄압을 받았다"(동서, p.18)고 말하고 있다. 당시 구상 선생은 원산의 여자사범학교 교사였다. 정상진 씨도 정율(鄭律)이라는 필명으로 시를 썼으며, 『응향』지에도 작품을 발표했다. 『조선전쟁』에는 비판을 받은 구상 선생의 "동이 트는 하늘에 까마귀 날아"로 시작하는 「여명도(黎明圖)」의 일역문과 함께 정상진 씨의 증언에 의한 당시 사건 진상이 기록되어 있다.

구상 선생은 향년 85세로 별세했다. 김소월(32세), 유치환(60세), 김동리(82세)보다 장수했고, 서정주와는 동갑으로 선종했다. 광복 직후 『응향』지 사건으로 인한 박해를 피하여 월남 후 겪은 고난, 한쪽 폐를 드러낸 대수술, 상배(喪配)에 이르기까지 여러 가지 말 못할 만큼 어려웠던 가정사……. 이러한 고난과 시련 속에서도 선생은 언제나 중심을 잡고 온화한 미소와 여유를 잃지 않았다. 믿음이나 교양의 힘 때문인지는 모르겠으나 범인으로서는 감당하기 어려운 짐이었지만, 그는 자신의 전부를 잘 다스리고 경영했다.

구상 선생은 가톨릭이었지만 불교도 좋아했던 것으로 생각된다. 그의 주변에는 정치가·군인·학자·화가·시인 등 많은 사람들이 에워싸고 있었는데, 특히 걸레스님 중광 같은 분과도 절친했다. 왜 저런 집도 절도 없는 거지 스님을 좋아하는지 의아해했던 분들도 있었지만(어떤 신부는 "구상 선생은 가톨릭이 아니지"라고 극언하기도 했다), 그가 공초 오상순 선생을 좋아하고 흠모했던 마음 밑바닥을 더듬어 보면 그 까닭의 일단을 깨닫게 된다. 무소유 무정처(無所有 無定處)를 말하기는 쉬우나 실천하기는 어려운데, 선생은 그 본보기를 인간 관계나 사생활에서 우리에게 잘 보여 준 셈이다.

『초토의 시』(청구출판사, 1956)는 구상 선생의 두 번째 시집이다. 휴전 3년 후에 출간된 이 시집은 6·25 한국전쟁 중에 겪은 체험이 반영되어 있다. 유치환의 다섯 번째 시집으로서 그가 직접 종군한 체험 시집인 『보병과 더불어』(문예사, 1951)와 함께, 한국전쟁 시집으로서뿐만 아니라 한국 휴머니즘의 역사적 발전과 변화 양상을 보여 주는 점에서 매우 중요하고도 귀중한 시집이다. 특히 『초토의 시』에서 보여 주는 한국전쟁의 한 부산물인 흑인 '튀기(혼혈아)'에 대한 선생의 남다른 애정, 즉 차별을 초월한 휴머니즘의 현장은 아마도 그의 시와 인간의 원점이 아닌가 생각된다. 구상 문학은 이 원점에서 출발한 것으로 보인다.

구상 선생의 역사주의적 문학관 형성은, 가톨릭이라는 신앙을 축으로 하여 그가 겪은 역사적 환경과 인과 관계를 갖고 있는 것 같다. 1946년의 『응향』지 사건, 월남과 한국전쟁, 차별을 초월한 인간 사랑, 무소유 무정처의 공관(空觀), 가정과 개인을 엄습한 고통과 시련 등이 그의 역사주의 문학관 형성의 어쩔 수 없는 토양이 된 것이라고 생각한다. 이러한 다양한 성분 중에서도 시집 『초토의 시』의 흑인 튀기에 대한 사랑의 현장, 즉 차별 초월의 휴머니즘은 그의 문학과 인간 연구의 한 원점이 된다고 말할 수 있을 것이다. 그는 형식주의 시인이 아니라 깨달음과 사상을 강조한 경세적 역사주의 시인이었다.

나의 스승은

—

송예경
시인 · 작곡가

미소 속에 그림자가 흔들리고
저 먼 곳을 자주 바라보시는
그 영혼의 시선이
언뜻 보일 때
말로 할 수 없는 강물이 흐른다.

말이란 게 없었으면 하고
자주 생각해도
생각조차 말로 하니 기가 차다.

슬픔에 침묵하는 미소
그것은 차라리 기도이다.

그 그림자로
세속일 수밖에 없어
언제나 미풍에 떠 계시다.

오래전에 시를 6년 동안 공부하면서 테크닉보다 지표의 굳건함이 절실하여 스승이 있어야겠다고 간절히 느꼈다. 구상 선생님의 옛날 절친한 친구인 소설가 P씨 자제의 도움으로 선생님을 처음 뵙게 되었다. 선생님의 인상을 표현한 시가 위에 쓴 「나의 스승은」이다.

원고 청탁을 받고 묵은 일기장들을 잔뜩 꺼내어 쌓아 놓고 선생님과의 인연의 날들을 체크해 보니 수백 일이나 되었다. 물론 기록에 빠진 것까지 감안하면 훨씬 늘어날 것이다. 이 숫자만큼 쌓인 세월의 무게에 놀라지 않을 수가 없었다.

선생님은 문득문득 앞뒤 없는 말씀을 잘 하셨다. 특히 선생님에게는 평생의 화두가 죽음이 아닌가 하고 생각할 정도로 '죽음'에 대한 말씀을 많이 하셨다. 오래전 일본에서 폐 수술을 할 때 엄청난 고통을 겪으시면서도 신음 소리를 한 번도 내지 않으셨다는데 퇴원할 때 집도의가 하는 말이 평생 많은 수술을 해보았지만 "이런 환자는 처음 봤다"고 했다고 말씀하셨다. 어느 날은 문득 전화를 주시어 "예수는 도통(道通)을 가르치지 않았다"고, 볼 그로텔(신비 체험을 한 천주교 신자)은 "참된 의미의 기독교인은 십자가의 아픔을 견디는 것, 선악의 싸움, 애증, 영육의 싸움을 예수와 함께 싸워 이기는 것"이라고 했다는 말씀을 하신다. 그리고는 내 시집 『불면 일기』의 연작시들이 치열한 싸움이라시며 이제는 그 치열한 싸움에서 이겨야 한다고 말씀하셨다. 그 두 번째 시집에서 "육신적·정신적 인간고(人間苦)로 처절하다. 이러한 심신의 고투(苦鬪)를 흔히 현실주의자 또는 종교가들은 정신적 피해망상이나 불신에서 오는 미혹(迷惑)으로 간주하겠지만 나는 저러한 실존적 고투에서 오는 진솔한 신음을 흔히 도사연(道士然)한 달관의 시(詩)나 부전승(不戰勝)을 이룬 듯한 종교시들보다 소중하게 여긴다. 왜냐하면 진리의 해답이란 시간과 공간을 초월하고 만인(萬人) 공유의 것이지만 그것을 자기 스스로 체득하고 성취하기에는 시간과 공간의 제약 속에 있는 자신의 실존적인 삶 속에서 그 해답을 얻지 않으면 그것은 헛것이기 때문이다. 그래서 우리의 오늘날 많은 시인들의 선시(禪詩)나 신앙시들은 기어(綺語 : 불교의 十惡道의 하나로 번드르르하게 꾸며진 말)의 죄, 즉 표상의 실재(진실)가 없는 거짓을 범한다"고 하시고 이러한 고행과 정진을 격려하셨다.

선생님은 내가 시집을 두 권이나 출판하게 해주시고 모두 간단한 해설을 곁들여서 머리말까지 써주셨다. 첫 시집의 원고를 봐주시고 나서 근처에 있는 63빌딩 중화음식점으로 데리고 가서 점심을 사주셨는데, 선생님은 독한 배갈과 함께 여러 가지 요리를 시키시고 내게는 맥주를 주셨다. 그때 나는 당돌한 질문을 했는데, 첫 번째 질문은 여자는 어떻게 살아야 한다고 생각하시느냐는 것이었다. 그랬더니 선생님은 "그게 아니라 '사람은' 이겠지"라고 하셔서 "아니요, '사람은' 이 아니고 여자는"이라고 했다. "사람이 어떻게 살아야 하는지는 저도 알 듯한데 여자는 어떻게 살아야 하는지 선생님의 생각을 듣고 싶다"고 한 것이다. 하지만 선생님은 의외로 대답 대신 술만 들고 계셨다. 아무리 기다려도 말씀을 안 하셔서 더 난감한 다음 질문을 했다. 이 질문은 여기에 공개하지 않지만 너무나 충격적이셨던 것 같다. 선생님은 대답 대신 속도를 빨리해서 배갈을 많이 드셨다. 선생님은 술을 하시느라 식사를 거의 안 하시는 바람에 너무나 급격히 취하셔서 사람을 불러 간단히 체크하시고 일어나셨다. 부축을 하고 길을 건너서 선생님 댁 근처가 되니 혼자 가시겠다고 비틀비틀 위험하게 걸어가셨다. 선생님께서 충격받으신 그 질문은 아무에게나 할 수도, 아무나 대답할 수도 없는 질문이었다. 그 후 선생님은 아마도 고약한 제자 하나 생겼다고 생각하신 모양이었다.

어느 날 문득 전화 주시어 동요 작가 윤석중 선생님을 찾아가라고 하셔서 대우센터 새싹회 사무실로 갔더니 근간인 팔순 기념 동요집 『여든 살 먹은 아이』를 주시며 곡을 많이 붙여 달라 하시는 것이었다. 그러고 나서 따라오라고 하셔서 점심을 사시려나 하고 내심 미안했는데 그게 아니라 거기 고급 음식점에서 구상 선생님이 미소 짓고 반겨 주시는 것이었다. 그 자리에는 아동문학가 어효선 씨도 있었다. 또 어떤 때는 연극 연출가도 소개해 주시는 등 이런저런 사람들을 많이 소개해 주셨다. 활동 범위가 좁은 나를 이렇게 도와주신 것이다.

나는 작곡을 전공했다. 가곡을 쓰기 위해 시를 연구하다가 공부하게 되었고 선생님께 배웠다. 나는 "음악은 소리의 춤"이라고 정의하는데, "시는 소리를 내기 이전의 마음의 춤"이라고 본다. 마음에 소리를 입히는 것이 가곡이어서 아무 옷이나 입힐 수가 없다. 작곡하는 사람들이 선생님의 시에 노래를 만들어 보려고 시도했던 것 같으나 하기 어려웠던 것은 마음에 맞는 옷을 입히기 위하여 천도 잘못 선택하고 디자인도 잘 못하고 꼭 맞는 크기로 재단도 잘 못하고 바느질조차 잘 못해서 결국 만들어 내기 어려웠기 때문일 것이다. 아직까지 나는 그분의 가곡을 외부에서 찾지 못했다. 있기는 있겠지만……. 선생님의 시는 맑게 흐르는 철학적 사유를 담은 깊은 강이라 생각한다. 이 강의 철학적 사유를 느껴서 내 것으로 삼지 않으면 가곡을 쓸 수 없다.

정도(定都) 600년의 해에 서울시에서 기념사업의 일환으로 선생님의 시를 유달영 박사의 글씨로 음각하여 여의도 선착장 부근에 큰 시비(詩碑)를 세우게 되었다. 63빌딩 옆 건물인 라이프 빌딩에서 평생교육을 하고 계시는 유 박사님의 사무실에서 구상 선생님이 전화를 주셨다. 시비 제막식에서 시비에 새겨진 시를 노래로 부르게 작곡을 해달라고 하시는 것이었다. 보름을 남겨 놓고. 불가능했지만 순종했다. 한 주일 동안이나 누가 보면 정신 나간 사람처럼 집 안 복도를 매일 왔다갔다 걸어 다니며 중얼중얼 시를 읽고 나니 어느 날 그 긴 시가 저절로 외워지고 그 시를 내가 쓴 것으로 착각이 되면서야 단번에 곡을 쓸 수 있었다. 그런데 나머지 한 주일 동안 노래할 사람을 구하지 못했다. 나의 스승으로 평생 동안 내 가곡을 불러 주신 오현명 선생님은 연주 일정과 겹쳐서 못하시고 조영남 씨와 임백천 씨를 동원해서 알아보았지만 너무 일정이 갑작스러워서 구할 수가 없었던 것이다. 그래서 어쩔 수 없이 선생님이 잘 아신다는 대중 가수 이남이 씨를 불러 기타로 동요처럼 부르는 이상한 상황이 되어 버렸다. 그날 유달영 선생님은 악보를 200부나 복사해 오셔서 축하객들에게 나누어 주었다. 이후 나의 작곡 음악회를 하게 되었을 때 오현명 선생님이 바로 그 곡을 부르고 구상 선생님은 행복한 모습으로 들으셨던 추억이 새삼스럽다.

선생님은 시인도 많이 소개해 주셨다. 원로 김광림 시인, 오세영 시인 등 많은 시인들 외에도 다른 분야의 예술인들도 알게 해주셨다. 시단의 어린아이를 뛰고 날게 해주시느라 고생이 많으셨을 것이다.

1999년 4월 어느 날 선생님은 오페라 '황진이'가 예술의 전당 무대에 오른다고 가보라며 로열석 티켓을 보내 주셨다. 시나리오를 쓰시고 오랫동안 손질을 하셨다는데 많은 돈을 들여 오페라로 만든 것을 보게 되었다. 예술의 전당에 가서 좌석을 찾아 앉아 공연이 막 시작되었을 때에야 정신이 퍼뜩 들었다. 선생님께서 천식으로 관람을 못하시어 대신 그 소감을 듣고 싶으셨다는 것을 느끼게 되었기 때문이다. 오선지가 필요했지만 어쩔 수 없이 안내 책자 여백에 연필로 오선을 그어 놓고 감상을 하기 시작했다.

작품엔 문제점이 너무나 많았다. 우선 관현악 반주가 관악기 위주여서 상당히 산만하고 시끄러웠다. 특별한 부분이 아니면 반주로서 관악기는 두드러지게 사용하지 않아야 한다. 그리고 오페라에는 아리아가 백미인데 이렇다 할 뛰어난 선율이 없었다. 시적(詩的) 가사에 선율을 붙이지 않고 특징 없는 선율에 가사를 얹은 느낌이었다. 뿐만 아니라 슬픈 가사에 흥을 돋우게 쓴 부분도 있어 큰 문제점이라 생각했다. 악보엔 어떻게 되어 있는지 모르겠으나 연주할 때 반주가 너무 큰 탓에 노래가 거기에 묻혀 가사조차 잘 들리지 않았다. 돈을 많이 들여 무대가 상당히 화려한 것과 몹시 비교가 되었다. 처음 듣는 곡이지만 가능한 한 잘 듣고 기록하여 일반인이 알아들을 수 있도록 자세한 설명을 쓸 수가 있었다. 이튿날 아침에 선생님이 전화로 소감을 물으셔서 자세히 써서 갖다 드리겠다고 했다.

그리고 나서 선생님이 눈이 안 좋으시므로 큰 글씨로 정서하여 갖고 갔다. 빛 고운 꽃을 한 아름 안고 가서 선생님께 드리면서 "황진이가 갖다 드리라고 해서 들고 왔다"니까 선생님이 환히 웃으셨다. 심각하게 한 장 한 장 세심히 읽으시면서 고개를 끄덕끄덕하셨다. 그리고는 한참을 말없이 앉아 계셨다. 후일 들으니 공연이 끝나고 지방 순회 공연을 못하게 하셨다고 한다.

어느 날 선생님 댁에서 금화조를 기르시기에 물끄러미 보고 있으려니 선생님께서 "내가 평생 자유를 말하면서 새는 가두어 기르는 모순을 범해"라고 하신다. 그런데 한 새장에 금화조 수놈이 한 마리만 있기에 왜 혼자냐고 여쭈었더니 암놈이 죽었다고 하신다. 마땅히 짝을 채우기가 어렵다고 하시길래 마침 집에서 기르는 금화조가 있는데 십자매가 새끼를 부화시켜 다 자랐기에(금화조는 알을 품지 않고 낳으면 모두 둥지 밖으로 떨어뜨리거나 쪼아서 먹어 버리므로 십자매에게 대신 부화시킨다) 종이 상자에 숨구멍을 뚫고 새를 넣어 가져가서 새장에 넣었다. 새 신부를 맞이한 늙은 신랑이 어찌나 좋아하던지 나는 집으로 돌아와서 그 장면을 시로 썼다.

금화조

선생님 댁 수놈 금화조 혼자 된 새장에
어린 암놈을 넣어 주었다.
노(老)선생님은
'신랑이 늙어서 염치가 없어, 도무지 미안하구만' 하시며
멋쩍어하신다.

홀아비 수놈은 그렇게나 반가운지
얼른 노래를 부르며 춤추며
암놈 근처를 배회하다가 옆으로 다가가면
어린 암놈은 다리 힘이 약해
횟대에서 떨어진다.

버스를 타고 와서 얼떨떨하고
낯선 집에 들어와 얼떨떨하고
생판 모를 늙은 배우자에 아연했을까?
막내딸 시집보낸 듯
마냥 걱정이 되네.

선생님은 참 많이도 힘들게 사셨다. 청년기의 작은아드님을 오래전에 잃으시고 그 후엔 사모님을 잃으시고 평생 같이 산 미혼의 장남도 갑자기 잃으시고 만년에 작은아드님이 낳은 손녀를 기르시며 하나뿐인 따님과 처제의 헌신적인 뒷바라지를 받으시며 사셨다. 그런데 왜 그리도 많은 사고를 당하셨는지 병원에서 지낸 세월만도 적지 않아 안타까웠다. 지병도 많으셔서 늘 치료하며 사셨는데도 언제나 유머와 밝은 미소를 달고 계셨다. 내 안색이 좋지 않다고 한의사를 소개해 주실 만큼 자상하신 분이셨다. 내 큰아들이 종합병원에 입원하게 되었을 때 병실이 없어 쩔쩔매자 큰아드님의 친구가 그곳 의사라시며 급히 비어 있는 특실을 주선해 주시기도 했다. 언젠가는 병원에 입원해 계실 때 시집 『인류의 맹점』이 출간되자 면회 사절이면서도 그 시집을 내게 전해 주신 적도 있었다.

어느 날 나의 두 번째 시집 『불면 일기』를 받으신 고교 때의 스승이신 국악인 성경린 선생님이 "내가 구상 시인을 잘 아는데 머리말이 너무 인색해"라고 말씀하셨다. 이 말씀을 구상 선생님께 드렸더니 대뜸 "그럼 자기가 쓰라지?" 하시더니 "아니아니 잠깐만" 하시고는 방으로 급히 들어가셔서 예술회원 수첩을 들고 나와 들추어보시다가 "이게 금년 수첩인데 김성태·윤석중·성경린 씨가 아흔 동갑"이라시며 껄껄 웃으셨다. 선생님보다 연상이라는 뜻이다.

지금 와서 일기장들을 모두 훑어보니 추억이 너무도 많아 여기 좁은 지면에 일일이 열거할 수가 없다. 뵈올 때마다 자주 선생님께 드린 말씀이 있다. 그것은 100세까지 오래 사셔야 한다고, 선생님은 그래야 할 의무가 있다고. 그런데 또 입원하셨다는 소식을 듣고 이번엔 이유 없이 예감이 이상했다. 오랫동안 가곡집 출간을 여러 가지 사정으로 몇십 년이나 미루어 왔는데 서둘러서 하게 되었다. 이즈음은 컴퓨터로 악보를 만든다. 수없이 많은 교정을 보면서 왜 그리 초조했던지. 이 예술 가곡집엔 선생님의 시가 두 편 들어 있다. 「강가에서」와 「병상우음(病床偶吟)」이다. 「병상우음」은 아주 오래전 병상에서 쓰신 시인데 고통도 극에 달하면 아름다워서 곡을 붙인 것이다.

> 병상에서 내다보이는
> 책보만한 가을 하늘이
> 서럽도록 맑다.
> 오늘은 천식의 발작도 멎고
> 열기도 가시고
> 향유를 바른 시신처럼 편안하다.
> 나 자신의 갈구도
> 무엇에 대한 미련도
> 벗어난 이 시각
> 죽음아 낙엽처럼
> 소리 없이 다가오렴……

이 가곡이 내게는 유일하게 아직 연주하지 못한 곡으로, 선생님은 이 가곡집을 받으시고 이 곡을 안고 하늘나라로 가신 셈이 되었다.

산소호흡기를 대고 계신 터라 말씀은 못하시고 손바닥에 글씨를 써서 영화 하는 작은아들 잘 있느냐고 하셨다. 작은아들을 여러 번 보신 일이 있고, 오래전 선생님이 쓰신 시나리오로 영화가 만들어진 일이 있었기에 더욱 관심을 가지신 것이다. 곧 미국 칼아츠 대학원에 공부하러 간다고 말씀드렸더니 고개를 끄덕이셨다. 그 순간 떠오르는 게 있었다.

1999년 어느 일요일에 선생님이 전화를 주셨을 때 선생님께서 매일 기도에 나를 넣는다고 하신 말씀이다.

얼마 후 어느 날 나는 아무 이유도 없이 잠이 안 와서 밤을 꼬박 새웠는데 아침에 선생님이 떠나셨다는 소식을 듣게 되었다. 이렇게 알려 주시는구나.

여러 날 아무 것도 할 수가 없었고 기운이 없고 음식도 먹히지 않았으며 미열까지 나서 꼼짝없이 누워 버렸다.

감동스런 긴 영화 한 편을 보고 난 후의 마음처럼 앞으로도 긴 여운이 이어지리라는 예감이다.

웃음 띤 얼굴의 원로 시인

—

김규화
시인

그는 대체로 웃음 띤 얼굴을 한다. 훤한 얼굴에 마냥 웃음을 머금고 있다가 작게 소리 내어 웃는다. 입을 크게 벌리고 큰 소리를 내어서 웃는 너털웃음이 아니요, 소리 없이 웃는 미소도 아니다. 우습지도 않은 일에 그저 가만한 소리로 웃는다. 나는 이 웃음에 처음에는 약간 당황했다. 필요 없이 웃는 웃음 같아서, 나도 같은 마음으로 따라서 웃자니 내 행동이 헤픈 것 같기도 하고 웃지 않자니 그것도 안 될 일이었다.

내가 그를 처음 대하기는 편지로써였다. 1968년쯤이었을 것이다. 나는 어느 출판사에서 일을 하고 있었는데 해방 직후에 나온 문학 동인지 『응향(凝香)』에 대해 알고자 하여 생전 초면인 그에게, 더구나 멀리 하와이에 가 계신 그에게 편지를 했다. 그에게서 당장 답장이 왔는데 『응향』의 창간 시기, 발족 취지, 동인들 이름, 내력(『응향』 필화 사건) 등을 아주 상세하고 성의 있게 써보내 주셨다.

내가 '성의 있게'라는 말을 강조하고 싶은 것은 생면부지인 내게 단지 책을 만드는 자료로 삼고자 한다는 요청에 바쁜 외국 생활임에도 불구하고 일일이 조사하여 써보내 준다는 것은 여간 시간 걸리고 귀찮은 일이 아니라고 생각되어서이다. 그때 내게는 그의 함자(銜字)보다도 그

'편지'에 대한 흐뭇한 고마움이 더 깊이 남아 있었다.

그는 그 몇 년 후 귀국하셨고, 참으로 우연히 나는 그를 처음 만나게 되었다. 집에서 외출하기 위하여 버스 정류장으로 가는 길목에서 어디로 가시는 그를 뵙게 된 것이다. 내 옆의 사람이 그라고 소개해 주어서 인사를 했다. 그는 편지의 일은 잊어버린 것 같았지만 마치 십년지기처럼 반갑게 나를 대해 주셨고 예의 그 웃음을 웃으셨다. 그는 우리 회사도 혼자서 잘 찾아와 작품을 내놓으며 발표해 달라고도 하셨다.

그럴 때면 원로답지 않게 사뭇 얼굴까지 붉히며 작은 소리로 웃곤 하셨다. 왜 얼굴을 붉힐까, 왜 겸연쩍어(?)하실까, 왜 마음 좋게 웃기만 할까, 생각하면서도 그에게 강한 호감이 가는 것은 사실이었다. 나는 이렇게 나 혼자서의 그에 대한 호감과 또 그의 문학적 위치로 그에게 나의 작품집 머리말을 부탁드렸다. 그는 시간이 없어 힘들어하면서도 거절하지 않고 써주셨다. 그런데 나는 그때도 또 자그맣게 놀랐다. '머리말'에다 작품의 평까지 써주신 것은 물론이고, 그것을 쓰기 위해 나의 작품(교정쇄)을 처음부터 끝까지 일일이 읽고 교정을 봐주고 틀린 한자나 어울리지 않는다고 생각되는 단어까지도 짚어 주셨다. 일이나 사람을 대할 때 그토록 정성을 다할 수 있을까 생각되어 평소에 별스럽지 않게 웃는 웃음도 다 그렇지 않은 것 같았다. 자신에게는 엄격하고 겸허하면서도 만인에 대해서는 사랑과 감사와 용서(만약 용서할 것이 있다면)를 듬뿍 안겨 주려는 그런 자세의 웃음이 아닐까 한다.

그는 어느 날 이런 말씀을 하셨다. 술을 몇 순배 든 후 호탕한 웃음을 웃으시면서 "사람은 일체의 소유를 다 버려야 해요. 금전의 소유, 권력의 소유, 정신의 소유를 다 버려야 해요." 앞의 두 가지는 이해가 가나 정신의 소유까지도 버려야 하다니, 그러면 사람은 무엇을 바라고 살 것인가고 생각했다. 남이 나를 인정해 주고 사랑해 주는 즐거움, 더 나아가 위해 주는 즐거움이 없다면 사람은 삶의 보람을 어디에 두어야 할 것인가 하는 의문과 허망함이 생겼다.

어떻든 그 문제는 그렇다 하고 나는 그에게서 좋은 것을 배웠다. 그는 지금 외지(外地)에 계시지만 그 훤한 표정에 가만한 소리로 웃는 웃음소리를 듣고 싶다. 그 웃음 속에는 남에게 열과 성을 다해 좋은 일을 하면서도 그 일을 마음에 새겨 두지 않으려는 무소유의 뜻이 담겨져 있는 것 같다.

성자(聖者)와도 같은 구상 시인

변창헌
서예가

내가 처음 시인 구상 선생을 만나게 된 것은 1970년경 진주상공회의소 회관에서 열린 어느 여선생의 회갑 기념 소설 출판기념회 자리에서였다. 이 여선생은 다름 아닌 당시 영남의 거벽이셨던 파성(巴城) 설창수 시인의 부인으로, 젊었을 때부터 진주사범학교 교사 생활을 해오던 분이었다.

그 무렵 바로 인근에 율현각 서도원이라는 서실을 차리고 있을 때인지라 나도 파성 시인의 부인 회갑 기념 모임에 하객으로 참석하였는데, 이 자리에서 구상 선생을 비롯해 부산의 박노석과 서울의 이정호 등 여러 문인들과 인사하게 되었다. 듣던 바로는 박노석·설창수·구상 세 분 시인의 관계는 남달리 돈독한 의리로 결연되어 구상 시인보다 설창수 시인이 3년 연상이고 박노석 시인이 6년 연상으로 의형제처럼 지낸다고 전해지는 터였다. 특히 설창수 시인은 내가 1952년도 해인대학(경남대학교 전신) 교무직원으로 재직하던 당시 교사를 진주로 정해 옮겨갔을 때 그 익년부터 문학부 강좌에 김춘수·조진대 시인 등과 함께 강사로 출강하였으므로 이 출판기념회 개최 이전 약 20년 전부터 가끔 면대하는 등 교분이 있었다. 그 때문에 이와 같은 연분도 맺어진 것이리라.

구상 시인에게 있어 설창수 시인은 특별한 문학적 열정과 인간적 애정이 얽혀 있는 듯 보였다. 어느 때인가 구상 시인이 중환으로 사경을 헤매며 입원 치료를 받는 과정에서 경제적 어려움이 극심했던 모양인지 설창수 시인이 주동이 되어 문단에 구상 구명 운동을 전개하여 성금을 모아 도움을 주었다는 이야기도 있다. 그리고 설 시인 자기 호는 파성이니 구 시인의 호는 '성'자 돌림으로 운성(暈城)이라 지었고, 또 파성의 택호는 진주 남강의 물 흐르는 소리 듣는다고 청수헌(廳水軒)이라 하였으니 운성의 택호는 왜관 강변에서 낙동강 물을 바라보라고 관수재(觀水齋)라고 지어 각자 아호와 택호를 정하였다니 얼마나 각별한 정분인가.

이 세 분의 인연 소치를 보면 마치 고구마 넝쿨 뿌리에 큰 고구마, 작은 고구마 주렁주렁 달리듯 한 분과의 결연이 시작되어 이런저런 큰 그릇, 작은 그릇 연작으로 이어지는 가운데서도 유유상종의 법칙이 작용해서인지 거르고 걸러 좋은 생각은 좋은 인연을 맺는 것이 아닌가 싶다. 나는 진주에 몇 년 살다가 동래가 고향인 까닭에 어쩔 수 없이 생활무대를 부산으로 옮기지 않을 수 없었다. 30대 초반부터 붓대를 가지고 낭인 생활을 하게 된 나는 진주에서 서예전을 연 것을 필두로 전국 주요 도시에서 40여 차례 열었으니 국내 소위 서예가 개인 전시회로는 최다 횟수라 할 수 있다. 구상 시인의 형뻘 되는 파성 시인이 내가 가르침을 받고 가까이서 오래 모셨던 효당(曉堂) 최범술(崔凡述) 선생을 형님이라 칭하며 왕래했던 터라 일찍부터 구상 시인과도 면식이 있었던 까닭에 효당 타계 후 몇 번째 추모제를 평창동(자하문 밖 산속) 일선사에서 지내게 되었는데, 그때 구상 시인께서 불교 의식 제전에 오신 것으로 보아 지난날의 관계를 내 나름대로 읽었다.

지금으로부터 23년 전 소설가 김동리 예술원장의 칠순 고희 잔치를 앰배서더호텔에서 열 때에도 하객으로 갔다가 반갑게도 구상 선생을 만났다. 나도 마당발이라 어지간히 설치는 소치인지라 내가 가는 곳마다 구상 시인을 이렇게도 자주 뵙게 됨을 크나큰 인연으로 생각했다. 한묵청연(翰墨淸緣)이란 넉자 성어가 생각난다. 곧 붓과 먹이 밝은 인연을 맺게 한다는 뜻이다. 변변치 못한 내가 그야말로 이 한묵, 북과 먹을 벗으로 삼지 아니했던들 어찌 이 세기에 우뚝하신 문단의 거벽(巨擘) 인사들과 어울려 인사를 나눌 수 있었겠는가. 김동리 선생은 내가 25년 전(1981) 출판문화회관 전시관에서 서울 첫 개인전을 열 때 작품 도록 겸 초청장에 추천사를 애정을 담아 써주셨고, 22년 전 경인미술관에서 열린 제2회 서울 전시회 때는 구상 선생께서 나의 전시 작품 중 「금강 정안휘건곤(金剛正眼輝乾坤)」이라는 서각 작품을 첫눈에 들어 하시며 사 주셨다. 선생님은 이 작품을 특별히 애중히 여기셔서 서재 한가운데 걸어 놓으시고 좌우명처럼 여기셨다. 언젠가 서재를 방문했을 때 구상 선생 의자 뒷벽에 걸린 서각 작품을 보시며 말씀하시기를 "종종 KBS · MBC 보도기자들이 찾아와 내 모습을 촬영해 가는데 율관의 이 작품도 함께 많이 방송되어서 나갈 거야. 좋겠지……" 하시면서 웃으셨다. 무슨 일이든 마음 쓰심이 너무나 정확하셔서 감복하지 않을 수 없었다.

그 이전 어느 때인가 내가 전시했던 금강경 열 폭짜리 병풍이 임자가 없어 보관 중인데 어디 소장할 만한 사람을 찾아야겠다고 말씀드렸더니 삼성출판사 김종규 사장(당시 전무)에게 말씀하시어 처분해 주시기도 했다. 나는 낭인 생활을 할 때 전시회도 많이 했지만 웬만한 문화 행사에는 거의 빠지지 않고 참여했다. 진주 파성 시인께서는 개천예술제를 창시하고 제주 노릇을 하신 열혈 문사(文士)이시라 5 · 16 군사쿠데타로 민주당 참의원(전국 최고 득표 참의원)직을 빼앗긴 민주 투사로서의 의분도 남달라 방방곡곡 시화전을 열면서 세월을 보내셨다. 150회 시서화전을 덕수궁 현대미술관에서 열게 되었을 때 구상 시인께서 추천 인사 말씀 중 "이번 150회 전시를 마지막으로 파성 시서화 전시회는 대단원의 막을 내릴 것입니다"라고 했다. 그런데 한참 지나 들으니 살짝살짝 이 고을 저 고을 전시 행각을 더 지속하여 200회를 넘겼다는 이야기가 있다.

내가 부산으로 주거지를 옮겨 동래 온천장 복판에 내성관 방을 서실로 정해 있다 보니 자연히 박노석 시인이 자주 찾게 되었다. 구상 시인께서도 부산에 오시면 바로 옆 동일호텔에 묵으시니(옛날에는 내가 있는 내성관에 숙소를 정하셨다) 자연 나는 박노석 선생과 구상 선생 틈에 끼어 자리를 같이하게 되었다. 그럴 때면 저녁 술자리는 으레 근처에 있는 일식집 대림초밥이 되었다.

어느 날 저녁에는 부산일보 사장이 된 김상훈 시인을 비롯해 젊은이들이 20여 명 모여 두 선생님을 위해 노래도 부르고 흥을 돋웠는데, 내가 공초 오상순 선생의 대표시격인 「첫날밤〔初夜〕」을 우렁차게 낭송하여 박수 갈채를 받기도 했다. 박노석 시인이 서울에 오게 되면 청진동 영남여관에 투숙하고 나는 청진여관에 숙박하는 터라 반드시 구상 시인과는 한두 번 만나게 되어 있었다. 이들과 때로는 해장국집 청진옥에서 자리를 함께하기도 하고 때로는 여의도 63빌딩 일식집에 모여 회식을 한 경우도 여러 차례 있었는데, 노석 시인이 인연 깊은(부인 이경옥 여사와 함께 초·중·고에 일본 동경 유학까지 동행한 친자매 이상으로 가까운) 황경임 여사와 그 동생 경숙 여사 등 주변 사람들을 잘 모으는 구심력이 있었다. 두 분이 만나는 기회에 모두 모여 함께 반가운 얼굴들을 보자고 운집할 때 나도 거의 빠짐없이 들곤 했다.

나는 구상 선생을 홀로 찾아뵙는 일은 좀처럼 없었다. 언제나 끌려가 거나 때로는 내가 발의하여 주로 작은 황 여사나 구상 선생께서 남다른 애정으로 좋아하시는 이경자 여사를 동반하고 찾아뵐 때가 많았다. 구 상 선생께서 주관하시는 행사에는 오랫동안 세 분의 여성과 함께 동참 했다.

공초 선생 제삿날 묘소 참배 때도 그렇고, 이중섭 화백 40주기 추모 행사(조선일보 미술관에서) 후 망우리 묘소 참배 때도, 서귀포 이중섭기 념관 개관 및 거리 반포식 때도 황 여사, 이 여사와 함께 참석했다. 서 귀포 칼호텔에서 숙박한 다음날 아침 로비에서 구상 선생과 이중섭 부 인 이남덕〔山本方子〕여사, 이영진(이중섭 조카) 씨 세 분 기념사진을 찍 어 보내 드리기도 했다.

나는 구상 선생 댁을 방문할 때는 언제나 묵난 소품 몇 점을 갖다 드 리곤 했는데, 그러면 선생은 반겨 받아 주시면서 "이 율관 난초 작품들 이 외국으로 선물이 되어 나가니 율관 이름이 세계 각국에 알려지네요. 그렇게 알아요" 하시면서 웃으셨다. 돌아올 때는 반드시 무슨 선물이라 도 챙겨 주시는데 선생의 건강을 돌보시라고 갖고 온 영지를 몇 차례이 고 율관이 먹고 건강하라고 주시는 것이었다.

사람은 누구나 그 모습에 그 마음씨를 본다고 했던가. 구상 선생을 처음 만나 뵈었을 때 성자(聖者)와도 같다고 생각했는데 그 깊숙하고도 온화한 마음씨에 성스러움을 느끼며 경외심으로 옷깃을 여밀 수밖에 없었다. 나같이 지식인도 못 되고 다만 붓대 가지고 먹칠만 생애를 다 해 절룩 걸음을 걷고 있는 불민한 사람을 어여삐 보시고 가끔 농담도 하시는 경우도 있었지만, 내가 성명철학에 조예가 조금 있다고 소문이

낳는지 구상 선생께서는 후배 아호를 이렇게 지어 봤는데 어떤지, 또 어느 친구 손자 이름을 무슨 자로 정해 보면 괜찮을지 좀 살펴주시면 좋겠습니다, 하면서 11년 아래인 내게 경어를 쓰며 부탁하는 경우가 많았다.

내 생활이 워낙 무질서하고 절름발이라서 선생께서 정말 애정을 갖고 주시는 문집과 시집은 빠지지 않고 다 소장하고 있으나 탐독해서 시인의 얼과 정신을 더욱 내 속에 간직했어야 될 터인데 제대로 못한 점, 그리고 성모병원에 입원 치료를 받고 계시는 동안 문후를 제대로 못 드리고 지내다가 유명을 달리해 하늘나라로 가시니 죄를 지어도 이에 더할 수 있을까 싶어 엎드려 사죄하며 명복을 빌 뿐이다. 1주기를 맞아 추모의 정을 되새겨 본다.

천상에 계실 아저씨 구상 선생님께 올립니다

문스테파나
수녀

천상에서 영복을 누리실 아저씨(저와 제 동생들이 어릴 때부터 아저씨라고
불렀지요)에 대한 저의 어렸을 때의 추억을 더듬어 봅니다.

아저씨, 제가 어릴 때부터 아니 제가 태어나기도 전부터 아저씨는 북
한의 덕원에서 저희 집 바로 옆집에 사셨잖아요. 아저씨는 저와 동생들
을 귀여워하셨지요.

아저씨 아버님은 제가 어렸을 때 돌아가셨는데 그때의 상황이 기억
납니다. 아저씨 어머님을 우리는 할머니라고 부르면서 한가족처럼 지
냈지요. 제 기억으로 할머니께서는 항상 혼자 사셨어요. 어떤 때는 누
가 다녀간 것 같아요. 아저씨 형님은 일찍이 신부님이 되셨고 아저씨는
공부하러 가셨는지 집에 잘 안 계셨지요. 그런데 제가 초등학교 2, 3학
때인가 아저씨께서 집에 계셨지요. 아마 아파서 휴양하러 오셨던가 봅
니다. 그때 아저씨는 산책 나가실 때 저를 데리고 다녔지요. 어떤 때는
낚시하실 때 제가 옆에 있었던 기억도 나고요. 아저씨는 막내이시니까
동생이 없어 저희 자매들을 귀여워했지요.

한번은 제 동생이 할머니 집에 가니까 아저씨께서 벽 쪽으로 누워서
우시더래요. 혹시 할머니께 걱정 들으셨는지? 아저씨는 걱정 들을 일

안 하셨을 텐데…….

아저씨는 1945년인가에 결혼하셨지요. 아저씨의 배우자는 참한 의사
였지요. 그 시대 상당한 인텔리셨는데 새색시 아주머니는 시골로 시집
오셔서 보통 부인들처럼 개울가에 가서 빨래도 하시는 등 시골 생활에
적응하시느라 처음에 많이 힘드셨을 거예요. 그 후 할머니와 아주머니
는 덕원읍으로 가셨는데 아주머니는 거기서 진료를 하셨던 것 같아요.
아저씨는 월남하셨는지, 그때는 아저씨 기억이 없어요. 저희 집은 1947
년 5,6월쯤에 월남했지요. 그 후 오빠 집에서 아저씨를 만났는데 아마
그때 아주머니는 월남 못하셔서 아저씨 혼자였나 봐요. 저희 가족은 모
두 월남했는데 아저씨는 그때 공산당에게 쫓겨서 아주 어렵게 고생하
시면서 월남하셨다는 말씀이 기억납니다. 그런 사정으로 가족이 함께
월남 못하고 후에 아주머니는 무슨 사정이었는지 할머니를 모시지 못
하고 월남하신 것으로 알고 있습니다.

아저씨, 이렇게 어렸을 때를 추억하면 덕원이, 특히 덕원 대수도원
(지금의 왜관 분도수도원)이 그리워집니다. 아저씨도 많이 그리워하셨지
요? 지금은 세월이 많이 흘렀지만 처음 월남했을 때에는 참으로 많이
그리워했습니다. 아저씨께서도 아시다시피 수도원 전경과 수도승들의
전례와 기도가 얼마나 아름다웠는지요. 그 수도원 안에는 성 베네딕도
의 정신과 규칙대로 수도승들이 밖에 나갈 필요 없이 수도원 안에 모든
것이 갖추어져 있었지요. 신학교를 비롯하여 병원, 해성초등학교, 넓고
넓은 농지와 과수원, 방앗간, 소와 돼지를 기르는 축사, 목공소, 구둣
방, 출판소, 바느질방 등…….

아저씨, 통일되면 제일 가고 싶은 곳이 덕원이었을 것입니다. 저도
그렇습니다. 그런데 막상 가면 얼마나 실망스러울까요? 덕원 대수도원

은 공산당이 수도승들을 다 내쫓고 김일성농과대학으로 만들어 버렸으니……. 누가 그러는데 수도원 성당 종탑도 헐어 버렸더랍니다. 아저씨, 그 수도원 성당 종소리가 얼마나 아름다운 소리를 내면서 온 마을에 울려 퍼졌나요……. 많은 수도승들의 아름다운 성가와 기도가 배어 있는 곳이기도 하지요. 주일과 대축일에는 웅장한 파이프 오르간 소리……. 그때는 어리니까 그냥 그런 것으로 알고 지냈어요.

그 그리운 덕원도 못 가보시고 아저씨는 하늘나라로 가셨습니다. 저는 죽기 전에 가볼 수 있을까요? 아저씨, 이야기가 덕원으로 빠졌네요.

아저씨, 아저씨께서는 어머니를 못 모시고 월남하신 것이 일생을 두고 얼마나 마음이 아프고 한이 되셨습니까? 오죽하면 「어머니」라는 시에서 "아직도 제 손에는 원산 가는 기차표가 있다" 하시면서 어머니를 절규하듯 부르셨을까요.

저는 월남 후에 아저씨를 한 번인가 만난 것으로 기억하는데, 그 이후로는 못 뵌 것 같아요. 1950년에 일어난 6 · 25전쟁으로 피난살이하는 그 혼란한 시대를 겪고 난 후에 저는 지금 제가 있는 올리베따노 성 베네딕도 수녀원에 입회했습니다. 그런데 저희 수녀원의 이해인 수녀를 통해서 아셨나 봐요. 처음에는 전화를 통해서 만난 것으로 기억합니다. 아저씨께서 어떤 기회에 저희 수녀원에 오셔서 며칠 머무르셨지요. 아저씨의 모습은 꼭 인자하고 자비로운 수도승 같으셨답니다. 그 후에도 몇 번 뵙지는 못했지만 만날 때마다 꼭 저희 자매들 안부를 하나하나 물으시고 진작 돌아가신 부모님을 위해 매일 기도하신다고 하셨습니다. 아저씨는 참으로 자상하신 분이었습니다.

아저씨, 일생을 사시면서 얼마나 많은 고뇌와 아픔을 안고 사셨습니까? 제가 어찌 감히 헤아릴 수 있겠습니까? 아저씨, 제가 어쩌다 한 번씩 전화로 문안드리면 그때마다 무척 반가워하셨지요. 그 자애로운 목소리로 말입니다. 가끔씩이라도 찾아뵙지 못한 것 죄송합니다. 하늘나라에서 그렇게도 그리던 부모님, 형님 신부님, 아주머니, 아드님들 온 가족이 하느님의 영원한 집에서 다 만나셨지요? 아저씨, 이제는 하느님 집에서 영원한 안식과 평화를 누리시기를 기도드립니다.

　　문 스테파나 수녀 올립니다.

난(蘭)의 은은한 향기로 선생을 회상합니다

강선영
무용가 · 태평무전수관 이사장

시절이 좋아져 지금은 계절의 경계가 없이 먹는 과일이나 야채, 초록의
식물도 마음만 먹으면 언제나 곁에 둘 수 있는 세상이 되었다. 그럼에
도 봄날 기운이 움트는 모습과 꽃들이 피는 모습에 경탄하게 되는 것은
온전히 자연이 빚는 섭리의 그 맛이 다르기 때문일 것이다.

요즘 무용 인생 70년을 기념하는 큰 공연을 앞두고 성북동 집 2층 연
습실은 언제나 연습하는 제자들로 북적인다. 그동안 무용 생활 몇십 년
을 해오면서 큰 공연, 작은 공연 많이도 서봤지만 이번 무대는 지금까
지 걸어온 나의 발자취를 정리하는 무대이기에, 또 그 의미들을 제자들
이 더 잘 알기에 준비하는 시간은 더더욱 진지한 듯하다.

연습하는 제자들을 뒤로하고 잠시 연습실에 붙어 있는 베란다를 바
라보았다. 밖에는 아직도 바람이 쌀쌀한데 너그러운 햇살은 영락없는
봄볕이다. 베란다에는 그동안 공연이다, 생일이다 하여 받은 화분들이
가득하다.

햇살 속에 물이라도 줘야 할 것 같아 호스를 들고 이리저리 보던 중
한켠 자그마한 토분에 동양란 꽃이 다소곳이 피어 있는 것을 발견하였
다. 은은한 향기가 한 발짝 떨어져 있는 나를 부르는 듯하다. 공연 때는

주로 화려하고 산뜻한 양란을 많이 선물받기에 언제 있었는지도 모르는 그곳에 동양란은 그렇듯 품위 있는 모습으로 눈인사를 건네는 것이었다.

오늘 문득 그 동양란의 향기와 품위가 내가 오래전 알고 지냈던 구상 선생을 떠올리게 했다.

처음 구상 선생을 만난 것은 지금 개천예술제의 전신인 영남예술제에서였다. 1949년 설창수 선생이 영남예술제를 창시하여 5회째였던 것으로 기억된다.

당시 나는 설창수 선생의 초청으로 예술제 심사위원으로 갔었고 그곳에서 구상 선생과 김광섭 선생, 그리고 설창수 선생 등을 처음으로 만난 것이다. 나를 비롯한 일행들은 저녁식사를 마치고 숙소에 들어와 잠을 청하려 하고 있었다. 그런데 그때 구상 선생이 거나하게 술에 취하여 내 방을 선생의 방으로 착각하고 불쑥 들어왔다. 그때만 해도 나름대로 무용가의 자존심으로 매사에 이해하고 받아들이기보다는 부딪치고 따지는 성격이었던 터라 나는 강력하게 항의하였다. 그 불편한 분위기는 다음날까지 이어져 김광섭 선생이 우리 두 사람을 화해시키느라 무진 애를 썼던 것으로 기억한다.

그 이후 서울로 올라온 우리 네 사람은 잦은 만남으로 격의 없이 지내게 되었고 그즈음 고은 선생도 합세하여 5인방이라 자칭 논하며 친구처럼, 선배처럼, 그렇듯 오랜 지인들로 함께 했다.

지금도 생각하면 웃음이 나는 에피소드 하나,

당시 우리 집은 누상동에 있는 작은 한옥이었다. 평소에 어머니가 사람들을 좋아하시고 음식 솜씨가 좋으셨던지라 구상 선생을 비롯한 일행들은 우리 집에 오기를 즐겨 하였다. 지금처럼 잘 차려진 진수성찬이 아니어도 좋은 사람들과 논하고 어울리는 허물없는 분위기가 참 넉넉했었던 것 같다.

그러다 보니 어느 날은 약주를 마시고 거나하게 술이 취하면 늦은 시간에도 개의치 않고 우리 집 대문을 두드리는 것이었다. 나는 너무 늦은 시각인지라 일부러 모르는 척하고 있으면 당시 우리 집의 일하는 아이 이름이 '만월이' 였던지라 밖에서 들으면 '만월이'가 '마누라'가 되어 "마누라 마누라 문 열어" 소리로 들렸고, 그럴 때면 나는 이웃집 눈총 때문에 어쩔 수 없이 우리 집을 모주 집으로 내놓곤 하였다.

살다 보니 근자의 일은 깜박깜박하면서도 옛날의 지인들과의 장면 장면은 어찌나 선명하게 생각이 나는지…….

생각해 보면 구상 선생은 한 시대를 풍미했던, 정신이 자유로웠던 멋진 신사이셨다. 멀리 가시기 몇 해 전 몸이 편찮은 와중에도 전화라도 할라치면 "나, 남복이 아버진데"로 시작하며 상대방에게 허허로운 농담을 건네신 분, 항상 나에게 숫자에 약하고 경제 관념이 없다고 타박 아닌 염려를 하셨던 분이었다. 1990년 내가 예총 회장이 되자 선생은 내게 큰 선물을 주셨다. 바로 「강」이라는 시다.

강

강은 쉼없는 긴장을
안으로 지니고 새겨서
유유하게 보인다.

강은
끊임없는 장애를
안으로 견디고 이겨서
태평하게 보인다.

강은
뭇 생명에게 베풀면서
갚음을 바라지 않아서
무심하게 보인다.

안으로 땀흘리고
안으로 괴로워하고
안으로 눈물짓는
강

오직 밖으로는 염화의 미소를
지으며 흐른다.

내 이름의 성을 가지고 지어 주신 맑은 시 한 편, 그 시는 내가 어떻게 살아야 하고 어디를 바라보며 살아야 하는지를 알려 준 잊지 못할 선물이다.

이제는 많은 시간이 지났다. 삶이란 머물지 않고 떠나는 여행과 같은지라 그 여행 속에서 좋으신 분들을 많이 잃었다.

인생을 마치고 남는 것이 자신이 모은 것이 아니라 남에게 주는 것이라고 했듯이 구상 선생은 나에게 글 속에서 아주 먼 데 있어도 그 향기

로 말을 건네오는 오늘 만난 동양란처럼 그렇듯 아름다운 추억으로 함
께할 것이다.

신령한 새싹을 키워 오신 분

강영훈
전 국무총리

구상 선생님을 언제 처음 만났는지는 기억이 확실치 않으나 선생님을 만날 때는 대체로 성천(星泉) 선생과 같이 계실 때였다. 두 분은 친형제 같은 사이였다. 두 분의 솔직하면서도 유머가 가득 찬 대화는 언제나 내게 깊은 감동을 주었다. 명랑하면서도 깊은 뜻이 담긴 대화는 구절구절이 내게는 교훈이었다. 우리 문화 민족의 대표로서의 생활 관습을 보는 나의 마음은 언제나 유쾌하였다.

구상 선생께서는 세상에서 잘 알고 있는 것처럼 기도로 한평생을 사신 진정한 신앙인이셨다. 모든 것을 천주교 신앙인으로 보시고 생각하시며 행동하신 분이었다. 그러면서도 언제나 우리 민족과 사회를 위하여 고민하며 살아오신 분이라는 것은 나 혼자만의 느낌이 아니라고 생각한다.

일제하에서 민족의 독립과 겨레의 행복을 위해 형무소에 가는 것도 마다하지 않으셨던 청년 시절, 사회주의 이념의 심취에서 해방 공간에 섰던 선생의 젊은 시절 고민을 능히 짐작할 수 있으며, 선생님의 기도 속에 하느님과의 일치를 통한 신비 체험을 통하여 당시 현실 사회 정치 이론의 단점을 극복하실 수 있었으리라고 미루어 짐작한다. 신앙인 구상 선생은 두말할 것 없이 인간의 영혼의 약동을 읊으신 시인이었다. 그렇기 때문에 선생님의 시를 읊는 사람들이 특별한 감동에 빠지게 되는 것이리라. 구상 선생은 한평생 쉬지 않고 영혼이 움직이는 뒤를 따라 정진하신 분이었다. 평균 2년에 한 권씩 시집 또는 수상집을 세상에 내놓으셨다. 뿐만이 아니다. 선생님 시집과 수상집의 불어·영어·독일어 번역판이 출판되는 등 구상 선생의 영혼의 고함 소리는 한반도 강산에만 울린 것이 아니라 세계 산야에 메아리가 되어 울리고 있다. 구상 선생이야말로 세계인으로 한평생 구도자의 길을 걸으신 분이다.

개인적으로 나는 나에 대한 구상 선생의 사랑을 잊을 수 없다. 딴 곳에서 이야기한 적이 없는 일이지만 나의 고마운 마음을 하늘에 계신 구상 선생님께 전하는 심정으로 이 한 토막을 적어 본다.

대한적십자사 총재로 재직하고 있던 어느 날 구상 선생과 성천 선생, 그리고 평소에 가깝게 지내던 몇 분이 어느 장소로 나오라는 전갈이 와 갔더니 천만뜻밖의 말씀을 하시는 것이었다. 구상 선생과 성천 선생이 불원간 있을 대통령선거전에 나보고 한번 입후보해 보라는 것이었다. 구상 선생께서는 강 총재가 돈이 없는 줄 잘 알고 있는데 자기도 갖고 있는 것을 선거자금으로 다 내놓을 터이니 그리 알라는 전혀 예기치 못한 말씀이었다. 한편 당황하고 전혀 뜻밖의 말씀을 들어 고마운 마음을 금할 수 없었지만 나는 그런 자격이 없는 사람이라는 말을 되풀이할 수밖에 없었다. 구상 선생이나 성천 선생 두 분은 돌아가실 때까지 나의 후견인 역할을 해주신 잊을 수 없는 은인이시다.

구상 선생은 또한 나의 신앙 생활의 귀감이셨고, 올바른 삶의 모범이었다. 구상 선생의 생활과 생각이 한국 민족문화 틀 속에 국한된 것이 아니라는 것은 선생의 작품이 여러 외국어로 번역되었다는 사실에서도 확인할 수 있다. 즉 국경을 넘어 세계 만방에 통하는 것임을 증명한 것이다. 구상 선생이야말로 세계인으로 사신 분이며, 진실한 세계 기독교인으로 예수님의 사랑하는 전도사로서 한평생을 사신 분이라 할 것이다.

사실상 구상 선생님께서 발표하신 출판물들을 보면 선생께서 어떤 한평생을 사셨으며, 우리에게 무엇을 가르치고자 노력하셨나를 알 수 있다. 무법천지의 현실 속에서 "저런 죽일 놈" 하고 개탄하시면서도 "한 촛불이라도 켜는" 노력을 아끼지 않으셨으며, "우주인과의 화합"을 기원하셨으며, 이 세상에 "신령한 새싹"을 키워 오셨다. 선생은 그야말로 '영원한 삶'을 사신 분이다.

오늘도 천상에서 우주인들의 화합 속에 신령한 새싹이 자라나는 것을 위하여 기도하고 계시리라 믿는다. 선생님의 사랑을 받아 온 한 사람으로 선생님 서거 1주기를 맞아 선생님의 천상 홍복을 빈다.

성자와 가장 가까이 있는 분

이수성
전 국무총리

내가 구상 선생님을 처음 뵌 것은 1971년 8월, 어언 35년의 세월이 흘렀다. 연구 교수로 미국에서 공부하다 귀국 길에 들른 하와이에서 가까운 벗 구관회 군의 주선으로 몇몇 교수들과 박사 지망생들과 함께 선생님을 모실 영광을 갖게 되었다.

조촐한 술집이었다. 개량 한복 비슷한 넉넉한 옷차림으로 멋대로 자란 수염을 갖고 계신 선생님은 젊은 학자들과 어울려 처음부터 끝까지 조용하고 포근하면서도 꾸밈없는 웃음으로 좌석을 메우셨다.

역사·정치·문화·국민성 등 아는 대로 떠들어대는 젊은이들 사이에서 단 한마디도 아는 체, 잘난 체하지 않으셨던 선생님의 높으신 품격을 미처 헤아리지 못하고, 사람 좋고 마음 좋으신 분이로구나 정도로 평가한 것이 부끄러운 나의 안목이었다.

귀국 후 대학에 복직한 이후 남다른 관심으로 선생님을 관찰하게 되고 알면 알수록 선생님의 모습이 가깝게 다가오면서 진인(眞人)을 알아보지 못한 나의 천박함에 당황하고 이런 분을 한국 땅에 보내 주신 하늘에 감사하고 인격의 사표가 되실 선생님을 경외하는 마음으로 내 인생의 깊은 골이 채워졌다.

선생님은 알면 알수록 더 크시고, 더 깊으시고, 세속적인 사람이라면 누구나 가질 수밖에 없는 탐욕과 위선을 넘어선 진실과 정직과 겸손의 상징이셨다.

1990년대 들어 내가 가깝게 모시던 중국의 김학철 선생님이 KBS에서 상을 받게 되신 축하연 자리에서 편치 않으심에도 참석하신 선생님을 뵈오면서 성자(聖者)와 가장 가까이 있는 분이 바로 구상 선생님이라는 마음가짐을 버릴 수가 없었다.

1992년 대통령선거를 앞두고 온 사회가 들썩거렸다. 현실 정치인은 그들 나름의 지략과 노력을 다해 권력욕을 이루려 수단과 방법을 가리지 않고, 선량하고 양식 있는 국민들은 분열과 갈등이 초래할 망국적 미래를 우려하며 가슴 아파하는 시간이 하루하루 흘렀다. 이 시기에 상당한 사람들 몇몇 분과 자리를 같이한 적이 몇 차례 있었다.

민족주의자로, 종교 지도자로, 대단히 영준하신 K목사님, 누구나 알 만한 사회운동가로 존경받던 S선생님, 역시 민족운동가로 남북 분단의 현장에서 아픔을 겪으셨던 P선생님, K 전 총리, 구상 선생님과 몇몇 존경받는 원로, 그리고 유일한 50대였던 내가 참석했던 모임이었다.

그 당시 나는 재벌이었던 J회장으로부터 대통령 출마 권유를 받고 일거에 거절한 직후였기 때문에 자격이 부족함을 잘 알면서도 나름대로의 애국심으로 좋은 정치만이 구국의 길이라고 믿고, 훌륭한 후보를 추대하는 것이 나라를 살리는 길이라고 믿고 있었다. 모이신 원로들 대부분이 K 전 총리가 대통령이 되어야 나라가 살 수 있다고 확신하고 있었다. 군인 출신이지만 민주적이고, 높은 인격으로 존경받고, 정직과 성실로 사술에 가까운 정치 현실을 극복하여 분열을 화합으로 이끌 수 있는 분이라고 믿었기 때문이다.

그러나 시간이 흐르면서 편갈이 언론의 논조와 혼란이 극에 달한 사회 현실은 한 훌륭한 대표와 양심을 지키는 몇몇 우국지사들의 힘으로는 수습되기 어렵다는 판단이 났다. 마지막 모임에서 나는 추잡한 정치 현실에서 K 전 총리의 출마로 그분의 인격마저 훼손될 사회 현실이요, 국민 수준이니 다음 기회를 보자고 좌중에게 말씀드렸다.

아무리 훌륭한 분들의 모임이지만 참석 자체가 이례적이라고 할 수 있는 구상 선생님(누군가의 권유로 억지로 나오셨으리라고 믿는다)께서 모처럼 만에 말씀하시어 내 편을 들어주셨다. '이 학장의 춘부장은 내가 존경하는 선배로 참다운 민족주의자이시다. 그 자제인 이 학장의 말이 옳다. K 전 총리께 욕이 되는 모험이며, 지금 형편에 당장 나라가 좋아지지 않을 바에는 하늘의 뜻을 기다리자'라는 요지의 말씀이었다. 모두 공감하여 결국 대선은 이른바 3김과 J회장의 쟁투로 일단락이 났다.

지난 2000년에 말할 수 없는 고통을 겪으면서 마음에도 없고 가능성도 없는 어떤 길을 한 달의 시한만을 앞둔 채 떠밀려 걸어간 적이 있었다. 찬·반도 많았지만, 내 욕심 때문에 어리석은 결정을 하지 않았다고 믿어 준 세 분이 있었다. 백담사의 조오현 스님과 꽃동네의 오웅진 신부님, 그리고 구상 선생님이셨다.

세 분 모두 알고 계셨다. 지금 세상은 사회의 흐름이 옳지 않고 배반자와 부도덕과 탐욕으로 얼룩져서 올바른 목소리에는 귀를 막는다고 탄식하셨다.

이 과정에서 내 평생 가장 고마운 전화 한 통을 잊을 수가 없다. 어느 날 돌연히 전혀 예상치 못한 구상 선생님의 전화가 칠곡으로 걸려 왔다.

"이 총리의 마음을 잘 아니 걱정하지는 않지만 행여 노파심으로 전화한다. 되고 안 되고는 그다지 중요하지 않으니 조금도 상처받지 말라.

언제나 양심을 지키며 남을 도우면서 살아라."

"선생님, 감사합니다. 선생님의 천 분의 일이라도 가치 있는 인생을 살도록 노력하겠습니다."

이것이 선생님께 올리는 나의 맹세이다. 온갖 아픔을 잠재우시고 어떤 증오도, 어떤 거짓도 남기지 않으신 맑고 높으신 구상 선생님, 칠곡이 고향이고 우연히도 생일이 똑같은 우리 선생님. 지금은 서거하셨지만 어제나 오늘이나 내일이나 선생님을 한량없이 존경한다.

예수님같이 포근했던 선생님

―

이원홍
전 KBS 사장

나는 구상 선생님을 뵈올 때마다 예수님의 인자한 모습을 연상하곤 했다. 선생님의 손을 잡기만 해도 따스한 마음의 훈기를 느꼈고, 선생님의 무릎 앞에 앉을 때마다 나를 감싸 주는 포근함에 취했다. 전화로 들려오는 선생님의 목소리는 얼음을 녹이는 햇살 같아 나의 가슴속 응어리를 녹여 주었다. 그래서 구상 선생님을 만나게 된 것을 늘 행운으로 생각해 왔고, 선생님을 잃게 된 것을 불행으로 여겨 왔다. 신부가 되겠다고 신학교에 들어갔던 젊은 시절의 그 꿈이 육신이 되었을 것이다. 목사가 되겠다는 맹세를 저버리고 좌절의 늪에서 헤어나지 못하고 있던 나에게는 놀라운 사건이었다. 참으로 귀한 것은 자신의 노력으로 손에 넣게 되는 것이 아니다. 구상 선생님과의 해후가 내게는 바로 그런 경우였다.

어느 날 나도 모르는 우연한 기회에, 마치 태초에 예정되었던 약속처럼 내 앞에 나타나신 분이 선생님이시다. 한국일보 기자 시절에 있었던 일이다. 그 생각을 되살리려면 40여 년 전으로 거슬러 올라가야 한다. 당시 편집국 동료 가운데 함경도 출신의 남욱(南旭)이란 친구가 있었다. 주량이 밑 빠진 독인 데다 이야기 솜씨가 불꽃을 튀기는 정의파 협객이었다. 해가 지고 으스름해지면 오금이 쑤셔 견디지를 못하는 술꾼이었다.

　조간 신문기자는 초판 마감이 끝나는 저녁 무렵부터 본판 마감이 끝나는 새벽 한 시까지가 방황하는 시간이다. 때로는 술 없이 견디지 못하는 시간이 된다. 옛날의 도연명(陶淵明)처럼 암자를 찾아가거나, 백락천(白樂天)처럼 집구석에 술자리를 펼 수 있는 처지가 아니어서 선택의 여지가 없었다. 요즘처럼 분위기가 그만인 카페도 탄생하지 않았다. 맥줏집이나 대폿집 정도가 최상이었다. 술은 친구를 부르게 되어 있다. 그래서 함께 패거리가 된 사람이 남욱 씨와 장정호(張廷鎬) 씨와 이목우(李沐雨) 씨 등 두주급 챔피언들이었다.

　그때 대폿집에서 남욱 씨가 나를 소개하며 인사를 시켜 주신 분이 구상 선생님이었다. 지금 기억으로는 키가 후리후리한 훌륭한 풍채에 부드럽고 잔잔한 말씨의 수려한 신사였던 것 같다. 술을 하셔도 술기운이 보이지 않았고, 자세도 흐트러지는 법이 없었던 것 같다.

　남욱 씨와 이목우 씨는 대구에서 한국일보로 옮겨온 분들이다. 구상 선생님이 6·25 무렵 대구 영남일보에 계실 때 두 분이 함께 있었던 것으로 들었다. 선생님이 대구매일로 옮겨 "백주의 테러는 테러가 아니다"는 테러를 당하고 언론 투쟁의 선봉에 나섰다는 이야기도 두 분을 통해 듣게 되었다. 선생님이 일제 시대 함흥에서 신문기자에 입문한 대선배라는 사실도 그분들을 통해 알았다. 함경도는 독립 투사들이 본국을 드나드는 길목이었다. 그곳 주민들의 지원이 열성적이었기 때문이다.

　신문기자란 눈앞에서 마주 보는 사람들을 별로 존경하지 않는 버릇이 있다. 오히려 과거 속에 묻혀 있는 명성 높은 인사들을 들먹일 때가 많다. 자신이 관심을 가져야 하는 취재 대상은, 그가 아무리 훌륭해도 미완성으로 취급한다. 그러한 신문기자 망나니의 눈에 비친 선생님은 정말 성인 군자였다. 자신의 무용담은 물론, 남을 험담하는 말을 입에 담지 않았다. 망나니들을 앞에 두고 문학 이야기부터 종교·철학·정치 등 종횡무진, 제한 없이 화제를 전개하는 놀라운 분이었다. 선생님은 예수님을 닮은 종교가이자 우주를 회유하는 철학적 시인임에 틀림없었다.

하도 오래된 일이라 기억이 선명하지 않으나, 그 무렵의 선생님은 억양을 높여 이야기하는 것도 없었고 힘을 주어 고성을 돋운 일도 없었다. 사방에서 술독에 빠져 허우적거리는 소음이 들려와도 개의치 않고 말씀을 이어 가던 그 모습이 지금도 생생하다. 뛰어난 그 대화의 기술은 기자들의 세계를 저 아래 하계로 내동댕이치는 압도적 힘을 발휘했다.

나도 마찬가지지만 기자들의 대화에는 안줏거리가 많다. 누구든 화제에 오르면 그 사람을 신물이 날 때까지 씹어 돌린다. 사리에 맞고 사실 관계에 오차가 없어도 좀체 그것을 긍정적인 가치로 인정하지 않는다. 의견이 다르면 좌석을 격렬한 토론장으로 만들어 버린다. 나중에는 고성이 오가고 손짓·몸짓이 동원된다. 기자들의 술자리는 이렇게 화끈하다. 그러나 선생님은 말의 무게가 음량이나 열정이나 표정에 있는 것이 아니라는 것을 가르쳐 주었다. 중요한 말일수록 목소리가 낮아야 하며 소름끼칠 정도로 차가워야 한다는 것을 가르쳐 주었다.

선생님은 시인이다. 그러기 때문에 말씀에 윤기가 있었을 것이다. 낱말 하나하나도 깊은 생각 속에서 태어났을 것이다. 무엇을 따지며 저울질하지 않았다. 감싸는 체온을 느끼게 했다. 우리가 알기로는 천상병 씨와 같은 시인이 있는가 하면 윤동주나 모윤숙 씨와 같은 시인도 있었고 가깝게는 서정주 선생이나 김춘수 선생 같은 시인도 있었다. 선생님이 시인이라서 그렇게 잔잔한 분이라고는 생각하지 않는다. 나는 남욱 씨와 함께 만난 선생님이 시인 구상이 아니라, 철인이자 사상가이며 경세가라 생각했다. 그런 것보다 더 중요한 것은 선생님이 이성적인 신앙인이라는 점이라 생각했다.

그날부터 선생님과 나는 가까워졌다. 장벽이 없는 마음에 끌려 기회만 있으면 선생님을 가깝게 하고 싶어졌다. 상당한 세월이 흘러간 어느날, 청천벽력 같은 일이 생겼다. 편집국 아침 회의를 앞둔 시간에 남욱 씨가 뇌일혈로 쓰러진 것이다. 그날따라 억수 같은 비가 퍼부었다. 남욱 씨는 들것에 실려 구급차로 가면서 "시원한 맥주 한 잔……"을 찾았다. 마치 끝도 맺지 못하고 말문을 닫아 버린 그의 마지막 한마디를 선생님과 추모사로 되씹은 적도 있었다. 장례식을 지내고 한참 지나 묘비를 제막할 때도 선생님의 잔잔한 모습에 파도가 몰아치고 있는 것을 보았다.

선생님은 나를 잊지 않고 요긴한 때 요긴한 말씀으로 감싸 주었다. 태풍의 중심권에서 사투하고 있는 내게 훈계도 주시고 힘을 주시기도했다. 아마 내 모습이 처절하게 보였을 것이다. 나는 선생님의 말씀을 금과옥조로 삼았다. 내가 간행물윤리위원회에 있을 때 선생님께서 시 한 수를 보내 주셨다. 제목이 「말씀의 실상(實相)」이었다. '제법실상(諸法實相)'이며 "실상(實相)이 무상(無相)이고 무상이 실상이다"는 불교의 설법을 생각나게 하는 시였다.

영혼의 눈에 끼었던 무명(無明)의 백태가 벗겨지며
나를 에워싼 만유일체가 말씀임을 깨닫습니다.

노상 무심히 보아 오던 손가락 열 개인 것도
이적(異蹟)에나 접하듯 새삼 놀라웁고

창 밖 울타리 한구석 새로 피는 개나리꽃도
부활의 시범을 보듯 사뭇 황홀합니다.

창창한 우주, 허막(虛漠)의 바다에 모래알보다도 작은 내가
말씀의 신령한 그 은혜로 이렇게 오물거리고 있음을
상상도 아니요, 상상도 아닌 실상(實相)으로 깨닫습니다.

　나는 이 시를 받고 "네 참모습을 알라"는 하나님의 지시로 깨달았다. 또한 불교적 용어가 기독교적 사상에 용해된 그 기적 같은 절묘함에 놀랐다. 선생님께 감사의 인사를 드리자 고전을 읽는 모임을 만들었으니 나오라고 권유하셨다. 시간이 맞지 않아 참석을 못하고 죄스러운 마음으로 움츠리고 있을 때, 김정남(金正男) 의원으로부터 선생님께서 수술을 받았다는 근황을 듣고 문안을 드리러 함께 갔다. 선생님은 63빌딩 1층 일식집에 계셨다. 선생님은 도시락을 시켜 잡수셨다. 그 집 음식이 구미에 맞고 양도 적절하다고 했다. 용안이 수척해 보여 마음이 무거웠다. 그래도 한 시간 가량을 평시와 다름없이 보냈다. 나는 그 후 선생님을 뵙지 못한 채 부보를 받고 영전을 찾아뵈었다.
　인생은 만남의 연속이라 하지만, 내가 구상선생님을 만난 것은 진실로 분에 넘치는 행운이었다. 나는 그 자초지종을 소중하게 간직하고 있다.

2부

위대한 휴머니스트

강에 눈이 내린다.
내 가슴에 한 가닥 온기만 남기고
가버리는 꿈결 속의 여인처럼
자취도 없이 사라진다.
순수한 아름다움은
이렇듯 단명한 것인가?

어떠한 진실을 고하려고
흰 눈은 소리도 없이 내려서
순식간에 물로 변신하는가?

나의 안에서 피고 스러진
억만의 사념들은
어디로 가서 무엇이 되었을까?

멀리서 기항지 잃은
뱃고동이 들린다.

—「눈 내리는 강」

시인 구상과 단산학회(檀山學會)

강신표
인제대 명예교수

선생님께서 서거하신 지 벌써 1년이 지났다고 한다. 세월은 믿을 수 없을 정도로 빠르게 흐른다. 1960년대 말 미국 하와이에서 선생님을 모시고 다니면서 듣고 생각하고 배우면서 3년을 지낸 일이 어제 같은데 이미 이승을 떠나신 지 1년이 지났다니 참으로 믿을 수가 없다. 가톨릭 신자가 아닌 나는 선생님께 더 많은 것을 배웠다.

"고종명(考終命)할 수 있어요."

이 말씀은 선생님께서 즐겨 하시던 단어요 문장이다. 나는 지금도 고종명이라는 단어의 뜻을 확실히 알지 못한다. 선생님께 여쭈어 보았다면 쉽게 풀이해 주셨을 것이고, 아니면 어떤 가톨릭 신자에게 물어도 쉽게 설명 들을 수 있었을 것이다. 왜 설명을 청하지 않았던가 지금은 후회스럽다. 그러나 어렴풋이나마 이 문장이 "천주여, 이제 저는 생명의 다함을 신고할 수 있나이다"라는 뜻이라고 알고 있다. 이것이 맞고 틀린 것을 나는 개의치 않는다. 선생님은 이 말씀을 할 때는 언제나 비장한 각오가 서신 듯한 분위기 속에서만 말씀하셨기 때문이다.

다음에 옮긴 것은 미국 유학 시절 내 일기, 1972년 3월 9일자 내용이다. 하와이대학교에 동서문화센터 장학생으로 유학 와서 공부하던

학생들 중심으로 학문적 토론을 하던 하와이대학교 한인 유학생 학술
모임인 단산학회 관련 내용이다.

단산학회 총회가 있었다. 통지서에는 학회장 박진원의 이름이 없이 회
장 백으로만 나갔는데, 백영철의 수고가 컸다. 어젯밤 새로 회장이 된
정병수로부터 전화가 와서 서로 이야기했다. 이제는 개인적 차원보다는
집단적 차원에서 원칙을 세우고 일을 해야 할 때인 것 같다고. 이제는
모든 어려운 것이 다 지났고, 치러야 할 홍역도 치렀고, 정병수 교수같
이 맡아야 할 분이 맡았으니 말이다. 아무튼 이번 총회는 참으로 어려운
시련이었다.
이번 총회의 백미는 또 한 번 시인 구상 선생님의 말씀을 들어 볼 기회
를 갖게 된 것이다. 우연히 연락이 닿아 "술주정"하시겠다고 나오셔서 가
지고 내심에 맺힌 소리를 들려주신 것이다.
"어떻게 '운명적 인간'으로서가 아니라 '역사적 인간'으로 살 것인가? 이
는 오직 '의식혁명'으로써만 가능한 것이다. 우리에게 '인문혁명(人文革
命)'이 절실하다. 미국 문명과 군인들이 가져다 준 '기술적 사고'가 우리
사회와 생활을 혼란으로 이끌었다. 대한민국을 망친 자는 미국 유학생
들이다. 에고이스트적 오리엔테이션으로 내 나라는 풍비박산되었다. 내
가 육혈포를 들어야겠어! 너희들에게 쏘아야겠어! 우리의 희망은 여기
밖에 없다."
나는 여기서 다 옮길 수 없다. Kamehamea Room에서, Lumis에서, 다시
Kiokyo에서 이날의 노시인은 우리의 잠을 깨워 놓았다.

위의 글은 당시 내 일기에 나오는 한 구절이지만, 지금 읽어도 그때
의 상황이 눈에 선하다. 그때도 지나는 말씀으로 "우리는 고종명할 수

있어요"라고 하신 것 같다. 이 일기의 글은 하와이 한인문학동인회가 엮은 『하와이 시심(詩心) 100년』(서울:도서출판 관악, 2005)에도 실렸다. 산문의 일기요, 운문의 시다. 시 같지 않은 시다. 그러나 나는 이 글을 그 책에 실을 원고로 보냈다. 시인 구상 선생님의 피맺힌 절규의 가르침을 증언하고 있기 때문이다.

"대한민국을 망친 자는 미국 유학생들이다"라는 절규와 분노를 미국 유학생인 우리들에게 퍼부으신 것은 1972년 봄 3월의 일이지만, 내게는 하나의 역사적 사건으로 기억된다. 선생님이 가신 지 어느새 1주기를 맞이한다면, 선생님을 처음 뵙고 가르침을 받은 지가 35년이 되었다는 이야기다. 선생님은 가셨어도 내 마음속 깊은 곳에는 여전히 자리하고 계신다. 그분의 열정은 우리의 심금을 울렸다. 35년이 지난 지금도 계속 울리고 있는 '마음의 현(絃)'은 멈출 줄 모른다. "에고이스트적 오리엔테이션(egoistic orientation)으로 내 나라는 풍비박산 되었다." 지금도 이 말씀에 이어 하시던 말씀이 귀에 총총 울리고 있다. "이놈들아, 내 말을 알아듣기나 하는가?!" 독백에 가까운 푸념이었고, 그래도 타이르고 싶은 희망을 놓치지 않으려고 애쓰시던 외침이었다. 그렇다. 나는 미국에 서양 선생님을 만나러 간 것이 아니고 시인 구상 선생님을 만나러 간 것 같다.

나는 1967년 풀브라이트 장학생으로 하와이대학교 인류학 박사과정 학생으로 갔고, 구상 선생님은 1970년에 동서문화센터 한국문학 초빙 교수로 오셨다. 태평양 한가운데 진주 같은 낙원의 비취색 푸른 바다가 다이아몬드 헤드 절벽 아래 산호초 위로 펼쳐져 있던 정경이 지금도 눈앞에 생생하게 떠오른다. 그러한 풍경 한가운데 선생님이 한복 입은 고고한 자태로 동서문화센터 제퍼슨 홀 강당에서 낭랑하게 자신의 시를 낭송하시던 모습이 겹쳐 나타나고 있다. 고고하고 인자한 선생님의 자태는 자랑스러운 조선조의 선비 모습이 저러했으리라고 상상하게 했다. 선생님의 가르침은 하와이대학교 캠퍼스 안팎으로, 때로는 우리 집에서, 아니면 카메하메아 룸에서, 루미스에서, 다시 기오쿄에서, 때로는 와이키키 해변 모래사장에서, 때로는 하나우마 만, 때로는 매직 아일랜드에서 따님 자명 씨와 함께 계속 이어졌다. 김태옥, 박진원, 김평화, 김선웅, 심재룡, 권연웅, 백영철, 양춘, 유효석 씨 내외분, 김경 씨 내외분······. 많은 분들이 선생님을 따랐다. 일제하의 계몽주의 정신이 풍미하던 시절, 일본에 유학 간 조선 청년들의 정신적 자세가 50대 후반의 연륜 속에도 펄펄 끓고 있었다. 틈만 나시면 1919년 2월 26일 동경 유학생 독립선언을 말씀하셨다. 이것 없이는 3·1 독립선언이 나올 수 없었다고 말씀하셨다. 30대의 나는 선생님 앞에서 부끄러웠다.

나는 선생님에게 무엇을 배웠나? 돌이켜보니 너무나 많다. 그러나 그 중에서도 가장 소중한 것 한 가지는 '정신적 자세'였다. "어떻게 '운명적 인간'으로서가 아니라 '역사적 인간'으로 살 것인가를 고민해 보았느냐?! 이놈들아!" 이 말 속에는 운명의 노예로서의 삶이 아니라, 스스로 역사적 현장 속에서 해야 할 일을 알아차리고 혼신의 힘을 다해 이를 실천하는 사람으로 사는 자세를 연마하고 있는가를 일깨우는 것이다. 무서운 말씀이요, 귀한 가르침이었다. 서양 선생님들에게서는 절대로 들을 수 없는 가르침이었다. 나는 이러한 가르침을 받으려고 하와이로 간 운명이었던가?

"내가 육혈포를 들어야겠어! 너희들에게 쏘아야겠어! 우리의 희망은 여기밖에 없다." 무서운 고백이었고, 협박이었고, 가르침이었다.

육혈포 권총으로 우리들 미국 유학생을 쏘시겠다고 한다. 그리고 그 방법 외에는 희망이 없다는 말씀이다. 그래 우리는 선생님의 총알을 피하기 위해 무엇을 어떻게 해야 한단 말인가. 이미 말씀의 총알은 우리 몸에 박혔고, 어떻게 이를 치유할 것인가가 미국 유학 시절 나의 화두였다. 이런 말씀을 한두 번 하신 것이 아니다. 틈만 나면 일깨워 주시곤 했다. 하와이 유학생들의 학술 모임인 단산학회는 선생님을 항상 정신적 은사로 모셨다. 당시 하와이대학교와 이 캠퍼스에 있던 동서문화센터에는 구상 선생님 외에도 행정학 교수이신 이한빈 박사님도 계셨다. 이분은 구상 선생님과 매우 대조적이신 분이다. 두 분은 다 함경남도 분으로 이한빈 박사는 함흥이 고향이고, 구상 선생님은 비록 그곳에서 태어나신 것은 아니지만 원산이 고향이나 다름없다. 이 두 분은 모두 하와이대학교 유학 중인 우리 유학생들의 학문적·정신적 지주로 계셨다. 어떻게 보면 우리가 당시 유학한 하와이대학교에서 한국에서도 쉽게 뵐 수 없는 그런 분들을 가까이 모시고, 찾아뵙고, 무엇이나 여쭈어 볼 수 있었던 것은 크나큰 축복이라고 해야 할 것이다.

두 분은 우리에게 각각 다른 것을 가르치셨다. 그것은 곧 두 분이 살아온 역사의 반영 같기도 하다. 구상 선생님은 일본 유학생이요, 이한빈 선생님은 미국 유학생이다. 이 차이가 다른 모든 것을 설명하고 있다. 전자는 인문학인 문학이 중심이요, 후자는 관료 출신의 행정학이 중심이다. 후자는 영문학을 전공한 철학적 행정학자라면, 전자는 종교학을 전공한 시인이다. 이러한 두 분 선학 선배님들이 계셨던 하와이는 '학문의 낙원'이기도 했다.

나는 특별히 개인적으로도 구상 선생님께 감사드려야 할 일이 한두 가지가 아니다. 나의 장인 어르신 김천수 교수(서울대 농대, 법학교수, 전 서울대 교무처장)의 서거를, 하와이에 있는 우리들에게는 모든 장례 행사가 끝난 뒤에야 알려 왔다. 하와이에 있는 당시의 친구들이 부조 금을 모아 주었다. 이를 가지고 기획한 고 김천수 교수 추모 기념 강 연에서 구상 선생님은 '한국문학의 특성'이라는 제목의 강연을 해달 라는 요청에 흔쾌히 응해 주셨다. 이 강연 녹음을 지금 이화여대 영문 학 교수로 계시는 서숙 교수님이 녹음을 풀고, 타자를 치고, 인쇄를 해서 나누어 가졌다.

선생님은 우리에게, 아니 내게 시 정신이 뭔가를 가르쳐 주셨다. 사 물과 시대를 관조하여 해야 하는 일을 깨닫는 자세 속에서 우러나는 바를 적는 것이 시 정신이라고 하셨다. 선생님이 가르치신 것 중에 다 음과 같은 내용도 기억난다. 가톨릭과 불교가 얼마나 상통하고 있는 지를 말씀하셨고, 테이야르 샤르뎅의 "정신적 진화"며, 1946년 북쪽에 서 있었던 『응향』 필화 사건, 『삼국유사』에 나오는 향가 가운데 「헌화 가」를 즐겨 말씀하시면서 마치 자신이 수로부인께 절벽의 철쭉꽃을 꺾어 와서 바치는 듯, 일본에서 만난 친구 분에게서 받은 북에서 처형 되신 신부님이셨던 형님의 사진 이야기, 그리고 정의채 신부님 다녀 가며 나눈 이야기, 프랑스에 있는 변규용 수사 이야기 등등은 곧바로 우리 나라의 현대사를 듣는 것이고, 아울러 전 시대 지식인의 고민이 무엇이었던가를 우리에게 증언하고 계신 것이었다.

선생님은 나의 아호가 '강물'임을 아시고, 하루는 선생님의 자작 연 작시 「강·9」을 직접 단아한 붓글씨로 써주셨다. 이 시는 지금도 내 서 재에 걸려 있다. 미국에서 인류학 박사 학위를 끝내고 귀국할 때도 나 는 어디로 가느냐를 고민하면서 서울이 아닌 지방, 거기서도 제주도

민속박물관(진성기 관장) 학예관을 희망했다. 그러나 집사람이 섬으로 가는 것을 극구 반대하자, 선생님은 영남대학교 이선근 총장님께 연락하셔서 그 대학에 그때 새로 만든 문화인류학과로 가라고 충고해 주셨다. 이때 하와이에 와 계시던 서울대 김태길 교수님께서도 나를 이선근 총장님께 추천해 주신 것으로 알고 있다.

1973년 1월 하와이를 떠나 귀국하기 전날 점심때 일이다. 선생님이 와이키키 동쪽에 있는 카메하메아 호텔 커피숍에서 만나자고 하셨다. 점심을 사주시고 귀국해서 해야 할 여러 가지 일들, 특히 국가와 민족을 위해 해야 할 일들을 차근차근 말씀해 주시고는 작은 봉투를 주셨다. 노잣돈이란다. 거금 20달러! 나는 선생님의 그때 말씀을 기억하기 위해 그날 받은 봉투를 지금도 소중히 간직하고 있다. 선생님은 지금 이곳 내 서재에 함께 계신 것이다. 언제나 시 정신을 일깨우면서.

삼학소주와 만오암(晩悟菴)

이상우
한림대학교 총장

1970년대 초만 해도 호놀룰루에는 한국 식당이 몇 개 안 되었을 뿐만 아니라 "집에서 드시는 한식" 같은 한식을 드실 곳이 별로 없었다. 서강대학교 김태옥 교수님께서 틈틈이 음식 장만을 해드렸지만 구상 선생님은 자주 우리 집에서 저녁을 드셨다. 침실 한 칸짜리 작은 아파트에 아이 셋이 옹기종기 모여 앉아 있는 좁은 공간이었지만 그런 저녁은 항상 즐거운 시간이었다. 선생님의 폭과 깊이를 알 수 없는 경험을 바탕으로 펼치시는 이야기가 몇 시간씩 이어졌기 때문이다.

선생님께서는 우리 집사람의 음식이 입에 맞다고 좋아하셨는데 선생님께서 가장 즐기시는 삼학소주를 구할 수 없는 것이 흠이었다. 선생님께서 매달 박정희 대통령과 둘이서 허물없이 마셨던 술이 바로 삼학소주였다는데, 이걸 구해야 이야기도 더 활기찰 것 같았다. 그러던 중 한 고참 유학생이 귀띔을 해주었다. "스미르노프 보드카 중에서 초록색 라벨(레이블) 아닌 파란색 라벨이 삼학소주에 가까운 맛이 납니다"라고. 이 정보로 선생님을 놀라게 해드렸던 것이 내게는 흐뭇한 추억으로 남아 있다. 집사람이 정성껏 만든 어묵에 주전자에 담은 스미르노프 보드카를 내놓았더니 "어디서 이 술 구했나?" 하고 반기시던 선생님의 모습이 지금도 생생하다.

1983년 안식년으로 하와이대학교 한국학연구소에 갔을 때 또 선생님을 만났다. 이번에는 내가 선생님 신세를 졌다. 선생님은 그때 '할레 쿠아히네(옛 여학생 기숙사)'의 2층 방을 쓰고 계셨는데 곧 귀국하신다고 그 방을 내게 물려주셨다. 바로 옆에 마노아 계곡 물이 흐르는 제일 조용한 암자 같은 방이었는데 아니나 다를까 방 앞에 액자를 붙여 놓으셨다. '만오암(晚悟菴)'이라 적힌 액자였다. "이 방에서 늦게야 세상 이치를 깨달았어. 이 교수도 이 방에서 도를 깨우치게 될 거야." 그리고 쓰시던 작은 냉장고를 물려주셨다. 나는 지금도 그때 기숙사에 머물렀다는 생각은 없고 선생님께서 수련하시던 암자에 머물렀던 것처럼 기억하고 살고 있다.

선생님과 연을 맺고 가까이서 배움을 얻으며 지낸 세월이 35년이나 된다. 그동안 선생님께서 세뱃돈 주던 우리 조영·선영·우영·태환이가 모두 남에게 세뱃돈 주는 어른이 되었다. 그 긴 세월 동안 나는 선생님께 무엇을 배웠는가? 선승(禪僧) 같으셨던 선생님께서는 해방 직후 원산에서 공산당원들에게 박해받으시던 이야기, 경향신문사에 계실 때의 이야기, 박정희 장군과의 이야기 등등 세속적인 이야기를 들려주시면서도 늘 남의 이야기처럼 자신은 화자(話者)로 벗어나 계셨다. 욕심을 버린 자유인의 삶이 얼마나 홀가분한가를 선생님은 내게 보여 주셨다. 무엇에 매이지 않아야 진정한 자유를 얻는다는 것을 가르쳐 주셨다.

선생님은 사모님이 세상 떠나셨던 날 무척 허허로워 보이셨다. 빈소에서 내게 술을 권하며 태연을 가장하시고 농담까지 하셨으나 세상이 텅 빈 것처럼 느끼시는 것 같았다. 사모님이 계셨더라면 아마도 선생님께서 말년에 그처럼 병으로 고생하지 않으시지 않았을까 안타까운 마음 금할 길 없다.

우리 아이들은 세뱃돈 받는 재미로, 그리고 나는 귀한 덕담 듣는 기쁨에 세배 다니던 여의도 시범아파트가 이제는 추억 속으로 사라져 가고 있다. 그러나 마음을 비우면 세상이 바로 보이고 치우치지 않는 안목을 키울 수 있다는 선생님의 가르침만은 나이가 늙어 갈수록 더욱 생생해져 가고 있다. 나도 선생님처럼 늦게라도 마음을 비울 수 있는 깨달음을 얻을 수 있을까? 만오(晩悟)의 경지에 다다를 수 있을까? 선생님의 인자하신 모습이 늘 저 앞에서 나를 인도해 주시는 것 같다.

소학교 다니던 때(8~9세)로 왼쪽부터 구상, 어머니, 외사촌 큰누나, 외숙모(외조카를 안고), 작은 누나.

왼쪽부터 니혼대학교 종교과 재학 시절, 신학교 중등과 2학년, 1942년 〈북선매일신문〉 기자 시절 의 구상.

(위) 하와이대학교 초빙교수로 재직할 때 딸 자명과 함께.
(아래) 1960년 포항에서 가족과 함께.

박고석 화백 내외와 구상 부부

1991년 손녀 향나, 외손녀 김향지(오른쪽)와 함께.

친형 구대준 신부가 사제 서품 받고
드린 첫 미사 기념 사진. 앞줄
가운데가 문스테파나 수녀이다.

6·25 때 대구에서. 왼쪽부터 소설가 최태응, 구상 시인, 시인 박인환.

베트남전 시찰 도중. 왼쪽부터 채명신 장군, 구상, 소설가 정비석, 소설가 김팔봉.

1948년 비원 연못가에서. 왼쪽부터 구상, 안수길, 윤석중.

왼쪽부터 김광섭 시인, 양주동 박사, 소천 이헌구 문학평론가, 구상 시인.

1951년 대구 피난 시절, 한솔출판기념회 때. 앞줄 왼쪽부터 김동사, 구상, 화가 서동진, 이효상, 한 사람 건너 오상순, 조지훈, 홍영희.

1963년 공초 오상순 묘소에서. 앞줄 왼쪽부터 구상, 월탄 박종화, 노산 이은상, 뒷줄 왼쪽부터 심재언, 손우주, 조남두.

1957년 동경 펜클럽 대회 때. 왼쪽부터 구상, 노벨문학상 수상자 가와바타 야스나리, 한 사람 건너 가 시인 설창수, 전형택.

왼쪽부터 걸레스님 중광, 한국박물관협회 회장 김종규, 구상, 감로암 혜련 스님.

1980년대 중반 충북 청원군 '운보의 집'에서. 왼쪽부터 구상 시인, 한 사람 건너 김
기창 화백, 소설가 정비석, 소설가 정한모, 아동문학가 윤석중.

구상 시인의 양아들 최재만이 석
방된 것을 축하하는 자리. 앞줄
왼쪽부터 박삼중 스님, 배명인 전
법무부장관, 최재만, 구상 시인,
뒷줄 왼쪽 두 사람은 장경도 내외

1985년 이해인 수녀가 여성동아
대상을 받았을 때. 왼쪽이 시인
홍윤숙.

1981년 8월, 시인 김년균의 쌍문동 집에서.

1998년 여의도 63빌딩에서. 왼쪽부터 구상, 성찬경, 박희진.

1986년 6월, 『회귀』 동인지 1집을 내고. 앞줄 왼쪽부터 정비석 · 김광균 · 최호진 · 이한기, 뒷줄 왼쪽부터 이만근 · 백선기 · 차주환 · 구상 · 이성범 · 김중업.

1999년 10월 63빌딩 내 레스토랑에서. 오른쪽부터 구상, 김시철, 김소엽.

관수재에서 서예가 이길상(오른쪽), 박정국,
신동엽과 함께.

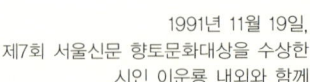

1991년 11월 19일,
제7회 서울신문 향토문화대상을 수상한
시인 이운룡 내외와 함께

1990년 세계시인대회에서. 구상 시인 바로 왼쪽이 시인이자 문학평론가인 김광림.

1993년 6월 3일 공초문학상 시상식이 열린 서울 프레스센터 앞에서.
왼쪽부터 박노석, 설창수, 구상, 김인근, 뒤쪽 강경훈.

여의도 관수재를 찾은
수필가 홍혜랑과 함께

〈솟대문학〉 발행인이자
소설가인 방귀희(오른쪽)와 함께

1992년 여의도에서. 박병도 신부와 함께

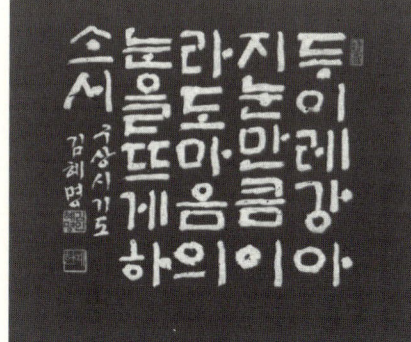

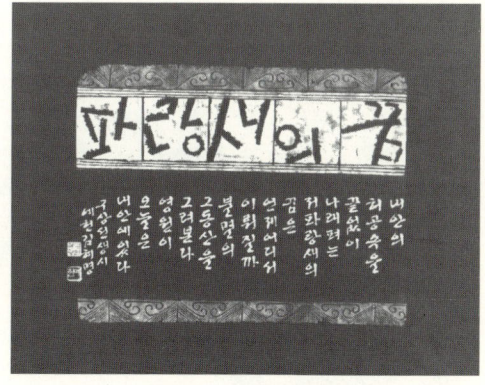

위 작품들은 서예가 김혜명이 쓴 구상 선생의 시

1994년, 서울시가 정도(定都) 600년 기념사업으로 한강 여의나루터에 세운 시비(詩碑) 제막식.
왼쪽부터 삼중 스님, 구상 시인, 유달영 박사, 김수환 추기경.

1970년대 울산 현대조선을 둘러보고 나서. 왼쪽부터 문학평론가 백철, 구상 시인, 소설가 최정희,
정주영 현대그룹 창업자.

구상 선생님
그 깊으신 뜻과 굳은 결의와 넘치는 정

—

김년균
시인 · 한국문인협회 부이사장

A는 구상 선생님의 각별한 사랑을 받은 시인이다. 선생님께서 당신이 낳으신 아들 못지않게 정을 주고 보살펴 준, 이른바 '양아들'이다. 1979년이던가, A는 선생님에게 "작고하신 선친을 닮으셨다"는 이야기를 했고, 선생님께서는 "우리 부자지간으로 지내자"고 하여 맺어진 특별한 '인연'이 벌써 4반세기를 훌쩍 넘어섰지만, 실제로도 지극히 보듬고 아껴 주는 '부자지간'으로 지내며 오늘에 이르렀다. 그러나 A는, 선생님 앞에서는 몰라도, 문인이나 세인들 앞에서는 '아버지'라는 칭호를 한 번도 쓰지 않았다. 어쩐지 쑥스럽고 부끄럽고, 그랬다. 그럴 것이, 많은 사람들이 선생님을 두고 '아버지'라고 불렀던 것이다. 그렇다면 그들 모두 자기처럼 선생님과 깊은 관계일 텐데, A는 자기까지 그 일을 내세우고 싶지는 않았다. 어쩌면 혼자서 비밀처럼 감추고 싶었는지도 몰랐다. 소심한 성격 탓이었을까.

"훌륭한 사람들은 언제나 이렇게 아들이 많은가 보다."

A는 선생님을 뵐 때마다 그런 생각을 하며, 딴에는 조심스럽게 일정한 거리를 유지하려 했다. 자기가 아니고서도 '아들'들이 많은데, 엉뚱한 응석을 부리거나 수다를 떤다면 그것도 사려 깊지 못한 행동

일 것만 같았다. 자주 만나고 싶어도 기회를 줄이고, 찾아뵐 기회가 있어도 바쁜 척하며 잠깐 앉았다가 일어섰다. 선생님 댁은 언제나 손님이 들끓는 곳이라서 누군가 찾아와 있었으므로 사무적인 이야기 외에 깊은 이야기는 나눌 수도 없었다.

그래도 선생님은 A의 마음을 아는지 모르는지 잠자코 계셨다. 그러다가도 무슨 일이 있거나 하면 꼭 연락하거나 불러들였다.

"너 오늘 바쁘냐? 아니면 집에 들르렴."

하여 A가 찾아가면 선생님은 당신 앞으로 보내온 무슨 경기의 '초청장'을 준다든지, 어느 누가 보내온 '선물'을 나누어 준다든지 그랬다. 어느 땐 A의 가족들을 불러내 음식을 사주고, 애들에겐 학용품을 사주기도 했다. A가 새 집을 마련하여 이사를 가면 떡을 사들고 그 집에 오셨다. 선생님은 외국에 나가실 때에도 큰 물건은 아니더라도 '선물'을 잊지 않고 사오셔서 전해 주었다. 주로 아내의 선물이었다.

"댁내(아내)에게 잘해야 한다. 그래야 늙어서도 괄시받지 않아."

선생님은 우스갯소리로 이따금 말씀하셨다. 집안이 화평하려면 아내를 잘 다스리라는 말로도 들렸다. 어쨌거나 A의 아내는 선생님을 친정아버지 이상으로 좋아하며 따랐다.

1980년대 초로 A는 기억한다. 선생님께서 강남성모병원에 입원해 계실 때였다. 찾아가 뵈니 하시는 말씀이,

"얼마 전에 청와대에서 사람이 다녀갔다."

"청와대에서요?"

"글쎄, 나더러 진흥원장을 해보라는 거야. 못한다고 그랬지."

"하시지 그러세요."

"아냐, 건강도 안 좋은데 여기저기 행사 때마다 쫓아다니며 축사하

고, 인사하고, 그럴 순 없는 일이야."

　건강 때문이라고? A는 웃음이 나왔다. 이건 변명이시다. 선생님은 원래 '벼슬'을 싫어하셨다. 남들이 보기에 '높아 보인다' 싶으면 아예 잘라 버리듯 거절하셨다. 평생을 그렇게 살아오셨다. 그래서 선생님은, 소문으로도 알려졌다시피, 친구로 지내던 어느 대통령이 장관을 맡으라고 간청을 해도 사양했고, 신문사를 맡으라고 해도 거절했다는데, 모를 일이다. 분명한 것은 그만큼 욕심이 없으셨다는 사실이다. 낮은 곳이 좋아서 몸을 낮추며, 낮은 곳의 그늘에 묻혀 사람 향기 맡으며 작품이나 쓰고 싶으셨을까. 아니면 세상 바닥에 널려 있는 외롭고 가난한 자들을 찾아 오순도순 정을 나누며 그들의 가슴에 '신령한 눈'을 심어 주고 싶으셨을까. "두 이레 강아지만큼이라도 마음의 눈을 뜨게 하소서" 하신 당신의 간절한 '기도'처럼. 그 깊으신 뜻과 굳은 결의와 넘치는 정.

　문인들에게도 그랬다. 책을 보내오면 꼭 답신을 보내 주든지, 직접 전화로 축하해 주셨다. 그리고 시골 문인이 서울에 와서 전화로 안부라도 물으실 양이면 절대로 그냥 돌려보내지 않으셨다. 시원한 냉면에다 소주 한 잔이라도 먹이고서야 돌려보내셨다. 선생님은 사람을 문단에 추천할 때도 작품 못지않게 '심성'을 살폈다. A의 고향인 전주에서도 선생님 추천으로 문인 둘이 나왔는데, 그때마다 선생님은 A에게 전화를 걸어 그 사람의 '됨됨이'를 물었다. 사람의 '심성'이 착해야만 작품도 우뚝 설 수 있다는 뜻이었다.

　여의도 집의 응접실에 걸어둔 친구(이중섭)의 그림을 팔아서 생명의 길을 여는 '기도원'에 기금으로 내고, 평생을 아끼며 간직한 소장품을 신문사에 의뢰하여 '공초 문학상'을 만들고, 마지막 생을 마감할 무렵엔 남은 재산 털어서 신체가 부자유한 사람들을 위해 만드는 잡지사에 큰돈을 기증하고, 이렇듯 선생님의 생애는 남다르고 특별했다. 남을 위해 자신을 버리는 일이야말로 성인이 아니면 해낼 수 없는 위대한 정신일 것이다.

A는 선생님이 세상을 떠나시던 몇 개월 전, 장마가 지던 8월이던가, 선생님 댁을 찾았다가 돌아오면서 버스 안에서 몹시 울었다. 선생님의 건강이, 이제는 안 되겠다는 생각이 들었던 탓이다. 남의 눈에 보이지 않게 그토록 많은 사랑을 받아 왔는데, 이제 그분을 잃어버린다는 것은 하늘을 잃는 것과도 다를 바 없는 충격이요 슬픔이었다. 집에 돌아와 '일기를 쓰듯' 당장에 시 한 편을 써서 잡지사에 보냈다.

문병
— 구상 선생님을 뵙던 날

여의도 가는 길에 비가 왔다.
장마가 끝났는데도 비가 왔다.
자연도 때론 길을 바꾸고 질서를 무너뜨렸다.
14동 201호에 계신 선생님 댁이 그랬다.
매양 맑던 하늘에 구름이 잔뜩 끼었다.
이곳에도 곧 비가 내릴 모양이다.
세상 것 모두 넘어지고 썩어 문드러져도
당신만은 꼿꼿하게 성할 줄 알았는데,
왜 그런가, 믿었던 마음에 상처가 난다.
머리가 아프고 뼈마디가 쑤신다.
성경엔 구백 살이 넘어도 멀쩡한 분이 계시던데

이제 겨우 백 살도 아닌 여든다섯의 나이에

벌써 비 내리고 몸 다치라는 법은 없다.

어떻게 하면 돌이킬 수 있을까.

눈감고 기도하며 간신히 돌아왔다.

한 세월이 지나고 어느 시절이 오면,

홍해를 육지같이 건너던 모세나

사람을 낚는 어부였던 베드로와 같이

당신도 하늘의 큰 별이 되어

이 땅에 다시 내려올 것이 틀림없는데,

괜히 걱정했나 싶어, 한 발 물러서기도 하고

무릎 꿇고 마음을 다스리기도 하며.

그날 밤, 비가 2백 미리나 왔다고 했다.

얼마나 많은 사람들이 다쳤는지,

또다시 걱정이 되었다.

선생님 댁에도 별일은 없었는지.

— 〈시문학〉 2003년 11월호

A가 선생님을 마지막 뵈온 것은, 선생님이 세상을 떠나기 보름 전쯤 되었을까, 여의도성모병원 중환자실에서였다. 중환자실이라서 미리 예약을 해야 한다는데, 급한 김에 예약도 없이 쳐들어갔다. 간호사만 선생님을 지키고 있었다. 그러나 선생님은 그처럼 큰 병환임에도 불구하고 겉으로는 심하지 않아 보였다. 그때 반가워서 손을 내밀며 활짝 웃으시던 모습이 지금도 A의 가슴에서 지워지지 않고 있다.

A는 선생님이 돌아가신 일도 텔레비전을 보고서야 알았다. 선생님

과 가까운 사람들이 모여서 임종을 지켜보며 장례 준비를 했다는데도 A는 그조차 알지 못하고 있었던 것이다. 연락을 못 받고 몰라서 그랬는데도 죄송하여 몸둘 바를 몰랐다. 장지에 가서도 한쪽 구석에 있다가 사정을 아는 한 여성 시인이 손을 잡아 관 앞에까지 이끌어 주어 겨우 흙 한 삽을 뿌렸다. 그리고 문인협회에서 선생님을 위한 '추모특집'에 '추모시'를 써달라고 했지만 사양했다. 죄송하여 쓸 수가 없었다.

A의 책상에는 지금도 선생님과 함께 찍은 빛바랜 사진이 걸려 있다. 환하게 웃는 모습이 그 깊으신 마음처럼 아름답다. 선생님은 언제 보아도 멋쟁이시다.

풋것과 어린것들의 세상을 살다 간
구상 대형을 그리며

―

김종규
한국박물관협회 회장 · 삼성출판박물관 관장

정신적 스승 그리고 호형호제의 정

박물관(삼성출판박물관) 6층 근암서실(近巖書室)에 걸린 빛바랜 사진 한 장을 본다. 누런 석양의 노을이 온 방 안으로 번져 모든 사물을 노을빛으로 삼켜 버린 늦은 오후의 풍경이다.

걸레 중광(重光, 1935~2002) 스님, 필자, 구상 선생 그리고 중광의 법모(法母) 혜련 스님이 다름 아닌 그 사진의 주인공으로 나를 뺀 세 분은 이미 노을이 머물고 있는 서방정토(西方淨土)로 떠나셨다.

천진과 난만. 그 이상의 어떠한 형용사도 필요 없는 사진 속 인물들의 표정들에선 아이러니하게도 즐거웠던 한때의 기억보다는 마음 한 구석이 뻥 뚫린 것 같은 아련한 그리움이 밀려오게 한다. 작년 구상 대형이 사진 속의 세 분 중 마지막으로 이승과의 연을 접었다.

몇몇 언론매체를 통해 이미 소개된 적이 있지만 30여 년 전부터 나는 그분과 각별한 친분을 쌓아 왔으며, 그로 인해 적잖은 나이 차이에도 불구하고 호형호제의 정을 나눌 수 있었다.

또한 20여 년 전 〈한국경제신문〉 '잊을 수 없는 사람들' 이라는 코너를 통해 밝힌 바 있듯이, 내 인생에는 큰 사표(師表)로 두 분이 있다.

한 분은 한국의 다성(茶聖)이라 일컬어지는 효당 최범술(曉堂 崔凡述,
1904~1979) 스님이요, 다른 한 분은 다름 아닌 구상 대형이다. 아직도
이 마음은 변함이 없다.

삶의 경험이 응축된 폭넓은 시어를 통한 사유

구상 대형은 참으로 오지랖이 넓은 분이다. 먼저 종교 사상적인 면에
서 보면, 신부가 되겠다고 신학교에 들어간 적이 있었던 형은 니혼대
학교 종교학과에서 불교 · 기독교 · 천주교 등 다양한 종교의 사상과
교리를 공부했다. 구상은 그러한 종교적 탕자의 과정에서 연유한 까
닭인지 그의 시는 기독교적 존재론이 잘 투영된 미의식을 추구하고
있다는 평을 듣게 되었다.

또한 선(禪)적인 정신세계가 반영된 동양 사상은 노장(老莊)적 범위
까지 수용해 인간의 존재적 가치와 우주적 사고를 탐구하는 구도자적
경향의 작품을 다수 발표하게 했다.

다음으로는 그만의 문학적 소양기가 되는 삶의 다양한 경험적 측면
을 보자. 10대 후반, 누구나 인생의 포부가 가장 왕성한 시기이다. 구상
은 이때부터 시를 쓰겠다는 일념으로 사회의 비관심층 · 소외 계층과
어울리는 등 다양한 경험을 하게 된다. 급기야는 고향을 떠나 노동판의
잡부, 야학교 선생 등으로 전전하다 일본으로 밀항하게 되고 이후 일당
근로자와 성냥공장 종업원 등 구상은 이미 20세를 전후한 시기를 통해
"평범한 시어(詩語) 속에 응축된 풍부한 의미와 암묵(暗默)", 그만의 시
어들의 발원이 될 만한 나름의 폭넓은 삶의 경험을 축적하게 된다.

구상은 대학을 졸업하고 고향 원산에 귀향하여 이윽고 『응향』이라
는 동인지에 이미 언급한 삶의 다양한 경험이 녹아든 「밤」, 「여명도」,

「길」 등의 시를 발표하며 문단에 데뷔하기에 이른다.

월남 – 폭넓은 교분을 통한 삶의 영위

그러나 구상 대형은 고향에 안착하지 못하고 『응향』에 실린 이중섭의
표지 그림이 북조선문학예술총동맹으로부터 반사회주의적이라는 이
유로 비판받자 월남을 하게 된다.

경북 왜관에 보금자리를 마련하면서 그의 폭넓은 대인 관계와 교분
은 비로소 싹트기 시작하는데, 그 중 대표적 인물이 앞에서 언급한 화
가 이중섭(1916~1956)이다. 낙동강의 유유한 흐름을 관찰하기에 제격
이었던 관수재라는 구상의 창작 공간에서 형은 이중섭과 함께 생활하
면서 그의 작품에도 영향을 끼치는 계기가 되었다.

이중섭의 〈구상네 가족〉(1955년 작)은 그가 죽기 1년 전의 작품으로
이미 일본에 가 있던 가족에 대한 그리움을 구상의 가족을 통해 애절
하게 반추하고 있으며, 서귀포에 있는 이중섭미술관에 전시되어 있는
중섭의 일본인 아내 이남덕(야마모토 마사코) 여사가 1955년에 구상에
게 보낸 편지는 중섭과의 교분 정도를 대변하고 있다. 이렇듯 두 사람
의 친분은 매우 두텁고도 각별했다.

그 밖에도 구상의 인맥은 매우 넓은 것으로 유명하다. 문단이나 예
술계는 말할 것도 없고 정치·경제계에서부터 과거 6·25 당시 종군기
자로 몸담았던 〈승리일보〉가 인연이 된 군 인사들과도 두터운 교분을
맺었다.

이렇듯 구상 대형은 참으로 넓은 삶을 구가하였다. 그의 이와 같은
오지랖 속에 나 역시 작은 존재로 자리하고 있으며, 그러한 구상 대형
을 닮고자 한 것이 오늘의 내가 가지고 있는 아직은 부족한 문화 인맥

의 원동력이 되었다 하겠다.

구상 대형이 이승과 마지막을 고하기 4일 전 그가 입원한 병원을 찾은 나는 대형과 농을 주고받으며 그와의 마지막 이별을 준비했다.

"형님! 어서 쾌차하세요."

"쾌차하시면 이 동생이 이~뿐 아가씨 소개시켜 줄게요."

"……."

그는 말없이 얇은 미소로 화답했고 그렇게 우리들의 마지막 만남은 이루어졌다.

사월

어린 싹과 어린 순,
어린 잎과 어린 꽃들이
산과 들, 뜨락과 행길에서
일제히 푸른 불길을 뿜고 있다.

　…(중략)…

4월은 자혜의 어머니,
풋것과 어린것들의 세상.

4월!

구상 대형이 노래한 "풋것과 어린것들의 세상"에 형은 더 이상 없다. 이 약동의 계절. 그와의 30년 긴 연을 이제 빛바랜 사진을 통해서만 볼 수 있음에 차마 아쉬움을 달랠 길 없다.

구상 보살

김동현
변호사 · 시인

구상 선생만큼 한국 현대사에서 전인적 삶을 사신 분도 많지 않으리라. 물론 개인적으로는 자상하시고 때로는 익살스러우신 데까지 있는 분이지만 꿈적거리는 버러지에서 호랑이까지, 이끼에서 천년 거수까지 품어 안은 큰 산같이 그 인품이 에피소드 한두 가지로 그려질 수 없는 분이다. 가족들이 허락한다면 역사 감각이 있는 필자를 찾아서 온갖 열강의 국제적 힘이 부딪치고 온갖 이데올로기가 얼크러진 한반도에서 여리디여린 시심을 가진 한 개인이 어떻게 역사의 격랑에 부딪치며 역사적 삶을 살아갔는가를 조명하는 평전을 기획하기를 출판사측에 권고하는 바이다. 아울러 가족들도 선생의 일생을 더듬어 평전으로 쓰는 것이 썩 마음 내키는 일은 아니겠지만 허락했으면 좋겠다. 내 글은 선생과 나의 작은 만남에서 생긴 에피소드인 만큼 큰 의미 부여는 적절치 않다.

"그 영감님 날개가 너무 커서 세상 사람 근심걱정 다 싸안으려 하니, 원 참 건강도 안 좋은 양반이……."
20여 년 전 서소문 사무소에 중앙대학교 문예창작과 교수 한 분이 무슨 일인가로 찾아와서 나눴던 대화였다.

다 아시다시피 이중섭으로부터 미치광이 승 중광까지 철딱서니 어린애보다도 더 속썩이는 사람들의 크고 작은 일들을 돌보고 응석을 받아 준 일은 필자가 아니더라도 다 아는 일이니 생략한다.

꼭 유명 인사가 아니라도 내가 보기에 썩 좋아 보이는 것 같지 않은 사람 일이라도 도움을 청하면, 아니 찾아가서라도 돌봐주어야 직성이 풀리는 것이었다. 내 직업이 변호사이다 보니 선생님 부탁으로 선생에게 도움을 요청한 사람의 일을 도와주다 보면 이런 사람까지 도와주어야 하나 다소 짜증스러운 때도 없지 않은데, 선생의 표정은 영 천하태평 편안하기만 하다. 그러니 그런 사람들이 좀 많이 몰려들어서 선생을 힘들게 했을까.

1980년대 어느 날 밤이던가. 오상순 선생의 제자 되는 (당연히 선생을 모시는) 안모ㆍ박모 시인 등과 여의도 식당에서 저녁(소주도 곁들였던가)을 먹다가 안모 시인이 "어떻게 중광이 같은 거럭지 놈이 선생님한테 형님 형님 합니까. 도저히 눈뜨고는 못 보겠습니다"라고 분통을 터뜨렸다.

이에 대하여(나는 구상 선생이 이보다 더 노한 모습을 보지 못했다) "네 놈이 뭘 안다고 그래……"라고 대노하셔서 결국 안모 시인이 그 자리에서 무릎 꿇고 사죄하였다. 나 역시(불자임에도 불구하고) 중광(철저한 파계승이니 스님 호칭도 빼겠다)은 선기(禪氣)도 느껴지지 않고 명상(名相)을 얻기에 걸신 들린 외도로밖에 보이지 않는데…….

결국 "안 군은 호한(好漢)이다"라고 안 시인을 위로ㆍ칭찬하시는 걸로 그 자리가 수습되었지만.

1990년대 초반쯤일까 작곡가 ㅎ씨의 집들이에 구상 선생 외에 중견 시인 두 분, 철학 교수 한 분을 모시고 가서 분위기가 무르익을 무렵 주인이 내놓은 몇 병의 양주에 취한 ㄱ시인이 문학 토론인가 철학 토론인가 하다가 20여 년 연상인 선생에게 "구상아, 구상아……"하면서 주사가 되어 버렸다.

응당 성격이 불 같으시니 노발대발할 법한데 처음에 꾸중하는 듯하시더니 바로 표정이 담담해지셨다. 뿐만 아니라 그 다음에 다른 자리에서 선생이 ㄱ시인을 대하는 표정도 흔연하셨다.

응무소주 이생기심(應無所住 以生其心)일까, 다른 사람의 과오나 실수에는 한없이 관대하고 평온한데 오히려 이를 탓하면 대노하시는 모습을 보게 된다.

1985년 무렵일까, 선생님을 비롯한 공간시낭송회 멤버들을 모시고 내 고향인 안면도에, 말하자면 공간시낭송회 지방 나들이를 갔을 때였다.

안면중학교에서 행사를 치르고 국제꽃박람회가 열린 방포(꽃지 해수욕장 서쪽)로 저녁을 먹으러 가면서 차 안에서 선생은 함께 차를 타고 간 나의 아버지에게 "춘부장, 아드님(필자)이 변호사가 되었으니망정이지 안 그랬더라면 지독한 광대끼로 춘부장 속깨나 썩였을 것입니다. 참 천만다행입니다"라고 말씀하시면서 "김 변호사가 회 사줄 줄 알고 왔다"며 즐거워하셨다.

선생은 온전하게 갖춰진 사람도 좋아하셨겠지만 한 귀퉁이 귀가 떨어지거나 금간 사람, 파격적이거나 기인(奇人)끼가 있는 사람을 참 잘도 사랑하고 귀찮은 짓거리를 꽤나 잘 받아 주셨다. 이해가 안 갈 정도로 아주 즐겁게……. 잃어버린 양, 병든 양을 찾아 나선 예수의 모습일까.

선생은 내 안에서 광대끼를 보셨는지 돌아가실 때까지 때때로 나를 찾으셨다. 안면도에서 나오시다가 마침 일요일이어서 "내가 미사를 안 보면 한 주일이 영 재수가 없을 것 같거든"이라고 웃으시면서 여행 중에도 부근 성당에 데려다 줄 것을 말씀하셔서 태안 성당에 모셔다 드리고 나머지 일행은 백화산 태을암에 올라갔다가 나오실 무렵 모시고 왔다.

돌아가실 무렵 선생에게 문병을 갔다가 필자는 당시 미국이 이라크에 군대를 파견한 것을 나무라는 반전시「영산회상」을 슬그머니 꺼내 보여 드렸다. 사막에 설치한 거대한 대포 포신과 한껏 세워 놓은 건강한 남자의 상징물을 대비하여 등장시켜 실컷 웃고 우는 (발표할 엄두도 못 내는 외설시라는 비난을 받을 법한) 다소 긴 시였다. 선생한테는 보여 드려도 괜찮을 것 같은 느낌이었다. 문안을 드리고 현관을 나오는데 선생이 "김 변호사, 김 변호사……" 부르시더니 정색하고 "그 시 제목을 '영산회상'이라 하지 말고 '염화시중'이라 해라"고 말씀하셨다.

나는 자기 입장(이데올로기) 다 버리고〔中道〕 어울려 사는 모습에 초점을 두었는데, 선생은 "피터지게 싸우는 데 정신이 없는 말법 중생에게 꽃 한 송이 들어서 평화로운 중도(中道)를 깨우치라"는 데 걱정(마음)이 가신 것일까.

구상 선생은 생전에 이미 '가난한 마음(적멸심)'을 성취한 분이셨다. 얼굴은 항상 평화롭고 담담하셨는데 나중에 듣고 보면 엄청난 불행을 겪으셨다. 희로애락을 가진 인간으로서 그렇게 담담할 수 있을까. 적멸심을 성취하지 않고는 되는 일이 아닐 것이다. 구상 선생은 이미 생전에 그 마음 안에 하느님 나라가 세워졌을 것이다.

예언자적 지성과 참회의 큰 시인

김봉군
문학평론가 · 가톨릭대학교 교수

만남을 위한 통고 체험

인생이란 선택과 만남의 과정과 그 결산이라고 할까. 문학을 생업으로 택한 덕분에 구상 선생님을 만나 뵙게 된 것이야말로 내게는 대단한 축복이라 생각한다.

내가 구상 선생님의 「초토의 시」를 처음 접하게 된 것은 고등학교 시절이다. 문예반 학생이던 내게 구상 선생님의 시는 사뭇 낯설었다. 서정주 · 박목월 · 오영수 계열의 전통 음률과 별리(別離)의 슬픔, 자연 서정과 한(恨)의 미학에 젖은 문학 소년의 관습에 익숙해 있었기 때문이다.

대학에 와서야 나는 비로소 역사 의식과 철학적 고뇌에 눈을 떴다. 키에르케고르, 하이데거, 칸트, 카뮈, 사르트르와 함께 니체, 쇼펜하우어, 석가모니, 예수를 어지럽게 만났다. 나의 사상과 세계관은 갈피를 잡지 못하였고, 신앙의 행로마저 흐려지기 시작하였다. 헤겔의 『역사철학』과 토인비의 『역사의 연구』가 위안을 주기는 하였으나, 개인사 · 민족사 · 세계사의 진실에 대한 나의 회의(懷疑)와 통고(痛苦) 체험은 본격화되었다.

T.S. 엘리엇과 C. 보들레르를 만났으나, 그들 시 정신의 정수(精粹)에 직핍해 들지 못하였던 것이 나의 대학 시절이었다. 문학에서 형법학과 법철학의 세계를 오가며 헤겔은 물론 마르크스마저 엿보게 되었다. 그리스도는 늘 연민의 대상이었고, "길이요 진리요 생명"인 구원자로 체험되지 않았다. 심지어 노자 · 장자의 '무위자연(無爲自然)'의 세계는 물론, 윤회와 업보의 원환적 세계관 · 우주관에 매료되어 입산까지 마다하지 아니하였다. 문학 · 교육학 · 법학의 경계선, 한경직 목사님 · 최민순 신부님 · 탄허(呑虛) 스님의 언저리를 맴돌던 나의 정신사에 일대 전환의 계기가 온 것은 구상 선생님과의 만남이었다. 그 이전의 내 학문과 교육이라는 것은 혼돈과 방황의 모순 그 자체였다.

구상 시학의 로고스와 참회의 정신

구상 선생님을 직접 뵙게 된 것은 1980년대 초반의 일이다. 서울대학교 대학원 박사 과정에서 정한모 교수의 지도를 받은 시학 전공 학자들이 『한국 대표시 평설』을 주로 분담, 집필하게 된 것이 계기가 되었다. 편집 책임을 맡은 김재홍 교수와 상의하여, 나는 구상 선생님의 「초토의 시」 평설을 맡기로 하였다. 그때 나는 비로소 고등학교 문예반 시절에 그렇게나 낯설어했던 그 시에서 처음으로 구상 시학의 진정성에 큰 충격을 받게 되었다.

구상 선생님의 시적 상상력은 우리 전통 시학에 대한 반역을 감행하고 있었다. 전통 미학의 우아미를 거부하는 선생님의 시에서 아어(雅語)는 이미 가뭇없고, 출토(出土)된 울음의 파토스 같은 것도 극복되어 있었다. 그뿐이 아니었다. 선생님의 시에서는 모더니즘의 비정성(非情性)과 초현실 세계, 탈역사적 · 감각적 촉발생심(觸發生心)의 시학은 발붙일 수가 없다는 것이 신기하기까지 하였다.

나는 탈역사적 텍스트 분석의 타성을 깨뜨리고 '시인 구상'의 육성 듣기를 결행하기로 하였다. 선생님의 서재 '관수재' 방문은 이렇게 하여 시작되었다. 선생님의 풍모는 「초토의 시」를 쓰실 때의 그 비장해 보이던 인상과는 사뭇 달랐다. 훤칠한 키에 당당하면서도 만면에 잔잔한 미소가 서린 귀골이셨다.

이때부터 나는 서울 여의도 시범아파트의 관수재를 자주 드나들게 되었다. 선생님의 관수재에는 수많은 사람들이 들락거렸다. 장익 신부님, 유달영 어른, 정지용 시인의 장남 구인 씨, 설창수·성찬경·이운룡 시인을 비롯한 많은 문사들은 물론 '걸레스님' 중광까지 만날 수 있었다. 수유리 공초 오상순 선생의 묘소 참배에도 동행하였고, 여의도 선착장 둔치에 세운 선생님의 시비(詩碑) 제막식에도 참석했다. 거기서 강영훈 전 국무총리를 비롯한 여러 어른들을 만날 수 있었다. 또한 선생님을 필두로 구인환·유종호·김주연 제위와 내가 편집위원이 되어 『이무영 문학전집』도 냈고, 청주 동양일보가 주관하는 '무영문학상' 제정에도 참여했다.

내가 구상 선생님을 만난 것은 이런 외형적 '업적'과는 차원을 달리하는 소중한 의미가 있다. 그의 시학 말이다.

구상 시학은 남다르다. 그의 시학은 파토스의 감상벽을 청산하는 로고스·에토스의 시학을 지향한다. 샤머니즘적 흑백 논리와 일면적 단순성을 넘어선다. 우리 전통과 민족 정서를 소중히 여기되 '출토된 한(恨)'이 아닌 구원(久遠)의 지표를 창조적 미래의 지평에다 세운다. 그는 현실과 역사의 현상을 본질로써 조명해 낸다. 그는 세속사를 구속사관(救贖史觀)으로 투시한다. 그러기에 현상의 세속사에서 '원수'

나 '적'은 그의 구속사에서 저주 · 말살할 '그것(es)'이 아닌 설득 · 순화해야 할 창조주의 모상(模像)이다. 이것이야말로 가톨릭 신자인 그의 '동사(動詞)'로서의 '사랑'의 참모습이다. 세례명이 '요한'인 그의 시가 예언자적 지성의 톤(tone)을 띠었는가 하면, 마침내 참회의 시학으로 귀착되는 까닭이 여기에 있다.

참회록 한 권 없는 한국 문학사의 그 공백을 구상 시인이 메운다. 윤동주의 소박한 참회의 감성을 지성(知性)과 신앙의 결정으로써 실하게 채워 준다. 시 「까마귀」에서 예언자적 지성의 준열성을 보인 그는 「오늘」에서 참회하는 자아에로 돌아간다. 부정과 비리로 더럽혀진 세속사를 질타하는가 하면, "나는/오늘 하루를/구정물로 살았다"는 고백의 자리에 선다.

구상 선생님은 한쪽 폐와 늑골 셋을 제거한 데다 천식으로 평생을 시달리신 분이다. 그분 못지않게 병고에 신음하는 내게 육친(肉親)에 방불한 배려를 아끼지 않으셨다. "병은 잘만 앓으면 제대로 된 철인, 신앙인이 되지요." 늘 이렇게 내 마음을 어루만져 주셨다. 그뿐인가. 내가 지난 2002년 가을부터 중병으로 쓰러졌을 때, 서교동 성당에 특별 미사까지 부탁하셨다. 당신의 건강이 위기에 처하셨을 때였으니, 생각하면 아직 이 땅에 산 자로서 느꺼운 마음 감당하기 어렵다.

세속사와 구속사

구상 선생님을 통하여 마르틴 하이데거를 넘어 키에르케고르와 가브리엘 마르셀을 제대로 만날 수 있었다. 큰길이 틔었고, 문학 · 역사 · 철학적 삶과 신앙의 행로가 열렸다. 세속사를 '죄와 죽음, 패배와 좌절의 기록'으로 본 카를 뢰비트의 역사철학적 탁견에 선생님과 나는 필연적으로 공감할 수 있었다. 그러니 관수재에서 선생님을 모신 그 진지한 담론의 공간에서는 늘 시간이 짧음을 안타까워하였다.

나는 시인 구상론을 꽤 많이 썼다. 「시와 삶과 믿음의 합일」(〈현대시학〉, 1983.10·11), 자전 시집(自傳詩集) 『모과 옹두리에도 사연이』 평설 (〈현대문학〉, 1988), 「구상 시학에서의 현존과 영원」(〈시문학〉, 2000.4), 「존재의 비의와 우주적 비전」(〈현대문학〉, 410), 「예언자적 지성과 참회의 큰 시인 구상」(대담 기록, 〈월간문학〉, 2001. 12 ; 졸저, 평론집 『다매체 시대 문학의 지평 열기』, 푸른사상, 2003) 등이 대표적인 것이다. 특히 『The Poetry of Ku Sang-Consonance of Existence and Eternity』 (Koreana, Korea Foundation, 1996)은 구상 선생님의 시세계를 세계에 알리는 데 작게 기여한 나의 평론으로서, 일본어로도 번역·배포되었다. 노벨문학상을 기대하였으나, 심사위원들은 작은 나라 코리아의 그 위대한 시인을 끝내 외면하였다.

포스트모더니즘의 경박성과 해체의 시학에 휘둘리는 이 시대의 지성계·문화계의 드센 풍랑에도 구상 선생님의 시비에 새겨진 「강(江)」은 의연히 살아 흐르기를 염원한다. 정신적 아버지 구상 선생님이 오늘 더욱 사무치게 그립다.

아버지 같았던 선생님

—

김원석
아동문학가 · 평화방송 · 평화신문 상무이사

"김 형, 잘 있소? 나, 상이오."

선생님은 가끔 내게 전화를 거셔서 띄어쓰기나 철자법을 묻곤 하셨다. 내 친구와 선생님의 큰아들 홍이가 친구여서 나도 홍이와 친구가 되어 어울리다가 선생님을 알게 되었다. 그러다가 고전읽기운동 단체인 한국자유교육협회 〈자유교양〉 편집장으로 있을 때, 구상 선생님이 협회 회장으로 오시면서 가깝게 모시게 되었다.

한국자유교육협회는 당시 문교부 산하 단체로 '대통령기 쟁탈 고전 읽기 대회'를 열어 초 · 중 · 고 · 대학생들에게 고전을 읽게 했다. 그리고 한국자유교양추진회는 문화공보부 산하 단체로 고전 국역과 출판 사업을 활발하게 했다.

그런데 평소 이 두 단체에 많은 관심과 도움을 주던 영부인 육영수 여사가 돌아가시자, 혹시나 육 여사와 어떤 관계가 있지 않나 해서 세무 사찰을 받고 감사도 호되게 받으면서 잘 나가던 협회가 존폐 위기에 처하게 되었다. 그때 협회를 다시 살리자고 의논에 의논을 거듭하다가 이사회에서 만장일치로 구상 선생님을 회장으로 모셨다.

선생님은 오시자마자 쓰러져 가는 단체를 일으키시느라 밤낮없이 동분서주하셨다. 그러나 먼저 있던 사람들이 회장을 모셔다 놓고 뜻대로 되지 않자, 자기네들끼리 행동을 취해 선생님 마음고생이 심하셨다. 선생님은 그때마다 멤버는 바뀌었지만 주로 함께 일했던 기획부장이었던 돌아가신 소설가 정구창 선생님, 덕성여대 인문대학장이었던 편수부장 이은봉 선생님, 방계 회사 사장을 잠시 맡았던 수필가 구현서 선생님, 그리고 월간 〈자유교양〉 편집장이었던 나와 종종 소줏잔을 나누곤 하셨다.

그때는 시 한 편 고료가 많아야 5000원에서 많아야 1만 원이었다. 그런데 선생님은 특별 고료로 3만 원을 받았다고 좋아하시며 소주를 그럴듯하게 사고는 하셨다. 이제 와서 생각해 보면 구실을 붙여 마음 고생하는 우리들에게 술을 사주신 것이었다.

선생님은 협회 일로 연극을 하시는 서항석 선생님, 수필가 김소운 선생님, 국어학자 이숭녕 선생님 등 여러 인사들을 만나곤 하셨다. 그런데 학계·정계 인사들을 협회 일로 만나실 때마다 꼭 나를 데리고 가서 인사를 시켜 주셨다. 나는 술 마시는 재미에 졸랑졸랑 잘도 따라다녔다.

그러다가 협회 일이 기존에 있던 사람들의 방해로 순조롭게 되지 않자 그만두시게 되었는데, 그때 나와 몇 사람도 함께 그만두었다. 나는 그곳에서 나와 임시로 조그만 경제 통신사 논설위원으로 있게 되었다. 그러던 어느 날, 선생님이 나를 시청 앞에 있는 그럴듯한 일식집으로 부르시더니 청와대 경호실 차장을 지낸 사람을 소개했다. 그가 어떤 잡지를 만들려 하는데 도와주라는 거였다. 그는 대우빌딩 5층 넓은 방에 그럴듯한 사무실을 차려 놓았다. 그곳에서는 하는 일의 가짓수도 참 많았고 내로라 하는 유명 인사들도 많이 드나들었다. 그분은 내게 잘 대해 주었다.

그런데 어쩐 일인지 그 넓고 좋은 회사 분위기는 꼭 빌려 입은 옷처럼 나와 맞지가 않았다. 그래도 선생님 말씀이어서 몇 달 나가는 둥 마는 둥 하며 다니고 있었다. 선생님은 벌써 눈치를 채셨는지, 그때 잘 나가던 출판사인 홍성사에 얘기를 하시겠단다. 그래 홍성사 사장이 나와 고등학교 동창이어서 내키지 않는다고 했더니, 선생님께서 나를 혼내실 줄 알았는데 "그러면 갈 수 없지" 하시며 이해를 해주셨다.

장가를 가게 되어 주례 부탁을 드리자, "윤석중 선생한테 혼나면 책임져" 하고 그 특유의 껄껄 웃음을 웃으시고 주례를 서주신다고 했다. 게다가 그날 최고급 자동차까지 준비해 주셨다. 지금은 자동차가 흔하지만, 그때만 해도 그렇지가 않았다. 그렇게 해서 1977년 12월 5일 주례를 서주셨는데, 나는 그 전날 친구들과 술로 밤을 새우느라 머리가 부스스한 데다 주례 선생님보다도 늦게 예식장에 도착했다. 그때 펄펄 뛰시는 부모님 앞에서 내 편을 들어주시던 선생님……

선생님은 아동문학에 관계되는 일이 있으면 꼭 나를 부르셨다. 대한민국 문학상에 아동문학 부문이 처음으로 생겼을 때의 일이다. 선생님은 아동문학은 잘 모르는데 심사를 맡게 되셨다며 수상 후보 작품들을 쭉 내놓고 어떠냐고 물어 보셨다. 내가 잘 모르겠다고 하자, 〈소년〉을 만들며 작품을 많이 읽었을 테니 한번 읽어 보란다. 그리고 내 평을 들으셨다. 또 동화를 쓰는 강원희 씨가 이중섭 얘기인 「화가와 호루라기」를 쓸 때도 선생님께 취재를 왔다며, 내 얘기를 듣고 싶다고 하셨다.

어디 그뿐인가. 아동문학인 가운데는 돌아가신 석동(石童) 윤석중 선생님과 가깝게 지내셔서 한동안은 한 달에 한 번씩 점심을 함께 하시곤 했다. 그리고 만나신 다음에 나를 만나서 두 분이 하신 얘기를 들려주시곤 했다. 그러던 어느 날이었다.

"김 형, 윤 선생이 나보고 수염을 왜 기르냐는 거야? 그래서 사람들이 날 존경하지 않아서 존경 좀 해달라고 기른다고 했지. 그랬더니 나더러 글쎄 뭐라는 줄 알아? 사람들이 구상은 존경 안 하고 수염만 존경하면 어떻게 하느냐는 거야. 허허허."

난정(蘭丁) 어효선(魚孝善) 선생님과 함께 한 자리에서 석동 선생님께 그 말씀을 드렸더니 석동 선생님은 "내가 그랬지" 하시며 한동안 웃음을 그치지 않았다. 그런 일이 있은 뒤 석동 선생님은 이무러운 사람을 만나면 선생님의 수염에 대한 얘기를 하시곤 했다.

지금도 어떤 때는 선생님의 그 특유의 웃음소리가 들려오는 것만 같고, "붙여?", "띄어?" 하고 전화로 물어 오실 것만 같다.

구상유상(具常有常)

김해석
시인

작품 심사나 원고 청탁 등의 일로 더러 방문한 적도 있었지만, 돌아가시기 2~3년 전부터는 수술 후유증으로 겪게 되신 통증을 완화시켜 드리기 위해서 여의도 자택에서 선생님과 마주하는 시간이 많았다. 물리치료기와 피내침 등으로 어느 정도 통증은 줄일 수 있었지만 만족스러운 완쾌가 아니어서 송구스럽고 안타까운 마음 금할 길이 없었다.

하지만 선생님은 늘 평온한 명경지수(明鏡止水)의 평상심을 잃지 않고 계셨다. 도무지 아픈 구석이라고는 읽어 볼 수 없는 조용하고 평화스러운 신관이었다. 밝고 둥근 마음의 만월(滿月)은 결코 일그러지거나 기우는 법이 없었다.

만백성[千江]의 가슴에 불법의 달덩이[月]를 심어[印] 태평성대를 누리시겠다는 세종대왕의 성덕의 표상으로 탄생한 것이 「월인천강지곡(月印千江之曲)」이다. 그런 밝고 맑은 둥근 진리의 달덩이가 바로 달관한 관수재(觀水齋) 주인공의 심상이었다. 그래서인지 선생님과 마주하고 있으면 오히려 이쪽 마음이 더 편해지고 근심·걱정·잡상이 말끔히 씻기는 듯했다.

선생님은 가톨릭 신자였지만 불교에 대한 안목도 해박하였고 사실인즉 당신의 언행은 큰 경지에 이른 선사(禪師)의 풍모를 방불케 하였다. 불교계 인맥들과의 교류도 적지 않았던 것으로 알고 있다.

언젠가 동인지 〈화백문학(和白文學)〉에 게재할 원고를 청탁했을 때 선생님은 건강상의 이유로 이미 절필한 상태였으므로 그전에 어떤 잡지에 발표했던 '통일 한국의 미래상'이란 제목의 글을 주시면서 "원효의 화쟁(和諍) 사상을 남북통일의 기조 사상으로 제시한 점이 화백 문학에 잘 어울리겠다"고 하시는 것이었다.

원효의 화쟁 사상이란 무엇인가. 바로 불법의 핵인 중도(中道) 정신을 말함이 아닌가. 좌도 아니고 우도 아니고, 시(是)도 아니고 비(非)도 아니며, 같음도 아니고 다름도 아니고, 찬성도 아니고 반대도 아닌, 이분법의 허상(虛相)을 깨는 원융일체(圓融一體)의 실상(實相)을 말함이 아닌가.

이것도 아니고 저것도 아니라면 언뜻 존재의 부정을 의미하는 뜻으로 받아들여질 우려가 있지만, 화쟁은 오히려 존재의 적극적인 긍정을 강조하고 있다. 어둠과 밝음, 음과 양, 선과 악, 일체가 상대적으로 짜여져 있는 이 현상계(現象界)는 한시도 정지함이 없이 변모·이행하는 제행무상(諸行無常)의 세계다. 따라서 시간이 경과하면 시(是)가 비(非)가 되고, 비가 시가 되기도 하는 것이다. 시도 아니고 비도 아니고가 아니라, 시도 인정하고 비도 인정하여 둘을 동시에 수용 초월하는 적극적인 존재 긍정의 사상이며, 저 원효가 왕실 귀족 세계에서 벗어나 시정 골목골목을 누비며 신라인의 가슴에 불법의 진수를 씨뿌려 간 그 거대한 땀의 수확이 얼마만한 것이었는지는 우리 후세의 눈에도 환하게 비추어 드는바 너무나 큰 것이다.

화쟁 사상의 근본 에너지는 자비와 사랑이며 바로 절대자의 의지요 우주 의식이다. 선생님의 사심 없는 이타심으로 일관한 생활 철학도 따지고 보면 화쟁 사상의 구현으로 보여진다. 그래서 기독교도 옳고 불교도 옳고의 동시 수용이 가능했으며 만교(万敎)가 귀일(歸一)하는 원융 조화를 생활의 척도로 삼으신 것 같다.

제1회 청마문학상 수상자를 선정하는 심사위원회가 열렸을 때 선생님이 추천한 후보자가 논란 끝에 결국 밀려나고 다른 후보가 결정된 일이 있었다. 그런데 정작 심사위원장이었던 선생님의 신관에는 서운한 빛이라곤 전혀 찾아볼 수가 없었다. 결정된 뒤에는 반대가 곧 찬성으로 승화하는 선생님의 원숙한 영격(靈格)을 엿볼 수 있었다. 이런 덕목은 오늘날 끊임없이 시비 분쟁으로 날을 지새고 있는 모든 집단들에게 제시할 만한 유일무이의 화두가 아닐까 한다.

예수와 붓다처럼 필자가 마음의 스승으로 모시고 있는 다카하시 신지[高橋信次]의 저서 『마음의 발견』, 『마음의 원점』, 『인간 석가』 등을 번역·연재하면서 1980년대에 발간, 무료 배포했던 소책자 『정법(正法)』지며, 그 후에 단행본으로 낸 위 책자들을 선생님은 꼬박꼬박 애독해 주셨다. 그 일이 너무나 감사하고 감격스러웠다. 그때 선생님 말씀이 "실은 당신보다 사모님과 처제 되시는 분이 더 열렬한 독자"라는 것이었다.

사모님은 허리 통증 때문에 당신 병원과 가깝게 위치한 필자의 물리치료실을 가끔 찾아오셨는데, 그때 뵈온 사모님은 의사라기보다 오히려 성녀(聖女)라는 인상을 주었다. 겸손하고 자애로운 영격에서 발산되는 잔잔하고 따뜻하며 격조 높은 품위가 도무지 흐트러지는 법이 없었다.

그런 훌륭한 사모님을 먼저 떠나보내신 선생님의 심중은 오죽이나 비통하셨을까 하고 헤아려 보기도 했지만, 전생윤회(轉生輪廻)하는 생명의 실상을 이미 견성하고 계신 선생님에겐 감히 후생들이 우려할 만한 수준의 슬픔이나 아픔 따위는 없었으리라고 자위해 보는 것이었다. 지금은 가끔 재회하셔서 한국 무대에서 이수하신 생로병사의 필수 과목을 재생시켜 보시면서 희로애락의 뜻있는 반성과 추억담에 젖기도 하실 것이다.

한번은 선생님께서 느닷없이 가톨릭의 수호천사와 정법의 수호령이 어떻게 다를까 하고 궁금해하셨다.

이 세상에 육체 형제가 있듯이 저 세상에 영혼의 형제가 있다. 그 수는 여섯이다. 누구든지 이 틀에서 벗어날 수 없고 영원히 변하지 않는다. 금·은·동 등 물질의 원자 번호를 보면 그 수가 저마다 결정되어 있고 그 일정한 수에 따라 금이 되고 은이 된다. 인간의 인격도 이와 마찬가지로 여섯 사람의 동아리는 변하지 않으며, 여섯의 인격체가 영원한 윤회를 계속하면서 차례로 지상 생활을 체험하게 된다. 그 이유는 첫째 하늘(실재계)의 낙원상을 지상(현상계)에 구현하는 사명과 둘째 영혼을 단련하는 목적이 있기 때문이다.

그런데 탄생과 동시에 의식은 모두 잠재해 버리고 육체 오관에 연계되는 겨우 10％의 표면 의식만으로 눈뜬 장님의 인생 항로를 걷게 되는 것이다. 이런 지상의 형제를 수호하기 위해 다음 차례로 지상에 내려올 영혼의 형제가 수호령을 담당하게 된다. 그러니 사람마다 누구에게나 수호령이 있게 마련이며 그 위치는 양심의 자리다. 양심의 정도에 따라 수호령의 도움을 받을 수도 있고 받지 못할 수도 있다. 파장 공명의 법칙이 작용하기 때문이다. 마음이 중도를 이탈하지 않는 한 누구나 수호령의 도움을 받아 무사한 항로를 계속할 수 있다.

만일 수호령의 힘이 부족할 경우에는 바로 윗단계에 있는 천사의 도움을 받을 수도 있다.

예수는 생명의 전생윤회 그 자체에 대해서는 직접 설교하지 않았다. 그 이유는 예수의 전도 기간이 너무 짧았고 그 당시 사람들에겐 윤회에 대한 인식이 너무 부족하여 오히려 오해를 불러일으킬 소지가 많았기 때문이다. 그러나 예수는 진리 가운데 윤회의 모습을 여러 가지로 표현하고 있다. "칼을 잡는 자 칼로 망한다", "너희는 남을 심판하지 말라. 너희가 심판받지 않기 위함이다", "너희가 남의 잘못을 용서하면 하늘의 아버지도 너희를 용서할 것이다" 등이 그것이다. 이것은 인과의 법, 순환의 법(윤회)을 표현하고 있는 것이다.

「사도행전」 2장을 보면 제자들이 여러 가지 이언을 말하고 있는데 이것은 과거세의 말을 하고 있는 것이다. 성경에서는 제자들이 배우지도 않았는데 당시의 여러 나라 말을 유창하게 말하는 것으로 기록되어 있지만 그것은 잘못이고 과거세의 말이었다. 그 방언의 의미를 어떻게 해석해야 할지 알 길이 없어 그렇게 쓴 것뿐이다.

다카하시 신지의 생전의 강연장에서는 예수 당시의 제자들, 붓다 당시의 제자들이 마음의 문을 열어 배우지도 않은 이스라엘 말, 인도 말로 2천 년 혹은 3천 년 만의 재회의 감격을 되새기며 눈물바다를 이루는 장면이 수도 없이 되풀이되었다.

선생님의 이 세상 생활은 구상무상(具常無常)이었지만 선생님의 저 세상 생활은 구상유상(具常有常)이다.

앞서 가신 청마 선생님, 목월 선생님, 동리 선생님들과도 가끔 만나 한국 문단의 현실을 굽어보시며 만감이 교차하는 회고담에 젖기도 하실 것이다. 그리고 한 천 년쯤 후에는 메시아 강림과 때를 맞추어 캐나다에 태어나 국경 없는 지구, 인종 차별 없는 지구촌, 종교 분쟁이 없는 지상 낙원 건설에 기여하실 미래상에 주제넘게도 필자 역시 동참하리라는 소망을 담으며, 선생님의 보살계 생활에 가일층의 빛이 더하기를 축원드리면서 삼가 1주기 추모 인사말로 대신하는 것이다. 합장, 또 합장하면서.

자유의 구속자 구상 선생님

김형영
시인 · 한국가톨릭문인회 회장

오늘도 한강은 흐르고 '내 앞을 유연히 흐르는 강물을 바라보며' 선
생님의 연작시 「그리스도 폴의 강」을 외워 봅니다.

> 그리스도 폴!
> 나도 당신처럼 강을
> 회심의 일터로 삼습니다.
>
> 하지만 나는 당신처럼
> 사람들을 등에 업어서
> 물을 건네주기는커녕
> 나룻배를 만들어 저을
> 힘도 재주도 없고
>
> 당신처럼 그렇듯 순수한 마음으로
> 남을 위하여 시중을 들
> 지향도 정침도 못 가졌습니다.
>
> ― 「그리스도 폴의 강」 프롤로그 1~3연

가톨릭 문인들의 모임이 있을 때면 맨 먼저 선생님이 생각나고, 선생님을 생각하면 이 시가 떠오릅니다. 날마다 한강을 건너 일터로 나가면서 하염없이 흐르는 한강 물을 저는 회심은커녕 아무 생각도 없이 무심히 바라만 봅니다. 그래도 흐르는 강물을 바라보고 있으면 어느 때는 아침 햇살과 함께 선생님의 모습이 밝아 올 때도 있습니다. 선생님께 특별히 사랑을 받은 기억은 없지만 선생님이 제게 선물로 주신 좋은 추억들은 아직도 제 마음속 벽에 걸려 선생님을 잊지 못하게 합니다.

선생님에게 처음 가까이서 인사라도 드리게 된 것은, 제가 몸담고 있던 샘터사에서였지요. 샘터사에 오실 때는 물론 저를 만나러 오신 것이 아니고 김재순 전 국회의장님을 만나기 위해서였다고 기억합니다. 오실 때마다 제가 안내를 했는데, 그 과정에서 나누게 되는 대화도 아주 의례적인 몇 마디 정도였지요. 고백하건대 저는 가톨릭에 입교하기 전에는 선생님의 시에 대해서 그렇게 큰 매력을 느끼지 못했습니다. 그런 종교시에는 관심이 없었지요. 저는 오로지 의미가 아니라 시의 표현에만 관심을 쏟던 때였으니까요.

1980년대 초로 기억합니다. 하루는 선생님께서 샘터로 전화를 걸어 인사동 입구 어느 화랑에서 조광호 신부의 개인전이 있으니 한번 와서 관람하라고 하셨습니다. 저는 그때까지 조광호 신부님에 대해 아는 게 아무 것도 없었습니다. 전화를 받자마자 화랑으로 가서 조 신부님과 첫 인사를 나누게 되었지요. 조 신부님과의 이 만남은 선생님과도 가까이 하게 되는 계기가 되었습니다. 그 후 누가 먼저랄 것도 없이 조 신부님과 저는 자주 연락을 했고, 의기투합을 했으며(?), 정초에는 선생님 댁으로 세배도 다녔지요. 신부님께서 선생님을 만나 뵙고 싶으면 혼자 가기 심심해서인지 저를 불러 함께 여의도로 찾아뵙곤 하였습니다. 선생님은 항상 넉넉하게 웃으시고, 문학 청년 같은 열정도 보여 주셨습니다. 저는 그런 선생님의 매력에 조금씩 빠져들었습니다. 돌이켜 생각하면 신부님은 저를 선생님의 영향을 받게 하여 선생님처럼 영성이 있는 시인이 되기를 바라는 깊은 우정에서 그러시지 않았나 싶습니다. 아마 그랬을 것입니다.

어느 자리에선가 선생님께서 요즘 건강이 어떠냐고 물으시기에 "당뇨로 고생하고 있습니다" 했더니, 당뇨병에는 누에똥이 좋다고 하시면서, 어느 한의원 아무개 원장을 찾아가 누에똥에 한약을 섞어 환약을 만들어 상복하라고 일러 주셨습니다. 그 한의원에서 환약을 지어 먹지는 않았지만 저는 선생님께서 일러 주신 그 누에로 환약을 지어 지금껏 날마다 20알씩, 30알씩 먹으며 선생님을 닮아 갑니다. 선생님께서 누에 환약으로 혈당을 조절하셨듯이 저도 제 혈당을 아직까지는 잘 조절하고 있습니다.

선생님과의 그 좋은 추억에도 불구하고 선생님께서는 제게 한 가지 감당하기 어려운 화두를 남겨 주셨습니다.

"아무리 뛰어난 감수성을 지녔다 해도, 또 분방한 자유 정신의 소유자라 해도 그것만으로는 위대한 시인이 될 수 없다. 위대한 시인은 역사 의식과 윤리 의식, 영성이 있어야 한다."

선생님께서 누구를 두고 하신 말씀이냐는 중요하지 않았습니다. 중요한 것은 선생님께서 왜 그런 말씀을 제게 해주셨는지 그 점이 궁금하고 중요했던 것입니다. 이태백의 "둘이 잔 드니 산꽃망울 벙그네"나 서정주 선생님의 "초록이 지쳐 단풍 드는데" 같은 표현을 시 표현의 가장 뛰어난 구절로 알고 밤을 새워 가며 시를 써왔는데. 정말 그

때는 선생님의 말씀을 이해하기는커녕 받아들일 수조차 없었습니다. 그러나 이제 선생님의 그 말씀이 조금은 이해가 되고, 그 말씀의 깊은 뜻 때문에 어느 때는 두렵다는 생각이 들기도 합니다.

선생님께서는 자주 "내면적 자기 정직과 성실과 추구력 없이는 실제 참다운 문학이 성립되지 않을 뿐 아니라 실상 참된 신앙도 지닐 수 없다"고 하셨지요. 그리고 종교시에 대해서는 T.S. 엘리엇의 말을 빌려 이렇게 말씀하셨지요. "왜 종교시가 별로 좋지 않은가? 그 원인은 그 작자가 주로 일종의 신심이 깊다는 자신의 부정직에 있다고 생각한다. 기도를 쓰는 이들이 언제나 자신이 느끼는 그대로가 아니라 그렇게 느꼈으면 하는 것을 쓰고 있기 때문이다."

선생님께서 평생을 회심의 일터로 삼고 바라보시던 강물은 선생님이 안 계신 지금도 하염없이 흐르고 있습니다. 선생님은 떠나시고 오늘은 '없이 계시는 선생님'을 대신해서 조 신부님과 함께 "인적이 끊인 / 윤중제(輪中堤 : 여의도 한강 둑) 둑에 홀로 앉아 / 술잔의 달을 거듭 비"워 볼까 합니다.

선생님, 공초 선생님께서 임종 직전에 털어놓으셨다는 비밀, 그 비밀의 말씀을 오늘은 제가 선생님께 여쭈어 보렵니다.

"선생님, 자유가 선생님의 평생을 구속하셨나요?"

환한 미소의 구상 선생님

목순옥

천상병 시인 부인 · 귀천 대표

내가 구상 선생님을 만나 뵈온 것은 아마도 1960년대가 아닌가 생각된다. 오빠를 따라 명동 갈채다방을 다니면서 많은 문인들과 만났는데, 선생님은 그 중 한 분이셨다. 그 후 갈채다방이 없어지면서 송옥 양장점 2층, 금문다방 3층, 조남철 선생의 기원을 드나들었다.

20대부터 명동을 가까이 하면서 공초 오상순 선생님과 박기원 선생님이 나를 무척 귀여워해 주셨는데, 오빠 친구 분들 중에서는 박재삼 · 하근찬 · 박경수 · 이문희 · 원형갑 · 강민 · 김동빈 · 황명걸 · 이추림 · 정연길 · 박종무, 화가 하인두와 같은 분들이 나를 아끼고 사랑해 주셨다. 내가 천상병 씨와 결혼하게 된 것도 욕심 없이 살아오셨던 그분들의 영향이 크지 않았을까 생각한다.

그 후 남편을 통해서 구상 선생님과의 인연은 더 가까워졌다. 1972년 5월 14일 결혼해서 그해 12월 시청 앞 공보관에서 하인두 선생님이 시화 20점을 해주신 덕분에 나의 시 자수와 함께 40여 점을 갖고 부부전을 했을 때 구상 선생님이 오셔서 작품 한 점을 사주시며 다시 태어난 사람이라며 격려해 주셨던 말씀, 지금도 기억에 남아 힘들 때마다 떠올리곤 한다. 자주는 뵙지 못했지만 문학인 모임 때나 가끔 남편과 같이 가 만나 뵙게 되면 그때마다 "천상병 씨는 처 때문에 살아간다"며 위로의 말씀과 함께 인자한 웃음을 보내 주셨다. 그리고 조카가 결혼하게 되어 주례 부탁을 드리러 여의도로 찾아뵈러 갔을 때도 쾌히 승낙해 주셨다. 또 중광 스님과의 깊은 인연으로 행사 때 뵙게 되면 늘 좋은 말씀을 들려주셨던 기억이 너무나 많다. 가끔 그때를 떠올리면 인자하신 모습이 안개꽃 사이로 보이는 듯하다.

또한 남편이 시간을 따지지 않고 새벽에도 전화를 걸어 "선생님 만나고 싶습니다" 하고 스스럼없이 통화하셨던 분 중 한 분이셨다. 내가 곁에서 시간이 이르다고 말리면 "문둥아, 구상 선생님은 그런 분이 아니시다"라고 막무가내였다. 그렇게 허물없이 전화를 했던 분을 손꼽는다면 구상 선생님, 김남조 선생님, 김구용 선생님, 천승세 선생님, 안장현 선생님 등이 계셨다. 남편은 이분들에게만은 시간을 가리지 않고 막무가내로 떼를 썼다. 1988년 간경화증으로 사경을 헤매다 5개월 만에 투병을 끝내고 집으로 돌아온 남편은 구상 선생님께 제일 먼저 전화를 걸었다. 그때 구상 선생님에게서 간경화에는 본인의 소변을 받아 마시면 좋다는 말씀을 듣고 아침에 잠에서 깨자마자 첫 소변을 받아 마시며 선생님도 그렇게 하신다며 실천했다. 그렇게 남편은 구상 선생님을 좋아하고 만나 뵙고 싶을 때면 전화를 드렸다.

1991년 남편의 환갑 때 모셨더니 "1972년 후로 살아온 인생은 천사 같은 아내가 있었기에 덤으로 산 인생"이라며 저를 칭찬하시면서 "이렇게 기쁜 날이 또 있겠냐"며 따뜻한 격려의 말씀을 해주셨다. 남편이 세상을 떠나고도 따님 자명 씨와 사위 김의규 씨도 가끔 '귀천'에 오셔서 차 마시며 옛 이야기도 하고 선생님 말씀을 전하기도 한다. 또한 안토니 수사님(귀화하셔서 지금은 안선재)을 통해 두 분의 우정도 잘 들었다. 한국에 오셔서 유일하게 만나는 분 중 한 분이시셨다.

선생님이 병중에 계실 때도 안선재 수사님과 성모병원에 두 번 찾아뵈었다. 말씀을 못하시는 선생님은 눈빛과 입모양으로 이야기하시며 다정하게 손을 잡아 주곤 하셨다. 답게출판사에서 안선재 수사님이 번역하신 영역판이 나와 3월에 수사님과 답게출판사 장소님 사장님과 함께 출판된 영역 시집을 갖고 찾아뵈었을 때 기뻐하셨던 모습이 선생님과의 마지막이었다.

쾌유되시기를 빌고 간절히 기도했지만 하느님께서 그곳에서 필요하신 분이라 부르셨으리라 믿습니다. 아마 지금쯤 남편은 선생님을 모시고 하느님 곁에서 행복한 웃음을 웃고 있을 것입니다. 그곳에서 세상에 남아 있는 사람들 걱정을 하시고 올 때까지 환한 미소로 내려다보시고 계시리라 믿습니다.

선생님, 철없는 남편 잘 보살펴 주시고 아내도 열심히 살다가 당신 곁으로 가겠노라고 전해 주십시오. 가끔 막걸리도 한잔 대접해 주십시오. 부탁 올립니다. 편안히 계십시오. 선생님 모습, 남편 모습 떠올리며 추억담을 몇 자 적었습니다. 1주기 때 참석해서 많은 분들과 정담을 나누겠습니다. 가끔 자명 씨와도 만나 따스한 차 마시며 선생님 말씀 전하겠습니다.

내 가슴에 남아 있는 구상 도인

박삼중

자비사 주지 · 전국재소자교화후원회장

평생 동안 살면서 가장 가슴에 남아 있는 분을 들라면 주저없이 구상 시인을 첫손 꼽는다. 지금껏 그분을 알게 된 것을 가장 큰 자랑거리로 삼고 있다. 그분은 내 가슴에 큰 자리로 선연히 남아 있다. 영면하신 지 1년이 다 되어 가지만 그분이 이승을 떠났다는 게 긴가민가 믿기지 않는다. 그분의 나직한 목소리가 아직도 환청처럼 들리니 말이다.

돌아가시고 3개월이 지났을 때쯤인가 나는 선생이 보고 싶어 안성에 있는 천주교 묘소를 찾았다. 좋은 포도주 두 병을 들고. 찾아온 발걸음이 없었는지 장례식 때 썼던 많이 시든 꽃을 빼고 내가 들고 간 꽃을 꽂았다. 그리고 잔 가득 포도주 한 잔을 따랐다. 그분 앞에 잔을 놓고 절을 했다. 스님 신분이라 세속의 사람에게 절을 하지 않는 것이 법도이나 내가 가장 존경하는 분이라 스스럼없이 절을 한 것이다. 그리고 합장한 부인께도 한 잔 따라 드리고 옆 묘소의 두 아드님께도 한 잔씩 따라 드렸다. 그리고 나도 한 잔 마셨다. 전혀 술을 할 수 없는 신분이지만 오늘만큼은 대취하고 싶었다. 건강이 많이 나쁠 때 쓴 선생의 시가 떠올랐다.

이윽고 저 장밋빛 황혼처럼
나의 이승의 노을에 다가오는
죽음의 그림자마저도, 이 저녁엔
소년 적 해질 무렵이면 찾으시던
어머니의 그 부름, 그 모습처럼
두렵기는커녕 도리어 기다려진다

— 「어느 비 개인 석양」에서

선생은 죽음이 마냥 싫지만은 않다고 했다. 보고 싶은 어머니, 아버지, 사랑하는 아내, 그리고 먼저 보낸 두 아들을 만날 수 있으니 오히려 한없이 기다려진다고 했다. 선생은 지금 얼마나 행복할까. 그래서 술을 한 잔 마신 김에 선생에게 넋두리를 한다.

"선생님 부럽습니다. 저도 좀 끼워 주세요. 이런 고통의 바다에 절 홀로 남겨두고 선생님만 행복한 꿈을 꾸십니까. 제 고생도 좀 덜어 주세요."

최근에 또 심산하여 선생의 묘소를 두 번째로 찾았다. 아직도 묘소에는 내가 전에 갖다 놓은 꽃들이 시들어 있었다. 찾아오는 발길이 뜸한 것만 같아 마음이 많이 아팠다.

내 방 한가운데에는 "지금 죽어도 억울할 것이 없다"는 글씨가 새겨져 있다. 나는 이것을 평생 내 좌우명으로 삼고 있다. 언젠가 3·1절 기념 행사에 선생을 모시고 참석한 적이 있다. 시간이 남아 행사장 근처 2층 찻집으로 올라가는데 다리가 불편한 선생이 힘들어했다. 그래서 내가 "선생님 건강하셔야지요" 했더니, "다리 좀 못 쓰고 하지만 지금 죽어도 여한이 없습니다" 하셨다. 머리가 번쩍 뜨였다. 내 수첩에 이 말씀을 적었다. 그리고 힘들 때마다 그것을 본다. 아는 서예가에게 부탁해 글씨를 액자로 만들어 붙여 놓고 매일 선생의 말씀을 떠올리며 산다. 평소 살아 계실 때도 선생은 지금 죽어도 억울할 것 없는 삶을 살다가 가신 분이다.

선생이 살아 계실 때 일본에 가서 선생께 공중전화로 연락을 한 적이 있다. 선생이 더 반가워했다.

"선생님, 일본 유학 생활 할 때 생각 많이 나시지요. 일본 오시고 싶지요" 했더니, "스님, 약올리지 마세요" 하면서 "서울 와서 일본 얘기 좀 해주세요, 꼭 뵙시다" 했다.

며칠 전 일본에 갔을 때 그때 전화를 걸던 그 공중전화 박스를 붙들고 선생께 막 수화기를 돌릴 뻔했다. 그때로 돌아가고 싶은 마음뿐이었다. '내가 왜 이러지.' 정신을 차리고 잡은 전화를 다시 걸어 놓고 허전한 마음을 달랬다. 내가 선생을 사랑하는 마음이 이 정도이다.

병환 중일 때 3개월에 한 번 정도 문안을 드렸는데, 그때마다 "선생님, 자주 못 와 죄송합니다" 하면, 선생은 "스님, 저는 매일 스님을 만납니다" 하신다.

"무슨 말씀을 그렇게 하세요. 절 꾸중하시는 거군요."

자주 못 와 뵙는 것을 타박하시는 줄 알았더니 하시는 말씀이,

"전 매일 아침 스님 건강하시라고 기도합니다. 건강하셔서 어려운 사람 눈물 잘 닦아 드리라고 기도하니 매일 스님을 만나는 것이 아니고 무엇이겠습니까."

내가 무슨 대단한 일을 한다고 투병 중에도 내 건강을 위해 기도하다니 무서운 생각이 들기도 했다. 그래서 "선생님, 이젠 저를 위해 기

도하지 마시고 선생님 건강만을 위해 기도하세요" 하고 말했지만, 한편으로 선생의 넓은 기도 품에 든 것이 기쁘기도 했다.

여의도성모병원 중환자실에서 인공호흡기를 끼고 사경을 헤매고 계실 때 면회가 안 된다는 걸 마지막 가시는 길을 못 뵈어서는 안 되겠다 싶어 막무가내로 병원을 찾았다. 선생은 거의 의식이 없었다.

"선생님……."

하고 내가 나직이 불렀더니, 눈을 조금 뜨시고는 앉으라고 했다. 며칠 못 버티실 것 같았다. 마음이 아파 자리에 앉아 있을 수가 없었다. 자리를 박차고 뛰쳐나왔다. 제일 사랑하는 사람이 이렇듯 힘들어하는 모습을 차마 보고 있을 수 없었다. 그때 이야기라도 몇 마디 더 했더라면 내 마음이 이렇듯 사무치게 아프지는 않을 텐데.

선생을 만난 것은 30년 전으로 거슬러 올라간다. 사상죄를 지어 사형수가 된 이원식 씨 구명 운동을 할 때였다. 이원식 씨는 나를 스승으로 생각하고 있었는데 살아난 후 막역한 친구였던 구상 시인께 나를 자신의 스승이라고 소개하면서 처음 만나게 되었다. 나이 차이를 극복하고 구상 선생도 나를 친구처럼 좋아했다.

그 후로 교도소 재소자들을 위한 자선 전람회 자리에 선생이 빠진 적이 없다. 연락을 하지 않아도 어떻게든 알고 찾아와 자신의 일처럼 도와주고 끝까지 자리를 지켰다. 소장품을 출품하기도 했고 작품을 사주기도 했다. 재소자 교화는 내 일, 남의 일이 아니니 괘념치 말라고 말씀하셨지만 자신의 일 이상으로 이렇듯 하기는 쉬운 일이 아니었다.

걸레스님 중광과 얽힌 일화도 있다. 중광 스님과 나는 오래전부터 친구 사이였다. 선생은 끝까지 중광을 끌어안은 분이셨다. 중광에 대한 선생의 한없는 포용은 세상이 다 안다.

중광이 한창 사회에 물의를 일으킬 정도의 행동을 하는 것이 안타까워 선생을 찾아갔다. "선생님, 중광을 그만 거들어 주십시오. 천주교 신자로 맑고 청순한 삶을 사시는 선생님 명예가 자칫 중광 때문에 훼손될까 봐 마음이 아픕니다" 했더니, 선생은 "스님, 이미 저는 중광이라는 한 사람을 알았습니다. 한번 알았으면 참고 기다려야 하는 것입니다. 기다릴 겁니다. 누가 그에게 돌팔매질을 해도 나는 참고 기다릴 수 있습니다" 한다.

중광 때문에 지탄을 받아도, 명예에 상처를 입어도 자신은 이미 중광을 알게 된 사이이므로 참고 기다린다니, 얼마나 간단하면서도 멋진 얘기인가. 계산하고 사람을 만나는 세태에 선생의 모습은 성자의 모습 바로 그것이었다. 그렇게 말한 내가 오히려 무안했다.

그 후 중광은 그림도 열심히 그리면서 본래의 모습으로 돌아왔다. 그래서 잘못 말한 그때 말을 회복할 겸 다시 선생을 찾았다.

"선생님, 중광이 발전해서 대단한 모습으로 돌아왔습니다. 이 경지에 온 것은 다 선생님이 중광을 키운 덕분입니다."

이 말을 들은 선생은 정색을 하고 손사래를 쳤다.

"스님, 무슨 말씀 하십니까. 중광은 내가 키운 적이 없습니다. 본래 그는 예술에 천재 기질이 있는 사람이었습니다. 다시 그 자리로 돌아온 것입니다. 본인의 능력으로 말이지요. 내가 키웠다는 말씀 제발 딴데 가서라도 하지 마십시오."

중광을 모욕하는 것을 자기를 욕하는 것으로 생각하는 선생은 매사 말과 행동과 마음이 일치하는 삶을 사신 분이었다. 그러니 내가 더욱 부끄러울 수밖에.

선생이 누구보다 삶 중에 기뻐하신 일은 사형수 최재만이 살아나온 일이었다. 선생에게 최재만은 양아들이다. 자신은 죄가 없어 반드시 집으로 돌아간다고 '필귀가'를 염주에 새긴 최재만은 옥중에서 부처와 같은 삶을 산 사형수로, 선생은 그의 구명을 위해 그야말로 친아들 이상으로 물심양면 애를 썼다.

문화방송 수사반장에서 최재만을 소재로 부처님 특집극을 만들었는데 선생과 서옹 전 종정, 배명인 전 장관과 내가 모두 출연했다. 그때 선생은 한사코 "내가 뭘 했다고 나가느냐"고 사양했다. 아무리 전화로 간청해도 안 되었다. 방송국 감독과 짜고 집에 장비를 들고 쳐들어가 마지막 설득을 했다.

"선생님이 방송 출연해야 최재만이 나올 수 있습니다" 하면서 거짓말을 했더니 그제서야 "내가 방송에 나가면 확실합니까?" 물었다.

"확실합니다. 노모가 살아 계실 때 그가 나와야 노모를 만날 수 있지 않겠습니까?" 했더니 선생의 마음이 움직였다. 선생의 천진성이 묻어 나오는 대목이다.

드디어 최재만이 가석방되었을 때 선생과 나는 부둥켜안고 뛰며 좋아했다. 그렇게 좋아하는 모습을 본 적이 없었다. 선생은 친자식보다 더 최재만을 좋아하고 아꼈다. 그가 나올 때 언론의 취재 열기가 대단했다. 선생은 대단한 일을 한 것도 아니고 "모두가 스님이 한 일을 왜 내가 했다고 언론에 알려 욕을 보이십니까?" 하면서 극구 신문·방송이 함께 나오면 석방되는 자리에 가지 않겠다고 했다. 사실 선생이 아니었으면 최재만은 못 나왔을지도 모를 정도로 선생이 쏟은 애정은 남달랐다. 모든 공을 나에게 넘기는 선생의 성자 같은 모습에 누가 감동받지 않으리. 결국 선생은 그 자리에 가지 않았다. 나중에 언론사

없이 조용히 양아들을 만났다.

한번은 최재만 석방에 공이 많은 배명인 전 법무부 장관이 저녁을 사겠다고 선생과 최재만, 그리고 최씨 부인을 초대했다. 몸이 불편한 선생을 배려해 선생 댁 근처에 식당을 정하고 선생을 모시러 댁으로 30분 전에 갔더니 이미 출발하신 후였다. 식당에 들어가니 선생은 깨 끗한 한복을 잘 차려입고 앉아 계셨다. 저녁을 잘 먹고 배 장관이 계 산서를 가져오라고 하니 이미 선생께서 계산을 다했다고 했다. 이곳 에 미리 온 이유는 자식이 형무소에서 나와 애를 많이 쓰신 분들에게 한턱 내는 자리이니 자신이 계산하겠다고 귀띔하기 위해서였다. "내 아들 나오도록 힘쓰셨으니 내가 장관께 한턱 내는 게 당연합니다" 해 서 배 장관은 다음 순서로 밀렸다.

생전에 나는 선생과 식사를 자주 했는데 그때마다 내가 계산한 적이 한 번도 없었다. 자리에 앉으면 안자리를 내게 내주고 당신이 바깥 자 리에 버티고 앉아 미리 계산하는 것을 막았다. 그때마다 "스님, 제가 스님보다 형편이 낫습니다" 했다. 내가 강의를 많이 다녀 강의료가 꽤 많이 들어온다고 하면 선생은 "그건 인기 있을 때 받는 거구요, 나중에 청이 없으면 그것도 없잖아요" 하면서 기어코 당신이 계산을 했다.

벼르고 별러 어느 날 "오늘은 제가 냅니다" 하면서 식사를 하는데 밥 먹고 역시 계산하기 위한 다툼은 불문가지. 선생이 "스님, 우리 나 라에서 제일 부자가 누굽니까?" 하시길래 "그야 정주영 씨겠지요" 했 더니, "왕 회장이 가끔 나를 찾아옵니다. 나와는 40년 넘는 친구 사이 지요. 왕 회장도 한턱 낸다고 왔다가 내 밥 얻어먹고 갑니다. '나와 의 절할래, 돈 낼래' 하면 왕 회장도 어쩔 수 없이 내게 계산을 맡기지요. 스님이 왕 회장보다 돈이 많으면 계산하십시오."

이러니 어찌 내가 계산을 할 수 있겠는가. 매사 선생의 넉넉하고 끈끈한 정이 늘 가슴에 담겼다.

선생은 제가 만난 최고의 도인이다. 최고의 성자이다. 어떤 수식어도 그분에겐 모자람이 크다. 돌아가신 후 그분에 대한 그리움이 더하다. 묘지를 몇 번 찾아도 애틋함이 사그라들지 않는다.

내 마음속 큰 스승, 그분이 가신 지 벌써 1년이 되어 간다. 그렇지만 그분이 보여 준 일치의 삶, 겸손의 삶, 나 아닌 사람들에게 따뜻하게 손 뻗어 세상을 따뜻하게 한 그 빛은 늘 세상을 밝게 비추고 있음을 내가 알고 세상이 다 안다.

오늘 선생은 우리가 어떻게 살아야 하는지를 큰 그늘이 되어 등대처럼 세상을 밝게 비추고 있다. 고독하게. 찬연하게.

대부님, 우리 예수님

신재용
숭실OB남성합창단 단장

대부님은 눈개

봄비 내리는 밤입니다. 엊그제까지만 해도 꽃샘잎샘에 뽀로통히 입술을 삐죽거리던 꽃들이 이 밤 봄비에 해쭉해쭉 화순을 열고 으늑한 꽃향으로 춘색을 돋울 것 같습니다.

참참이 대부님 생각을 아니 해오던 건 아니지만 붓끝을 다듬는다며 이리 앉아 빗소릴 듣고 있자니, 가옵신 그곳에도 꽃비가 내리겠지요, 하고 여쭤 보고 싶습니다.

대부님, 제가 엄친의 뒤를 이어 5대째 신농유업의 길로 들어섰던 해 꽃철, 그때는 대부님이 아니셨던 선생님께서 제게 전화를 주셨습니다. 보내 준 저서를 잘 받았노라, 감사하노라, 이리 말씀하시면서 축주 한 잔 함께 하자고 하셨습니다. 오랫동안 제 엄친과 의사·환자 관계를 넘어 각별히 지내시던 선생님께서는 이미 3년 전에 영면하신 제 엄친의 면을 봐서 그리 하셨겠지만, 범절 하나 제대로 갖추지 못한 채 신간 저서라며 같잖게 책 한 권 덜렁 우송한 20대 후반의 저를 밉광스레 보지 아니하시고 시간을 내주시고 자리를 마련해 주셨던 것입니다. 늦은 식사 자리요, 이른 술자리를 가진 곳은 원남동 보신탕집이었습니다. 그날 제게 해주신 말씀을 기억하십니까? 저는 예이제 없이 그날의 가르치심을 각골하고 있습니다. 때마침 내린 사우(乍雨)에 앙그러진 꽃망울이 꽃비 되어 떨어지던 것을 보며, 열정과 욕망의 진실에 대한 그날의 귀한 가르치심을 지난 적같이 이적에도 잊지 않고 있으며 올 적까지도 난망할 것입니다.

대부님께서 제 엄친의 한의원에 다녀가시던 모습을 먼발치에서 뵙기도 했고, 제 엄친께 청람(靑藍)하라 주셨던 여러 시집을 보느라 서음(書淫)에 빠져 대부님의 진면목을 접할 수도 있었지만, 그래도 첫 면품한 때가 대학에 갓 입학한 해 시화전을 한다고 껍죽거리며 엄친의 소위 '빽'을 믿고 대부님을 감히 초청한 때이니 셈하면 어언 40여 년이나 됩니다. 그날, 그 특유의 미사미소(微辭微笑)에 빠진 채 아직도 그 마력에서 헤어나지 못하고 있습니다. 조용조용하신 말씀과 벙긋! 소리 없는 웃음, 그 미혹의 이상한 힘에 끌려 저는 마치 카페 '에뜨랑제'의 백러시아계 일본 여인 유미짱처럼 꿈속에서마저 대부님을 여러 차례 만나 뵈었습니다.

그래서 저는, 대부님께서 비라면 는개 같은 비라고 생각해 왔습니다. 안개도 아니면서 이슬비도 아니면서 그저 아렴풋한 비, 내리는 듯 아닌 듯 그러나 삼라만상을 두루 촉촉이 적셔 주는 단비.

그래서 알 것 같습니다. 구상(具常)을 구첨(具瞻)하는 이유를.

상린범개(常鱗凡介)의 크시고도 드넓은 포용과 범애의 심성 때문에 뭇사람이 모두 우러러보며 따른다는 것을.

5년 전 10월, 63빌딩

"선생님, 두 가지 올릴 말씀이 있어서 찾아뵈었습니다. 둘 다 들어주시면 좋지만 여의치 않으시면 첫 번째 올리는 말씀만 들어주셔도 감사할 뿐입니다."

제가 올린 말씀에 예의 미사미소로 저를 미혹에 빠지게 하시면서 괘념 말라 하시기에 이렇게 말씀드렸습니다.

"첫 번째는 제가 영세 받으려고 하는데 영세명을 선생님께 받고 싶고, 두 번째는 대부님이 되어 주시기를 허락해 주시면 하는 바람입니다."

대부님은 그날 그 자리에서 저에게 프란치스코라는 영세명을 주셨고, 며칠 후인 11월 4일에는 저의 대부님이 되시어 제 어깨에 손을 얹고 축복해 주셨는데, 혹시 영세명을 주시면서 63빌딩에서 제게 들려주신 말씀을 기억하고 계시나요? 건강이 필설로 표현하기 어려울 정도로 안 좋으실 때에도 어쩜 저토록 강기하실까 하고 놀랄 정도의 대부님이시니 분명 기억하시고도 남으실 것입니다.

대부님께서는, 프란치스코 성인은 부유한 집안에서 태어나 젊어서 방탕했으나 자신의 재산을 이웃에게 다 나누어주고 입고 있던 옷마저 헐벗은 자들을 위해 벗어 주고 제자들과 함께 수도 생활을 했던 분이신데, 새들과 짐승들과도 얘기했던 분이셨으며, 예수님처럼 오상(五傷)의 고통을 당하셨던 분이라고 말씀하셨습니다. 그리고는 저에게 성인 프란치스코의 삶처럼 사랑과 용서를 심고 위로하고 이해하는 생활을 하라, 그리고 희망과 광명과 기쁨을 뿌리며 일치와 믿음을 심는 생활을 하라고 일러 주셨습니다.

이때 저는 '상린범개'의 포용과 범애의 대부님 심성을 더욱 분명히 재확인할 수 있었으며, 대부님이시야말로 는개 같은 분이심을 더 똑똑히 알게 되었습니다.

대부님, 제가 단장으로 있는 '숭실OB남성합창단'의 애창곡 제1번이 프란치스코 성인의 기도문을 작곡한 '평화의 기도'라는 것을 대부님께서는 모르셨겠지만, 제게 주신 프란치스코라는 영세명이 결코 우연이 아님을 알고 영세식 날 저는 몇 번이고 거듭 스스로 이렇게 다짐했었습니다.

"사랑받기보다는 사랑하며 자기를 온전히 줌으로써 영생을 얻기 때문이니, 오! 주여 나를 평화의 도구로 써주소서."

허나, 어쩌면 좋습니까? 프란치스코 성인의 평화의 도구는커녕 허욕에 빠져 살고 있으며, 대부님처럼 뭇사람들이 걸터앉아 편히 쉴 나무 그루터기로 살기는커녕 야멸스럽기 그지없이 살고 있습니다. 몰풍스러운 제가 한없이 부끄럽습니다. 예순 나이의 이 삶이 민둥산 머리만큼이나 초라하기만 합니다.

두 이레 강아지, 그리고 예수이신 대부님

그러나 찬류(竄流)의 삶이 결코 헛되지 않도록 항상 회오의 무릎을 꿇고 기도하면서 어느 해 설날에 저희 부부가 세배 드릴 때 들려주셨던 말씀 — "새로운 내가 되지 않으면 새해를 새로 맞을 수 없다"는 그 말씀을 항상 기억하며 살도록 하겠습니다.

아, 그날 저에게는 이런 말씀도 해주셨습니다.

"하느님과 자신만이 아는 작은 희생의 기회는 쉴 새 없이 있는 까닭에 더 어렵다."

그날 저는, 대부님께서는 희세지재(稀世之才)이시지만 마치 "제 풀에 돌아서 흰 고물 같은 꽃을 피운" 분이시라는 걸 느끼고는 저희 작은 의료 봉사 동아리인 '동의난달'의 그해 경구(警句)를 "영원과 무한의 한 사랑으로 / 이제 여기 존재한다"는 대부님의 시구로 정했습니다.

저만 그런 게 아니었습니다. 제 아내인 테레사도 그날 대부님께서 성녀 테레사의 자서전 『작은 꽃』을 인용하시면서 예방은총이나 그 비호엔 눈이 어둡고 그저 금세 국이라도 끓여 먹을 호박덩이 같은 복을 하느님께 달라고 졸라서는 안 된다고 말씀하시자 저만큼이나 몹시 찔끔했습니다.

그날 제가 아내에게 "대부님께서 '앉은 자리가 꽃자리'라는 말씀과 '참을성을 갖고 정을 쏟아야 하고, 또 정든 후에도 책임감이 따른다'는 말씀을 해주실 때 당신이 턱 떨어지는 것도 모르고 듣는 걸 보면서 마치 주님 발치에 앉아 말씀을 듣던 마르타의 동생 마리아를 보는 것 같아서 감동 먹었어!"라고 했더니, 아내가 "정말 예수님 모습을 닮으셨어!"라고 했습니다.

대부분, 외람되지만 탄회하게 말씀 올리면 대부님께서는 '두 이레 강아지' 같다고 할까요, 천진무구의 개구쟁이 같다고 할까요, 그러다가 흘연(屹然)하신 그 모습에 자신도 모르게 옹송크리게 되는 걸 보니, 대부님께서는 제 아내의 말처럼 예수님 모습이 분명하십니다.

『동의보감』에 턱수염 수(鬚)는 빼어날 수(秀)의 뜻이요, 코밑수염 자(髭)는 아름다운 모양 자(姿)의 뜻이라고 했는데, 정말 빼어나도록 아름다운 모습으로 예수님을 빼닮으셨음이 분명하십니다.

모과 옹두리와 자기 십자가

여하간 시간이 흘러 어느 해 크리스마스 미사 때, 제 아내는 대부님을 모델로 세라믹 인형을 만들어 성탄 구유로 봉헌했습니다.

허나 그해 크리스마스에는 대부님께서 저희 곁에 계시지 않았습니다. 너무 맘 아픈 성탄이었습니다. 그러나 영원히 아름다운 모습으로 저희 곁에 계실 아픔이기에 슬픔보다 더 큰 위로를 또한 느끼게 한 성탄이었습니다.

대부님, 봄비 내리는 밤에 대부님을 추억하며 이 글을 쓰면서 소위 '주마등'같이 여러 추억거리가 스쳐갑니다. 어쩜 이토록 수많은 사연이 대부님과 저 사이에 쌓여 왔던지 한편으로는 대부님이 그립고, 한편으로는 제 자신이 자랑스럽습니다. "난, 대부님의 사랑을 받았다!"라고.

대부님, 이번 봄비로 윤중로 벚꽃도 만개할 것이고, 한강 새터 역시 솜사탕처럼 야들한 들풀로 가득해지겠지 하는 생각에, 관수(觀水)하시던 대부님 모습이 선연합니다. 강과 하나 되셨기에 '그리스도 폴'의 말씀을 귀 있으면 들어라 하시며 그리 못이 박히게 하셨던가요? '모과 옹두리' 같은 대부님의 사연 많은 삶 속에서도 강의 흐름을 통해 이미 깨우치신 바가 있으셔서 그리도, 그리도, "자기 십자가를 지고 나를 따라오지 않으면 내 제자가 될 수 없다" 하시는 말씀과 함께 "너희는 남에게서 바라는 대로 남에게 해주어라. 너희가 만일 자기를 사랑하는 사람만 사랑한다면 칭찬받을 것이 무엇이겠느냐?"는 말씀을 들려주셨던가요?

그리고 대부님, 의료인인 저보고 병을 고치려는 의사가 아니라 마음을 고치는 의사가 되라고 들으라 하신 말씀이셨던가요? "필경 성서의 '탕자의 귀가'가 이루어져 신령한 것에 대한 외경심을 회복하지 않고서는 인간의 소외와 불안감은 치유되지 않을 것"이라는 그 말씀. 대부님, 오늘서부터 영원을 사신 대부님께 경외를 바치며, 편히 쉬십시오.

구상 시인과 왜관, 그리고 낙동강

배상도
칠곡군수

구상문학관 한켠에는 지난해 돌아가신 구상 시인의 호적등본이 전시되어 있다. 본적이 왜관리 789번지로 되어 있다. 문학관을 찾는 많은 사람들의 공통적인 질문 중에 빠지지 않는 것이 있다. "구상문학관이 어떻게 해서 왜관에 지어졌습니까?" 하는 질문과 "구상 시인의 고향이 왜관입니까?" 하는 질문이다. 이런 질문을 받으면 우린 "예, 왜관이 고향입니다"라고 자신 있게 대답한다. 물론 왜관이 태어나고 자란 고향은 아니다.

그러나 왜관은 시인에게 고향 이상의 존재다. 시인에게 왜관은 곧 시였다. 왜관을 끼고 흐르는 낙동강은 아무리 퍼내도 마르지 않는 시의 원천이었기 때문이다. 구상 시인은 스스로 "강은 나의 회심의 일터"라고 했듯이 강과는 뗄 수 없는 인연의 고리로 이어진 듯하다. 어려서는 마식령산맥으로부터 흘러내리는 원산의 적전강을 바라보면서 성장했다. 6·25 전쟁이 터지고 왜관에 정착한 후에는 20여 년을 낙동강을 옆구리에 끼고 사셨다. 말년에는 한강을 벗 삼아 사셨다. 구상 시인은 강이 생성과 소멸을 거듭하면서 무상 속의 영원을 보여 준다고 했다. 60편에 달하는 연작시 「강」에는 시인의 이러한 정신이 고스란히 담겨져 있다.

이렇듯 구상 시인이 강을 일반적인 경치나 풍경의 대상으로 보지 않고 인식의 대상으로 바라보게 된 것은 '그리스도 폴'이라는 가톨릭 성인의 전설과 헤르만 헤세의 소설 『싯다르타』의 영향을 받았다고 했다. 관수재 앞을 흐르는 낙동강을 자주 접하는 데서 오는 친근감이 작용했다고 했다.

구상문학관이 있는 왜관과 낙동강은 아직도 시인에 대한 많은 흔적과 기억을 간직하고 있다. 관수재 앞 낙동강변에는 시인이 중절모를 쓰고 낚싯대를 드리우던 돌밭 나루터의 흔적이 완연하게 남아 있다. 예전처럼 완전한 모습은 아니지만 촘촘히 박힌 나무 기둥들이 세월의 무게를 지고 아직도 버티고 있다. 또한 사람들의 기억 속에는 낚싯대를 드리운 시인의 모습이 한 장의 사진처럼 남아 있다. 시간이 날 때마다 부인과 함께 걷던 낙동강 인도교는 아직도 그때 그 모습으로 자리를 지키면서 오늘도 시인에 대한 추억을 푸른 강물에 비추고 있다. 시인이 오늘 속의 영원을 갈구하며 기도하던 수도원은 오늘도 모든 이들에게 말없이 영원의 의미를 가르치고 있다. 영혼을 깨우던 그 종소리는 그때나 지금이나 변하지 않는 소리로 우리의 귓전을 울리고 있다.

이곳 사람들의 시인에 대한 기억은 여러 가지다. 1950년대에 영남일보 주필 겸 편집국장으로 재직시 대구로 출퇴근하는 시인을 보고 신문사 편집국장이 무슨 일을 하는지 모르는 사람들이 대부분이었다. 항상 국방색 바바리코트를 걸치고 커다란 가죽 가방을 메고 다니던 인물 좋고 후덕한 신사로 기억한다. 지금은 사라졌지만 주막에 앉아 이웃들과 함께 풋고추와 된장을 안주 삼아 막걸리를 마시는 모습을 기억한다. 그때도 시인은 동네 주막에서 막걸리 잔을 기울이면서 사람을 가리지 않고 어울렸다고 한다. 비록 고급 술에 좋은 안주는 없었지만 이웃들과 함께 술잔을 나누고 세상 사는 이야기를 나누었다.

지난해 5월 시인께서 돌아가신 후에 일본의 문인들이 문학관을 찾아 추모 문학회를 가진 적이 있다. 이 자리에서 한 원로 시인은 "나무 사이에 나무가 있고 사람 사이에 사람이 있듯, 구상 시인은 층층이 사람 속에서 살다가 가신 분"이라고 평했다. 이렇듯 시인은 왜관에서 생활하던 젊은 시절에도 사람을 가리지 않았다고 한다. 배운 사람이나 못 배운 사람이나, 가진 사람이나 가난한 사람이나 누구를 만나도 한결같이 대했다. 왜관에서 살았던 20년이 넘는 오랜 세월 동안 이웃 사람들은 시인이 그렇게 유명한 사람인 줄은 잘 몰랐지만 한 가지는 알았다. 누구에게나 한결같이 대하는 인심 좋은 사람이란 것은……

그리고 한동안 이곳 사람들의 기억 속에서 잊혀져 갔다. 그러나 문학관 개관과 함께 인자하고 인심 좋던 시인은 다시 왜관으로 돌아왔다. 이제는 많은 사람들이 구상 시인을 알고 구상문학관을 안다. 왜관에 구상문학관이 있다는 사실을 자랑스럽게 여긴다. 시인께서 가신 지도 어느새 1년이란 시간이 지났다. 우리가 시인을 다시 볼 수는 없지만 문학관과 시를 통하여 시인을 만난다. 우리는 구상문학관을 시인의 문학 정신을 이어 가는 요람으로 삼고, 지역 문학의 산실로 가꾸어 나갈 것이다. 그리고 구상 시인 서거 1주기를 맞아 삼가 시인의 명복을 빈다.

부드러우면서도 근엄한 충고

변규백
작곡가

구상 선생님은 나이 어린 후학들에게도 항상 인자하시고, 권위를 내세우는 법이 없으며, 상대방에게 편안한 마음을 갖도록 해주셨다. 어려운 일이 생겨서 부탁드리면, 비록 작은 일이라도 진심과 정성을 다해 베풀어 주셨다.

무슨 일로 필자의 집으로 전화를 하실 때는 항상 "저 구상입니다. 변 형 좀 바꿔 주세요"라고 말씀하신다. 나이를 보면 스물일곱 살이나 아래인데도 불구하고 그분은 전화를 거실 때면 언제나 필자에게 "변형!"이라고 부르신다. 전화상으로뿐만 아니라 일반 좌중에서까지 "변형"이란 호칭으로 말씀하실 때마다 나는 고개가 절로 숙여지고 그분을 우러러보게 된다. 마음속 깊이 그분에 대한 존경심이 절로 우러나온다.

1980년 5월 어느 날 선생님께서 집으로 전화를 하셨는데, 마침 집사람이 받았다. 아니, 집사람에게 전화를 하신 것이다. 내용인즉, 부군께서 전화를 받을 때나 전화를 걸 때 "변 선생입니다"라고 자신을 스스로 높이는 말을 하는데 앞으로 삼가 달라는 주문을 하기 위해서였다. 집사람은 선생님에게 부드러우면서도 아주 존엄한 충고의 말씀을 들은 것이다.

집사람은 내게 "앞으로는 두번 다시 구상 선생님께 전화로 말씀드릴 때 '변 선생입니다'라고 하지 말라"고 당부하였다. '변 선생'이라고 선생님께 내 스스로 높였으니 이같이 큰 실수가 어디 있단 말인가. 나의 잘못으로 집사람이 근엄한 충고를 받게 되었으니 집사람에게 미안해 솔직히 사죄하였다. 구상 선생님은 나의 잘못을 직선적으로 지적하지 않으시고 간접적이고 부드러운 표현으로 상대의 심사를 건드리지 않고 일깨워 주신 것이다. 나는 직업상 아무런 의식 없이 다반사로 "변 선생입니다"란 표현을 즐겨 사용하였는데, 선생님께서 그것을 지적해 주신 것이다. 그 후로 나는 두번 다시 "변 선생입니다"란 표현을 하지 않게 되었다. 선생님은 25년이 넘도록 나에게 항상 '변 형'이라고 부르셨다.

1980년 가을 어느 날, 선생님께서 저녁 6시에 한국일보의 스카이라운지에서 만나자고 하셨다. 10분 전에 약속한 장소에 가보니, 이미 선생님은 자리에 도착해 계셨다. 약속 시간을 철저히 지키시는 선생님의 배려에 또 한 번 고개가 절로 숙여졌다.

선생님은 내게 정중히 말씀하시길 "다름이 아니라 오늘 성바오로출판사에서 75년도에 발행한 『구상문학선(具常文學選)』을 한 권 갖고 나왔습니다. 한번 읽어 보시고 작곡할 수 있으면 작곡을 부탁드립니다" 하셨다. 주신 책표지를 한 장 넘겨 보니, "卞圭百 선생 청람, 具常 드림"이라고 친필로 적혀 있지 않은가.

그 순간 나는 감격했고 고맙고 감사해서 무어라 말씀을 드릴 수가 없었다. 주체할 수 없는 마음을 가다듬고 "선생님! 제가 할 수 있는 한 최선을 다해서 작곡에 임하겠습니다"라고 약속을 드렸다.

그 후로 나는 선생님의 작품을 본격적으로 공부했다. 초기 작품에서 최근 작품까지 두루 섭렵하였다. 선생님의 영혼의 흐름과 가락을 나름대로 찾아내서 작곡에 임했다. 그래서 쓴 첫 작품이 '달밤'으로, 공간시낭독회 때 발표하였다. 이어서 '부활송(復活頌)', '가을 병실', '우음(寓吟)' 등 여러 곡을 작곡하였다.

걸레스님 중광(선화가)을 선생님의 소개로 알게 된 것이 아마도 1983년 5월 중순 무렵일 것이다. 출판문화회관에서 열린 어느 화가의 전시회장에서였다. 중광 스님이 자신을 소개하길, "저는 구상 선생님의 아들입니다"라고 하기에 "나는 구상 선생님의 동생입니다. 바로 구상 선생이 저의 큰형님입니다"라고 했다. 그랬더니 중광은 무척이나 당황한 표정이었다. 바로 옆에 계신 구상 선생님은 중광과 주고받는 얘기를 듣고서 빙그레 미소만 짓고 계셨다. 그 후로 중광과 나는 의형제를 맺어 다정한 세월을 보냈다. 중광과의 만남을 주선해 주신 구상 선생님께 항상 고마운 마음을 간직하고 있다.

구상 선생님이 어떤 단체 모임 중에서도 가장 아끼고 사랑하신 모임이 바로 공간시낭독회였다. 다른 모임은 사양할지언정 애정 어린 공간시낭독회는 빠져 본 일이 없다고 본다. 선생님이 혹시 병원에 입원해 계시거나 집에서 요양하실 때면 나는 그분을 대신해서 단골로 시를 낭독하곤 했다. 그럴 때면 청중들은 마치 구상 선생의 모습 그대로의 목소리로 낭독을 한다고 평가를 하였다. 이 소식을 회원 중 한 분이 선생님께 전하자, 선생님은 내게 "고맙고 감사하다"고 말씀하셨다.

구상 선생은 공간시낭독회에서 어느 날 다음과 같은 시를 낭독하셨다. 매우 감명 깊게 들었다.

나는 한평생 내가 나를

속이며 살아왔다.

모두가 진심과 진정이 결한

삶의 편의를 위한 겉치레로서

그 카멜레온과 같은 위장술에

스스로가 도취마저 하여 왔다

더구나 평생 시를 쓴답시고

기어(綺語) 조작에만 몰두했으니

아주 죄를 일삼고 살아왔달까!

그리고 이어서 말씀하시길, "시는 솔직 담백해야 하고, 인간의 근원적인 것을 추구해야 하며, 치열하게 진실을 체득하지 않고는 타인에게 감동을 줄 수 없다", "요즘 시는 언어의 화장술에만 잔뜩 치중돼 있다"고 불만을 토로하셨다.

매달 한 번씩 열리는 공간시낭독회는 오는 2005년 6월 29일에 300회를 맞는다.

구상 선생님! 아니 구상 형님!! 300회 때 강림하시어 자리를 빛내 주시길 바랍니다.

위대한 휴머니스트

―

이운룡

시인 · 중부대학교 교수

순간의 현실은 슬픈 것일지라도 추억은 오래 가고 아름답다. 구상 선생님이 장수하리라고 믿지는 않았지만, 막상 작고하셨다는 부음을 듣고 나는 얼마나 비통했던지. 영안실 영정의 선생님이 생시처럼 빤히 내다보면서도 아무 말씀이 없으신 채 나를 얼마나 흐느끼게 했던가. 평소에 위대한 성자의 인품이고 인격을 지닌 큰 어른이라고 존경해 마지않았던 나는 어버이 한 분을 잃은 심정 바로 그것이었다.

내가 선생님을 처음 뵌 것은 1979년이었다. 전주 가톨릭센터에서 2년여 동안 매달 문인을 초청하여 문학 강좌를 가졌을 때, 선생님을 두 번 초청한 일이 있다. 그전에는 지면을 통해 한 편 한 편 시를 읽었을 뿐이었지만, 막상 대면하고 나면서부터 선생님의 고매한 인격과 품격에 깊이 감화를 받아 그때부터 선생님의 시와 산문을 빠짐없이 읽기 시작했다. 광복 1주년을 기념하여 '원산문학가동맹'에서 발간한 시집 『응향』에 게재, 필화 사건에 연루되었던 문제의 초기작 「여명도」· 「길」·「밤」 등 3편의 시에서부터 당시까지의 시와 산문을 하나도 거르지 않고 읽는 동안 소설을 읽는 것처럼 흥미진진했고, 선생님의 철학과 종교, 인생에 대한 통찰력, 그리고 진리만이 사람과 삶의 길이라는 사상에 매료·심취되어 선생님의 문학 속에 깊이 빠지는 재미를 느꼈다.

그로부터 나는 서울 여의도 시범아파트 선생님 댁을 자주 방문하게 되었고, 선생님 또한 전주 오시는 일이 빈번해지셨다. 그 결과 선생님의 전시(全詩)를 연구해 보자고 작정, 몇 해에 걸쳐 끙끙 앓아 온 보람으로 '구상 시의 사상과 형상성 연구'라는 소제목 아래 『존재 인식과 역사 의식의 시』라고 책명을 올려 454쪽의 단행본을 전주의 신아출판사(1987. 3. 1)에서 간행한 바 있다. 이 책은 10일 뒤에 곧장 재판까지 찍었으며, 서울에서 『구상 시전집』이 잇따라 나와 프레스센터에서 두 책의 출판기념회를 가졌다. 그 장소에는 한국의 지성인과 문학인·정치인 등 사회의 저명 인사 800여 명이 참석하여 축제의 장이 되었는데, 더불어 나도 유명세를 타게 되었다. 그때까지도 학계와 문단에서는 구상 시에 크게 관심을 두지 않았다. 그러던 차에 구상 시 연구서가 나오자 주목을 받기 시작하여 연구 논문과 평론이 쏟아져 나왔다. 그리하여 1990년대 초까지 모두 30여 편이 발표되었다. 나의 연구서 이전에는 김윤식·구중서·안수완·김해성·김광림·문덕수·김봉군·홍신선 등 몇 사람이 선생님의 시에 관해 독자적인 평론을 발표했을 뿐이다.

구상 선생님은 그런 인연으로 하여 나를 각별히 사랑하셨다. "운룡 형이 처음으로 내 시를 언급해 주어서 고맙기 그지없지"라고 말씀하셨을 때의 송구스러웠던 마음, 대우빌딩 어느 양복점에서 양복을 맞추어 주셨던 호의, 그 후에도 전주에 오실 때나 서울 자택에서 뵈올 때마다 못 주어서 한 맺힌 것처럼 닥치는 대로 주고 싶어하셨던 선생님의 마음을 나는 잊을 수가 없다. 운보 김기창 화백의 '소싸움' 그림도자기는 시집 간 딸애가 가지고 가 보물처럼 아끼고 있으니 다행이다. 나의 우거(寓居)에 오셔서 점심을 드셨을 때 그냥 좋아하시던 표정과 천진무구한 웃음, 광주 문학 강연에 동행하여 하룻밤 한 침대에서 주무실 때 일본 병원에 입원하여 등 쪽 갈비뼈를 자르고 폐를 꺼내어 씻고는 다시 넣었기 때문에 등허리가 움푹 패였노라고 등을 돌려 보여 주셨던 기억, 박사학위를 받았지만 대학에 발을 들여놓지 못하고 있던 나를 교수로 심으려고 관계 부처 담당 실력자에게 부탁한 것이 이문이 폐문이 되어 오히려 대학 이사장에게 냉정하게 거절당했던 일 (이사장은 교수로 채용할 뜻을 이미 내비쳤었다), 그러고도 다른 두 곳에 천거하였으나 끝내 실패로 돌아가자 안타까운 현실을 못마땅해하셨던 선생님…….

'구상 시인!' 하면 나는 오늘의 사회 현실에서 '살아 계시는 예수님'이라고 믿어 왔다. 나에게뿐만 아니라 종교계, 학계, 문단 그 어떤 사회를 막론하고 정의와 참사랑을 실천에 옮겨 봉사하셨고, 이해와 용서와 용기로써 세상 사람을 포용하셨으며, 사랑과 자비심을 생의 존재 의미와 가치로 승화시킨 분이 있다고 한다면 바로 구상 시인 한 사람이 아닐까 싶기 때문이다.

나는 서울 가는 날에는 반드시 선생님 댁을 방문하여 찾아뵙곤 했다. 댁에서 먼저 반기는 분은 이모(사실은 사모님의 동생)님이셨다. 내과 의사였던 사모님은 으레 의료 봉사 현장에 나가셔서 어쩌다 뵐 수 있고, 대개는 이모님이 선생님을 보살피셨다. 때로는 신문기자나 문인이 선생님을 먼저 방문하여 자리를 잡고 앉았거나, 혹은 내 뒤를 이어 들어와 동석하기도 했다. 어느 때인가는 기억나지 않지만, 선생님은 KBS 기자와 전화 통화를 하고 계셨다. 무슨 일 때문이었는지 버럭

성을 내시더니, "네 사장을 바꿔라"고 고함치시며 화내시는 것을 나는 처음으로 목격했다. '그렇게 인자하신 선생님도 화내실 때가 있구나!' 하고 생각하면서 깨달은 것은 권세나 그 어떤 힘 앞에서도 굽히지 않고 자신의 주관을 관철시키는 정의감이었다.

그렇다. 선생님께서 신문사에서 일하실 때 『민주고발』이라는 시론(時論)을 집필한 일로 고난을 겪었던 일이 대구에서 있었다. 그전부터 정치 참여를 과감하게 물리치고 '남산골 샌님'으로 끝까지 남으셨던 일, 신문기자 동경 특파원으로, 또는 하와이대학교 객원교수(1970~1973)로 잠시 떠나 있게 되었던 속사정도 알고 보면 모두 정의를 배반하고 사회 모순이나 정치적 편견과 타협할 수 없었기 때문이다. 따라서 정치 참여를 거부하기 위한 방편이었다는 것을 아는 사람은 이미 다 알고 있다.

특히 박정희 전 대통령과의 각별한 관계는 6·25 한국전쟁에 참가했던 종군작가단 시절 때부터인즉, 두 사람의 우정은 이후에도 껄끄러운 관계로 끊어지고 맺어지고 하면서 지속되었다. 하와이대학교 객원교수를 마치고 귀국하여 쓴 자전적 연작시 「모과 옹두리에도 사연이」의 끝 부분에서 "그는 '샤아먼'이 되어 있었다.//그 장하던 의기(義氣)가/'돈키호테'의 광기(狂氣)로 변하고/그 질박(質朴)하던 성정(性情)이/방자(放恣)로 바뀌어 있었다"고 심회를 털어놓으셨다. 이 시는 당시의 정치 지도자를 모독했다는 이유로 정신적 고초가 심했다는 말씀도 들려 주셨다. 나는 이 부분에 대하여 아래와 같이 쓴 바 있다.

여기서 그는 정치적으로 지도자의 부실한 행동과 성정을 비판하고 있다. 그의 시적 방법론 가운데서 현실 참여의 비평 정신을 떨쳐 버린다는 것은 어떻게 보면 그의 존재 문제와 체험시의 맥을 끊는 결과가 될 수 있다고 본다. 진정한 참여 의식 그 건실한 주체성 위에 역사 의식, 현실 감각, 사상적 행동 체험을 살려서 진실을 조명하고, 그래서 개혁된 빛의 세계와 진실의 참모습을 보일 때에 그의 참여 입장은 오히려 모범이 될 수 있을지언정 비난의 대상이 되지는 않을 것이다. 이러한 신념 때문에 그는 역사적 삶의 책임을 혼자서 짊어지려는 듯이 보인다.

— 이운룡, 『존재 인식과 역사 의식의 시』, 443쪽

선생님은 영원 속으로 깊이 들어가셨다. 나 역시 추억만을 안고 갈 것이다. 시인으로서 끝까지 양심을 지키며 깨끗하게 사셨고, 남에게는 덕이 되었으며, 자신에게는 철저히 엄격하셨던 선생님은 우리 한국 문단의 참된 스승이자 위대한 휴머니스트였다.

1994년 1월 21~22일, 경주 조선호텔에서 개최된 국제펜클럽 한국본부와 조선일보 공동 주최, 제1회 해외 한국학자 및 번역가 초청 국제 세미나(외국인 학자 12명, 국내 학자 4명)에서 나는 「구상 문학의 민족성과 세계성」에 관한 주제를 발표했다. 이는 우리 나라 문인 중에서 노벨문학상 후보 추천을 위해 준비된 국제 행사였다. 소설에서 황순원·이문열, 시에서 서정주·구상 등 네 분의 문학 세계를 집중적으로 발표하여 한 분을 추천하게 되었던 것이다. 외국인과 더불어 구중서 교수, 필자, 이렇게 네 사람은 구상 시인의 문학세계에 관하여 발표했다. 인류의 희망이었던 노벨상을 받지 못하고 가신 것이 참으로 안타깝고 서운하기만 하다. 영어·불어·독일어·스웨덴어로 번역한 시집이 여러 권 있지만, 끝내 이루지 못한 아쉬움도 영원히 남을 것이다. 하지만 선생님은 초연한 자세로 이에 관하여 아무 말씀도 없으셨다. 본래 욕심을 비우고 허허실실(虛虛實實)로 사셨으니 노벨상인들 욕심을 내셨을까.

선생님을 짝사랑한 여인과의 일화 역시 안타깝기는 매한가지이다. 원산 근교 덕원에서 자란 청소년기의 선생님은 여름철이면 명사십리 해수욕장을 이틀거리로 찾았다고 하셨다. 그때의 소년 구상은 밀짚모자를 쓰고 다녔는데, 솔숲을 지나다니는 그에게 홀딱 반한 소녀가 말한마디 못하고 애만 태우다 늙어 버렸다고 한다. 하루는 구상 선생님이 성당 벤치에 앉아 있노라니 늙수그레한 한 노인이 선생님을 알아보고는 소녀 시절 원산에서 짝사랑을 품었던 그 자신의 과거를 고백하더라는 것이다. 그때의 소녀가 명동성당엘 다니고 있었던 것이다. "아, 그러면 진작에 말씀하시지 그랬습니까"라고 대꾸하니, 그래서 선생님 다니시는 이 명동성당에 나오게 되었다는 이야기를 내게 들려주신 일이 있다. 어릴 적의 짝사랑을 고백받았지만, 이 역시 이승의 한갓 헛된 꿈이었음을 지금은 영원 속에서 회억(回憶)하고 계실 것이다. 이 어쭙잖은 이야기를 듣고 보고 계시다면 그 귀와 눈이 얼마나 가려울까.

이제 남은 일은 우리 한국 문학사에서 정립되지 못한 선생님 시에 관하여 본격적으로 연구, 문학적 위상을 높임은 물론 후학들을 위한 문학상 제정의 과제가 남아 있다고 생각한다. 아까운 사람은 먼저 가는 것일까. 삼가 명복을 빈다.

그리운 선생님께

이해인
수녀 · 시인

얼마 전에는 지인들과 같이
경북 칠곡군 낙동강이 잘 보이는
'구상문학관'을 다녀왔습니다.
선생님의 손때가 묻은 물건들도 눈여겨보고
선생님이 쓰신 강과 밭, 사랑과 믿음의 시도
다시 읽고 왔습니다.

오늘은, 20년 전에 선생님과 함께 찍은 사진을
앨범에서 꺼내 한참을 들여다봅니다.
언젠가 선생님께서 열흘 가까이 묵으시며
시를 쓰시곤 했던 우리 수녀원 객실 앞에는
노란 수선화와 보랏빛 제비꽃이 활짝 피어
봄을 노래하며 웃고 있습니다
사진 속에 계신 선생님도 웃고 계시네요.

'수녀, 잘 있나? 내가 한 말 잊지 않았지?

작가 노릇보다 수녀 노릇 잘 하라는 그 말 말이다'
하시는 것도 같고 '내 염려와는 달리 지금껏 잘 살고 있으니 제법이
구나……'
하시는 것도 같습니다.
딱히 열심이 있어서라기보다는
그저 오래된 습관에 의해서
술 마시고 새벽이 가까운 밤늦게라도
만과 기도를 꼭 바쳐야만
잠이 온다고 말씀하시던 선생님
비난의 대상이 되는 이들과도 허물없이 지내는 데 대하여
세상 사람들이 때로 못마땅해하는 것을 알고 있지만
'인간 관계에서의 나의 방식은 말이야
장점보다는 단점부터 먼저 트고 사는 거야'
나직이 고백하며 껄껄 웃으시던 선생님

예수님의 오심을 준비하며
광야에서 진리를 외치던 선생님의 주보성인
세례자 요한처럼 세상이란 사막에서
때로는 고독하게 정의를 외치시며
모든 이를 큰 사랑으로 끌어안으시던 선생님
선생님과 함께 장익 주교님을 모시고
성북동 김광균 시인 댁을 자주 갔던 일도
여의도 '관수재'에서
종종 선생님을 뵙고 차를 마시거나

가족끼리 미사를 봉헌하던 일도
이젠 아득한 옛 추억이 되었네요.

제가 감당하기 힘든 일을 당했을 적에
하소연한 편지를 읽으시고는
'네가 가엾어서 나 혼자서 울었단다'
하셨을 적엔 얼마나 황송하고 가슴이 뭉클했는지요.
'너는 나를 말로만 아버지 같다 하면서
왜 그리도 소식이 뜸하냐?'고 서운해하실 적엔
또 얼마나 죄송했는지요.

때로는 혼자서, 때로는 제가 좋아하는 벗들과
선생님을 뵈오러 가는 그 길은
항상 따뜻한 설레임이 가득하고 행복했습니다
선생님께서 특별히 아끼셨던 화가 사제 광호는
'큰 산 같으신 인품에 매료된다'고 고백하였으며
어린 소녀 시절 덕원에서 선생님의 손을 잡고
정답게 바닷가를 산책했다는 경화 수녀님은
'그 시절의 구상 아저씨는 엄청난 미남이셨지.
형님 신부님 서품 받을 적에 내가 꽃소녀로 같이 찍은 사진을
아저씨가 다시 돌려주셨는데 내 나이도
어느덧 70이 넘었네?' 하고 쓸쓸히 웃는답니다.

제 삶의 길에 환한 등불을 켜주시고

든든한 버팀목이 되어 주셨던 선생님
선생님이 아니 계신 이승의 빈자리는
참으로 춥고 쓸쓸하지만
언젠가 다시 뵈올 수 있으리란 희망에
슬퍼하지 않으렵니다
일러 주신 말씀대로 성실하고 겸손하게 살아가는
수도자가 되렵니다
많은 사람들에게 유언으로 주신
'이제서부터 영원을 살자'가
날마다 새롭게
선생님을 그리워하는 이들 가운데서
그대로 이루어지길 바랍니다
우리의 문학사에서 깊이와 넓이로
흐르는 강이 되신 선생님
보물을 캐어 내도 다시 나오는
소중한 생명의 밭이 되신 선생님

말로는 다할 수 없는 존경과 감사를 드리오며
오늘도 기도 안에 선생님을 그리워합니다
'어둡다고 불평하는 것보다 촛불 한 개라도 켜는 것이 낫다'는
중국 격언을 유난히 좋아하셨던 선생님
우리도 각자의 자리에서 촛불이 되렵니다
어둠 속에 불평하고 싶을 적엔
한 자루의 촛불을 먼저 켜는 사람이 되렵니다

선생님을 그리워하는 그만큼
기쁘게 감사하게 깨어 살 수 있도록
하늘나라에서 항상 우리를 굽어보시고
우리 곁에서 힘이 되어 주십시오, 그리운 선생님

구도자의 미학을 실현한 시인

—

임헌영

문학평론가 · 민족문제연구소장

1974년 1월은 현대사에서 암흑의 해였다. 7일 〈문인 61인 개헌 지지 성명〉이 발표되자 재빠르게 이튿날 1·8 긴급조치가 선포되더니, 이내 삼엄한 감시와 호출이 잇따르다가 급기야는 세칭 '문학인 간첩단'이란 조작 사건이 터졌다. 이호철, 김우종, 정을병, 장백일과 필자 다섯 명이 포함된 사건이었다.

이름만으로도 으스스한 보안사령부 대공분실에서 밤을 지새는 심문과 입씨름이 반복되면서 선명하게 초점이 무엇인가가 떠올랐다. 재일동포 교양 월간 〈한양(漢陽)〉지에 글을 써서 원고료를 받았으며, 일본 여행 중 그 잡지의 발행인이나 편집인과 만나 대접을 받은 게 바로 죄였다. 그들이 북한 공작원이라는 걸 알고도 어울려 국가 기밀을 알려 줬다는 국가보안법 위반 죄목이었다.

아무리 유신통치 독재체제라 한들 죄가 될 것 같지 않았다. 1962년 창간한 이 잡지는 그동안 한국 내 유명 문사들(박종화·백낙준·백철·이해랑·모윤숙·김동리·조연현·정비석·조경희·유주현 등)이 거의 망라된 필진이 참여했던 데다, 한국 보급 총책으로 구상 시인이 손댔던 터라 어떤 명분으로도 나 같은 피라미가 얽혀들 것 같지는 않았다.

그러나 시절이 어떨 땐가. 유신독재 체제를 비판하면, 박정희가 독재자에 친일파였다는 말만으로도 반국가 행위로 국가보안법 위반이 되어 몇 년이고 독방에서 썩어야 하던 중세기 같은 상황인지라 인권이나 공정한 재판이나 변호권 같은 단어도 맥을 못 췄다.

재판은 마치 말장난 같았다. 핵심은 〈한양〉지 발행인과 편집인이 '북괴'의 공작원(정작 그들이 북한과 무슨 관계인지는 수사 당국도 모르는 상태)임을 알고서 그들을 만났다는 어처구니없는 가공의 시나리오인지라 법정 논쟁은 공허할 수밖에 없었다. 그들이 북한 공작원임을 증명할 자료는 물론 수사기관에도 없었으니, 논리가 마치 뿌리 없는 둥치를 두고 펴나가는 공허한 죄명일 수밖에 없다. 더구나 어떤 공작원이 상대가 눈치챌 수 있도록 친절하게 '나는 공작원입니다'며 다가서겠는가. 아니면 우리가 무슨 수사요원이라도 되어 상대를 보면 공작원인지 아닌지 금세 알아보고 피해야 한다는 논리일까.

분명한 사실은 그 잡지가 일본 동포들 중 반박정희 성향이 강한 진보적인 글을 많이 실어서 군부독재가 싫어했었다는 것이다.

더구나 우리 다섯보다 더 〈한양〉지와 관계가 깊었던, 원고료도 더 많이 챙겼고, 접대도 차원 높고 호사스럽게 받은 대선배 문인들이 변호인측 증인으로 나오면서 재판은 점점 희극처럼 변해 갔다. 그 중 구상 시인과 조연현 평론가의 증언은 잊을 수 없다.

특히 박정희와의 개인적인 관계 때문에 구상 시인은 관심의 대상이었다. 〈한양〉지 한국 보급을 위한 초대 지사장을 잠시 맡아 각별히 애썼으나 결국 허사가 되어 포기했던 경력까지 지닌 구상 선생은 사리대로라면 우리와는 비교도 안 될 '죄질'이었기 때문이다. 변호인단에서 우리의 무죄 증인으로 구상 선생을 신청은 하면서도 판사가 받아들이지 않을 것으로 예상했는데 의외로 순순히 포함시켜 우리는 기대에 부풀었다.

구상 선생만 증언석에 서주시면 이 사건이 얼마나 만화 같은 엉터리인가를 샅샅이 밝혀 주리라며 다음 재판 날을 기다리던 중이었다. 은밀히 감방 안으로 들어온 소문이 구상 선생은 증인으로 못 나올 것 같다는 것이었다. 우리는 너무나 서운하게 여길 정도가 아니라 아예 쌍욕설이 나오는 걸 간신히 참으면서 역시 그는 독재자의 친구로 진리와 정의를 외면한 나약한 한 이기적인 시인이구나 하며 기염을 토했다.

그런데 어느 재판 땐가 느닷없이 판사석으로 법정 서기가 메모지를 전하고 있었다. 사연인즉 바빠서 증인으로 오기 어려운데 지금 시간이 나서 왔으니 당장 증인석에 세워 주길 바란다는 구상 선생의 쪽지였다. 판사는 즉각 이 사실을 공포하면서 구상 선생을 증인석으로 소환했다.

선생은 여러 정황으로 미뤄 볼 때 미리 자신이 증인으로 출두한다고 소문이 나면 온갖 반작용이 일어날 것을 염려했던 것이다. 각종 수사기관에서 제발 선생님 증인으로 나가지 말아 주십사며 협박 반 애원 반으로 압력을 가하면서 감시와 미행을 하게 되면 얼마나 난처할까를 우려한 선생은 사려 깊게 증인으로 안 나간다고 고의로 소문을 낸 것이다. 그런 허허실실법으로 선생은 불쑥 후배 문인들을 위하여 등장한 것이었다. 이런 속내를 나중에 석방된 뒤 평론가 구중서 형으로부터 샅샅이 듣게 되었다.

시인은 증인석에서 "여기 앉은 이 사람들보다 내가 〈한양〉지 사장이나 편집장과는 훨씬 더 가깝다"고 잘라 말하며(김기심 발행인과 그는 동향의 친구) 무죄를 강변해 주었다. 자신이 그들과 얼마나 자주 만났으며, 그 잡지의 성격이 어떤지, 그게 왜 죄가 되어야 하는지를 묵직한 성조로 느릿느릿 설득력 있게 증언해 주었다.

출감 후 선생은 구중서 형을 통해 술자리를 마련했는데, 자신의 투옥 경험담과 문학과 역사 의식을 강조하며 뭔가 옳다고 판단하면 자신은 당장이라도 연령에 개의치 않고 실천하고 싶다는 취지의 말을 예의 그 느릿하고 육중한 투의 눌변으로 신뢰감 있게 토해 냈다. 이 정도는 되어야 존경할 만한 문단의 어른이 아닌가. 이 구도자다운 삶의 자세가 생사를 초월해 살아남은 한 후배 문학인의 가슴을 울린다.

거인이 계시던 매우 큰 빈자리

호영송
소설가

내가 대학 시절부터 선배 시인들과 〈60년대 사화집(詞華集)〉 동인 활동을 하다 보니, 또 한때는 문학잡지 · 종합교양지 등의 편집자로 일하다 보니, 수많은 선배 문인들을 만나고 유명한 학자와 석학들을 뵐기회가 자주 있었다. 그러는 중에 상대방의 실망스런 모습을 대하고환멸을 느끼는 경우도 있었지만 반면에 감동적인 면을 접하게 되는일도 더러 있었다. 내가 문단 대선배인 구상 선생님을 처음 뵙게 된것은 1970년대 초의 어느 날. 나는 당시 〈문학사상〉지의 기자로 일하면서 구 선생님에게 시와 산문을 청탁하는 원고 청탁서도 보내고 전화도 드렸는데, 그분은 원고를 쓰지 못했노라고 했다. 그래서 나는 종로구 중학동의 사무실로 직접 찾아뵙고 거듭 청탁 말씀을 드렸다. 온후한 모습의 구 선생님은 상냥하고 친절하셨으나, 나는 빈손으로 나오는 게 서운했다. 그래도 나는 정중하게 인사를 했다.

"선생님, 이렇게 자꾸 귀찮게 해드려서 죄송합니다."

그런데 선생님이 내게 준 대답이 명답이었다.

"아니올시다. 시인에게 시를 쓰라고 하는 말처럼 고마운 말이 또 어디 있겠습니까? 제일 고마운 말이 그 말이지요. 다만, 내가 이번에 못

써드리는 게 도리어 송구스럽지요."

결과적으로 그 말씀은 나에게 시를 써서 척 내준 것보다 더 의미 있는 것이었다. 내가 아들뻘이나 되는 젊은이였지만, 구 선생님은 나의 마음이 상하지 않도록 배려하는 것 같았다. 그 이후 나는 창작 생활을 해오면서 시인에게 시를, 혹은 소설가에게 소설을 쓰라는 말처럼 고마운 게 또 있겠느냐고 되뇌이곤 했다. 나는 구상 선생님에게 한 수 배운 것이었다.

나는 많은 필자들과 전화로건, 직접 만나서건, 원고 청탁을 할 때 구상 선생님처럼 멋지게 응답하는 분은 보지 못했다. 아니, 어떤 분은 짜증스럽게, 또 어떤 분은 자신의 나날이 얼마나 복잡하고 원고 쓰는 일이 어려운 것인지를 장황하게 늘어놓기도 했다.

종종 하는 얘기지만, 우리말(실은 한자어지만)로 '시(詩)'라고 하면 참 그럴싸하다. 말씀(言)과 절(寺)이 합쳐져서 시가 된다니! 한 걸음 더 나아가서, 그 시에 사람이 합쳐지면 시인(詩人)이 된다. 시인이라는 말은 참으로 근사하다.

그런데 이 나라에 왜 정말 멋진 시인은 많지 않을까? 시는 괜찮은데 사람이 젬병인 경우가 있고, 사람은 괜찮은데 시가 신통치 않은 경우가 많다. 시도 좋고 사람도 좋고, 게다가 그 두 요소가 잘 결합된 경우는 많지 않다. 나는 구상 선생님이야말로 좋은 시와 훌륭한 인품이 잘 조화된 경우라고 생각한다.

먼저 시 얘기를 잠깐 하고 싶다. 가톨릭 시인 성찬경 선생 등 몇몇 분은 구상 선생의 시가 갖는 진면목에 대해서 비교적 깊이 있는 접근을 하고 있으나, 우리 시단 전체적 사정으로 볼 때 그분의 업적에 비해서 평가는 소홀한 것으로 보인다. 까닭은 있다. 한국 사람들은 역사상 불교 국가였던 때도 있고, 지난 수십 년간은 가톨릭과 개신교가 큰 몫을 해 왔지만, 그런 사정에 비추어 뛰어난 종교 시인은 별로 갖지 못했다.

구상 선생의 명상적인 시, 또는 존재론적 탐구의 시풍은 물질문명의 지배 아래 있는 현대적 상황과, 순결한 영혼의 생존을 위태롭게 하는 갖가지 형태의 폭압이 지배하는 이 시대에는 어울리지 않는 것일까? 아니면 한국인에게는 문학상의 형이상학파적 탐구는 그저 낯선 것인 까닭일까? 그렇지 않다면, 19세기에 이 나라에서 거의 1만 명에 가까운 가톨릭 순교자가 피를 흘렸는데도 기독교 정신에 입각한 문학은 왜 제대로 꽃피지 못했을까? 그 기막힌 피 흘림의 역사에 작가들의 창작 정신이 압도되고 만 것일까? 일본 문학은 엔토 슈샤쿠라는 걸출한 가톨리시즘의 작가를 배출해서 유럽 백인들의 문학 시장으로 역수출했는데 우리는 왜 그런 문학을 생산하지 못했을까?

그런 면에서 구상 선생님의 시가 유럽 여러 나라에 번역 소개되었다는 것은 조금이나마 위안이 되는 일이 아닐 수 없다.

구상 선생님은 내게는 동성고등학교(가톨릭계) 대선배님이기도 하다. 그런 인연으로 나는 구상 선생님을 '자랑스러운 동성인'으로 모시기 위해 선생님께 전화를 드려 설득하려 했다. 또 여의도 선생님 댁으로 찾아뵙고 문학적 전통이 빈약한 동성학교의 후배들을 격려하는 뜻에서라도 그 추대를 받아들여 주십사 하고 간청했다. 하지만 선생님은 한 시간 내내 고개를 저으며 난색을 표하셨다. 그 뜻은 이러했다.

① 내가 동성학교를 다닌 것은 사실이나 졸업장은 타지 못했다. ② 졸업장을 못 탄 까닭을 설명하려면 당시 다른 분들의 명예를 건드리게 될 것이다. ③ 그러니 자랑스러운 동성인 추대는 받아들일 수 없다.

여기서 밝혀 두어야 할 것은, 동성 동문회에서도 구상준(구 선배님의 본명) 동문이 졸업장을 탈 수 없었던 불가피성을 인식하여 이미 명예 졸업생으로 인정하고 있었다는 점이다. 아무튼 나는 총 동창회의 의사를 관철하지 못한 채 몇 달의 시간을 흘려보냈다. 작가이며 외동따님인 구자명 여사의 조언도 있었지만, 구 선생님은 병상에 누우셔서도 고집을 꺾지 않으셨다.

여기서 잠깐, 모두 아는 얘기지만, 구상 선생님의 그 무서운 고집 한두 가지만 짚고 넘어가기로 하자. 5·16 혁명을 일으킨 박정희 장군은 혁명 초부터 구상 선생님을 '국가재건최고회의' 고문으로 추대하려 했고, 구 선생님 계실 방까지 마련해 두었으나 선생님은 그에 응하지 않았다.

훗날엔 국회의원이나 장관 자리를 여러 번 권했지만 구 선생님은 끝내 그것을 외면하였다. 어떤 때는 부탁을 피하느라 외국에 가서 지내기도 하였다.

그리고 5공 때인가는 예술원 회원 자격을 규제하는 정부의 태도가 사리에 안 맞는다고 예술원 회원을 사직하여 사람들에게 충격을 준 일도 있었다.

우리의 당대 유명한 문인들 중에 장관이나 국회의원이 되고 싶어서 안달하고 운동(!)까지 하는 경우가 더러 있었던 것에 비추어, 구상 선생님의 엄정하고 담백한 태도는 신선해 보일 수밖에 없었다. 그분이 자신을 권력이나 금력의 노예로 추락시키는 어리석음을 넘어섰다는 것은 이 탐욕의 시대에는 후련한 하나의 풍자처럼 보이기까지 했다.

이제는 구상 선생님이 '자랑스러운 동성인'으로 추대된 결정적인 순간의 비화를 밝히기로 하자. 2003년 12월 18일, 여의도 63빌딩에서 열린 동성고교 총 동창회 송년 모임에는 중요한 이벤트가 준비되어 있었다. 사양하시던 구상 선생님이 '자랑스러운 동성인' 상을 받기로 하고, 병석에 계신 그분을 대신해서 따님 구자명 여사가 참석하기로 한 것이었다.

제안자인 나로서는 참으로 안도가 되는 일이었다. 그런데 구상 선생님의 태도 변화엔 그만한 사정이 있었다. 동성 총 동창회의 상임고문인 김수환 추기경님은, 그날 낮에 구상 선생님의 병상에 위문 다녀오신 일을 밝히셨다. 김 추기경님은 그 자리에서 구상 선생님에게 "이런 일이 새삼스럽게 구 선생님에게 무슨 명예가 되겠습니까만, 다른 각도에서 생각해 주세요. 동성의 어린 후배들을 격려해 주는 의미로 자랑스러운 동성인 추대를 받아들이시는 게 어떻습니까?" 하고 설득했다. 그 자리에 수행했던 당시의 동성고교 임병헌 교장 신부(현 가톨릭대학교 총장)도 같은 뜻의 말을 했다.

그러자 구상 선생님도 더 이상 사양하진 못하시고 수긍하는 의사를 눈빛으로 표시했다. 병상의 구 선생님은 말을 하지 못하고 눈빛으로 "예", "아니오"를 표하는 단계였다.

김수환 추기경님은 이보다 2년 앞서서 '자랑스러운 동성인'으로 후배들에 의해 추대되었다. 김 추기경님과 구상 선생님은 일제 시대에 같은 교복을 입고 동학(同學)의 시기를 보냈으며, 그리고 일제 말기의 암흑, 6 · 25 전쟁의 비극 등 어려운 시대의 거센 풍랑을 함께 헤쳐 왔으며, 그 과정에서 누구보다도 서로 깊은 신뢰를 쌓아 왔을 것이다.

구 선생님은 언제인가부터 그 전매특허 같은 턱수염을 기르셨는데, 그 수염은 그분의 인상을 보다 온후하게 만들었다. 그래서 사람들은 그분을 그저 부드러운 분으로만 알지만, 외유내강(外柔內剛)이라는 말 그대로 내면적으로는 엄격하고 매운 면이 있었다. 절제의 미덕을 실천한 구상 선생님은 겸허하시면서도, 험난하고도 오염이 심한 시대를 사는 지식인의 고결한 전형을 보여 준 분이었다. 흔히 정신적 거인은 멀리 있을 때 그 참값이 드러난다고 한다. 지금 구 선생님이 우리 곁에 안 계시매, 그분이 차지하고 있던 그 자리가 너무 허전해 보이는 것은 어쩔 수 없다.

구상의 '파우스트'

—

홍혜랑

수필가 · 〈에세이 문학〉 편집위원

구상 선생님이 사시던 여의도의 시범아파트 앞을 지날 때면 선생님이 떠나신 빈자리가 더욱 깊고 넓어진다. 아파트는 그 자리에 변함없이 서 있고 입구의 가로수들도 여전한데 선생님만 안 계시다. 인간이 지상에 머무를 수 있는 시간이란 시멘트로 쌓아올린 건축물보다도 오래지 못하고, 심어 놓은 가로수보다도 길지 못함이 왜 이리도 새삼스러운가. 피할 수 없는 유한의 끝날을 위해서 선생님은 생전에 그토록 '영원'을 노래하셨을 것이다. 살아서도 죽어서도 영원을 살고 있는 현자들이 있기에 인류의 정신문화가 역사 속에서 생명을 보존하는 것이리라.

이 원고 청탁을 받는 순간 나는 마침 에커만이 쓴 『괴테와의 대화』를 읽고 있었다. 이 책은 괴테가 직접 쓴 책이 아니면서 괴테전집에 포함되는 유일한 작품이다. 칭찬에 인색할 것 같은 니체가 "현존하는 독일 최고의 양서"라고 극찬한 연유도 궁금했다. 책 속에는 그 숱한 명작들을 빚어 낸 괴테의 예술성이 아니라, '인간적인 너무나 인간적인' 자연인 괴테의 모습이 담겨 있었다. 괴테의 풍모가 어딘지 구상 선생님을 닮아 있음이 눈에 띄었다. 훤칠한 체구와 따뜻하면서도, 한

쪽으로 치우치지 않는 중용의 삶이 그랬고 외아들을 잃은 괴테의 슬픔도 선생님을 닮아 있었다. 인간은 만남으로 자란다고 했다. 당시 법과대학을 중퇴하고 문학에 심취한 젊은 에커만은 꿈속에서조차 괴테를 만나 대화를 나눌 만큼 괴테에게 흠뻑 빠져 있었다. 1823년 20대 중반의 에커만은 「시학 논고—특히 괴테를 중심으로」라는 평론을 한 편 써서 원고 상태로 괴테에게 보낸다. 70이 넘은 대문호가 이 젊은이에게 "원고 자체가 훌륭한 추천서"라고 호감을 표하면서 두 사람의 인연은 시작된다. 그 후 에커만은 10여 년 동안 사흘에 한 번 꼴로 괴테를 방문해서 대화를 나누었고 이 대화를 일기체로 정리해서 괴테의 사후에 세상에 내놓았다. 후학들이 구상 선생님을 흠모하는 이 추모집도 선생님의 작품집이 아니면서 선생님의 모습을 후세에 전할 수 있는 귀중한 '구상 백과사전'이 될 것으로 믿는다.

무명의 젊은 에커만이 당대 최고의 지성 괴테와 의기투합할 수 있었던 것은 두 사람의 문학관과 세계관이 너무 닮아 있었기 때문이었다. 예나 지금이나 세상 사람들의 생각과 느낌이 인구 수만큼 다양하지 않은 것은, 범인(凡人)들이 자신의 내적 정체를 자기 밖의 현자들에게서 발견하기 때문이리라. 시대마다 태어나는 정신적 거목들의 나무 그늘 밑으로 범인들은 옹기종기 모여들게 마련이다.

그러니까 3년 전 초여름이었다. 비오는 날 오전에 전화 벨이 울린다. 언젠가 TV에서 듣던 구상 선생님 특유의 바리톤 음성이다. "나는 시를 쓰는 구상이라는 영감태깁니다. 병원에 입원해 있느라고 늦게서야 책을 봤어요. 내가 손에 수전증이 있어서 글로 써보내지 못하고 이렇게 전화를 합니다." 그리고 병환 중인데도 불구하고 이 늦깎이 무명의 문학도에게 선생님의 시집을 보내 주시겠다니 그 자애로움에 몸둘 바를 모르면서도 마음은 어린애처럼 기뻤다. 그런데 전화를 끊고 생각하니, 가만히 앉아서 편찮으신 선생님에게 시집을 받을 수는 없었다. 병환 중에도 방문을 허락해 주시니 다음날 나는 처음으로 선생님을 뵙게 되었다.

에커만처럼 법과대학을 중퇴해 버릴 용기가 없었던지 나는 오랜 세월 애매한 경계 지대를 배회하다가 60이 다 되어서야 인간을 알고 싶은 간절한 소망에 이끌렸다. 문단의 말단에서 창작에 손을 댄 지 8년 만에 굼벵이처럼 느리고 힘들게 글 몇 편을 엮어서 처음으로 수필집이라고 내놓고는 감히 선생님께도 작품집을 보내 드렸으니 그 용기를 가상히 여기셨던가. 졸작품집에 '존재론적'이라는 수사를 더해 주시니 나는 전혜린이 독일 유학 시절 헤르만 헤세로부터 답장을 받고 기뻐하던 모습이 생각났다.

그 후 가끔 안부 전화를 여쭈면 어떤 때는 건강이 웬만하시다며 와도 괜찮다고 방문을 허락하신다. 그때마다 선생님의 사인이 들어 있는 시집들, 『구상 문학총서』 그리고 신학대 대학원의 콜로키움에서 강연하신 원고 등을 건네주셨다. 소파에 앉아 계신 것이 힘드실 것 같아 나는 오래 머물 수가 없었다. 주시는 책을 받아들고, 소파에 앉으신 채 작별하시는 선생님을 뒤로하고 현관을 나올 때는 눈물이 날 것 같아 선생님께로 얼굴을 돌리지 못했다. 처음 선생님을 찾아뵐 때는 그래도 현관 가까이 나오셔서 맞이해 주시고 작별하셨는데, 점점 푸석푸석 붓기가 있는 선생님의 얼굴은 내 발걸음을 어둡고 무겁게 했다. 집에 와서 조용한 가운데 선생님의 책들을 탐독하고 나서 나는 서투른 소감이지만 선생님께 편지로 써보내 드렸다. 편지를 받고 기뻐하시며 전화를 주실 때는 나도 기뻤다.

알에서 깨어난 아기 거북이가 태어나자마자 바다 쪽을 향해 죽어라 하고 기어가듯, 나에게도 그리로 가야만 살 것 같은 바다가 있었던 모양이다. 그 바다의 정체를 나의 문학적 안목으로는 이름지을 수가 없었는데 그곳이 선생님의 존재론적 정신세계가 출렁이는 강이고 바다임을 깨달은 후부터는, 에커만이 괴테를 흠모하고 존경하듯 나도 선생님께 빠질 수밖에 없었다. 뜻밖에 찾아온 선생님과의 인연은 2년도 안 되는 짧은 시간 동안이었지만 내 삶에 드리워진 선생님의 모습은 추상화가 아니라 아주 명료한 조각으로 각인되어 있다.

특히 선생님의 종교관과 신앙에서 나는 커다란 위로를 받았다.

"성철 스님과 요한 바오로 2세의 두 모습은 똑같이 의심할 바 없는 진리의 체현이다. 한 분은 무위(無爲)의 극치 속에서, 다른 한 분은 인위의 극진(極盡) 속에서 진리를 행하는 것이니 두 분의 부동(不同)은 곧 유무상통의 체현이다."

종교의 이름으로 편을 가르고 진리의 몸통을 서로 찢으려 드는 세상의 몽매함을 이보다 더 명쾌하게 일깨울 수는 없을 것 같다. 이 시는, 하나의 종교에 귀의하면 타종교를 외면하고 배척하게 될까 두려워 이러지도 저러지도 못하는 많은 영혼들에게 길을 열어 주는 복음인 셈이다. 종교와 종교 사이에서 갈등을 겪던 내 영혼이 강력한 빛에 조사(照射)되는 느낌을 받았다. 하지만 이 활연관통(豁然貫通)의 신앙관을 선생님이 공짜로 얻으신 것이 아니라는 것도 알게 되었다.

열다섯 살 때 수도원의 신학대학에 들어갔다가 3년 만에 환속하신 일을 두고 "인생을 결론부터 시작했다가 실패한 탕아의 비극, 즉 끊임없는 방황을 운명과 약속함이나 다름이 없다"고 하셨듯 정말 '끊임없는 방황'은 선생님의 운명이었던 것 같다. 가톨릭의 모태 신앙에서 태어난 선생님이 편안한 부전승(不戰勝)의 신앙을 갖지 못하고 "난 저주받은 영혼인가"라고 절규한 모습에서 신앙에 얽힌 선생님의 고뇌가 얼마나 혹독했는지 짐작케 한다.

20여 년 전에 쓰신 수필에 "앞으로 나의 염원이랄까 욕심이 있다면 내가 도달한 인식의 세계나 삶의 체험을 통틀어서 쉽게 비유해 말하면 구상의 '파우스트'를 한 번 써보는 게 소망인데 어찌될는지"라는 대목이 있다. 선생님의 이 소망은 괴테처럼 한 권의 희곡으로 완성되진 않았지만, 선생님의 생애 전체가 곧 파우스트적 삶이었으니 선생님은 그 소망을 이루고 가셨다.

괴테는 사람들이 그에게 『파우스트』 속에서 어떤 이념을 구현하려고 했느냐고 묻자 이렇게 대답한다. "마치 나 자신은 그것을 알고 있어서 말해 줄 수 있다고 믿는 모양이다. 내가 만일 그 속에서 묘사한 바와 같이 풍부하고 다채롭고 지극히 다양한 삶을, 하나의 보편적인 이념이라는 실로 꿰어 보려고 했더라면, 작품은 분명 멋있게 나왔을지 모른다. 그러나 일관된 이념에 따라 씌어진 작품은 이해하기는 쉽지만, 문학 작품이란 오히려 동일한 기준으로 약분할 수 없고 오성으로 파악할 수 없을수록 더욱 좋은 작품일 수 있다."

괴테의 말처럼 『파우스트』 속에는 단일한 이념이나 사상이 들어 있는 것이 아니고 다만 인간은 끝없이 노력하며 살아가는 존재라는 것, 그리고 노력하는 동안에는 방황할 수밖에 없다는 괴테의 고백이 그 속에 들어 있다면 구상 선생님이야말로 끊임없이 노력하고 끊임없이 방황하던 파우스트의 변신인 것이다. 아니 파우스트보다 더 처절하게 방황하는 구도자였는지도 모른다. 선종 기도에서조차 남들처럼 고통 없이 자는 듯 죽기를 소원하지 않고 "살짝 잘 죽기는 염치없으니까 그저 3개월만 고통을 주시다가 데려가 주십시오"라고 기도했으니. 하느님은 그 기도를 가납(嘉納)하셨다.

감투를 싫어하시던 선생님이 유일하게 수락하신 자리는 유달영 선생님과 함께하던 성천아카데미의 원장이었다. 선생님에게 이 배움의 터를 소개받은 인연으로 나는 늦게나마 동서양의 고전에 목을 축이며 생명의 윤기를 잃지 않으려 애쓰고 있다. 끊임없이 노력하는 삶의 주인공만이 구상 선생님의 후학일 수 있을 터다.

선생님께 진 빚은 헤아릴 수 없다. 하루는 서예 작품 두 점을 내놓으시며 하나를 고르라고 하신다. 선생님의 시 「꽃자리」와 반야경의 필사체였다. 나는 사양하지 않고 선생님의 「꽃자리」를 선택했다.

"네가 시방 가시방석처럼 여기는 너의 앉은 그 자리가 바로 꽃자리니라."

가시방석과 꽃자리를 하나로 포갤 수 있기까지 흘리신 선생님의 정신적 선혈은 나의 초라한 서가에서 지금도 나를 일깨우고 있다. 삶을 초라하지 않게 살아낼 수 있으려면 초인을 만나라고.

니체도 괴테를 매우 흠모했던 철학가다. 파우스트가 구상 선생님의 구도적 삶에 동반자였다면 니체의 초인은 그 구도의 극점이 아니었을까 혼자 생각해 본다.

구상 선생님께 드린 마지막 부탁

박병도

프랑스 니스 교구 로크부륜성당 전 주임신부

지중해를 끼고 있는 프랑스 니스 교구 로크부륜 본당 주임신부로 나는 22년을 지냈다. 프랑스에서 듣고 보고 배운 것을 형제들과 함께 살며 나누고 싶어 42년간의 사목 생활을 마치고 고국으로 돌아와 경주에서 살고 있다. 귀국한 지 벌써 1년이 좀 넘었어도 마치 외국에 와서 살고 있다는 느낌을 가질 때가 흔히 있다.

기도하면서 듣고 깨달은 것을 엮어 수필집·수상록·시집·묵상집 등 한국어와 프랑스어로 출판했다. 언제나 나는 구상 선생님의 고견을 듣고 싶어 책을 발표할 때마다 선생님께 머리글을 청하였다. 그러면 선생님은 한 번도 거절하지 않으시고 발문을 써주셨다. 한국에 다니러 나올 때마다 나는 선생님을 제일 먼저 찾아뵙고 인사를 드렸다. 선생님을 맘껏 보고 싶고 말씀을 듣고 싶어서였다.

이삿짐을 풀어놓고 선생님을 찾아가려고 했지만 서영자 할머님께서 선생님은 입원하셔서 중환자실에 계시며 말을 한마디도 못하신다고 알리신다. 찾아뵙지 않는 것이 선생님을 더 편안하게 해드리는 것이라고 하신다.

10여 년 전에 선생님께서 달포 넘게 병상에 누워 계시다는 소식을 듣고 약을 구해 보내 드리고 기도를 했다. 어린이들의 기도를 제일 잘 들어주시는 하느님은 우리 아버지이시기에 본당에서 교리 공부를 하는 어린이들을 모두 성당에 데리고 갔다. 무릎을 꿇자고 했다. 작고 보드라운 두 손을 가슴에 얹자고 했다. 두 눈을 감자고 했다. 우리는 지금 우리 모두를 바라보시는 하느님 아버지 앞에 있다며 부드럽고 정이 많은 아버지 되어 어린이들의 가슴속에 애원하듯 선생님에 대해 천천히 말하기 시작했다.

　　"내가 태어나고 자란 땅 한국에 하느님을 많이 사랑하시는 할아버지 선생님이 한 분 계신데 지금 많이 아프셔서 병원에 입원하셨는데 고통 중에 계신단다."

　　"하느님을 모두가 듣고 믿고 따라가며 살게 하고 싶으셔 좋은 책도 많이 쓰시는 착하시고 겸손하신 선생님은 어린이들을 아주 귀여워하시는 분이시야."

　　"그리고 그분은 기도를 열심히 하시면서 예수님이 되어 보라고 한 세상의 소금이 되고 빛이 되려고 애쓰시는 선생님이신데……."

　　"우리들 사이에 좀더 오래 머무시며 사람들의 마음의 눈을 뜨게 하고 우리를 하느님께 끌고 가는 일을 좀더 하셨으면 하고 바라는데 지금 병상에서 고통 중에 계시면서도 하느님께 감사 기도만 하고 계셔."

　　"그래서 나는 지금 선생님을 위하여 하느님 아버지께 기도하는 것인데 여러 어린이들이 착한 마음으로 하느님께 속삭여 주길 바라는 내 마음 알아들을까?"

　　"말로 하지 말고 마음속에 계신 하느님 아버지께 할아버지 선생님을 위하여 건강을 주십사고."

"아니 어린이들이 바라는 것을 하느님만 알아들으시게 알려 드려 봐요."

이런 말을 들으며 침묵 중에 아주 고요히 하느님께 어린이들이 속삭인다. 한참 동안 있다가 하느님께 할 말을 다 했다는 듯이 미소를 지으며 자리에 앉는다.

교리 교실에 돌아와 어린이들에게 "할아버지 선생님을 위하여 우리가 하느님 아버지께 기도드렸는데, 선생님을 사랑한다고 알려 드릴 방법은 없을까요?" 하고 물었더니 "그 할아버지 선생님, 프랑스 말 할 줄 아세요?" 묻는다.

"글쎄, 영어는 잘하시는데, 그리고 중국 말도 잘하시고, 또 일본 말도 잘하시고 한국 말은 물론 잘하시는데" 그러자 모두 "그럼 그림을 그려서 우리가 선생님을 사랑한다고 알려 드리면 안 될까요?"한다.

"옳지, 좋은 생각이로구나. 그림으로 사랑의 편지를 쓰자는 거지."

그렇게 해서 어린이들이 그린 그림 23장을 구상 선생님께 항공 우편으로 보내 드렸다. 어린이들의 그림을 받아 보시고 기뻐하시던 말씀, 그리고 어린이들에게 고맙다 전해 달라고 하신 말씀. 그러시면서 이런 글을 주셨다. "신부님의 기도에 대한 향심은 바로 저렇듯 청수무구하다. 그 영험에서겠지! 그때 그렇듯 기울던 나의 병세가 호전되어 이렇듯 남루인생(襤褸人生)이나마 지탱하고 있으니 말이다(「기도의 꽃」 발문에서).

잘못된 점을 지적하지 않으면서 깨닫게 하는 것도 하나의 특술 같다. 뚜렷한 도움을 주지 않는 것 같으면서도 도와주고 있다는 사실을 알아듣게 하는 것도 체험으로 키운 지혜 같다. 주지 않는 듯하면서도

다 주고 있다는 것을 느끼는 마음을 가져야만 새로 디디고 일어서고 싶어하는 마음이 싹트게 된다.

나는 이런 특술을 가지신 스승을 만났다. 바로 구상 선생님이시다. 그분은 내게 권고나 충고를 한 번도 해주시지 않으셨다. 그래도 나는 선생님과 나눈 대화 속에서 따스한 빛처럼 파고드는 현인의 슬기를 알아보았다. 글을 더 아름답게 하기보다 성실성을 지닌 글을 써야겠다는 마음을 갖게 하신 분이 바로 그분이시다.

그리고 인간의 삶 속에서 일어나는 모든 사건이 예술성을 띤 작품이 되게 할 수도 있다는 사실을 깨달았다. 구상 선생님은 내게 형용사나 수식어를 찾아 그 누군가의 구미를 맞추려는 마음보다 관찰하고 통찰한 사물 속에서 진리를 발견해야겠다는 의식을 심어 준 분이다.

예수님은 자기 생명까지 사랑표로 주시면서 얼마나 사랑하셨는가를 깨닫게 하시고 따르고 싶어하는 마음이 생기게 하셨다. 모든 것을 다 주시면서도 알아듣지 못하거나 거절하는 사람들에게도 싫은 소리 한번 안 하시고 깨닫고 돌아오기만을 기다리셨던 것이다.

선생님이 중환자실에서 이젠 나오지 못하실 것이라는 연락을 받았다. 서울에 가서 선생님의 말씀을 들을 수는 없겠지만 한번 다시 보고 싶고 꼭 드릴 말씀이 있어 서울에 빨리 올라가야만 했다. 나는 경주에서 새벽 버스를 타고 여의도성모병원으로 갔다.

중환자실로 안내를 받고 누워 계신 선생님 앞에 섰다. 인사를 드리고 내주시는 선생님의 두 손을 꼭 잡았다. 따뜻한 피가 섞이는 것을 느낀다. 침묵으로 대화를 한다. 침묵이 미풍처럼 흐른다. 선생님은 말로가 아니라 눈으로, 그리고 온몸과 마음으로 말씀하시고 계셨다. 침묵은 시간과 공간에 장애를 받지 않고 하고 싶은 모든 것을 나누는 싱

싱한 언어이다. 주어진 10분 동안 말로 그동안의 모든 감정을 나눠야 했다면 시간이 모자랐으련만 눈과 마음으로 마음속 모든 것을 드리고 받으려니 15분도 충족한 시간이었다. 선생님과 침묵 속에서 하느님의 무소유(Desappropriation)·헐벗음(Depouillement)·가난함(Pauvrete)에 대해 대화를 나눴다.

"선생님, 선생님께 드릴 청이 하나 있습니다. 선생님은 제 부탁을 항상 들어주셨습니다. 들어 보시고 해주실 수 있으시면 잡고 계신 저의 손을 한 번만 꼭 눌러 주세요." 눈을 뜨시고 말해 보라 하신다. "선생님, 하느님 아버지 만나시면 제가 신품 받던 날과 똑같은 마음으로 하느님께 감사드리고 사랑한다고 전해 주세요. 그리고 그날처럼 하느님은 사랑이고 우리를 사랑하신다는 것을 알리고만 싶어하더라고 꼭 말씀드려 주세요. 저는 하느님의 도움이 항상 필요하거든요." 선생님은 눈을 감으신 채 제 손을 힘내어 꼭 쥐어 주셨다. 감사의 인사를 드리고 나는 다시 경주로 버스를 타고 내려왔다.

그리고 선생님께서 나의 마지막 부탁을 받아 가지시고 하느님 아버지께 가시던 날 선생님을 아끼고 존경하고 사랑하던 여러분들과 합동 장례 미사를 드리며 선생님께 "아듀" 하고 작별 인사를 드렸다. 사랑이신 하느님 아버지의 품안에서 영원히 사랑이시기를……

석양배 같이 나누던 구상 선생님

김현
배낭여행가 · 문화산책 청류회 회장

"허허."

구상 선생님을 추억하면 가장 먼저 그분 특유의 허허 웃음소리가 귓전을 울립니다. 필시 지금도 이 글을 쓰는 나를 하늘나라에서 내려다보며 허허 웃고 계실 것입니다.

여의도 시범아파트 18동으로 이사하던 당시 선생님은 나보다 앞서 바로 옆 17동에 관수재의 터를 잡고 계셨습니다. 나는 KBS 프로듀서이자 가톨릭 신자이며 또한 이웃이 되었다는 든든한 백(?)을 밑천으로 평소 존경해 마지않았던 선생님을 찾아뵙고 전입 신고를 했습니다.

석양배(夕陽盃)는 선생님의 이웃이 된 후 내가 창작해 낸 표현입니다. 선생님을 뵙고 싶고, 말씀이 듣고 싶을 때면 "선생님, 석양배 한 잔 하시죠?" 하고 전화를 넣곤 했습니다. 선생님의 대답은 늘 한결같았습니다. "허허, 좋지."

선생님이나 나나 남에게 뒤지면 서운한 애주가였기 때문에 석양배 조우는 빈번히 이루어지곤 했는데, 쓰러지면 우리가 사는 아파트에 닿을까 말까 한 거리에 있었던 63빌딩 내 비교적 저렴한 가격의 음식점을 주로 찾았습니다.

대개의 경우 그 자리에는 내 아내도 동석했습니다. 우리 부부가 언제나 함께 다니는 것을 아는 선생님께서 "부인도 오시라고 하지?" 하며 먼저 청해 주시는 자상함 덕이었습니다. 존경과 흠모의 마음을 품고 있는 분과 석양이 뉘엿거릴 때 주고받는 한 잔의 술, 게다가 옆에는 사랑하는 아내까지! 기쁨으로 환히 빛나는 시간이었습니다.

선생님의 말씀은 술맛보다 더 좋았습니다. 세상에 속한 그 무엇에도 구애받지 않는 밝은 식견으로 들려주시는 삶과 예술, 신앙에 관한 이야기는 하나하나가 나에게 새로운 깨달음의 지평을 펼쳐 보여 주는 것이었습니다.

특히 내 고개를 숙이게 만들었던 것은 신앙에 관한 주제……. 알다시피 10대 시절 사제의 길을 꿈꿔 신학교에 들어갔고, 후에는 일본으로 건너가 니혼대학 종교학과 전문부를 졸업하고 평생을 가톨릭 신자로 일관해 온 선생님의 신앙에 대한 앎과 삶은 자못 거룩하게까지 비쳤습니다.

선생님의 독실한 신앙심에 관련된 일화를 원로 시인 이용상(李容相) 씨에게 들었던 적이 있습니다. 한국전쟁 중이던 1950년대 초 피난지였던 대구가 잠시 동안 전시 언론의 중심지가 되면서 〈영남일보〉에는 국방부 정훈국의 기관지 〈승리일보〉가 자리를 잡았는데, 이때 구상 선생님은 그 신문의 주간이셨습니다. 너나없이 빈 몸뚱이를 간수하기만도 급급하던 시절, 선생님은 상대적으로 약간의 여유를 누렸던 터라 입만 달고 찾아오는 동료 문인들에게 밥과 술을 사먹이고 여관을 잡아 주는 게 주요 일과 중 하나였다고 합니다.

그날도 문인들은 선생님과 더불어 밤늦도록 술판을 벌이고 모두 고주망태가 되어 한 여관방에 쓰러졌다고 합니다. 그런데 다음날 새벽 인기척에 이용상 씨가 눈을 떠보니 선생님이 한참 동안 어딘가를 나 갔다 오시더랍니다. 알아보니 그 와중에서도 새벽 미사를 다녀오신 길이었다고 합니다.

"그런 이야기를 들었는데, 그때 정말 새벽 미사에 다녀오셨어요?"

나는 훗날 선생님에게 그 당시의 일을 여쭤 보았는데 "허허" 웃으시곤 말없이 미소만 띠셨습니다. 틀림없는 사실인 것 같았습니다.

같은 동네에 살다 보니 선생님과 나는 당연히 같은 성당(여의도성당) 교우이기도 했습니다. 그런 연유로 한국 가톨릭이 선생님을 교계(敎界) 원로로 존중하고 있음을 새삼스레 실감하는 순간도 많이 접했습니다. 이를테면 성당에 새로 부임하시는 신부님들은 꼭 선생님을 방문해서 인사를 드리곤 했습니다. 선생님과 신부님 사이의 중간 가교 역할을 내가 자청해서 나서기도 했습니다. 신부님을 아들로 두고 있고 자그마한 봉사직도 맡고 있었기 때문에, 신부님을 모시고 구상 선생님 댁을 방문하거나 또는 간혹 선생님의 존재를 미처 모르고 오신 신부님께는 귀띔을 해드리더라도 그다지 부자연스럽지 않으리라 생각했던 것입니다.

그렇게 댁을 방문하는 신부님을 대하는 태도에서도 독실한 신자로서 선생님의 면면을 확인하곤 했습니다. 신부님을 품격 있는 식당으로 정중히 안내해 식사 대접을 하는 것은 기본이고, 소장하고 있는 그림이나 글씨 중에서 가장 귀한 작품을 택해 선생님의 저서와 함께 선물하는 것을 거른 적이 없었습니다.

선생님은 천성이 그러했습니다. 5·16 직후 온갖 방법을 동원해 '최고회의 의장 상임고문' 직을 종용하는 박정희 전 대통령을 피해 경향신문 동경지국장 명함을 만들어 현해탄을 건너가고, 문단에서도 그

흔한 감투 하나 일절 허락한 적이 없을 만큼 세속 일에는 칼로 벤 듯 초연했습니다. 반면 어려운 일을 당한 동료의 일에는 누구보다 먼저 발벗고 나서고, 되로 받은 신세나 선물은 반드시 말로 갚아야만 편한 잠을 이루는 분이었습니다.

우리 부부는 선생님의 영세명인 세례자 요한의 축일이나 명절이면 조촐한 선물을 드리곤 했는데, 선생님은 그때마다 너무 철저한 보답을 해서 당황스러울 때가 적지 않았습니다. 우리가 받은 선물 중 영광 법성포 굴비는 아직껏 기억에 생생합니다. 진짜 법성포 굴비였으니 그 값도 만만치 않지만, 우리 부부를 더욱 놀라게 했던 것은 포장지에 적혀 있는 '정주영'이란 이름이었습니다. 현대 정 회장에게 받은 선물을 포장도 뜯지 않은 채 우리 부부에게 넘겨준 것이었습니다.

구상 선생님에게 받은 선물 두 점은 지금 이 순간까지 소중하게 간직하고 있습니다. 그 하나는 중광 스님의 그림에 선생님이 '偶吟'이란 글씨를 친필로 쓰신 작품입니다. 선생님보다 11년 앞서 먼저 선종하신 부인 서영옥 여사님의 장례 절차를 내가 좀 도와 드렸는데, 그 며칠 후 마음의 선물이라며 선생님이 주셨던 것입니다.

다른 하나는 선생님의 신앙시 「말씀의 실상(實相)」으로, 오랜 세월 이웃하고 살았던 여의도 아파트에서 우리 가족이 이사를 떠나올 때 못내 섭섭해하며 주신 정표입니다.

다른 이들로부터 받거나 개인적으로 수집한 그림이나 글씨들은 전부 벽장 한구석에 모셔져 있지만, 지금도 선생님이 선물한 두 점만은 거실과 방에 걸려 있습니다. 나는 두 작품을 보면서 선생님과 나누었던 많은 이야기들을 떠올리며 혼자 웃기도 하고, 선생님을 위한 기도를 올리기도 합니다. 앞으로도 그럴 것입니다.

말년에 선생님의 건강이 악화되고 병원 출입이 잦아지면서 자연히 석양배의 명맥도 끊어질 수밖에 없었습니다. 선생님을 돌보아 드리던 이모님(서영옥 여사님 동생인 처제)의 정색을 한 꾸지람 ─ "우리 선생님 건강도 안 좋으신데 자꾸 술 드시게 하지 마세요!" ─ 도 석양배의 추방에 한몫 단단히 했습니다.

아마 돌아가시기 한 달 전쯤이 아닐까 싶습니다. 선생님은 오랫동안 여의도성모병원 중환자실을 지키고 있었고, 시간이 많이 남지 않았다는 사실이 점차 피부에 와닿았던 무렵입니다. 나는 더 이상 망설일 여지가 없다는 판단에 따라 '일체 면회 사절'이란 병원의 차단막을 어렵게 뚫고 선생님을 찾아뵈었습니다. 내 마음에 있는 말을 전하지 못하면 평생 후회할 것 같아서였습니다.

내가 손을 꼭 잡자 선생님은 두 눈을 뜨셨습니다. 비록 말씀은 못하셨지만 내가 하는 말은 다 알아들으셨고, 그에 대해 눈빛으로 답해 주셨습니다. 나는 오래 가슴에 담아 두었던 말을 꺼냈습니다.

"선생님, 저는 사람이 못돼서인지 누구를 존경하며 살아 본 적이 없습니다. 그런데 단 한 사람 존경하는 분이 바로 선생님입니다. 물론 선생님은 많은 이들에게 존경을 받으십니다. 그러나 제 입장에서는 유일하게 존경하는 분이라는 말씀을 꼭 드리고 싶어서 이 자리에 왔습니다. 지금까지도 선생님을 위해 기도해 왔지만, 선생님이 이 세상을 떠나신 뒤에도 계속 기도하겠습니다. 최소한 1주기까지는 선생님의 천상영복(天上永福)을 위해 매일 기도할 것을 약속드립니다."

선생님의 손에 힘이 주어지는 것을 느꼈습니다. 그리고 선생님은 고맙다는 눈짓을 보내 주셨습니다. 당시 내가 선생님께 드렸던 말은 혼자 가시는 외로운 길에 얼마나마 위안이 되지 않았을까 여겨집니다. 선생님의 눈빛에서 나는 그것을 느낄 수 있었습니다.

　건강이 따라 줄 때면 선생님은 여의도 강변로를 따라 산책을 하셨고, 그 모습을 보는 동네 아줌마들은 "저분은 꼭 신선 같다"고 입을 모으곤 했습니다. 내 생각에 선생님은 하늘나라에서도 변함없이 호호야(好好爺)·옥골선풍(玉骨仙風)의 모습으로 산책을 즐기며 허허 웃고 계실 것만 같습니다.

구도자의 삶을 산 구상 선생

—

송항룡

성균관대학교 명예교수

내 방에는 「기도」라는 구상 선생의 시 한 편이 걸려 있다. 김의규 선생이 시문과 함께 명상(기도)하는 선생의 모습을 담은 판화 그림이 그것이다. 그 시의 마지막 구절은 이렇다.

두 이레 강아지만큼이라도
마음의 눈을 뜨게 하소서

이 글귀는 2001년 출간한 선생의 시집 이름이기도 하다. 선생은 이 기도문(시)에서 무엇을 말하려 했을까? 두 이레를 지나 처음 뜨는 강아지 눈에서 무엇을 보려고 했을까? 강아지 눈에 비친 세계를 선생은 어떤 것이라고 생각했을까? 이 시집을 출간하기에 앞서 선생은 『인류의 맹점(盲點)에서』라는 시집을 내놓았다. 여기서 '인류의 맹점'은 탐욕의 수렁 속에서 살아가는 타락한 현실을 말하지만, 어쩌면 그것은 인간이 태어나면서부터 쓰고 나오는 굴레, 원죄(原罪)의 두꺼운 꺼풀을 말하고 있는지도 모른다. 『인류의 맹점에서』라는 시의 끝 구절은 이렇다.

오직 전능(全能)과 무한량한 자비에

　맡기고 빌 뿐이다

　전능과 무한량한 자비는 하나님의 사랑일 수도 있고 부처님의 손길일 수도 있으리라. 그러나 그것은 또한 두꺼운 꺼풀 속에 깊이 잠들고 있는 참 '나'의 마음, 영혼일지도 모른다. 그 참 '나', 영혼을 향해 마음의 눈을 뜨게 해달라고 빌었을 것이다. 눈을 뜨고 나면 무한량한 자비는 내게 있음을 알 것이요, 하나님의 사랑도 부처님의 손길도 바로 내게서 비롯하고 있음을 알 것이다. 성경에서도 내가 바로 길이요·빛이요 진리요 생명이라고 하지 않았던가? 눈을 뜨고 나면 내가 부처님이요 하나님이요 예수이기도 하다. 그리하여 "두 이레 강아지만큼이라도 마음의 눈을 뜨게 하소서" 하고 선생은 빌었을 것이다. 그리고 그 간절한 기구는 선생에게 깨달음으로 와닿고 있었던 것이다.

　달라진 것이라곤 하나도 없는

　어제까지의 그 모습 그대로의 만물

　그 실용적 이름에서 벗어나

　저마다 총총한 별처럼 빛나서

　새롭고 오묘하고 신기하기 그지없다

— 「눈을 뜨면」

　달라진 것이라곤 하나도 없는 그저 있는 그대로 있는 모든 존재자들, 그 어느 것 하나 소중하지 않은 것이 없다. 세상 모든 존재하는 것들이 풀 한 포기, 조약돌 하나까지도 소중함으로 다가설 때 마음은 원죄의 굴레로부터 벗어나 영혼이 자유로울 수가 있는 것이다. 선생은 그것을 빌었고, 눈을 뜰 수가 있었고, 깨달을 수가 있었고, 또 죽음으로부터도 자유로울 수 있었던 것이라고 할 수 있다. 만년에 남긴 선생의 시는 모두 이러한 것을 말해 주고 있다.

선생은 시인으로서보다는 구도자로서 살다 간 분이라고 할 수 있다. 젊은 날의 선생을 나는 알지 못하거니와 이순(耳順)을 지난 선생의 생활과 삶의 모습은 그러하였다. 아기 같은 웃음이 그러하였고 촌로 같은 질박함이 그러하였고 세상을 바라보는 눈빛에서 그 어떤 것도 찾아볼 수 없음이 그러하였다. 선생은 자신의 80 평생을 승(僧 : 聖)도 속(俗)도 아닌 삶을 살았다 하였으나 승(僧)으로 살았으면 선생이 아니었을 것이요, 속(俗)으로 살았어도 선생이 아니었을 것이다. 성(聖)과 속(俗)은 모두 분장된 삶이요 솔직한 자기 삶이 아니기 때문이다. 사람들의 존경을 받기 위해 분장하는 삶이 성(聖)이라면 우쭐하고 올라서기 위한 악착스럽고 구차스런 삶이 속(俗)이다. 성(聖)은 빈명(貧名)의 삶이요 속(俗)은 빈리(貧利)의 삶이다. 모두 자기이면서 자기 삶을 살아가지 못한 사람들의 삶이라고 하지 않을 수 없다.

선생은 그러한 삶을 살지 아니하였다. 선생은 선생의 삶을 살았다. 누구를 흉내내려 하지도 않고 누구를 부러워 따라가려고도 하지 않는 삶, 나는 나로서 있고 남의 삶이 아닌 나로서 나의 삶을 살아가는 것이야말로 얼마나 소중하고 보석처럼 빛나는 자기 존재의 빛이랴. 성과 속은 존재의 빛이 아니다. 그것은 포장된 빛일지는 모르나 참다운 자기 존재의 빛은 아니다. 길섶의 풀 한 포기, 조약돌 하나가 스스로 자기 모습으로 있는 것이 참존재의 빛이다. 선생이야말로 구상으로서 구상의 삶을 그렇게 살아간 것이 아니랴. 그것이 다름 아닌 구도자의 삶이라고 하지 않을 수 없다. 구도자의 삶은 산간(山間)의 수도자처럼 자기 학대를 일삼는 삶도 아니요, 세간(世間)의 어리석은 사람처럼 황금송아지를 섬기며 부귀를 탐하는 삶도 아니다. 가장 솔직한 삶, 영아(아기)의 삶이다. 구도자의 삶을 노자는 영아로 돌아가 사는 삶이라 하였고, 선생은 두 이레 강아지만큼이라도 마음의 눈을 뜬 삶이라 하였다. 선생은 늘 그러한 삶을 생각하였고, 또 실제로 그러한 삶을 살다간 사람이었다고 할 수 있다.

나는 10여 년 넘게 유달영 선생이 설립한 문화재단 성천(星泉)아카데미에서 강의를 했다. 구상 선생이 그 일에 관계하고 있었으므로 나는 원장실에 성천 선생과 함께 있는 선생을 만나 차를 들고 담소하는 기회가 많았다. 선생은 나를 보면 우인(雨人) 선생이 생각난다고 하였다. 우인은 나의 족친(族親)인 송지영(宋志英) 씨를 말한다. 선생은 우인의 글을 칭송하기도 하였다. 거침없이 흐르는 유려한 문장은 노산의 글과 함께 그 누구도 따라갈 수 없으리라는 것이었다.

우인의 이야기를 하다가 한번은 노산 이은상의 글재주에 대한 이야기가 나왔다. 노산은 글재주도 글재주려니와 기억력이 남달리 뛰어난 분이라는 것이었다. 언젠가 지방으로 함께 여행을 갔다가 여관에서 노산과 한방에 묵게 되었는데 이튿날 아침 방으로 배달된 조간신문을 한번 건성으로 뒤적이는 것 같더니 그 신문을 선생에게 던져 주면서 자기 머리를 한번 시험해 보라고 하더라는 것이었다. 정치·경제·사회·문화란의 기사는 물론 한 귀퉁이에 조그맣게 난 가십 기사, 심지어 구인란의 광고문까지 신문 8면의 기사를 모두 그 내용까지 기억하고 있더라는 것이었다. 그리고 노산은 자기의 그 놀라운 기억력을 자랑하면서 붓대를 잡으면 머릿속에 들어 있는 많은 것들이 일시에 튀어나와 무슨 말을 골라 적어야 할지를 몰라 단숨에 글을 써내려가지 않으면 문장이 되지 않는다는 말도 하더라는 것이었다. 노산은 그럴 만도 한 대단한 문장가였다. 그러나 노산의 자기 자랑도 그렇거니와 구상 선생의 말도 조금은 과장된 것이 아니었나 하는 생각이 당시에는 들었다. 그렇지만 아닐 것이다. 사실일 것이다. 선생은 말을 조금도 과장한 것이 아니었을 것이요, 노산은 또한 그 이상의 자기 자랑을 하였을 것이다.

아무튼 노산의 글재주가 뛰어나다는 것이요 우인 또한 글재주가 그에 못지않다는 것을 선생은 말하고 있었다. 어쩌면 두 분이 다 글을 쉽게 쓴다는 것을 그리 말하였는지도 모른다. 반면 선생 자신은 그들과는 달리 힘들게 쓰고 있다는 말이었을지도 모른다. 선생은 '존재론'에 늘 관심이 있었던 만큼 주변의 사물 하나도 쉽게 보아넘기지는 않았을 것이기 때문이다. 그러나 깊은 생각 속에 한 자 한 자 힘들게 썼을지는 모르나 선생의 글은 누구에게나 읽어서 좋고 쉽고도 평안하게 읽히는 글(시)이라고 하지 않을 수 없다. 그러고 보면 힘들게 쓴 글은 쉽게 읽히고 쉽게 쓴 글은 오히려 어렵게 읽히는 것은 아닐는지. 쉽게 쓰는 글과 어렵게 쓰는 글은 다를 것임직도 하다.

지금 내가 거처하고 있는 이곳 산촌의 누옥(陋屋) 바깥 마당에는 우인 선생의 추모비가 하나 세워져 있다. 구상 선생이 주선하고 몸소 기금을 모아 세운 비석이다. 그 비문에는 이렇게 적혀 있다.

붓대를 잡으시면 명문에 명필이요

포부와 경륜 또한 남달리 장하시어,

도리어 험준 세월에 파란의 삶 사셨네.

자그만 체구지만 심성이 활달하여

만나는 가슴마다 훈기를 남기시어

가시매 크옵신 인품 새록새록 그립네

　선생이 지으신 글이다. 노산의 문장이 뛰어나고 우인의 글이 유려하다고 하나 이 구상 선생의 글보다 더 아름답고 뛰어난 문장이 어디 있으랴. 나는 이 추모비 관계로 선생님 댁을 찾은 일이 있다. 여의도에 있는 자그만한 아파트에 살림집과는 따로이 차린 사랑방. 사면 벽에는 물론 방 한복판까지 서가를 가득 채운 많은 서적들이 좁은 공간에 단정하게도 꽂혀 있었다. 그리고 한 모퉁이에 겨우 두어 사람이 앉을 작은 소파와 차 탁자 하나가 놓여 있던 기억이 난다. 책 숲에 둘러싸여 선생이 손수 끓여 주는 차 한 잔을 받아 마셨다. 그것은 차 맛이 아니라 선생님의 맛이었다. 선생님의 맛 그것은 짙은 송진 냄새와도 같은 질박한 구도자의 맛이었다. 그리고 얼마 되지 않아 비(碑) 제막식 때 선생은 산촌의 나의 누옥을 방문한 일이 있었다(우인의 추모비가 이곳에 세워진 것은 그의 유품 전시실을 내 집에다 조그맣게 마련해 놓고 있었기 때문이다). 그때의 기억들을 나는 잊을 길이 없다.

　칠곡 왜관에는 구상문학관이 있다. 개관식 때 선생은 병환으로 참석하지 못하였으나 선생의 사랑방에 가득하던 서책들은 이미 옮겨 그곳에 와 있었다. 그것을 보는 순간 '가실 준비를 하고 있구나' 하는 생각을 했던 기억이 난다. 그로부터 얼마 되지 않아 선생은 병이 깊어 세상을 뜨시고 말았다. 선생의 죽음을 장자의 말을 빌린다면 이렇게 말할 수 있으리라.

"선생이 세상에 온 것은 올 때가 되어 온 것이요, 이제 간 것은 갈 때가 되어 간 것이다."

선생은 안시처순(安時處順)한 것이라고 하지 않을 수 없다. 병상시(病床詩)를 비롯한 선생의 말년의 시들이 모두 그것을 말해 주고 있다.

지금 내 방에는 기도문이 새겨진 김의규 선생의 작품 하나와 오래 전에 KBS 연수원에서 함께 찍은 사진 한 장이 걸려 있다. 선생님이 보내 주신 시집들과 함께 소중하게 간직하려고 한다.

다가설 수 없는 까마득한 별

유자효
시인 · 방송인

선생님은 다가설 수 없는 까마득한 별이었다. 나는 선생님이 계시는 여의도에 살고 있었지만 감히 선생님을 찾아뵙지 못했다. 아내와 함께 한강변을 산책할 때면 우리 내외는 선생님의 시비가 있는 곳을 찾았다. 그리곤 선생님의 시를 읽으며 큰 시인이 사시는 동네에 함께 살고 있다는 기쁨에 젖었다.

한번은 나의 고등학교 시절 은사이신 안장현 선생께서 나를 63빌딩의 한 양식당으로 불렀다. 식당에는 구상 선생님이 안 선생과 함께 계셨다. 잠시 후 김남조 선생께서 당도하셨다. 구상 선생은 김남조 선생의 손을 잡으며 "언제 봐도 이렇게 곱고……" 하며 반기셨다. 그것은 아름다운 영화의 한 장면과도 같았다. 구상 선생님과 김남조 선생님의 고운 인연은 명동성당에서 있었던 구 선생님의 장례식 때 김남조 선생께서 읽으신 절절한 추도사에서도 느낄 수 있었다.

안장현 선생이 별세하시고 나서 안 선생의 부인이 구 선생을 찾은 적이 있었다. 그때는 구 선생님도 병환 중이었다. 안 선생의 부인은 구 선생께 안 선생이 발행해 오던 〈한글문학〉의 복간 문제를 의논드렸다 한다. 구 선생은 즉석에서 전화기를 들어 출판사를 하는 지인에게 안 선생의 부인을 도와 드릴 것을 당부했다고 한다. 그리고는 "민을 수 있는 사람이니 만나서 의논하라"고 말씀하셨다.

그런데 그 다음날, 안 선생의 부인께 구 선생의 전화가 왔다. 그 내용은 이러했다고 안 선생의 부인이 내게 전했다.

"부인, 부인이 다녀가시고 나서 저는 하루 밤, 하루 낮 동안 부인이 하신 말씀을 반추했습니다. 그리고는 제 생각이 잘못됐나 싶어 김남조 선생과도 전화로 상의했습니다. 부인, 〈한글문학〉은 내지 마십시오. 우리 나라에는 이미 문예지가 너무 많습니다. 힘만 드시고 의미를 찾기 힘드실 겝니다. 부인께 하지 말라는 말씀을 드리려 전화를 들었습니다."

선생님은 이런 분이시다. 문단 후배 부인의 청을 듣고 즉석에서 도와주려고 믿을 만한 사람을 찾아 연락하고는, 그 판단이 잘못됐는지 깊이 상고하고는 한 결론을 얻자 그 결론을 다시 믿는 사람의 검증을 거쳐 후배의 부인께 전한 것이다. 사람과 사람과의 관계가 어떠해야 하는가를 선생님은 이렇게 보여 주셨다.

선생님은 생전에 장애인들의 문예지인 〈솟대문학〉에 큰돈을 주셨다. 장애인을 위해 뜻있게 쓰라는 말씀과 함께 그 기금을 운영할 운영위원회에 선생님의 가족은 포함시키지 말라는 말씀도 하셨다 한다. 선생님이 주신 그 돈은 구상솟대문학상이 되어 해마다 장애인 문인들에게 상금으로 전달된다. 나는 선생님과의 생전의 인연으로 그 운영위원회 위원으로 되어 있다.

선생님께서는 자신을 위해 재산을 형성하거나 쓰지 않으신 분이다. 이중섭 화백과의 우정도 유명하지만, 선생님이 소장하고 계시던 이중섭 화백의 그림도 판매한 수표 그대로 성당에 기증했다고 한다. 가족에게는 "이렇게 큰 금액을 봤느냐? 한번 만져 보라"는 조크를 하셨다

한다. 보통 사람으로는 다다르기 힘든 경지다.

왜관에서 선생님의 기념관을 짓고자 했을 때 선생님은 극구 만류하셨다. 그때 이미 선생님의 건강은 기동이 어려울 정도였다. 마침내 기념관은 완공됐으나 선생님은 자신의 기념관에 가보시지 못했다.

선생님이 위독하시다는 말을 듣고 나는 선생님이 입원하고 계시는 여의도성모병원 중환자실을 찾았다. 선생님은 말문을 닫은 상태였다. 그러나 정신은 말짱하셨다. 큰 고통 속에서도 너무나 강인한 정신력을 보여 주셨다. 산소호흡기를 끼고 계신 선생님은 손가락을 들어 허공에 글씨를 써서 의사소통을 하셨다. 그 며칠 뒤 선생님은 운명하셨다.

선생님의 장례식 날, 천주교 묘원에서 받았던 인상을 잊지 못한다. 선생님이 묻히실 곳에는 이미 부인과 두 아들의 묘가 있었다. 부인과 두 아들 사이에 선생님은 자신이 들어가실 공간을 비워 두었다. 부인 곁에 선생님의 관이 놓이자 삽으로 흙을 덮었다. 그것은 흡사 오랜만에 한자리에 누운 부부의 긴 잠자리에 덮이는 흙의 이불과도 같았다.

우리는 선생님을 성인이라고 불렀다. 성(聖) 구상이라고 흠모했다. 나는 감히 그분의 댁을 방문할 생각을 하지 못했다. 선생님을 뵙고 싶으면 선생님이 63빌딩의 성천문화재단에 나오시는 날과 시간을 알아보고는 성천 유달영 선생의 방 근처에서 기다렸다가 잠시 인사를 드리곤 했다. 지팡이에 몸을 의지하시고 환하게 웃으시던 선생님의 모습이 사무치도록 그립다.

그런데 그렇게 거룩하신 선생님께서 왜 인간이 겪을 수 있는 최악의 고통을 겪으셔야 했을까? 부모가 돌아가시면 산에 묻고, 자식이 죽으면 가슴에 묻는다고 한다. 선생님께서는 두 아들을 차례로 가슴에 묻었다. 그때마다 그 비탄이, 절망이 오죽했을까? 그리고 선생님은 사모님도 앞세웠다. 이런 고통을, 왜 그의 선한 종에게 내리시는지, 나는 선생님이 믿고 섬기시는 선생님의 주가 행하신 행위의 깊은 뜻을 헤아리지 못한다.

선생님은 자신이 왜 나자렛 예수를 믿는가를 들려주셨다. 그것은 나자렛 예수의 인성 때문이라고 했다. 신성(神性)이 아니라 인성(人性) 때문에 나자렛 예수를 믿는다는 선생님의 말씀은 왜 선생님이 언론인이셨으며, 시인이셨는가에 대한 해답이 되지 않을까?

선생님의 거룩한 생애는 "수사의 복장으로 입관케 하라"는 김수환 추기경의 말씀으로 완성되었다. 선생님은 수사로서의 삶을 사신 분이었다.

선생님을 산에 묻고 상실감으로 돌아오던 날, 나는 선생님을 그리며 시를 한 편 썼다. 오늘 그 시를 선생님께 헌정한다. 그리고 선생님을 평생 섬기셨던 착하신 처제 서영자 여사, 따님 구자명 작가, 사위 김의규 교수께 신의 가호가 늘 함께 하기를 빈다.

구상의 장례

마리아 테레사의 곁에
요한을 누이고
흙을 이불로 덮어 주었다
그 곁엔 먼저 떠난 아들 둘이 묻혀 있었다
비로소 그의 네 가족이 한데 모였다
그의 손으로
눈물 뿌리며 만든 무덤들 곁에
이제는 그의 차례가 되어 묻혔다

'요한아'
깊은 소리가 울렸다
'고생이 많았느니라'
'제 영혼을 아버지께 맡기나이다'
황홀한 아버지의 나라를 향해
그렇게 그는 떠났다

고전읽기를 통해 맺은 인연

—

이은봉
덕성여대 명예교수

내가 구상 선생님을 처음 만난 것은 '자유교양'이라 불리는 고전읽기 운동을 하는 기관에 근무할 때였다. 이 단체는 당시 교육부 산하에 있었는데, 초·중·고 대학생들에게 고전을 읽히고 각종 경연을 통해 시상하고 있었다. 한때 전국의 모든 학교가 참가하여 융성했는데, 겉으로 나타난 좋은 취지에도 불구하고 내면적으로는 고전 책을 찍어 파는 영업을 주로 했다. 여기서 생기는 이익을 다시 고전읽기 운동을 하는데 환원하는 것이 그 정신이었지만, 뒤에서 밀어준다고 소문이 났던 육영수 여사가 죽은 후 국세청 감사를 통해 주인이 바뀌지 않을 수 없는 상황이 되었다. 이 단체를 실질적으로 만들고 이끌었던 김모 회장이 물러나지 않을 수 없게 되자 김씨는 같은 천주교 교우였던 구상 선생을 대타로 잠시 맡겨 보고자 했던 것 같다. 삼고초려 끝에 구상 선생을 자유교육협회 회장으로 모셨는데, 많은 직원들이 감원되는 와중에도 나는 어떻게 살아남아서 구상 선생과 같은 직장의 상사와 부하 관계가 되었다. 이것이 그분을 인간적으로 가까이 알게 된 계기가 되었다. 그러고 보니 30년 이상 만남이 이루어진 셈이다.

언젠가 구상 선생은 이런 말을 한 적이 있다. 공직에는 한 번도 나가 본 일이 없고 자유교육협회 회장직, 이것이 공직이라 할 수 있다면 이 회장직이 처음이라고. 나중에 알게 되었지만 회장직을 맡았던 것은 단순히 김씨의 어려운 국면을 도와준다는 것만이 아니었고 구 선생의 평소의 신념도 있었다고 생각한다. 국민들이 동서 고전을 많이 읽어 교양 수준을 높여야 한다는 것이다. 자유교육협회가 문을 닫은 후에도 실제로 고전읽기 운동을 해보려는 움직임이 있었다. 차주환 교수 등 몇몇 교수들을 불러 분도회관에서 몇 차례 회동을 가진 적도 있다. 재정 문제가 여의치 않아 그 후 유야무야되고 말았지만…….

얼마의 세월이 흐른 후 구 선생이 불러 여의도의 한 오피스텔에 나가 보니 유달영 선생을 비롯한 많은 교수들이 모여 있었는데, 알고 보니 동서 고전을 가르치는 교육기관을 만드는 문화재단 창립회의였다. 유달영 선생이 서울대학교 농과대학 교수 시절에 실제로 농경을 실습하면서 학생들을 가르칠 요량으로 매입해 둔 땅이 정부에 수용되면서 큰돈이 생기자, 여의도의 같은 아파트에 사는 구 선생을 만나 이 돈을 어떻게 사용하는 것이 좋은지 의논했던 모양이다. 구 선생은 그것을 가지고 고전을 가르치는 문화재단을 만들 것을 제안했고 유 선생은 그 의견을 받아들여 오늘의 성천문화재단이 만들어졌다. 나는 그것을 만드는 과정에서 실무를 맡았고 실제로 한 과목을 가르치기도 했다.

구 선생과 유 선생 두 분의 이야기를 들으면서 나는 살아 있는 민담을 읽는 것처럼 아름답게 여겨져서 언젠가 강의할 때 그런 이야기를 한 적도 있다. 흥부 형님(유달영)과 놀부 동생(구 선생은 자칭 놀부 동생이라고 유 선생을 만나면 농담하곤 했다. 두 분은 흥부 놀부 하면서 깔깔대고 웃곤 했다)은 이웃에 살았다. 흥부 형이 별안간 큰돈이 생기자 아우를 불러 "이것을 어디에 사용하는 것이 좋지?" 하고 물으니 놀부아우가

"고전을 가르치는 학교를 만들자," 이렇게 해서 뜻이 통한 형제는 자그마한 재단을 만들었고 거기서 학생들을 가르친다. 아무런 물욕이 없는 두 노인의 이런 이야기는 각박한 현실에서 전설처럼 아름답게 울렸다.

나는 고전과 얽혀 구 선생과 인연이 맺어졌지만 이런저런 일이 있을 때마다 만나 뵙곤 했다. 한번은 내가 근무하는 대학에 강연을 하러 오셨다. 내가 구 선생을 잘 안다는 사실을 안 학생들이 내 이름을 팔아서 구 선생을 연사로 모셨던 모양이다. 내 이름을 팔지 않았더라면 여기까지 오시지 않았을지도 모른다는 생각을 하니 죄송하기도 했지만, 한편 그런 학생들의 작은 꾀에 걸려든 구 선생의 모습이 여간 재미있는 일이 아니었다. 마침 구 선생을 만나고자 그 강연 장소까지 찾아온 문인 두 분도 참석했던고로 학생들이 주는 쥐꼬리만한 강연료를 가지고 우리는 술을 마시며 즐거운 시간을 보냈다. 매양 이런 식의 사적인 모임이 많았다.

구 선생은 일본에서 종교학을 했기 때문인지 서울대학교에서 종교학을 한 내게 각별한 관심을 가지신 것 같았다. 정확한 연도는 기억나지 않지만 KBS에서 '원로와의 대화'라는 한 시간짜리 프로에 나를 끌고 나간 적이 있다. 그 프로는 원로들의 높은 식견을 통해 맑은 사회를 만들고자 하는 의도에서 만들어졌는데, 그 원로의 대화 상대자는 주로 후배 제자들이었다. 구 선생의 후배 제자들이 많이 있었음에도 불구하고 내가 지목되어 그 프로에 나가 대담했던 것도 생각해 보면 종교학을 인연으로 많은 대화를 했던 때문일 것이다. 이 모든 것이 이제 즐거운 추억이 되었다.

구 선생은 만나면 만날수록 그의 광범위한 대인 관계에 감탄하게 되었다. 또 그들과의 만남에서 하나같이 아름다운 일화들이 얽혀 있음을 알고는 다시 한 번 놀라곤 했다. 인간 구상이 만들어 간 삶의 예술이라고밖에 달리 표현할 수 없는 아름다움이 그 하나하나의 만남 속에 있었다. 그의 외모도 학처럼 고고하고 깨끗한 풍모가 풍겼지만 나는 그의 말과 글, 그리고 삶이 일치하는 몇 안 되는 드문 인간이 아닐까 평소에 생각하곤 했다. 오늘의 자잘한 인간형, 하나같이 비슷비슷한 인간들만 만들어지는 시대에 구상과 같은 인간형은 앞으로도 다시 나타나기 힘들 것이라는 생각을 해본다.

자유교양 시절부터 책을 내면 모든 직원에게 한 권씩 주신 것이 계기가 되어 나는 그 분의 책을 (다는 아니겠지만) 많이 읽은 독자가 되었다. 그분의 글을 읽으면 항상 내 귀에 그분의 육성도 함께 들리는 듯했다. 말을 할 때 약간 어눌한 듯 적절한 단어를 찾으려고 애쓰는 듯한 모습과 함께 이내 그의 직관적인 통찰력이 돋보이는 적절한 말을 신기하게 골라내곤 했다. 그 말을 적어 놓으면 그대로 글이 될 만큼 그의 말에는 느릿느릿 군더더기가 없었고 그냥 버리기 아까운 명언들도 순간순간 많았던 것으로 기억한다. 그래서 그의 글은 이상하게 끄는 힘이 있었다. 그의 인격에서 풍기는 분위기가 그 글에 육성과 함께 녹아 있었기 때문이리라. 그 끄는 힘의 정체가 무엇일까? 알 수 없는 원천에서 불어오는 은은하고 깊은 바람과 같은 것, 항상 종교적인 성찰이 몸에 배어서 육화된 언어로 구체화되었는데, 여기에 그의 독특한 풍격(風格)이 가미되어 맛을 더해 주고 있는 듯하다. 나는 감히 그의 문학을 말할 만한 위치에 있지 않지만 『유치찬란』이라는 그의 시집을 읽으면서 시인으로서 이순(耳順)의 경지를 넘어선 것이 아닐까 혼자 생각했다. 억지로 시를 짓거나 만든다는 생각 없이 그냥 말하는 것이 그대로 시가 되는 매력을 그 책에서 느꼈기 때문이다.

구 선생과 마지막으로 육성 통화했던 것은 손녀딸 입학 문제로 상의 했을 때였다. 두 아들을 잃은 아픔을 가지고 있는 구 선생은 그 아들이 남겨 놓은 손녀딸에 대한 각별한 사랑과 측은지심이 있었던 것 같다. 항상 바람 앞의 촛불처럼 걸핏하면 병원을 드나들던 분이라 만나거나 전화를 하면 건강부터 묻곤 했지만 별일 없겠지 했다. 그런데 얼마동안 미국에서 살다가 돌아와 보니 구 선생이 응급실에 계시다는 소식을 듣 게 되었다. 죽음에 직면한 마지막 시간에 단 한 번만이라도 같이 하지 못한 것이 여간 유감스러운 일이 아니다.

언젠가 나는 죽음에 관해서 그분과 이야기한 적이 있다. 수원대학교 최창성 교수와 함께 죽음을 주제로 이야기를 나누던 중에 구 선생은 죽 음 이후에 대해서 강한 호기심이 생긴다고 말했다. 그의 강한 지적 호 기심이 지금쯤 어떻게 채워지고 있을지 나 역시 구 선생에게 물어 보고 싶다. 그런데 유명을 달리하고 있으니 어떻게 물어 볼 수 있단 말인가? 얼마 전 어떤 학술회의에서 죽음에 대해 발표하면서 나는 '영원의 현 존'이란 대목을 읽었는데 문득 "이 말은 구상의 언어인데" 하고 새삼스 레 상기하기도 했다.

그가 떠나간 후 내 마음은 허전하다. 아무 때나 전화하면 만나고 대 화할 수 있는 울타리 같은 것이 없어진 느낌이다. 여의도에 그분이 계 시다는 것만으로도 나의 삶에 무언가 채워지고 있었던 것 같다. 그의 죽음 후 꿈에서 어렴풋이 만나 뵌 적이 있는데, 나는 그분이 하느님의 사랑으로 영광스럽게 변모했을 것이라는 느낌, 참으로 밑도끝도없이 터무니없는 느낌을 받는다.

그저 앉아 있사옵니다

아이오와대학교 교수

구상 선생님,
간단, 명쾌, 진솔, 심오하신
선생님의 시의 세계에
간간이 훈김이라도 쪼이며
어지러운 마음을 달래나이다.

만학의 나이에 식솔들을 거느리고
풍수 더할 나위 없는 하와이를 떠나
멋없이 편편한 중서부 오하이오에
훈장질하러 온 것이 어언 십 년.

산은 없고 바다는 멀고,
옥수수밭만 끝없고,
산 있는 곳으로 갈까?
물 보이는 데로 갈까?
왔던 곳으로 돌아를 갈까?

보퉁이를 싸고 또 싸고……

몇 해 전 선생님께서 친히 주셔서
족자 떨어 벽에 모신 시 한 수에
보퉁이를 풀고 또 풀었소이다.

"앉은 자리가 꽃자리니라,
네가 시방 가시방석처럼 여기는
너의 앉은 그 자리가 꽃자리니라."

그래, 그래, 잘했군

방귀희
소설가 · 〈솟대문학〉 발행인

시간은 아무 일도 없었다는 듯이 뒤도 돌아보지 않고 씩씩하게 잘도
가네요. 벌써 선생님이 가신 지 1년이 다 되고 있건만 선생님이 안 계
시다는 것 외에는 모두 다 그대로예요. 야속하게 선생님만 안 계신 거
죠. 요즘 중얼거리는 버릇이 생겼어요. 엄마한테 중얼중얼, 선생님께
도 중얼중얼, 제가 한 말 다 들으셨죠?

예전에 선생님 댁으로 찾아뵈면 무슨 할 말이 그렇게 많은지 혼자서
떠들어대면 선생님께서는 그저 "그럼, 그럼, 잘했군" 이렇게 칭찬만 해
주셨는데, 요즘은 내가 해놓고도 그것이 잘 한 건지 못한 건지 몰라 불
안해요. 지금부터 보고를 시작할 테니까 '그럼 그럼' 해주셔야 해요.

먼저 솟대문학상은 구상솟대문학상으로 명칭을 바꾸고 상금을 300
만 원으로 인상시켰어요. 잘했죠? 선생님이 그러셨잖아요. 장애인들
에게 상금을 많이 줘야 생활에도 도움이 되고 또 가족이나 주변 사람
들에게 어깨를 펼 수 있다고 말예요.

그리고 더 많은 장애 문인을 발굴하기 위해 공모 형식을 취했어요.
처음이라 58명이 응모했는데 예심 때도 그렇고 본심 때도 그렇고 작
품 수준이 높다고 모두 놀라워하셨지요. 그 칭찬에 제가 으쓱 올라갔

어요. 15년 동안 〈솟대문학〉이 많이 큰 것 같아요. 물론 선생님께서 키워 주신 거지요.

이번 수상자 참 괜찮은 시인이 선정됐어요. 나보다 한 살 어린데 저처럼 휠체어를 사용해요. 장애 때문에 학교 교육을 받지 못해 집에서 책만 읽었대요. 그러다 검정고시로 고등학교 과정을 마치고 대학에 들어가서 대학원까지 마쳤다니 얼마나 훌륭해요. 대학원에서 현대시를 전공했다고 하더라구요.

선생님, 지금 고개 끄덕끄덕하고 계시죠?

어디 그뿐인 줄 아세요? 만화가와 결혼해서 남편도 있고 아들도 있어요.

지금 선생님, 저 연민스런 눈빛으로 쳐다보고 계시죠? 알아요. 요즘에서야 내가 불쌍한 처지라는 것을 깨달았어요. 아버지, 엄마 나란히 잃고 혼자 덩그렇게 남아 누구랑 살아야 하나 형제들 눈치보고 있으니 처량하죠.

하지만 괜찮아요. 저한텐 솟대가 있는 걸요. 제가 죽어 염라대왕 앞에 갔을 때 '넌 남들이 다 하는 인연은 만들지 않고 뭐 했느냐?'고 물으면 이렇게 대답할 거예요.

'솟대문학을 열심히 만들었습니다. 책 만드는 거 굉장히 어려운 일이거든요. 구상 선생님도 늘 칭찬하셨어요. 구상 선생님께 여쭤 보세요. 선생님께서는 그 일이 얼마나 중요하고 가치 있는 일인지를 알고 계세요.'

그때 잘 말씀해 주실 거죠?

참, 심사에 고은 선생님이 참석해 주셨는데 김재홍(경희대학교 국어국문학과) 교수님이 저를 이렇게 소개하시는 거예요.

"돌아가신 구상 선생님께서 무척 아끼시던 여인이에요."

사람들은 나를 그렇게 소개해요. 전 아직도 선생님 그늘 아래 있어요. 아마 솟대와 방귀희는 구상표로 영원히 기록될 거예요. 근데 얼마 전에 시인 김소엽 선생님과 통화를 했는데 솟대라고 하니까 금방 알아들으시더라구요.

"구상 선생님께서 그렇게 애지중지하시던 솟대를 제가 왜 몰라요. 제가 선생님의 사랑을 너무 많이 받았기 때문에 〈솟대문학〉을 위해 도움이 되는 일을 해야 할 텐데 아직은 마음뿐이네요."

아마 김소엽 선생님 외에도 선생님의 사랑을 받았다고 주장하는 여성분들이 많을 거예요. 선생님은 여자 분들에게 인기가 많으셨잖아요. 어디 여자 분들뿐이겠어요? 선생님을 존경하는 분들이 얼마나 많은데요.

그 많은 인연을 끊기가 얼마나 힘드셨을까요. 아니 어쩌면 남아 있는 사람들이 더 힘들 거예요.

선생님께서 하신 말씀, 사방을 환하게 만드는 천진스런 미소, 선생님이 계셔서 빛이 났던 자리, 그 모든 것들이 아직 생생하기 때문에 우리들이 훨씬 더 아파하고 있어요. 지금도 여의도성모병원 앞을 지나면서 '아직도 선생님이 저기에 계시면' 하다가 그러면 너무 힘드시겠지 하고 얼른 마음을 바꿔요.

가만히 생각해 보니까 선생님은 행복한 분이세요. 아직도 이렇게 많은 사람들이 변함없이 선생님을 그리워하고 선생님의 업적을 기리고 있잖아요. 요즘 신문을 보면 고위층에 있었던 사람들의 흠을 찾아내기 바쁘지 칭찬하는 걸 못 봤는데 선생님은 다들 훌륭하신 분이라고 기억하고 있어요. 자식들에게 버림받아 혼자 쪽방에서 쓸쓸히 노

년을 보내는 독거 노인들이 얼마나 많은데요. 아들, 며느리 다 있어도 따뜻한 말 한마디 듣지 못하고 구박받는 노인들이 대부분이에요.

그런데 선생님은 중환자실에 계실 때도 선생님이 떠나실까 봐 우리 모두 벌벌 떨었죠. 선생님이 그렇게라도 계셔 주시길 간절히 기도했어요. 그러니 선생님은 얼마나 복이 많은 분이세요.

복 때문이 아니라 선생님 자신이 그렇게 사셨기 때문이지요. 그렇게 단아한 모습을 계속 유지하신 선생님이야말로 우리 사회의 큰 스승이세요.

지난 총선 때 저한테도 정치 하라고 찾아온 사람이 있었는데 제가 그때 뭐라고 거절했는지 아세요?

"전 현실 정치에 능력도 없지만 취미도 없어요."

현실 정치라는 단어는 선생님한테 배운 거예요. 사람은 자기가 존경하는 인물을 닮으려고 하는 심리가 있다고 하더니 정말 그런 것 같아요. 아무리 노력해도 감히 선생님을 닮을 수는 없겠지만 그래도 어긋난 언행을 해서 선생님을 실망시켜 드리는 일은 절대로 없을 거예요. 살아 계실 때에도 선생님께 부끄럼이 없었듯이 지금은 더욱 하늘을 우러러 한 점 부끄러움이 없는 삶을 살기 위해 노력해요.

하늘에는 엄마도 있고 아버지도 있고 선생님도 계시니까요. 내가 좋아하는 사람들이 모두 하늘에 있기 때문에 난 이제 허튼 행동을 할 수가 없어요.

열심히 예쁘게 살다가 저도 하늘로 가면 그때 다시 많은 칭찬 해주세요. "그래, 그래, 잘했군"이라고 말예요.

잃어버린 길

최정자
시인

여의도로 가는 길은

시범아파트로 가는 길이었습니다

아주 작은 새들이

아주 작은 풀들이

그 길로 가면 노래를 부르고

그 길로 가면 꽃을 피웠습니다

6동 11층 8호에 계실 때나

14동 21호에 계실 때나

그 아파트 문 앞에 채 다다르지 않았건만 벌써

현관문 열어 놓고 계시던 '구상' 선생님,

몇 번 버스를 타고 무슨 다리를 건넌 다음

어느 정거장에서 내리라시던 음성

이 낡은 아파트의 시가가 억대라 하니

나도 억대 재벌이야

그러시면서 청하 한 잔 반주로 곁들인 점심값을 치르시던

그러시면서 흔들리는 손끝으로 새로 나온 책에

사인을 해주시던

마음 값이 억대여서 억대 재벌이셨던 선생님,

어쭙잖은 시를 쓰면서

부끄러운 줄 모르고 책을 엮어 내면

대구에 계시다가도

마산에 계시다가도 반드시 달려와 주셨던 선생님,

산소호흡기로 숨을 쉬실 때도

나와 같은 병력이어서 염려되어서

근심 못 놓으셨던 '구상' 선생님,

저희들 작은 새들과 저희들 작은 풀들은

노래와 꽃을 잃었습니다

여의도로 가는 길, 시범아파트로 가는 길을

잃었습니다.

구상 시인과 유달영 교수의 우정

유인걸
성천문화재단 이사장

시인 구상 선생과 나의 선친 성천 유달영 교수는 아름다운 우정을 나
누셨다. 여의도에 처음 아파트가 들어섰을 때부터 이웃 사촌으로 지
내오셨으니, 수십 년을 조석으로 마주치며 사신 셈이다. 구상 선생은
선친보다 여덟 살 연하였으나 멋진 수염을 기르셔서, 두 분이 나란히
걸어가면 오히려 구상 선생을 연상으로 보는 이도 더러 있었다. 서로
를 아끼고 존중하던 두 분은 작년에 나란히 함께 귀천하셨으니, 지금
도 하늘나라에서 변함없이 우정을 나누고 계시리라 믿는다.

　구상 선생은 선친께 전화 주실 때마다 "홍부 형님"이라 불렀다. 그
러면 선친은 "사람이 바른말을 하고 살아야지 나이 많은 홍부가 어디
있어. 터놓고 놀부 형이라고 불러야지" 하고 서로 웃으신다. 선친이
전화를 걸어 "나, 건넛집 놀부요" 하시면, 구상 선생은 "아, 홍부 형님
이시군요!" 하고 받으신다. 결국 한동네에 성이 다른 홍부 두 분이 사
는 것이 되었다. 한번은 구상 선생이 몸이 안 좋다고 하니까, 선친은
좋은 가축병원이 수원에 있다면서 빨리 가보라고 말했다. 성을 가지
고 놀리신 것이다. 두 분은 수시로 이런 농담을 주고받는, 참 허물없
는 사이였다. 그러면서도 마음속으로는 상대를 진정으로 존경했다.

두 분이 결정적으로 의기투합하신 것은 함께 성천문화재단을 설립하였을 때다. 선친은 30여 년을 개간해 온 수원 평화농장이 고속도로 인터체인지로 수용되어 보상금을 받게 되었을 때, 그 돈을 어떻게 써야 할지 망설였다. 평소 막역한 사이였던 구상 선생에게 그 재산을 어떻게 사회에 환원할지 자문하자, 구상 선생은 사회인들에게 평생교육의 일환으로 동서양의 인문 고전을 교육하는 일을 해보는 것이 어떻겠냐고 의견을 주셨다. 생전에 노산 이은상 선생도 그 일을 계획하다가 실현하지 못하고 돌아가셨다고 했다.

선친은 그 아이디어를 적극 수용하여 1991년 동서인문고전 교육사업을 주로 하는 성천문화재단을 설립하였다. 재단 부설 생활문화아카데미 원장으로 구상 선생이 참여한 것은 당연한 일이다. 두 분의 꿈이 실현된 성천문화재단은 그동안 서울과 대구에서 2000명인 넘는 수강생을 배출하였다. 다석 유영모, 김교신, 함석헌 선생의 훈도를 받으면서 살아오신 선친은 평소 "교육은 결코 밑지거나 손해가 없는 사업"이라는 소신을 지니고 계셨다. 『주역』·『논어』·『노자』·성경·불경·칸트 등 인류의 정신적 유산이 담겨 있는 동서의 인문 고전을 강의하는 값진 교육사업은 오늘도 재단을 통해서 면면히 이어지고 있다.

성천아카데미 사업이 궤도에 오른 1994년 가을, 수강생들은 구상 원장의 시비(詩碑)를 여의도 한강변에 세우기 위해 모금에 들어갔다. 마침 서울 정도(定都) 600년을 맞이하는 해라, 그 기념으로 시비를 세우려는 것이었다. 구상 선생은 친히 연작시집 『그리스도 폴의 강』 중에서 시를 뽑았고, 선친이 글씨를 썼다. 11월 9일 열린 제막식에는 김수환 추기경, 강영훈 적십자사 총재, 윤석중 아동문학가 등 많은 귀빈들이 참석하여 축하해 주었다. 원효대교 아래 유람선 선착장 입구에서 있는 시비는 지금도 이곳을 찾는 많은 시민들에게 관수세심(觀水洗心)의 교훈을 가르쳐 주고 있다.

구상 선생이 젊어서 경상도 왜관 낙동강가에 작은 서재를 짓고 작품을 썼던 곳에 구상문학관이 세워졌다. 개관식 날 주인인 구상 선생이 건강 관계로 참석이 어렵게 되자, 선친이 대신 내려가셨다. 당신의 팔순 생신 때, 구상 선생이 「성천송(星泉頌)」을 지어 선물해 준 것에 보답해야겠다는 심정이었던 것 같다. 선친은 전국의 문인들과 유지들이 모인 그 자리에서 구상 선생의 학덕을 칭송하는 축사를 하였다.

"구상 시인의 문학세계가 참으로 고결하지만, 나는 그에 못지않게 시인의 인품을 사랑하고 존경합니다. 한 국가의 최고 자랑은 '인물'인바, 한국에 구상 선생 같은 분이 계신다는 것이 우리에게 얼마나 자부심을 주는지 모릅니다."

선친의 그날 축사를 기억하는 사람들이 많다.

선친은 "인간은 만남으로 자란다"는 인생관을 가지고 계셨다. 당신이 누렸던 고귀한 만남의 첫 손가락에 꼽았던 분이 구상 선생이다. 두 분의 만남이 성천문화재단이라는 열매를 맺어 한국 사회의 정신적 뿌리를 다지는 소중한 문화유산으로 이어져 내려오고 있다. 구상 선생은 성천문화재단 고전 교육사업을 매우 아끼셔서, 재단의 잡지인 〈진리의 벗이 되어〉에 창간호부터 돌아가실 때까지 매호마다 권두시를 게재하셨다. 그 시는 독자들의 가슴을 적시어 내면의 씨앗이 싹터 나오게 하는 봄비 역할을 해왔음을 우리는 기억한다.

구상 선생은 꽃피는 오월에 떠나셨고, 선친은 단풍 드는 시월에 떠나셨다. 앞서거니 뒤서거니 나란히 가시는 것을 보고, 사람들은 날씨까지도 축복받은 것이라고 말하곤 했다. 이웃으로 살면서 형제처럼

가깝게 지내다 가신 두 분의 아름다운 만남은 후학들의 가슴에 길이
기억될 것이다.

타고난 반골은 아니었을까

이부영
한국융연구원 원장

일찍이 청년 시절에 문학을 꿈꾸지 않은 사람이 있었겠는가? 나도 그
렇게 20대에 문학을 무척 좋아했다. 구상 선생님과는 그런 관계로 만
나게 되었다고 할 수 있으나 그 밖에도 묘한 인연이 그저 잊지 않을
정도로, 그러나 깊은 교감 속에서 이어져 왔다.

때는 한국전쟁이 한창이던 1950년대 초, 나는 육군포병학교에서 제
대한 뒤 의과대학 의예과에 들어가서 한 3개월 다니다가 가슴에 종기
가 나서 대학병원 외과를 찾아갔다. 한쪽 폐 첨단부에 석회화된 작은
점 때문에 나의 병은 즉시 결핵성 농양이라는 진단을 받아 수소문 끝
에 마산결핵요양소에서 수술을 받고 요양하게 되었다. 나중에 보니
석회화된 점은 과거에 앓은 자국이고 농양은 단순세균성 농양인데 항
결핵약만 주어 치유가 늦어지고 있었던 것 같다.

하여간 나는 결핵 환자가 되어 얼굴이 하얀 사람들과 함께 요양소
침상에 누워 있는 신세가 되었다. 이때 요양소 안의 고참 환우 김대규
씨가 찾아와 〈청포도〉라는 시동인지를 낼 생각인데 참여하지 않겠느
냐 해서 생전 처음으로 「창(窓)」이라는 시를 써서 기고했는데, 이것이
나중에 구상 선생을 만나게 된 계기가 된 것이다.

동인지 〈청포도〉는 김대규 씨의 헌신적인 노력으로 4집까지 발간되었는데 처음에는 김춘수 시인께서 지도해 주셨고 뒤이어 구상 선생님이 후견인 역할을 맡으셨다. 선생님은 늘 농담조로 웃으며 "내가 폐병 대장이거든" 하시곤 했다.

긴 요양 생활 때문에 나는 부득이 휴학을 하고 당시 대구에 있던 형님댁에 머무르게 되었는데, 이듬해 대학에 복학할 때까지 몇 달간은 제법 심각하게 시를 쓰며 문학 지망생 같은 기분으로 시인을 만나러 다방 한구석에서 기다리는 날이 많았고 '문학의 밤' 같은 행사에도 꼭 찾아갔다.

'문학의 밤'은 대구에 있는 종군문인단 주최로 미국 공보원에서 열렸다. 시 낭독도 하고 문학 강연도 했던 것으로 기억한다. 구상 선생님은 그 중심에 있었다. 바바리코트를 입고 환하게 웃는 얼굴로 문학 애호가인 동석한 고급 장교들을 유머가 깃들인 특유의 언변으로 소개하던 생각이 난다. 포연이 가시지 않은 전장의 뒷길, 대구에는 많은 문인들이 있었다. 다방에서는 박목월 시인께 시를 보여 드리고 자상한 평을 경청한 기억이 있다. 개인적으로 구상 선생님을 만난 것은 그 뒤의 일이었을 것이다. 다방에서도 만나고 댁으로 찾아가기도 했는데, 남편의 그늘에서 시인을 뒷바라지하시는 사모님의 조용한 모습이 인상에 남았다.

어느 날 나는 고심 끝에 쓴 시 두어 편을 선생님에게 보여 드렸다. 반응은 별로 시원치 않았다. 선생님은 화가 나 있었다. 약간 성난 목소리로, 그 내용이 다 기억나지는 않지만, 자기 집 강아지가 죽었을 때도 울며 시를 썼다는 이야기를 하셨다. 그 말에는 '너는 어쩌면 그렇게 머리와 감각으로만 시를 쓰느냐'는 뜻이 담겨 있었다. 잊을 수 없는 충고였다. 그래도 그때는 좀 억울한 마음이 있었다. 박목월 시인은 그러지 않으셨는데, 김춘수 시인은 그래도 칭찬을 해주셨는데 등등……. 당시 나는 구상 선생님의 시를 잘 이해하지 못했다. 유치환·박두진 시인의 시를 즐겨 읽었고 박목월 시인의 시도 좋아했다. 서정적·낭만적·미적·감각적 표현에 먼저 끌리던 시절이었으므로 인생의 어둠, 모순, 악의 세계와 철학적 통찰과 종교적 귀의의 세계는 나에게 아직 낯설었다. 훨씬 뒤에, 그러니까 대학교수가 된 뒤에도 한참 지나서야 선생의 시의 깊이와 압축된 삶의 통찰을 좋아할 수 있게 되었다. 서울대병원 신문의 편집을 맡고 있을 때 나는 선생님에게 간청하여 시 한 편을 얻어 신년호의 권두를 장식했는데, 바로 「새해」라는 시였다. 그 내용이 좋아서 그것을 제자의 결혼식 주례사를 하면서 읽어 준 기억이 난다.

시인에의 꿈은 일찌감치 접고 암기가 대부분인 무미건조한 의학 공부와 씨름하고 졸업하여 의사가 된 뒤 정신과에서 수련을 받았고, 스위스로 가서 융학파의 정신분석(분석심리학)을 공부하고, 또 계속 남아 스위스의 정신병원에서 일하다가 돌아온 것이 1968년 5월경인데 구 선생님을 다시 만난 것은 1970년 가을 미국 하와이대학교에서였다. 나는 그때 대학에 들어가 있었고 하와이대학교 동서문화센터 초빙 연구원으로 하와이대학교 사회과학연구소에 소속되어 있었는데, 선생님은 하와이대 초빙교수로서 한국학과에서 한국 시문학을 가르치고 계셨다. 마침 서강대학교 영문과의 김태옥 교수도 와 계셨기 때문에 집사람과 함께 자주 만나서 식사도 하고 와이키키 해안에 도시락 싸가지고 가서 먹으며 놀기도 했다. 많은 이야기를 나누었다. 토론도 하고 때론 비판적인 의견도 토로했다. 대체로 화제는 문학, 인생, 사회,

그리고 해외에 가면 항상 하게 되는 한국인과 한국 문화에 대한 이야기가 아니었을까 생각된다. 즐거운 시절이었다.

1980년대, 1990년대에 선생님은 몇 번 병원으로 나를 찾아오신 적이 있고 개인적인 일로 의논해 드린 일이 있을 뿐, 자주 만나지 못했는데 전화로 "나, 구요 구, 허허" 하시고 부탁을 하시고는 오실 때는 꼭 책을 한 권씩 갖다 주시던 생각이 난다. 예약을 해드린다든가 의사를 소개해 드린다든가 그런 사소한 일이었다. 나는 그때 선생님의 가족에 대한 깊은 애정을 느낄 수 있었다.

그 후 선생님의 소식을 간간이 간접으로 들을 때마다 한번 찾아뵈야 하는데 하는 생각만 하면서 결국 가 뵙지 못하였다. 전화로 간단히, 그저 보내 준 책을 잘 받았노라는 서신으로 교신이 이어졌을 뿐이다. 그러다가 나중에는 고통을 지탱하며 생명이 다하기까지 투병하시는 모습을 보기가 안쓰러워 찾아갈 엄두를 내지 못했다.

나에게는 한없이 자상한 분이셨지만 선생님의 걸어오신 길을 돌이켜본다면 본인 스스로 어디선가 피력하신 대로 선생님은 타고난 반골(反骨)이 아니었을까 하는 생각이 든다. 부드럽고 소탈하면서도 자유를 억압하는 모든 체제에 대한 일관된 반항 정신을 글을 통해서, 혹은 행동으로 실천하신 분, 이승만 정권 말기에 〈대구매일신문〉에 연재하던 '민주고발'이라는 칼럼은 그 한 예다. 군인들과 친분이 두터웠지만 그는 결코 군사정권의 어떠한 제안, 어떤 자리도 수락하지 않았고 오직 재야의 시인으로 일관하였다. 하와이에서 나더러 "장(長)은 절대로 하지 말라"고 하신 일이 있다. '장'을 하는 순간 창조적인 것이 희생된다는 뜻이다.

그는 또한 현실에 발을 딛고 있는 의리의 사나이였던 것 같다. 이중섭과의 관계를 보면 알 수 있다. 그러나 허허 웃어도 그의 마음속에선 때론 세찬 비가 내리고 있었을 것이다. 그의 세대가 겪은 시대적 아픔뿐 아니라 삶의 숙명 그 자체에서 가족과 함께 겪어야 했던 남모르는 아픔이 있었을 것이다. 그 아픔이 그의 젊은 날의 각혈처럼 시로 응결되어 토해졌을 것이라 생각해 본다. 그 고뇌 속에서 시는 영글고 서서히 노령의 지혜로 녹아들었다는…….

우주 만상의 섭리대로 선생은 가셨으니 그 빈자리를 무엇으로 메울 것인가?

인연 이야기

이길상
서예가

선생님의 큰아들 구홍과는 어릴 적 왜관초등학교 1학년부터 6학년까
지 줄곧 한 반에서 같이 공부를 한 친구 사이였다. 지금은 고인이 된
구홍과 나는 그렇게 가까운 사이는 아니었다. 그는 아이답지 않게 아
주 의젓했다. 초등학교를 졸업하고 서울로 올라가면서 헤어지게 되었
는데, 그 후 연락을 주고받지 않은 까닭에 어디에서 무엇을 하는지 모
르면서 서로 지내 왔다.

그러던 중 1977년 한국미술대전에서 내가 영예의 대상을 수상하게
되었다. 그 자리에 구상 선생님이 개막식 테이프를 커팅하기 위해 참
석하셨는데, 선생님께 인사를 드리며 내 소개를 했다. 아드님 구홍과
왜관초등학교 동창생이라고 말씀드린 것이다. 그랬더니 선생님은 그
렇게 반가워하실 수가 없었다.

선생님이 가르쳐 주신 전화번호와 집 주소를 갖고 하루 시간을 내
어 여의도 선생님 댁을 찾았다. 여의도 시범아파트 17동 4층 4호 문
앞에는 성모마리아상이 있었고 그 옆 베란다에는 한국 야생화와 잡
초, 들꽃들이 화분에 지천으로 피어나 있었다.

집 안으로 들어서 인사를 드리고 한참을 선생님과 여담을 나누고

있자니 옆방에서 초등학교 친구 구홍이 나왔다. 점심을 먹고 나자 선생님이 당신의 시를 한 편 붓글씨로 써보라고 하셨다. 「한 알의 사과 속에는」이라는 종교적인 시였다. 그것이 인연이 되어 지금까지 나는 선생님의 시 약 5천 편을 쓴 것 같다. 그 중에서도 특히 기억에 남는 것은 세계시인대회에 각국 대표들에게 줄 시를 쓴 일이다. 그 밖에도 아시아시인대회며 시민들에게 줄 선물들을 준비하기도 했다. 그렇게 해서 글씨로 쓴 시가 27개국에 2백 점 정도 된다.

선생님이 돌아가시기 2년 전쯤이었을 것이다. 후배 서예가 박정국, 신동엽과 함께 선생님을 뵈러 갔다. 선생님은 그날따라 기분이 무척이나 좋아 보였다. 선생님께서 "왜관의 삼총사가 모였구나" 하시면서 "지금 내가 가까운 지인이 한 분 세상을 떠나 무엇을 하나 써야 된다"고 하셨다. 가만히 지켜보니 깨끗한 한지에 "오늘서부터 영원을 살자"라는 글을 큼직하니 써놓으셨다. 그 옆에 한지가 몇 장 여분이 있길래 선생님께 부탁을 하나 드렸다. "아버지, 꽃자리를 하나 써주세요" 하고. 그러자 선생님께서 웃으시면서 "내가 뭐 글씨를 쓸 줄 아나" 하셨다. 그러시면서도 매직을 들고 써내려가기 시작하셨다.

시간이 흘러 선생님이 "이 사람들 점심을 먹어야지" 하시면서 대뜸 "나는 삼선간짜장이다"라고 하셨다. 그렇게 해서 우리는 그날 점심으로 중국 음식을 맛나게 먹었다. 점심을 먹으면서 선생님은 이모님에게 "남은 술이 있냐?"고 물으시면서 "자네들 반주 한잔 하지" 하셨다. "그기 양주 먹다가 남은 것 있지?" 하니 이모님이 "없어요"라고 대답하신다. "그럼 마주앙 있지?"라고 다시 물으니 이번에도 "없어요"라고 하신다. 선생님은 "그럼 소주는 있지 않나?"라고 하니 여전히 "없어요"라고 하셨다. 그러자 선생님은 실망스러운 얼굴로 수저를 들고는 식사를 하셨다. 우리는 선생님의 성격을 조금은 안다. 술 냄새라도 맡고 싶어서 그랬던 것인데, 매정하게 "없어요"라고 하니 선생님의 얼굴이 마치 풀죽은 어린애처럼 되었다. 그러나 우리는 선생님의 건강 때문에 이모님이 그랬다는 걸 잘 알고 있었다.

선생님이 점심을 얻어먹었으니 글을 안 쓸 수 없고 하시자 집 안에 있던 사람들이 박장대소했다. 후배 서예가가 "선생님, 우리 기념 촬영 해야지요?" 하니 "모델료가 비싸다"하시면서 방에 들어가서는 하얀 모시옷을 입고 나오셨다. 3년 전에 내가 선물한 옷인데 그날 모처럼 입고 나오신 모습이 무척 보기 좋았다. 선생님께서는 새 옷을 좋아하지 않으셨다. 늘상 입으시던 옷, 헌 물건, 쓰시던 것들을 좋아하셨다. 이처럼 근검 절약이 몸에 배어 소박하고 마음이 넉넉하신 큰 어른이셨다.

우리는 선생님의 건강이 좋아지시길 빌면서 하직 인사를 드리고 현관을 나섰다. 지금도 그때 생각만 하면 웃음이 절로 나온다.

3부

참다운 자유인

나는 홀로다.
너와는 넘지 못할 담벽이 있고
너와는 건너지 못할 강이 있고
너와는 헤아릴 바 없는 거리가 있다.

나는 더불어다.
나의 옷에 너희의 일손이 담겨 있고
나의 먹이에 너희의 땀이 배어 있고
나의 거처에 너희의 정성이 스며 있다.

이렇듯 나는 홀로서
또한 더불어서 산다.

그래서 우리는 저마다의 삶에
그 평형과 조화를 이뤄야 한다.

—「홀로와 더불어」

건너지 못하는 강

이일향
시조 시인

구상 선생님.

세월이 쌓일수록 깊어 가는 강 하나를 안고 저는 살아가고 있습니다. 선생님을 한하늘 아래 모시고 있을 때도 저로서는 건널 수 없는 강이셨지만, 이제 피안(彼岸)으로 떠나신 선생님을 이승의 나루터에서 그리며 저는 마르지 않는 슬픔과 외로움에 가슴을 태우고 있습니다. 그렇습니다. 제 한 생애에서 저를 낳고 길러 주신 부모님 못지않게 흠모하고 가깝게 모시기를 바랐던 분이 선생님이셨습니다.

제가 처음 선생님을 뵈옵게 된 것은 1954년 봄이었습니다. 시인 이설주(李雪舟)의 딸로 태어난 저는 경북여고를 졸업하고는 부모님이 시키는 대로 서울의 대학에 진학하는 꿈을 포기하고 결혼을 하게 되었습니다. 그런데 대구에 효성여대가 처음 개교하여 국문과에 입학하는 행운을 만났지요. 바로 효성여대 강의실에서 서른두 살의 그리스 조각상같은 외모에 키도 훌쩍 크신 선생님을 뵈었습니다.

저는 시인의 딸이었지만 선생님을 뵙는 순간 '아, 저런 분이 시인이시구나' 하고 밤을 새워 눈물로 읽은 키 크고 잘생긴 괴테를 떠올렸습니다. 어찌 저뿐이겠습니까. 우리 대학의 모든 여학생들은 강의실에서

만이 아니라 선생님이 캠퍼스에 나타나시기만 하면 저마다 두근거리는 가슴을 감추기에 바빴습니다.

선생님은 동과 서, 옛날과 오늘을 넘나드는 해박한 지식과 심금을 울리는 음성으로 시를 가르쳐 주시고 문학을 일깨워 주셨으며, 철학과 종교까지 아울러 명강의를 해주셨습니다.

그 깊고 해박한 강의를 저희들은 알아들을 수 있는 귀가 없었기도 했지만, 사실은 선생님의 모습에 넋을 잃어 무슨 말씀을 하셨는지 저는 캄캄하기만 했답니다.

구상 선생님.

학생들이 수군거리는 소리를 듣고 저는 어찌나 마음이 아팠는지 모릅니다. 그것은 선생님이 폐결핵을 앓고 계시다는 거였지요. 그래서인지 얼굴도 창백하고 좀 야위신 몸매가 더 마음을 사로잡게 만드는 것이었습니다.

저는 캠퍼스 옆, 연못가의 아카시아 꽃들이 향기를 온 천지에 내뿜을 때 숲길을 걸으면서 '나는 왜 결혼을 벌써 했을까' 라는 생각에 잠겼었고, 밤이면 코에서 단내가 나서 잠을 못 이루기도 했으며, 폐결핵에 좋다는 나이트라지드·파스 같은 약을 사서 어떻게 하면 아무도 모르게 선생님께 드릴 수 있을까 뒤척이기도 했답니다.

그러나 그것은 소설 속의 주인공이 되어 보는 늦깎이 문학 소녀의 스쳐 지나가는 꿈이었고, 저는 곧 아내요 어미로서의 자리로 돌아가 스무 해 넘도록 아이들을 낳고 키우는 일에 젊음을 다 보냈습니다.

구상 선생님.

한쪽 문이 닫히면 다른 문이 열린다는 말처럼 제게 닥쳐온 불행이 다른 길을 열어 주었습니다. 그것은 눈보라치는 절두산 언덕에 올라 강물에 뛰어들 결심까지 한 제가 만 2년 만에 남편을 여의고 천지가 아득하여 더 이상 목숨을 지탱할 힘이 없게 되었을 때 아버지가 시를 쓰는 길로 이끌어 주신 것입니다.

시인의 딸이지만 남편을 일찍 여의지만 않았어도 저는 문학과는 인연이 없었을 뿐 아니라 선생님을 다시 뵈올 일도 그리 쉽게 오지 않았을 것입니다. 아버지가 시키시는 대로 백수(白水) 선생님께 시조의 운율을 익혀 더듬거리는 글자들을 묶어 내었을 때 선생님은 너무 반갑게 저를 맞아 주셨으며, 두 번째 시조집 『세월의 숲속에 서서』에 분에 넘치는 서시(序詩)를 써주셨습니다.

서 시

―香 頌

샛별의 동산에서 함박꽃 각시더니
어느덧 가을 하늘 외기러기 마님 되어
애틋한 회포와 정한 시조에다 붙였네
신명도 열기 가져 난향처럼 그윽하고
시름도 백운인 양 드맑게만 바래져서
마음속 안뜨락까지 구석구석 정갈해

시(詩) 속 속절없는 그리움과 목마름도
영원의 나라에서 어김없이 채우려니
그 노래 목숨의 가락 다 기울여 부르리

"첫째 수 초장은 내가 일향(一香)을 만나는 대목으로 53년 대구효성여대(샛별) 강당에서 그녀는 주부 학생이었다"고 주석까지 달아 주셨는데 시조단뿐 아니라 많은 분들이 나를 반겨 주신 것은 바로 선생님의 서시가 길잡이를 해주신 때문이었지요.

구상 선생님.

선생님은 세월을 넘어 유유히 흐르고 길고 넓은 생각과 말씀으로 넘치시는 강이었습니다. 그래서인지 선생님은 강을 많이 노래하셨고, 그 대표작의 하나인 「강가에서」를 오래 친교가 있으신 유달영 선생의 글씨로 비석에 새겨 선생님의 서재와 가까운 여의도 한강가에 서울시가 나서서 1995년 가을에 세웠지요. 그때 많은 시인들과 서울시 관계자들까지 유람선을 띄우고 시비 제막을 축하하는 선상(船上) 시낭송회가 열렸지요. 선생님도 기억나시지요. 그때 제가 선생님께 올리는 시를 써서 읽어 드린 것을.

강물은

구름 속 묻혔어도
산은 거기 앉아 있고

세월 속 흘러가도
물은 거기 감돌아라

푸른 산봉우리 안고
강물 되어 흐르는 나
까마득 생각을 지워도
눈시울에 젖는 산은

아스라이 창궁에 솟아
잦아질 리 없건마는

봄 여름 가을 겨울 사시절
발목 적셔 흐르는 나

　제가 시를 읽는 동안 선생님과 아버지가 나란히 앞에 앉으셔서 지긋
이 눈을 감고 들어주셨습니다. 반세기 전 효성여대 캠퍼스에서 저는 이
런 날이 오리라는 것을 꿈도 꾸지 못했습니다. 목숨이 다한 것 같은 제
게 하느님이 주신 것인지 시조의 길을 걷게 되었고 그토록 흠모하던 선
생님을 가깝게 뵈옵기도 하고 스승이면서 아버지같이 모시게 된 기쁨
을. 그리고 저를 제자로, 딸처럼 대해 주시던 그 사랑, 그 은혜를 제가
어찌 한 순간인들 잊겠습니까.
　구상 선생님.
　선생님은 참으로 가슴이 넓으신 분이었습니다. 대구에 계실 때 위기
에 처한 이호우 시인을 구명하신 일을 비롯하여 문단에 크고 작은 일들
을 발벗고 나서 주셨고, 특히 공초 오상순 선생을 숭모하시는 일과 이
중섭 화백을 기리는 일, 그리고 자유시를 쓰시면서 시조 운동을 일으키
시려 노심초사하시던 일 등을 듣고 배우면서 선생님 같으신 분이 한 분
만 더 계셨어도 우리 문학은, 문단은 아주 풍성해졌을 거라 생각을 하
게 됩니다.
　제자이자 친구의 딸이기에 제게 각별히 정을 주신 까닭도 있겠지만,
선생님은 늘 "인연을 귀하게 쓰라"고 일러 주시면서 따르는 많은 이들
을 하나같이 친혈육처럼, 친형제처럼 대하시는 일 또한 저로서는 감당
키 어려울 만큼 고마울 때가 한두 번이 아니었습니다.

평생을 시로 살아오신 아버지가 마지막 노경에 이르러 '상화 시인 상'을 받으시게 되었을 때 딸인 저로서는 큰 기쁨이 아닐 수 없었습니다. 그런데 선생님이 마침 미국에 가 계신 터라 시상식에 선생님을 못 모시면 어쩌나 하고 가슴을 졸였습니다. 선생님은 시상식에 꼭 참석하시려고 앞당겨 오셨는지 시상식 전날 밤 늦게 서울에 도착, 기어코 대구까지 오셔서 시상식에 참석해 주셨습니다.

또 못난 제자가 칠순 출판기념회를 가졌을 때도 막 퇴원하시어 외출을 삼가라는 의사의 말도 뿌리치고 식장에 오셔서 웃음 어린 덕담으로 저를 토닥거려 주셨지요.

선생님께 늘 받기만 하고 기쁜 일은 한 번도 해드린 일이 없는 제가 꾀를 낸다는 것이 6·25 전 선생님이 원산사범학교 국어 선생으로 계실 때 이웃 루시여고에 다니던 여학생을 제가 저녁 초대하겠다고 '인 메모리'라는 조용한 집에 선생님을 모시고 가서 인사시켜 드렸지요. 사모님을 여의시고 적막하신 선생님께 제가 할 수 있는 일이 아무 것도 없어 조금이라도 기쁘게 해드리려는 저의 얕은 생각이었는데, 처음에는 영문을 몰라 하시다가 고향 원산에서의 젊은 시절 이야기가 나오자 아주 즐거운 자리가 되었지요. 루시여고 여학생들은 일본에서 돌아온 키가 후리후리한 청년이 그것도 폐결핵이라 책을 언제나 왼쪽 옆구리에 끼고 나타나면 쭉 줄을 서서 기다리다 바라보는 것만으로 설레는 가슴을 채웠다지 뭡니까. 그날 밤 선생님은 젊은 날로 되돌아가시기라도 하시는지 이제는 할머니가 된 짝사랑 소녀(제 친구, 미모가 뛰어나고 매력 넘치는 여의사)를 반세기 넘어 만나서 한껏 취하셨습니다.

三月의 茶

아직은 봄도 이른 3월 햇빛 차창 너머
이끌리는 금강(錦江) 물은 잠겨드는 정(情)이런가
님 따라 노을도 천리(千里) 오는 봄은 더 만리(萬里)

가득히 실린 강물 실실이 푸는 버들
한잔 차(茶) 앞에 하면 지는 해도 눈부셔라
세월은 마냥 이대로 봄 하루도 이대로

이 시조는 '상화 시인상' 시상식에서 돌아와 선생님께 드리는 감사 편지 서두에 썼던 것입니다.

먼 나라 여행에서 여독도 풀리지 않은 몸으로 저의 아버지를 축하해 주시려 오신 것, 못 쓰는 글월을 올리면서 제 마음을 봄 그리고 강물에 실어 띄웠습니다.

구상 선생님.

젊은 날부터 폐를 앓으시던 선생님은 늘 "외면 보살이다" 하시면서도 좋은 일, 궂은 일 마다 않고 언제나 화사하고 넉넉한 모습으로 저희 앞에 서 계셨습니다. 그러나 지지난해부터는 심상치 않게 병원을 자주 찾으셨습니다. 선생님도 뒷일을 하나씩 정리하시던 어느 날 저를 부르셨지요.

댁으로 달려갔더니 산소호흡기를 달고 의자에 앉아 맞으셨습니다. 그리곤 제게 뜻밖의 말씀을 하셨지요. "왜관 문학관에 시비를 세우는데 나를 너무 미화하는 글 말고 사제지간으로 인간적인 면모를 네가 써서 돌에 새겼으면 좋겠다"고 유언과 같은 말씀인지라 "어떻게 제 글을 선생님의 기념관에 새깁니까?"라고 사양할 수도 없었습니다. "내가 왜관에 전화를 해놓을 테니 내일 가서 돌에 글씨 배열을 어떻게 할지 보고 오거라" 하고 당부하셨지요.

저는 곧바로 가서 돌을 보았습니다. 돌은 아주 큰 오석(烏石) 원석으로 모양도 반듯해서 시를 쓰기에 좋은 석재였습니다. 저는 백년 천년 뒤에도 선생님을 기리는 사람들에게 누가 되지 않는 시를 쓰려고 몇 날 몇 밤을 뒤척이며 겨우 붓을 잡아 시조 두 수를 만들었습니다.

산이요 강이신 님

시는 산처럼 푸르고
인품은 드맑은 강이네

나는 그 강 기슭에
피고 지는 한 포기 풀꽃

사시절 그 자애 속에서
반백 년을 살았다네

팔십 년 문학의 길
높고도 아득하여

숲은 울창하고
샘은 흘러 새로워라

자비의 산이요 강이신

내 삼생(三生)의 스승이여.

　부족한 글이지만 선생님께 뵈어 드렸더니 잘 썼다고 칭찬해 주셨지요. 그런데 이 무슨 일입니까. 제 큰아이의 지역구 성주·고령이 인구가 적어 이번 선거에서는 칠곡 왜관과 합한 하나의 선거구로 치르게 되면서 군에서 누구의 압력을 받았는지 성주 국회의원 주진우 엄마가 시를 쓰면 안 된다고 난색을 표해서 선생님의 유지를 아직 못 받들고 있습니다.

　왜관에 어떻게든 이 글을 시비로 세우려고 합니다마는, 아니면 산 좋고 물 좋은 곳에 제가 선생님을 우러르고 따랐던 마음 그리고 선생님의 한 시대의 큰 스승으로 시와 사상과 삶을 남기신 업적을 길이 새겨 두려 합니다. 선생님, 저 강 언덕에서 제자 이일향이 건너지 못하고 그리는 정을 받아 주소서.

만남은 은총이다

최선영
시인

키가 홀쭉하고 긴 목이 마치 청아한 사슴을 연상케 하는 한 신사가 강의실 문을 열고 들어왔을 때 떠들던 여대생들은 소리를 죽이고 머리를 문 쪽으로 돌렸다. 신사는 단상에 올라가자 "나는 구상이올시다" 아! 아! 소리를 지르면서 학생들은 웃음을 터뜨리기 시작했다. 그것은 반가움에 넘친 환영의 표현이었다. 우리는 구상 선생님과 그렇게 만났다. 때는 1952년 5월 중순, 새롭게 개교한 효성여자대학의 첫 학기 첫 강의로 '시론' 시간이었다.

그 당시 학장이던 전석재 신부님은 30대의 약관으로 여성 지도자를 양성하는 고등교육기관을 소원해 오던바, 그 뜻을 굽히지 않고 결국 6·25 전쟁이 한창이던 시기에 대학을 설립하셨다. 전석재 신부님은 나라가 곤란할수록 여성의 지혜와 순수한 심성이 큰 힘이 된다는 신념을 가지고 계셨다. 인간의 깊은 내면에 있는 인식과 사랑의 결합은 진리를 탐구하려는 힘과 일치된다고 하신 전석재 신부님은 마침내 '예지와 순결'을 대학의 교훈으로 삼으셨다.

가톨릭 이념에 입각한 효성여대는 작은 규모의 대학으로 흔히 유럽에서나 있을 법한 엘리트 교육을 지향하는 인문대학으로 그 형태를 갖추었다. 전쟁으로 인하여 서울행의 꿈을 접은 영남 지역의 여성들은 이 새로운 여자대학으로 모여들었는데, 나도 그 중 한 사람이었다.

1950년 6·25 동란이 일어나자 도강하여 대구에 피난을 오신 구상 선생님은 피난 온 문인들로 구성된 종군기자단의 일원으로 활약하시는 한편 국방부 기관지인 〈승리일보〉의 주간을 맡고 계셨다. 구상 선생님이 효성여대와 인연을 맺게 된 것도 그 무렵이었다. 생각하면 그 인연은 결코 우연이 아닌 것 같다. 구상 선생님의 시와 삶과 인식 자체가 사랑에 차 있고 사랑 자체가 예지에 차 있음을 볼 때 구상 선생님의 신념 또한 전석재 신부님과 다르지 않다고 여겨졌기 때문이다.

나는 구상 선생님의 시가 인식과 사랑이 결합하여 진리 탐구를 겨냥하고 있다는 것을 알고 있다. 선생님의 시나 수필은 사회의 모순, 가치관의 혼란, 인간 존엄성의 상실 그리고 궁핍과 상처 등에 관한 것이다. 그러나 사회의 불합리성을 해소하기 위해서는 사랑이 인간 내부에 자리하고 있지 않는 한 불가능하다는 것을 역설하고 있다. 이는 결국 인간 존엄성의 회복으로 귀결된다. 또한 영혼·영원성과 같은 주제 역시 인간의 진실 혹은 현실의 존재론적 추구에 두고 있다. 그러면서 소멸되지 않는 영원성을 또한 추구하는 것은 근본적이고 보편적인 선, 즉 인간성은 모든 인류가 공유해야 하는 역사와 같은 것으로 불가피하다는 것을 암시한다. 그래서 선생님의 시는 에토스적이다.

구상 선생님의 성품은 엄격하고 절제된 시와는 달리 카리스마가 있으면서도 상대를 다가가게 하는 부드러움이 있었다. 선생님 스스로가 개방되어 있음으로 하여 상대를 개방케 하여 자유롭게 했다. 그래서 선생님은 제자들의 넋두리를 받아 주셨는가 하면 깊은 속사정도 털어놓게 하셨다. 선생님의 유머는 언제나 주위 사람들을 웃게 만들었다. "실존주의에 관한 논쟁이라면 덕팔이나 정식이보다는 존이나 피터가 더 어울리지 않겠니?" 함께 있던 이들은 모두 한바탕 웃었다. 실존의 개념이나 실존 의식이 희박하고 실존주의가 우리 생활과는 거리가 멀다고 생각했던 1950년대이고 보면 선생님의 유머는 생존 자체가 위협받고 있는 우리의 현실을 깨우쳐 주고 있었던 것이다.

전쟁이 끝나고 구상 선생님은 귀경하셨다. 나는 대학을 졸업한 지 2년 후에 이화여자대학교 대학원에 입학했다. 그 후 시작(詩作)을 계속해 1959년 시단에 등단했다. 구상 선생님의 대학 제자로는 첫 번째로 등단한 셈이다. 이 모든 것이 구상 선생님과의 만남에서 이루어지게 되었다는 것을 나는 알고 있다. 구상 선생님과의 만남은 은총이었다.

강의실의 열린 창문으로 번져 오던 라일락 향기를 맡으며 선생님의 강의를 듣던 그 시간들이 참으로 행복했다는 말씀을 끝내 드리지 못했다. 이제 "어디서 무엇이 되어 다시 만나리".

참다운 자유인

—

이단원

소설가

성경에 한 창녀가 옥합을 깨뜨려 향료를 쏟아 그의 머리털로 예수의 발을 씻겨 주는 장면이 나온다. 이 장면은 일상적으로 보기에는 아무래도 어색하여 연극적이기까지 하다. 그런데도 이 극적이고 부자연한 장면이 아무렇지도 않게 자연스럽게 보이기까지는, 거룩하면서도 지극히 자비로운 예수의 시선이 그녀의 창녀라는 부끄러움과 자격지심과 고뇌를 해방시켜 주었기 때문이 아닐까 싶다.

나는 찢어지게 가난한 집의 육남매 중 막내딸로 태어났다. 어머니 나이 서른여덟 살에 막내아들을 낳고 망단(妄斷)이라고 생각했는데 서른아홉 살에 내가 태어났다. 게다가 한 술 더 떠서 나는 박색이었다. 어머니는 미인이었는데.

그러니 나는 어머니를 여러모로 배반했던 딸이라 어머니는 나를 크면 크고 말면 말고 아무렇게나 키웠다. 젖도 오빠가 다 빤 뒤에 빈 젖을 조금 물리고 잘 때도 작은오빠만 가슴에 안고 있어 나는 어머니 등 뒤에서 어린 가슴이 미어지도록 어머니의 앞가슴을 그리워했다.

그래서인지 나는 열등감에 굳어 있는 데다 자라서는 지식욕이 많아서 대단한 지식인 앞에서는 아는 것도 주눅이 들어서 입을 떼지 못할 만큼 말수가 적었다. 이런 애정 결핍 탓인지 여러모로 자의식으로 똘똘 뭉쳐서 부자로 잘난 사람, 학식이 높아 잘난 사람 앞에서는 늘 움츠러 들었다.

내가 구상 선생님을 만난 것은 40여 년 전 가톨릭신문사(당시 가톨릭 시보사) 기자였을 때였다. 당시 그분은 40대 초반의 옥골선풍의 헌헌장 부이시고 지명도가 높은 시인이셨고 나는 30대 초반의 못생긴 노처녀 였다. 그런데 그분이 가톨릭신문에 기고를 하시고 원고료를 받을 때는 그 당시 왜관 관수재(觀水齋)에서 멀리 오셔서 꼭 밖으로 나를 불러내 고료를 받으셨다. 그때 대구 향촌동의 음식점에서 저녁과 술을 사주시 고 여러 가지 대화를 나눴다.

이상한 것은 응당 나의 평소의 자격지심이 이 멋지고 식견이 높은 시 인 앞에서 주눅이 들어야 할 텐데 어느 새 자유로워지고 편안해져서 자 유자재로 지껄인 것이다. 그때 나는 조르주 베르나노스에 심취해 있었 다. 베르나노스의 『시골 본당 신부의 일기』를 읽고 주인공인 젊은 신부 의 고뇌하는 이야기를 내 나름으로 열을 올려 지껄이면 선생님은 진지 하게 귀를 기울이셨다. 한번은 야느후크의 『카프카와의 대화』를 읽고 이런 말이 있다고도 감히 말했다. 야느후크가 카프카에게 "시인이란 무 엇인가?"라고 묻자 카프카가 말했다. "시인은 위대한 사람이 아니다. 그는 단지 자기 실존의 새장 속에 갇힌 한 마리 예쁜 새에 지나지 않는 다." 야느후크가 "그럼 당신은 누구인가" 하고 묻자, 카프카는 "나는 한 마리 까마귀, 도둑이다" 했다.

이 말을 하면서 나는 구 선생님께 "실존이란 무엇인가"라고 물었다. 선생님께서는 실존과 실존주의에 대해 내게 열심히 강설해 주셨다.

그 후 몇 년 만에 나는 젖먹이를 업고 초라한 몰골로 서울의 구 선생님 댁을 찾아갔다. 남편 직장의 고위층을 잘 알고 계신다는 것을 알고 남편의 진급을 도와 달라는 구차한 청탁을 하러 간 것이다. 응접실에 앉았으니 과일이 나왔다. 아이가 칭얼거리면서 손으로 먹을 것을 가리키자 선생님이 "오냐 오냐, 아가 너 다 먹어라" 하시면서 과일을 찍어서 아이에게 쥐어 주셨다. 나의 어린것에 대한 선생님의 애틋한 연민이 가슴이 저리도록 오랫동안 잊혀지지 않는다.

그 후 남편과 헤어지고 가톨릭 서울교구 홍보국에 와 있을 때 아무래도 문단에 등단을 해야 글값을 받을 수 있을 것 같아 나이 40이 훨씬 넘어서 문단에 등단하려고 시도했다. 〈현대문학〉으로 등단하려는데 소설가 박연희 선생님이 나의 심사위원이셨다. 초회 작품은 금방 추천을 해주셨는데 2회의 「저 건너 풀잎」이란 작품은 영 미흡하다면서 다시 쓰라고 하셨다.

나는 구 선생님이 박연희 선생님과 막역한 사이라는 것을 알고는 또 선생님을 찾아갔다. 나의 청원을 들으시고 구 선생님은 당장 그 자리에서 박 선생님께 전화를 걸었다. "자네 아재비 말 듣게. 단원이의 깊이를 넌 몰라. 그래서 더 끌 것 없이 추천을 끝내 주게" 하셨다(두 분은 서로가 '아재비'라고 다투셨다). 덕분에 나는 등단을 했다.

그 후 가끔 가톨릭문우회에서 구 선생님을 만나 뵈면 "넌 무슨 망령에 사로잡혀 글도 못 쓰고 있느냐"고 하셨다. 추천만 받게 해주시면 부지런히 쓰겠다고 했는데 나는 글값을 받고 남의 자서전 따위나 써주고 내 글은 통 쓰지 못했으니 그분의 기대에 벗어났다.

세월이 흘러 선생님은 이제 저승에 계신데 나는 자의식으로 똘똘 뭉쳐서 잘난 사람들 앞에서는 주눅이 드는 버릇이 조금 남았지만 그분 앞에서는 그토록 자유롭고 편안했던 까닭이 무엇이었던가 지금도 의문이다. 그것은 다름 아닌 그분 스스로가 자신이 잘났다는 오만에서 자유로운 데다가 인간에 대한 연민과 사랑 때문에 나와 같은 자를 자유케 하는 참자유인이었기 때문이 아니겠는가. 에고이스트는 혼자 자유로워도 사랑이 없기 때문에 진정한 자유인이 될 수 없는 것이다.

영원의 동산에서 다시 만날 때까지

김산춘

예수회 신부·서강대학교 교수

흑석동 시절

선생님을 처음 뵌 것은 1977년 3월 문예창작과 교실에서입니다. 그러고 보니 벌써 28년 전의 일입니다. 고등학교를 갓 졸업한 19세 소년과 환갑이 가까운 대시인과의 첫 대면은 시 기초 실기 시간이었습니다. 선생님께서는 늘 웃으시는 얼굴로 교실에 들어오셔서 우리들을 향해 먼저 공손히 목례를 하셨습니다. 공초 선생님의 인사 말씀이라는 "반갑고 기쁘고 고맙다" 그 자체였습니다. 겸손함이 진솔하게 우러나오는 그 모습에 우리의 존경심은 날로 커져 가기만 했습니다.

이미 시인이나 다름없다고 자만에 빠져 있던 소년은 어느 날 수업 시간에 자작시 한 편을 제출했는데, 발표 후 칭찬을 기대했던 소년에게 되돌아온 일갈은 "시는 기경(奇警)이 아니다"라는 것이었습니다. 부드러운 어조이셨지만, 언어의 기교는커녕 말장난에 불과한 기어(綺語)를 개탄하시는 꾸지람에 소년은 부끄러워 어쩔 줄 몰랐습니다. 그 시간의 일 때문만은 아니겠지만 소년은 더 이상 시를 쓰지 않았습니다. 아니 쓸 수가 없었습니다. 선생님께서는 시를 제대로 쓰려면 한 주제에 대해 100 편은 써보아야 한다고 말씀하셨습니다. 소년은 몇 번 용기를 내어 시도해 보았지만 그때마다 10편을 넘기기가 힘들었습니다. 비로소 선생님의 연작시들이 지닌 깊이와 무게가 느껴졌습니다. 그래서 소년은 시를 쓰기 위해서는 먼저 보는 힘을 길러야겠다고 생각했습니다. 그리고 이제부터는 직접 시를 쓰기보다는 시를 쓰기 위한 공부를 해야겠다고 마음먹었습니다.

그래서였는지 선생님께서는 시 실기 시간이었음에도 불구하고 한 시간은 늘 불교의 가르침에 바탕을 둔 강화(講話)를 하셨습니다. 삶의 깊은 체험과 어우러진 그 당시의 강화들은 아직 삶의 진면목을 제대로 접해 보지 못한 젊은 우리들에게 말할 수 없이 큰 울림을 주었습니다. 소년이 아직도 기억하고 있는 첫 강화는 '도고마성(道高魔盛)'입니다. '결코 도사인 척하지 마라, 네 속은 사실 마귀의 운동장일 따름이다'라는 뜻이겠지요. 선생님께서도 가끔 "사실 지금 내 마음속도 지랄 같다"고 하시면서 너털웃음을 지으셨습니다.

여의도 서재

저는 처음에 선생님께서 독실한 불교 신자이신 줄 알았습니다. 니혼대학 종교학과에서 수학하셨기 때문인지 선생님께서는 불교에도 상당히 조예가 깊으셨습니다. 그런데 나중에야 가톨릭 신자, 그것도 태중 교우(胎中教友)시라는 것을 알고 적잖이 놀랐습니다. 그때 제 마음속에 '어떻게 하면 저분을 뛰어넘을 수 있을까? 가톨릭 신부가 되면 될까?' 하는 엉뚱한 생각이 들기도 했습니다.

그 후 제가 수도자가 되려고 선생님을 찾아뵈었을 때, 선생님께서는 "예술에 뜻을 두었던 사람이 수도자가 되기는 힘들어. 또 동정을 지킨다는 것은 순교보다도 힘들지" 하시며 염려하셨습니다. 저는 올해로 수도자가 된 지 만 20년이 되었습니다. 살면서 보니 두 가지 다 어려운 것이긴 하지만 좀더 어렵게 느껴지는 것은 전자입니다. 예술이 수행이 되든지 아니면 수행이 예술이 되든지 해야지 그도 저도 아니면 죽도 밥도 아닐 것입니다.

선생님께서는 항상 서재에서 오전 10시부터 오후 2시까지 하루에 네 시간 글을 쓰시거나 책을 읽으셨습니다. 그 시간만큼은 조금도 양보가 없으셨습니다. 선생님께서 언제나 말씀하셨듯이 인생에 부전승(不戰勝)이란 없기 때문입니다. 예를 들어 악과 싸워 보지 않은 사람은 결코 선이 무엇인지 모를 것입니다. 악과 싸워 보지도 않고 쟁취한 선이 바로 위선(僞善)입니다. 선생님의 선한 눈길 속에는 어느 순간에는 악과 대면해야 한다는 결연한 의지가 빛나고 있었습니다. 선생님께서 혐오하신 것은 바리사이파적 위선이지 죄악과 대면하다 중상을 입은 죄인들이 아니었습니다.

신앙과 시

몇 년 전 저의 일본 유학 시절 은사이신 철학자 이마미치 토모노부[今道友信] 교수님과 함께 선생님의 자택을 방문했던 적이 있습니다. 철학자 대회로 한국에 오셨던 그분께서 매우 바쁜 일정이었음에도 불구하고 구상 선생님을 꼭 뵙고 싶다고 하시기에 함께 찾아뵌 것입니다. 두 분은 언젠가 문화인 모임에서 만나신 적이 있는 듯했습니다. 이마미치 교수님께서 2000년에 내신 그분의 철학적 자서전『지혜의 빛을 찾아서』(中央公論新社) 198쪽을 보면 그날 만남에 대한 회상이 간결하지만 애틋이 기록되어 있습니다.

현존하는 예술가인 벗들 가운데 제가 가장 경애해 마지않는 한 시인의 이야기를 들려 드리고 싶습니다. 누구일까요?

그것은 한국 제일의 시인 구상입니다. 서로 친구라고 여기고 20여 년간을 교유하였습니다만 실제로 만난 것은 서너 번에 불과합니다. 일전에 오랜만에 만난 것은 그분의 서울 자택을 방문했을 때입니다. 구상 시인은 이미 팔순을 넘기고 있었습니다. 우리 두 사람 다 하얀 턱수염을 가진 노인들이었습니다만, 이야기를 나누는 사이에 벌써 시간이 그렇게 되었나 할 만큼 우리들의 대화는 젊고 신선하였기에 매우 즐거웠습니다.

"시와 신앙 가운데 어느 쪽을 버리라고 하면 어떻게 하시겠습니까?"

하고 제가 물었습니다. 시인의 기품 있고 따스한 얼굴은 일순 생각에 잠기는 듯했습니다만, 곧 상냥하게

"그야 나는 시를 버리고 신앙을 택하겠습니다. 어째서인가 하면 나의 시는 궁극의 존재, 무한자에 대한 동경에서 태어나는 언어이기 때문입니다. 그러므로 신앙이 있으면, 아무리 내가 시를 버리려 해도 시는 나의 언어로서 태어나 내게로 다가옵니다. 그것이 숙명이겠지요."

하고 정중하게 대답하였습니다. 멋있지 않습니까. 그 말투는 온화하지만, 그 내용은 지렛대로도 움직이지 않는 자신(自信)과 무한자 앞에서 공손히 절하는 겸손의 절묘한 원융(圓融)이었습니다. 질박한 아파트 한 방에서 8월 오후 우리는 서로의 저서를 교환하고 헤어졌습니다. 교통사고로 아픈 다리를 끌고 엘리베이터 앞에까지 전송 나온 시인의 눈에도 빛나는 그 무엇이 있었습니다. 삶은 회자정리(會者定離)입니다.

"살아 있으면 또다시 만납시다."

누가 먼저랄 것도 없이 서로 그렇게 말할 때 문은 기계적으로 닫혔습니다.

영원의 동산에서

선생님께서는 누구보다도 형님 구대준 신부님을 잊지 못하셨던 것 같습니다. 공산당에게 끌려가 순교하셨을 구 신부님을 기념하는 신학생들을 위한 장학금도 그렇게 탄생하였습니다. 그것은 소장하고 계시던 이중섭 화백의 그림을 넘겨서 가능했던 것인데, 제 기억으로는 20여 년 전 삼성에서 1억 원을 내고 구입했던 것 같습니다. 물론 금액은 선생님의 손을 거치지 않고 곧바로 수도원에 전달되었습니다. 그 밖에도 선생님께서는 자녀분들이 계신데도 어려운 이곳저곳에 기금을 내신 것으로 알고 있습니다. 선생님께서는 가족들에게 말씀하신 대로 "오늘서부터 영원을 사신" 분입니다.

또 한번은 저도 좀 놀란 일이지만, 선생님께서는 박정희 대통령이 서거하자 수도원에 이른 새벽에 오셔서 위령미사를 봉헌하셨습니다. 독재자로 매도되던 사람을, 그것도 천주교를 탄압하려고 했던 사람을, 단지 친구였다는 이유만으로 그 영혼을 하느님께서 자비로이 받아 주시길 기도하셨던 것입니다. 참으로 어려울 때일수록 우정은 변치 말아야 한다는 것을 몸소 보여 주셨다고 생각합니다.

지난 1987년 11월 제 형이 교통사고로 죽었는데, 그 다음 날 선생님의 둘째 아드님도 병으로 세상을 떠났습니다. 두 사람은 그때 나란히 용인 천주교 묘지에 묻혔는데 공교롭게도 두 사람이 동갑인 향년 35세였습니다. 그 말씀을 선생님께 드렸더니 슬픔 가운데서도 선생님께서는 "동무 삼아 천국에 잘 갔겠지" 하셨습니다. 아마 지금은 그 아드님과도 재회의 회포를 푸셨을 것입니다. 그리고 언제가 그곳에서 우리를 만나시게 되면 공초 선생님께서 그러셨듯이 "반갑고 기쁘고 고맙다"고 하시며 웃는 얼굴로 맞아 주실 것입니다.

아, 구상 선생님!

—

이진훈
구상문학기념사업회 사무국장 · 영동고 교사

.

지난해 5월 11일 새벽, 선생님의 사위이신 김의규 교수로부터 선생님의 부음을 받았다. 병원에 입원하신 지 9개월 만에 결국 집으로 돌아가지 못하시고 하늘로 떠나신 것이다. 옷을 챙겨 입고 여의도성모병원으로 가는 동안 만감(萬感)이 교차했다. 마음으로 대비하고, 선생님께는 죄를 짓는 일이기는 하나 '구상문학회'에서 몇 차례 장례 준비 모임을 갖기까지 한 것은 사실이나 막상 부음을 접하니 무슨 일부터 어떻게 해야 할지 난감했다.

이 생각 저 생각 끝에 병원에 도착하니 '구상문학기념사업회' 남정도 회장을 현관에서 만날 수 있었다. 함께 중환자실로 올라가 따님인 구자명 선생 내외를 만나 장례 절차를 상의했다. 가장 시급한 일이 빈소 마련이었다. 여의도성모병원은 빈소가 좁아 조문객을 맞기에 어려움이 많을 것 같아 강남성모병원으로 선생님을 모시기로 했다. 유족들께는 자택으로 들어가 조문객 맞을 준비를 하고 오시라 이르고 남 회장과 함께 선생님을 모시고 강남성모병원으로 향했다.

강남성모병원의 맹광호 교수님께서 미리 장례식장에 말씀을 해놓으셨기 때문에 빈소 마련을 비롯한 모든 절차를 순조롭게 마칠 수 있었다. 빈소 마련 후 각 언론사에 보도자료를 전하고 나니 아침이 밝아 왔다. 부음을 받고 달려온 '구상문학회' 회원들에게 일을 부탁드리고 학교로 출근했다. 출근길에서부터 장례를 마치고 여의도 선생님 댁으로 가서 장례의 모든 뒷마무리를 하기까지 4박 5일 동안 머릿속에서는 선생님과의 지난 30년 세월이 생생히 되살아났다.

우리는 입학 동기

선생님께서는 하와이대학교에 계시다가 귀국하신 이태 뒤부터, 그러니까 1976년부터 중앙대학교 문예창작학과 대우교수로 출강하셨다. 나는 그해에 문학에 대한 열정을 안고 문예창작학과에 입학했다. '시 창작 실기' 강좌 첫 시간에 당시 학과장이셨던 유주현 선생께서 구상 선생님을 모시고 와서 소개해 주시는데, 우선 눈에 띄는 점이 선생님의 훤칠하신 키와 준수한 외모였다. 쌀쌀한 초봄 날씨에 두터운 스웨터도 눈에 들어왔다. 선생님께서는 언제나 겨울철이면 그 짙은 갈색의 스웨터를 외투처럼 입고 다니셨다.

당시 문예창작학과에는 김동리 선생님을 비롯하여 서정주 선생님, 유주현 선생님, 김의정 선생님 등 고등학교 문학 교과서에 내로라 하며 작품이 실렸던 시인·소설가 교수님들이 계셨다. 이에 구상 선생님께서 우리 76학번 입학과 함께 출강하셨으니 우리의 기쁨과 자긍심은 하늘을 찌르고도 남았다.

선생님께서는 우리를 보시고 "너희와 나는 입학 동기다" 하시며 스스럼없이 대해 주셨다. 제자 하나하나를 자식 대하듯이 아껴 주셨다. 우리는 선생님 댁에 세배를 갈 때나 강의실에서나 언제든지 다른 학번들에게 선생님께서 우리와 입학 동기(?)임을 내세우며 우쭐거리기까지 했다. 그 후 30년 가까이 선생님 곁에 유난히 76학번 동기들이 많이 모이고, 다른 학번에 비해 76학번의 결속력이 강한 것은 아마도 선생님께서 '첫정'으로 우리를 각별히 대해 주셨기 때문이 아닌가 싶다. 선생님께서 우리의 구심점이 되어 주셨던 것 같다.

제자와의 약속에 철저하셨던 선생님

문예창작학과 재학 시절 우리는 종종 교수님들과 '술집 강의' 시간을 마련했다. 교수님들을 졸라 따분한 강의실보다는 학교 앞 막걸리집이나 맥줏집에서 강의를 받고자 했다. 이런 우리의 철없는 응석에 가장 잘 호응해 주신 분이 서정주 선생님이셨다. 흐드러진 봄기운을 참을 수 없는 어느 봄날이나 초록이 지쳐 캠퍼스 안 나뭇잎들이 모두 단풍 들던 날이면, 맥주를 너무도 좋아하셨던 서정주 선생님께서 지팡이를 짚으시고 정문을 지나 청용 연못가에 올라오시는 모습을 지켜보던 우리는 과대표를 충동질하여 '술집 강의' 허락을 받아 오라고 협박을 해댔다. 달려간 과대표의 청원을 들으신 서정주 선생님께서는 그때마다 흔쾌히 발길을 돌려 주셨다. 과대표의 성공 사인과 동시에 우리는 선생님을 모시고 학교 앞 맥줏집으로 몰려가 기어이 선생님의 주머니를 털어내곤 했다.

그러나 왠지 구상 선생님께는 '술집 강의' 요청을 할 수가 없었다. 선생님의 건강을 염려한 때문이었는지는 지금도 이유를 알 수가 없다. 그러던 우리 76학번 동기들은 군대를 다녀온 후 1980년 어느 날 입학 동기(?)인 선생님을 모시고 술자리를 약속했다. 명동성당에서 미사를 마치고 나오실 시간에 맞춰 로얄호텔 커피숍에서 선생님을 기다리는데 선생님 뒤에 웬 신부님과 수녀님이 따라오시는 것이었다. 사연인즉 성당의 중요한 모임에 선생님을 꼭 모셔야 하기 때문에 우리에게 선생님을 양보하라고 양해를 구하러 온 것이었다. 당연히 그러시라는 우리의 말에 선생님께서는 선약(先約)이 더 중요하다시며 한사코 따라온 신부님과 수녀님을 돌려보내시고 '술청'이라는 허름한 술집에서 제자들과 시간을 보내셨다.

우리는 마땅히 선생님께서 성당 모임에 가셔야 한다고 생각했으나 선생님이 제자와의 선약을 지키시느라 신부님과 수녀님을 보내시는 모습을 뵌 후 나도 선생 노릇을 하면서 학생들과의 약속을 지키려고 지금까지 노력하고 있다.

어렵게 마련한 팔순 잔치

1998년, 기미독립운동 나던 해인 1919년에 서울 이화동에서 태어나신 선생님은 여든이 되셨다. 팔순을 맞으신 선생님을 축하해 드리기 위해 몇몇 제자들이 모여 축하 잔치를 열 계획을 세웠다. 광고회사를 경영하는 원태희 형, 문화일보를 거쳐 지금은 한서대학교 문예창작학과 교수로 있는 오정국과 내가 대표로 나서서 일을 추진하기로 했다.

취지를 말씀드리기 위해 댁을 찾았더니 선생님은 한사코 반대하셨다. 염치가 없다는 이유에서였다. 나는 선생님 댁인 관수재를 다섯 번이나 찾아뵙고 졸랐다. 다섯 번째에야 겨우 허락을 하셨는데 세 가지 조건이 있으니 지키라 하셨다. 첫째는 언론에 알리지 말 것, 둘째는 제자 이외에는 누구에게도 연락하지 말 것, 셋째는 호텔 같은 화려한 곳은 절대 피해야 한다는 것이 선생님의 뜻이셨다. 선생님께 굳은 맹세를 하고서야 약속대로 화려한 곳을 피해 선생님 댁 근처 중국 식당 '열빈'에서 제자들만이 모여 선생님의 팔순 자리를 치를 수가 있었다.

팔순 선물을 선정하는 데도 무척 고민이 되었다. 궁리 끝에 두루마기를 해드리기로 했다. 겨울에 외출하실 때 스웨터를 늘 입고 다니시는 것을 뵌 것이 생각나서였다. 그러나 선생님의 옷 치수를 알 수가 없었다. 선생님께 치수를 재야 한다고 말씀드리면 결코 허락할 분이 아니라는 것을 잘 아는 터에 자칫 팔순 잔치마저도 취소하라는 불호령이 떨어질까 봐 한복 가게에 문의했다. 그러면 선생님 몰래 와이셔츠를 가져오라는 청담동 '한복나라' 사장의 귀띔을 듣고야 해결할 수 있었다.

그렇게 해서 준비한 두루마기를 팔순 생신 당일 선생님께 건네 드렸더니 꾸지람 반 고마움 반으로 받아 주셨다. 당신께서 지금까지 입고 계신 두루마기는 6·25 때 미군으로부터 받은 군복 천을 염색해서 만든 것이라는 말씀을 그날 전해 듣고는 선생님의 검소함에 감동하지 않을 수 없었다.

기어(綺語)의 경계

불교에 십악(十惡)이 있다. 살아 있는 생명을 죽이는 살생(殺生), 남의 물건을 도적질하는 투도(偸盗), 아내나 남편 이외의 타인과 음행을 하는 사음(邪淫), 이간질하는 말인 양설(兩舌), 남을 성내게 하는 나쁜 말인 악구(惡口), 망녕되고 이치에 맞지 않는 말인 망어(妄語), 마음속으로 남의 물건을 탐하거나 음탕한 마음인 탐심(貪心), 성을 내거나 화로써 타인을 괴롭히는 진심(瞋心), 어리석은 마음인 치심(痴心)에, 겉만 번지르르하고 실속 없는 말인 기어(綺語)가 그것이다.

선생님은 강의 시간이나 사적으로 만나 뵐 때나 늘 이 가운데 기어(綺語)에 대한 경계를 강조하셨다. "말과 생각이나 느낌이 이원적으로 분리되어, 문학이라는 것을 말의 치레로 잘못 생각하고 있다. 서로 대화를 할 때에도 말을 번드레하게 잘 한다고 해도 그 말 속에 등가량(等

價量)의 진실이 없으면 감동을 불러일으킬 수가 없는 것이다. 소위 말의 깊이와 넓이와 높이는 그 사람의 인식 추구의 치열성과 진실성에 따르는 것이다"라고. 선생님의 시 가운데 「시와 기어(綺語)」라는 작품이 이런 선생님의 자세를 잘 드러내고 있다.

시여! 이제 나에게서
너는 떠나다오.
나는 너무 오래
너에게 붙잡혔었다.
너로 인해 나는 오히려 불순해지고
너로 인해 나는 오히려 허황해지고
거짓 정열과 허식에 빠져 있는 자.
그 불안과 가책에 떨고 있는
너는 이제 나에게서 떠나다오.
그래서 나는 너를 만나기 이전
그 천진 속에 있게 해 다오.
그 어떤 생각도 느낌도 신명도
나도 남도 속이지 않고 더럽히지 않는
그런 지어먹지 않는 상태 속에 있게 해 다오……

종교면 종교, 사상이면 사상, 문학이면 문학 어느 것 하나 빠짐없이 깊이 꿰뚫고 계신 선생님 앞에서는 아예 입이 얼어붙고 만다. 그저 그 성자(聖者) 같으신 모습만 바라볼 뿐. 행여 말 한마디 잘못 뱉었다가 기어(綺語)가 되지 않을까 선생님 안전에서는 그저 전전긍긍할 뿐이었다. 당신조차도 당신의 시가 기어가 되지 않을까 염려하시는 터에 감히 선생님께 이것이 제가 쓴 시이니 한번 보아 주십시오 하는 말이 나오지를 않았다. 우리 문단에 선생님의 추천을 통해 등단한 시인이 몇이나 되는가를 헤아려 보면 짐작이 갈 것이다.

2002년 11월에는 그동안 비어 있던 왜관의 관수재 터에 국비 20여억 원을 들여 '구상문학관'을 건립하였다. 선생님이 소장했던 도서와 아끼시던 유품들을 옮겨 전시해 놓았다. 정작 선생님께서는 건강 때문에 개관식 날은 물론 생전에 한 번도 내려가 보시지를 못했다. 영영 못 둘러보시고 영면하신 것을 생각하니 눈물만 흐를 뿐 제자라고 어찌할 도리가 없어 가슴이 아프다.

선생님의 업적을 기리는 모임인 '구상문학기념사업회'의 심부름을 맡아 하면서 행여 선생님의 그림자를 밟지나 않을까 걱정만 앞선다. 이 글을 쓰며 그동안 선생님께 세배 갈 때마다 받았던 시집을 다시 꺼내보았다. 1980년대 필체와 1990년대 필체, 2000년대 필체가 사뭇 다르다. 해가 갈수록 손떨림증이 심해지셔서 2000년대에는 선생님 성함 두 글자만 써주셨는데 그 두 글자 쓰시는 일조차 여간 힘들어하지 않으셨다. 그때를 회상하며 다시 선생님 필체를 대하니 마음이 아파 온다.

영면하시기 며칠 전 의식이 돌아오신 것 같으니 마지막으로 뵙는 것이 어떻겠느냐는 따님의 연락을 받고 중환자실에서 뵈었을 때, 말씀은 못하시고 겨우 정신을 차리시어 베개에다 떨리는 손으로 "진훈아, 고맙다"라고 여섯 글자를 써 보이셨는데, 이 여섯 글자는 내 생애 영원히 가슴에 남아 있을 것이다.

아, 구상 선생님!

백부 같았던 스승

오정국

시인 · 한서대 문예창작학과 교수

사람이 이 세상에 태어나면 필경 몇 사람의 은인과 스승을 만난다고 했던가. 필자는 이 세상에 태어나 구상 선생님을 만났다. 그 사실만으로도 필자는 축복받은 사람이다. 필자는 선생님 덕분에 결혼식을 두 번이나 치렀다. 스승께 주례를 부탁드렸더니 "성당에서 혼배성사를 해야 예식장 주례를 해주겠다"고 하는 바람에 성당에서 "이 계약은 신이 맺어준 계약이니 인간의 힘으로 풀지 못하리라"는, 듣기에 따라선 끔찍한 선고를 받았다. 그 말 때문인지, 선생님의 주례 때문인지, 필자는 불만이 한두 가지가 아니지만 '그때 그 사람'과 지금도 살고 있다.

스승께선 1976년 중앙대 문예창작학과 강의를 맡으셨다. 그해 입학한 필자는 강의실에서 선생님을 처음 뵙게 됐는데, 이토록 소중한 인연이 되고 운명이 될 줄 미처 몰랐다. 스승은 필자에게 '가방모찌'를 시켰다. 아니, 필자 스스로 '가방모찌'를 자처했을 것이다. 스승의 가방을 들고 흑석동의 중국집에 들어가 식사를 하는 게 너무 좋았다. 스승께선 배를 곯는 제자에게 자장면을 사주시며 문학과 인생의 길을 가르쳐 주시는 '특별 과외'를 행하셨다. 그 무렵, 스승께선 "시의 표현에 눈이 멀어선 안 된다. 시는 곧 메시지"라고 말씀하셨다. 그 후에도 스승께선 줄

곧 "시는 말의 치장이 아니다. 말에는 등가량의 진실이 수반되어야 한다. 불교의 십악도(十惡道) 중에 기어(綺語)의 죄를 짓지 말라"는 말을 귀에 못이 박히도록 하셨다.

대학 2학년 때였던가. 구상 선생님께 '시 창작 실기' 과제물로 시를 몇 편 제출했더니, 그 원고를 〈현대시학〉으로 보내 초회 추천을 받도록 해주셨다. 그때 치기 어린 문학 청년이었던 필자는 주간인 전봉건 선생님을 찾아가 "아직 공부를 더 해야 한다"며 원고를 돌려 달라고 말했다. 말이 공부지, 속으로는 신춘문예를 통해 보다 화려하게 등단하고 싶었던 것이다. 스승의 호의를 무시하고 내 멋대로 원고를 찾아오는 무례를 범했지만 스승께선 다만 빙그레 웃으시면서 "그래, 그럼 공부를 더 해라"고 말씀하셨다.

그런 스승과 '신춘문예 공모'에서 딱 맞닥뜨린 적이 있었다. 대학 4학년 때였다. 필자는 야심작을 모아 몇몇 신문 신춘문예에 투고했다. 그런데 엉뚱하게도 처음으로 쓴 단편소설이 〈대구매일신문〉 신춘문예에 당선되고 시를 투고한 쪽에선 크리스마스가 지나가도 연락이 오질 않았다. 대학을 졸업하기 전에 무조건 신춘문예로 등단하는 게 지상 목표였기에 환장할 노릇이었다. 소설이 당선됐다기에 당혹스럽긴 했지만 그나마 마음을 좀 누그러뜨렸는데, 〈서울신문〉 신년호를 사본 필자는 또다시 얼굴이 달아오르기 시작했다. 구상 선생님이 심사를 하셨는데, 필자의 작품이 최종심에서 탈락한 것이었다. 필자는 부끄러움과 야속함을 동시에 느꼈다. 스승께선 그런 면에는 엄격하셨다. 후일 스승께선 그 일을 딱 한마디의 말, 그러니까 "네 시는 신춘문예에는 잘 맞질 않아. 앞으로 쓰는 시가 더욱 중요해"라는 말로 요약해 주셨다.

그런 스승께서 제자들의 취직 부탁이나 주례 인심은 후했다. 어느 주간지에 '주례 많이 서는 구상 시인'이라는 기사가 나기도 했는데, 시인 추천엔 영 인색하셨다. 언젠가 그런 질문을 드렸더니, 스승께선 "주례? 한 백 번 정도 섰을 거야. 그런데 시인 추천은 굳이 일부러 해줄 필요는 없지 않나. 수긍이 가야 추천을 해주는 게 아닌가"라고 말씀하셨다. 스승의 '시인 기준'은 너무 높았고, 그리하여 필자가 아무리 손을 꼽아 봐도 구상 선생님께 추천받은 시인은 채 열 명이 되지 않는다.

그런 스승이 이 미욱한 제자에겐 여러 번 '똥침'을 가했다. 그 무렵 필자는 신문기자 초년병이었는데, 습작은커녕 눈코뜰새 없는 하루하루를 살아가고 있었다. 필자는 구정이나 추석이면 스승을 찾았는데, 그때마다 스승께서 필자의 아내에게 "이 사람, 요새 시를 쓰는가?"라고 물어 필자를 '쪽' 팔리게 했다. 필자는 군복무 중일 때 스승께 용돈을 얻어 쓴 적도 있고, 대학 때 스승께 세배를 간다고 전화를 드려 놓고 펑크를 내서 처음이자 마지막으로 호되게 야단을 맞은 적도 있다.

그때 설 연휴 며칠 뒤에 전화를 드렸더니, '오냐, 너 이제 전화를 했구나'라는 식으로 "왜 그런 허언을 하느냐? 내가 너를 그렇게 기다리게 해서 되겠느냐"고 전화기를 잡은 손이 후들후들 떨릴 정도로 꾸중을 하셨다. 그래서 명절 땐 무조건 스승을 찾아뵙고 스승께서 좋아하시는 63빌딩 그 중국집에도 자주자주 모시고 가기로 결심했던 터였다.

그런데 스승을 뵈올 때마다 언제까지 이런 '쪽' 팔리는 '똥침'을 맞아야 하는가 싶었다. 그리하여 이를 악물었다. 아주 영 놓칠 뻔한 시를 쓰기 시작했고, 마침내 1988년 〈현대문학〉을 통해 시 추천을 받았다. 그 햇수를 꼽아 보니, 대학 시절 추천 원고를 되찾아오는 치기를 부린 지 무려 11년 만에 같은 스승의 추천으로 시단에 얼굴을 내민 것이었다. 스승께선 제자에 관한 한 좀 끈질기셨다.

스승께선 또 타인에게는 자상하셨지만 스스로에 대해선 준엄하셨다. 사모님 장례식 날, 비가 내렸다. 그때 운구를 맡은 필자는 스승께서 운구를 재촉하는 말씀을 들었다. 어처구니없게도 조문객들이 비를 맞으니 빨리 하관을 하라는 것이었다. 그때 사모님의 얼굴이 자꾸 떠올라 스승이 너무나 야속하게 생각됐다. 스승께선 이미 그런 감정을 초월하신 것일까? 아니, 다만 속으로 울고 계셨을 것이다. 스승께선 그렇게 스스로에 대해선 준열하셨다. 그리하여 스승께선 시에서도 기어(綺語)의 죄를 짓지 않기 위해, 언령(言靈)의 신령스러움을 온전히 지켜 가기 위해 스스로 감각적 표현의 눈과 귀를 인두불로 지져 버린 수사(修士)가 아니었을까. 언령을 지켜 가는 것 또한 하느님의 말씀을 어어 가는 행위, 그리하여 스스로를 언어의 수도원 안으로 유폐시켰던 게 아닐까 싶다.

필자는 요즘 스승의 시론집 『현대 시창작 입문』을 자꾸자꾸 펼쳐 본다. 대학의 학생들에게 구상의 시와 시론을 강의하며 또 하나의 에피소드를 떠올린다. 필자가 문화일보를 그만두고 격렬한 갈등 속에 있을 때였다. 스승을 찾아갔다. 스승께선 "외롭고 고달프고 불투명한 길이지만 공부를 계속해라. 또다시 신문사로 가보았자 몇 년을 더 하겠느냐?"고 말씀하셨다. 필자는 이를 악물고 그 말씀을 따랐다.

이런 스승의 일생의 등불은 무엇이었을까? 필자는 스승의 '신공 공책'을 본 적이 있다. 아 거기, 스승의 낡은 공책엔 손수 베껴 쓴 기도문과 부모님 사진이 있었다. 스승께선 그 공책을 보며 날마다 취침 기도를 올리셨다. 이런 스승이셨기에 가톨릭은 물론 이 시대의 사표이자 등불이 된 게 아닐까.

그런데 스승께서 기억력이 워낙 좋으셔서 필자가 아주 당혹스러웠던 적도 있다. 현대의 정주영 회장이 돌아가시자, 당시 문화일보에 재직했던 필자는 스승께 달려가 '조시'를 받았고 그와 동시에 스승과 정 회장이 찍은 사진을 빌려 왔다. 그런데 그 얼마 뒤, 계간 〈문학나무〉에서 '구상 시인 특집'을 마련했다. 필자가 그 원고를 맡아 인터뷰를 끝내고 스승의 앨범에서 사진을 골라내고 있었다.

그런데 스승께서 "사진 한 장이 없다"고 자꾸 앨범을 뒤졌다. "정 영감 칠순 때 둘이 찍은 사진이 어디 있을 텐데……"라는 것이었다. 필자는 잠자코 입을 다물고 있었다. 그런데 스승께서 계속 앨범을 뒤적이자 내 머릿속이 좀 복잡해지기 시작했다. 필자가 그 사진을 꿀꺽할까 말까 하며 회사 책상 서랍에 넣어 두었던 것이다. 더 이상 시치미를 뗄 수 없었다. 그래서 "선생님, 정주영 회장 사진은 정 회장 돌아가셨을 때 제가 빌려 가서 아직 갖고 있습니다"라고 말씀드릴 수밖에 없었다. 스승께선 고개를 들었고, "맞아, 그랬다. 헌데 왜 그 사진 아직 안 갖고 와. 다음에 반드시 갖고 와야 한다"고 말씀하셨다. 필자는 고개를 숙인 채 "네"라고 대답했다. 아무래도 스승께서 애꿎은 앨범을 뒤적여 필자의 자복(自服)을 받아낸 게 아닌가 싶다. 스승께선 이런 계산에도 밝으셨다.

스승을 만나 29년의 세월이 흘렀다. 스승을 만나러 가는 길, 필자는 늘 가슴이 설레었고 돌아오는 길은 행복하였다. 아 아, 관이 땅으로 내려가기 시작했다. 그 전날엔 비가 내렸는데, 5월 하늘이 화창하게 개었다. 천주교 공원묘지에 운집한 조문객들은 성가를 부르고 기도문을 외우고 성수를 뿌리고 흙을 뿌렸다. 그리고 봉분이 만들어지기 시작했다. 그때 스승께서 23년간 봉직했던 중앙대 문예창작학과의 학생 50여 명이 학교 버스를 타고 와 묘역으로 내려왔다. 땅 위의 봉분이 점점 커지자, 누군가가 "흙을 꼭꼭 잘 밟아 드려야 봉분이 이쁘고 선생님도 편안하시다"며 장례객들에게 땅을 다지라고 했다. 고인의 친척과 지인들,

그리고 어여쁜 제자들이 저마다 발자국을 보탰다. 아 아 필자는 끝끝내 봉분 앞으로 나아갈 수가 없었다. 스승의 가슴 위에, 관 위에, 그 무덤 위에 차마 발을 얹을 수 없었다. 다만 이 땅에서 스승을 만나 행복했던 세월과 5월의 눈부신 햇빛, 그리고 아무도 모르는 눈물의 기도 몇 마디를 넣어 드렸다.

이제 눈이 내리면

—

정종배
시인

어제 늦은 오후에 첫눈이 제법 포근하게 내렸습니다. 눈송이는 지상의 길이란 길 위에 설렘의 발자국을 꾹꾹 찍고 나돌아다녔습니다. 그러나 나는 이제 첫눈이 불쑥 와도 만남의 기쁨보다 떠남의 서운함을 생각할 수밖에 없게 됐습니다. 너무도 분명한 이별의 화석으로 변하여 풀풀 날아 이집 저집 가볍고 신나게 심방하는 눈송이의 하얀 얼굴이 그렇게 미울 수가 없었습니다.

　겨우 발자국이 날 정도의 자국눈. 살짝 얇게 내린 살눈. 밤새 모르게 내려 아침에 일어나 눈이 왔구나, 환호성을 터뜨리게 하는 도둑눈. 눈이 와서 쌓인 채 아무도 지나가거나 밟지 않아서 그대로인 숫눈과 사람들보다 먼저 조그만 짐승 다람쥐, 청설모, 생쥐 등의 여린 발자국이 콕콕 남게 될 숫눈길. 이제는 이 모든 것에서 어쩔 수 없이 당신의 부재가 적발될 수밖에 없게 됐습니다. 당신과 몇 걸음 떨어져 한 작품이라도 남길 수 있도록 열심히 시를 쓰라며 다독거리는 소중한 시간의 흔적을 남길 수 없게 돼 무척 서운한 계절이 될 수밖에 없습니다. 손 한번 쓰지 못하고 마음속 허전함만 더 확실하게 주르륵 흘러내려 쌓입니다. 어찌할 수 없어 안타까움만 포개어 가슴에 접어 둘 뿐입니다.

제가 제일 걱정하고 심정을 끓이던 일이 벌어졌습니다. 이제 당신의 발자국을 지상에 남기지 못함을 똑똑히 볼 수밖에 없어 모든 것이 텅 빌 뿐입니다. 올 것이 오고야 말았는가. 이제는 눈이 오면 오솔길조차 나다닐 수 없게 되어 버리지 않았는지? 당신은 진정 떠나시고 말았는가?

하루를 정리하려 제가 사는 이문동 집에서 가까운 망우리 사색의 길을 종종 찾습니다. 특히 새 천년 들어 제 생활에 큰 변화가 생겨 어려울 때 만해 한용운 선사 유택 앞에서 마음을 다잡아 달라고 긴 시간을 보내곤 했습니다. 그리고 바바리 깃 세우고 누구나 어렵던 시절 명동을 누비고 뭇사람들을 사로잡았던 「목마와 숙녀」의 시인 박인환과 이웃하여 적송 한 그루를 벗 삼아 기르는 당신의 둘도 없던 옛 친구 대향(大鄕) 이중섭의 조붓한 유택 소나무 그늘에서 가끔씩 당신의 건강과 근황을 알려 드리곤 했습니다. 당신께 어쩌다 조심스럽게 말문을 열면 허허 그래그래 고마운 일이고 하시면서 크게 웃으시던 일이 엊그제 같습니다.

특히 당신께서 마지막 생사의 경계를 넘나드실 때는 산골짜기 물기 촉촉한 곳에서 물봉선화가 그렇게 붉은 하늘을 입에 물고 한 해를 갈무리하였습니다. 하늬노을 노골노골 타오른 사색의 길섶 적송의 애타는 귀엣말에 '대향 이중섭 화백 묘지(大鄕李仲燮畵伯墓碑)' 속에 두 아이의 거시기는 덜렁덜렁 이내 속에 옹골지게 여물었습니다. 저는 아침 기도 드리며 당신의 쾌유를 위해 간절하게 주님께 빌었습니다. 그리고 출근하면서 한 바퀴 도는 수리산 오솔길에서 묵주 기도 드리며 당신을 지상에서 뵙는 시간을 좀더 달라고 매달려 보았습니다.

당신을 향해 드리던 병자를 위한 기도에서 죽은 은인을 위한 기도로 바뀌게 돼 매우 쓸쓸하고 섭섭한 오솔길을 걷게 됐습니다. 대향 이중섭이 단란한 당신의 왜관 옛집에서 그린 〈구상네 가족〉의 그림 속 당신의 모든 걸 감싸 주신 사모님과 그렇게도 소중했던 두 아들도 이젠 하늘나라에서 반갑게 둘러앉아 영원히 함께 할 수 있어 마음을 놓으셨는지요. 그림 속 아이들에게 세발자전거를 사주고 태워 주며 모두들 즐거워하는 모습도 이제는 정말 네모난 화폭 이야기로 오래오래 남게 됐습니다. 행복한 한때를 보내고 있는 당신네 식구들을 부러운 듯 바라보던 대향과도 뜨겁게 얼싸안고 다정하게 옛정을 되살리시고 서로의 안부를 묻고 위로하며 나날을 지내시겠지요. 왜관 옛집 안마당 쓸쓸하게 자전거 바퀴살 따라 남아돌던 중섭과의 따뜻하고 짠한 이야기는 이제 남은 이들의 전설로 남게 됐습니다.

　당신을 영원히 떠나보내고 첫 번째 맞이한 주일 미사를 드린 후 망우리 이중섭 화백의 묘지를 찾았습니다. 그리고 당신의 시집 『인류의 맹점』을 천천히 묵독하며 봉분 잔디 속에 잘못 뿌리내린 마의 어린 몸뚱일 솎아냈습니다. 저 서녘 하늘 위에서 얼싸안고 "우리 '상'이 미안하디, 남덕이와 상이 그리고 나 모두 벌거벗고 한방에 누워 있디 않겠어. 그런데 난 콜콜 잠을 너무나 잘 잔디. 상인 뜬눈으로 한밤을 지새운 것이 너무나 억울하디. 지금 생각해도 그때 젊음이 너무 맑고 깨끗하지 않았겠어" 이런 일화들의 생생한 소리가 저를 자꾸만 망우리 사색의 길로 이끄는 통에 대향의 묘소 앞에 앉아 있는 시간이 많아졌습니다. 그리하여 이런 생각에까지 이르렀습니다.

　　아직도 새로운 미지의 길을 가야겠네
　　늘 지나온 길보다 걸어야 할 샛길이라도
　　내 앞에 나선다면 아직은 설레는
　　맘으로 생각 깊이 걸어야겠네
　　사람과 가까이 하고 싶어 하늬노을 손잡아 끌어안고

졸졸 물소리에 졸리운 도랑가 물봉선 꽃잎에다
노랫말과 크로키를 들이대 타오른 시화전을 펼쳐 놓은
시인 박인환과 대향 이중섭

그 위에 허허롭게 환하게 웃으시는
함부로 영접하기 어려우나 너무나 쉽게
누구에게나 열어 주시는 영원한 사제 시인 구상
서녘 노을 뒤 밤하늘의 별빛 하나 더 반짝거려
망우리 사색의 길이 이제는 심심하지 않겠다

당신이 선종하신 뒤 당신의 말씀대로 제일 아래에서 남들에게 베푼
것이 진정한 삶이라 여겨, 당신의 마지막 떠남을 슬퍼하고 마음을 수습
하는 수많은 지인들의 신발이라도 가지런히 정리정돈할 수 있어 조금
이나마 위안이었으며 진정 행복하였습니다. 당신의 선종을 슬퍼하는
사람 사람들의 신발을 정리하며 당신이 30년 전에 저희에게 당부하신,
언제 등단하여도 오래갈 수 있는 진정한 삶을 살아가겠습니다. 저희들
의 앞길을 이끌어 가시는 영원한 사제 구상으로 오래도록 허허 웃음으
로 저희를 맞아 주시길 빌고 빌겠습니다.

나는 마지막 제자였다

―

오사라
시인

내 생애에 있어 가장 큰 축복의 만남이 있다면 예수 그리스도와의 만남
과 스승이신 구상 선생님과의 만남이다. 문단에서 10여 년 동안 작품
활동을 해온 나로서 이렇다 할 작품 세계를 정립하지 못하고 작품에 대
한 갈등이 쌓여 가고 있을 때 나는 중앙대 예술대학원 문학예술학과를
노크했다. 시에 대한 확고한 정체를 밝히고 나의 문학 세계를 정립하겠
다는 그 당시 나의 결심은 간절한 것이었다. 그런데 대학원 과정에서는
개인 지도교수를 선택하게 되어 있었다. 뒤늦게 대학원을 선택한 것은
대단한 각오였기에 지도교수의 선택은 그야말로 신중해야 했다. 문단
에서 친분 있게 지내던 원로 시인이나 선배들도 있었지만 전체 작품을
탐독하며 나의 사상과 취향에 맞는 시인의 작품을 고르기 시작했다. 그
때 구상 선생님의 작품집을 읽게 되었는데 '바로 이것이다'라는 생각이
들어 구상 선생님께 전화를 드렸다.

그때 선생님께서는 "한국 문단에 좋은 시인들도 많은데 하필이면 왜
'나'냐"고 물으셨다. 그때 나의 대답은 "제가 선생님의 시집을 거의 다
읽었거든요" 했더니 "OK" 하셨다. 그렇게 해서 선생님은 나의 스승이
되셨다.

지도교수와의 문학 수업은 2주일에 한 번씩 개인 지도를 받는 것이었다. 하여 '관수재'는 나의 강의실이 되었고 나는 구상 선생님의 독제자가 되어 둘이서 탁자에 머리를 맞대고 시를 낭송하며 문학 이론을 연구하며 2년여 세월을 보냈다.

그 당시 관수재는 선생님의 집필실로 선생님은 홀로 그곳에서 작업하시고 주무시기도 했으므로 묘령의 여성이 그곳을 드나들며 오랜 시간을 선생님과 단둘이 지낸다는 것은 스캔들이 날 만한데도 아쉽게도(?) 학교에서나 문단에서나 스캔들은커녕 스승과 제자로서 아무런 의심 없이 인식하는 표정들이 역력했다. 그것이 그분이 갈고 닦아 온 인품이셨다.

2년 동안 한 달에 두세 번씩 정기적으로 만나 두 시간은 진지하게 문학 공부를 하고 끝난 후에는 내가 직접 타 가지고 간 따끈한 녹차를 함께 마시며 마친 문학 수업에 대한 질문과 답변을 하곤 했다. 그리고는 집에서 나와 여의도 주변에서 식사를 하며 많은 대화를 나누고 했으니 아마도 가족 빼고는 가장 오래 함께 지낸 여성이라고 할 수 있다. 이따금 관수재를 떠나 야외 수업을 하곤 했는데 주로 한강 유람선 또는 구상 선생님의 시비가 있는 한강 벤치였으니 그 낭만의 시절이 지금도 꿈같이 그립다.

그 시절 문단 행사에는 거의 같이 참석하는 경우가 많아(나 역시 현역 시인이었기에) 직접 모시고 다녔는데, 선생님은 운전석 옆 조수석에서 조수 노릇을 하시기도 했다. 그러는 사이 선생님과 나는 속마음을 털어놓는 사이가 되었고 아버지와 딸처럼 한마음이 되어 한가족처럼 집을 왕래하며 지내게 되었다.

2년이 지나 지도교수와 제자의 관계가 끝날 때에도 2주일에 한 번씩 만났던 습관이 있어 서로 전화를 주고받아야 마음이 평안했다. 선생님께서는 소식이 궁금하면 내 휴대폰으로, 집 전화로 번갈아 거시면서 안부를 묻곤 했다. 지도교수로 지내실 때는 엄격하셨는데 졸업을 하고 나니 그제서야 나의 어리광도 받아 주시곤 했다. 그렇게 10년을 선생님과 함께 가족처럼 오가며 지내다 보니 그 가족들과도 허물없이 지내게 되어 밥도 해먹고 함께 놀러도 가며 선생님께 의지하며 행복하게 지냈다.

　누구보다도 가까운 곳에서 선생님을 자주 뵈었고 전화도 주고받으며 행사 같은 데도 함께 다니던 시절, 나는 내심 선생님에 대해 놀라지 않을 수 없었다. 사람은 누구나 아무리 존경스러운 사람이라 해도 가까이 지내다 보면 실망하는 부분도 있고, 싫증이 나기도 하고, 오해하는 부분도 있을 터인데, 구상 선생님은 신비스러울 정도로 가까이 뵈면 뵐수록 '어쩜 저런 분이 이 세상에 있을 수 있을까?'라는 생각이 드는 것이었다. 언젠가 내 글에서 "예수같이 사시는 분"이라는 글을 쓴 적이 있을 정도였다.

　어찌 그리 순수하신지, 어찌 그리 투명하신지, 어찌 그리 고고하신지, 어찌 그리 겸손할 수가 있으신지, 어찌 그리 욕심이 없으신지, 어찌 그리 바르신지, 어찌 그리 사랑과 배려가 깊으신지, 어찌 그리 순진스런 유머가 있으신지, 어찌 그리 용서하시는지, 어찌 그리 임종까지도 품위를 잃지 않으시는지, 선생님과 함께 있으면 천국 같았고 선생님과 함께 대화를 나누면 천사가 되는 것 같았다.

　인품과 작품이 일치하시는 분, 그것을 강조하셨던 분, 형이상학과 존재 의식에 인식을 가르치신 분, 인식을 깊고 높게 넓게…… 인식한다는 것은 사상이 있다는 것, 투명하다는 것, 진리라는 것, 오늘보다는 영원을 향해 바라보아야 한다는 것. 너무나 배운 점이 많아 모든 면에 힘이 되어 주셨던 나의 스승 구상 선생님.

선생님은 모두에게 친절하셨다. 육체보다는 영혼의 눈으로 바라보는 시각이 있어 지위와 명성을 뒤로하고 육체적인 현상의 상·중·하 없이 모두를 사랑하시며 존중하셨다.

한 사람의 존재를 존중하셨고 귀하게 대하셨기에, 특히 여성들은 자기만을 제일 예뻐하는 것으로 착각하는 경우가 대부분이었다. 그런 얘기를 뭇 여성들에게 들을 때마다 선생님은 역시 고단수라고 말씀드리며 함께 웃기도 했다.

선생님이 가장 관심과 심혈을 기울였던 세계는 역시 문학이었다. 모든 명예와 권력과 지위를 문학을 위해 버리셨고 오직 시인으로서의 한 길만 고집하셨다.

너그러우셨지만 사람을 꿰뚫는 영안(靈眼)이 있으셔서 분별을 하시며 행동하셨고, 어떠한 구설수에 오르거나 억울한 일이 있더라도 인내하시며 내색하지 않으셨다. 어느 날 엉뚱한 구설수가 들려올 때도 "예수도 그랬는데 내가 뭐라고……" 하시며 말없이 지나간 적이 한두 번이 아니었다.

경제적으로 어려움이 있으셔도 돈의 유혹에 흔들리지 않으셨으며, 그 어떤 높은 지위도 시인의 자리를 지키며 거절하시던 모습은 삶을 달관한 통찰자의 모습이었다.

선생님은 도움받은 일이 있으면 꼭 그에 대한 보답을 하셨다. 또한 불투명한 도움은 절대로 받지 않으시는 삶의 청결한 철칙도 있어 아무런 이해 관계 없는 순수함만이 선생님과 가깝게 지낼 수 있는 자격을 갖추는 것이었다. 아마도 선생님 주변에 마음을 나누며 허물없이 지내던 사람들 중에는 모두 느끼고 있을 선생님의 인품 중 한 부분일 것이다.

긴 세월 선생님을 만날 때면 언제나 진지하게 문학에 대해 말씀해 주셨고 선생님의 작품을 건네주시며 작품에 대한 얘기로 다시 제자의 위치로 돌아가곤 했다. 그만큼 선생님은 작품에 대한 열정과 시인의 길을 숙명처럼 경건하게 맞이하셨고 시 앞에서의 삶이 부끄럽지 않도록 삶을 갈고 닦곤 하셨다.

화려한 꽃보다는 풀꽃을 좋아하셨고 약한 자에게 더 큰 애정을 쏟으시며 사랑을 베푸셨던 선생님.

지금도 "오 그래, 사라니?" 전화 드릴 때마다 다정하게 불러 주셨던 선생님.

한강 시비 앞 벤치에 나란히 앉아 이런저런 얘기 나누며 허심탄회한 대화가 오고 갈 때는 주변에 비둘기 떼가 모여들어 스승과 제자와의 마음을 평화롭게 이어 주곤 했다.

다음은 그 순간 한강 시비 앞에서 쓴 시다.

한강엔
시가 흐르고 있네
물살 사이로
질곡의 역사가 흐르고 있네

고뇌로 얼룩진
강가엔
파랑새 날아들고
가슴에 묻어 둔
먼 옛날의 그리움

파도처럼 부서져 요동치네

일생에 핀 꽃망울
절절한 시로 태어나
시비 위에 곱게 새겨 있네

씨앗 속에 뿌려 놓은
숨겨진 옛이야기
조용한 오후
나란히 앉아 주고받은
스승과의 하루

어느 새
떼지어 날아든 비둘기 떼
평화롭게 주변을 맴돌고 있네.

— 구상 선생 시비 앞에서

제주도 작업실로 작품 여행을 떠날 때에도, 외국으로 심포지엄과 문학 기행을 떠날 때에도 나는 늘 선생님께 전화를 드렸다. 그럴 때마다 "누구랑 같이 가니?" 하시며 짓궂게 물으시던 선생님.

"제주도에 회색빛 비가 내리면 누군가가 그리워요"라고 전화를 드리면 "저런저런, 부군한테 이른다?" 하고 껄껄 웃으시던 선생님.

문단의 모임이나 중요한 분들 만나는 자리에서도 "내 제자야"라며 자랑하시던 선생님.

오랜만에 전화를 드리면 다른 여성의 이름을 부르며 나를 약올리시던 선생님.

추억이 너무나 많아 일일이 다 열거할 수 없지만 그래도 너무나 감사한 것은 임종을 앞에 두고 그 모든 것을 합하여 마지막 인사를 눈물로 드렸을 때 두 손을 합장하시고 고맙다는 인사를 하시며 고운 눈길을 보내시던 선생님. 그날 선생님도 우셨고 저도 울었습니다.

선생님을 처음 만났던 그날부터 하루도 쉬지 않고 선생님을 위해 기도드렸던 제자.

"나는 더 일찍 너를 위해 쉬지 않고 기도했단다" 하고 말씀하셔서 나를 감동시키셨던 선생님,

그렇게 영적인 관계로 이어진 스승과 제자 사이였기에 하나님은 이토록 깊은 사랑의 관계를 이 땅에서 엮어 주셨나 보다.

선생님, 그동안 너무 감사했고, 행복했고, 사랑했고, 존경했어요.

떠나시기 전에 이 말씀 꼭 드리고 싶었어요. 이 세상에 태어나 주님과 선생님을 만난 건 저의 큰 축복이에요. 그곳에서 다시 만나겠지만 평안히 가세요, 선생님. 선생님과의 아름다운 추억 간직하며 글로 쓸게요.

두 손을 맞잡고 서로 고개를 끄덕이며, 눈물을 흘리며 마지막 인사를 드렸던 순간에도 선생님의 모습은 빛나고 있었다. 천상의 빛을 뿜어내며 하나님의 품안에서 미소짓는 어린아이처럼 그 인품에서 우러나오는 품위는, 무언의 눈빛은 여전히 내 가슴에 사랑으로 적셔 오고 있다.

구상 큰 스승님

구준회
시인 · 영동고 교사

훤출한 키의 단아한 학자풍 선비 모습. 학의 이미지. 1970년대 중반 어느 봄날 구상 스승님이 강의실에 척 들어서실 때 뵈온 첫인상이었다. 시 창작 교실을 강의하셨는데 영어 단어장으로 흔히 쓰던 카드식 강의록을 준비하셔서 손에 들고 계셨다. 전달해 주고자 하시던 시의 세계와 체계에 대한 이론을 심혈을 기울여 설명해 주셨고 동서양의 시를 엄선해 예제로 전달해 주셨다. 당시 우리 학과에는 한국의 내로라 하는 시 · 소설의 대가들께서 출강하셨는데 강의록을 만드셔서 오시는 분은 구상 교수님이 유일했다. 그것은 문학에 목말라하는 문학도들에게 하나라도 놓치지 않고 건네주시려던 스승님의 꼼꼼하고 겸손한 모습으로 비쳐 마음에 새겨졌다.

창작 교실 수업은 작품을 위주로 강평하며 진행하는 수업 방법이 주류였지만 교수님의 강의 시간엔 감각적 · 즉흥적 강평이 아닌 체계적 이론을 겸비한 평과 배경 이론이 철저히 함께해 선문답식 강의가 배격돼 있었다. 그렇다. 스승님을 떠올리면 낮추시어 겸손하고 간절하여 챙겨 주시는 참학자이셨음이 떠오른다.

스승님은 나와 종씨인지라 첫 대면부터 집안 어른을 뵙는 듯했다. 어느 날 여쭤 보니 항렬 또한 우리 조부님과 같음을 알고는 친할아버님을 만난 듯하였다. 친할아버님은 집안에서도 자랑하는 학자였다고 한다. 어렸을 적 돌아가셔서 가르침을 배울 기회가 없었으나 대여섯 살까지 무릎에 앉히시고 능금을 깎아 먹으라며 귀여워해 주셨던 기억이 새록새록한 나에게는 안타까움이 내재된 전설적 인물이셨다. 그러니 자연 구상 스승님을 뵙고 할아버지에 대한 그리움도 보태 연민하는 처지가 되었다. 나는 학과에서 제일 먼저 군복무를 마치고 오게 되었는데 스승님은 "병정 갔다 온 준회"라고 불러 주시곤 하여 남다른 기억으로 날 알아주시는 다정함에 행복감을 느꼈다. 그 후로 수십 년 동안 스승님 앞에 가서는 "병정 갔다 온 준회입니다"라고 소개하는 버릇이 있었다. 그랬다. 스승님을 생각하면 낮은 옥타브의 보드라운 음색으로 다가오는 자상하신 인품이 먼저 떠오른다.

스승님은 대철학자이셨다. 스승님의 추모제를 여의도 성당에서 가질 때 신부님은 "성인의 반열에 오르소서"라는 기원을 하셨다. 나는 그 기도 대목에서 '그렇다, 저거다. 스승님을 한마디로 응축한 단어는'이라고 결론지을 수 있었다. 말씀은 모두 잠언이셨고 깊은 철학이 내재된 성구였다. 잔잔하나 파고드는 깊이는 수십 년이 지나도 끝없이 갈고 닦아진다. 참 오묘한 일이다. 어찌 인간의 말이 그 오랜 세월 다른 인간의 인생에 나침판이 되고, 넘지 말아야 할 울타리가 되고, 가야 할 곳으로 점지되어 다가올 수 있단 말인가.

지금도 잊혀지지 않고 섬뜩한 것이 있다. 30년 전 공간사랑에서 스승님의 주관 아래 시낭송회가 열렸는데, 스승님이 「까마귀」라는 시를 낭송하셨을 때였다. "까악 까아악"이라는 시구를 낭송하실 때 나는 온

몸에 전율을 느꼈다. 그 느낌은 지금도 너무 생생하다. 스승님은 원래 폐 수술을 하셔서 폐가 하나밖에 없었는데 이 시구를 낭송할 때는 태산이 덮쳐 오듯 오싹하였던 것이다. 살아가면서 잘못된 길로 생각이 미칠 때 어디선가 들려오는 스승님의 그 까악까악 하는 전율음이 경계경보처럼 들려 날 바로 세우곤 했다. 나지막하나 이 시대 마지막 양심 지킴이로 수많은 인생을 바로 가게 하시는 힘이 있던 음성, 먼 세월을 넘어 영향을 주시는 잠언을 늘 들려주시던 모습이 오늘 몹시 그립다. 그리고 몇 개의 단상들이 떠오른다.

스승님은 여의도 아파트에 관수재라는 현판을 거시고 생활하셨다. 여의도가 직장이었던 터라 가끔 63빌딩 식당에서 뵐 때가 있었는데 예외 없이 손님과 함께 계셔서 인사만 여쭙고 식사 대접을 할 수가 없었다. 계산이라도 해볼라치면 스승님은 절대 용납지 않으셨다. 얼마나 단호하셨던지 거역할 수가 없었다. 알고 보니 그것이 그분의 인생 철학이었던 것이다.

스승님께서 연하장을 보내오셨는데 자세히 보니 글자 하나가 조금 이상했다. 획을 하나 잘못 쓰셨던 모양인데 그 글자를 칼로 살살 긁고 덧쓰신 것이었다. 새까만 제자에게 글씨 하나쯤 뭉개고 쓰셔도 되련만 칠순 노인이 연필 깎는 칼로 그 글자를 긁으신 것을 상상하니 가슴이 뭉클해졌다.

마지막 세배를 갔던 날 구상문학전집이 새로 나왔다며 주셨다. 첫 장을 넘기니 구상이라는 함자를 친필로 써주셨는데 글씨를 죽 쓰신 게 아니라 점점이 그려져 있었다. 손이 떨리신 그대로 쓰신 것이었다. 점으로 이어진 그 글씨를 보고 가슴이 울컥해졌다.

스승님이 지병으로 힘드신 상황에서 당신의 만류에도 불구하고 구상

문학관 건립이 추진되었고 그 일로 왜관의 관수재를 두어 번 갈 기회가 있었다. 젊은 시절부터 생활하시던 살림집 관수재는 칠곡군에 증정되어 구상문학관으로 재탄생할 날을 기다리고 있었다. 풍우에 시달리고 세월에 씻긴 낡은 목조 건물은 처마에 관수재 세 글자를 펄럭이며 헐릴 날을 기다리는 운명이었다. 스승님이 머잖아 떠나실 것을 다들 예감하고 있던 시기, 관수재 흙먼지 하나도 왠지 그분의 것인 양 안타깝기만 하였다.

남녁 땅 왜관 찬바람 휘도는 강변엔
구상 큰 스승님 젊은 날 먼지로 앉혀 논
뽀얀 기와집 한 칸
누렁이만 목쉬어 바람보고 짖는다
이 없는 문짝 세월에 흔들려 삐딱하고
문풍지 찢긴 살결 강바람만 넘나드는데
관·수·재 바랜 붓글씨 떨어질 듯 접혀
허연 이끼를 달으려 한다
시심을 띄워 보내고 낚으시던 나루터 기둥
세파에 상한 몸 무너질 듯 비켜섰는데
강물은 무심히 두고 가고 두고 가고
뚝길을 한없이 걸으며 강 연작시를 지으시던
여기가 피어린 낙동강
천사 같은 아들 안고 곧은 낚싯대를 드리울 제
원산 바다 못 가는 실향의 물살이 강에 어리어
얼마나 아린 그리움을 흘리고 담으셨을꼬
강바람은 펄럭여 예나 없이 차가운데

관수재 열려진 문짝 안 환히 앉아 계신 스승님
강물도 고요히 발꿈치 올리고 지나가네

누렁이도 툇마루 밑에 턱을 괴네

— 「관수재 기행」 2000년 1월 24일 칠곡 왜관
구상기념관 건립위원회 회의를 다녀와서

스승님의 인생 행보를 단적으로 읽을 수 있었던 것은 장례식장의 참
배 인파를 본 순간일 것이다. 최고 권력자부터 고무신을 신은 필부까
지, 번지르르한 사람부터 휠체어를 탄 장애우까지, 승복을 입은 사람부
터 수녀복을 입은 사람까지, 거지·깡패 등 계층·성별·연령·귀천을
가리지 않고 교류하며 품어 주신 어른의 그릇을 짐작할 수 있었다. 향
파사해의 인생을 사신 행로가 사람 대함만 그러했겠는가. 시 한 구절
구절에 녹아 있는 사람 귀하게 여긴 마음이 얼마나 간곡하고 안타까워
하셨는지 모른다.

"원숭이는 똥구녁이 빨개도 부끄러움을 몰라 원숭이다. 인간은 부끄
러움을 찾을 때 인성을 찾는 것"이라고 말씀해 주셨는데, 나는 둔재인
지라 스승님의 깊은 가르침을 간파치 못하거니와 깨달은 것조차 따르
지 못하고 살면서 늘 부끄럼조차 잊고 사니 참담히 부끄러울 뿐이다.

나는 교단에 서며 가끔 학생들에게 "마음속에 스승 한 분쯤은 반드
시 모셔야한다"는 말을 한다. 스승 한 분 정도도 간직하지 못하고 요즘
학생들은 사는 것 같아 안타까워서 하는 말이다. 이제 스승님은 가셨
다. 그러나 마음속에는 언제까지나 할아버님으로 살아 계시고 스승님
으로 살아 계셔서 나에게 능금을 깎아 건네주시고 계시다.

이 글을 마치자니 밤처럼 어둡던 마음이 여명을 받는 느낌이다. 스승님을 기리어 각계 인사들과 친우들이 몇 가지 사업을 전개해 업적을 더 듬는다 하니 참으로 기꺼운 일이다. 아무쪼록 이토록 아름다운 분을 우리와 후세인들에게 더도 덜도 말고 사셨던 만큼만 꼭 전달했으면 좋겠다. 고마운 일이다. 참 고마운 일이다. 스승님, 이건 괜찮죠?

시인과 인간이 일치된 큰 어른

시인 · 중앙대학교 문예창작과 교수

구상 선생님!

선생님을 경기도 안성 천주교 공원묘지에 안장한 지도 어언 1년이 가까이 오고 있습니다. 제가 영안실을 지킨 그 이틀 밤, 강남성모병원에는 정말 줄기차게 많은 사람이 조문을 왔습니다. 천주교 사제와 수녀 · 수사는 물론 웬 스님은 또 그렇게들 오시는지. 참 많은 장애인이 왔고, 문인 · 정치인 · 언론인 · 기업인 · 외국인 · 지방의 관리……. 아무튼 몰골이 꾀죄죄한 시장 사람 같은 분에서부터 정부 최고위직 인사까지 우리 사회 각계각층 사람들이 와서 조문하는 모습을 보며 저는 '인간 구상'의 엄청나게 큰 스케일에 놀라움을 금할 수 없었습니다. 선생님은 참 많은 사람들의 존경을 받고 계신 분이었고, 그것은 '시인 구상'과 '인간 구상'이 일치되었기 때문이라는 생각이 들었습니다.

문학인으로서의 명성은 대단한데 인간 됨됨이가 실망스러운 경우가 왕왕 있습니다. 서양의 경우 보들레르나 베를렌느의 예를 들 수 있겠지만, 일화가 많은 김관식 · 천상병 같은 시인도 저는 직접 뵙고 싶다는 생각이 든 적이 없었습니다. 두 사람의 시는 좋습니다만. 그토록 많은 조문객이 다녀간 데는 선생님의 대인 관계가 원만했기 때문만은 아닐

394 | 홀로와 더불어

것입니다. 아주 많은 사람에게 인정을 베풀고, 사랑으로 대하고, 인격적으로 감화를 주고, 넓은 아량으로 포용했기 때문이라고 저는 생각합니다. 아무리 유명한 시인이라고 할지라도 속인의 빈소인데 신부님과 스님이 그렇게 많이 찾아온 것은 전무후무한 일이 아닐까요.

제가 중앙대 문예창작학과에서 조교를 할 때의 일이 생각납니다. 학교를 중퇴한 어느 선배가 비승비속으로 살아가면서 후배들을 괴롭히고 있었습니다. 이 후배 저 후배 찾아다니며 기식하고 있었으니까요. 어느 날 얼굴에 상처가 난 상태로 학과 사무실로 찾아와 구상 선생님께 용돈을 달라며 떼를 썼습니다. 제자로서 할 수 없는 행동을 한 셈이었지요. 그런데 선생님은 이런 식으로 살지 말라고 따끔하게 꾸짖은 뒤에 돈을 좀 주시는 것이었습니다. 제게 선생님이 참된 스승의 모습으로 각인된 최초의 일입니다.

제가 선생님께 안부 전화를 드리면 선생님은 언제나 병을 앓고 있는 제 누이동생과 허리병으로 고생하고 있는 제 아내의 건강을 오히려 더 걱정하셨습니다. 타인에게는 늘 너그럽고 인자하셨지만 자신에게는 더 없이 엄격하셨기에 40여 권의 저서를 가질 수 있었을 것입니다. 미욱한 제자가 소소한 고민에 휩싸여 선생님이 머무셨던 하와이나 일본으로 고해성사를 하듯 주절주절 편지를 써 올리면 선생님은 반드시 떨리는 필체로 답장을 해주셨습니다.

> 자네의 병약도 파란도 그 모두가 하느님의 섭리임을 깨닫고 정녕 그리스도와 십자가를 함께 지는 용기와 인내와 사랑으로 나아가세. 그때 비로소 신령한 변화를 그 모두에게서 맛볼 것이네.

선생님은 이렇게 크나큰 용기를 주는 말씀을 해주셨습니다. 그 은혜 백골난망입니다.

선생님의 생애를 더듬어 봅니다. 선생님은 기미년 만세 운동이 일어났던 1919년에 태어나셨습니다. 흔히 말하는 '천수를 누리고' 돌아가셨으니 호상이라고 할 수 있겠지요. 그간 받으신 상훈만 해도 금성화랑 무공훈장(종군작가단 부단장으로서 받은 훈장. 민간인 최초라 함), 서울시문화상, 국민훈장 동백장, 대한민국문학상 본상, 대한민국예술원상 등이 있고 영면하신 이후에는 금관문화훈장이 추서되었습니다. 하지만 이런 영광의 뒤안길에서 선생님이 겪어 내신 육신의 고통과 영혼의 고뇌를 저는 아주 조금 알고 있습니다. 관동대지진 때 학살당한 형, 신부가 되신 또 다른 형은 공산당에게 납치를 당했으니 순교하셨겠지요. 어머니의 죽음은 더더욱 가슴을 아프게 했을 것입니다. 관은 썼는지, 무덤이 어디에 있는지도 모른다고 선생님은 시 「한가위」에 쓰셨습니다. 이산가족의 일원이 되신 경위를 더듬자면 선생님의 시 몇 편을 거론하지 않을 수 없습니다.

선생님은 니혼대학 종교학과를 졸업하고 돌아와 본격적으로 시작에 전념해 원산 거주 시인들의 사화집 『응향』에 「길」·「여명도」·「밤」 등을 발표하셨는데, 이 작품 발표가 선생님의 운명을 바꿔 놓게 됩니다. 평양의 북조선문학예술동맹에서 바로 그 작품에 반인민적 반동시라고 낙인을 찍어 조사단을 원산으로 급파하게 됩니다. 선생님께 그 사실을 귀띔해 준 사람이 있어 목숨을 건 탈출을 시도, 남한으로 오시게 된 선생님은 어머님과 형님의 안부를 자나깨나 걱정하는 이산가족의 일원이 되십니다.

폐결핵에 걸려 마산요양원 생활도 하신 선생님은 1966년에 일본 오리모도 원장 집도로 한쪽 폐를 절개하는 수술을 받고 구사일생으로 살아나십니다. 그런데 두 아드님 중 작은아드님이 아버지 젊은 날의 지병이었던 폐결핵으로 돌아가시고, 큰아드님 역시 병명이 폐질환으로 돌아가십니다. 두 아드님은 선생님의 마음을 그다지 편하게 해드리지 못한 듯합니다. 선생님의 서간집 『딸 자명에게 보낸 글발』을 보면 두 아드님에 대한 걱정이 차고 넘치거든요. 10년 먼저 돌아가신 사모님을 안성 공원묘지에 안장할 때, 날씨가 몹시 궂었습니다. 장례 절차를 빨리 끝내자고 서두르시는 선생님의 마음, 왜 제가 몰랐겠습니까. 아, 선생님의 가족사를 제가 너무 시시콜콜 얘기하고 있습니다. 죄송합니다.

선생님은 한국 문단의 큰 별이었습니다. 제자들에게는 자상한 선생님이었고, 대자(代子)들에게는 인자한 대부님이었습니다. 선생님은 늘 제자와 대자들, 그리고 당신이 문단에 내보낸 시인들의 앞날을 걱정하며 잘 되기를 늘 기도하셨습니다. 모든 주변 사람들, 특히 장애자들과 사형수와 무기수 등 형을 살고 있는 죄수들에게 각별한 관심을 쏟으셨습니다. 한국장애인문인협회에서 근근이 꾸려 가던 〈솟대문학〉에 2억 원을 쾌척하신 것은 겉으로 드러난 예이지, 정말 선생님은 세인들이 잘 모르는 곳에서 사랑을 실천하셨습니다.

이승만 정권을 비판한 사회평론집 『민주고발』을 내시는 바람에 두 번째 필화를 입고 8개월 동안 감옥 생활을 하시면서 선생님은 현실 문제에 참여할 것인가, 문학의 길로 걸어갈 것인가를 놓고 심각하게 고민을 하셨는데, 그때 평생 문학의 길로만 걸어가기로 굳게 결심을 하셨다고 합니다. 그래서 박정희 대통령으로부터 입각 제의를 받고도 일본으로 피신, 경향신문 동경지국장으로 계셨던 것입니다. 이때의 얘기는 제가 선생님을 만나 대담한 자리에서 들은 적이 있지요(〈라쁠륨〉 1999년 가을호). 제5공화국 전두환 대통령의 측근 허모씨로부터도 입각을 권유받았지만 수염을 기르면서까지 거부한 것은 선생님의 올곧은 정신과 시를 위한 순교자적 자세를 잘 말해 주는 일화입니다. 대학교 총장 제의도 숱하게 받았지만 그 어떤 감투도 마다하고 선생님은 시인의 길로만 걸어가셨습니다.

그렇지요, 선생님은 1946년 이래 시인이셨습니다. 선생님의 시는 국내보다는 오히려 외국에서 더 높은 평가를 받아 왔습니다. 영역 시집 4권에 불역 시집, 독역 시집, 스웨덴어 번역 시집, 스페인어 번역 시집, 일역 시집 등 10권이 넘습니다. 선생님 시의 기독교적 정진의 깊이와 구도를 향한 동양적 발상이 외국 사람들의 관심을 끈 것이 아닌가 생각해 봅니다. 선생님 시에 나타난 구도적 사색에 의한 그 정신의 깊이와 초월의 무게는 앞으로 후학들이 두고두고 연구할 것이라고 믿습니다.

선생님의 공적인 직함은 그리 많지 않았습니다. 문예진흥원 이사와 대한민국예술원 회원, 국제펜클럽 한국본부 고문, 성천아카데미 명예회장, 제2차 아시아시인대회 서울대회장, 세계시인대회 명예대회장 등 그야말로 명예직이었지 실제로 어느 단체의 지도자로서의 역할은 하신 적이 없었습니다. 한겨레신문 최재봉 문학전문기자의 말대로 선생님은 "문단의 큰 어른이면서도 이렇다 할 감투를 쓰지 않음으로써 문학적 순결과 위엄을 지키고자" 하셨습니다. 선생님이 왜 굳이 시인의 길만을 걸어가시려 했는지, 그 뜻을 늘 가슴에 새기고 살아가겠습니다.

저는 중앙대학교에서 선생님께 시를 배웠고, 사람됨의 뜻을 배웠습니다. 그리고 크신 사랑을 배웠습니다. 관수재를 쩌렁쩌렁 울리던 그 웃음소리와 환한 미소가 그립습니다. 제 가슴속에서 선생님의 웃음소리와 미소는 결코 지워지지 않을 것입니다. 구상 선생님! 오래오래 선생님을 잊지 않고, 선생님이 이 땅에 와서 베푸신 사랑을 기억하고, 저역시 주변 사람들을 사랑하며 살아가고자 애쓰겠습니다.

선생님이 계신 그곳은 육신의 고통과 정신의 고뇌가 없어 평안하십니까? 지금도 시상을 떠올리고, 떨리는 손으로 시를 쓰고 계시겠지요. 머리 숙여 선생님의 명복을 빕니다.

구상 선생을 그리고 추억하며

—

장원상
시인 · 언론중재위원회

지금도 원효대교에 올라서면 가슴이 설렌다.

내가 구상 선생님을 처음 뵌 것은 대부분의 제자와 마찬가지로 1학년 창작 기초 실기 시간이었다. 선생님은 검은 두루마기를 입고 오셨는데(학년 첫 시간에는 항상 검은 두루마기를 입으셨다), 이중섭 화백이 말씀하셨다는 루오의 예수 모습이었다. 시간 내내 말씀하시는 내용에는 집중하지 못하고 선생님 얼굴만 쳐다보았다. 대입 준비하면서 선생님의 함자는 들어 보았지만 모습이 그렇게 멋있으리라고는 상상도 못했었다.

그렇지만 제대로 된 시를 써보지 못한 나로서는 선생님의 시간이 그리 즐거운 것은 아니었다. 억지로 시를 감상하고 시를 써냈지만 선생님의 평가는 정확해 형편없는 점수를 받는 데 만족해야 했다. 소설을 쓰기 위해 대학에 들어간 것이었기에 그리 충격을 받지는 않았다. 그런데 소설을 쓸 자신이 없어졌을 때, 학교 생활이 재미없어졌다. 시는 써본 적이 없고, 소설도 자신 없어져 어떻게 해야 할지 막막했다. 고민만 하면서 시간만 보냈다.

그러던 중 습작시 몇 편 써가지고 선생님을 찾아갔는데, 선생님은 선생님께서는 좀더 노력하면 제대로 된 시를 쓸 수 있을 것 같다 하시면서 격려해 주셨다. 그 뒤로 선생님 댁을 자주 찾게 되었는데, 선생님은 한 가지 제목으로 연작시 쓰는 것을 숙제로 내주셨다. 그것이 시가 되든 아니든 무조건 써가지고 오라고 하셨다. 맨 처음엔 5편, 그 다음엔 10편, 또 그 다음엔 50편, 100편 하는 식이었다. 그런데 50편에서 멈춰졌다. 처음에는 쉬울 것 같았는데 편수가 늘어날수록 독서량 부족 때문인지 아니면 사고력 부족 때문인지 더 이상 써지지 않았다. 그래도 아무렇게 쓴 것 같은 50여 편 중에서 10여 편을 건질 수 있었다. 그렇게라도 훈련한 덕분에 3·4학년 때에는 시에 관한 과목에서는 높은 점수를 받을 수 있었고, 시작(詩作)에도 어느 정도 자신감이 생겼다. 지금도 선생님을 생각하며 숙제하는 마음으로 그 제목으로 시를 쓰기도 한다.

25년 이상 선생님 댁을 드나들었지만 건강한 모습을 뵌 적이 별로 없다. 조금이라도 건강하실 때에는 강의나 강연, 모임 참석, 결혼 주례 등으로 바쁘셨고, 건강을 해치셨을 때만 댁에서 몸조리하셨기 때문에 내가 댁으로 찾아가는 날엔 편찮으실 때가 대부분이었다. 그런 중에도 제자의 방문을 기쁘게 맞아 주셨다. 힘드신 중에도 내가 궁금한 것에 대해 여쭈면 자상하게 설명해 주셨다. 선생님은 나만이 아닌 제자들 모두에게 그렇게 대해 주셨다. 그래서 제자들은 어떤 때는 선생님을 아버지처럼 여기곤 했다.

어느 날 선생님께 은총과 구원에 대해 여쭈어 봤다. 선생님께서는 "어느 날 갑자기 눈이 환해지며 어렵게 보이던 문제들이 술술 풀리는데 이것을 은총이라 할 수 있다"고 하셨다. 또 구원에 대해서는 떨리는 손으로 산을 그리시고 "누구나 노력하면 이 산 꼭대기에 이를 수가 있지. 기독교에서는 그곳을 천국이라 부르고 불교에서는 극락이라 부를 뿐 그 차이는 없다고 생각해"라고 말씀하셨다. 그리고 산 왼쪽 중간 지점을 짚으시며 "나는 가톨릭이라는 종교로 지금 이 정도까지 올라왔다고 생각한다. 만약 지금 다른 종교로 개종한다면 산의 다른 쪽 제일 아래부터 시작해야 할 것이다. 그래서 가톨릭을 계속 믿을 수밖에 없다"고 하셨다. 선생님의 이렇게 종교를 차별하지 않는 마음 때문에 주위에는 가톨릭 신부님뿐 아니라 스님, 목사님 등이 있었다고 생각한다.

또 한번은 사회 돌아가는 이야기를 나누다가 조선총독부 건물이었던 당시 중앙박물관 해체에 대해 이야기한 적이 있었다. 그때는 박물관을 해체한다는 계획이 세워졌을 때였다. 나는 해체에 반대한다는 말을 했다. 그 첫째 이유는 박물관을 허문다고 해서 일제 시대가 역사 속에서 사라지는 것이 아니고, 둘째 이유는 그 건물은 이미 역사적인 건물이 되었다는 것이고, 셋째는 그 건물을 보면서 일본의 만행을 잊지 말자는 것이었다. 경복궁을 복원하기 위해 허물어야 한다면 그 건물을 다른 곳으로 옮겨서라도 교육 장소로 활용해야 한다고 했다. 선생님께서는 아무 말 없이 얘기를 들어주셨다. 그런데 나중에 선생님의 수필집을 보니 조선총독부 건물이 치가 떨릴 정도의 원한과 치욕의 건물이라며 해체를 주장하고 계셨다.

선생님 댁에 가면 신문이나 방송에서나 뵐 수 있는 분들을 만날 수 있었다. 그 중에서 가장 기억에 남는 분은 선화가인 중광 화백이다.

1980년 봄으로 기억된다. 아침에 선생님 댁에 들러 점심때가 되었을 무렵 오랫동안 빨지 않아 더럽고 군데군데가 해진 군 방한복을 입은 중광 화백이 들어왔다. 그의 손에는 화선지 뭉치가 들려 있었다. 화선지엔 그 특유의 선화가 그려져 있었다. 점심 먹을 때 그는 여러 날 씻지 않아

더러운 손으로 밥을 떠먹고 나물과 김치를 집어 먹었다. 나는 그 모습에 함께 먹기가 꺼려졌으나 선생님께서는 웃으시면서 잡숫고 계셨다. 식사 후 그가 매직으로 도화지에 이리 그리고 저리 그리는 모습과 오후에 방문한 외국인 손님과 어떻게 보면 음란하기까지 한 수작을 나누는 모습을 그저 빙그레 웃으시면서 지켜보실 뿐이었다.

내가 대학을 졸업할 무렵인 1982년 1월 선생님께서는 하와이대학교 초빙교수로 가셨다. 가셔서는 나의 취업이 걱정된다는 편지를 보내 주셨다. 나는 여러 회사에 입사 원서를 내고 여기저기 뛰어 보았지만 합격 소식을 받지 못했다. 1982년 2월 중순에야 화장품 회사에 취직이 되었고, 이 소식을 선생님께 알리자 "원상이 만세다"라고 쓰신 축하 편지를 보내 주셨다. 그리고 시에 대해서도 마무리짓게 해주셨다. 내가 시인이라는 칭호를 갖게 된 것도, 시집을 낼 수 있었던 것도 모두 선생님 덕분이다.

그래서 내 나름대로 선생님께 은혜 갚을 일을 생각해 보았다. 그러다가 생각해 낸 것이 전집을 낼 수 있도록 작품을 정리하는 것. 마침 2001년부터 2002년까지 지방에서 근무하게 되었다. 지방 근무는 서울보다는 한가한 편이어서 선생님께 말씀드리지 않고 내 마음대로 선생님의 시를 정리하고 있었다. 그러던 중 선생님과 같이 택시를 타게 되어 지방에서 근무하는 동안 작품을 정리할 수 있게 전집 발간을 추진하자고 말씀드렸다.

그때부터 선생님의 전집 발간은 급물살을 탔다. 2002년에 홍성사에서 자전 시문집인 구상문학총서 제1권 『모과 옹두리에도 사연이』가 나왔고, 2004년 2월 단시전집인 제2권 『오늘 속의 영원, 영원 속의 오늘』과

연작시 전집인 제3권 『개똥밭』이 발간되었다. 선생님께서 돌아가시기 전 비록 시뿐이지만 정리해 드린 것을 다행스럽게 생각한다.

영원한 큰 스승이신 구상 선생님과 같은 시대에 살면서 같은 하늘 아래에서 호흡할 수 있었던 것을, 그리고 선생님을 가까이서 뵐 수 있었던 것을 영광으로 생각하며, 저승에서도 만나 뵐 수 있기를 빌어 본다. 그리고 다시 만나 뵐 때 자랑처럼 말씀드릴 수 있기 위해서라도 앞으로 나올 7~8권 정도의 전집 작업을 내가 선생님께 해드릴 수 있는 마지막 작업이라 생각하고 열과 성을 다할 것을 다시 한 번 다짐해 본다.

밝은 거울과 무간지옥(無間地獄)

박수진
시인

훌륭한 가르침을 받고도 그 가르침대로 따르지 못하는 것만큼 제자 된 사람으로서 죄송스러운 일도 없을 것이다. 그래서 이 글을 쓰는 순간이 내게는 커다란 고통이 따르는 시간임을 미리 밝혀 둔다.

솔직히 말해 나는 구상 선생님의 수제자나 애제자 축에는 끼지 못했다. 문학적 성취도 부족했을뿐더러 사람 됨됨이마저 부실하기 짝이 없어 그저 선생님의 주변을 많이 맴돌았을 뿐이다. 그래도 해마다 새해가 되면 선생님 사모하고 모시는 데 정성이 갸륵한 문우(文友) 이진훈 형을 앞세워 세배를 가곤 했다. 절 한 자리를 넙죽 올리면 넉넉한 미소와 함께 덕담을 내리셨는데, 그 귀한 '말씀'과 책 한 권을 얻어 가슴에 안고 돌아오는 뿌듯함이란 겪어 본 사람만 알 수 있다. 그래야만 한 해의 모든 일이 잘 풀릴 것 같았으며 실제로 그 가르침을 나름껏 마음에 새기고 살아와 오늘의 내가 이만큼이나마 남의 눈총 덜 받으며 밥술이나 먹게 되지 않았나 생각한다.

말씀 얘기가 나와서 말인데, 선생님께서 낮은 데시벨로 들려주신 그 말씀들은 하나하나가 참으로 소중한 잠언이었다. 집에 와서 찾아보면 그 내용들이 선생님의 글 속에 그대로 녹아 있어 밑줄을 치고 페이지를 접어 가며 읽었던 기억이 새롭다. 신의 거룩한 말씀들을 성직자가 자신의 음성으로 다시 들려주어 사람들 마음을 움직이게 하듯, 나 또한 선생님의 말씀과 시들을 강의 재료나 글의 소재로 삼는 경우가 많은데 그때마다 좋은 반응을 얻어 큰 보람을 느끼게 되니 어찌 그 음덕이 새록새록 느껴지지 않겠는가. 그 중 특히 기억나는 것이 '밝은 거울'과 '무간지옥'에 대한 이야기다.

하와이 호눌룰루 시의 동물원에 있다는 커다란 거울. 온갖 사나운 짐승들을 다 구경한 다음 맨 마지막 순서에 있는 빈 동물 우리에 설치해 놓은 크고 밝은 거울에는 '가장 사나운 짐승'이라고 적어 놓은 팻말이 있다고 한다. 선생님께서는 누구나 그 거울 앞에 서면 자신의 모습을 보며 찔끔 놀라게 된다는 말씀을 하시고는 강의실 유리창 밖 허공을 바라보셨다. 강의 도중 그 잠시 동안의 침묵은 언제나 우리를 작은 철학자로 이끄는 마술 같은 힘이 있었다. 그때 우리는 비로소 우리 자신이 이 세상에서 가장 사나운 짐승임을 깊이 깨달을 수 있었다. 그러고도 한참의 세월을 더 산 뒤에야 나는 「밝은 거울」이란 제목으로 답장을 써 선생님의 명시 「가장 사나운 짐승」 아래 붙여 두게 되었고 네 번째 시집의 제목으로 삼기에 이르렀다.

　　구상 큰 스승께서 일러 주신
　　하와이 호눌룰루 시의 동물원처럼
　　내가 사는 고층 아파트 엘리베이터 안에도
　　크고 밝은 거울이 양면에 걸려 있어
　　그 안에 사나운 짐승 살고 있다

　　혼자인 시간에 가만히 들여다보면

눈동자 너머로 번뜩이는 살기와
몰래 숨겨 키우는 음탕의 기미도 보이고
육식성의 비릿한 속살까지 훤히 들여다보인다

그뿐이 아니다
무시로 쏟아 놓은 미움과 원망
헤아릴 수조차 없고
웃음 뒤로 비수처럼 날린 독설들이
온몸에 늘어난 잔주름 같을지니
무간지옥(無間地獄) 떨어질 혀끝의 죄까지 생각하면
사나운 짐승은 문득 가엾은 눈빛을 띠고 마는데,

오늘도 시기와 저주가 만발한 저자 거리를 돌아
미리 보는 심판의 밝은 거울 앞에
사나운 짐승 한 마리 서 있다
흐린 눈의 짐승 한 마리 우두커니 서 있다.

선생님께서는 이렇듯 제자들에게 자신을 비춰 볼 수 있는 '밝은 거울' 선물하시기를 좋아하셨다. 뿐만 아니라 자신에게 먼저 매를 들어 보임으로써 말로 먹고사는 우리들에게 엄한 경계를 하시기도 했는데, 그 말씀이 바로 '무간지옥' 얘기다. 혀끝으로 죄를 짓는 사람은 죽어서 그 혓바닥이 서 발하고도 닷 자나 빠지는 고통을 당하는 무간지옥에 떨어지는데, 그 대상이 다름 아닌 당신과 같이 남을 가르치는 선생 칭호를 듣는 사람이나 성직자·정치가라고 구체적으로 일러 주시는 것이었다. 정치 하는 사람이야 눈에 보이는 거짓말도 밥먹듯 하고 생전에도 욕을 많이 먹으니 그렇다 치더라도 천국행을 가장 먼저 예약한 것으로 여기며 사는 성직자나 선생님들이 무간지옥행 열차의 단골손님이라는데 우리는 얼마나 당황하고 놀랐는지 모른다. 언행일치와 덕행일치의 중요성을 선생님께서는 무간지옥을 들어 깨우쳐 주신 것이다.

그런 보물 같은 말씀과 일화는 수없이 많아 일일이 예를 들기도 어렵거니와 때로는 철이 없어, 더러는 귀가 열리지 않아 흘려 듣고 놓친 것이 지금 와서 생각하면 너무나 아쉽고 안타까울 따름이다.

내가 선생님을 처음 만나 가르침을 받은 것은 1976년이었다. 그러니까 지금으로부터 꼭 서른 해 전 일이다. 그때 선생님은 50대 후반의 연세로 이미 지혜가 열리고 인생의 이치를 깨달은 성자의 모습으로 우리 곁에 오셨다. 방학 때면 읽어야 할 책들을 일러 주셨는데 권장도서 목록에 『채근담』이 늘 앞 순서에 들어 있던 기억이 난다. 지금도 내 책상 위에 『채근담』과 『법구경』이 놓여 있는 것은 아직도 그때의 숙제를 다 하지 못한 증거이다.

가파른 역사의 언덕을 온몸으로 넘으시고 생로병사에 따르는 인생의 희비애락을 절절히도 겪으며 사셨지만 언제나 항심(恒心)을 잃지 않던 그 깊고 높은 사유의 세계를 범속한 내가 어찌 어림이나 할 수 있겠는가. 선생님께서는 자신을 가리켜 승(僧)도 속(俗)도 아니란 표현을 즐겨 쓰셨는데, 이는 평상심 이면에 파도처럼 밀려오는 고통과 번뇌를 극복하려고 애쓴 숱한 불면의 밤이 있었음을 짐작케 하는 대목이다. 어쩌면 그 인내와 속울음이 육신의 병을 불러 그토록 정결한 생활에도 불구하고 병마조차 벗 삼으며 사시지 않았나 하는 생각에 목이 메인다.

참으로 부끄러운 고백이지만 누구보다 나는 선생님 닮기를 꿈꾸며 살아왔다. 그러나 어정 세월 보내는 동안 어느새 지천명 줄에 들어선지 한참이 지났건만 무엇 하나 제대로 이루어 놓은 게 없어 부끄럽다. 한 시절 참으로 운좋게 향내 나는 종이에 싸였던 일 말고는 스스로 향기를 내지 못하는 생활이 참으로 안타깝고 선생님께 면목이 없다. 날마다 거울 앞에 서는 일이 두려운 까닭도 여기에 있다.

학생들을 데리고 지방에서 연수를 하는 중에 선생님의 부음을 받았다. 강남성모병원 영안실 별실 구석 자리에 앉아 선생님께서 아시면 꾸중이나 들을 부의금 정리를 하고 이튿날 아침 명동성당에서 김남조 선생의 조시를 들으며 선생님을 전송했다.

그리고 그해 늦봄과 여름, 가을이 다 갈 때까지 나는 견딜 수 없는 허증에 시달려야 했다. 자다가도 가끔씩 잠이 깨면 마음 한구석에 빈자리가 느껴져 가슴이 시렸다. 그 시린 가슴으로 한밤중에 일어나 앉아 다음과 같이 선생님의 행장과 그립고 아쉬운 마음을 시로 적어 보았다.

하느님의 밀사
— 구상 큰 스승 가신 뒤

진실로 사랑하는 자만이
사랑받을 수 있다는 사실을
온몸으로 밝혀 보여 주며
허허로이 한세상 살았던 우리들 큰 스승
수도자, 기인, 사형수, 장애인……
넓은 가슴으로 보듬어 안으며
오로지 그 맑은 영혼을 응시하더니
서럽고 아픈 인간사
구도의 시심으로 달래 가며

모든 죄악과 소란의 한가운데

자신이 있음을 시인하고 돌아보길 수천 수만 번

스스로의 양심에는 칼날처럼 엄격하지만

남에게는 언제나 봄바람처럼 따스해

살아 있을 때 이미 죄 들켜 버린

하느님의 밀사이더니 —

영원 속의 하루, 하루 속의 영원을 살다

그토록 바라던 영원 속에 든 뒤

해와 달 어두워짐을 보겠네

그 말 참으로 거짓이 아님을 알겠네

이 땅에 뿌려 놓은 가르침의 씨앗들

해마다 민들레꽃처럼 다시 피어난대도

그분 떠난 오늘

길 물어 볼 이 더는 없음에

꿈길에도 막막하네, 서성거리네.

　내 공부 인생에서 가장 큰 행운은 구상 선생님을 만난 것이다. 그리고 내 공부 인생에서 가장 큰 실패는 선생님을 닮지 못한 것이다. 올 정초에는 선생님의 부재로 덕담 없이 한 해를 시작했더니 하는 일이 자꾸 뒤엉키고 펜 끝도 무거워 글마저 잘 써지지 않는다. 선생님 계실 때는 가리키는 손끝만 바라보면 멋진 풍경이 나타나곤 했는데 이제 혼자 길을 찾아가려니 막막하기 그지없다. 하지만 내 마음속에 선생님이 살아 계시는 한 실망하거나 포기하지는 않으려 한다. 낮지만 울림이 큰 그분의 음성과 웃음소리, 그 걸음걸이를 어설프게나마 흉내내며 멀고 먼 뒤를 따라 걸어갈 것이다.

선생님의 모습을 떠올리며 시방도 세상에서 가장 사나운 짐승인 내 모습을 밝은 거울에 비춰 본다.

종교적 인생관과 인간의 존엄성을 지킨
구도적 시인

—

정근옥
시인 · 여의도여고 교감 · 문학박사

구상 선생님을 한마디로 말한다면 인간에게는 봄바람처럼 부드러우면
서도 불의에는 대쪽처럼 굽히지 않는 꼿꼿한 정신을 가진 이 시대의 의
인이요, 참시인이라고 할 수 있다.

구상 선생님을 처음 뵙기는 내가 군대에서 제대를 하고 복학을 한
1976년 2학기였다. 구상 선생님에 대하여는 초년 문학도 시절 친구들로
부터 그분이 어떤 분이라는 것을 들었고 지면을 통해서 알고 있었지만,
실제로 첫 상면을 한 것은 공초 오상순 시인을 추모하는 모임에서요,
강의 시간에 사제간으로 얼굴을 대하기는 그때가 처음이었다. 훤칠한
키에다 중저음의 나지막한 목소리로 염화시중의 웃음을 섞어 가며 들
려주는 선생님의 강의는 세상을 초탈한 구도자의 설법과 다름이 없었
다. 시를 배우는 우리들에게는 늘 여득천금(如得千金)의 흐뭇함을 느낄
수 있었다.

그때 우리들 중에는 이미 고등학교 때부터 꽤 필력이 있어 명성을 날
리던 친구들이 있었는데, 나는 겨우 '시란 무엇인가, 어떻게 시를 써야
하는가'에 대하여 막 터득하려고 있는 터이라 시를 가르치는 선생님들
(서정주 · 박목월 · 김현승 · 함동선 선생님 등)께 부질없는 질문을 하곤 하였

다. 그리하여 선생님께도 그러한 시에 대한 원론적인 질문을 드린 적이 있다. 그때 선생님께서는 시에 대한 정의의 어려움과 불가능함을 20세기 영국의 대시인 T.S. 엘리엇(T.S. Eliot, 1888~1965)이 말한 "시에 대한 정의의 역사는 오류의 역사"임을 말씀하시면서 젊은 시인(작가)들이 가져야 할 태도를 말씀하셨다.

즉, 요즘 시인들은 말과 생각이나 느낌들이 이원적으로 분리되어 시(문학)라는 것을 말의 치레로 잘못 생각하고 있어 표현 기교는 상당한 수준에 오른 것이 많지만, 시적 등가량의 진실성이 부족하여 오랜 감동을 줄 수가 없다고 하시면서, 시(문학) 속에는 작자의 철학적 사고의 깊이와 넓이, 즉 우주적 감각이 들어 있어야 하며, 시어(문학적 언어)에 대한 인식 추구의 치열성과 진실성이 있어야 함을 역설하신 것이 기억에 남는다. 비록 30년이 지났지만, 이것이야말로 시를 다룬다는 우리들이 깊이 새겨야 할 시 가르침의 정수가 아니겠는가.

선생님께서는 늘 불의와 타협하지 않고 사회의 불의와 부조리를 고발하되 그 고발이 자기 참회로 귀결되는 기독교 신앙을 바탕으로 철저히 존재론적 기반 위에서 미적 진실을 추구하였다고 볼 수 있다. 그러므로 시적 기교와 이미지에 주력하기보다는 풍부한 시적 진실의 의미와 암시를 자아내는 평범한 시어를 택해 존재와 현상에 대한 의식을 형이상학적으로 표출하셨다. 선생님께서 구가하는 정신의 세계는 견고한 기독교적 신앙을 기저로 하고 있지만 단순히 맹목적인 기독교에 머물지 않고 성서의 설화나 이미지를 구체적으로 활용하여 역사 의식을 통한 시대의 모순과 불합리성을 지적하고 예고하는 예언자의 거센 목소리와 시와 진실을 일치시키면서 우주만물을 통해 신의 섭리를 깨달으며 인간에 대한 존엄성과 사랑을 느끼게 해주고 있다. 즉 교리적 면에

서는 천주교라는 신앙을 바탕으로 하고 있지만 그가 탐독한 성서만이
아닌 동양적인 한국의 건국신화 및 전통문화, 불교 및 노장 사상, 선불
교적 자연관 및 명상의 세계, 서양의 고전 철학 및 천체물리학, 20세기
적 삶의 실상과 교회에 대한 믿음을 다룬 가톨릭 철학자들과의 만남,
'신의 죽음'과 삶의 존재에 대한 심오한 성찰을 다룬 실존주의 철학자
들과의 만남을 통해 얻어진, 그가 접하고 체험한 정신세계는 어느 한
곳에 편협되지 않은 범우주적인 시적 경지이다.

또한 선생님께서는 고도의 미적 감각이나 다양한 비유, 난해한 상징
등 현란한 기교에 의하지 않고 신념과 역사적 사명감이 불타 오르는 지
성인으로서 물질주의에 꿈과 믿음을 잃어버린 대중을 깨우쳐 주는 선
각자적 시정신을 발휘한 시인이었다. 그러한 시는 여러 군데 나타나지
만 대표적인 것을 소개하면 다음과 같다.

… (전략) …
황금의 송아지를 만들어 섬겼다.

믿음이나 진실, 사랑과 같은
인간살이의 막중한 필수품들은
낡은 지팡이나 헌신짝처럼 버려지고
서로 다투어 사람의 탈만 쓴
짐승들이 되어 갔다.

세상은 아론의 무리들이 판을 치고
이에 노예 근성이 꼬리를 쳤다.

그 속에서도 시내산에서 내려올

모세를 믿고 기다리는 사람들이

외롭지만 있었다.

자유의 젖과 꿀이 흐르는

가나안!

후유 멀고 험하기도 하다.

— 「출애굽기 별장」 중에서

어느 날 저녁 나의 작은 까마귀 한 마리가 허청허청 찾아왔다.

까옥 까옥 까옥 까옥

그는 거기 언덕바지에 있는 신의 무덤에 나가 앉아서

한나절 울다가 오는 길이라면서 목이 좀 쉬어 있었다.

— 「까마귀 6」 중에서

　위 시 「출애굽기」는 이스라엘 민족의 선지자 모세가 하느님의 언약
을 굳게 믿고 애굽의 노예 상태로 살아가는 이스라엘 민족을 이끌고 시
련과 고난 세계 탈출을 통해 젖과 꿀이 흐르는 축복의 땅 가나안으로
인도하는 과정을 그린 시다. 이러한 성서를 바탕으로 한 서사적 과정에
서 정의와 진리를 외면하고 사악의 우상인 황금송아지를 만들어 섬기
는 현대인들의 어리석은 모습을 비판하면서 우리 시대가 후손들에게
떳떳하고 바르게 살아가려면 신의 계시와도 같은 국가적·사회적 정의
를 양심적으로 실천하면서 살아가야 함을 제시하고 있다.

또한 「까마귀」는 시대와 종교적 구원자로서 진실한 양심과 신앙의 삶을 추구한다. 이 구원자는 이기적이며 폐쇄적인 삶의 안일성에 젖기보다는 이웃과 사회를 위해 희생과 사랑을 베풀어야 함을 암시하고 있다. 이 시에서 서술된 까마귀는 이 시대의 현실적 부조리와 불합리성을 고발하고자 하는 시인의 분신이라고 볼 수 있다. 시인은 절대자인 신의 무덤 위에 앉아 목이 쉬도록 울어대면서 치열한 현실 고발과 갈등을 통해 성숙한 사회로의 지향을 외치면서 앞으로의 비전을 제시하고 있다. 여기서 그가 제시한 자연 공간은 단순한 자연 공간에 머물지 않고 사색과 관찰로써 우주의 질서를 파악하며 인간의 본질을 밝히고 있다.

이처럼 선생님의 시세계는 한국은 물론이고 동서양의 종교·철학·정치·문화가 다양하고 심오하게 드러나 있기 때문에 선생님의 시에 담긴 깊은 의미를 제대로 파악하고 감지하려면 다양한 동서양의 사상과 철학의 세계를 탐닉하지 않으면 안 된다.

선생님께서는 남북 양 체제에서 필화를 입은 유일한 시인이기도 하다. 1946년 선생님은 원산문학가동맹의 동인 사화집 『응향』에 「길」·「여명도」 등을 발표하면서 문단 활동을 시작했으나, 1947년 「길」에 나타난 "안개를 생식하는 짐승이 된다"는 구절 등에 대해 북조선문학예술총동맹의 좌익 비평가들로부터 반사회주의적이요 비현실적 환상주의자라는 비판을 받고 월남을 하게 되었다. 또 하나의 필화는 1965년 8월 희곡 「수치」를 드라마센터 무대에 올리려다 공연 보류 조치를 당한 것이다. 등장인물 중 빨치산 군관의 대사 "우리의 영웅이신 김일성 장군께서……" 등이 문제가 되었던 것이다. 북한에서 상투적으로 쓰고 있는 말을 작품에 현실성을 돋보이게 하면서 그러한 공산당을 비판하기 위해 표현한 것인데 탄압을 받은 것이다. 지금 생각해 보면 문학의 본질을 제대로 이해하지 못하는 폭 좁은 위정자들의 소치임을 알 수 있다.

그 밖에도 선생님께서는 자유당 말기 민권투쟁위원회 부의장으로 이승만 독재정권으로부터 국민의 인권을 지키기 위하여 투쟁을 하다가 투옥당하는 등 민권운동에도 힘을 기울였으며, 6·25 전쟁 중에는 국방부 기관지인 〈승리일보〉 편집국장과 종군 문인으로 참가하여 자유민주수호를 위하여 활약하였다. 또한 선생님은 권력과 금력을 가진 사람이건 그렇지 않은 사람이건 사람을 가리지 않고 교류를 한, 폭넓고 호탕한 기개를 가지신 큰 시인이었다. 박정희·전두환 정권 시대에 정계 입문 제휴를 가차없이 뿌리친 것이라든가, 박정희가 정권을 잡은 후에 박 대통령을 각하라고 부르지 않고 '박 첨지'라고 호칭하며 교류한 일이라든가, 화가 이중섭, 시인 공초 오상순, '어린이 헌장'의 기초자인 마해송 선생이나 걸레스님 중광에 이르기까지 폭넓게 사람을 사귀었던 것은 익히 잘 알려진 일화이다.

그런가 하면 선생님께서는 가난하고 어려운 사람들에겐 거액을 서슴지 않고 내놓은 구도자적 시인이었다. 오래전에도 이중섭의 그림을 처분하여 많은 돈을 복지재단에 내놓았는가 하면 작고하기 바로 전해엔 사재 2억 원을 장애인 문학지 〈솟대문학〉 발전기금으로 내놓아 장애인 문학의 기틀을 마련하였다.

이상에서 살펴본 것처럼 구상 선생님은 정의를 위해서는 직언을 서슴지 않고 사회 불의를 고발하면서 부정·불의에 대하여는 대쪽처럼 굽히지 않았던 의인이요, 지성인으로서 어둡고 각박한 이 시대에 광명의 등불을 밝힌 큰 시인이었다. 또한 선생님은 인간의 참모습이 그리운 가난한 사람들의 영혼을 보듬어 주는 구도자적 시인이요, 김수환 추기경이 빈소에 찾아와 고인에 대해 말했듯 "좁은 의미의 가톨릭이 아니라 종파를 넘어서 온 세계를 아우르는 가톨릭 시인"이었다.

　개인의 이기주의에 묻혀 정의가 깨어져 가고 있고 꿈과 시를 잃어버린 이 어두운 시대에 선생님에게 시를 배우고 삶의 지혜를 배운 것은 나로서는 큰 참으로 행운이라고 할 수 있다. 그러면서도 선생님의 문학적 경지나 삶의 경지를 아직도 터득하지 못하고 있는 면에서 나 자신을 들여다보면 부끄럽기 짝이 없다. 그러나 앞으로 선생님의 깊은 뜻을 더욱더 헤아려 시인으로서의 문학적 경지나 후세에게 의를 가르치는 교육자적인 면에서 더욱 분발하여 일취월장하고자 한다. 그런 면에서 오늘도 이 역사에 큰 발자취를 남긴 선생님을 생각하며 지나온 나의 삶을 되돌아본다.

4부

영원한 구도자

오늘도 신비의 샘인 하루를 맞는다.

이 하루는 저 강물의 한 방울이
어느 산골짝 옹달샘에 이어져 있고
아득한 푸른 바다에 이어져 있듯
과거와 미래와 현재가 하나다.

이렇듯 나의 오늘은 영원 속에 이어져
바로 시방 나는 그 영원을 살고 있다.

그래서 나는 죽고 나서부터가 아니라
오늘서부터 영원을 살아야 하고
영원에 합당한 삶을 살아야 한다.

마음이 가난한 삶을 살아야 한다.
마음을 비운 삶을 살아야 한다.

―「오늘」

나의 거울이 되어 준 멋진 아저씨

강대영

성림감정평가사무소 대표 · 감정평가사

저는 어려서부터 집안의 인연으로 구상 선생님을 친삼촌같이 존경하며 살아왔습니다. 구상 선생님은 인품도 인품이지만 어린 제가 뵙기에도 '아~ 아저씨 참 멋지다'라는 생각을 할 정도로 인물이 좋으셨습니다. 거기에다 신문기자요 시인이어서 어린 제겐 그야말로 동경의 대상이었습니다.

구상 선생님과 인연을 맺으셨던 분들은 모두 인자하고 따스하고 편안하다는 감정을 느끼셨으리라 생각합니다. 걸인들에게도 줄 것이 없으실 때에는 정중하게 미안하다는 인사를 하시던 그 모습이 지금도 눈에 선합니다.

1960년대 초 수술차 일본으로 가실 때에는 이제 못 뵙는 게 아닌가 하는 걱정도 많이 했습니다만, 그 후 40년 이상을 건강하게 사셨으니 주님의 은총이라고 생각합니다.

그 시절 구상 선생님의 명함 또한 참 특이하고 멋있었습니다. 직책이며 주소도 없는, 단 '具常' 두 글자. 노래 가사처럼 문패도 번지수도 없는 단출한 그 두 글자. '具常'은 참 멋져 보였습니다. 시대에 앞선 명함인 듯합니다.

제가 홍(鴻 : 구상 선생님의 큰아들)이와 얘기 중에 "홍아, 일전에 무영 (無影) 선생 둘째 따님 성림이를 만났는데 예뻐졌더라"고 한 이 말 한마디로 저는 지금 성림이의 남편이 되었습니다. 그때 선생님과 이모님이 지금은 제 처가가 된 이무영 선생님 댁에 찾아가셔서 장모님께 결혼시키자고 하셨답니다. 늘 감사한 마음으로 삽니다.

제가 집사람(성림)한테 늘 잘한다고 하면 집사람은 "밖에 나오면 남들 앞에서만 저런다"고 얘기하곤 했습니다. 선생님은 이 말을 들으실 때면 항상 웃으시며 "허~ 거참 내가 (대영이) 너한테 그건 좀 배워야 되겠다"고 하셨지요. 유머 넘치는 그 말씀이 지금도 눈에 선합니다.

이런 일도 생각이 나는군요.

어린 시절 어느 날 『초토(焦土)의 시』를 받았을 때(그 시절 종이도 누렇게 바랜 색이었지만) 표지 그림이 제 눈에는 아주 희한하게 느껴졌습니다. 벌거벗은 아이들이 서로 엉켜 있는 그림이었습니다. 하필이면 왜 이런 어린아이의 습작 같은 그림을 표지로 하였을까 의아했습니다. 그것이 당시 어린 저의 눈높이였겠지요. 좀 커서 알고 보니 그것이 그 유명한 이중섭 화백의 그림이었습니다.

오늘 저는 절두산 성당 세 시 미사를 보았습니다. 첼로 소리가 너무 아름다웠습니다. 성(晟 : 구상 선생님의 둘째 아들)이 생각도 나고 이 생각 저 생각 많은 것들이 머릿속을 스쳐갔습니다. 홍이·성이의 자리를 김 서방(의규)이 잘하고 있으니 든든한 맘도 들었고요.

미사가 끝나고 밖에 나와 보니 인천 앞바다에서나 볼 수 있었던 갈매기 떼가 이젠 한강까지 올라와 날갯짓하는 것을 볼 수 있었습니다. 밤 섬은 철새 도래지가 되었고, 땅콩밭이었던 여의도는 빌딩 숲으로 변했습니다. 모든 것이 참 많이도 변했습니다. 저도 이젠 그 늦둥이 동생 자명이와 술친구가 되었답니다. 벌써 구상 선생님이 세상을 영면하신 지 1주기가 되었군요. 선생님은 제가 이 세상을 바르게 살아가는 데 거울이 되어 주셨습니다.

삼가 명복을 빕니다.

보편과 영원을 향하여 - 구상 시의 세계

구중서
문학평론가

저항과 확산

구상 시인은 2004년 5월 11일 85세의 일생을 마치고 작고하였다. 여러 언론 지면이 그의 별세를 가리켜 '구도의 시인'이었다고 보도하였다. 구도, 영원, 본질, 이런 말들을 붙여 그의 시세계를 설명하고자 하였다.

구상의 시에 우선 이러한 수식의 해설을 붙이게 되는 데엔 그럴 만한 이유가 있다. 그는 일생을 가톨릭 신앙인으로서 살아왔다는 위상을 지니고 있다. 종교적 신앙과 문학예술로서의 시는 서로 관계가 있다. 그러나 그 관계가 비교적 성공한 내용으로 되려면 어려운 문제들이 있으며, 그 관계를 진단하는 데에도 진지한 주의가 요청된다.

가톨릭이란 말은 원래 보편과 일반의 뜻을 띠고 있다. 그런 만큼 좁은 의미의 종파적 교조주의로부터 좀 너그럽게 벗어날 수 있다. 그러나 이런 넓은 의미 때문에 또한 감당하기 버거운 짐을 지는 면도 있다.

구상 시인이야말로 비교적 세상의 넓은 범위에 간여하면서, 또 시는 시대로 고수하느라고 고뇌를 많이 한 경우라고 말할 수 있다.

그는 1919년 서울에서 출생하여 네 살 때 부모를 따라 함경남도 덕원이란 곳으로 가서 살게 된다. 그의 부친이 공직에서 은퇴한 연금 생활자였는데 가톨릭의 덕원 베네딕도 수도원 일에 참여하기를 위촉받았다. 그의 형도 그 수도원 신학교에서 공부하고 신부가 된다. 구상은 나머지 하나뿐인 막내아들인데 그마저 신학교에 입학하게 된다.

수도원은 언덕 위의 아름다운 자연 속에 있었다. 고원 지대 마식령에서 흘러오는 적전강이 수도원 아래 들판을 지나고 원산의 동해 송도원 해수욕장으로 흘러들어가는 광경을 구상은 늘 바라보았다.

강이 바다로 흘러들어가는 것을 보면서 구상은 마음이 후련해지고 해방감을 맛보았다. 구상은 먼 뒷날까지 강에 대한 관심을 지닌다. 강은 꼭 적전강처럼 아름답기만 한 것도 아니다.

하수구를 빠져나온
탐욕의 분뇨들이
거품을 물고 둥둥 뜬 물 위에
기름처럼 번득이는 음란!

우리의 강이 푸른 바다로
흘러들 그 날은 언제일까?

연민의 꽃 한 송이
수련으로 떠 있다

― 「강·8」

그래도 강이 바다로 흘러들어가는 것은 해결이고 승화이다. 신학교를 자퇴한 구상은 가정과 주위로부터 문제아 취급을 당하게 된다. 그것은 고통이었다. 고통은 그리스도인에게 생소한 것이 아니다. 십자가에 못박힌 그리스도가 가슴에 창을 받은 고통도 있지 않은가. 구상은 외로이 배회하다 밀항으로 일본에 건너가 조선인 날품팔이 노동자들 속에 섞이기도 한다.

그 속에서도 다시 학업을 지망해 한 대학에서 문과에 합격했지만 그는 다시 다른 대학의 종교과로 입학한다. 그 공부 속에서는 특히 불교학에 심취하였다. 교수가 말하기를 불교에서 꼽는 열 가지 죄 중에 '기어(綺語)'의 죄가 있다고 하였다. 겉만 비단처럼 번지르르하고 속은 다른 거짓의 말이 큰 죄라는 것이었다. 시란 무엇인가. 말〔言〕과 절〔寺〕이 합쳐서 된 뜻인데 시로써 거짓을 표현하면 안 되겠구나. 이 학생 시절의 생각을 구상은 일생 동안 지키며 이른바 진술형의 시를 썼다. 감수성과 상징으로 화려하게 들날리는 시를 쓰는데 그것이 전하는 진실된 뜻이 없다면 이것이 '기어'의 죄가 아닌가.

귀국 후 구상은 원산에서 해방을 맞았다. 벗들과 『응향』이란 제목으로 동인 시집을 간행하였다. 표지는 친구인 화가 이중섭이 그렸다.

동이 트는 하늘에
까마귀 날아

말굽 소리
말굽 소리

창칼 부닥치어
살기를 띠고
백성들의 아우성

또한 처연한데

— 「여명도 · 1」 부분

『응향』에 실린 구상의 시는 이러하였다. 해방 후 소련군과 미군의 진주, 북과 남의 대립이 빚는 살벌한 현실의 표현이다. 비록 십자가에 달리더라도 거짓을 시로 쓸 수는 없다는 심경으로 풀이할 수 있다. 여기에 북쪽 당국의 응징이 들이닥쳐 구상은 사선을 넘으며 남으로 왔다. 그리고 6 · 25 전쟁이 일어났다.

남한 작가단의 임원이 되어 종군하다가 구상은 인민군 전사자의 무덤을 만들어 준다.

살아서는 너희가 나와
미움으로 맺혔건만
이제는 오히려 너희의
풀지 못한 원한이
나의 바람 속에 깃들여 있도다

— 「적군 묘지 앞에서」 부분

인민군 전사자의 시체를 양지 바른 언덕에 고이 묻고 떼마저 입혀 준 후 시인은 목을 놓아 울어 버린다.

이러한 구상 시인은 자유당 정권 말엽인 1959년에 민권수호국민총연맹에 가담해 반독재 연설에 나섰고, 사회평론집 『민주고발』을 간행하였다. 그 결과로 그는 6개월간 감옥에 갇히기도 하였다.

그의 갈등과 저항은 계속된다. 1967년 11월에 구상 시인은 베트남 전쟁의 현장에 가보고 왔다. 그때는 베트남 정부군의 전세가 유리한 편이었고 파월 한국군의 전세도 승승장구하고 있는 상황이었다. 그러나 그가 쓴 시 「월남 기행」에는 이러한 대목이 있다. "오직 느낀 것이 있다면/나란 인간이/아니 인류가/아직도 깜깜하다는 것뿐이다." 그 전장에서 시인은 도덕적 가책만을 느낀 것이다.

거짓을 말하지 못하는 시인의 저항과 보편적 세계의 진실을 향하는 의식의 확산은 절망 같은 데에 이르기도 한다. "내 영혼은 본시부터/눈멀어 태어났는가/ 오오, 무명과 허무의 조우"(「밭일기 · 29」). 그러나 시인이, 특히 신앙인이 저항과 절망에서 끝날 수는 없는 것이다. 비록 오염된 강물이라도 바다에 들어가는 단계의 해결과 승화, 부활이 있어야 할 것이다.

긍정과 구원

강이 만나는 바다처럼 넓은 범위의 사람들과 섞이는 구상 시인이었으나 자기대로 지키는 원칙이 있었다. 그것은 십자가의 고행처럼 자기 자신을 절제하기에 엄혹해야 한다는 것이었다. 어떤 인연으로 권력이나 재물에 접할 기회가 있어도 그는 끝내 그것을 피하였다. 그는 다만 시와 더불어 있으려 하였다. 그러다가 1960년대 초에 그는 가톨릭 철학자 가브리엘 마르셀의 사상과 의기투합하게 된다.

당신은 역사에 대한 거듭된 절망으로
허무의 수렁에 빠져 있는 나에게
삶의 새로운 긍정의 문을 열어 주었습니다.

당신은 육신과 분리되어 있는 나의 영혼을

도로 함께 살게 해주었습니다.
당신은 나에게 인간은 홀로서이지만
또한 더불어서임을 가르쳐 주었습니다.

당신은 나에게 유한성에 대한 자각이
겸손에 이어져야 함을 깨우쳐 주었습니다.
당신은 나에게 신비가 공허가 아니고
충만임을 깨닫게 하였습니다.

당신은 나에게 한 치를 줄여서 사는 것이
한 치를 초월해서 사는 것임을 보여 주었습니다.

당신에게 나는 내세를 오늘부터 살아야 함을 배웠습니다.

　　　　　　　　　— 「모과 옹두리에도 사연이 · 63」 부분

　이 시에서 "당신"은 누구인가. 바로 유신론적 실존주의자로 불리기도 하는 철학자 가브리엘 마르셀이다. 자전적 연작시 「모과 옹두리에도 사연이 · 63」에서 구상 시인은 자신이 가브리엘 마르셀과 만나는 계기에 대해 주석을 붙여 가며 구체적으로 밝혀 놓았다. 1961년 세상사 번잡을 피해 도망치듯 일본으로 간 구상 시인은 동경의 서점 거리인 간다의 한 책방에서 가브리엘 마르셀에 관한 책을 발견해 사가지고 숙소에 가서 그 밤을 새우며 다 읽었다는 것이다. 그리고 이 책을 "은혜의 책"이라 하고 마르셀과의 '만남'을 "비의(秘義)"라고 하며 감탄 부호(!)마저 찍어 놓았다.

구상 시인의 특징은 지나치리만큼 자신에 대해 솔직한 것이다. 주의자(主義者)라는 별명의 문제아 시절 날품팔이 노동의 이력과, 6 · 25 전쟁기의 연작 「초토의 시」 안에서 시인이 사창가에 하숙을 정하다시피 하는 장면들, 이렇게 그는 비밀의 고해성사를 굳이 공개하는 모양으로, 벌거벗겨 십자가에라도 달리는 자세로 실토하는 내용을 시로 쓴다. 그리고 그 어두운 방과 골목에도 막달라 마리아, 아기 예수의 석고상, 비에 젖은 마리아 상이 있다.

중년의 나이를 넘어설 무렵 일본의 한 헌책방에서 우연히 눈에 띈 한 권의 책인들 그것이 또 무슨 그렇게 심각한 문제인가. 그러나 구상 시인이 그것을 "은혜"라고 하고 "비의"라고 하며 주석까지 붙여 그 계기에 감탄하면 과연 감탄할 말한 일이 된다.

그 뒤로 발표되는 구상의 시 「나는 혼자서 알아낸다」, 「말씀의 실상」, 「오늘」 등은 모두 이 "비의"에 연관이 된다.

오늘도 신비의 샘인 하루를 맞는다.

이 하루는 저 강물의 한 방울이
어느 산골짝 옹달샘에 이어져 있고
아득한 푸른 바다에 이어져 있듯
과거와 미래와 현재가 하나다.

이렇듯 나의 오늘은 영원 속에 이어져
바로 시방 나는 그 영원을 살고 있다.

—「오늘」 부분

이 시 「오늘」과 「모과 옹두리에도 사연이 · 63」의 비의는 하나로 통하고 있지 않은가. 이 만유 일체에 대한 인식이 그의 시인데, 이 인식의 방법에 대해 그는 말한다. "상상도 아니요, 상징도 아닌 / 실상으로 깨닫습니다"(「말씀의 실상」 끝 연). 그러나 그의 시에 과연 상상과 상징이 없는가. 가령 강물이 산골짝 옹달샘과 푸른 바다에 이어져 있는 것을 영원 속의 시간 '오늘'에 견준 것은 상상과 상징이 아니고 무엇인가. 그의 시가 진술형 방법을 쓴다는 것은 시의 중심이며 감수성 쪽에 치우쳐 있지 않다는 뜻으로 이해되어야 할 것이다.

그리하여 얼핏 보기에 평이한 설명체 같은 구상의 시는 한 작품을 다 읽고 나서 종합적으로 느끼게 되는 뜻이 있고 감동이 있다. 감수성과 인식력의 두 방법 중 어느 하나가 전적으로 옳다거나 우수하다고 단정할 필요는 없다. 그것은 그 시인과 그의 시의 개성에 해당하는 것이다.

그의 시를 읽는 독자의 범위에 대해 구상 시인 자신이 밝힌 말이 있다. 어느 해에 그는 문예지에 시를 8편 발표한 것에 비해 일반 사회의 지면에는 20편을 발표하였다. 모두 청탁을 받고 쓴 시들이다. 그렇다면 사회적 소통이나 감응의 면에서 구상의 시가 지니는 힘이 그만큼 컸다는 뜻이 될 수 있다. 시가 인간의 삶에 어떤 메시지라는 가치를 부여하는 현상에 연관하여 구상의 시는 길이 기억되고 음미될 만한 정신 자산이다.

나의 정신적 지주였던 아저씨 구상

—

구현서

역사문화포럼 부회장

나와 구상 아저씨와의 만남은 공초 오상순 선생으로부터 시작된다. 당시 나는 조계사에서 불교신문을 편집하고 계시던 선학자 이희익 선생 아래서 신문 만드는 일을 돕고 있었는데, 1963년 초 어느 날 공초 오상순 선생께서 조계사의 방 하나를 얻어 신병을 돌보시게 된 것이 계기가 되어 공초 선생의 방을 자주 드나들게 되었고 거기 찾아오는 많은 제자들과도 자연스레 만나면서 나도 모르게 공초 선생의 제자가 된 데서 비롯한다. 신문이라야 한 달에 한 번 내는 타블로이드판 4면 분량의 불교계 소식을 중심으로 쓰는 것이어서 할 일도 그리 많지 않았던 터라 나는 대부분의 시간을 공초 선생과 함께 보냈다.

선생의 병세가 나빠지기 시작하자 제자들은 그를 을지로 6가에 있는 국립의료원에 입원하시도록 했는데, 나와 오재근이라는 젊은 문학도가 선생과 함께 병원에서 지내면서 간병을 맡게 되었다. 선생의 병세가 더욱 나빠지면서 서대문에 있는 적십자병원으로 병실을 옮겼는데 오재근과 나도 함께 따라가 번갈아 가며 병실을 지켰다. 적십자병원의 특실은 커서 세 사람이 기거하기에 충분했고 병원측에서도 많은 편의를 제공했다.

이때 선생을 문병하기 위해 자주 찾아오던 분 중의 한 분이 구상 아저씨였다. 아저씨는 몇몇 제자들과 함께 공초 선생 생전에 시집을 만들어 드리자는 데 의견을 모았다. 선생은 그때까지 시집을 낸 일이 없었고 내 드리겠다는 제의도 모두 거절해 왔다고 한다. 하지만 이제는 사정이 다르므로 꼭 만들어 드려야 한다는 것이었다. 나는 구상 아저씨와 선생을 아버지같이 모시면서 거의 매일같이 병원을 찾아오셨던 김인숙 여사의 도움으로 을지로 입구에 있던 국립도서관을 드나들며 선생의 작품이 수록되어 있는 신문·잡지를 찾아 노트에 옮겨 오는 일을 맡게 되었다. 그러나 시집은 결국 선생이 돌아가신 뒤에 나올 수밖에 없었다.

선생의 병세 악화로 1963년 6월 3일 새벽, 병실을 함께 지키고 있던 오재근과 나는 마침내 선생의 운명을 맞게 되었다. 나는 선생의 눈을 감겨 드렸다. 그리고 아저씨를 비롯한 몇몇 분에게 부음을 알렸다. 선생의 장례식은 참으로 성대하게 치러졌는데, 그 중심에는 구상 아저씨가 있었다. 아저씨가 선생의 장례에 기울이는 정성은 모든 사람들을 감탄케 했다. 어느 자손이 저렇게 할 수 있을까 싶었다.

묘지 조성만 해도 그랬다. 그때는 박정희 전 대통령이 국가재건최고회의 의장으로 있을 때였는데 아저씨는 평소에 가깝게 지내던 박 의장에게 직접 부탁을 해서 선생의 묘소를 삼양동 뒷산으로 정하고 진입로 공사도 서울시에서 맡아 하도록 했다. 아마 전무후무한 일일 것이다.

이후 나는 구상 아저씨와 자주 만나게 되었다. 당시 아저씨가 거주하던 집은 장충체육관 뒤쪽 언덕 아래편이었는데 나는 수시로 드나들면서 잔일을 거들었다. 그러다 보니 아저씨 댁에 드나드는 문인들과도 자주 만나게 되었고 가까운 친구 분들과도 친분을 쌓게 되었다. 그렇게 만난 분들 중의 한 명이 동덕여고 국어 선생으로 계셨던 시인 구경서 형님, 소설 쓰는 구혜영 누님, 문학평론가 구중서 아우님, 당시 명성여고 국어 교사였던 구자운 시인 등 능성 구씨 성을 가진 문인들이었다. 아저씨는 이것도 좋은 인연이라면서 이따금 우리들을 이름 있는 음식점으로 불러 술을 함께 하셨고 노래도 번갈아 부르게 하시면서 즐거워 하셨다. 나는 항상 모임의 메신저 역할을 했는데 자운 씨가 일찍 작고 하는 바람에 그와의 교류는 그리 오래가지 못했다.

그런데 경서(慶書) 형님과 나는 한문 글자 하나 틀리지 않는 동명이인이어서 동생뻘인 내가 이름을 고치기로 하고 아저씨와 상의 끝에 현서로 쓰기 시작한 것이 아직까지 내 이름을 두 개로 쓰게 된 연유이다. 내가 능성구씨대종회에 발을 들여놓게 된 것도 실은 아저씨와의 인연 때문이다. 1977년 능성구씨대종회에서 종보를 창간했는데 나오자마자 필화 사건이 발생했다. 종보 논설 중에 전남 광주에 살던 한 종인에 대한 표현이 명예훼손으로 피소가 되었던 것이다. 이 일로 편집 책임을 맡았던 분이 종보에서 손을 떼기로 하고 아저씨에게 종보 일을 맡을 사람을 구해 달라고 했다면서 아무래도 네가 경험이 있으니 좀 도와야겠다는 말씀을 하셨다. 나는 아저씨와 대종회 회장단과 만나 저녁을 함께하고 그 일을 맡기로 했다. 그것이 어느덧 30여 년이 지났다.

아저씨와의 만남에서 빼놓을 수 없는 일 하나가 자유교육협회 때의 일이다. 김모씨가 설립한 일종의 교양서적 출판사였는데 교양문고를 발행하면서 고전읽기운동을 함께 벌여 꽤 큰돈을 벌게 되자 신촌역 근처에 빌딩까지 세웠지만 경영악화로 부도 위기에 처하면서 구상 아저씨에게 협회 운영을 맡아 달라는 제의를 했다. 고전읽기에 관심이 많으셨던 아저씨는 그때 우리 국민들에게 고전을 많이 읽게 한다는 취지에서 그 제의를 수락하고 새로운 경영진을 짜고 의욕적인 플랜도 마련했다. 나도 다니던 직장에 사표를 내고 말석에 가담하게 되었다. 내가 맡은 일은 을지로 3가에 따로 차린 한결문화사라는 사진식자업체였다. 지금은 잘 모르는 사람들도 많지만 일종의 인쇄 사업으로 이전에 납으로 만든 글자를 하나하나 모아서 인쇄판을 짜는 것과 달리 자판의 글자를 한 자 한 자 사진으로 찍어서 인화지에 현상한 것을 편집 대본으로 쓰게 만든 것인데 당시로서는 오프셋 인쇄에서 크게 발전된 기술이었다.

일은 많았지만 경영 상태가 매우 좋지 않았다. 대부분의 인쇄업이 그랬지만 외상 일이 대부분이었고 그것도 원청은 별로 없고 하청 일이 대부분이어서 마진이 약했다. 게다가 먼저 하던 사람들의 방해가 적지 않아 수금도 잘 되지 않았다. 그것은 본사인 협회 쪽도 마찬가지였다. 전에 하던 분들이 수시로 찾아와 경영권을 다시 내놓으라는 협박도 자주 했다. 나는 밤늦게까지 일에 매달리는 등 많은 노력을 기울였지만 일을 시작한 지 몇 개월도 되지 않아 자유교육협회는 청산 절차를 밟기 시작했다. 아저씨나 나나 실패작이었다. 그리고 나는 실업자가 되고 말았다.

그해가 가고 다음해 정초 나는 매해 아저씨에게 세배 가던 일을 걸렀다. 아저씨에 대한 섭섭한 마음도 있었다. 다른 사람들 일은 그렇게 잘 도와주시면서 내게는 너무 무관심하다는 생각 때문이었다. 갈까 말까 망설이다가 결국 가지 말자는 쪽으로 기운 것이다. 아저씨를 만난 이후 한 번도 빠지지 않던 세배였다. 다음날 아침 집으로 전화가 걸려왔다. 아저씨에게서였다. "어제 무슨 일이 있었니? 아무 연락도 없이 오지 않아서⋯⋯." 그 말씀뿐이었다. 마음 한구석으로 조금 찜찜하던 차였다. 그날 저녁 나는 아저씨 댁을 찾아가 세배를 올렸다. 아저씨는 스스로 일어나기를 기다리셨던 것이다.

항상 양력으로 세배를 드렸는데 여의도로 댁을 옮긴 다음부터 나와 몇몇은 다른 손님들이 다 다녀간 뒤 저녁나절에 가는 것을 불문율로 정했다. 중서 아우와 나는 몇 시쯤 갈 것인지 미리 약속을 하는 경우가 많았다. 아저씨는 밤늦게까지 우리에게 즐거운 만찬을 베푸셨다. 처음에는 구중서 아우님, 이무영 선생의 사위 강대영 사장, 구혜영 누님, 남정도 사장, 그리고 내가 단골손님이었다. 술상을 벌여 놓고 여흥을 즐기다 말고 불쑥 문학 얘기가 나오면 아저씨와 중서 아우와의 불꽃 튀기는 토론이 때로는 거의 논쟁 수준으로 비약하는 일도 자주 있었다. 그렇게 시간을 보내다 보면 새벽 한 시 두 시가 되곤 했다.

아저씨의 몸이 불편해지시면서 같이 앉아 계시는 시간이 줄어들고 나중에는 세배만 받고 방으로 들어가시고 우리끼리 앉아서 늦게까지 있다가 돌아오는 일이 많아졌다. 지금은 아깝게 유명을 달리한 둘째아들 성아 아우님 그리고 딸 자명과 사위 김의규 화백이 끝까지 자리를 함께했고 그것도 모자라 여의도 상가 호프집에서 입가심을 하고 새벽에야 귀가했던 일들이 생각난다. 우리의 가족과 같은 소중한 만남은 앞으로도 계속될 것이다.

아저씨의 신앙 생활은 회사에서나 댁에서나 정기적인 피정 시간을 가질 정도로 독실했다. 그러면서도 다른 사람들에게 신앙을 말로써 권유하지 않았다. 그냥 신앙을 가지도록 만든다고나 할까. 나는 1968년에 정의채 신부에게서 교리 강좌를 받고 명동성당에서 아저씨를 대부로 영세를 받았다. 그때 홍윤숙 시인도 따님과 함께 영세를 받았다. 나는 그때 아저씨에게 영세 기념으로 벽걸이 성모상을 받았다. 지금도 나는 그 성모상을 아저씨가 해외에 다녀오실 때마다 주신 다른 선물들과 함께 잘 간직하고 있다.

내게 아저씨는 항상 큰 그늘이었고 정신적인 지주였다. 그리고 앞으로도 그 그늘은 계속 남아 있을 것이다.

구상 시인의 모자

—

구활
소설가

구상 시인에게는 항상 가을 냄새가 난다. 가을에 처음 뵈었기 때문이리라. 시인에게서 가을 외에는 다른 어느 계절의 이미지도 느낄 수가 없다. 가을 남자. 그래, 뭔가 조금은 쓸쓸하고 만남보다는 떠남이 좀더 어울리는 그런 남자가 구상 시인이다.

시인을 처음 뵌 것은 30여 년 전인 1970년대 초, 플라타너스의 잎들이 돌가루 포대 색깔을 하고 도로를 질주하는, 가을 바람이 세차게 부는 날이었다. 시인은 옅은 갈색 코트에 걸맞은 중절모를 쓰고 이 세상 모든 것을 너그럽게 포용하고 그리고 용서할 수 없는 자들에게도 자비를 베풀 것처럼 약간은 어눌한 말투를 앞세우고 그렇게 내 앞에 나타나셨다.

"활(活)이라 그랬지."

"예."

"그래 사회부 기자라며."

"예."

시인은 내가 근무하던 신문사의 편집부국장이자 집안 조카인 고 구구서 선생 댁에 다니러 오셨고, 나는 "인사드려야 할 분이 오늘 서울에서 내려오시니까 잠시 집으로 오라"는 연락을 받고 구상 시인을 기다리고 있던 참이었다. 시인은 영남일보 주필을 지내신 언론계 대선배이자 항렬로는 할아버지뻘이어서 그저 묻는 말씀에 "예, 예" 대답이나 할 뿐 감히 치어다볼 엄두도 내지 못했다.

시인은 자신을 뽐내지도 드러내지도 않았다. 낮은음자리로 조용조용 얘기했지만 '구상'이란 그 이름이 갖고 있는 위엄이 목청 돋우지 않아도 모든 걸 압도하는 듯했다. 오후 열차편으로 서울로 올라가시면서 여의도 시범아파트 몇 동 몇 호란 주소를 쪽지에 적어 주시며 "혹시 서울에 오면 들르라"고 말씀하셨다.

플랫폼에서 시인을 배웅하며 '나도 시인의 나이가 되면 저런 모자를 써야지' 하고 속으로 다짐을 했다. 그러나 겉멋은 흉내낼 수 있어도 시인 특유의 고매한 인품은 도저히 따를 수 없을 것 같아 고개를 모로 흔들었다.

그 일이 있고 난 후부터 나는 시인의 연락책 겸 비서 비슷하게 되어 버렸다. 대구로 내려오실 땐 고 이윤수 시인, 최정석 수필가(전 효성여대 교수), 깡패 시인 고 박용주 선생 등에게 연락하여 모임이 끝날 때까지 자리를 지키는 일이 나의 소임이었다.

시인의 대구 나들이에는 나 외에 박세환, 고 이무웅 등 두 사람의 양아들이 항상 함께 했다. 그러니까 촌수로 따지면 두 아들보다 내가 한 촌수 아래였다. 그렇지만 주회가 열릴 땐 아들들은 밖에서 시중을 들었지만 손자인 나는 말석에서나마 어른들과 함께 술을 마시는 영광을 누렸다.

하루는 주먹 세계에서 '항구'라는 별명으로 더 많이 알려진 무웅이가 "아들인 우리는 심부름이나 하고 손자인 활이는 아버지 옆에서 술이나 마시고 이래도 되겠습니까"라며 어리광 섞인 투정을 늘어놓았다. 그러자 시인은 "할애비는 아들 자식보다 손자가 더 귀한 법이야" 하고 입을 틀어막더니 "너희들은 기자가 아니잖아. 신문기자는 누구하고도 대작할 수 있지"라고 말씀하셨다.

시인은 '홍'과 '성'이란 두 아들과 '자명'이란 딸 하나를 슬하에 두셨다. 홍이는 주로 서울에 살았기 때문에 연전에 타계할 때까지 서너 번 만난 게 고작이었고, 따님인 자명이는 하와이에서 공부를 했기 때문에 만날 기회가 별로 없었다. 둘째 아들 성이는 항렬로 따지면 나보다 높았지만 그런 것 모두 무시하고 우리 집엘 자주 들락거렸다. 성이는 아버지인 '구상 시인'보다 한 수 더 앞지르는 걸물이었고, 그는 가진 것 없는 부자였으며, 한마디로 바람 불지 않는 날 언덕에 올라 바람을 불러오는 '바람 바람 바람'이었다.

성이는 부전자전이 아니랄까 봐 시인처럼 폐가 나빴다. 그래도 그는 타는 목마름처럼 끓어오르는 뜨거운 피의 기운을 참지 못했다. 약을 먹고 건강이 겨우 회복되는 기미가 보이면 술을 마셨고, 다시 나빠지면 약을 먹고, 이렇게 반복하다 보니 약에 내성이 생겨 나중에는 아무 약도 듣지 않았다. 이를 보다못한 중광 스님은 당신이 그린 선화 54점을 항구에게 건네주면서 "이걸 팔아서 성이를 요양소에 보낼 경비로 사용하라"고 일렀다.

성이는 '걸레스님 중광전'의 수입을 치료비로 챙겨 인천에 있는 결핵요양소에 입원하기로 결정한 후 잠시 대구로 내려왔다. "이거 우리집에 있는 책갈피에서 찾은 건데 이중섭 화백이 공초 오상순 시인을 그린 스케칩니다. 나는 요양소로 들어가면 살아 나올지 죽어 나올지 모르는데 마지막 선물로 받으세요." 성이는 어느 신문 소설의 삽화로 사용한 흔적이 뚜렷한 어린아이 손바닥 크기의 펜화 한 점을 내 손에 쥐어주고 서울로 떠났다. 그러고는 살아서 만나지 못했으니 그게 성이와는 이승의 마지막이었다.

시인은 아내와 아들 둘을 먼저 가슴에 묻었다. 여의도 시범아파트, 고요와 적막이 바다를 이루는 곳에 살면서도 한 번도 외롭고 쓸쓸한 표정을 짓지 않으셨다. 뵈올 때마다 온화한 미소, 그리고 떨리는 손으로 한 음계 낮춰 말씀하시는 품이 곧 가을 속으로 떠날 사람 같아 보였다.

시인은 맏아들 홍이가 하늘나라로 떠난 뒤에도 여러 번 대구 나들이를 하셨다. 중광 스님의 '매드 몽크전'이 동아쇼핑에 열렸을 때도 김종규 선생(박물관협회장)과 함께 하객으로 오셨다. 그리고 여류 서양화가 김종복 화백의 대형 전시회가 서울신문 화랑에서 열렸을 때도 지팡이를 짚고 나오셔서 축사를 해주셨다.

시인은 자신의 몸이 불편하실 터인데도 대구서 올라온 손자 녀석의 밥 걱정과 아울러 누구와 술을 마실 것인지 그런 것까지 걱정해 주셨다. 마침 시인 옆에 있던 서울의 양아들 남정도 형(한경화학 사장)이 "아버지, 활이가 갈 집을 미리 예약해 두었습니다"라고 말씀드리자 그냥 고개를 끄덕이셨다. 시인은 자신이 앞장서 걸을 수 없는 건강을 탓하며 아마 가슴을 쳤으리라.

시인은 투병 중에 그동안 아껴 두었던 2억 원을 장애인들을 위해 쾌척했으며, 이중섭 화백이 시인에게 그려 준 '구상 가족'이란 유화를 판 돈 1억 원도 아무도 모르게 이웃을 위해 몽땅 기부했다. 그러면서도 죽는 날까지 자신에게는 엄격할 정도로 검소한 삶을 살았으며 만년에는 이런 시를 썼다.

흐려진 내 눈으로 보아도 내 마음은
아직도 명리에 연연할 뿐만 아니라
음란의 불씨도 어느 구석에 남아 있고

늙음과 병약과 무사를 핑계로 삼아
태만과 안일과 허위에 차 있다

— 「근황」 중에서

시인은 2004년 5월 11일 몸은 여의도성모병원 중환자실에 뉘여 둔 채 영혼은 아내와 아들 둘이 살고 있는 아름다운 나라로 올라가셨다. 영결 식장에는 시인의 정을 그리워하는 문인 묵객들이 전국에서 몰려들어 인산인해를 이뤘다. 그 후 49재 추모 미사가 열린 여의도성당에도 진심 으로 시인을 사랑하는 수많은 사람들이 모여 이승에서의 아름다웠던 삶이 천국에서도 그렇게 이어지기를 간절히 기도했다.

나는 그날 추모 미사를 드리는 동안 성모 마리아 상 옆으로 피어오르 는 시인의 봄 아지랑이 같은 미소와 낮게 흔들리는 말씀. 그 말씀밖에 는 아무 것도 보이지도 그리고 들리지도 않았다. 나도 가을 속으로 떠 나고 싶었다.

그러고 몇 달 뒤 혼절에서 깨어난 듯한 시인의 따님 자명이에게서 소 식이 한 장 왔다.

"아버님 영정 사진 몇 장을 좀 크게 뽑았습니다. 가족 개념에 드는 분들에게 나눠 드리려고요. 그리고 모자를 좋아하시는 것 같아 아버님 생전에 즐겨 쓰시던 모자 하나를 유품 중에서 골라 챙겨 두었습니다. 대구에 갈 때 갖고 가겠습니다. 자명 올림."

시인은 떠나고 모자만 내 곁으로 왔다. 그것은 마치 히말라야 등반 중에 설산에 묻혀 돌아오지 못하는 산악인의 유품 한 점을 받아든 그런 기분이다.

지사적 풍모의 구상 선생님

―

김병권
사업가·캐나다 거주

세상에 제일 무서운 게 세월이라더니 선생님께서 돌아가신 지 어언 1년
이 되어 갑니다. 새봄이 되어 여의도 강가에는 새순이 파릇하게 돋아나
고 있고 선생님의 시비는 온유하게 강을 굽어보고 있습니다. 선생님께
서 그렇게도 좋아하셨던 한강과 여의도 나룻가를 지나칠 때면 왠지 가
슴이 뭉클해집니다.

  1970년대 초 여의도 시범아파트로 이사오셔서 정붙이고 그곳에서만
35년여를 사신 것도 강을 좋아하셨기 때문일 겁니다. 왜관의 옛집에 있
던 관수재도 낙동강가에 있었지요. 강은 선생님의 인생에 있어 많은 것
을 느끼게 해주었던 것 같습니다. 유유히 흐르면서도 그 안에 모든 것
을 포용하고 흐르는 그 강물을 보시면서 많은 사색을 하셨을 것이고,
그 결과 강과 관련된 연작시가 탄생했을 것입니다.

  선생님 성품도 어쩌면 큰 강 같았습니다. 온후하면서도 때로는 범접
하기 어려운 카리스마가 있으셨고 자유민주주의 국가에 대한 사상적
이상이 충만하셨던 분이었습니다. 한국동란 때는 종군기자단 부단장으
로 전선을 누비셨고 고삐 풀린 세상이나 권력자에게는 글로써 경종을
울리시며 국가의 장래를 늘 걱정하시면서도 낙관적이셨습니다.

제가 처음 구상 선생님을 뵙게 된 것은 선생님의 장남인 구홍이가 고교 시절 같은 반을 하게 된 한참 후였습니다. 약수동 집에 가끔 놀러가면 말없이 책만 보시던 모습과 어느 겨울에 우연히 검은색 낙타 기지 외투를 입고 명동성당 앞 언덕을 올라가시던 모습을 본 적이 있는데, 그 모습이 지사적 풍모를 연상시켜서 매우 인상적이었습니다.

처음 홍이와 같이 다닐 때는 홍이 아버님이 뭘 하시는 분인 줄 몰랐습니다. 나중에야 시인이시라는 걸 알게 되었지요. 그걸 알고부터는 더욱 인간적으로 끌리게 되었습니다. 시인이셔서 그런지는 몰라도 세속에 물들지 않으려 애쓰셨던 것으로 기억이 납니다. 특히 어려운 주변 사람들을 두루 보살펴 주시는 모습이 매우 인상적이었습니다.

이러한 인연으로 한때 고전 번역을 통해 학생들에게 역사관을 심어주는 사업을 하던 자유교육협회에서 잠시 일을 도와 드린 적이 있었는데, 그때도 매일 명상을 통해 정신을 가다듬으시는 걸 볼 수가 있었습니다.

지금도 정초에 세배를 드리면 시집 한 권씩을 주시면서 떨리는 글씨로 사인을 해주시던 자상한 모습과 시에 대한 얘기를 하실 때는 실존주의에 입각해 써야 좋은 글이 나온다고 하시던 모습, 폭넓은 인간 관계, 대부 같으시던 카리스마, 종교적 수도자의 모습이 뇌리에서 떠나지 않습니다. 그런가 하면 아버지로서 자녀들에게 비교적 자유스런 입장을 보이셨고 말년에 병상에서 오랫동안 고통스러우셨을 텐데도 찾아온 사람들에게 말씀을 못하시니 고마움을 합장으로 대신하시며 고마워하시던 안타까운 모습이 가슴을 아리게 합니다.

부디 생애에 못다하신 것을 귀의하신 세상에서 모두 이루시고 누리시기를 빌어 봅니다.

구상 이름 빌려 쓰기

백진앙
한벗장애인이동봉사대 이사장

한번은 구상 선생님이 이런 말을 하며 웃으시는 것을 보았다.

"하도 여러 군데 이름을 빌려 주어 나 자신도 지금 어느 단체의 '고문'으로 올라 있는지 몰라. 어떤 사람은 말 한마디 없이 내 이름을 멋대로 가져다 쓰기도 하지."

이쯤 되면 소위 유명세를 치르는 정도를 넘어선다. 우리 단체도 20년 넘게 선생님의 이름을 빌려 썼다. 작고하는 바람에 더 이상 쓰지 못할 뿐이다. 헌데 정작 선생님 자신은 우리 단체의 '고문'이라는 사실을 알고나 계셨는지 모르겠다.

이름을 빌리는 입장에선 편리하기 그지없다. 슬쩍 한번 허락받으면 작고할 때까지 쓸 수 있고, 온갖 문서나 안내서에 수없이 써먹어도 무슨 저작권료를 지불할 필요가 없다. 또 제대로 쓰고 있는지 감사 같은 것을 받을 염려도 없지 않은가!

선생님은 평생에 걸쳐 이름 빌리러 오는 사람들 때문에 수없이 고초를 겪었을 것이다. 사돈의 팔촌 정도가 아니라, 몇 다리를 거쳐 빌리러 온 사람이 오죽 많았을까! 그 인맥에……

"선생님, 그저 이름만 빌려 주십시오. 결코 누를 끼치는 일은 없을 것입니다."

처음에는 누구나 이렇게 조아리며 간청했을 것이다. 선생님은 '청'이를 안은 심 봉사의 젖 구걸에 응하는 측은지심으로, 아니면 어거지로 떼쓰는 얼굴에 면박 주기가 뭣해 마지못해 끄떡이고 말았겠지만, 분명 저들이 단순히 이름만 빌리지 않음을 아셨을 것이다. 이 기찬 세상에 그 이름을 내세워 별 요상한 이야기를 다 꾸미고, 때론 사타구니에 끼고 돌기까지 할 것임을. 이런 속내를 훤히 알면서도 끝내 허락하지 않을 수 없었을 곤혹스러움. 선생님이 말할 때 더듬거리는 습관은 아마 이런 지경을 수없이 겪은 때문일 것이다. 나도 곧잘 '고문 구상' 선생님이 우리 단체를 극진히 아끼는 양 너스레를 떨곤 했다. 누구는 안 그랬을까?

선생님은 이름을 빌려 준 후에는 마치 당신 이름이 아닌 양 나 몰라라 한다고 했다. 허나 이도 분통을 삭이는 나름의 독백에 불과한 말씀이다. 대부분의 단체라는 것이 애초에는 본디대로 잘하다가 세월이 가고 제법 성장이라도 할라치면, 엉뚱한 짓거리나 이권 쟁투로 차라리 없느니만 못하게 되어 당신 이름마저 짓밟힐 줄 왜 몰랐겠는가? 아마 백에 아흔은 분명 당신 얼굴 깎이는 노릇임을 뻔히 알았을 터이니 그 속에 진물이 났을 것이다. 누구나 이름 빌려 달라고 조아릴 때는 혹여 선생님의 명성을 이용해 직·간접으로 도움받을 수 있지 않을까 은근히 기대하게 마련이다. 물론 나도 그랬다.

우리 단체는 선생님의 수양아들인 남정도 사장을 시작으로 나중에 큰아들인 구홍 선생이 회원 활동을 하게 된 연줄로 고문으로 모시게 되었다. 줄로 치자면 잘 얽힌 셈이다. 그러니 선생님의 도움을 기대할 만도 하지 않겠는가! 허나 선생님은 도무지 우리 단체의 이름이나 아는

지, 20여 년간 그저 두어 번 행사에 와서 격려 말씀을 해주신 것 외엔 어쩌다 뵈어도 살림에 대해 묻지조차 않았다. 야속했다.

그런데 돌아가시기 1년 반 전, 뜻밖의 전화를 받았다.

"거 있잖아……."

특유의 더듬더듬 겸연쩍어하는 말투로,

"죽은 홍이가 말이야, 자네 장애인 모임에 꽤나 드나들었잖아. 해서 말인데, 그놈 이름으로 돈을 좀 보내려고 해."

선생님은 우리 단체 이름조차 얼른 떠올리지 못함이 분명했다.

"헌데 말이지, 거 내가 보냈다는 소린 일절 하지 말고 그저 홍이가 낸 것으로 해. 음, 음……."

과연 얼마나 보태 주시려나 했다. 헌데 그날로 무려 2천만 원이 통장에 입금. 순간 아득했다.

처음에는 당신보다 먼저 보낸 아들 '홍'의 생전의 흔적을 더듬으려는 아비의 통절인가 했다. 하지만 6개월 후, 그 돈으로 보태 지은 장애인복지센터 준공식에도 고문이신 선생님은 나타나지 않았다.

얼마 후, 선생님이 장애인 문학지인 〈솟대문학〉에 같은 빌미로 2억 원을 쾌척했다는 소식을 접했다. 그때 비로소 알았다.

"홍이 때문"이라는 말은 단지 자신의 이름을 숨기고 받는 쪽의 부담을 덜어 주려는 술책이었던 것이다. 남이 청할 때는 이름을 쉽게 빌려 주면서 정작 당신 이름 내야 할 때는 숨으려는…….

이름만 빌려 주고도 그 긴 세월, 이토록 애끓으셨구나!

더없이 따뜻했던 선생님 사랑을 그리며

—

이경자
재불 사업가 · 공초문학회 회원

조용히 여의도(관수재)에 계실 것 같은데 떠나신 지 벌써 1주기.

언젠가 이중섭 거리 제정으로 제주도로 가는 길에 "나는 안성에 날
짜만 넣으면 돼" 하시던 그날이 2004년 5월 11일. 그 본향의 곳으로 홀
연히 옮기셨군요.

지금도 관수재에 계시는 것으로 착각하곤 합니다. 어제 이모님을 뵙
고 돌아왔습니다. "왔나. 그래, 그래. 잘 지냈다" 하시며 저의 근황을
걱정해 주시고 살펴 주셨는데…….

정말 뵙고 싶습니다.

누구에게나 따뜻하고 자상하시던 성품. 서로 내게만 각별히 사랑을
주신다고 질투하고 앙탈했었는데…….

이제는 제게 서울이 텅 비었군요. 아쉽고 허전한 마음을 어떻게 표현
할 수가 없습니다.

제가 십대 계집애일 때 공초 오상순 선생님과 사십대의 젊은 선생님
을 만났습니다. 파리하고 조금은 쌀쌀한 인품인 것처럼 느껴졌지요.

50여 년 동안 선생님과 크고 작은 모임에 참석하며 삶을 배우고 사랑
을 배우고 어느덧 가족이 되어 즐거웠던 시간들.

어떤 모임에서 제가 얼마나 철없이 굴었던지 "글쎄, 그곳은 너를 달고 갈 수가 없구나" 하며 난처해하시던 모습.

저는 어릴 적부터 죽음의 두려움에 잠 못 이루고 고민에 빠져 병이 나서 학교를 휴학했는데, 나이가 들고 결혼을 해서도 그 고민에 싸여 있다가 선생님을 뵙고 공간사랑에선가 시낭송이 있어 가셔야 한다는 분을 붙잡고 나만이 큰 고통에서 헤매고 사는 양 선생님을 귀찮게 했지요.

그래도 선생님은 인자하시게 인생 이야기를 풀며 삶과 죽음에 대해 자상하게 말씀해 주셨지요. "네가 사십대 사춘기가 왔구나" 하시면서.

제 남편을 더없이 칭찬하시고 사랑해 주시던 선생님. 저희 가족 모두 걱정해 주시고 아껴 주시던 자상함. 이제 시간이 흘러 '철 들자 망령인' 때에 이른 저는 선생님의 우주적인 사랑을 느낍니다.

세상에 이런 분은 성자 아니고는 존재할 수 없는데, 삶을 성숙하고 숙연하고 즐겁게 보낼 수 있도록 구구절절 저를 성장시켜 주셨지요. 선생님은 제게 살아 계신 성자이셨습니다.

2004년 3월 중환자실에서 마지막 뵈올 때 저를 바라보시던 그 눈빛, 초롱초롱한 맑은 영을 보았습니다. 그 상황에서도 저의 근황을 모두 물어 보시던 입 모양. 작별의 절절한 아쉬움을 비치는 그 영롱한 눈물.

선생님, 이제 천국에서 다시 만나 뵙도록 늘 그리움 속에 기도하고 있습니다.

지금도 말씀하시는 분

ㅡ

남정도
구상문학기념사업회 회장 · (주)한경화학 대표

기독교 집안에서 태어난 나는 어릴 적부터 권선징악의 이원론적 사고
에 젖어 모든 일을 선악의 잣대로 보는 심한 편견을 가지고 성장했다.
이러한 흑백 논리는 더 나아가 세상을 아전인수격으로 해석하는 자가
당착에 빠지게 만들곤 했다. 마음에 들지 않으면 악(惡)이 되고 그 악에
대해 지나친 정의감으로 심한 증오까지 품고 옳다는 일은 거의 맹목적
인 확신을 가지고 행동하는 경직된 사고의 추함을 드러내곤 했다.

　어느 때부터인가 이런 내 모습에 당황하기도 하고 회의를 가지기도
했으나 아직도 남의 눈의 티를 확대해서 보는 못된 버릇을 언제까지 지
고 가야 할 것인지 묘연하다. 그래도 지금은 고민이라도 하고 자제하려
고 노력하는데도 여전히 경직된 사고에서 벗어나지 못하고 있는데 십오
륙 년 전에는 어떠했을까? 보시다 못한 고인께서 하신 말씀이 있다.

　"그릇된 일 자제하라. 옳은 일은 더더욱 자제해서 하라."

　오십 나이에도 철이 안 들었던 그때 나는 이 말을 이해할 수가 없었
고, 지금도 여전히 옳고 그름의 판단이 명쾌하지 못하고 모호할 때가
적지 않아 이 말씀을 늘 화두로 지니고는 있다.

　"선과 악이 둘이 아니며 옳고 그름이 둘이 아니다"라는 성철 스님의

법문을 되새김질해 보지만 아주 멀리에나 있는 것 같은 진여(眞如)를 가늠하기란 아직 일천(日淺)하여 부끄럽기 짝이 없다.

간음한 여자를 돌로 칠 수 없게 만드신 구절은 속시원하게 넘어갈 수 있으나 날 때부터 눈먼 자는 죄가 아닌 '하느님의 뜻을 펴기 위함'이란 말씀을 저주받은 자의 입장에서 이해하려면 분통이 터져 하나님보다 더 높은 재판관을 찾아야 할 것 같아 혼돈은 오히려 더 깊어진다.

이렇게 아직도 철학적·도덕적 사고에 있어 견고함이 없는 가운데 나의 일상은 답하기 쉽지 않은 '예, 아니오'를 늘 판단하여 대답할 것을 요구하므로 난감하기 그지없다.

오늘날은 '정겨움' 또는 '함께'와 같은 말로 표현되는, 진정 사람 사는 의미를 느끼게 하는 정황이나 현상들은 비생산적인 것으로 매도하여 배제하고 철저히 계산적인 것들에 근거하는 무한경쟁 시대이다. 그리하여 모두 현실적 가치에 지나치게 경도되어 '더불어 사는 삶' 따윈 안중에 없을뿐더러 판단의 잣대가 되는 사회적 통념마저도 혼돈스러운 지경에 이르렀다. 더욱이 디지털 시대의 이진법이 하늘 위 어디까지 이를지 알 수 없고, 1초에 수천만 번의 음양을 오가는 전자(電子)의 메커니즘으로 의사소통을 하며 여기에 인간의 이성과 감성을 실어 보자고 하니 앞날의 향방을 가늠할 길 없어 시야가 흐려 올 따름이다.

다행히 세상이 점점 불확실해져 가고 혼미해질수록 성인(聖人)들의 지혜에 귀의할 수밖에 없음을 창조주의 큰 축복으로 생각하며 드높은 하늘을 올려다본다.

자비로우신 분, 용서하시는 분, 화해하시는 분, 화합하시는 분, 그분을 믿습니다.

최근에 선종하신 교황께서 여의도를 다녀가신 후 선생님께서는 교황과 성철 종정 스님 두 분의 모습을 그리신 적이 있다.

> 한 분은 인파(人波)의 그 환성 속에 계시고
> 한 분은 자연의 그 적막 속에 계시나
> 두 모습 그대로가 진실임을 의심할 바 없거늘
> 과연 이 대조(對照)는 무엇을 뜻함인가
> 한 분이 행하시는 인위(人爲)의 극진(極盡) 속에도
> 한 분이 행하시는 무위(無爲)의 극치(極致) 속에도
> 신비가 감돌기는 매한가지거늘
> 과연 이 부동(不同)은 무엇을 말함인가
> 저 두 분의 모습이 다 함께
> 진리의 체현(體現)임에 다를 바 없으니
> 유위상통(有爲相通)의 소식이란 바로 이런 것이었구나
> 정동일여(靜動一如)의 소식이란 바로 이런 것이었구나

— 「그리스도 폴의 강 · 38」 중에서

이 시를 보고 나서야 나는 선생님이 탁발스님에게 합장하며 성직자에 대한 예를 갖추시던 이유를 깨달았다. 이원론적인 유일신에서 벗어남도 불가(佛家)에 대한 조그만 관심도 선생님과의 인연에서다. 불경을 모르면서도 성철 스님의 중도(中道)를 품고 실낱 같은 희망을 가져 본다. 생전에 하신 말씀을 지팡이 삼아 옳고 그름을 넘어 관용과 사랑의 눈으로 세상을 보고 스스로 죄인으로서 용서와 화해의 수혜자가 되어 살아가야겠다.

임종하실 때까지도 자유에 구속당하지 않으시려 오히려 교리에 충실

하셨던 모습을 보면서 나 역시 방종하지 않기를 바라며 관성에 끌려서 하나님을 찾는다. 그런데 "우리가 우리에게 죄 지은 자를 사하여 준 것 같이", 여기에 걸려서 주기도문을 외울 수가 없다. 이 작은 양심이 나의 희망이다. 고인은 이런 내가 불안하셔서일까, 지금도 말씀하고 계시다.

"그릇된 일 자제하라. 옳은 일은 더더욱 자제해서 하라."

최대의 유산

—

채규철
두밀리자연학교 교장

나는 구상가족호의 막차 손님이다. 다른 선생님들은 선생님과 40년 아니면 50년의 교분을 가졌겠지만 나는 겨우 26년밖에는 안 된다.

서울에 있는 장애인들을 위한 자원봉사 단체인 한벗회 이사를 하면서 남정도 사장을 만났고 소록도에 있는 한센씨병 형제자매들을 위한 봉사 활동을 하면서 대구의 참길회 정학 선생을 알게 되었다. 그리고 이들을 통해서 구홍이를 만났다.

15년 전 어느 날 여의도에 있는 식당에서 박근혜 양을 가르쳤다는 서강대학교의 엉망진창(임진창) 박사와 홍이하고 저녁식사를 하는 자리에서 난생처음으로 선생님의 시화집 『유치찬란』을 선물로 받았다.

그 후 사모님의 영안실에 문상을 갔다가 여동찬 교수님을 상면하는 자리를 가졌다. 그 자리에는 삼성출판사 김종규 사장, 조광호 신부님도 계셨는데 선생님은 그분들에게 나를 소개시켰다.

"채 목사! 이리 와서 여 교수님하고 인사하라고." 인사를 마친 다음에 졸저 『사명을 다하기까지는 죽지 않는다』를 여 교수님께 선물했더니 여 교수는 나에게 선생님 앞에서 한 박자도 쉬지 않고 쏘아붙이는 것이 아닌가?

"채규철! 제목이 뭐 이래? 당신 사명이 언제 끝나는데? 이건 안 죽겠다는 이야기잖아!"

이렇게 그날 사모님의 문상은 끝났다. 그런데 그 다음이 문제였다.

고명딸 소설가 자명이 어떤 천주교에서 발간하는 잡지에 「새벽조를 아십니까?」라는 제하의 글을 썼는데, 그 수필에 내 이야기가 들어 있는 줄은 전혀 몰랐다. 이북에 '기쁨조'라는 게 있다는 것은 알았어도 '새벽조'라는 것은 머리털 나고 처음 들어 봤다.

자명이 왈, 자기한테는 새벽조가 세 사람 있다는 것이다. 그 첫 번째가 ET 규철 오빠이고, 두 번째가 소설가 윤아무개이며, 마지막은 지리산 자락에 있는 아무개 스님이라는 것이다.

새벽 4시경 한참 부부가 단잠을 잘 때 전화 벨이 울려서 받아 보면 틀림없이 세 사람의 새벽조 중 한 사람이라는 것이다. 한잔 술에 취해서 아늘한 목소리로 "자명이, 너 아직 안 잤느냐?"고 한다는 것이다.

그 다음 홍이의 49재 미사를 끝낸 다음 저녁 식사 후에 자명이가 아버님이 보낸 선물이라면서 봉투 하나를 건네주었는데, 그것이 「꽃자리」(이길상 글씨)였다. 나는 지금도 그 시만은 내 방 앞에 걸어 놓고 읽어 본다.

『유치찬란』을 홍이한테서 처음 받고 읽은 시 중 한 편을 소개한다.

수염

그러니까 80년 이른봄부터 나는 고질인 천식이 도져서 석 달 동안이나
자리보전을 하고 누웠었다.
그래서 수염이 턱밑 것까지 무성히 자라고 그야말로 세상 이제 별볼일
없는 사람이었다.

때는 공교롭게도 제5공화국의 출범기였는데 그 주역들이 나의 도야지 꼬리만한 허명을 탐내서 나를 정치현실에 끌어들이려 들었다. 물론 나는 완강히 거절했는데 덧붙이기를 "보시다시피 이런 폐물을 내세운들 무슨 일을 치겠느냐"면서 오히려 달랬다.

나의 말이나 꼬라지가 그들에게도 일단 수긍이 갔던지 처음에는 기세 등등하여 "선생님이 거절하셔도 우리는 우리의 결정을 그대로 발표합니다"던 그들도 그렁성 딴사람을 물색해서 나는 시인으로 탈 없이 이 땅의 세파를 또 한 고비 무사히 넘겼다. … (중략) …

시인이 붓을 잠깐만 꺾으면 장관도, 정치가도, 박사도, 사장도 되는 세상에서 시인으로 남는다는 것이 이렇게도 힘이 드는구나 하는 생각을 해본다. 선생님은 시인 이상도 아니고 시인 이하도 아니다. 그저 구상은 시인일 뿐이다.

나는 이 글을 쓰는 시간 인도의 타고르를 생각한다. 라빈드라나드 타고르의 『기탄잘리』가 노벨문학상을 수상하자, 약삭빠른 대영제국의 정치가들은 타고르를 위해서가 아니고 자기들의 체면을 위해서 대영제국의 백작 작위를 수여하기로 결정했다. 그때 타고르는 대영제국에 선전포고를 했다. 식민지 나라의 시민으로서 "영국이 인도를 독립시키지 않는 한 대영제국의 작위를 거절한다"고.

그로 인해 타고르는 영국 백작으로가 아니고 식민지 나라 인도의 영원한 시인으로 남았다.

구상 시인 만세다.

오늘도 강에는 시가 흐르고 있다

—

박승배
KBS PD

"우리 한국인의 심성(心性)은 본래 남자는 처용 같고 여자는 황진이 같은 것이었습니다." "신라 시대 처용은 가랑이 네이어라 하며 춤을 추며 떠나갔습니다." "황진이는 그녀를 짝사랑하다 상사병으로 죽은 총각의 상여에다 속치마를 벗어 줬습니다."

지금도 선생님 댁 관수재 앞에서 녹화를 하며 중계차 TV 화면에 나타난 훈훈하고 턱수염 달린 선생님의 모습이 눈에 선하다. 그리고 그 말씀이 솔바람에 실려 오는 풍경(風磬) 소리 같다. 나는 새해 원단에 방송될 신년특집 최종 시리즈 '한국인, 그는 누구인가'를 만들고 있었다. 5공화국이 막을 내리고 6공으로 넘어서가는 때였다. 구상 선생님은 우리 한국인 본래의 심성을 처용과 황진이를 비유해 얘기하시며 당시 정권과 정치판에 대고 이제는 그만 욕심을 버리라고 그렇게 한마디 충고하셨다.

그러나 범부(凡夫)로 평범하게 오늘을 살아가는 우리에게도 이 땅에 전설처럼 살다 간 그들의 삶을 되새겨 본다는 것은 얼마나 소중한 일인가. 우리 모두 아는 사실대로 구상 선생님의 삶은 초연하셨다. 어느 시에 쓰신 대로 "비린내 나는 육신을 다 털어 버리고 바닷가 모래밭에 밀려 나온 조개껍질"처럼 부와 명리에 대해서는 더욱 초연하셨다. 그리고 이것들을 흠모하던 모두의 한가운데 우뚝 서서 틈틈이 실존(實存)을 강조하시던 모습이 더욱 새로워진다. 어떻게 살아야 할 것인가를 고민할 때, 함께 살아간다는 것과 헛된 욕심을 버리고 살아야 한다는 것이 구상 시인이 말씀하시던 실존적인 삶에 가장 가까운 것 같다.

어느 해인가 몹시 몸이 아파 정초에 선생님께 세배를 거를 수 밖에 없는 지경이었다. 지병인 강직성 척추염이 도지면 늘 꼼짝 못하고 고생을 했다. 치료가 잘 되지 않는 병이라 자포자기한 기분으로 연휴에 집에 누워 앓고 있었다. 옆에서 도와주는 사람도 없어 좀 처량한 생각이 들기도 했다. 그러면서도 선생님께 세배를 가야 하는데 하고 문득 생각했다. 그런대로 이번 해는 보내야지, 세배객들이 많으니 선생님이 나만을 기억할 리도 없으실 터인데……. 그리고 잠이 든 것 같다. 그런데 전화 벨이 울렸다. 뜻밖에도 선생님이 전화를 해오셨다. "그래 무얼 하구 있어? 어서 와. 시간이 없어" 하셨다. 나는 반수면 상태에 있었던 터라 선생님 전화가 꿈같기도 했다. 멍청한 채 허스키한 목소리로 "몸이 좀……" 했다. 그런데도 선생님은 "시간이 없어" 하고 야단 겸 재촉을 하셨다. 나는 틀림없는 선생님 목소리를 듣고 정신이 번쩍 들었다. 베개 옆에 풀어놓은 시계를 보니 1월 2일 오후 2시가 넘어가고 있었다. 혼자 옷을 입기도 힘들었다. 대충 옷을 입고 관수재에 가서 아픈 표정을 감춘 채 세배를 드렸다. 선생님이 집에까지 전화하실 줄은 생각도 못했다. 선생님과 통화를 할 때는 평일에 사무실에서 하고 선생님도 내 직장 전화번호만 알고 계셨기 때문이다. 선생님은 그 많은 세배객들 가운데 내가 보이지 않으니 걱정스러워 집 전화번호를 찾아 거신 것 같다. 쑥스럽고 죄송한 마음이 들었다.

그런데 그 후 아무리 생각을 해봐도 전화를 해서 아파 누운 사람에게 세배를 하러 오라고 야단치시는 분이 도무지 이 세상 천지에 어디 있단 말인가. 구상 선생님뿐이지 하는 생각이 났다. 누구에게 이런 말 하기도 참 거북했다. 그렇다고 고해성사를 하기도 어려운 일이었다. 생각해 보면 선생님이 딱한 어린 양 한 마리를 구하려 하신 것 같다.

그 해 여름 강바람이 서늘했다. 하루는 선생님을 모시고 영국인 여류 화가 몰리 잭슨의 조촐한 한국 풍경화 전시회에 갔다. 강변의 들꽃, 시골의 개울가, 눈 덮인 시골집 장독대, 언덕 위의 판잣집 동네, 그리고 밝게 주름진 얼굴의 80대 할아버지……. 그림들은 1950년대의 한국을 연상시키는 듯해서 잔잔한 감동을 주었다. 평소 술을 거의 안 하시던 선생님과 귀가 길에 오랜만에 기분도 풀 겸 남산 부근 자그만 카페에 들러 와인을 주문했다. 나는 그날 오후 몸이 붓고 해서 선생님에게 두 잔째 따랐을 때 "몸이 좀……" 하고 주저했다. 그랬더니 선생님은 "나도 아파" 하고 서슴없이 대답하셨다. 선생님 앞에서 몸이 아프다는 것은 누가 들어도 주름잡는 얘기였다. 그렇게 서로 아픈 야릇한 상황에서 와인을 마셨는데, 화제가 6·25로 연결됐다. 선생님은

"6·25 동란 때 친구 하나가 부상을 당했다고 하기에 만나 보니 다리 하나가 없어. 오랜만에 술잔을 나누었어. 그러고 나서 취흥에 밖으로 나오니 그 주변 홍등가 여인들이 여기저기서 지나가던 사내들을 마구 낚아채다가 그 친구와 맞닥치자 억 소리를 내며 모두 뿔뿔이 흩어져 도망을 가는 거야."

하고 말씀하셨다.

나는 선생님 말씀을 듣고 나서, 그 광경이 마치 쥐 잡던 고양이가 호랑이를 보고 달아나는 모습 같기도 해서

"선생님, 그래서 어떻게 됐습니까?"

하고 호기심이 나서 여쭈어 보았다.

"그래 어쩌겠나. 할 수 없어 내가 알고 지내던 한 여성에게 청을 했지. 그녀는 다리 하나 없는 내 친구를 기꺼이 받아 주었어."

피난 시절 한때 술자리를 영혼놀음이라 하며 모씨와 어울려 지내셨다는 이야기를 들었을 때는 당시 문인들의 기분을 생각하며 들었는데, 막상 그 말씀을 듣고 보니 초토(焦土)의 또 다른 광경을 목격하는 듯했다. 줄 수도 나눌 수도 없는 다리 하나.

선생님은 늘 인간적 연민이 깊었다. 한때 사제의 길을 가셨던 시인 구상. 시인이란 천직(天職)도 그의 성직(聖職)이었다. 살아남은 자에게도 앞날이 막연했던 초토에서 그들의 만남은 주제 넘게 제목을 달라면 이인삼각(二人三脚)이었다. 한 많은 사연을 안고 북한에서 탈출해 전화(戰禍)에 휩쓸린 이들. 지난 아쉬움과 그리움을 얼싸안고 마음속으로 뒹굴었을 그 모습이 이중섭 화백의 은박지 그림과도 같았다.

선생님과 카페에서 마주 앉아 얘기를 하는 동안 창 밖을 내다보니 맞은편 피자집에서 흑인 병사 둘이 껌을 씹으며 밖으로 나왔다. 아 저 흑인 병사. 어디선가…… 나는 문득 6·25 동란 연작시 「초토의 시」 한 장면이 떠올랐다. 갓 스물 정도 돼 보이는 어느 시골 여인이 달리는 열차 안에서 넋을 잃고 잠에 빠져 있고, 잠든 그 어미 품에서 기어 나온 검둥이 아이는 빈둥거리다 맞은편에 앉아 있던 어느 신사를 보며 안기려 했던 모습이다. 시인 구상은 배가 고파 빵을 얻고 검둥이 아기 엄마가 된 이 땅의 한 여성의 모습을 「초토의 시」에 남겼다. 나는 시에는 그런 내용이 없지만 선생님이 기차 안에서 검둥이 아기를 안고 계셨을 것만 같아 선생님께 존경심과 인간적 연민이 솟구쳤다. 이때 선생님은 "술을 많이 한다고 들었는데 술도 별로 안 하고 무얼 하나"고 하셨다. 그래 나는 "네 네, 선생님" 하고는 한 잔을 더 마셨다. 순간 나는 속으로 초토의 고통을 인간적 연민을 넘어 그리스도적 형제애로 승화시킨 선생님께 인간적 연민을 갖는다는 것도 불경하다는 생각이 들었다. 선생님의 연민은 영구 자석 같은 것이고 나의 연민은 임시 자석 같은 것이라는 생각이 들었던 것이다. 영구 자석에 못 같은 쇳조각을 비벼 대면 임시 자석으로 변한다. 나는 선생님께 "저도 연민이 있는 것 같습니다" 했다. 그러자 선생님은 "어 그렇겠지" 하며 나를 보고 웃으셨다.

6·25 동란이 터지던 해 나는 초등학교 1학년이었다. 어머니를 따라 피난을 갔지만 피난지는 이미 인민군들이 점령한 터였다. 여름철 철교 아래 갯가에서 고기를 잡다가 기차가 지나가면 못을 올려놓아 자석을 만들려고 철로 부근에 갔다. 철길 제방에는 들꽃이 무리지어 여기저기 피어 있었다. 그때 어디선가 통곡 소리가 들려왔다. 그 부근에서 총살대로 끌려가는 남편을 붙잡으려 울어대는 아낙의 모습이 보였다. 잠시 후 총성이 울렸다. 이게 어디 남의 일이었던가.

그 후 다시 1·4 후퇴 때 망우리 고개 넘어 마석 가는 피난길에서였다. 유탄에 맞아 쓰러져 방금 숨을 거둔 아낙의 모습이 눈에 들어왔다. 쓰러진 어미 곁을 기어 나와 흙과 눈물로 범벅이 된 채 마구 울어대는 젖먹이의 놀란 눈을 보고 있을 때 떼지어 지나가던 피난민이 안쓰러워하며 혀를 찼다. 내 손을 잡은 어머니는 계속해서 "오 주여, 주여" 하며 탄식을 했다. 그 아래 경사진 비탈에서 젊은 국군이 눈을 감지도 못한 채 숨져 있었다.

그 후 폭격이 밤새도록 있던 날 파편을 맞아 피투성이가 되어 죽은 앳된 북한 병졸들의 시체들 위로 왕파리들이 들끓던 초토의 무서운 광경은 오랜 시간이 흐른 뒤에도 쉽사리 잊혀지지 않았다. 철들어 생각하니 통한(痛恨)의 모습이었다. 그래서 이념이라는 허상을 일깨우고 통일의 염원과 구원의 세계로 인도하는 선생님의 초토의 시 「적군의 묘지 앞에서」를 읽으면 진혼곡 같아 마음이 가라앉는다.

그래도 양지 바른 두메를 골라
고이 파묻어 떼마저 입혔거니
죽음은 이렇듯 미움보다도 사랑보다도
더욱 신비스러운 것이로다.
나는 그만 이 은원(恩怨)의 무덤 앞에 목놓아 버린다.

선생님이 눈 수술을 하고 퇴원을 하신 후 만나 뵈었을 때였다. 선생님은 스님들과도 교분이 두터우셨는데, 병원에 누워 불교방송을 듣고 계실 때 스님들이 문안 겸 격려차 전화를 하셨던 것 같다. 선생님은 "스님들이 수술 후 눈이 안 보여 어떻게 지내느냐고 전화를 해오시기에 불교방송만 듣고 있다고 했어. 그랬더니 스님들이 우리는 기독교방송만 듣고 있다고 하시더군" 그래서 한참을 웃은 적이 있다. 선생님은 "내가 뭐 기독교를 많이 안다고 할 것은 아니지만 기독교방송 내용이 늘 비슷한 것 같아 불교방송을 재미있게 들었어"라고 말씀하셨다.

선생님은 걸레스님 중광과도 친분이 두터웠다. 하루는 선생님이 중광 스님의 전시회 서문에 '유치찬란(幼稚燦爛)'이란 시어를 쓰신 걸 보고 시어의 함축미가 하도 재미있어 "선생님, 꼭 그렇습니다" 하고 말씀드리니 "이건 내가 만든 이디엄이야" 하시며 빙그레 웃으셨다. 무애행(無碍行)을 즐기며 그림 그리고 시 쓰던 중광 스님과 나는 오래전부터 인연이 있어 호형호제하며 즐겁게 술을 마시곤 했다.

그런데 하루는 선생님 댁에서 중광 스님을 만났다. 참 신기하게도 평소 다른 사람에게 자화자찬과 기행(奇行)으로 신바람을 날리던 걸레스님이 선생님 앞에서는 무릎을 꿇고 머리를 조아린 채 침묵만을 지키고 있었다. 나는 속으로 '이런 위선자가 있나' 하는 생각이 들었다. 그래서 한마디 하려던 차에 중광 스님이 "동생" 하시며 몰래 신호를 보내왔다. 선생님은 "이거 촌수가 어떻게 되는 거야" 하시며 웃음을 터뜨리셨다. 구상 선생님은 내 아버지와 같은 연배이시다. 선생님은 중광 스님에게 야자 하시며 친동생처럼 대하셨다. 중광 스님은 구상 선생님을 흠복(欽服)하고 있었다. 대조와 조화를 이룬 두 분의 어울림 속에 태어난 그림과 시가 생각난다.

나는 가톨릭 유아 영세를 받았지만 철이 든 후 허둥거리느라 성당에 나간 적이 별로 없다. 구상 선생님 댁을 찾아 정초에 세배 드리러 가면 시집을 주셨는데, 시간이 날 때마다 틈틈이 읽곤 했다. 그렇다고 절간을 찾아 한거(閑居)를 해본 적도 없다. 또한 유학(儒學)을 깊이 아는 것도 아니고 도가(道家)를 섭렵한 적도 없으며 문필가도 아니다. 어정쩡한 얼치기 신세인 셈이다. 그래서 선생님이 알 듯 모를 듯한 철학적 진리를 알기 쉽게 용해하고 엄청난 고뇌의 체험으로 걸러낸 새로운 생명의 메시지를 전달해 주시는 글을 읽을 때마다 개안(開眼)의 현묘한 감응이 다가오는 듯해서 그 글 속에 잠기곤 했다.

선생님의 가족을 생각해 보았다. 선생님은 먼저 세상을 떠나신 사모님의 49일재 미사에서 "이 사람은 내 원고료로 살아간 사람"이라고 고백을 하셨다. 마음이 뭉클해졌다. 직업이 의사인 사모님, 테레사 서영옥 여사는 그렇게 한평생 병들고 가난한 사람들의 치료만을 위해 사셨다. 사모님이 병원에 출근하실 때 이따금 큰아드님 구흥에게 근황을 물으면 그는 "어머니의 병원이랄게 뭐 있나요. 그저 마산에서 약을 받으러 오시는 분들밖에요" 하고 대답했다. 동서양 철학을 섭렵하고 깊은 사색을 벗 삼아 늘 진정한 삶의 의미와 그 내면적 성찰을 얘기하던 대문호(大文豪)의 그릇, 구홍이 다시 세상을 떠나고……. 그의 49일재도 여의도성당에서 지냈다. 그를 보내고 마음 아파하던 유족 김의규 교수도 "홍이 형님의 49일재를 지내니 마음이 편하다"는 얘기를 했다. 김교수는 구상 선생님의 사위이자 막내따님 소설가 구자명 씨의 부군이다. 나도 성당에서 영혼의 구도를 위해 49일재를 지내는 것이 마음에 와 닿았다. 49일재는 사자 앞에서 허망하기만 한 마음에 무언가 평정을 찾아 주는 것 같다. 신라 시대에도 야단법석(野壇法席)을 벌이며 49일재를 치렀다는 기록이 남아 있다. 오랜 전통이 있어 그런 것 같다.

선생님의 49일재가 여의도성당에서 있던 지난해 여름, 나는 장거리 해외 출장에서 막 돌아와 미사에 참석했다. 막상 성당 안으로 들어가 맨 끝 자리에 앉으니 신부님의 말씀이 멀어서 잘 들리지 않았다. 밖으로 나와 마음속으로 중얼거렸다. "선생님, 너무 견디기 힘드셨습니다. 이제 편히 주무셔요. 성당을 감싸고 있는 5월의 나뭇잎들이 온통 푸릅니다. 강(江)에는 선생님의 시(詩)가 잔물결 따라 흐르고 강변에는 들꽃들이 피어나 나그네를 기다립니다. 긴 줄기 따라 강물은 이어져 겸허하게 낮은 곳을 찾아 흘러가고 햇빛은 출렁임을 반사하고 있습니다. 나는 이제 마음의 눈을 뜨고 그 눈부신 빛의 연유를 보려고 노력하고 있습니다. 여름이 지나면 가을이 오고 또 머지않아 그 새해가 강변을 찾아오겠지요. 그리고 또 어느 날 봄도 오겠지요. 봄이 오면 옹두리 진 모과나무에도 다시 싹이 틉니다."

그리고 사흘이 지났다. 내가 살던 동네의 옛 친지가 찾아와 그분의 부인이 그림 공부를 한다는 화실에 구경을 가자고 했다. 언젠가 여름에 선생님과 그림 전시회에 갔던 일이 문득 떠올라 그를 따라 멀리 일산까지 갔다. 화실에는 티베트 그림을 새롭게 해석한 대작들이 많았다. 화실 주인 배일린 화백의 작품이라고 했다. 그런데 이상하게도 그 화백은 화실 한 귀퉁이에 숨겨 두었던 둥그런 형체의 그림을 레이저 포인터로 가리키며 내게 설명을 해댔다. "이 그림은 49일재입니다." "뭐라구요?" 나는 눈을 비비고 다시 그림을 보았다. 사흘 전 구상 선생님의 49일재가 있었다는 것을 알지도 못하는 이 사람이 왜 갑자기 이 그림을 내게 설명하고 있는가. 나는 난생처음 뜻하지 않게 49일재 그림을 구경했다. 그림은 우주 같기도 하고 모태(母胎) 같은 형체였다. 거기에 뭔가 잉태의 빛이 보였다.

일곱 날을 일곱 번 지나는 동안 다시 태어난다는 믿음. 나는 윤회를 믿은 적도 없었다. 그런데 누가 이 그림을 통해 선생님의 환생(還生)을 알려 주려 하는가. 순간 경이로운 기분이 들었다. 한평생 가톨릭과 함께 하신 선생님의 생유[生有 : 중생이 태어난 맨 처음의 몸. 중생이 한 번 윤회하는 동안을 넷으로 나눈 사유(四有) 곧. 중유(中有)·생유(生有)·본유(本有)·사유(死有) 중의 하나. 본유(本有)는 본디 나면서부터 죽을 때까지 가지고 있는 불성]가 놀랍지 아니한가. 또 다른 그림을 보니 거기에는 윤회에서 벗어난 신선들이 구름 위에 나란히 앉아 있는 것이 아닌가. 문득 선생님이 지금쯤 저 선계(仙界)에 계실 것이란 생각이 들었다. 아니다. 선생님은 해탈이나 도통(道通)보다는 치열한 회의와 고뇌의 체험을 통해 얻은 신앙, 단지 "너의 십자가를 지고 나를 따르라"는 나자렛 예수의 인간적인 종교 가톨릭을 믿고 지금은 천당(天堂)에서 가족들과 만나 함께 계실 것이다. 선생님이 떠나신 지 어느덧 한 해가 되었다. 그리고 여전히 오늘을 이렇게 말씀하신다.

오늘도 신비의 샘인 하루를 맞는다.

이 하루는 저 강물의 한 방울이
어느 산골짝 옹달샘에 이어져 있고
아득한 푸른 바다에 이어져 있듯
과거와 미래와 현재가 하나다.

이렇듯 나의 오늘은 영원 속에 이어져
바로 시방 나는 그 영원을 살고 있다.

그래서 나는 죽고 나서부터가 아니라
오늘서부터 영원을 살아야 하고
영원에 합당한 삶을 살아야 한다.

마음이 가난한 삶을 살아야 한다.
마음을 비운 삶을 살아야 한다.
그래서 나는 죽고 나서부터가 아니라
오늘서부터 영원을 살아야 하고
영원에 합당한 삶을 살아야 한다.

오늘도 강에는 구상 시인의 시가 흐르고 있다. 선생님과 함께 한 현재의 시간과 과거의 시간이 모두 미래의 시간 속으로 흐르고 있다.
나는 오늘서부터 영원을 살아야 하고 영원에 합당한 삶을 살아야 한다.

진리가 우리를 자유롭게 하는 그날까지

조광호
신부·화가

서울 시내에서 경인고속도로로 진입하기 위해서는 서강대교나 마포대교가 훨씬 수월하지만 어느덧 원효대교를 건너는 것이 습관처럼 되어 버렸다. 지난 30여 년 동안 내가 이 세상에서 모셨던 가장 큰 스승 가운데 한 분이셨던 구상 선생님의 관수재 곁을 지나기 때문이다. 멀리 서해로 들어가는 한강을 굽어보는 여의도 시범아파트 14동, 그 낯익은 길목을 지나면 지금도 선생님의 환한 미소가 눈앞에 펼쳐진다.

선생님께서 세상을 떠나신 지 몇 개월 후, 눈발이 성성한 지난 세모의 어느 오후, 나는 다시 원효대교를 건너고 있었다. 운전을 하면서도 간간이 눈보라 속에 희미한 잿빛 강을 훔쳐보면서 선생님의 시 「오늘」을 떠올렸다.

오늘도 신비의 샘인 하루를 맞는다.

이 하루는 저 강물의 한 방울이
어느 산골짝 옹달샘에 이어져 있고
아득한 푸른 바다에 이어져 있듯
과거와 미래와 현재가 하나다.

이렇듯 나의 오늘은 영원 속에 이어져

바로 시방 나는 그 영원을 살고 있다.

선생님이 남기신 시 가운데 내가 가장 좋아하는 이 시를 몇 차례 반복하다가 나는 다시 「그분이 홀로서 가듯」이란 시를 떠올렸다. 그리고 언젠가 기회가 되면 이 시 두 편을 액자로 만들어 내 화실에 걸어 두어야겠다고 생각하면서 인천에 있는 나의 숙소로 향했다.

그 이튿날 오후, 우리 대학의 H교수가 나에게 전화를 했다. 어느 서예가가 내게 보내는 액자 두 개를 가지고 나를 찾아오겠다는 것이었다. 그런데 이게 어인 일인가? 액자를 받아든 나에게 H교수는 "그가 나에게 가지고 온 액자는 구상 선생님의 시를 어느 서예가가 쓴 액자"라는 것이었다." 나는 불현듯 어제 저녁나절의 일을 머리에 떠올렸다. 어떻게 이런 일이 있을 수 있는가. 나는 떨리는 가슴으로 액자에 싸인 종이를 벗겨 내기 시작했다. 그런데 이게 어인 일인가? 그 액자에 적힌 시가 바로 「오늘」이란 시가 아닌가. 나는 순간적으로 어안이벙벙해졌다. 그리고 다시 또 다른 액자를 벗기면서 나는 하늘을 쳐다보고 잠시 말을 잊었다. 그 다른 시는 바로 「그분이 홀로서 가듯」이었기 때문이다.

하늘나라에서 선생님이 훤히 내려다보시는 듯한 묘한 느낌을 받았다. 나는 천주교 사제이면서도 종교적 신비 체험이나 영적 증거, 기적 같은 것에 대하여 지극히 냉담한 사람임에도 이 사건은 내 생애에 영원히 잊을 수 없는 영적 통교의 체험으로 남아 있게 될 것이다.

1978년부터 그 이듬해까지 선생님은 『그리스도 폴의 강』과 묵상집 『나자렛 예수』를 집필하고 계시면서 서울 장충동 분도수도원을 자주 찾으셨다. 수도원 성당 곁에 조그마한 골방 하나를 얻으셔서 그곳 수사들과 함께 미사를 보고 묵상하시면서 간간이 장충동 공원을 나와 함께 산책하시곤 하였다. 신학생으로 문학에 많은 관심을 두고 있던 나에게 선생님이 내 곁에 와 계신다는 것은 너무나 큰 영광이었고 기쁨이었다. 그때 나의 시작(詩作)을 지도해 주시던 홍윤숙 선생님은 가톨릭 사제가 될 사람이니 가톨릭의 대표적 시인이신 구상 선생님께 추천을 받는 것이 좋겠다고 나를 선생님께 천거해 주셨다.

어느 날 나는 떨리는 마음으로 시 몇 편을 골라 조심스럽게 선생님 앞에 내놓았다. 조용히 내 시를 읽으시던 선생님은 고개를 끄덕이시면서 내 작품에 대한 직접적인 언급은 피하시고 그리스도교 문학에 대한 말씀을 해주셨다. 그 후 선생님은 나를 자주 불러내었고, 극진히 사랑해 주셨다.

1970년대 말 을씨년스러운 겨울, 장충동 족발집에서 때로는 감당하기 어려운 이야기까지 선생님은 자신에 얽힌 모든 이야기를 어린 나에게 털어놓으셨다. 아마도 선생님은 그 옛날 자신이 걸으셨던 그 길을 걷고 있는 젊은이가 대견해 보이기도 하고 또 한편으로는 측은한 연민 같은 것이 들었던 것 같았다.

물론 나는 한 번도 감히 선생님께 내 시에 대한 것을 여쭙지 못했을 뿐 아니라 추천 운운은 감히 생각도 못했다. 선생님의 추천을 받은 문인이 불과 다섯 명도 채 안 된다는 사실을 알게 된 것은 그 후 수십 년이 지난 다음이었다. 나를 지도해 주시던 H선생님은 한국 문단의 또 다른 어른을 소개해 주었지만 나는 이제 더 이상 선생님의 그늘을 벗어나 다른 스승을 찾아갈 수 없을 정도로 그분과 인연이 깊어 가고 있었다.

문학적 능력이 일천했지만 이런 연유로 그 후로도 나의 문단 진출은 영영 그 길이 막혀 버린 셈이 되었고, 나는 더 이상 문학을 하기 위하여 문학에 매달리는 일이 없어졌다.

　그분은 적어도 문학을 통하여 타인이 나에게 붙여 주는 허명의 굴레로부터 나를 해방시켜 주셨다. 만일 그분이 어쭙잖은 작품으로 나를 문단으로 보내 놓으셨다면 나는 아마 어정쩡한 '시인이란 명패'를 가슴에 걸고 다니는 사람이 될 수도 있었을 것이다.

　이런 면에서 오늘 내가 사제가 된 것도, 그림을 그리는 화가가 된 것도 어찌 보면 다 선생님 덕분인지도 모른다는 생각이 든다.

　그 후 선생님은 무슨 일이 있을 때마다 나를 불러 주셨다. 나는 선생님 댁을 자주 드나들면서 그 가족은 물론 수많은 선생님의 훌륭하신 지인들 또한 만나게 되었다. 어느덧 나는 천주교 신부로서 사제 서품을 받게 되었고 문인들과의 만남이 많아지면서 자연스럽게 한국문인회 지도 신부가 되었다. 그리고 한국 천주교 200주년 기획과 주교단 출판국장을 맡아 교회 잡지 편집을 할 때나 최근에 잡지 출판 편집인으로 활동할 때에도 어려울 때면 언제나 선생님께 조언을 구하곤 했다.

　그 후 독일미술대학으로 유학을 떠났다 돌아왔을 때 화단에 나를 제일 먼저 소개시켜 주신 분도 선생님이셨고, 내 인생의 최대 위기를 맞이했을 때에도 나의 버팀목이 되어 주셨으며, 나의 아버님처럼 든든한 내 신앙의 큰형님이셨다.

　구상 선생님, 그분은 이처럼 내 인생에 가장 큰 영향을 주신 분이시다. 하루는 대구에서 문인들과 만난 뒤 만취하여 어느 호텔에 선생님을 모시고 함께 투숙한 일이 있었다. 나는 몸을 가누기가 힘들어 그대로 쓰러져 잠을 청했는데 선생님은 기도서를 꺼내 놓고 저녁 기도를 드리는 것이었다. 당시 나는 신부가 된 지 불과 1년이 채 안 된 젊은 신부였다. 아침에 일어나 몸둘 바를 몰라 쩔쩔매는 나를 보고 선생님은 "조 신부, 나는 기도하지 않으면 잠이 안 와. 그래서 기도한 거야" 하면서 나를 위로하셨다. 그분은 참으로 기도하는 신앙인이셨다. 일상 속에서 신령한 하느님의 영과 교감하는 그리스도인이셨다.

구상 선생님 그분 곁에는 늘 사람들이 끊이질 않았다. 그것은 그분의 유명세 때문도 아니고, 그분을 통해 무슨 이득을 얻기 위해서도 아니었다. 내가 그분께 가장 감동을 받은 것은 "그 어떤 일이 있어도 사람을 차별하지 않으시고 모든 이웃을 내 가족처럼 맞이하는 것이었다." 누군가를 험담하면 "여보게, 모든 인연을 살려서 잘 쓰면 되네!"라며 "선으로 악을 이겨 내면서 살 것"을 종용하셨다.

좌중에 나를 소개하실 때면 "여, 이 신부는 말이야, 내가 유일하게 하대하는 신부야. 그러니까 천주교 스님이야!"라고 하셔도 정작 나와 함께 계실 때는 늘 말을 높이셨다.

행여 누가 "선생님, 정말 대단하십니다. 잘하셨습니다"라고 칭찬하면 선생님은 늘 "야 우리 서로 쳐다보고 칭찬하면 바보되잖아, 허허" 하셨다. 그분의 유머 감각은 정말로 형이상학적 아름다움이 가득했다. 그리고 선생님은 그 어느 사람의 눈치도 살피는 일이 없는, 소신이 분명한 분이셨다.

그분이 이 세상에서 가장 경계했던 것은 '허구'로 꾸며낸 '진실과 진리'였다. 그래서 사제인 나에게도 늘 "여보게, 지옥에서 가장 지독한 지옥은 혀가 열닷 발이나 빠져서 고통받는 지옥인데 그곳에 가는 사람은 말이야 '헛말로 지은 죄' 때문에 우리 같은 문사들이 가는 지옥이라네" 하면서 모든 허구의 세계를 경계하라고 일러 주셨다. 그러므로 그분의 시는 모두 실상과 실재를 보는 것으로 되어 있다고 해도 과언이 아니다. 자신의 서재를 관수재(觀水齋)라고 하신 까닭도 여기에 있을 것이다.

친구와의 의리를 위해 박정희 대통령의 기일에 연미사(위령미사)를 한 번도 빠짐없이 드려 주셨던 선생님은 그 때문에 가톨릭 교회 안의 몇몇 옹졸한 반정부 인사들에게 오해를 받기도 하셨다.

그러나 무엇보다 가장 가슴 아팠던 사실은 선생님 곁을 떠날 줄 모르는 불행이었다. 두 아드님을 먼저 이 세상에서 떠나보내시고 사랑하는 아내를 떠나보내시던 그 모습에서 나는 그분이 지고 가시는 십자가의 그 엄청난 부피의 크고 깊고 적막한 의미를 엿볼 수 있었다.

어쩌다 보니 내가 선생님 댁의 두 아들과 사모님의 장례 미사를 지내게 되었다. 그때마다 선생님의 손목을 잡고 "선생님" 하고 말끝을 흐리는 내게 "조 신부, 나라고 이 세상에서 고통 없이 어찌 살 수 있겠나" 하며 오히려 주위 사람들을 위로하셨다.

늘 미소를 띠시고 신선처럼 행복해 보이시는 노시인을 사람들이 부러운 듯 칭송하는 것에 대하여 선생님은 "때때로 사람들은 나를 보고 뭐라고 하지만 그때마다 나는 이런 얘기를 하네. '저, 나는요, 호수에 떠다니는 오리새끼 같아요. 둥둥 떠다니는 것 같지만 물밑에서 두 발을 한없이 열심히 젓고 있답니다'라고 대답하신다고 하셨다.

노령에 갑작스러운 교통사고 후유증으로 임종이 가까웠을 때 나는 선생님께 병자성사(病者聖事 : 임종 직전에 받는 천주교 성사)를 드렸다. 그 후에도 병환으로 마지막 숨을 거두시기까지 나는 선생님께 두세 번이나 병자성사를 드렸다. 그때마다 선생님은 하느님 앞에 자신을 온전히 맡기셨고, 그 고통스러운 순간을 불굴의 의지로 허물어져 가는 육신을 지탱하며 초인적인 힘으로 정신과 영혼을 승화시켜 오히려 자신보다 찾아오는 이들의 안부를 물으셨다.

몇 해 전 임종의 위험이 있었을 때 선생님은 딸 자명 씨에게 "세상에는 시가 필요하죠"라는 유언 쪽지 한 장을 남기셨다. '시적 사고'를 포기한 불행한 이 시대 사람들에게 선생님은 끝까지 자신에게 부여된 하느님의 말씀을 전하는 사도였다. 숨을 거두시는 그 순간까지 '밭을 일구는 농부'처럼 열심히 세상에서 맡겨진 자신의 소명을 다하신 선생님의 모습은 "죽는 그 순간 발코니 앞에서 목소리가 더 이상 나오지 않게 되자 마이크를 옆으로 밀침으로써 군중에게 양해를 구하던 이 시대의 위대한 주님의 사도 교황 요한 바오로 2세"를 닮았다.

시간 속에 영원을, 유한하게 주어진 공간 속에서 무한의 신비를 보기 위하여, 현상 속에 숨겨진 그 진리를 보기 위하여 가톨릭 신자인 자신의 내면에 니체와 가브리엘 마르셀이 공존하고 있음을 그는 숨기지 않았다. '진리의 실재'를 붙잡고자 그가 선택한 것은 인기도 권력도 돈도 명예도 아니었기에 그는 그 어떤 유혹에서도 자유로울 수 있었을 것이다.

선생님께서 세상에서 가장 크고 위대한 스승으로 모셨던 예수님을 따라 '그분이 홀로 가듯' 세상을 사셨듯이 나도 그렇게 이 세상에서 사는 날에 '진리가 우리를 자유롭게 하는 그날까지' 불굴의 의지로 내 생애를 불사르며 살고 싶다.

주치의로 그분과 함께 한 30년

—

맹광호
가톨릭의대 예방의학과 교수

구상 선생님과 어느 정도 가깝게 지낸 분들은 다 아는 일이지만 선생님은 지난 40여 년간 여러 가지 육체적 질병으로 고생을 많이 하셨다. 40대 중반에 일본으로 건너가 한쪽 폐를 절단하는 대수술을 받고 늘 호흡에 어려움을 겪으셨고, 이즈음에 시작된 당뇨병의 악화로 매일 인슐린 주사를 맞아야 하는 고통스런 생활을 하셨으며, 돌아가시기 10여 년 전부터는 전립선비대증으로 잦은 소변 때문에 밤잠을 설쳐야 하는 어려움까지 겪어야 했다.

안타까운 일은, 그것도 모자라서 돌아가시기 1년 전쯤 모처럼 시내 나들이에서 교통사고를 당해 병원에 입원하시게 되면서 그 길로 그분의 건강은 급속히 내리막길을 걸어 결국 이런저런 후유증으로 세상을 뜨시게 된 것이다.

공교롭게도 나는 지난 30년 가깝게 선생님의 이런 대부분의 육체적 고통을 직접 곁에서 지켜보는 입장에 있었다. 나는 저런 선생님의 질병들이 선생님과 나 사이를 이어 준 숙명 같은 끈이었다고 믿고 있다. 그것은 내가 직접 환자를 진찰하거나 치료하는 임상 의사가 아니면서도 선생님을 '알고 나서부터 돌아가실 때까지 사실상 그분의 주치의나 다름없이 그분의 이런 모든 육체적 질병 치료와 임종 과정에 관여해 왔기 때문이다.

구상 선생님을 처음 만나는 사람들은 누구나 그분의 수려한 외모와 평화로운 말씀에 매료되어 금방 그분을 좋아하고 따르게 된다. 이런 점에서는 나도 예외가 아니다. 내가 처음 그분을 만난 것은 1970년대 중반쯤 '한국가톨릭문우회' 모임에서다. 변변찮은 수필을 여기저기 발표하던 것이 계기가 되어 가톨릭 신자 문인들이 모이는 모임에 참석하게 된 것이고 여기서 처음 구상 선생님을 만난 것인데, 역시 그분의 외모와 말씀을 접하면서 나도 금방 그분을 좋아하게 되었다.

그러나 이런 만남만으로 내가 그분과 곧장 친해진 것은 아니다. 모든 만남이 그렇듯이 어느 한쪽이 다른 한쪽을 좋아한다고 해서 반드시 두 사람이 친해지는 것은 아니기 때문이다. 두 사람이 친해지자면 역시 어떤 이유로든 양쪽이 함께 좋아해야 하는데, 그러자면 우선 서로 자주 만나는 계기가 있어야 한다.

그런 의미에서 보면 구상 선생님과 나와의 본격적인 만남은 하와이에서라고 할 수 있다. 1979년 내가 동서문화센터 장학금을 받아 하와이 대학교에서 박사과정 공부를 하고 있을 때 구상 선생님께서 하와이에 오신 것이다. 1970년대 초에도 하와이대학교에서 한국문학을 강의하신 일이 있는 선생님께서 두 번째로 하와이대학교 교환교수로 오신 것인데, 내가 가톨릭문우회 회원으로 모임에 나갔다는 사실만 가지고도 일단 우리는 쉽게 가까워질 수 있었다.

재미있는 일은 선생님이 하와이에 계시는 동안 내가 선생님을 찾는 일보다 선생님이 나를 '필요해서' 찾게 되는 일이 더 많았다는 사실이다. 주로 주일날 한인 성당에 갈 때나 그곳 교포 신자들 집에 함께 저녁 초대를 받아 갈 때 차편이 필요하신 선생님께 내가 늘 도움을 드리는 입장이었기 때문이다. 또 가끔 병원에 가실 일이 생기면 의사인 나를 앞장세우고 가시는 것을 편안해하셨다.

특히 혼자서 객지 생활을 해야 했던 선생님으로서는 제때 당뇨 환자에 맞는 식사를 할 수가 없었고 이런 상태에서 인슐린 주사를 맞던 선생님께서 가끔 저혈당에 빠져 의식까지 잃는 일도 있었기 때문에 나와 우리 집사람이 꽤나 긴장을 하고 신경을 써야 했다. 그래 봐야 가끔 식사 대접을 하고 만일에 대비해서 초콜릿이나 캔맥주 몇 개를 선생님 방 냉장고에 넣어 두는 정도였지만, 이런 일들을 통해 우리는 아주 오래 알고 지내온 사람들처럼 친해질 수가 있었다. 그러니까 선생님과 나와의 친분은 가령 문학이나 사상 그리고 취미를 같이하는 과정에서 친하게 된, 선생님을 아는 다른 많은 사람들의 경우와는 아주 다르게 진행되었다고 할 수 있다.

하와이에서의 이런 그분과의 관계는 귀국 후에도 선생님 가족 모두와 자연스럽게 이어졌다. 마침 의사로 개인 의원을 개원하고 계시던 사모님과는 물론, 건강이 좋지 않았던 두 아들 홍이와 성이와도 금방 가까운 사이가 되었던 것이다. 이들의 건강 문제에 구체적인 도움을 주기도 했던 나는 이들에게 꽤 의지가 되는 형 같은 존재였다.

특히 몸이 아파 병원에 입원해 있는 동안에도 아버지 눈을 피해 이런저런 사업을 벌일 만큼 통이 크고 대담했던, 그래서 아버지에게 적잖은 꾸지람을 듣던 성이는 마지막 가는 길에 나를 불러 슬픈 고해(告解)를 할 만큼 나를 좋아했다.

어찌 보면 선생님의 치부라고도 할 수 있는 이런 얘기까지 하는 이유는 그렇게도 많은 사람들에게 기쁨과 삶의 보람을 깨우쳐 주셨던 구상 선생님 자신의 삶은 실상 이렇듯 적잖은 육체적·정신적 아픔으로 점철되어 있었다는 것을 말하려는 것이다.

물론 나의 이런 설명이 아니고도 선생님께서 사모님과 두 아들을 먼저 보낸 사실을 아는 많은 사람들이 어느 정도는 알고 있는 일이긴 하지만 그래도 자신이 늘 몸이 아파 병원 신세를 져야 했고, 두 아들과 사모님마저 병환으로 잃게 되는 저간의 선생님의 아픈 사정을 깊이 이해하는 분들은 그리 많지 않다고 본다.

명동성당에서 있었던 구상 선생님 영결 미사에서 "세상 모든 고통과 슬픔을 혼자서 가슴속에 수용하고 고고하게 살다 가신 분"이라는 애절한 내용의 조사(弔辭)를 해주신 김남조 시인의 마음이 새삼 가슴에 와 닿는다.

"앉은 자리가 꽃자리니라 / 네가 시방 가시방석처럼 여기는 / 너의 앉은 그 자리가 / 바로 꽃자리니라"는 아름다운 시로 슬퍼하는 이들을 위로하시던 선생님 자신이 때때로 인용하시던 십자가상 예수의 절규, "아버지, 왜 나를 버리시나이까?"는 실상 바로 하느님을 향한 구상 선생님의 절규이기도 했다는 생각이 들 때가 많다.

사실 두 아들을 먼저 보내 선생님의 슬픔은 괜한 죄책감으로 더욱더 깊고 아픈 상처가 되어 선생님을 괴롭히기까지 했다. 좀체 자신의 슬픔을 남에게 내보이지 않으시던 선생님이 어느 날 나를 불러 약주를 청해 드시고는 아들 얘기를 하시며 흐느껴 우시던 모습을 나는 평생 잊을 수가 없다.

선생님이 가신 지 이제 1년.

나는 요즘 선생님이 교통사고를 당하시고 난 이후 돌아가시기 전까지 1년 남짓 주로 병상에서 보내셔야 했던 그 긴 고통스런 나날의 의미를 생각해 보곤 한다. 그것은 그 힘들었던 선생님의 고통에 대해 내가 일말의 책임을 져야 하는 것이 아닌가 하는 생각 때문이기도 하다.

사실을 말하자면, 선생님은 시내에서 교통사고를 입고 그곳 가까운 종합병원에 입원해 계시는 동안 거의 돌아가실 뻔했다. 한쪽 폐가 없는 상황에서 중환자실에 누워 계시는 일만으로도 폐 기능은 더욱 나빠질 수에 없었고 결국 심한 폐렴까지 겹쳐 회복이 불가능하다는 의사의 판정을 받고 겨우 기계에 의지해 호흡을 유지하는 상태였기 때문이다. 이를 눈치채신 선생님은 집으로 데려다 달라고 조르시기 시작했다. 이대로 집에 가시면 곧바로 돌아가시게 된다고 해도 선생님은 알았다고 하시면서 집에 가서 죽겠다고 하시는 것이었다.

실제로 그때 나는 가족들과 함께 선생님이 돌아가신 뒤 장례 치를 일까지 상의를 했다. 그러나 어떻게든 폐 기능만 회복하면 좀더 사실 수 있겠다는 생각을 한 나는 온갖 의료기기를 몸에 부착한 채로 선생님을 여의도에 있는 우리 대학 부속병원으로 모시고 갔고, 거기서 얼마 후 결국 폐 기능을 회복하고 집으로 퇴원하실 수 있었다. 이때 선생님이 좋아하시던 모습과 실제 병을 고쳐 준 의사들에게게보다 내게 더 고마워하시던 모습은 지금도 잊을 수가 없다.

그러나 이후로 선생님은 역시 힘든 호흡 때문에 매우 제한된 삶을 사실 수밖에 없었고 다시 중환자실에 입원해서 여러 달을 고생하신 끝에 세상을 뜨시고 말았다. 이 1년여 동안 선생님이 겪어야 했던 육체적·정신적 고통을 생각하면 나는 지금도 가슴이 저려 온다.

그리고 차라리 교통사고로 입원해 계실 때 돌아가셨으면 이후로 그렇듯 힘든 고통은 겪지 않으셨을 것이 아닌가 하는 생각까지 하게 될 때가 있다.

그러나 그 긴 고통의 시간들을 참으로 헌신적인 병간호로 선생님과 함께 한 가족들의 사랑과 그런 고통 속에서도 문병 오는 사람들을 미소로 맞이하고 보내시던 선생님의 모습을 보면서 나는 인간의 고통이 반드시 극복되는 것만이 아니긴 하지만 그것을 극복하려고 노력하는 과정에서 많은 사람을 순화시키는 참으로 신비한 힘을 내포하고 있다는 것을 깨닫게 되었다.

지금쯤 육체적 고통도, 정신적 슬픔도 없는 하늘나라에서 밝게 웃고 계실 선생님의 아름다운 모습을 다시 한 번 그려본다.

선생님 선생님 구상 선생님

―

권정신
(주)오령 대표이사

선생님의 저 웃음소리가 아직도 귓가에 쟁쟁한데 벌써 1주기라니 참 세
월도 무상하다.

선생님과의 연은 1957년 늦가을로 거슬러 올라간다. 고3이던 나는
대학입시 공부 막바지에 덜컥 결핵성 늑막염에 걸렸다. 일주일에 SM주
사 3~4대를 맞아야 했는데, 지지리도 가난했던 시절이라 거르는 때가
많았다. 이를 안타깝게 여긴 병원 선생님(사모님, 故 서영옥 여사)께서 외
상으로 주사를 놓아 주셔서 순심의원을 드나들다가 선생님을 뵈었다.
꼭지 덜 떨어진 까까머리 고등학생을 선생님은 마치도 친구이듯 대화
상대로 대해 주셨다. 바로 이런 선생님의 대인풍(大人風) 그리고 선풍도
골에 시쳇말로 뿅 가버렸다.

그즈음 왜관에는 진풍경이 있었다. 좁디좁은 비포장 시골길에 베레
모를 쓰고 치렁치렁한 치마 같은 수단(수도복)을 입은 서양 중(심이소 신
부님), 바랑과 삿갓과 장삼 차림의 동양 중(고은 스님), 중절모에 바바리
코트를 입은 영국 신사(구상 선생님)가 담소하고 걷는 모습은 진풍경 중
진풍경이었다.

선생님으로 생긴 버릇이 몇 가지 있는데, 그 중 하나가 소나기 독서

버릇이다. 폐병쟁이로 대학도 못 가고 재수하는 나에게 선생님은 왜관 관수재(서재)를 개방해 주셨는데 별로 할 일도 없던 때라 나는 그 서재의 책을 마구잡이로 읽어 댔다. 또 한번은 선생님께서 일본에서 폐 수술을 하시고 투병하실 때 신당동 옛 집 선생님께서 거처하시던 그 방에 1년 반쯤 하숙 생활을 했는데, 역시 그때에도 선생님의 서재에 있는 책은 내 차지가 되어 우격다짐식으로 몽땅 읽어 버렸다. 그러다 보니 지금도 병적일 만큼 책에 대한 욕심과 다독 버릇은 못 버리고 있다.

또 한 가지 버릇은 일기를 쓰는 것이다. 병원 선생님께서는 구상 선생님이 보내신 엽서를 자주 보여 주시곤 했는데, 그 엽서를 보면서 나도 누군가에게 엽서를 한 장 띄우더라도 그 자리에서 휴지통에 쑤셔 박히는 신세를 면할 만큼은 글을 써야겠다는 야심(?)을 가졌다. 글 연습하는 방법 중 가장 좋은 방법이 꾸준히 읽기를 쓰는 것이라는 말을 들어 1960년 그때쯤부터 오늘까지 하루도 빠짐없이 일기를 쓰고 있다.

선생님께서 일본 투병 생활을 마치시고 귀국하신 지 얼마 후라고 기억되는데 전화를 주시며 "베다(나의 영세명)야, 나한테 한번 오렴" 하셔서 찾아가 뵈었다. 남한에 있는 김소월 선생님의 유일한 아들인 김정호 씨의 이력서를 주시며 취직을 시키란다. 사연인즉 박목월 선생이랑 선생님께 이분이 찾아왔더라고. 6·25 전쟁 반공포로 석방으로 자유의 몸이 되었으나 변변한 일자리도 못 얻고 철도청의 홍익회에서 일하다가 잘렸다던가 해서 '가요 60년사'라는 음반을 외판하고 있단다. 시인 국회의장(한솔 이효상 선생님)의 문지기라도 시켜 달란다고. 그때 내가 국회의장 비서관으로 있어 내게 분부하셨던 모양이다. 그래서 한솔 선생님께 말씀드리고 취직시켜 드린 적이 있다. 또 한번은 '5·16민족상' 사무총장을 겸하고 있던 한국도로공사 박기석 사장(당시 난 비서실장)에게 그해 5·16민족상을 받도록 말씀드려 줄 수 없느냐고 물으셨다. 어느 분 분부라고 어기랴. 박 사장님께 말씀드렸더니 몹시 안타까워하시며, 그전 해에 5·16민족상 문학상을 수여해서 금년에는 음악 분야에 시상하기로 되어 있다며 어려워하시더니 그래도 뜻을 한번 모아 보시겠단다. 하지만 결국 나쁜 소식이었다. 선생님께서 이런 무리한(?) 청을 한 것은 선생님 일평생에 아마도 처음이자 마지막이었을 게다. 그런 거절의 수모(?)까지 받으실 줄 예견하시면서도 부탁하신 사연은 이렇다. "금년에 저 작은 엄마(선생님의 처제)가 회갑을 맞는데, 그동안 나 때문에 무수한 고생을 하였으니 일본 여행이라도 시켜 주고 싶은데 베다가 알 듯이 내 형편이 그리 못 되니 5·16민족상 상금으로 호강 한번 시켜 주고 싶다"는 것이었다. 이처럼 당신의 체면은 어찌되어도 좋으시다는 선생님이셨다.

한번은 신당동 집으로 문안을 갔더니 이런 이야기를 들려주신다. 당시 한국일보에 주필로 계시던 석천 오종식 선생께서 고정 칼럼을 맡고 계셨는데, 아마도 더 쓰실 수 없었던 모양이라 선생님께 맡아 주시라 했단다. 그래서 선생님은 조건을 제시했는데 당신이 쓰신 글 4편을 주며 그대로 게재할 수 있으면 맡으시겠다고. 그 중 한 편이 「광화문 현판 글씨」(제목 미상)였다. 얼마 전 세상을 시끌벅적하게 한 광화문의 '광화문'이라는 박정희 대통령의 친필이 그 소재였다. "내가 아는 박정희 대통령은 대단한 능력의 소지자로서 그 '능력'에는 한계가 있다고 생각지는 않지만 '인간 관계 능력'에는 한계가 왔다", "그렇지 않으면 당대 대가(大家)의 글씨를 걸어야 할 곳에 밑의 사람들의 아첨에 넘어가서 자신의 휘호를 걸었다", "대통령이란 자리가 이렇게 인간 관계 능력의 한계를 드러나게 하는 자리인 모양이다"라는, "그래서 민주주의 국가에서 8년 전후로 임기를 제한하는 모양이다"고. 대개 이런 내용이었는데 결국 한국일보에서 선생님의 조건을 못 받아들여 원고를 되돌려받았다며 웃음을 지으셨다.

좀 편찮으시다고 해서 여의도로 찾아뵈었더니 여름인데 자리 옆에 내의를 개켜 두고 계셨다. 무슨 일이시냐고 여쭈었더니 한국일보에 통일 문제로 글을 썼더니 이게 필화 사건이 되었다는 것이었다. 그래서 신문사 사람 몇 명이 중앙정보부에 잡혀갔고, 나도 언제 잡혀갈지 몰라서 기다리고 계신다고. 그러고 나서 얼마 후 다시 찾아뵈었더니 해결되었다 하신다. 사건의 전말은 이렇다. 중앙정보부의 김재규 부장이 만나자며 사람이 데리러 왔더란다. 마침 올 게 왔구나 하며 내의까지 입으시고 따라나섰는데 엉뚱하게 어느 요정으로 가더란다. 가보니 김재규 부장이 기다리고 있더란다. 선생님 사건을 각하에게 보고드렸더니 각하께서 "백면서생이 국내외 정세를 잘 모르고 그런 글을 썼으니 잘 설명해 드리라"는 분부를 받아 왔다고. 그래서 3-4시간에 걸쳐 무슨 실장이라는 사람으로부터 국내외 정보 보고도 잘 받고, 저녁도 잘 얻어먹고 왔다시며 아마도 "박 첨지의 마지막 우정"인가 보다며 또 선생님 고유의 웃음을 웃으셨다.

그 후 박정희 대통령이 김재규 부장에게 시해되던 해 늦여름, 아니 초가을이었다. 여의도 집으로 놀러오라 해서 갔더니 이러신다. 언젠가 베다에게 말했듯 내게 베푼 박 첨지(박 대통령을 선생님은 기분 좋을 때 이렇게 부르셨다)의 마지막 우정을 갚아야겠다고 생각하고, 박정희 대통령 독대를 신청해 놓았다고. 그때 차지철 경호실장의 철두철미한 인의 장막으로 아무도 박 대통령에게 민심을 적나라하게 전할 수 없던 시절이라 당신께서 그 역할을 하시겠다고 당시 구자춘 서울특별시장에게 은

밀히 부탁했단다. 구 시장은 다시 청와대 유혁인 정무수석비서관에게 부탁했고, 얼마 후 유 비서관으로부터 연락이 왔다고. 각하께서 만나시겠다고 하셨으니 어디 외출하시더라도 행선지를 알려 놓으라고 하더란다. 그래서 며칠이고 두문불출하고 연락 올 때만 기다리고 계신다고 하셨다. 그런데 종내 무소식이었고, 박 대통령은 10월 26일 시해당했으니 친구에 대한 마지막 우정의 기회를 놓친 선생님은 얼마나 허탈하고 마음 아프셨을까?

1976년 초엔 내 신상 문제로 선생님을 뵈었다. 당시 난 민주공화당 당의장 보좌역으로 있었는데, 그때 막 유신 2기에 접어들었던 터라 정치에 대한 욕심이 없는 내가 더 이상 여기에 있어서는 안 되겠다는 생각을 했다. 마침 공화당도 구조조정을 하느라 외부 전출을 신청하라 하던 때였기에 한솔 선생님의 허락을 겨우 받아 전출 신청을 했다. 당시 한국주택공사 양탁식 사장께서 자기에게 오라고 해서 희망처를 한국주택공사로 했는데 무슨 영문인지 내 이력서는 한국도로공사로 갔다. 그래서 한국도로공사에 갔더니 과장 자리밖에 없다며 오려면 오고 말라면 말라는 식이다. 내 나이를 생각해서 나 나름으로는 계급(?)을 낮추어 부장급을 달랬는데 과장이라니 화도 나고 마음도 상하고 해서 선생님을 찾아뵈었다. 선생님께서는 십수 년을 수하로 두고 부린 사람을 겨우 과장으로 보내는 것은 경우에 안 맞는다며 나보다 더 화를 내신다. 그리고 당신이 직접 한솔 선생님을 뵙겠다신다. 그러시면서 베다는 이런 면을 현명하게 심사숙고해 보라신다. 십수 년의 인연이 결코 가볍지 않은데 지금 돌아서 버리면 한 번은 더 좋은 자리를 마련해 주겠지만 그것으로 그 호인연(好人緣)이 끝나 버릴 거라고. 그냥 묵묵히 받아들이면 저쪽에서 평생 베다에게 빚을 진 셈이 될 거라신다. 속으로 몹시 화가 나 있던 상태였고, 또 당시 이만섭 공화당 정책부의장이나 신관순 사무차장도 왜 당신이 이런 푸대접을 받아야 하느냐며 가지 말라고 하고 있던 때라 선생님의 충고가 귀에 몹시 거슬렸다. 그런데 며칠 지나 이성(?)을 회복하고 보니 선생님 말씀이 내게 약이 되는 충고이다 싶었다. 그래서 조건 없이 묵묵히 한국도로공사로 갔다. 당시 도로공사의 박기석 사장은 정치 하는 데 있던 사람이 회사에 오는 게 탐탁치 않아서 거절할 목적으로 그렇게 계급을 낮추었던 것인데 덜컥 내가 오고 보니 참 난감했더라는 후문이다.

아마도 5·18 얼마 후인가 싶다. 선생님께서 예술원 종신회원을 탈퇴하셨다는 신문보도를 보고 찾아뵈었더니 이러신다. 내가 무슨 지사나 의사나 투사 하려고 그런 것이 아니다. 단지 내 생각, 곧 내가 국보위에서 예술원·학술원법을 바꾸어 회원들을 재임명하려는 것은 부당하다고 예술원법·학술원법 개정 반대의 글을 〈동아일보〉에 투고(?)한 것이 기사화된 적이 있단다. 또 청와대의 모 비서관이 전두환 씨가 선생님을 예술원 새 원장으로 추대하려고 생각하고 있다는 연락을 받았지만, 그에 반대하던 법이 통과된 것을 보고 그냥 탈퇴했다신다. 그것도 쉽게 수리될 것 같지 않아 신문에 보도되게 하셨단다. 그때 이름만 들으면 다 알 수 있는 학술원 종신회원 한 분도 같이 탈퇴하기로 했는데 그분은 슬그머니 빠지셨다고 세상이 다 그런 것 아니냐며 허허롭게 웃으셨다.

내가 몸담고 있는 회사 '오령'의 사가(社歌) 작사와 얽힌 일화다. 2002년 추석 문안을 갔더니 건강이 아주 안 좋으시다며 산책도 못하신단다. 조용히 지난 일들을 되돌아보시는데, 그동안 당신이 부탁받은 일들을 하나하나 챙겨 보았다고. 미결 사항은 거의 없으시다고. 그런데 하나, 10여 년 전 베다가 부탁한 사가 작사를 못 해준 게 생각났다신다. 그래서 약속을 지키셔야겠다고 내가 가져다 준 자료를 찾으니 어디에 두었는지 찾기가 어렵다며 다시 만들어 달라신다. 자료를 10월 말쯤 가져다 드렸더니 그때부터 작사를 하기 시작하셨다. 그리고 얼마 후 2003년 2월 1일 설날 세배를 갔더니 초고를 보여 주신다. 당신은 옛날 사람이라 요즈음 사람들에게 맞는 사가가 될지 모르겠다신다. 산소호흡기를 달고 사시면서도 초고를 놓고 단어 하나하나에 대한 설명과 내 의견을 묻고, 그렇게 몇 번이고 고치시더니 가져가서 직원들과도 의견을 나누어 보라신다. 정말 뵙기도 민망했고, 또 너무너무 감사했다. 그러고도 구절 하나, 단어 하나 좋은 생각이 나면 밤낮 안 가리시고 스무 번도 더 넘게 전화를 주시며 의견을 묻고 하시면서 '오령 사가'(별첨)를 지어 주셨다. 우리 '오령 사가'가 선생님의 마지막 공식 작품이 아닌가 싶다.

2002년 가을에 문안을 드리러 가니 선생님께서 요즈음 예수님과 성모님께 간절한 기도를 드리고 있다신다. 그 소원은 향나(유일한 친손녀)가 대입 준비를 하고 있으니 내가 어떻게 되면 공부에 지장이 있을 테니 수능시험 끝날 때까지만이라도 아무 탈 없게 해주십사라는 것이다.

아주대 병원에서 강남성모병원으로, 또 여의도성모병원으로 옮겨가시며 투병하실 때 한번은 내자와 같이 여의도성모병원 병실로 찾아뵈었더. 그러자 선생님은 "베다야, 사가의 작곡은 했느냐?"고 물으시고는 "내가 좀 덜 아프려고 지나친 욕심을 부리다가 이 지경이 되었다"시며 선생님의 특유한 웃음을 웃으시더니 종내는 못 일어나시고 하늘나라로 직행하셨다.

벌써 1년.

선생님 선생님 구상 선생님. 그리고 병원 선생님. 영생과 영복을 누리소서.

오령 사가

작사 : 구상

1절
우리의 일터 오령은 창업의 이념부터
한국 의료업계에 물류의 공급 관리와
지원 개발의 연구를 일삼는 봉사체로서
그 사명 완수에 온갖 힘을 기울인다네

(후렴)
장하다 오령의 일꾼들이여
우리의 드높은 신념과 드맑은 정성은
삶의 보람과 기쁨을 안겨 준다네

2절
우리의 일터 오령의 선도적 역할로서
많은 의료기관의 참여와 협동을 통해
경영개선과 쇄신에 지성껏 이바지하고
국민보건 향상에도 기여한다네

구상 교주

이만근
시인

아침 출근 준비를 하고 있을 때 전화 벨이 울렸다.

"여보세요?"

"응, 여기 여의도요."

"아, 선생님 안녕하셨습니까."

"그래 그래, 나는 별일 없지. 댁내도 별일 없지. 특별한 일 없으면 오늘 출근 길에 좀 들르구려. 아니면 점심 식사나 같이 하지."

"네, 출근 길에는 좀 어렵구요. 점심때 찾아뵙도록 하겠습니다."

"그런데 오늘은 일하러 오는 아주머니가 오지 않는 날이라 식사는 밖에서 해야겠어."

"네, 나중에 찾아뵙겠습니다."

또 어느 날 아침에는 내가 전화를 드린다.

"선생님, 접니다."

"응, 그래그래."

"오늘 특별한 일 없으시면 찾아뵈올까 합니다. 말씀드릴 것이 있습니다."

"응, 그래. 오늘 괜찮아. 한 시쯤 와서 함께 집에서 식사나 하지."

"네, 그럼 나중에 뵙겠습니다."

이처럼 구상 선생님과 인연을 맺은 것이 꼭 35년이 되었다. 선생님을 처음 뵈온 것은 1970년 봄이었다고 기억한다. 내가 군 복무를 마치고 흥사단 본부에 근무하면서 기관지 월간 〈기러기〉 편집을 맡고 있을 때다.

4·19 혁명 10주년을 맞아 그 기념시를 부탁드리자 쾌히 승낙하시고 며칠 후 명동성당 근처 다방으로 나오라고 하셨다. 흥사단 본부가 을지로 입구에 있었기 때문에 장소를 그렇게 정하신 것 같았다. 약속 시간에 다방에 나갔더니 선생님께서 먼저 오셔서 반갑게 맞아 주시면서 「진혼곡(鎭魂曲)」이란 작품을 건네주셨다. 이 시는 〈기러기〉 1970년 4월호에 실렸는데, 나의 초보 교정 실력으로 오자(誤字) 한 자가 생겼다. 책을 받아 보신 후에도 선생님께서는 내색하지 않으셨지만 두고두고 죄송스럽고 부끄럽게 생각하고 있었다.

그 후 이따금, 아니 자주 여의도 관수재를 드나들면서 선생님의 인품을 접한 것은 나의 행운이요, 분에 넘치는 축복이라고 생각하면서 살아왔다.

1980년대 초 선생님과 나는 국민 정서를 순화하기 위한 국민운동을 전개할 계획을 세우고 추진한 일이 있다. 선생님께서 평소 늘 주창하셨던 규범 의식의 회복과 그 앙양을 위하여 동서인문고전 읽기와 정서 순화와 그 함양을 위하여 시조 짓기를 범국민적 운동으로 벌이자는 것이었다.

후일을 위하여 그때 선생님께서 손수 세운 계획서를 요약하여 여기 기록으로 남겨 두고자 한다.

동서고전읽기운동

1. 목적

물질주의와 기능 위주의 시대 속에서 젊은이들의 존재의 망각, 도리(道理)와 사리 (事理) 세계의 몰각(沒覺) 속에 있음에 비추어 동·서 국학 고전의 강독과 주석을 통해 이들의 도덕심과 규범 의식을 강화하여 국민의 의식 혁명을 그 목적으로 함.

2. 운영과 강좌 내용

1) 운영 : 국가의 목적 사업으로 추진하되 기존 한국청소년연맹이 주관하는 것 이 적당할 것임.

2) 강좌 : 초급·중급·상급으로 분류, 2년간에 걸쳐 동·서 국학 고전 12과목을 이수토록 함.

3) 강좌 선정 위원 : 구상, 김태길, 김종호, 최창선, 변규룡, 차주환, 김충렬, 최 근덕, 안병주

3. 강좌 내용(상급 강좌 예)

1) 서양 고전 10선

① 플라톤의 『국가론』, ② 아리스토텔레스의 『니코마코스 윤리학』, ③ S. 아우 구스티누스의 『고백론』, ④ 토마스 아퀴나스의 『신학대전』, ⑤ R. 데카르트의 『방법서설』, ⑥ E. 칸트의 『도덕 형이상학에 관한 근본 이론』, ⑦ A. 테레시아 와 십자가의 성 요한의 『신비학』, ⑧ F.니체의 『짜라투스트라는 이렇게 말했 다』, ⑨ 헤겔의 『정신현상학』, ⑩ L. 라벨의 『존재, 자아, 실재』

2) 동양 고전 10선

① 논어, ② 맹자, ③ 예기(대학·중용), ④ 노자·열자, ⑤ 장자, ⑥ 한비자, ⑦ 신어·신서, ⑧ 반야심경·금강경, ⑨ 대승기신론·섭대승론, ⑩ 자치통감

절요

3) 국학 고전 10선

　① 삼국사기, ② 삼국유사, ③ 고려사, ④ 동국이상국집, ⑤ 매월당집, ⑥ 동
문선, ⑦ 두시언해, ⑧ 시화총림, ⑨ 연암집, ⑩ 여유당전서

　그때 공무원들이 보기에는 좀 어설프게 보였을지도 모를 이 계획서를
가지고 청와대·문교부 등 당국에 건의도 하고 담당자를 직접 만나 설
득도 했다. 또 언론에도 호소를 했는데, 1983년 5월 29일자 〈한국일보〉
의 '일요일 아침' 칼럼에 「고전(古典)을 읽자, 시조(時調)를 짓자」라는
선생님의 글을 게재하기도 했다. 선생님께서는 이 글에서 운동의 목적
과 구체적인 추진 방법, 운동의 주체 등에 관해 소상히 밝히셨다.

　내가 재직하고 있던 한국청소년연맹에서도 시조 짓기 운동을 사업으
로 채택하여 구체적으로 추진하였다. 그 중 하나가 시조 짓기 교재의
출판·보급이었다. 그 내용을 먼저 미국 하와이대학교에 가 계신 선생
님께 보내 드렸더니 아래와 같은 편지를 보내 주셨다.

　　李萬根 詞友 보시압
　　멀리까지 시조 학습책(교재) 보내 주셔서 반갑고 감사합니다. 아주 썩
　　잘된 것 같군요. 수고하셨습니다.
　　나의 宿願, 아니 우리 詩友들의 염원이 이만큼이라도 성숙되어 간다는
　　데 큰 기쁨을 갖습니다. … (중략) … 이곳에서는 나는 건강도 탈이 없고
　　그렁성 강의도 순조롭게 끝내 갑니다. 새 봄에는 서울에 가서 좀더 우애
　　를 돈독히 할까 합니다.
　　그러면 댁내 均吉을 합장하여 인사와 회포를 줄입니다.
　　　　　　　　　　　　　　　　　　　　　　　임술년 11월 22일

具常 적음

고전 읽기는 성천(星泉) 유달영 선생께서 설립한 성천문화재단에서 '성천아카데미 강좌'로 지금까지 추진하고 있는 줄로 안다. 구상 선생님 께서는 성천아카데미 초대 원장과 명예원장을 맡으신 바 있다.

물론 선생님과 상의를 한 바 있지만 자의 반 타의 반으로 한국청소년 연맹을 그만두고 집에 쉬고 있을 1984년 7월, 어느 날 김광균(金光均) 원로 시인을 찾아뵈라는 말씀이 있었다. 다름 아닌 범양사 출판부 책임자로 추천하신 것이었다.

범양사 출판부는 김광균 시인과 각별하신 설립자 이성범(李成範) 회장께서 세운 회사의 출판부로서 그분의 뜻에 따라 양서(良書), 주로 과학책을 출판하고 있었다. 그때 선생님께서는 내게 도움을 주시고자 많은 노력을 하셨는데 그 중의 하나가 우리 나라 당대 최고의 원로 문인·학자 분들로 하여금 '회귀(回歸) 동인회'를 결성한 것이다. 그때 동인으로 참여하신 분은 구상 선생님을 비롯하여 김광균·김원룡·김중업·김태길·민영규·백선기·송지영·이성범·이용희·이주홍·이한기·정비석·차주환·최호진·황순원 선생님 등이었다. 나는 이 중 몇분의 저술을 단행본으로 출판하기도 하였다. 『회귀』 동인지는 1985년 6월 1집을 낸 후 1990년 6집까지 발간했다.

또 선생님께서는 선생님의 일기를 책으로 출간하면 잘 팔리겠느냐고 먼저 제의하시면서 그동안 써두셨던 일기를 몽땅 건네주셨다. 나는 밤새워 읽고 선생님의 모습이 일반에게 너무 공개되는 것 같아 그만두기로 하고 대신 선생님의 서간 문집을 내기로 했다. 1985년 출판된 『딸 자명(紫明)에게 보내는 글발』이 그것이다. 선생님께서는 이 책의 머리말에서 "나와 우애가 깊은 범양사 출판부장인 시인 이만근의 '그 언젠가 선생님의 병상 서간을 보니 퍽이나 감동적이었습니다. 하와이에 가 계실 때 서간을 한번 묶어 보면 어떻겠습니까'는 권면에 응종하여 이렇게 한데 합쳐서 펴내게 된 것이다"라고 밝히셨다. 예상보다 많이 팔리지는 않았지만 독자들로부터 좋은 반응을 얻었다. 나는 선생님의 일기와 서간을 읽으면서 많은 감동을 받은 것은 물론 더욱 선생님께 가까이 다가가는 계기가 되었다.

선생님께서는 이렇듯 나라 걱정과 주변 사람들에 대한 배려를 구체적으로 실천에 옮기셨다. 뿐만 아니라 좁은 나의 식견으로는 선생님의 문학 세계나 사상·철학의 깊이와 넓이를 헤아릴 수는 없지만, 선생님은 삶과 작품 세계를 하나로 보고 실천하신 분이라고 확신한다. 선생님은 언제나 실천 없는 앎과 믿음은 거짓이요 자기 기만이라고 강조하셨다.

선생님을 뵙게 되면 그 훈훈하고 은은하며 말이나 글로 형용하기 어려운 인품에 빠져들 수밖에 없다. 그래서 비단 나만이 아니라 선생님 댁에 출입하는 많은 분들이 흔히 선생님을 교주(敎主)라는 별칭으로, 또는 '아버지', '아버님'으로 부른다.

선생님 댁에는 문인과 학자는 물론이고 기업인·정치인·종교인·제자 등 다양한 사람들이 드나들었다. 그 중에서도 어려운 환경, 소외된 처지에 있는 분들이 많았다. 그분들이 온 것은 선생님에게 청탁이나 부탁·호소·상담·의논 등을 하기 위해서였던 것으로 나는 기억한다. 그렇다 보니 대부분 현명한 가르침이나 따뜻한 사랑이 그리운 분들이었다. 나 또한 그 중 한 사람이었다.

지금 35년의 세월이 영화 필름처럼 돌아간다. 그 중에서도 몇 년 전 선생님께서 교통사고 후유증으로 고려병원 중환자실에서 산소호흡기에 의지하고 계실 때 내 아내의 손을 꼭 잡고 산소호흡기를 제거해 달라고 간청하시던 모습과 지난해 여의도성모병원에서 영원한 헤어짐을 알리는 선생님의 마지막 눈빛을 잊을 수 없다.

나는 아호를 상산(常山)이라고 쓰고 있는데, 이는 구상 선생님의 '상(常)' 자와 도산 안창호 선생님의 '산(山)' 자를 한 자씩 따서 지은 것이다. 나는 내 삶에 가장 큰 영향을 주신 이 두 분의 큰 스승과 영원히 함께 하고 싶다.

염화의 미소

―

김인근
서양화가

"그래 말이다, 어떻게 세상일을 내 기분에 맞추겠나. 그저 그러려니 하고 사는 게 인생이 아니겠나."

　구상이 불만이 많고 다혈질인 내게 나지막이 이르시는 말씀이다. 이제 먼 나라로 떠나신 형님의 자애로운 충고를 누구에게 다시 들을 수 있겠나 하여 그의 참모습을 되새겨 보고자 한다.

　　강은 쉼 없는 긴장을
　　안으로 지니고 새겨서
　　유유하게 보인다.

　　강은 끊임없는 장애를
　　안으로 견디고 이겨서
　　태평하게 보인다.

　　강은 뭇 생명에게 베풀면서
　　갚음을 바라지 않아서
　　무심하게 보인다.

안으로 땀흘리고

안으로 괴로워하고

안으로 눈물짓는

강

오직 밖으로는

염화의 미소를 지으며

흐른다.

　지금으로부터 13년 전 형님이 내게 이 시를 서예가 이길상에게 글씨 쓰게 하고 편액으로 유리 표구하여 주신(폭 150 × 높이 50㎝) 선물을 내 침실에 걸어 두고 조석으로 읊고 생각하고 또 비유하는 일상의 일과가 이어지고 있다. 이 시는 바로 구상의 자화상이요, 그의 생애를 보여 주는 삶의 그림이요 거울이다. 또한 우리 모두를 깨우쳐 주는 삶의 지침이라 믿는다.

　그는 성내지도 않고 탐하지도 욕하지도 않았으며, 다투지도 원망도 넘치지 않았으며 항상 넉넉하고 여유 있는 삶을 살았다. 명예나 지위는 물론 치부에도 관심 없이 베풀며 살아간 구도자의 길을 홀로 간 선비, 그 사람으로 비치고 있다. 석가모니의 어린 제자 동자승 가섭(迦葉)의 염화 미소를 본다. "앉은 자리가 꽃자리니라. 네가 시방 가시방석처럼 여기는 너의 앉은 그 자리가 바로 꽃자리니라"고 노래한 구상의 철학이 바로 수도자의 거룩한 모습으로 비쳐지고 있다.

　때는 지금으로부터 47년 전 1958년 8월 무더운 여름날 밤이다. 6 · 25 전쟁으로 폐허가 된 진주시 대안동 허물어진 여관 마루에서 몇 잔의 쓴

소주로 시작, 어느 정도 취기가 오른 나는 설창수·구상을 모시고 월급을 담보로 하여 남강변 뒤베리 모퉁이의 작은 주점으로 자리를 옮겨 은어 안주로 한껏 취했다. 거기서부터 두 분을 형님으로 모신 것이 계기가 되어 오늘에 이르기까지 곁에서 누구보다도 구상과 함께 하는 시간이 많았다. 그러기에 상당한 자신을 갖고 구상을 살피기에 이르렀다.

그러나 형님이 떠나신 지 벌써 1주기. 지난날을 되새기게 되니 외롭고 그립고 슬프다! 의사요 아내요 평생의 반려자이신 서영옥! 한 번도 예쁜 옷 한 벌, 얼굴에 바르는 콤팩 한 곽 사서 선물한 적 없고 그저 병약한 지아비 뒷바라지만 묵묵히 해오신 형수님이 병석에 눕게 되자, 구상은 가슴 깊숙이 묻어 둔 참사랑의 보자기를 풀었다. 20대 초반부터 시작하여 평생토록 속을 끓이게 하고 아니면 보따리 싸들고 출가……. 병원에 입원하신 사실이 형수님께 연락이 되면 형수님은 형님을 모시고 가서 치료해 주셨다. 그러한 부인에 대한 회한의 눈물을 나는 그날 보았다. 가슴 깊숙이 꽁꽁 묻어 둔 아내 사랑의 참모습을……. 아내요 어머니요 누나요 누이 같은 부인에 대한 속죄라 할까, 고마움에 대한 보답일까?

언젠가 형님과 나는 안성 유택을 장만하러 갔다. 유명한 지관 임 신부님을 모시고 현장에 도착해 임 신부님의 주선으로 유택을 결정했을 때의 일이다.

이 유택은 명당으로 98점이란 임 신부님의 평가에 구상은 어린아이처럼 기뻐하면서 여기는 나와 아내 서영옥이 합봉할 자리이고 옆에는 장남 구홍, 차남 구성, 이모 순이라며 나더러 잘 보아 두라고 하면서 기뻐했다. 귀경길엔 얼큰히 한잔 하고 하지도 못하는 노래까지 부르니 천진난만 아기의 모습과도 같았다. 이렇게 유택을 결정하니 선견지명이라도 있었는지 얼마 후 사랑하던 아내와 아들 둘이 먼저 하늘나라로 가고 구상도 끝내 아내 곁으로 합장, 벌써 1년이 지났다.

"제일 비싸고 제일 좋은 옷을 입혀라." 아내 서영옥 여사가 끝내 여의도성모병원에서 이 세상을 하직하니 평생에 못다한 회한 때문인지 r 구상은 슬피 울고 또 울어 주위 사람들마저 울렸다. 마지막 가는 아내에게 구상은 "제일 비싸고 제일 좋은 옷을 입혀 보내야 한다"며 손수 수의를 고르고는 또 울었다(난 속으로 '평소에 좀더 잘해 주시지 않고…… 생각했다). 그때 '생전에 가족에겐 근엄하고 재미없던 그가 그렇게 진한 사랑을 가슴에 묻고 살았구나!' 하는 생각을 했다. 움직일 수 없을 때까지 의료 봉사를 하시던 천사 같으신 형수님을 늦게나마 진한 마음으로부터 갚음하는 것인가? 그의 시 「강」처럼 염화의 미소로 아내와 사랑을 나누었는지도 모를 일이다.

이렇듯 구상은 마음 깊은 한 곳에 아내를 묻어 두고 홀로 지키며 살아봤다. 이것은 시 「은행」에서 확인할 수 있다. 형수님 가신 후 묘소 상석을 놓을 준비로 지금은 고인이 되신 세종대학교 평보 서희환 교수를 형님과 함께 찾아갔다. '우리 부부 이야기'인 시 「은행」을 아내의 묘비에 새길 한글체 글씨로 받기 위해서였다. 이렇게도 돌아가신 후에 있는 정성을 쏟으시는 것을 보고 나는 "제법 아내 사랑 점수를 올려야겠구나!" 하고 구상 형님을 놀리곤 했다.

은행(銀杏)
–우리 부부의 노래

나 여기 서 있노라
나를 바라고 틀림없이

거기 서 있는

너를 우러러

나 또한 여기 서 있노라

이제사 달가운 꿈자리커녕

입맞춤도 간지러움도 모르는

이렇듯 넉넉한 사랑의 터진 속에다

크낙한 순명(順命)의 뿌리를 박고서

나 너와 마주 서 있노라

일월(日月) 우리의 연륜(年輪)을 묵혀 가고

철따라 잎새마다 꿈을 익혔다

뿌리건만

오직 너와 나와의

열매를 맺고서

종신(終身)토록 이렇게

마주 서 있노라

연두색 미니 투피스와 25cm

1993년 6월 3일은 공초 오상순 선생 30주기 및 탄신 100주년 공초문학상 제정 기념일이었다. 수유리 빨래골 선생의 묘제를 모시고 그간의 경과 보고와 앞으로의 계획(묘제와 성묘, 그리고 공초문학상금 관리) 등의 결산 보고 및 식사 순으로 공식 행사를 모두 마치고 공초숭모회(空超崇慕會) 회장 자리를 이원섭(李元燮) 선생께 인계하고 난 구상은 할 일을 마친 듯 크게 기뻐하였다(공초 오상순 선생 묘소 관리, 묘 문제, 성묘, 문학상에 필요한 기금 마련을 위하여 구상이 주선한 시화전으로 당시 거금 1억 원의 기금이 마련되어 서울신문사에서 관리). 뒤풀이로 인사동 S주점에는 가장 가까운 식구가 모였다. 지금은 모두 고인이 된 노석 박영환, 파성 설창수, 평계 이정호, 청제 성권영, 조영암, 황 여사와 함께 자리하여 정담을 꽃피우고 술잔이 오가는 즐거운 시간이 한참 흘렀다.

그런데 구상 한 사람 건너 곁에 앉은 나는 그만 못 볼 것을 보고 말았다. 허허 큰 사건이로다. 일은 터졌다. 야단났다. 대단하다. 눈짓으로 동석한 일행에게 알려 주면서 소리내지 말고 주시하기만 하라고 손짓으로 일러 두고 사건의 전개를 지켜보았다.

공초 선생의 묘제, 성묘, 문학상, 숭모회 기금 조성 등 번다한 일을 모두 마친 구상은 어느 때보다도 훨씬 많은 약주를 드셨고 말씀도 많았다. 서툴지만 제스처도 제법 날렵하게 나아가더니 취흥이 도도해진 구상은 인간 본능의 원초적인 생리 작용이 낳은 색정이 솟는지 아뿔싸, 그만 행동으로 옮기고 있었다. 곁에 앉은 미모의 연두색 투피스의 미니스커트 아가씨의 무릎 위에서부터 구상의 그 큰 손이 아주 얍삽하게 그리고 조용조용 용의주도하게 파고들지 않는가! 장난기가 발동한 나는 손이 어디까지 갈지를 계산하면서 주시하고 있었다. 그런데 순간 큰 손은 25㎝ 가량 상륙하고 나머지 10㎝ 가량 남은 그곳까지의 거리를 남겨둔 상태가 아닌가. 모두 참던 웃음보 때문에 그만 점령군의 손은 멈추고 좌중은 배꼽을 안고 뒹굴다시피 웃었다.

이 사건은 두고두고 화제가 되었는데, 이젠 증인이 모두 타계하고 나 홀로 남아 이 글을 쓰면서 그날의 정경을 되새겨 본다. 이후 이 사건의 전모를 따님(구자명)과 이모님이 듣는 앞에서 폭로하기에 이르자, 듣는 이들은 설마 하고 반신반의하면서도 안 했다고 변명하는 형님의 능청맞은 모습에 모두 박장대소하였다.

그런데 이 사건은 더 재미있는 마무리로 발전하였다. 형님이 모 언론사 간부 두 명과 화제의 그 S집으로 식사차 가서 반주를 곁들이며 담소하다가 시중 드는 그 연두색 미니스커트 아가씨를 보시고 전후지사를 털어놓으시며 아가씨보고 그날의 행적에 대해서 그런 얍삽한 행동을 한 일이 없었다고 말하라고……. 그런 다음 담뱃갑을 뒤집은 메모지에 다음과 같은 확인서를 받아내게 되었으니 이 얼마나 장난기가 넘치는 광경인지 추측에 맡길 뿐이다.

'절대로 미니스커트 밑으로 손이 들어온 적이 없음을 확인함. 00년 0월 0일.'

이렇게 해서 연두색 미니스커트 아가씨의 지장을 찍은 확인서를 확보한 구상은 지갑 속에 단단히 보관했다가 마침 나와 아내가 여의도 형님 댁에 갔더니 문제의 확인서를 꺼내는 것이었다. 그리고는 자신의 결백을 주장하며 나를 무고죄로 고발하겠다고 협박하는지라 얼마나 웃었는지 모른다. 그러더니 그 담뱃갑 확인서를 다시 지갑 속에 집어넣으면서 훗날을 위하여(내가 다시 놀린다면) 보관한다고…….

이렇게 재미있는 우리들의 이야기를 형님의 영전에 되새겨 드립니다. 그 문제의 답뱃갑 확인서는 아직도 형님 지갑 속에 꼭꼭 숨어 있지 않을까! 그리고 그 사건은 아직도 유효한데 결말은 훗날 저승에서 만나 매듭을 풀어야 할 것 같다. 참 재미있는 추억인데 이렇게 원고지를 붙잡고 형님을 회상하니 이 무상(無常)함을 어찌하오리까. 저승의 가까운 친구들과 잔 가득 붓고 주거니 받거니 이승의 일들을 회상해 보시면서 즐거운 시간 가지소서!

영혼의 구원과 동경, 그리고 향수

구혜영
소설가

이 글을 적고 있는 지금이 2005년 3월 하순이니까 꼭 54년 전이다. 1951년 1·4 후퇴 당시의 이맘때, 아니 한 뒤 달쯤 후였던가. 나는 대학 초년생이었고 그 전해에 터진 6·25만 아니었다면 곧 2학년이 될 참이었다. 세상은 남북간 총질로 발칵 뒤집혀 아직도 요동 중이고 시대의 격랑에 휘말린 나 역시 가족과 떨어져 피난지 대구까지 흘러가 있었다. 친구네 집에서 더부살이로 연명하면서 날마다 하늘의 별 따기인 일거리를 찾아 거리를 헤매던 어느 날, 요행으로 군복을 입은 여고 시절 국어 선생님을 만났다. 문예반 담당 교사이기도 하던 은사는 용케도 육군본부 정훈국이라던가 하는 데서 무슨 편집 하는 일을 맡은 군속이 되었다고 했다. 평소 화끈한 다혈질 기질에다 진작부터 나를 괜히 과대평가하던 그분은 딱한 내 사정을 듣고는 결심한 듯 내 등을 밀었다. 어렵사리 잡은 당신의 일터에 글재주 있는(?) 제자 하나 더 끌어들여 보겠다는 고마운 돈키호테식 발상이었다. 그리고 은사에게 끌려간 육군본부의 한 볼품 없는 사무실에서 나는 전혀 예기치 못한 한 사람을 만났다. 하지만 아니, 여기서 만났다는 말은 온당치가 않다. 그 사람과 나는 눈길 한번 제대로 마주 스치지도 않았으니까. 단지 나 혼자 그 사람을 보는 한 순간 잠시 아찔하게 넋을 잃을 뻔했을 뿐이다.

나는 바야흐로 열린 청춘의 문턱으로 갑자기 밀어닥쳐 휩쓸리게 된 거센 풍랑의 소용돌이 속에서 난데없이 모습을 갖추고 나타난, 그동안 내 나름의 유년기·사춘기를 거치면서 문학 소녀다운 상상력으로 다지고 익혀 온 꿈, 그 황홀한 문학적 몽상과 홀연히 맞닥뜨린 꼴이었다. 살풍경한 전시의 군대 사무실에서 그 사람은 나의 오랜 문학적 동경과 향수가 빚어 낸 꿈속 영상과 꽤나 닮은 이미지로 저만치 떨어진 책상 앞에서 입구에 누가 와 있거나 말거나 아랑곳없이 엄숙하고 성난 듯한 표정으로 진지하게 원고를 휘갈기고 있었다. 그 사람은 베레모도 아니고 두건도 아닌 회색 털실로 어망처럼 짠 모자를 아무렇게나 뒤집어쓰고 있었는데, 그것은 누구의 눈에도 방한용이라기보다는 숱 많은 머리칼을 누르기 위한 것으로 보였다. 온 세상이 숨막히는 국방색 일색인 전시의 군대 안에서 그 사람이 풍기는 초연한 문화 예술적 분위기에는 어떤 근접하기 어려운 종교적 경건함과 고고함에다 그 시대 문학 청년들이 목말라하던 프랑스 문예영화에서나 만남직한 유연하고 호방한 문학적 멋스러움이 공존하고 있었다.

"시인 구상 씨야! 지금은 종군기자지."

은사의 나직한 목소리가 귓가를 스쳤고 나는 그 방에는 들어가 보지도 못한 채 이내 은사에게 끌려 나온 기억만 남아 있다. 그리고 그 시절의 상식대로 여대생인 내가 그런 자리에 취직이 될 리는 없었을뿐더러 얼마 후, 나는 어찌어찌 기회가 생겨 전쟁통에 과부가 된 어머니가 무력한 가족을 거느리고 기다리는 폐허가 된 서울로 돌아왔다.

내가 정식으로 구상 선생님께 첫인사를 여쭌 것은 그로부터 4~5년쯤 지난 1955년 봄, 내가 문단에 데뷔한 직후였다. 나를 등단시킨 심사

위원 중 한 분이신 이무영 선생님께서 손수 소개를 해주셨는데 그때 구상 선생님은

"종씨라 그런지 웬일로 낯설지가 않구먼. 아니, 무영 선생께 하도 여러 번 들어서인가?"

곁에 계신 이무영 선생님을 좀 놀리시는 양 그러시고는 허허 웃으셨다. 당시 이무영 선생님은 약수동에 사시고 구상 선생님은 인근인 신당동에 사시던 터라 두 분은 평소부터 친교가 잦으신 듯하였다.

우리 넷 중에서는 맨 먼저 고인이 된 시인 구경서, 그리고 구현서, 구중서와 나는 같은 족척(族戚)의 '서(書)' 자 항렬이라 바로 위 '연(然)' 자 항렬이신 구상 선생님을 당연히 아저씨로 모실 수 있었다. 구경서 시인은 구상 선생님과는 동연배지만 깍듯이 문중 아저씨로 예우했고 아저씨도 함부로 하대 못할 조카님으로 대접하는 가운데 우리 구씨 문인 화수(花樹) 모임은 시종일관 화기애애한 우애 친목의 세월을 살았다.

아저씨는 해마다 연초에는 우리 네 사람을 종로 인사동 언저리의 단골집으로 부르시어 격의 없는 주석을 마련하셨다. 그것이 그 무렵 고단한 우리가 기다리며 치르던 즐거운 신년 의식이었다. 한 잔 술기운이 거나해지기도 전에 목청을 한 옥타브나 올리며 기염을 토하는 구경서 오라버니를 필두로 우리 넷은 한결같이 아저씨를 든든한 마음의 지주(支柱)로, 문학의 큰 별로 의지하고 숭상하며 가파른 세파와 곤궁한 인생살이에 부대끼는 허구 많은 사연이나 소소한 속내까지 두루 털어내어 카타르시스하고 위로와 격려를 받고는 하였다.

1959년이던가, 나의 햇내기 대학 전임강사 시절이었다. 아저씨께서 이른바 레이더 사건이라는 정치 조작극에 연루되시어 서대문형무소에

얼마 동안 계시던 때였다. 어느 날 나는 뜻밖에도 아저씨의 옥중 엽서를 받았다. 짤막하지만 과연 명문의 엽서여서 지금도 그 첫머리를 명시 구절 삼아 또렷이 기억한다.

— 파리가 아니라 우리로 왔오…….

아저씨께서는 그 무렵 프랑스 파리 가톨릭 대학원으로 유학을 떠나시려 수속을 마치고 출국 날짜를 기다리시다가 그 사건에 휘말리시어 난데없는 감옥행을 하셨던 거다. 내게는 하늘에서 떨어진 보물이나 진배없는 아저씨의 엽서였다. 단숨에 엽서를 읽고 다시 몇 번을 거푸 빠르게 읽고 난 나는 앞뒤 생각 없이 그 길로 형무소로 달려가 면회 신청을 했다. 세상물정을 모르던 나는 형무소 면회는 하루에 한 번이라는 상식에도 어두웠고 그 비좁은 장소에서의 촉박한 순식간의 면회가 어느 만큼의 무게를 요한다는 것도 미처 헤아리지 못했다. 나는 혹여 아저씨께서 내게 암묵의 심부름이라도 시키시려고 남의 눈에는 대수롭잖은 안부 엽서를 보내신 건 아닐까 하는 오지랖 넓은 생각을 했던 것 같다. 말로만 듣던 악명 높은 그곳에 불쑥 나타난 내가 아저씨로서는 사뭇 황당하기도 하셨을 게다.

"어떻게 왔지? 잘 지내나?"

"엽서를 받고…… 괜찮으십니까?"

"괜찮기는 해도 지루해서 말이다. 그래 누구도 의심 안 할 혜영에게 엽서 한 장 썼지. 허허허."

아저씨께는 내가 이렇듯 무탈하기만 하여 종종 당신의 난처한 국면을 보조하는 역할을 맡기셨다, 아저씨는 여성 문인 사이에서도 꽤나 인기가 높았다. 더러는 과감한 대시도 받으셨다. 피치 못할 데이트 신청을 받으시면 곧잘 불청객인 나를 부르시어 합석시키니 남의 속도 모르고 나의 동료 문인들은 당연히 나를 눈치코치도 없이 남의 데이트에 초를 치는 훼방꾼으로 공공연히 눈총을 주고 구박이 자심했음은 불문가지다. 그럴라치면 아저씨께서는 우리 귀에 익은 그 독특한 너털웃음으로, 내가(당신께서) 아무개 여사(데이트를 신청한 당사자)에게 심신 공히 위험을 느껴서 그런다고 넉살 좋게 변죽을 울리셨다.

같은 맥락으로 떠오른 얘기는 아니지만 언제이던가. 어느 해 초여름이었을 것이다. 포항 해변에서 열렸던 한국일보 주최 전국문인대회 대회장으로 아저씨가 추대되셨을 때, 당신의 대구 효성여대 교수 시절의 제자이기도 한 이일향 시인의 승용차로 내려가게 되었을 때도 나는 의당 아저씨의 공인된 수행자로 함께 동승했던 것인데 그때의 여러 인상적인 기억들은 내 평생 단 한 번이 된 아저씨와의 사뭇 고양된 즐거운 문학 여행의 추억으로 내 친구 일향 여사와 더불어 간직하고 있다.

나는 내 나름으로 시종 아저씨의 최측근 중 한 명이었음을 자처하지만 내가 중서나 현서처럼 아저씨와 동성이 아닌 여자이기에 문학적으로나 인간적으로 더 근접하기에는 이리저리 한계가 있었음이 못내 아쉽기만 하다.

나는 평소 댁이 멀다는 핑계로 아저씨를 자주 찾아뵙지 못했고 전화도 자주 드리지 못했다. 그래서 아저씨에 관한 정보가 언제고 한 발 늦거나 아예 모르고 지낼 때가 더 많았다. 하지만 나는 아저씨 내외분의 무언의 심오한 신앙의 영향으로 결국 가톨릭 신자가 되었다. 내가 영세를 받을 때 사모님 서영옥 선생님은 대모를 서주셨고, 아저씨는 모니카라는 세례명을 천거하셨다. 모니카는 신심 깊은 어머니의 기도로 아들 아우구스티노를 가톨릭 신학의 최고봉으로 만들었다고 덧붙이시기를 잊지 않으셨으니 나는 이내 저러한 아저씨의 깊은 숨은 뜻을 헤아릴 수 있었다. 그 뜻이 영글어 몇 년 후 내 아들도 영세를 받았고 아우구스티노의 본명을 잇고 있다.

아저씨께서는 이 땅의 여러 문인 가운데서도 각별한 가톨릭적 신심으로 인간의 아픈 삶과 문학을 고뇌하고 성찰하며 피흘려 격투하고 사랑하시다 가셨다. 아저씨는 당신의 표현대로 허우대는 멀쩡하되 속은 만신창이로 거덜난 상태를 용케도 지탱하시며 끝내 신앙과 시작(詩作)을 멈추지 않으셨으니 분명 은총받은 기적의 한평생을 우리에게 드러내 보이셨다. 그 엄숙한 섭리의 무거운 십자가를 지시고 힘겨운 투병과 순명의 그 임종의 계절 동안 나 역시 오랜 병석에 있었기에 제대로 문병 한 번 못 드린 게 이제는 오히려 불행 중 다행으로 여겨진다. 나는 병석에서 주로 아저씨의 시집과 저술을 통해서 고갈된 영혼의 위로와 격려를 받았고 〈솟대문학〉의 방귀희 씨가 전한 진솔한 기록으로 한국 가톨릭을 대표하는 거목 시인 구상의 아무에게도 알려지지 않은 또 다른 진면목을 다시 확인할 수 있었다. 그리고 아저씨의 선종을 알리는 TV를 보던 바로 그날, 나는 2년을 넘긴 병석을 털고 일어나 나의 평생을 통한 동경의 피안(彼岸)이던 아저씨와 이승에서의 마지막 작별을 하려고 이리저리 비척거려지는 몸으로 일산에서 한강 너머 강남성모병원으로 향했다.

5부

외면 보살

까옥 까옥 까옥 까옥

친구여!
나는 어쩌면 그대들에게
미안하이.

내가 그대들에게 들려 줄 노래사
그지없건만
오직 내 가락이 이뿐이라서
미안하이.

까옥 까옥 까옥 까옥

—「까마귀」

뒤늦은 만남 : 아버지의 문학적 여성관

구자명

딸 · 소설가

아버지의 1주기를 두어 주 앞두고 나는 당신이 30년 넘게 사셨던 여의도 집으로 이사를 가게 된다. 그때부터 자연히 물려받게 될 관수재(觀水齋 : 아버지 서재의 별호)를 둘러보다가 당신의 유품 가운데서 흥미로운 문건 하나를 발견하였다. 1974년에 쓰신 것으로 어느 여성 문인 단체의 합동 출판기념회에 부치는 축사 원고였다. 당시 생존해 계셨던 박화성 · 모윤숙 선생을 비롯한 12인의 중진 및 중견 여성 문인들이 낸 신간 저작들을 상찬하는 특유의 넉넉한 덕담 끝에 아버지는 다음과 같은 발언을 덧붙이셨다.

"…… 그런 문학 정신과 작업이 나와서 우리의 미지근한 심혼(心魂)에 불을 붙여 주시기를 바라는 것입니다. 그래서 그 현실 생활에 있어서도 너무 성공자가 되지 마시고 '조르쥬 상드' 처럼 남자 열쯤은 거느리고 다니면서도 태연하고 혹시는 테임즈 강에 몸을 던진 '버지니아 울프' 처럼 한강에라도 몸을 던질, 즉 문학의 몰아적(沒我的) 자기투기(自己投企)를 감행해 주시기를 바라는 바입니다……"

그 해묵은 육필 원고를 당신이 마지막 나날까지 끼고 사셨던 매일 기도첩 파일에 조심스레 끼워 넣으며 나는 일종의 배신감과 안도감이 뒤

섞인 묘한 감정이 일었다. 배신감이라 함은 그것이 당신이 내게 삼가게 하고 경계시켰던 모든 사실들과 완전히 어긋나는 얘기인 때문이고, 안도감이라 함은 그것이 내 안에 잠재한 욕망들의 일부를 대변해 주기 때문이다.

딸 자손이 대대로 귀한 집안에 이른바 삼대 독녀 막내로 태어난 나는 어려서부터 아버지 사랑을 많이 받을 수밖에 없었음에도 늘 그 사랑에 대한 회의에 시달리며 자라났다. 지천명을 바라보는 중년에 이른 지금에 와 생각하니 그 삼엄하게만 느껴졌던 엄부(嚴父)의 사랑 방식을 이해하지 못할 것도 없지만, 수년 전까지만 해도 나는 아버지의 사랑을 확신하지 못해 호시탐탐 반란을 꿈꾸었었다. 사실 한 번도 정면 도전이랄 만한 것은 못 해봤기에 '꿈꾸었다'고 말하지만 당신 뜻에 승복하는 척하면서 슬쩍 한 발 비켜서서 감행하는 측면 저항은 아버지 딸로 살아온 지난 세월 중에 다반사로 저질렀다. 학업과 직업, 또 결혼과 종교에서마저 아버지 뜻을 온전히 따르지 않고 항상 뭔가 '딴짓'을 해온 나는 그 저항이 가져다 주는 쾌감에 비싼 대가를 치러야 했다. 아버지의 기대에 부합하지 못했다는 죄의식이 아버지와 진정으로 소통해 보려는 의지를 갖지 못하게 했던 것이다.

어차피 문인이 될 텐데 대학에서 전공을 문학 쪽으로 했더라면 좋았을 것을 아버지 분야에는 결코 발을 들여놓지 않겠다는 심사로 엉뚱한 전공(심리학)을 선택하고, 당신이 「백련(白蓮)」이란 시에서 "선머슴이 너를 꺾어 간다손 나는 냉가슴 앓는 벙어리 될 뿐" 하고 한탄하셨던 것을 실제 상황으로 재현시킨 지금의 사위에게 기어이 딸을 내주게 만들고, 미국 유학을 시켜 외교계 진출을 기대했던 당신의 은근한 소망 따윈 아랑곳 않고 온갖 시덥잖은 직종을 전전하다 어쩌자고 마흔 넘어 문단 말석에 턱걸이하여 들어앉았더니 2세 문인 딱지를 붙인 채 변변찮은 재주를 풀어 먹노라 당신 이름을 어지럽히기나 하고, 모태 신앙인 가톨릭 교의에 대한 제 나름의 해석과 회의를 거치면서 한때는 냉담하다시피 신앙인의 기본 도리마저 외면했던 나. 그런 딸에게 엄격한 '바른 생활' 선비이신 아버지가 못하게 하는 것이 많았던 건 어쩌면 당연한 일이었다. 그러나 딸은 그 당연함을 제 삐딱한 자격지심에서 자식에 대한 독선과 몰이해로 받아들여 저항을 멈추지 않았다. 그래서 대놓고 반발하진 않았지만 자기 마음을 아버지에게 결코 온전히 열어 놓지 않음으로써 진정한 소통을 차단시켰다. 그렇게 우리는 당신 생전에 서로 마음속 깊은 곳에 자리한 것들을 교류하지 못했고, 동시대 문인 사이였거나 서로 남이기만 했더라도 소통할 수 있었을 것들을 한 번도 상대방에게 열어 보이지 못한 것이다.

아버지의 그 옛 원고는 지금 내 나이라면 연배(年輩)로 쳐도 무방할 오십대 중반의 어떤 도저한 인생 선배를 떠올려 주며 내 안에서 이러한 외침이 터져 나오게 했다.

"뭐라고요? 남자 열쯤은 거느리고 다니면서도 태연하고 한강에라도 몸을 던질 자기투기를 감행하라고요? 아이고, 선배님, 제 말이 그 말이라니까요. 적어도 제 청춘의 출발점에선 저도 그렇게 살고 싶었다니까요. 하지만 이젠 너무 늦지 않았습니까. 선배님의 구심력에서 그렇게 벗어나려고 저항했지만 결국 알게 모르게 길들여져 삶에의 진정한 도전은 비겁하게 피하며 살아왔다니까요. 헌데 선배님의 속내에 그런 여성상이 맺혀 있었다니요? 진작 좀 허심탄회하게 말씀해 주셨더라면 제가 지금보단 좀 치열한 인간이 되어 있을지 누가 알아요? 지금 저는 너무 '안전한' 인간이란 말입니다. 이른바 문학을 한다는 자가. 이젠 정말

늦었을까요, 이 '미지근한 심혼'이 불붙기엔? 활활 불붙어서 이 미지근
한 실존이 갱생할 수 있도록 꿈속에라도 나타나 좀 가르쳐 주실 수 없
을까요. 네? 선배님! 아니, 아버지!"

황홀한 그 정경이 무엇이던가요?

—

김의규
사위 · 화가 · 성공회대학교 교수

1980년대 초, 내게도 문학의 열병이 찾아왔다. 그 정도가 점점 심해져 평생 업으로 삼자던 화가의 길을 단념하고자까지 했다. 그 무렵, 학생 시절 은사이신 P 시인을 통해 한국의 많은 시인을 알게 되었고 장차 장인이 되실 분과의 만남도 그때에 이뤄졌다. 그러나 엄밀히 말하면 고등학생 때 신문에 난 어른의 사회비평 기사를 읽음으로써 이미 그 첫 만남은 이뤄졌다 할 수 있겠다. 그 평설을 보고 시인이 사회적 사실에 이토록 직접적이고 구체적일 필요가 무어냐며 몹시 못마땅해했던 기억이 난다. 무릇 시인이란 사회의 즉물적 사실로부터 당연히 자유롭고 이미 초월해 있어야 한다는 고정관념을 가진 매우 유치한 때였다는 고백을 빌려 수십 년이 지난 지금에야 어른께 송구한 마음을 전한다.

예로부터 전하는 대로 인연이란 참으로 기이하다 하겠다. 그러나 이 만남은 어디까지나 지면을 통한 간접 만남이었고 직접 만남은 어른께서 애정을 갖고 만드신 '공간시낭독회'에서였다. 아 — 그분의 풍모라니, 그때 그분의 모습은 인간이 득취할 수 있는 최상급의 수준으로 여겨졌다. 좀 심한 표현이 되겠으나 마치 빛과 함께 있는 듯한 모습이었다. 그 때 존경어린 부러움을 지나 질투까지 났었다면 과장일까? 아니,

솔직히 그랬었다. 질투도 넘어 심술까지 났었다. 어느 날인가 시낭송회가 끝나고 초청 시인들과 함께 공간사랑 근처 설렁탕집에 갔는데 우연히 내가 바로 당신 오른편에 앉게 되었다. 그때 주문을 받는 식당 주인에게 어른께선 "난 그저 맛배기로 조금만 줘요" 하셨다. 그 말씀에 주인은 "아이구 선생님, 많이 드셔야죠" 하는데, 그 대화가 너무 점잖고 세련되어서 심통이 난 나는 퉁명스런 소리로 대뜸 "난 그거 맛없어도 좋으니 많이나 주쇼" 했다. 물론 좌중은 한바탕 웃음 마당이 되었는데 어른께선 그때 나를 사뭇 귀엽게 보시는 눈길이었다(장래 사위 될 놈인 걸 아셨다면 다르지 않았을까? 모르겠다). 막상 설렁탕이 나오니 다른 어느 사람의 것보다 어른의 설렁탕이 양은 물론이고 고기도 듬뿍 들어 있는 게 아닌가(그 세련된 대화의 결과는 참으로 풍요로웠다). 어른께선 곧바로 당신의 설렁탕을 거의 다 내게 덜어 주셨다. 죄송하고 민망했지만 참 맛있게 먹었다. 난 지금도 그렇지만 저것 때문에 이걸 못하고 이것 때문에 저걸 못하고 하는 식은 딱 질색이다. 그건 그거고 이건 이거다 하는 게 내 식인데 살다 보면 좋지 않음도 꼭 반반인 것 같다.

어른과의 첫 만남부터가 이러하니 결혼 과정도 심상찮음이 당연하다. 그 당시 우연한 소개로 알게 된 여성이 장차 평생의 반려자가 되려고 그랬는지 그 우연한 만남이 신기할 정도로 잦았다. 믿기 어려운 얘기겠으나 어딘가 가고 싶은 맘이 생겨 가면 그곳엔 이미 그녀가 와 있었달까. 자연히 서로 간에 대화가 많았고 정이 깊어졌는데 난 여자를 전혀 모르기도 하거니와 당시로선 여자를 깔보았다는 게 솔직한 심정이다. 그런데 이러한 나의 고정관념을 바꾼 장본인이 지금의 처이다. 아니 그때로 보자면 선생님의 고명따님인 것이다. 그러나 둘 간의 만남이 한참 깊어졌음에도 나는 그녀의 아버지가 누구인지 몰랐다. 그녀가 말하지 않았으니 모르는 게 물론 당연하다. 나중에 아버지가 누구라고 말을 하였을 때 그야말로 뒤통수를 얻어맞은 바로 그 느낌이었다. 기억으론 그때 내가 문학이 어떻고 시가 어떻고 하며 장광설을 늘어놓자 자기 아버지도 시를 쓰신다고 했다. 그럼 시인이란 말이냐며 우리 나라 웬만한 시인은 내가 다 아니 누구냐고 함자까지 묻자 그때서야 누구라고 말했다. 생각해 보면 그때나 지금이나 난 참 눈치가 없다. 구씨 성을 갖고 부모 연배라면 누구라는 것쯤 뻔한 건데 전혀 눈치채지 못했으니 말이다. 그런 사위 때문에 많이 답답하셨을 것이다. 그 또한 죄송스럽다.

어쨌든 전혀 길들여지지 않은 야생의 나를 사위로 받아 주신 것은 내가 마음에 차서가 아니라 하나밖에 없는 딸의 뜻인지라 결혼을 허락해 주셨을 뿐이라 생각한다. 장인께서는 이러한 나를 두고 가끔씩 "사위도 자식이다"라는 말씀을 하셨다. 말뜻은 쉬운데 왜 그 말씀을 하셨는지는 지금도 잘 모르겠다. 나 역시 처가댁 어른들을 이미 내 친부모로 생각하고 있던 터였다. 아마 자식처럼 생각하고 사랑해 주려는데 그 하는 짓이 하 못마땅해서 당신 스스로 다짐을 굳히려는 자기 암시의 한 형태는 아니었을까.

그러나 자식들에게 당신은 혹독할 정도로 엄격한 분이셨다. 가족 이외의 분들에게 하시는 것의 백분의 일이라도 가족에게 해주셨다면 하는 것이 가족 공통의 바람이었다 해도 과장이 아니다. 그러한 바람이 있다손 감히 그 속내를 드러낸다는 것은 상상도 못할 일이며, 오히려 어른의 그러한 철학에 대해 은근한 자긍심과 만족을 가족 간엔 누구라 할 것 없이 나누었음을 시인한다. 여기서 철학이란 말을 썼는데 나는 개인적으로 장인께선 철학가이며 동시에 철학자이셨다고 생각한다. 무릇 철학을 전공한 철학도이거나 철학적 사변이 많은 사람은 철학자로서 그 언행의 범주가 개인에 국한되는 데 비해, 철학가는 삶과 존재 자체를 텍스트로 하여 그 범위가 세계성 내지 우주성을 지니며 개인적 한계를 뛰어넘는 것이라고 생각한다. 이를 나는 스스로의 미흡함 때문에 나의 삶 전체를 관통하는 특별한 과제로 삼고 있다.

당신의 삶을 가까이서 지켜본 나로선 참으로 감탄할 만하고 마땅히 보고 배워야 할 기억나는 사례가 몇 가지 있다. 당신 침소 머리맡엔 다 낡아 닳아진 비닐 커버의 녹색 파일이 늘 한자리에 놓여 있었는데 그 내용은 세계를 위해, 당신이 기억하는 모든 분들과 또한 미처 기억하지 못한 분들을 위해, 지치고 병들고 약한 모든 이웃을 위해, 그리고 부모님을 위해 바치는 기도문들이 들어 있다. 그렇게 함으로써 혹이나 기도 중에 잊지 않기 위함이라고 하셨다. 그리고 이 기도를 하루도 거르지 않고 주무시기 전에 올리셨다. 무엇인가 한 가지 할 일을 정해 하루도 거르지 않고 하기란 정말 쉬운 일이 아니다.

여기서 다 밝힐 일은 못 되어 말할 수 없으나 나는 당신이 엄격하게 지키는 일들이 너무 많다고 생각했다. 때로 옆에서 지켜보는 것만으로도 질식할 것 같을 정도였다. 고마운 것은 그것을 드러나지 않게 하려고 무척 애를 쓰셨다는 사실이다. 그럼에도 불구하고 아닌 데 가서 눈치가 빠른 사위 녀석은 한켠에 비켜서서 존경과 함께 모종의 압박을 겪고 있었다. 이러한 나를 측은하게 보시고 우리가 살면서 겪어 내야만 하는 그 형벌과도 같은 일들을 말씀해 주시곤 했다. 그저 숙명처럼 받아들이고 최선으로 견뎌 내는 게 오직 한결같은 해답이란 말씀이다. 그리고 이러한 사실을 가장 참담하게 겪으신 분으로 '예수'를 말씀하셨는데, 장인께선 '예수'를 진정 스승으로 삼고 계셨다.

나 개인으론 예수께 누가 될 것 같아 차마 제자이긴 어렵겠고 예수의 말씀을 작품으로나마 옮겨 전달함으로써 최소한의 감사를 대신코자 할 따름이다. 조금 떨어져 있으면 참으로 보기 좋은 분이지만 가까이서 보면 당신이 겪는 고통과 갈등이 그대로 전이된다. 당신도 스스로를 외면보살(外面菩薩)이라 자처했을 정도다. 그도 그렇지만 나는 당신을 일러 원거리보살(遠距離 菩薩)이라 칭하고 싶다. 하기사 '번뇌 즉 보리(煩惱卽菩提)'라 했으니 실상은 그 원근(遠近)의 차별도 없겠다.

어느 날 밤인가 문득 당신이 떠나시고 난 그 자리가 크게만 느껴져 홀로 일어나 몇 시간인가를 울었다. 또 당신이 주무셨던 그 침대에서 자며 밤마다 겪으신 육신의 고통도 느껴 보았다. 그리고 2004년 5월 11일 그날 산소호흡기에 가쁜 숨을 의지하며 문득 허공을 황홀하게 보고 계시던 당신의 눈빛을 떠올렸다. 나는 그날이 마지막 날임을 차마 가족에게 말은 못했지만 알고 있었다. 당신께서는 그 혹독한 겨울은 병원에서 잘 견디시고 일기 순후한 어느 봄날 황홀하게 소천하시길 바라는 나의 바람을 아시기나 한 것처럼 그렇게 그날 새벽 운명하셨다.

"그런데 아버님, 그날 보신 황홀한 그 정경이 무엇이던가요?"

나의 형부 구상 시인

―

서영자
처제 · 전 초등학교 교사

아이들(조카 손주들)의 할아버지께서 하늘나라로 돌아가신 지 1년이란 세월이 흘렀습니다. 울타리 없어진 집에 사는 것 같은 두려움과 허전함과 그리움의 세월이었습니다. 자상하시고 따사로우며 인자하신 보살핌 속에서 저희들은 세월을 잊고 살았습니다. 새삼 그 자애롭던 음성이 그립습니다. 항상 말씀하시기를 "너는 너의 십자가를 지고 나를 따르라"고 하신 예수님의 말씀을 따르면 우리의 삶이 정도(正道)에서 벗어나지 않는다고 하셨습니다. 그렇기에 다소 못마땅해도, 사리에 맞지 않아도 끝까지 인내하고 환한 미소로 위로하시고 내방객들에게 기쁨을 나누어 주셨습니다. 위트 넘치는 유머로 좌중을 편안하게 하셨습니다. 미운 사람이나 고운 사람이나 간에 사람에 대한 정성이 지극하시고 한결같아 그 많은 내방객을 진심으로 대하시고 힘든 내색 없이 그들의 마음에 정성으로 화답하고 인내로 대하셨습니다.

그러기에 만년에는 할아버지 말씀대로 '별 보잘것없는 늙은이'처럼 사회적 활동이나 직함이 없는데도 항상 많은 분들의 방문과 넘치는 사랑을 받으셨지요. 몸은 비록 여러 가지 병고로 쇠잔하셨으나 정신만은 항상 초연하고 청청하셨습니다. 끊임없는 자기 안의 성찰로 새롭고 여린 인정을 간직하시고 영원 속에 이어진 오늘을 살고 계셨습니다. 걸레처럼 더럽고 추레한 마음을 흘러가는 환상으로 바라보며 헹구고 씻고 빨아 보지만 절고 찌든 땟국은 빠지지 않는다며 한탄하셨고, 늙음과 병약과 무사를 핑계로 태만과 안일과 허위에 차 있다고 안타까워하시면서 천국의 계단과 지옥의 수렁을 떠올리는 엄혹한 자성을 거두셨습니다. 시를 쓰는 작업이나 사람과의 관계에서는 지극히 자상하고 세심하시고 한 치의 에누리 없고 꼼꼼하셔서 모두를 놀라게 하셨습니다.

그러나 당신의 몸을 거두는 일에는 지극히 무심하여 식구들이 손을 번쩍 들게 하셨습니다. 하루는 댓돌 위에 놓인 구두가 한쪽 뒤축이 떨어져 나간 짝짝이 구두였습니다. 식구들이 저 구두가 왜 저런가고 했더니, 그제사 "아! 그랬었구나. 웬일인지 자꾸 절뚝거리길래 다리에 이상이 생겼나 보다 했지……" 하시는 것이었습니다. 종일 절뚝거리며 바쁘게 다니시면서도 왜 그런지 살피지 않은 것이었습니다. 당신 몸이나 당신 일에는 그렇게도 무관심하고 등한하셨습니다.

이런 성정 때문에 많은 병고에 시달리면서도 또한 많은 사회 활동을 하실 수 있었는지도 모르겠습니다. 훤칠하신 풍채와 외모 때문에 항상 멋스러워 보였으나 알고 보면 그 검소한 생활은 상상을 초월하였습니다. 남방셔츠도 예복도 두루마기도 구두도 양복도 유행과는 동떨어진 30년 40년씩 입고 신으신 것이었습니다. 운동화는 기워 가며 신으시고 안경도 옛날에 쓰시던 테에 렌즈만 갈아 끼우곤 하셨습니다. 워낙 정갈하게 사용하시기 때문에 오래오래 쓰실 수 있었습니다. 평생을 여러 가지 병고와 거듭된 여러 가지 수술 등 말할 수 없는 육신적 고통을 항상 잘 참고 견디셨으며, 말년에는 두 아들과 마나님을 앞세우는 고통이 덮쳐 세속적으로 말하면 너무나 힘든 고통의 나날이었음에도 내색 않으시고 아무렇지도 않은 듯 화락한 얼굴로 모든 사람들에게 평화와 기쁨을 나누어 주시고 자상한 인정을 베푸시며 크낙한 안시(顔施)를 하셨습니다.

이렇듯 넉넉한 보살핌 속에서 세상을 잊고 살아오던 저희들도 이제부터는 홀로서기를 해나가자니 두려움과 그리움이 밀물같이 밀려듭니다.

천국에 할아버지 빽을 두었기에 든든한 마음으로 기도하며 할아버지 소망대로 아름다운 삶을 가꾸어 나가도록 노력하겠습니다.

할아버지, 훗날 다시 만나요

구향나
친손녀 · 대학생

차례와 제삿날에는 어김없이 연도(연령기도)를 봤던 걸로 기억한다. 나의 연도에 대한 기억은 유치원 때부터 시작된다. 어린 나에게 연도 시간은 너무 길었고 계속해서 나열되는 성인들의 이름은 아침 일찍 졸린 눈을 비비고 일어나 음식을 바라보며 읊기엔 너무 가혹했다. 그렇게 우리 집에서 연도의 역사는 시작되었다. 한해 한해 시간이 지나고 나이를 먹어 감에 따라, 함께 연도를 보는 사람은 줄고 읊어야 할 이름은 더해져 갔다. "주여, (누구)를 위하여 빌어 주소서"의 누구는 처음엔 아버지가 그리고 다음엔 친할머니, 그 다음엔 큰아빠로 이어졌다. 결국 세 식구 모여 앉아 연도를 보게 되었을 때쯤 많이도 늙으셨던 할아버지의 유난히 조용하시던 뒷모습이 생각난다.

그래서였으리라. 할아버지는 내게 남달리 많은 제약을 두셨다. 2년 전 대학에 입학했을 때 나는 운전면허를 따고 싶어 할아버지의 허락을 여쭈었다. 그러나 다른 가족들은 다 설득했어도 결국 할아버지만은 설득하지 못하고 돌아섰다. 할아버지가 반대하시는 이유는 자동차 운전이 위험하다는 것이었다. 어디 운전뿐이었을까. 초등학교 때 자전거를 타겠다 했을 때도, 겨울에 스케이트장에 가고 싶다고 했을 때도, 대학에 들어와 MT를 가겠다고 해도 할아버지는 손녀의 계획을 별로 달가 워하지 않으셨다. 이유는 역시 위험이었다. 할아버지의 이러한 결정으로 나의 생활은 다른 친구들과 같지 않은 몇 가지 제약이 따라다녔고, 뭐라도 더 자유롭게 하고 싶어하는 어린 손녀와 손녀를 위험에서 구하고자 하셨던 할아버지의 신경전이 종종 발생해 할머니를 긴장시키곤 했다.

할아버지를 보내 드린 지 벌써 1년이 되었다. 돌이켜 생각해 보면 죄송하고 죄송한 일들이 참 많다. 내겐 큰 나무와도 같은 분이어서 그땐 그 나무가 없어질 거라는 생각을 미처 가슴으로 이해하지 못하고 있었나 보다. 무뚝뚝하고 감정 표현을 잘 하지 못하는 성격인 터라 죄송하다는, 감사하다는, 사랑한다는 말 한 마디 전해 드리지 못하고 떠나시게 한 것이 후회로 남는다. 또한 가시는 길에 최선을 다해 배웅해 드리지 못한 것도 가슴이 아프다.

누구나가 그렇듯, 곁에 있던 누군가가 죽어서 곁에서 사라진다는 것은 매우 두려운 일이다. 그러나 그 두려움과 슬픔에도 불구하고 내가 죽음에 대해 믿는 확신 하나가 있는데 그것은 다시 만날 수 있다는 믿음과, 끝이 아니라는 희망이다. 내가 기억하는 최초의 죽음인 친할머니가 돌아가시던 날, 어린 나는 슬픔 대신 '하느님 나라에 가서서 축하드립니다'라는 글을 물기 어린 창문에 썼던 것이 기억난다. 아마 너무 어려서 죽음이 무언지 잘 이해하지 못하고 성당에서 배운 대로 받아들였나 보다. 철부지의 생각이었지만 어쨌든 그날 이후로 나는 떠나는 사람에 대한 확신 같은 것이 하나 생겼는데, 그것은 떠나는 것이 끝이 아니라 다시 만날 것이라는 사실이다. 그래서 나는 믿고 있다. 나는 할아버지가 분명 하느님 곁에서 꿈에도 그리던 할머니와 아버지를 만나 잘 계실 것을…… 또한 훗날 다시 만날 것을…….

　돌아가시기 1년 전쯤, 할아버지는 내게 당신의 유언이라며 시 하나를 남겨 주셨다. 「오늘」이라는 시로 "죽어서부터의 영원이 아니라 현재로부터의 영원을 살자"는 가르침이 담겨져 있는 시다. 아직 부족한 나로서는 그 뜻을 다 헤아릴 수 없으나 삶의 한 자락 한 자락에서 그 의미를 이해하고 실행하는 내가 되었으면 한다. 끝으로 할아버지 스스로 자신의 사상을 가장 잘 담고 있다고 말씀하신 그 시를 남기면서 할아버지를 추모하는 글을 맺음할까 한다. 그곳에서 고통도 슬픔도 없이 잘 살고 계실 것을 믿으며……. 다시 만날 수 있다는 믿음을 믿으며……. 철없고 멋모르는 손녀와 우리 가족을 잘 지켜 주시기를 바라면서…….

오늘

오늘도 신비의 샘인 하루를 맞는다.

이 하루는 저 강물의 한 방울이
어느 산골짝 옹달샘에 이어져 있고
아득한 푸른 바다에 이어져 있듯
과거와 미래와 현재가 하나다.

이렇듯 나의 오늘은 영원 속에 이어져
바로 시방 나는 그 영원을 살고 있다.

그래서 나는 죽고 나서부터가 아니라
오늘서부터 영원을 살아야 하고

영원에 합당한 삶을 살아야 한다.

마음이 가난한 삶을 살아야 한다.
마음을 비운 삶을 살아야 한다.

할아버지께 자랑스런 손녀가 되고파

김향지

외손녀 · 대학생

제가 초등학교 4학년쯤이나 되었을 때의 이야기인가요, 제가 쓴 동시를 난생처음으로 외할아버지께 보여 드렸던 기억이 납니다. 환경 파괴를 다루고 있었고 '지구가 아파해요' 하는 식의 진부한 표현들로 가득했던, 지금 생각해 보면 참 유치하고 무성의하기 짝이 없는 시였습니다. 어디서 감히 그런 용기가 났는지는 모르겠습니다만, 별 고민 없이 끄적거린 그 동시를 저는 외할아버지께 갖다 드렸고, 할아버지께서 어떤 평을 해주실지 궁금해하며 할아버지 옆에 앉아서 기다렸습니다. 오래지 않아 할아버지께서는 "잘 썼구나"라는 칭찬과 함께 어린 제가 주눅들지 않을 정도로 부드럽게 수정되었으면 나을 부분들을 짚어 주셨습니다.

이것은 제가 고등학교 2학년 때의 이야기입니다. 평소 저는 "열 아들 안 부러운 듬직하고 튼튼한 딸"이라는 말을 부모님으로부터 많이 들어 왔는데, 그즈음 아버지는 저를 '떡두꺼비'에 빗대는 것을 매우 즐기셨습니다. 당시 외할아버지께서는 수개월째 병원에 입원해 계신 상태였는데, 어느 날 문병을 간 아버지가 외할아버지께 '떡두꺼비 딸'에 대한 말씀을 드렸나 봅니다. 그 비유에 병상에 계시던 외할아버지께서는 벌컥 성을 내시며 "향지가 어딜 봐서 떡두꺼비냐, 말도 안 되는 소리 마라"고 하셨답니다.

또 고등학교 2학년일 적의 일이군요. 이번에는 제가 문병을 갔을 때입니다. 그 당시 외할아버지께서는 직접 말씀은 하지 못하시고, 떨리는 손으로 힘들게 베개에 글자를 그리심으로써 주변 사람들과 겨우 의사소통을 하셨습니다. 오랜만에 외할아버지의 병실을 찾은 저는 제 진로를 궁금해하시는 외할아버지께 인류학을 전공하고 싶다고 말씀드렸고, 외할아버지께서는 고개를 크게 끄덕이시며 기운도 없으신데 한참 동안 제게 당신이 젊으셨을 적 그와 유사한 학문을 공부했던 일을 이야기로 '써' 주셨습니다.

제게 외할아버지는 늘 그런 분이셨습니다. 저만한 나이 때의 어머니나, 할아버지의 친손녀인 외사촌 언니에게는 아주 엄격하셨다고 하지만 제게만은 유난히 관대하고, 또 저를 무조건적으로 지지해 주셨습니다. 그것이 제가 집안의 막내인 까닭이었는지는 모르겠습니다. 여하튼 할아버지께서는 제 부모님을 앞에 두시고 "너희는 아무 것도 아니다"라고 말씀하시며 무조건적으로 제 편을 들어주셨습니다. 제가 민망할 정도로 말이지요. 또 제가 해드린 것이라면 무엇이든, 마치 어린아이처럼 기뻐하고 좋아하셨습니다. 제가 아주 어렸을 때 해외에서 서툰 글씨로 써 부쳐 드린 편지들에서 조금 큰 뒤 새해나 할아버지의 생신 때면 의례적으로 만들었던 카드까지, 조금 더 정성을 담지 못했다는 것이 죄송스럽고 부끄러울 만큼 하나하나 소중하게 생각해 주셨습니다.

2003년 가을, 외할아버지께서는 병원에서 복잡한 검진을 받으시던 도중 쓰러지셔서 하늘로 돌아가신 2004년 5월까지 입원해 계셨습니다. 처음 외할아버지가 쓰러지셨다는 소식을 들었을 때 사실 저는 크게 걱정을 하지 않았습니다. 어머니는 수험생이라는 구실로 가족사에는 관여하고 싶지 않아 하던 저를 꾸짖으시며 "할아버지께서 너를 얼마나 많이 사랑해 주셨는데 네가 그런 태도를 보이느냐"고 하셨지요. 그에 대한 제 같잖은 변명은 "언제나 아프시고 늘 이제나저제나 하시면서도 지금까지 잘 버텨 주셨던 분이라, 이번 일도 그리 심각하게 받아들이지 않았다"였고요. 지금 돌이켜 보면 참 많이 후회가 됩니다. 제가 외할아버지의 병환을 치료해 드릴 수야 없었겠지만, 최소한 가시기 전에 조금이라도 더 기쁘게 해드릴 수는 있었을 텐데 말입니다.

유명인의 가족이라면 누구나 그렇듯, 제게는 아주 오랜 세월 동안 '위대한 문호 시인 구상 선생님의 외손녀'라는 수식이 따라다닐 것입니다. 그러한 표제를 달고 있는 제가, 이제 외할아버지께서 돌아가신 이후에 할 수 있는 것이라고는 제 삶이 그분의 지난 삶을 오염시키지 않도록 하는 것이라고 생각합니다. 아니, 그보다는 "역시 구상 선생님의 외손녀"라는 말을 들을 수 있을 만큼, 더 나아가 당신께서 제 삶을 바라보시고는 당신이 저의 외할아버지심을 자랑스럽게 여기실 수 있도록 큰 사람이 되는 것이, 제가 살아갈 방향이라고 생각합니다.

| 구상의 생애 |

구상 선생은 3·1 운동이 일어났던 해인 1919년 9월 서울 이화동에서 태어났다. 아버지 구종진(具鍾震) 씨가 쉰에, 어머니 이정자(李貞子) 여사가 마흔넷에 얻은 늦둥이였다. 태어날 때 집에서 지어 준 이름은 원래 구상준(具常浚)이었다. 그러나 어려서부터 집에서 "상아, 상아" 하고 부르다 보니 결국 '상'이라는 외자 이름으로 굳어지게 되었다.

구상 시인에게는 형님이 두 분 있었다. 한 분은 가톨릭 신부가 되었고, 다른 한 분은 동경 유학 중 행방불명되었다. 관동 대지진이 일어난 후 소식이 끊어졌다고 한다. 그의 형 구대준(具大浚) 신부는 해방 후에도 북한에 머물며 포교 활동을 하다가 1949년에 투옥되었다. 당시 같이 잡혀간 독일인 신부들은 1954년 국제적십자사의 중재로 독일로 돌아가게 됐지만 형님의 소식은 알 수가 없었다. 독일로 돌아갔던 신부들 중 일부는 다시 한국으로 돌아와 왜관에 성 베네딕도 수도원을 짓고 포교 활동을 벌였는데, 성 베네딕도 수도원이 한국 진출 60주년을 기념해 각종 자료 전시회를 열었을 때 구상 시인의 어머니와 외숙모, 사촌들의 모습이 담긴 사진도 전시되었다. 그때 독일 신부에게서 받은 이 사진이 구상 선생이 가지고 있던 유일한 가족 사진이었다.

구상 선생 가족은 네 살 때 원산으로 삶의 보금자리를 옮겼다. 독일

계 신부들이 원산에 교구를 개설하면서 교육사업을 그의 아버지에게 맡겼던 것이다. 구상 시인의 아버지는 해성학원을 셋이나 세우고 원장으로 계셨으며, 농사도 60마지기 넘게 지으셨다. 원산에서 보통학교를 마친 그는 형처럼 신부가 되기 위해 신학교에 입학했다. 그러나 그는 중도에 포기하고 말았다. 표면적인 이유는 중풍에 걸린 아버지를 돌보기 위해서다. 하지만 그것은 핑계일 뿐이었다. 그의 가슴에서 들끓고 있는 신(神)과 일제와 제도에 대한 저항 의식 때문이었다. 당시 그의 심정의 일단을 엿볼 수 있는 글이 그의 자전적 시집 『모과 옹두리에도 사연이』에 실려 있다.

소신학생(小神學生)이
정월 초하루 아침
백설(白雪) 채림의 황후계하(皇后階下) 사진을
신문서 도려 갖고
후들후들 변소로 들어섰다.

창세기(創世記)의 배암이 왼몸을 조여
모독(冒瀆)의 정열을 고름 빼듯 한 후
3년 머물던 수도원을 등졌다.

나는 주의자(主義者)가 되었다.

일제 치하였던 당시 정월 초하루에는 일본 천왕과 왕후의 사진이 신문에 실렸는데, 구상 선생은 왕후의 얼굴을 오려내 모독을 주는 방법으로 나름대로 일제에 저항을 했던 것이다. 그렇다고 일제에 대한 저항 때문에만 학교를 그만둔 것은 아니었다.

신학교를 그만둔 구상 시인은 일반 중학교로 전학가지만 금방 퇴학당하고 말았다. 문학을 한다며 이른바 불령선인(不逞鮮人 : 불평불만을 일삼는 조선인)들과 어울려 다니느라 경찰서 유치장 신세를 지기 일쑤였던 것이다.

결국 시인은 고향을 떠나 노동판을 전전하기도 하고 야학당에서 아이들을 가르치기도 하다가 일본으로 건너갔다. 밀항을 한 것이다. 그곳에서 생활비를 마련하기 위해 연필공장 · 성냥공장 등에서 일당 노동자로 일하다가 아는 선배의 권유로 니혼대학교 종교학과와 명치대학교 문예과 전문부에 시험을 치게 되었다. 당시 대학에 들어가려면 고등학교 예과를 나와야 했는데 졸업장이 없는 그로서는 전문부에 지원할 수밖에 없었다. 다행히 그는 두 곳에 모두 합격했다. 그러나 그가 선택한 곳은 니혼대학교 종교학과였다. 종교학과에 입학하자 집에서 학비를 보내 주었다. 그곳에서 그는 불교 · 기독교 · 가톨릭 등 각 종교의 철학적 근거를 배우며 자신의 정신적 근원을 다져 나갔다.

한편 저항적 기질을 갖고 있던 구상 시인은 사회주의에 경도되었다. 당시 그는 평등을 최고의 가치 중 하나로 삼았던 까닭에 반상(班常)의 차별을 경멸해 반가(班家) 집안에서 태어났음에도 자신을 원산의 소농(小農) 가정 출신이라고 말하고 다녔다. 이 때문에 많은 사람들이 구상 시인의 고향을 원산으로 잘못 알았을 정도였다.

하지만 그의 동경 유학 생활은 오래가지 않았다. 2차 세계대전이 일어나면서 3개월 빨리 졸업하게 된 데다 아버지의 죽음과 형님의 흥남천주교회 부임으로 집에 어머니가 혼자 남게 되면서 귀국하게 되었던 것이다.

귀국 후 그는 글만 읽으며 시쓰기에 매달렸다. 그런 그를 두고 마을 사람들은 "서울집 도련님이 주의(主義)를 하다가 정신이상에 걸렸다"며 폐인 취급을 했다. 게다가 마침 시인은 폐병까지 걸렸다(이때 걸린 폐병은 평생 그를 괴롭히게 되는데, 두 차례에 걸친 대수술로 그는 결국 한쪽 폐만 가지고 생활하게 된다). 전쟁 말기의 일제는 다급해지자 폐병에 걸린 사람마저 징집하려고 했다. 징집을 피해서 그가 선택한 길은 친일 한국인이 함경도 원산 지역에서 발행하던 〈북선매일〉 기자였다. 그가 자전적 시에서 쓴 표현을 그대로 빌리면 "목숨을 부지하려는 일념과 펜을 잡는다는 매혹에 식민지 어용 신문의 기자가 되어 용왕 앞의 토끼처럼 쓸개는 떼어놓고 날마다 성전송(聖戰頌)과 공출 독려문을 써댔다"는 것이다. 하지만 저항적 기질의 피끓는 청년 구상이 그 일을 오래할 리 만무했다.

그는 이내 때려치우고 교회 학원을 맡았는데, 그 무렵 조국이 해방되었다. 해방된 조국에서 그는 교원직업동맹 부위원장을 하는 등 활발히 활동하다가 1946년 원산문학가동맹이 광복 1주년 기념으로 발간한 시집 『응향(凝香)』에 실린 시 세 편이 문제가 되면서 이른바 필화 사건에 휘말리게 되었다. 그가 『응향』에 실은 「여명도(黎明圖)」, 「길」 등 세 편의 시가 좌익 진영 평론가들에 의해 "퇴폐주의적이고 악마주의적이며 부르주아적이고 반인민적이다"라는 등의 비판을 받게 된 것이다.

이 사건으로 구상 시인은 자유를 찾아 월남을 감행했다. 38선 부근 연천에서 보안서원에게 붙잡히지만 필사의 탈출 끝에 무사히 서울에 도착했다. 한편 이 필화 사건은 남로당 진영의 문학가동맹과 민족 진영 문단과의 일대 논전을 불러일으켰는데, 김사량·송영·백인준 등이 구상 시인 비판에 앞장섰고 김동리·조연현·곽종원·임긍재 등이 그의 입장을 적극 지지하고 나섰다.

그 후 구상 시인은 1949년 초에는 연합신문 문화부장을, 6·25 전쟁 중에는 국방부 기관지인 승리일보를 만들며 종군했다. 그 공로로 1955년에 민간인으로서 금성화랑무공훈장을 받기도 했다. 1952년 전세가 교착 상태에 빠지고 승리일보가 폐간되자 구상 시인은 영남일보의 주필 겸 편집국장으로 자리를 옮겼다. 당시 정치권은 정치 파동으로 무척 혼란스러웠는데, 신문의 반독재적 성향 때문에 당시 영남일보는 계엄령 하의 부산에서 여러 차례 압수당했는가 하면 기관원을 사칭하는 괴한이 그의 집에 권총을 쏘며 침입하기도 했다.

하지만 구상 시인은 이에 굴하지 않고 1953년에 『민주고발』이라는 사회평론집을 냈다. 이승만 정권의 독재를 비난한 이 평론집은 곧바로 판매금지되었다. 서울 환도 후에도 주변 사정으로 대구에 머물러 있던 구상 시인은 1950년대 후반 일생에서 처음이자 마지막으로 '정치 활동'을 했다. 정치활동이라고 해서 정치인이 됐다는 뜻은 아니다. 국가보안법 파동이 있던 1959년 초 야당에서 이승만 독재 반대 운동을 벌이는 민권수호국민총연맹의 문화부장을 맡아 이승만 독재를 반대하는 강연을 하고 다녔던 것이다.

그러자 자유당 정권은 이적(利敵) 병기(兵器)를 북한에 밀반출하려 했다는 혐의로 구상 시인을 잡아넣었다. 구상 시인의 친구가 남대문시장에서 미제 진공관 두 개를 동경대학교에서 연체생물 연구를 하고 있는 사위에게 사 보낸 것을 구실 삼아 반공법 위반죄로 그와 친구를 을 잡아넣은 것이다. 검찰은 그에게 15년형을 구형했다. 이에 대해 구상 시인은 최후 진술에서 "조국에 모반한 죄목을 쓰고 유기형수(有期

刑囚)가 되느니보다 무죄가 아니면 사형을 달라"고 말했다. 다행히 재판관이 무죄를 선언함으로써 그는 6개월여 만에 풀려났다.

그 사건 후 그는 중대한 결심을 하게 되었다. 현실에서 일체 손을 떼고 오직 문학만을 하며 살겠다는 것이었다. 그는 이후 그의 결심대로 일체의 사회적 직책을 맡지 않았다. 대신 그가 선택한 길은 후학을 양성하는 것이었다. 효성여자대학, 서강대학교, 서울대학교, 중앙대학교, 하와이대학 등에서 후학들을 가르쳤는데, 이때 역시 시인은 일체의 보직을 사양했다. 서라벌 예술대학이 설립될 때 초대 학장 자리를 거절했고, 국민대 설립자인 김성곤 전 공화당 의원이 총장 자리를 제의했을 때도 조금도 미련 없이 사양했다.

정치권이라고 그를 가만 내버려두었을 리 만무했다. 처음 구상 시인에게 정계 입문을 제의한 사람은 해공 신익희 선생이었다. 1950년대 중반 구상 시인의 이름이 『민주고발』사건 등으로 널리 알려졌을 때 민국당 선전부장으로 일할 것을 권했던 것이다. 하지만 그는 단호히 거절했다. 4·19 직후에는 장면 총리가 경북 칠곡 민의원 후보로 공천해 놓고 당시 그가 몸담고 있는 서강대로 찾아왔다. 그러자 구상 시인은 그 길로 평소 안면이 있는 사람이 사단장으로 있는 강원도의 한 부대로 가서 후보 등록 마감일이 끝날 때까지 20일간 숨어 있다가 돌아왔다. 장면 총리의 정치 입문 권유는 집요해서 이번에는 참의원 선거에 나가 달라고 부탁해 왔다. 그러자 구상 시인은 다시 제주도로 피신해서 당시 승려였던 고은 시인과 40일간을 지내다 서울로 돌아왔다.

그 다음에 그에게 정치 입문을 권한 사람은 박정희 전 대통령이었다. 5·16 직후 박 대통령은 그를 국가재건최고회의 상임고문으로 내정해 놓고는 그를 설득했다. 그러나 구상 시인은 끝내 박 대통령의 제의를 거절하고 경향신문 동경 지국장으로 나감으로써 곤혹스러운 처지에서 벗어났다.

구상 시인과 박 전 대통령은 이용문(李龍文) 장군의 소개로 5·16 이전부터 아는 사이였다. 1949년 육군 정보국에 들어갔을 때 당시 정보국장이었던 이 장군과 알게 된 구상 시인은 그와 이내 친해져 밤낮 술자리를 함께 하는 사이가 됐는데, 그가 박 전 대통령을 소개해 주었던 것이다. 세 사람은 그 뒤로 의기투합해 자주 어울렸다.

세 사람 중 이 장군이 1953년 6월 24일 가장 먼저 세상을 떠났다. 비행기 사고였다. 그날은 대구에서 저녁에 셋이 함께 만나 술을 마시기로 약속한 날이기도 했다. 5·16 후 박 대통령은 수유리에 이 장군의 동상을 건립했는데, 물론 구상 시인도 그 일에 간여했다. 박 대통령 서거 후에 세 사람 중 홀로 남은 구상 시인은 박 전 대통령을 위해 5년 간이나 제사를 올려 주었을 정도로 가까운 사이였다. 생전에 구상 시인은 박 전 대통령을 '박 첨지'라고 불렀다. 관(官)에 나가 있다는 것이 그 이유였다. 그는 한 번도 박 전 대통령보고 '각하'라고 부른 적이 없었다. 그 후로도 5공 때 민정당 10인 발기위원회에 참여해 달라는 부탁이며, 총재 고문, 전국구 의원 등의 제의가 끊임없이 있었지만 그는 한 번도 이에 응하지 않았다.

구상 시인은 1953년 베네딕도 수도원이 있는 왜관으로 내려가 1974년까지 기거하며 작품 활동을 했다. 왜관과 시인의 인연은 아주 각별하다. 본적지라는 것 말고도 유일한 가족 사진을 발견한 곳이기도 하고, 아내 서영옥 여사가 병원 개업을 한 곳이기도 하다. 또한 낙동강이 바라다보이는 왜관은 퍼내도 퍼내도 마르지 않고 끊임없이 솟아나는 시의 원천이기도 했다. 게다가 2002년에는 구상문학관이 그곳에 세워졌다.

하지만 그는 개인적으로 두 아들을 일찍 가슴에 묻어야 하는 아픔을 겪었다. 큰아들 홍씨는 1997년 폐렴으로, 둘째 아들 성씨는 1987년 폐결핵으로 먼저 세상을 떠났던 것이다. 게다가 1993년에는 그를 헌신적으로 보살펴 주었던 아내 또한 타계했다. 남은 가족으로는 소설을 쓰는 딸 자명 씨와 작은아들이 남긴 유일한 혈육인 손녀가 전부이다.

노벨문학상 본선 심사에 두 번씩이나 올랐던 구상 시인의 시는 프랑스·영국·독일·스웨덴·일본·이탈리아어로 번역·출판돼 널리 읽히고 있다. 1997년에는 영국 옥스퍼드 출판부에서 펴낸 『신성한 영감―예수의 삶을 그린 세계의 시』에 그의 신앙시 4편이 실렸을 정도로 그는 가톨릭을 대표하는 시인이기도 했다. 그렇다고 그가 직접적인 언어로 신을 찬양하고 노래한 것은 아니었다. 그는 역사의식이 강하지만 어떤 목적 아래 시를 쓰지는 않았다. 이러한 경향은 1980년대 순수―참여 문학 논쟁이 문단에 불붙을 때도 마찬가지였다. 오로지 '문학의 길'을 묵묵히 걸었을 따름이다.

그는 시를 쓸 때 기어(綺語)의 죄를 범하지 않아야 한다고 말하곤 했다. 말에는 눈에 보이지 않는 언령(言靈)이 있으므로 참된 말만 해야 한다는 것이다. 교묘하게 꾸며 겉과 속이 다른, 진실이 없는 말을 결코 해서 안 된다는 것이다.

구상 시인은 이른바 기인(奇人)들과의 교류로도 유명했다. 천재 화가 이중섭을 극진히 돌보았는가 하면 시인 공초 오상순, 우리 나라 아동문학의 선구자이자 '어린이 헌장'의 기초자인 마해송을 비롯해 걸레스님 중광에 이르기까지 그와 인간적으로 따뜻한 관계를 맺었던 기인들이 수없이 많다. 구상 시인은 특히 걸레스님 중광을 세상에 처음

알린 것으로도 유명하다. 중광 또한 자신을 알아본 시인에게 성심을 다했던 듯, 구상 시인의 둘째아들이 결핵을 앓고 있을 때 치료비를 마련하기 위해 전시회를 열고 그 수익금을 모두 희사해 요양원에 입원시키기도 했다.

구상 시인은 박삼중 스님이 벌이는 사형수 돕기에도 적극적이었다. 그 중 한 명을 양아들로 삼고 옥바라지를 하는 한편 구명 운동에 나서기도 했는데, 결국 그 사형수는 7년 만에 무기로 감형된 데 이어 15년 만에 석방되었다. 이는 우리 나라 행형 사상 유례가 흔치 않은 일이라고 한다. 그만이 아니라 구상 시인에게 그를 '아버지'라고 부르는 이들이 많다. 이처럼 그의 품은 넓고도 따스했다.

그는 또한 자신이 소장하고 있던 이중섭 화백의 작품을 판 1억 원을 이웃을 위해 스스럼없이 내놓은 것을 비롯해 투병 중에도 장애우 문학지 〈솟대문학〉에 그동안 아껴 두었던 2억 원을 쾌척하는 등 가난하고 소외된 이웃에 늘 관심을 가져왔다.

이처럼 성자(聖者)와도 같은 삶을 살았던 구상 시인은 지병인 폐질환이 악화된 데다 교통사고 후유증까지 겹치면서 중환자실과 일반 병실을 오가며 힘들게 병마와 싸우다가 끝내 2004년 5월 11일 사랑하는 아내와 두 아들이 기다리는 하늘나라로 떠났다.

– 편집부

▌추모문집을 편집하고

큰 스승, 구상 선생님이 선종하신 지 1년을 맞으며 저희 '구상문학기념사업회'에서는 기념사업의 하나로 추모문집을 간행하기로 뜻을 모았습니다. 이에 2005년 2월 '추모문집간행위원회'를 조직하여 추모문집 간행을 추진하였습니다.

1차로 추모의 글을 써주실 필자를 선정하는 일에 착수했습니다. 유족과 기념사업회, 중앙대학교 문예창작학과 동창회측에 의뢰하여 확보한 필자가 300분 정도였습니다. 필자를 선정하면서 가장 염려했던 점은 선생님과 깊은 인연을 맺어 오셨으면서도 저희가 미처 파악하지 못해 필자로 모시지 못하면 그 죄송스러움을 어찌할 것인가 하는 것이었습니다.

300여 분 필진의 주소를 파악하는 일은 결코 쉽지가 않았습니다. 문인협회 주소록도 틀리는 경우가 많았고, 전화번호마저 바뀌어 더욱 어려움을 겪었습니다. 그러나 간행위원들은 선생님을 위한 일인 만큼 최선을 다해 주소를 확보하여 원고청탁서를 발송하였습니다. 그러나 안타깝게도 60여 분의 원고청탁서가 반송되었습니다.

최종적으로 102분의 필자께서 추모의 글을 정성껏 써주셨습니다.

1930~1940년대의 원산 시대에서부터 1950년대 대구·왜관 시대, 1960~1970년대 서울 시대, 1970년대 하와이 시대, 다시 1980년대 이후 선종하시기까지의 서울 시대에 이르기까지 각계각층의 필진께서 어느 한 시대를 빠뜨리지 않고 생생한 추모의 글을 써주셨습니다.

참으로 안타까운 일은 저희 간행위원회의 게으름 때문에 원고를 써주실 충분한 시간을 드리지 못한 관계로 김수환 추기경, 한승헌 전 감사원장을 비롯한 많은 어르신들의 글을 받지 못한 것입니다. 앞의 두 분을 포함한 많은 어르신들께서 시간에 쫓기거나 건강 문제로 글을 보낼 수가 없다시며 전화를 주셨을 때, 반드시 다음 추모문집을 간행할 때는 충분한 시간을 드림과 아울러 구술을 받아서라도 선생님의 발자취를 찾아야겠다고 의견을 모았습니다.

102편의 추모의 글을 읽어 보니 어느 하나 소중하지 않은 글이 없었습니다. 그래서 보내 주신 글들은 한 편도 빠짐없이 모두 실었고, 필자의 진솔하고 간절한 마음을 생생히 전해 드리고자 교정도 최소화하였음을 밝혀 둡니다. 그리고 추모의 글들은 선생님과 맺으신 인연을 바탕으로 묶었습니다.

아무쪼록 이 추모의 글들이 선생님의 한 생애를 밝히며 선생님과 시간을 함께 하신 분들의 가슴에 영원히 새겨지고, 이를 통해 후학들이 삶의 사표(師表)로 삼기를 바랍니다. 행여 이 일이, 늘 모든 이에게는 너그러우셨으나 오로지 당신께만 엄격하셨던 선생님으로부터 부질없는 짓들을 했다고 꾸지람이나 듣는 것이 아닌가 삼갈 따름입니다.

끝으로 추모의 글을 써주신 모든 분들께 깊은 감사의 말씀을 드립니다.

선생님의 1주기를 맞는 5월에
시인구상추모문집 간행위원회 대표간사 이진훈 합장